KB132316

인간 짐승

이 도서의 국립중앙도서관 출판예정도서목록(CIP)은 서지정보유통지원시스템 홈페이지(http://seoji.nl.go.kr)와
국가자료공동목록시스템(http://www.nl.go.kr/kolisnet)에서 이용하실 수 있습니다.
(CIP제어번호: CIP2014004497)

세계문학전집
1 1 5

Émile Zola : La Bête humaine

인간 짐승

에밀 졸라 장편소설

이철의 옮김

문학동네

일러두기

1. 주석은 모두 옮긴이주이다.
2. 프랑스어 표기는 가능한 한 국립국어원 외래어 표기법에 따랐다.

차례 ▌

1

　방안에 들어선 루보는 손에 들고 온 큼직한 덩어리 빵과 파테*, 그리고 백포도주 한 병을 식탁에 내려놓았다. 아침에 빅투아르 아줌마가 일터로 내려가기 전에 서둘러 난롯불을 덮어 껐는지 방안은 탄가루가 날리고 후끈한 열기로 답답했다. 부副역장은 창문을 열어젖히고 창틀에 팔꿈치를 기댔다.

　그곳은 끝이 막힌 암스테르담 가 오른편 맨 끝 집인데 우뚝 선 그 건물에 서부철도회사는 직원 숙소를 마련해놓았다. 그가 기댄 창문은 그 건물의 육층, 그러니까 비스듬히 각진 지붕층 모퉁이에 난 것으로 역쪽을 바라보았다. 파리의 유럽 지구를 너른 참호 모양으로 관통하는

---

* 육류나 생선 따위를 갈아 밀가루 반죽을 섞어 익힌 프랑스 음식.

역은 지평선이 확 펼쳐진 개활지였는데, 2월 중순의 이렇게 흐린 날 오후에는 습도가 높고 포근한 가운데 햇빛까지 스며들어 역 전체가 한층 더 확대되어 보였다.

　정면으로는 로마 가의 집들이 그 뿌연 햇살에 잠겨 흐릿하니 보일 듯 말 듯 했다. 왼편으로는 그을음으로 뿌예진 창유리 지붕을 머리에 인 역사驛舍들이 거대한 아가리를 벌리고 죽 늘어서 있는 것이 보였다. 장거리 노선 역사는 크기도 크거니와, 그것과 아르장퇴유 노선이나 베르사유 노선, 교외순환선 같은 작은 규모의 단거리 노선 역사들 사이에 우편물 취급소 건물과 탕파湯婆 공급 건물이 들어서 있어 대번에 눈에 들어왔다. 오른편으로는 선로 위를 가로지르는 유럽 육교가 보였는데, 육교 때문에 시야에서 사라졌던 선로는 육교의 격자형 철제 난간 사이로 다시 나타나 저멀리 바티뇰 터널까지 뻗어나갔다. 창문 바로 아래로는 세 쌍의 복선 선로가 드넓은 부지를 꽉 채웠고, 그 철길들은 저쪽 육교 아래에서부터 이쪽으로 뻗어내려와 부채꼴 모양으로 무수히 가지를 치고 벌어져나가 역사 지붕 밑으로 사라졌다. 육교의 아치마다 그 앞에 전철수 초소 세 개가 나란히 서 있고, 초소 앞의 조그만 뜰은 맨땅이었다. 철길 위를 가득 메우고 있던 객차들과 기관차들이 어지럽게 흩어지는 가운데 흐릿한 햇빛 사이로 커다란 붉은 신호등 불빛 한 점이 동그마니 박혀 있었다.

　루보는 자신이 근무하는 르아브르 역을 잠시 떠올리고는 흥미롭게 역 풍경을 비교했다. 이렇게 파리에 들러 빅투아르 아줌마네 방에 머무를 때마다 직업의식이 발동하는 것이다. 장거리 노선 역사 지붕 아래로 망트에서 도착한 기차 때문에 플랫폼이 분주해진 것이 보였다.

그는 조차操車기관차의 움직임을 눈으로 좇았다. 그것은 3축 6동륜이 차체 밑에 달린 조그만 탱크식 기관차*로, 객차들을 끌어다가 측선에 밀어넣으며 안쓰러울 정도로 분주하게 기차를 선로에서 치워나갔다. 또다른 기관차는 힘이 넘쳐 보이는, 무지막지하게 커다란 2축 4동륜의 급행 기관차인데, 선로 위에 홀로 우뚝 선 그 기관차가 두 개의 커다란 연통으로 꾸역꾸역 토해낸 엄청난 양의 검은 연기가 위로 똑바로 올라가 고요한 대기중으로 아주 천천히 흩어졌다. 그런데 그의 온 신경은 이미 승객들을 가득 태우고 기관차를 기다리는 3시 25분발 캉행 열차에 쏠려 있었다. 유럽 육교 저편에 대기하고 있을 그 기관차의 모습은 아직 눈에 들어오지 않았다. 다만 마치 초조함에 몸이 단 사람처럼 선로 진입을 요구하며 다급하게 기적을 살짝살짝 울려대는 소리만 들려올 뿐이었다. 드디어 진입 신호가 떨어지자 기관차가 짧은 기적 소리로 알아들었다고 응답했다. 그러고 나서 움직이기 전, 얼마간의 침묵이 있고 난 다음 증기배출구가 열리고 귀청이 터질 것 같은 굉음을 내며 증기가 땅바닥을 타고 분출되는 소리가 들렸다. 이윽고 육교 아래에서 솟구친 흰 수증기가 격자형 철제 난간 구멍들을 빠져나와 함박눈 송이처럼 소용돌이치면서 뭉게뭉게 피어오르는 광경이 그의 눈에 들어왔다. 그쪽 지역이 그 하얀 수증기로 온통 뒤덮인 반면 이쪽은 다른 기관차가 계속 내뿜는 연기로 생긴 시커먼 장막이 점점 더 범위를 넓혀갔다. 그 장막 뒤로, 길게 울려퍼지는 기적 소리도, 뭔가를 지시하는 고함소리도, 전철기가 덜거덕거리는 소리도 다 묻혀버렸다. 그때 찢어

---

* 기동성을 살리기 위해 별도의 탄수차(炭水車) 없이 물과 석탄을 차체에 직접 적재하는 기관차. 주로 소형이다.

지는 듯한 굉음이 들려와 눈을 돌리니, 저 아래로 베르사유행 열차와 오퇴유행 열차가 하나는 올라가고 하나는 내려가면서 서로 엇갈려 지나가는 모습이 보였다.

막 창가를 떠나려던 루보는 자기 이름을 부르는 목소리를 듣고 창밖으로 몸을 내밀고 내려다보았다. 바로 밑 오층 발코니에 서른 살가량의 젊은이, 앙리 도베르뉴가 보였다. 여객전무인 그와 장거리 노선 담당 부소장인 아버지, 그리고 각기 열여덟 살, 스무 살의 매력적인 금발 처녀인 두 누이, 클레르와 소피가 함께 그 집에 사는데 두 누이는 두 남자가 벌어오는 6천 프랑을 가지고 살림을 꾸려가면서 집안에 항상 웃음꽃을 피워내는 재주를 발휘했다. 지금도 막내가 노래를 부르고 새장 속에 가득한 열대지방 새들이 그 노랫소리에 경쟁하듯 지저귀는 가운데 만이가 깔깔대는 소리가 들려왔다.

"아니! 루보 씨, 파리에 온 거예요?…… 아 참! 그렇지, 부지사하고 있었던 일 때문이군요!"

다시 창틀에 팔꿈치를 기댄 부역장은 아침 댓바람에 르아브르에서 6시 40분 급행열차를 타고 와야만 했노라고 설명했다. 운송국장이 지엄하게 나를 파리로 호출했지. 불려가서 호되게 질책을 당하고 돌아오는 길이라네. 모가지가 떨어지지 않은 것만 해도 다행이지 뭐.

"부인은요?" 앙리가 물었다.

아내는 자기도 쇼핑할 일이 있다고 함께 오자고 했다. 그래서 그는 이렇게 쇼핑 간 아내가 돌아오기를 기다리고 있는 것이다. 둘이 파리에 올 때마다 빅투아르 아줌마에게 열쇠를 받아 이 방을 사용하는데, 착실한 그녀가 저 아래 역에서 화장실 청소에 발이 묶여 있는 동안 이

방에서 부부 둘이서만 오붓하게 점심을 즐기는 것이 그들의 낙이었다. 그런데 오늘은 볼일을 먼저 해결하는 것이 나을 것 같아서 오는 길에 망트 역에서 간단히 요기를 하긴 했다. 그렇긴 해도 세시가 되니 배가 고파 죽을 것 같았다.

앙리는 살가워 보일 요량으로 부러 질문을 하나 더 덧붙였다.

"파리에서 주무시게요?"

아니, 아닐세! 저녁 6시 30분 급행을 타고 둘 다 르아브르로 돌아갈 걸세. 아, 그래! 맞아! 휴가를 즐기시는 게로군! 누가 당신을 훼방놓는다면 그건 당신에게 보따리 싸서 나가라고 통보할 때뿐이겠지, 그러면 군말할 것 없이 꺼져버려야지!

잠깐 동안 두 철도원은 서로 눈을 맞추며 고개를 주억거렸다. 그러나 둘에겐 더이상 상대의 목소리가 들리지 않았다. 마침 피아노 소리가 귀가 쩌렁쩌렁하도록 요란하게 터져나오기 시작한 것이다. 필시 두 누이가 동시에 건반을 두드려대는 소리일 터, 거기에다 둘의 웃음소리가 한껏 높아지면서 새들이 덩달아 흥분하며 울어댔다. 그러자 젊은이는 그 소리에 저도 흥에 겨웠는지 인사를 하더니 방안으로 들어가버렸고, 부역장 홀로 청춘의 발랄함이 유감없이 발산되는 발코니 쪽에 시선을 둔 채 그렇게 잠시 우두커니 남는 신세가 되었다. 이윽고 고개를 든 그의 눈에 증기배출구를 닫고 전철수가 인도하는 대로 캉행 열차를 향해 가는 기관차가 들어왔다. 마지막으로 배출된 하얀 수증기가 꾸역꾸역 솟구치더니 하늘을 뒤덮은 거대한 검은 연기 사이로 몽글거리며 흩어졌다. 잠시 후 그도 방안으로 들어갔다.

3시 20분을 가리키는 뻐꾸기시계 앞에서 루보는 짜증이 난다는 듯 몸을 뒤틀었다. 세브린은 도대체 뭐하느라 이렇게 늦는 거야? 한번 물건을 사러 가게에 들어가면 나올 줄을 모른단 말이야. 위장을 긁어대는 시장기를 쫓을 요량으로 그는 식탁을 차리는 것이 좋겠다고 생각했다. 창문이 두 개 난 너른 방은 그가 익히 아는 그대로, 호두나무로 짠 가구들과 붉은색 면직 시트가 덮인 침대, 장식장 겸 찬장, 둥근 탁자, 노르망디 스타일 옷장 등을 갖추고 침실 겸 부엌 겸 식당으로 쓰였다. 그는 찬장에서 냅킨과 접시, 포크와 나이프, 술잔 두 개를 꺼냈다. 그 모든 것이 티끌 하나 없이 정갈했다. 이 꼼꼼한 살림살이에 기분이 좋아지고 마치 소꿉장난을 하는 듯한 생각이 든 그는 새하얀 냅킨과 식탁보가 흡족한데다 아내가 너무 사랑스럽게 느껴지기도 해서 그녀가 문을 열고 들어올 때 천진하게 터뜨릴 싱그러운 웃음을 떠올리며 자신도 웃음을 지었다. 파테를 접시에 담고 그 옆에 백포도주를 내려놓다가 그는 뭔가 빠뜨린 듯한 느낌에 두리번거렸다. 그러다가 갑자기 생각났는지, 잊고 있던 조그만 정어리 통조림 하나와 그뤼예르 치즈 통하나를 호주머니에서 꺼냈다.

뻐꾸기시계가 세시 반을 알렸다. 루보는 방안을 왔다갔다하다가 조그만 소리만 나도 계단 쪽으로 귀를 쫑긋 세웠다. 하릴없이 기다리면서 거울 앞을 지나다가 그는 문득 걸음을 멈추고 자기 모습을 들여다보았다. 마흔 줄에 접어들었지만 전혀 나이들어 보이지 않고 짙은 다갈색 곱슬머리도 바래지 않았다. 턱을 덮은 밝은 황금빛 수염 역시 무성했다. 중키이지만 절륜의 정력을 자랑하는 그는 거울에 비친 자신의 모습에 흐뭇했다. 약간 납작한 두상에 좁은 이마와 굵직한 목덜미, 혈색 좋은 둥그런 얼굴에 형형한 빛을 발하는 커다란 두 눈 모두 마음에 들었다. 일자로 붙다시피 한 양 눈썹은 질투심 강해 보이는 이마의 주름살을 가시덤불처럼 뒤덮었다. 자기보다 열다섯 살이나 어린 여자와 결혼했기 때문에 그는 이렇게 거울에 자기 모습을 자주 비춰 보았으며, 그때마다 적이 마음이 놓였다.

발소리가 들렸다. 루보는 얼른 달려가 문을 빠끔히 열어보았다. 그러나 그것은 역에서 신문을 파는 옆방 여자가 집으로 돌아오는 소리였다. 다시 방안으로 돌아온 그는 찬장 위에 놓인 조그만 보석 상자를 유심히 들여다보았다. 그는 그 상자가 무엇인지 잘 알고 있었다. 세브린이 자신의 유모였던 빅투아르 아줌마에게 선물로 준 것이었다. 그 조그만 상자를 보기만 해도 그 자신의 결혼생활이 파노라마처럼 하나도 빠짐없이 떠올랐다. 벌써 삼 년 전 일이었다. 남프랑스의 플라상*에서 마차꾼의 아들로 태어난 그는 특무상사로 군복무를 마치고 오랫동안 망트 역에서 여객과 화물 수송 담당으로 근무하다가 바랑탱 역의 책임수송관으로 자리를 옮겼다. 사랑스러운 아내를 처음 만난 게 그곳이었지. 당시 그녀는 그랑모랭 법원장의 딸인 베르트 아가씨와 함께 두앵빌에서 그곳 바랑탱 역으로 와 기차를 타곤 했다. 세브린 오브리는 평생 그랑모랭 집안에서 일하다 죽은 일개 정원사의 딸이었다. 그런데 법원장이 대부와 후견인을 자처해 그녀를 자신의 친딸과 동무로 지내게 하고 루앙의 기숙학교에도 둘 다 같이 보낼 만큼 애지중지한데다 그녀 자신도 타고난 용모가 뛰어났기 때문에, 루보는 나름 촌티를 벗은 노동자로서 그녀가 다듬어지지 않은 보석이라는 것을 대번에

---

* 졸라가 '루공마카르' 총서에서 자신이 어린 시절에 살았던 남프랑스의 엑상프로방스를 염두에 두고 설정한 가공의 도시.

알아보고 사랑에 빠졌지만 그저 먼발치에서 그녀를 갈구하는 것으로 마음을 다스렸을 뿐이다. 그때가 내 삶에서 유일하게 소설 같았던 시절이지. 그는 그녀를 소유하는 것만으로도 감지덕지했기에 그녀가 무일푼이었더라도 결혼했을 것이다. 그런데 그가 마침내 용기를 냈을 때 결과는 기대 이상이었다. 지금은 은퇴했지만 당시 서부철도회사의 고위 임원이었던 법원장은 만 프랑의 지참금과 함께 세브린을 아내로 준 것 말고도 그에게 망외의 특전을 베풀어주었다. 그렇게 루보는 결혼 다음날 당장 르아브르 역의 부역장 자리로 승진한 것이다. 물론 그게 아니었더라도 인사고과 점수가 높았을지 모른다. 자리를 이탈하지 않고 시간을 엄수했으며 정직한데다 고지식하긴 해도 매우 올곧았던 그의 그러한 모든 뛰어난 자질에 비추어 볼 때 그의 구애가 지체 없이 받아들여지고 그가 고속으로 승진할 수 있었던 것에 수긍하지 못할 이유도 없었을 것이다. 그러나 그는 이 모든 것이 아내 덕이라고 믿고 싶었다. 아내는 너무 사랑스럽다.

정어리 통조림을 막 열어젖힌 순간 루보는 기어이 폭발하고 말았다. 만나기로 한 시각은 세시였다. 그녀는 대체 어디 있단 말인가? 반장화 한 켤레와 셔츠 여섯 장을 사는 데 한나절이 걸렸다고 둘러대지는 못하리라. 다시 거울 앞을 지나다가 그는 눈썹이 치켜올라가고 이마에는 굵은 주름살이 새겨진 자신의 모습을 보았다. 르아브르에서라면 그녀를 의심할 이유가 전혀 없지. 그런데 파리에선 다르다. 사고가 난 건가, 속이는 건가, 정분이라도 난 건가, 그는 오만 가지 생각이 다 들었다. 마치 열차를 밀 때처럼 핏줄기가 머리끝까지 뻗치고, 왕년의 군인다운 두 주먹이 불끈 쥐어졌다. 그는 힘을 주체하지 못하는 한 마리 야수로 변했다. 그 순간 그녀가 눈앞에 있었다면 분노의 충동에 눈이 멀어 그녀를 박살내버렸을 것이다.

세브린이 싱그럽고 쾌활하기 그지없는 얼굴로 문을 밀고 들어왔다.

"나예요…… 어? 내가 도망이라도 간 줄 알았나보네요."

스물다섯 살 나이가 내뿜는 빛에 둘러싸인 그녀는 늘씬한데다 뼈대는 가늘지만 아주 유연하고 탄력 있어 보였다. 그녀는 얼굴이 길고 입술은 크고 두툼하며 너무 도드라진 치아가 번득여 첫눈에 보기에는 결코 예쁜 얼굴이 아니었다. 그렇지만 자세히 들여다보면 숱 많은 검은 머리 아래 크고 푸른 두 눈이 발산하는 기묘한 매력에 육감적으로 보였다.

이윽고 남편이 아무 대꾸도 없이 그녀가 익히 아는, 의혹에 찬 흔들리는 시선으로 계속 쳐다보기만 하자 그녀가 말을 덧붙였다.

"아이 참! 막 달려왔지 뭐예요…… 생각해봐요, 합승마차를 잡을 수가 있어야지요. 전용마차는 돈이 아까워 내키지 않고, 그래서 막 뛰어온 거예요…… 보세요, 내가 얼마나 열이 나는지."

"그으래," 그가 사납게 쏘아붙였다. "지금 나더러 봉마르셰*에서 오는 길이라고 믿어달라는 소리는 아니겠지."

그러자 갑자기 그녀가 어린애처럼 어리광을 부리며 목에 매달리면서 그의 입술에 작고 포동포동한 손을 갖다댔다.

"미워, 미워, 그만해요!…… 내가 얼마나 당신을 사랑하는지 잘 알잖아요."

---

* 1869년에 세워진 프랑스 최초의 정식 백화점. 졸라는 『여인들의 행복 백화점』에서 이 백화점을 가리켜 "소비자들에게는 상업의 대성당" 같은 곳이라고 표현했다.

진정성이 그녀의 온몸에서 뚝뚝 들을 정도였다. 그는 그녀가 너무도 솔직하게 참말을 하고 있다고 여겨져서 그만 그녀를 으스러져라 두 팔로 끌어안았다. 그의 의심은 항상 이런 식으로 끝이 났다. 그녀는 그에게 몸을 맡긴 채 그의 애무를 즐겼다. 그는 그녀의 몸에 입맞춤을 퍼부어댔지만 그녀는 그러지 않았다. 덩치만 클 뿐 수동적인 어린애 같은 그녀의 이러한 반응, 부모를 대하는 자식의 애정 표현 같은 뜨뜻미지근한 반응이 바로 그의 깊숙한 곳에 자리잡은 불안감의 이유였다. 거기에 사랑하는 여인의 욕망이 깨어나는 듯한 느낌은 조금도 없었던 것이다.

"그렇다면 봉마르셰를 싹쓸이라도 했나?"

"아이, 그만! 다 말해줄게요…… 근데 그전에 뭣 좀 먹어요. 배고파 죽겠어요!…… 아! 잠깐, 조그만 선물이 하나 있어요. 따라 해봐요, '나의 조그만 선물'."

그녀는 그에게 바짝 다가서며 만면에 웃음을 머금었다. 그녀는 오른손을 호주머니 속에 집어넣고 뭔가를 움켜쥐었지만 꺼내지는 않았다.

"빨리 따라 해봐요, '나의 조그만 선물'."

그 역시 사람 좋은 표정을 지으며 웃었다. 그러고는 마침내 마음을 먹었다.

"나의 조그만 선물."

그것은 칼이었다. 몸에 지니고 다니던 칼을 보름 전에 잃어버려 몹시 애석해하던 그에게 그녀가 새 칼을 사다준 것이다. 그는 탄성을 내질렀다. 끝내주는데. 이 멋들어진 새 칼 좀 봐, 상아 손잡이에다 날이 번쩍번쩍하는군. 그러더니 당장 새 칼을 써봐야겠다며 나섰다. 그녀는 그가 좋아하는 것을 보니 흐뭇했다. 그러고는 그들의 우정이 칼에 베이면 안 되니까 자기에게 한 푼이라도 성의를 표시해야 하는 것 아니냐고 농담을 건넸다.

"우리 식사해요, 식사." 그녀는 되풀이해서 말했다. "아니, 아니요! 부탁해요, 아직은 닫지 말아주세요. 난 아직 얼마나 덥다고요!"

그녀는 창문을 닫으려던 그에게 다가가 그의 어깨에 머리를 기대고서 드넓은 정거장을 잠시 동안 가만히 바라보았다. 연기가 흩어지고 난 뒤 구리 쟁반 같은 태양이 뿌연 연무에 잠겨 로마 가의 집들 너머로 지고 있었다. 바로 아래로는 조차기관차가 채비를 마치고 4시 25분 출발을 기다리는 망트행 열차를 끌고 가는 모습이 보였다. 조차기관차는 역사 지붕 아래로 플랫폼을 따라 열차를 끌어다가 풀어놓고는 가버렸다. 저쪽 한구석의 교외순환선 기관차 차고에서는 열차 차량들을 갖다붙이자 차량 접속부의 완충장치들이 불시의 접속에 화들짝 놀랐다는 듯 충격음을 내질렀다. 그리고 여러 갈래로 펼쳐진 철길 한복판에는 둔중한 완행열차의 기관차 한 대가 운행중에 검댕을 뒤집어서서 시커메진 기관사와 화부를 태우고 덩그러니 멈춰 선 채 지치고 숨 가쁘다는 듯 배기밸브에서 가느다랗게 새어나오는 증기만 겨우 내뿜고 있었다. 그 기관차는 바티뇰 차고로 돌아가기 위해 선로가 열리기를 기다리는 중이었다. 붉은 신호등이 찰칵 하고 켜지더니 다시 꺼졌다. 기관차가 출발했다.

"도베르뉴네 저 귀염둥이 아가씨들은 참 흥겹기도 하지!" 루보가 창가를 떠나면서 말했다. "쟤들이 피아노 치는 소리 들려?…… 방금 전 앙리를 봤는데 당신에게 안부 전해달라더군."

"식사하세요, 어서요!" 세브린이 외쳤다.

그녀는 정어리에 달려들더니 게걸스럽게 먹기 시작했다. 아! 망트에서 빵쪼가리로 때우고는 얼마 만에 먹는 거야! 파리에 올 때마다 그녀는 이렇게 달떴다. 파리의 거리들을 누볐다는 행복감에 젖어 감격해마지않고 봉마르셰에서 쇼핑을 했다는 사실에 흥분을 가라앉히지 못했다. 그녀는 해마다 봄이 되면 겨우내 모아두었던 돈을 한꺼번에 봉마르셰에 갖다 바쳤다. 거기서 전부 사는 게 좋다고, 그러려고 여행 경비를 모은 거라고. 이렇게 그녀는 음식을 계속 입에 집어넣으면서 끊임없이 지껄였다. 그러다가 자기가 이날 쓴 총액이 300프랑도 넘는다는 것을 얼결에 발설하고는 약간 당황하며 얼굴을 붉혔다.

"난리 났군!" 루보는 어안이 벙벙해 말했다. "당신은 말이야, 부역장 마누라치고는 잘 입는 거야!⋯⋯ 근데 셔츠 여섯 장하고 반장화 한 켤레만 사면 되는 거 아니었나?"

"아이! 여보, 절호의 기회였다니까요!⋯⋯ 줄무늬가 멋진 조그만 비단 스카프! 한 스타일 하는 모자! 꿈만 같았어요! 밑단 장식에 수가 놓인 잘 빠진 치마 몇 벌! 이게 다 해도 얼마 안 해요, 르아브르에서라면 두 배나 비싸게 주었을 텐데 말이에요⋯⋯ 곧 내게 배달될 거예요, 보면 알아요!"

그는 하릴없이 웃기로 작정했다. 기뻐서 어쩔 줄 모르고, 당황하면서 간청하는 그녀의 모습은 그만큼 예뻤다. 게다가 이 호젓한 방 한구석에서 그녀와 이렇게 단둘이 즉흥적으로 함께하는 간이식사는 너무 매혹적이고 레스토랑에서보다도 훨씬 근사했다. 평소 식사 도중에 물을 마시는 그녀는 아무 생각 없이 손 가는 대로 자기 앞에 놓인 백포도주 잔을 비웠다. 정어리 통조림을 다 먹고 나서 그들은 새로 산 멋진 칼로 파테를 덜어냈다. 깔끔하게 덜어내지는 것이, 그만큼 칼은 잘 들었다.

"아 참, 당신 일은요?" 그녀가 물었다. "나만 말하게 해놓고 당신은 부지사하고의 일이 어떻게 끝났는지는 말해주지 않네요."

그는 운송국장이 자기에게 뭐라고 했는지 소상하게 들려주었다. 오! 정식으로 심한 질책을 하더라고! 난 그런 게 아니라고 내 입장을 밝혔지. 그 으스대는 부지사가 동물들을 동반하는 사냥꾼들은 전용칸인 이등칸을 타야 하는데도 일등칸에 자기 개를 태우려고 얼마나 막무가내로 우겨댔는지 자초지종을 설명했다고. 그리고 뒤이어 벌어졌던 언쟁과 주고받았던 말들까지 말이야. 결국 국장은 내가 규정을 준수하도록 처신한 점은 옳다고 인정했어. 하지만 정작 고약한 것은 국장이 제 분에 겨워 발설한 말이야. 이러더군. "당신네가 영원히 다수당이 될 줄 알겠지만 어림없어!" 나를 공화파라고 의심하는 거지. 1869년 의회 회기의 개막을 떠들썩하게 했던 논쟁과 다가올 총선에 대한 모종의 두려움 때문에 정부는 신경이 곤두선 거야.* 그러니 그랑모랭 법원장의 강력한 도움이 없었더라면 난 필시 다른 곳으로 쫓겨났을 거야. 법원장이 조언하고 작성한 사과문에 서명을 해야 했지만 말이야.

---

* 1869년 이전까지 프랑스 제2제정의 의회는 루이 나폴레옹(나폴레옹 3세)의 일당독재나 다름없었다. 그러나 1860년대 말부터 의회는 황제와 그 정부의 말을 잘 듣지 않게 된다. 1869년 5, 6월에 치러진 국회의원 선거에서 친정부파인 보나파르트파는 정통파와 온건파로 양분되었으며 반정부파는 총 292석 중 71석(구왕당파가 41석, 공화파가 30석)을 얻는 데 그쳤지만 이전에 비한다면 그 자체로 선전이었으며, 특히 총 득표수에서는 보나파르트파에 크게 밀리지 않았고, 무엇보다 도시에서 대약진을 했다.

세브린이 그의 말을 끊고 소리쳤다.

"그렇죠? 내가 그분에게 편지 쓰자고 하길 잘했죠? 당신이 국장한
테 훨씬 두들겨 맞으러 가기 전에 오늘 아침 그분에게 들르자고 한 게
옳았죠?…… 그분이 우리 문제를 해결해주실 줄 알았어요."

"맞아, 그 양반은 당신을 무척 아끼지." 루보가 말을 이었다. "게다
가 회사 안에서의 영향력도 지대하고…… 거봐, 열심히 일해봤자 아
무짝에도 쓸모없다니까. 아! 그동안 사람들은 나를 아낌없이 칭찬해줬
어. 그다지 솔선수범하지는 않았지만 행실 바르고 고분고분하고 열성
껏 근무하고 할 건 다 했지! 그런데 말이야, 여보, 당신이 내 마누라가
아니었다면, 그래서 그랑모랭이 당신에 대한 애정 때문에 그런 거지만
내 편에 서서 변호해주지 않았다면, 난 끝장났을 거야. 어디 구석에 처
박힌 조그만 역으로 좌천당했을 거라고."

그녀는 허공을 뚫어져라 쳐다보면서 혼잣말하듯 중얼거렸다.

"오! 맞아요, 영향력이 지대한 분이죠."

갑자기 침묵이 엄습했다. 그녀는 먹는 것도 잊은 채 눈을 크게 뜨고
먼 곳을 멍하니 바라보았다. 아마도 루앙에서 40리 정도 떨어진, 저기
두앵빌 저택에서 보낸 자신의 어린 시절을 떠올리는 것이리라. 그녀는
어머니를 기억조차 못했다. 정원사인 아버지 오브리가 세상을 떠났을
때 그녀는 갓 열세 살이었다. 상처하고 혼자가 된 법원장이 그녀를 자
기 딸 베르트 곁에서 지내도록 거둬들인 것은 그때였다. 공장주와 결
혼했지만 역시 사별하고 혼자가 된, 두앵빌 저택의 현 소유주인 법원
장의 누이 본농 부인이 그녀를 후견하는 형식을 빌렸다. 그녀보다 두
살 많은 베르트는 그녀보다 육 개월 늦게 결혼했는데 남편은 루앙 법

원 판사인 라셰네로, 키가 작고 마른데다 핏기가 없는 남자였다. 법원 장은 바로 작년에 은퇴할 때까지 그 루앙 법원의 수장으로서 눈부신 경력을 쌓아왔다. 1804년생인 법원장은 1830년 혁명 이후 디뉴에서 검사대리로 법조 경력을 시작했는데, 이후 퐁텐블로와 파리를 거쳐 트루아에서는 검사를, 렌에서는 차장검사를 역임하다가 마침내 루앙에서 법원장의 지위에 올랐다. 수백만 프랑의 자산가인 그는 1855년 이래로 쭉 도의회 의원이기도 했는데 은퇴하던 바로 그날 레지옹도뇌르 삼등 훈장 수훈자로 지명되었다. 그런데 그녀가 더 먼 옛날을 기억하려고 하면 할수록 그녀의 눈앞에 떠오르는 것은 그의 땅딸막하고 다부진 체격의 현재 모습이었다. 구둣솔처럼 곤두선 짧은 머리는 옛날에는 금발이었으나 일찌감치 세어서 노르스름한 은발이 되었고, 콧수염은 기르지 않고 짧게 깎은 턱수염만 양쪽 귀밑에서부터 턱선을 감쌌는데, 그렇게 사각이 진 얼굴은 짙푸른색 눈과 큰 코 때문에 한결 엄격해 보였다. 그는 마주하는 사람들을 하도 뻣뻣하고 거칠게 대해 그의 곁에 있는 사람들은 모두 오금이 저릴 정도였다.

루보는 두 차례나 반복해 목소리를 드높여야 했다.

"아니! 무슨 생각을 그렇게 하는 거야?"

그녀는 소스라치듯 정신이 들며 몸을 바르르 떨었다. 마치 두려움에 사로잡혀 동요하는 것 같았다.

"아니, 아무것도 아니에요."

"이제 그만 먹는 거야? 배 찼어?"

"아! 아니에요…… 보세요."

세브린은 백포도주 잔을 비운 다음 자기 접시에 덜어놓은 파테 조각을 깨끗이 먹어치웠다. 그런데 그만 문제가 생겼다. 사온 덩어리 빵을 둘이서 다 먹어버린 것이다. 치즈와 함께 한입 베어먹을 만큼의 빵도 남지 않았다. 온갖 곳을 헤집으며 뒤지다가 빅투아르 아줌마의 찬장 깊숙한 구석에서 눅눅한 빵 한 조각을 찾아내자 그들은 환호성을 내지르다 웃음을 터뜨렸다. 창문은 열려 있었지만 더위가 가시지 않는데다 뒤에 난로가 있어서, 세브린은 좀처럼 몸이 시원해지지 않았다. 도리어 그녀는 이 방에서 수다를 떨며 먹는 이 뜻하지 않은 점심에 낯빛은 더 홍조가 들고 기분은 더 들떴다. 루보는 빅투아르 아줌마를 떠올리면 그랑모랭에게로 생각이 이어졌다. 그녀 역시 법원장에게 큰 은혜를 입은 또하나의 여자인 것이다! 매혹적인 처녀의 몸으로 낳은 아이를 곧 잃은 그녀는 태어나자마자 어머니를 여읜 세브린의 유모로 한참을 지내다가 철도회사 화부의 아내가 되었는데, 수입을 모조리 탕진하는 남편 때문에 얼마 안 되는 삯바느질로 파리에서 근근이 연명하다가 어느 날 자기가 젖 먹여 키운 세브린을 우연히 만나 옛 인연을 다시 맺게 되었고 그 덕에 그녀 역시 법원장의 도움을 받게 되었던 것이다. 법원장의 알선으로 그녀는 일등석 대합실 화장실을 청소하고 관리하는 지금의 일자리를 얻었는데 다행인 것은 여성 칸을 맡게 된 것이었다. 철도회사에서 급료로 일 년에 100프랑밖에 주지 않아도, 그녀는 그 수입을 포함해 비공식적으로 1400프랑 가까이 벌었는데 이 액수는 그녀가 숙식까지 하면서 이 방을 대실해서 받는 금액은 포함되지 않은 것이었다. 요컨대 형편이 썩 괜찮은 셈이다. 루보는 계산을 해보았다. 그녀의 남편 페쾨가 화부로 철도 노선 양끝을 오가며 방탕한 생활을 하지 않고 고정급과 수당을 포함해 2800프랑을 꼬박꼬박 가져다주었다면 그 집 살림은 4천 프랑 이상의 수입을 올렸을 터인데 그 정도면 자기가 르아브르에서 받는 부역장 봉급의 두 배에 해당되는 액수다.

"모르긴 해도," 그는 생각을 마무리했다. "아무 여자나 다 화장실 청소를 하고 싶어하지는 않을 거야. 하지만 직업에 귀천이 어디 있나."

이윽고 맹렬한 시장기가 어느 정도 가시자 그들은 치즈를 작게 조각조각 잘라 그 맛을 오래 음미하기라도 하려는 듯 나른하고 느긋하게 입으로 가져갔다. 그들의 대화 역시 간간이 느릿하게 이어졌다.

"아 참," 그가 갑자기 소리쳤다. "당신에게 물어본다는 걸 깜빡했네…… 당신 왜 법원장이 두앵빌에 이삼일 들렀다 가라는 걸 거절한 거야?"

편안한 마음으로 소화를 시키다가, 그날 아침 역에서 지적인 로셰가의 저택을 찾아갔던 일이 불현듯 떠오른 것이다. 그는 근엄한 분위기의 그 커다란 집무실에 있는 자신의 모습을 그려보았다. 법원장이 그들에게 내일 두앵빌에 가겠다고 말하던 소리가 아직도 귀에 쟁쟁했다. 법원장은 그러더니 잠시 후 갑작스레 생각이 바뀌었는지, 자기도 그들과 함께 오늘 저녁 6시 30분 급행을 타겠노라고 통지하고는 자기 양녀를 그곳, 누이의 집에 데려가겠다고 했다. 누이가 오래전부터 그녀를 보고 싶어했다는 것이다. 그런데 세브린이 갖은 핑계를 둘러대며 갈 수가 없노라고 말했던 것이다.

"당신도 알다시피 나는 말이야," 루보가 말을 이었다. "그렇게 잠깐 들르는 것은 아무렇지도 않아. 거기서 목요일까지 있겠다고 했어도 됐는데. 나 혼자 적당히 지낼 수 있단 말이야…… 그렇잖아? 우리 처지에는 말이야, 그들이 필요하다고. 그들의 호의를 거절하는 것은 별로 똑똑한 짓이 아니야. 더군다나 당신의 거절에 그가 정말 상처를 받은 것 같던데…… 그래서 내가 당신한테 계속 그렇게 하라고 부추겼던 거야, 당신이 내 옷자락을 잡아당겨 신호를 보내기 전까지 말이야. 그 다음부턴 나도 당신처럼 말했지, 까닭도 모르면서 말이지. 그래, 왜 가고 싶지 않다고 한 거야?"

세브린은 시선이 흔들리면서 불안한 모습을 보였다.

"당신 혼자 놔둬도 된다고요?"

"그건 이유가 안 된다니까…… 우리가 결혼하고 나서 삼 년 동안 당신은 두앵빌에 두 번 가서 일주일씩 머물렀어. 세번째로 다시 간다고 해서 안 될 이유는 하나도 없지."

세브린의 당혹스러움은 커져갔다. 그녀는 애써 고개를 돌렸다.

"어쨌건 내키지 않았어요. 앞으로 내가 하기 싫은 일들을 하라고 강요하지 않았으면 해요."

루보는 마치 그녀에게 아무것도 강요하지 않겠다고 선언하는 것처럼 두 팔을 벌렸다. 하지만 다시 입을 열었다.

"이봐! 당신 내게 뭔가 숨기고 있어…… 마지막으로 한 가지만 묻겠어. 혹시 본농 부인이 당신을 홀대라도 했나?"

오! 천만에요, 본농 부인은 날 항상 환대했어요. 부인은 아주 상냥하시고 통도 크며 강직하신데다 눈부신 금발머리만 봐도 알 수 있듯이 쉰다섯 살의 나이에도 여전히 아름다우시죠! 부군이 살아 계실 때도 그랬지만 혼자 되신 뒤로도 부인은 자주 세세하게 마음을 써주신다고 다들 말하죠. 두앵빌에서는 부인에 대한 칭송이 자자해요. 그분은 두앵빌 저택을 근사한 곳으로 탈바꿈시켰어요. 루앙의 모든 사교계가,

특히 법조계 사람들이 그곳을 방문하죠. 본농 부인은 친구분들이 많은데 주로 법조계 쪽이에요.

"그렇다면 털어놓으라고, 바로 라셰네 부부가 당신을 싸늘하게 대했나보군."

그럴지도 모른다. 라셰네와 결혼한 뒤로 베르트는 더이상 예전 같지 않았다. 불쌍한 베르트, 그녀는 별로 좋게 변하지 않았다. 코는 붉어지고 너무 볼품없어진 것이다. 루앙의 귀부인들은 그녀의 특출함을 입에 침이 마르도록 칭찬한다. 그래서 못생기고 인정머리 없으며 구두쇠인 그녀의 남편은 오히려 자기 부인을 빛바래게 하고 못된 여자로 만들려 애쓰는 듯하다. 그렇지만 아니다, 베르트는 옛 동무에게 지킬 건 지키며, 구체적으로 어떠한 비난도 한 적이 없다.

"그렇다면 거기서 당신 마음에 들지 않는 사람은 바로 법원장이로군?"

그때까지 평탄한 목소리로 천천히 대답하던 세브린은 그 말을 듣고 다시 평정을 잃었다.

"그분이라니요, 말도 안 돼요!"

그녀는 신경질적인 짧은 문장으로 말을 이었다. 그분과 마주치는 일은 거의 없을 정도다. 그분은 정원 별채를 혼자서만 쓰는데 출입문은 인적 없는 오솔길로 나 있다. 그분이 외출했다가 돌아오는 것은 아무도 모른다. 그분의 누이마저도 그분이 도착하는 날짜를 정확하게 알지 못한다. 그분은 바랑탱에서 마차를 잡아타고 한밤중에 두앵빌에 도착해서는 아무도 모르게 며칠 동안 별채에서 지낸다. 아! 그분은 그 집에서 당신이 꺼림칙하게 여길 그런 사람이 아니다.

"내가 당신에게 그렇게 말한 것은 어릴 때 그 사람이 새파랗게 질릴 만큼 무서웠다고 당신이 내게 수도 없이 말했기 때문이야."

"아! 새파랗게 질릴 만큼 무서웠다고요? 당신도 참, 만날 과장이나 하고…… 그래요, 그분이 잘 웃지 않는 것은 분명해요. 그분은 그 큰 눈으로 뚫어지게 노려봐서 금방 고개를 떨구게 만들지요. 나는 사람들이 그분에게 말 한마디 못하고 바들바들 떠는 것도 보았어요. 그 정도로 그분은 사람들에게 강압적이죠. 엄격하고 빈틈이 없다는 평판이 자자할 정도로…… 하지만 나한테는 아니에요. 그분은 나를 한 번도 꾸짖은 적이 없어요. 나는 항상 그분이 나한테는 약하다고 느꼈죠……"

그녀의 목소리는 다시 차분해지고 두 눈은 먼 곳을 바라보는 듯 초점을 잃었다.

"기억나요…… 꼬맹이였을 때 길거리에서 친구들과 놀다가 그분이 나타나기라도 하면 모두들 혼비백산해서 달아났죠. 그분 딸 베르트마저도요. 베르트는 허구한 날 무엇인가를 잘못했다고 벌벌 떨었어요. 그런데 난 말이죠, 그분이 다가오기를 조용히 기다렸어요. 그분은 지나가다가 내가 고개를 들고 미소 짓고 있는 걸 보고는 내 뺨을 톡 건드렸지요…… 나중에 열여섯 살이 되었을 때도 베르트가 아버지에게 뭔가 부탁할 게 있을 때는 항상 내게 시켰지요. 나는 똑바로 말했어요, 시선을 내리깔지도 않고요. 그리고 그분의 시선이 내 살갗에 박히는 것을 느꼈어요. 하지만 난 아랑곳하지 않았어요. 그분이라면 내가 바라는 것은 모두 들어줄 거라고 확신했거든요!…… 아! 그래요, 생각나요, 생각나! 눈을 감으면 그곳 저택 정원의 덤불숲, 복도, 방, 그 어느 것 하나 떠오르지 않는 것이 없어요."

그녀는 눈을 감고 입을 다물었다. 그녀의 발갛게 상기된 얼굴 위로 옛날 일들이, 그녀가 한 번도 입에 올린 적이 없는 일들이 경련을 일으키며 지나가는 것 같았다. 잠시 그녀는 입술을 바르르 떨면서 그렇게 있었다. 그 떨림은 마치 자기도 모르게 일어난 안면 경련처럼 그녀의 한쪽 입가를 고통스럽게 일그러뜨렸다.

"그 사람, 당신에게는 분명히 아주 자상했겠지." 루보가 파이프 담배에 불을 붙이고 나서 다시 입을 열었다. "그 사람은 당신을 부잣집 아가씨처럼 키웠을 뿐 아니라 당신 일이라면 시시콜콜한 것까지 아주 꼼꼼하게 챙겼고, 게다가 우리 결혼 때는 부족한 비용을 대주기도 했지…… 그 사람이 당신에게 뭔가를 유산으로 남겨줘야겠다고 내 앞에서 말했던 건 차치하고라도 말이야."

"그래요." 세브린이 중얼거렸다. "철길이 가운데로 지나가 양분된 그 땅, 크루아드모프라에 있는 그 집 말이죠. 가끔 거기에 들러 일주일씩 보내곤 했지요…… 오! 난 그거 별로 기대하지 않아요. 라셰네 부부가 그분이 내게 아무것도 물려주지 못하도록 그분을 구워삶을 게 뻔한데요 뭘. 그래요, 나는 그냥 아무것도 없는 편이 더 좋아요, 아무것도!"

그녀가 하도 활기찬 목소리로 이 마지막 말을 내뱉어서 그는 깜짝 놀라 파이프를 입에서 빼내고 휘둥그레진 눈으로 그녀를 멀뚱히 바라보았다.

"당신 정신 나갔군! 다들 법원장 재산이 수백만 프랑이 분명하다고들 하는데 그 사람이 유서에 자기 양녀를 언급했기로서니 거기에 무슨 하자가 있을 거란 말이야? 아무도 의아하게 생각하지 않을 거야. 게다가 그렇게 되면 우리 일도 깔끔하게 해결될 테고."

그러다가 어떤 생각이 머리를 스쳤는지 그는 웃음을 터뜨렸다.

"당신이 그 사람 딸로 통한다고 해도 겁날 것 없는 거 아냐?…… 왜
인고 하니 당신도 알다시피 법원장은 겉보기에는 근엄하지만 그렇고
그렇다고 다들 수군대잖아. 그 사람 부인이 살아 있을 때조차도 그 집
하녀들이 모두 그를 거쳐갔다고 그러잖아. 말이 나와서 말인데 그 사
람, 지금도 당신네 여자들만 보면 덤벼들려고 하는 호색한이잖아. 이
거 참! 야, 당신이 그자의 딸일 수 있다니!"

세브린은 얼굴이 벌게져서 벌떡 일어섰다. 그녀의 푸른 눈은 질겁하
여 흔들렸고, 검은 머리는 묵직한 덩어리가 되어 짓누르는 듯 보였다.

"그분 딸, 그분 딸이라니요!…… 난 당신이 그런 말로 희롱하지 않
았으면 좋겠어요. 알았죠? 내가 그분 딸이라는 게 말이 돼요? 내가 그
분을 닮았나요?…… 아, 이제 그만해요. 우리 다른 이야기 해요. 나는
두앵빌에 가고 싶지 않아요. 왜냐하면 내가 가고 싶지 않기 때문이에
요, 난 당신과 함께 르아브르로 돌아가고 싶기 때문이라고요."

그는 고개를 끄떡이고는 몸짓으로 그녀에게 진정하라고 했다. 좋아,
좋아! 이 여자의 신경을 건드린 것으로 됐어. 그는 빙긋이 웃었다. 그
녀가 이렇게 발끈하는 모습을 본 것은 처음이었다. 아마도 백포도주
탓이리라. 좀 미안한 생각이 들어 사과의 표시로 그는 선물받은 칼을
집어들고 새삼 감탄스럽게 바라보며 정성 들여 닦았다. 그리고 칼이
면도날처럼 잘 든다는 것을 보여주기 위해 그 칼을 가지고 손톱을 다
듬었다.

"벌써 네시 십오분이네." 세브린이 일어나 뻐꾸기시계 앞에 서서 중

얼거렸다. "아직 쇼핑할 게 남았는데…… 기차 시간을 확인해봐야겠네."

그러나 그녀는 마음을 마저 진정시키기라도 하려는 것처럼 방안을 대강 정돈하는 일은 뒤로 미루고 창가로 가서 창틀에 팔을 괴었다. 그러자 그도 칼과 파이프를 내려놓고 식탁에서 일어나 그녀 뒤로 다가가 두 팔로 살그머니 그녀를 껴안았다. 그러고는 그렇게 그녀를 포옹한 채 턱을 그녀의 어깨 위에 괴고 머리는 그녀의 머리에 기댔다. 그도 그녀도 그렇게 꼼짝하지 않고 바깥을 내다보았다.

그들 아래로 여전히 자그마한 조차기관차들이 쉼 없이 왔다갔다했다. 그래도 조차기관차들은 바퀴도 흡음 장치가 되어 있고 기적도 조심스럽게 울려서, 마치 바지런한데 조신한 주부처럼 분주하게 움직이면서도 움직이는 소리가 거의 들리지 않았다. 그중 한 대가 그들의 발 아래를 지나쳐서 유럽 육교 아래로 모습을 감췄다. 트루빌에서 도착한 열차에서 분리된 객차들을 차고로 끌고 가는 것이었다. 잠시 후, 육교 너머로 다시 모습을 드러낸 조차기관차가 차량 기지에서 단신으로 막 빠져나온 다른 기관차 옆을 스쳐지나가는 것이 보였다. 번쩍이는 놋쇠와 강철로 무장한 고독한 산책자의 풍모를 내뿜으며 싱싱하고 기운찬 모습으로 운행 채비를 마친 그 기관차가 우뚝 멈춘 상태로 두 차례 짧게 기적을 울리며 전철수에게 길을 열어줄 것을 요구하자, 전철수는 지체 없이 기관차를 장거리 노선 역사 아래 플랫폼에서 만반의 준비를 하고 기다리는 객차 쪽으로 보냈다. 4시 25분발 디에프행 기차였다. 승객들이 물밀듯이 몰려들고 트렁크를 실은 수레가 굴러가는 소리가 요란했으며 인부들은 탕파를 하나씩 하나씩 객차 안으로 밀어넣었다.

기관차와 탄수차가 열차 맨 앞에 붙어 있던 유개화물차량과 쿵 하고 부딪치며 접속되자 작업팀장이 손수 나서서 연결봉의 나사를 조이는 모습이 보였다. 하늘은 바티뇰 쪽부터 어두워졌다. 잿빛 황혼이 이미 건물 외관을 집어삼키며 부채꼴처럼 넓게 펼쳐진 선로 부지 위로 내리깔리고 있었다. 저멀리 교외선과 순환선 기차들이 끊이지 않고 역을 들고나며 그렇게 침잠하는 풍경 속을 휘저었다. 거대한 역사의 어두컴컴한 지붕을 뚫고 피어오른 다갈색 연기가 어둠이 깔리기 시작한 파리 시내 위로 흩어지며 퍼져나갔다.

"그만, 그만해요. 이러지 마요." 세브린이 중얼거리듯 말했다.

아무 말 없이 조금씩, 그는 그 젊은 육체의 포근함에 취해 그녀를 꼭 껴안고 한층 더 농밀하게 어루만졌던 것이다. 그렇게 그는 그녀를 안고 놓아주지 않았다. 그녀의 체취에 혼미하게 취한데다 그녀가 그의 포옹에서 벗어나려고 활처럼 몸을 뒤로 젖히자 그의 욕정은 극에 달했다. 그는 단번에 그녀를 창가에서 번쩍 들어올린 다음 팔꿈치로 창문을 닫았다. 그의 입이 그녀의 입을 덮쳤다. 그는 그녀의 입술을 으스러지도록 빨면서 그녀를 침대로 데려갔다.

"안 돼요, 안 돼. 여긴 우리집이 아니잖아요." 그녀는 연거푸 말했다. "제발요, 이 방에서는 제발요!"

그녀 역시 배가 차고 술이 들어가 거나하고 혼곤하게 취기가 오른데다 파리를 가로질러 숨가쁘게 달려왔던 터라 아직 흥분이 채 가시지 않은 상태였다. 너무 후텁지근한 방, 식사 후 식기가 어지럽게 흐트러진 식탁, 뜻밖에도 맛난 파티로 귀결된 여행, 이 모든 것이 그녀의 피를 끓게 하고 흥분으로 전율케 했다. 그렇긴 했지만 그녀는 몸을 주기를 거부하며 침대 틀을 붙잡고 버티며 저항했다. 그것은 일종의 겁에 질린 반항이었는데 그녀 자신도 왜 그러는지 그 까닭을 분명히 알 수 없었을 것이다.

"싫어요, 싫어, 하기 싫어요."

피가 머리끝까지 솟구친 그는 짐승처럼 우악스러운 커다란 두 주먹을 그러쥐고 부르르 떨었다. 그녀를 박살낼 기세였다.

"멍청하긴, 누가 알 거라고 그래? 침대는 다시 정돈하면 그만이지."

평소 르아브르의 그들 집에서는 그가 철야 근무에서 돌아와 식사를 마치고 났을 때면, 그녀는 그의 뜻을 거스르지 않고 고분고분하게 몸을 허락했다. 그리 달갑진 않았지만 그녀는 좋은 척 나긋나긋하게 대하고 그에게 부응하여 자신도 쾌락을 느끼는 듯 애정 넘치는 화답을 보냈다. 그런데 지금 이 순간 그를 미치도록 흥분하게 만드는 것은, 그렇게 육욕에 달떠 전율하던 그녀가 그동안 숱하게 안아왔음에도 불구하고 한 번도 경험해보지 못한 여자처럼 느껴진다는 사실이었다. 광채가 나는 그녀의 검은 머리채 때문에 그녀의 고요한 연보랏빛 푸른 눈은 어둡게 가라앉아 보였고 그녀의 앙다문 입은 약간 달걀형인 얼굴에서 선홍빛으로 빛났다. 그가 전혀 알지 못하는 여인이 거기 그렇게 있었다. 이 여자는 왜 거부하는 걸까?

"말해, 왜 이러는 거야? 시간도 있잖아."

스스로 어떻게 해야 할지 갈피가 잡히지 않는 갈등에 휘말려 말할 수 없이 괴로워하던 그녀가 마치 그동안 완전히 무시당하고 있었다는 것을 깨닫기라도 한 것처럼 별안간 정말로 고통스러워하며 고함을 내질렀고, 뜻밖의 반응에 깜짝 놀란 그는 잠자코 입을 다물었다.

"하지 마요, 하지 마, 제발 부탁이에요, 날 가만 내버려둬줘요!⋯⋯ 나도 모르겠어요. 그게 목을 조르는 것 같아요. 그 생각뿐이에요. 지금 은⋯⋯ 그건 좋지 않을 것 같아요."

둘은 똑같이 침대 발치에 털썩 주저앉았다. 그는 자신을 태우는 뜨거운 불기운을 떨쳐내기라도 하듯 손으로 얼굴을 문질렀다. 그가 다시 평정을 되찾은 모습을 보자 그녀는 상냥한 표정으로 그에게 몸을 굽혀 그래도 자기가 그를 얼마나 사랑하는지 증명해 보이고 싶어 그의 뺨에 진한 입맞춤을 해주었다. 잠시 그들은 그렇게 아무 말 없이 가만히 앉아 마음을 가라앉혔다. 그는 그녀의 왼손을 붙잡고 손가락에 끼여 있는 오래된 금반지를 매만졌다. 조그만 루비 알이 박힌 금빛 뱀 모양의 그 반지를 그녀는 결혼반지를 낀 손가락에 같이 끼고 있었다. 그가 알기로 그 반지는 항상 그 손가락에 끼여 있었다.

"내 귀여운 작은 뱀," 세브린은 그가 반지를 바라보고 있다는 데 생각이 미치자 뭐라도 말을 해야 할 것만 같아 꿈결에 잠긴 듯 무심한 목소리로 말했다. "크루아드모프라에서였죠, 그가 내 열여섯 살 생일 선물로 이 반지를 준 게."

루보는 깜짝 놀라 고개를 쳐들었다.

"누구라고? 법원장?"

남편과 눈이 마주쳤을 때는 그녀가 이미 화들짝 정신을 차리고 난 다음이었다. 두 뺨에 서늘하게 소름이 돋는 것을 느꼈다. 그녀는 뭐라고 변명하고 싶었으나 그녀를 포박한 마비 같은 것에 가위가 눌려 아무런 말도 할 수 없었다.

"아니," 그는 말을 이었다. "당신이 나한테 항상 말하기를, 이 반지는 당신 어머니가 물려준 거라고 했잖아."

다시 한번 그 짧은 순간, 그녀는 아무 생각도 나지 않는다는 듯 아무렇지도 않게 자신이 뱉은 말을 주워 담을 수도 있었다. 그에게 어리둥절한 표정을 지어 보이며 웃어주면 그만이었을지도 모른다. 그러나 그녀는 더이상 자신을 통제하지 못하고 자신도 모르는 사이에 고집을 피우고 말았다.

"여보, 내가 언제요. 난 당신에게 우리 엄마가 나한테 이 반지를 물려주었다고 말한 적 없어요."

갑자기 루보가 그 역시 창백해진 채 그녀의 얼굴을 뚫어져라 쳐다보았다.

"뭐라고? 내게 그렇게 말한 적이 없다고? 그렇다고 스무 번도 넘게 말했겠다!…… 법원장이 당신에게 이 반지를 선물했다고 해도 하등 잘못될 건 없지. 그는 당신에게 다른 것들도 곧잘 주었으니까…… 하지만 왜 내게 그 사실을 숨겼지? 왜 어머니 핑계를 대면서 거짓말을 했지?"

"나는 엄마 얘기를 한 적이 없어요. 여보. 당신이 착각한 거예요."

이렇게 고집을 피우는 것은 멍청한 짓이었다. 그녀는 끝장이라는 것을, 그가 자기 속내를 속속들이 읽고 있다는 것을 알아차렸다. 할 수 있다면 되돌리고 싶었다. 자기 말을 주워 담고 싶었다. 그러나 때를 놓쳤다. 그녀는 자신의 표정이 이미 허물어져버렸다는 것을, 자신의 의지와는 별개로 모든 속내를 실토하고 말리라는 것을 직감했다. 뺨에 돋은 소름이 이미 얼굴 전체를 뒤덮은 상태였고 신경질적인 경련이 입술을 일그러뜨렸다. 그는 피가 곧 혈관을 뚫고 솟구칠 것처럼 돌연 다시 불콰해진 얼굴로 윽박지르듯 그녀의 두 손목을 꽉 그러잡더니, 공포에 질린 그녀의 두 눈에서 그녀가 소리내어 말하지 못하는 것을 기어이 읽어내겠다는 심산으로 그녀의 얼굴에 자기 얼굴을 바짝 들이대고 노려보았다.

"이런 망할!" 그가 더듬거렸다. "이런 망할!"

그녀는 겁을 잔뜩 집어먹고 주먹이 날아올까봐 고개를 숙여 얼굴을 팔로 감쌌다. 이 반지에 대해 거짓말한 것을 까맣게 잊은 일, 그 사소하고 보잘것없으며 대수롭지 않은 사실이 방금 전 몇 마디 말을 주고받다가 진상을 불러낸 것이다. 그것도 단 일 분으로 족했다. 그는 그녀를 단번에 번쩍 들어올려 침대 너머로 내던지고 나서 그녀에게 마구 두 주먹을 날렸다. 결혼 후 삼 년 동안 그는 그녀에게 한 번도 손찌검을 한 적이 없었다. 그런데 그랬던 그가, 소싯적에 객차를 밀었던 커다란 손을 가진 그 남자가, 짐승처럼 흥분해서, 눈이 뒤집히고 정신이 나가서 그녀를 죽일 듯이 묵사발 내고 있었다.

"이런 망할 것 같으니라고! 네가 함께 잤다니!…… 함께 잤다니!…… 함께 잤다니!"

그는 이 말을 반복하며 흥분이 극에 달해 말끝마다 주먹을 내리쳤는데 주먹질로 그녀의 살을 짓이겨버리겠다는 기세였다.

"그런 늙다리랑, 이런 망할 것 같으니라고!…… 함께 잤다니!…… 함께 잤다니!"

그의 목소리는 분노 때문에 꽉 잠겨 급기야 꺽꺽거리기만 할 뿐 더는 입 밖으로 나오지 못했다. 그 순간 그의 귀에는 그녀가 주먹질에 만신창이가 되면서도 아니라고 부인하는 소리만 들릴 뿐이었다. 그녀로서는 달리 저항할 방도가 없었다. 그녀는 이렇게 부인하지 않으면 그가 자기를 죽여버리고 말 거라고 생각했다. 그런데 그 외침이, 그 고집스러운 거짓말이 그를 더욱 미치게 만들었다.

"함께 잤다고 고백해."

"아니에요! 아니에요!"

그는 그녀를 다시 일으켜세우고는 그녀가 자기 몸을 숨기려는 가련한 존재처럼 얼굴을 자꾸 이불 위로 숙이는 것을 막기 위해 두 팔로 그녀를 꽉 잡았다. 그는 그녀가 자신을 똑바로 쳐다보도록 강요했다.

"함께 잤다고 고백해."

그러나 그녀는 스르르 미끄러져내리더니 몸을 빼서 문 쪽으로 달아나려고 했다. 그는 펄쩍 뛰어 다시 그녀를 덮치고 주먹을 허공에 쳐들었다. 그러고는 분이 치밀어 단 한 방에 후려쳐 그녀를 식탁 옆으로 나동그라지게 했다. 그는 그녀 옆으로 몸을 날려 그녀의 머리카락을 한 움큼 거머쥐고 얼굴을 바닥에 처박아 옴짝달싹 못하게 했다. 잠시 그들은 그렇게 꼼짝 않고 마주보며 바닥에 널브러져 있었다. 이윽고 이 무시무시한 침묵 속으로 도베르뉴 집안의 두 처녀가 부르는 노랫소리와 웃음소리가 밑에서 들려왔는데 피아노 소리가 광포하게 울려 다행스럽게도 아래층으로는 싸우는 소리가 전달되지 않았다. 소녀들이 즐기는 윤무곡을 클레르가 노래 부르고 소피는 열성껏 피아노로 반주를 맞추는 것이리라.

"함께 잤다고 고백하라니까."

그녀는 더이상 아니라고 말할 기력이 없었다. 그녀는 일절 대꾸하지 않았다.

"함께 잤다고 고백해, 빌어먹을! 안 하면 네 배를 갈라버리겠어!"

그는 그녀를 죽이려면 죽일 수도 있었을 것이다. 그녀는 그의 눈에서 분명히 읽었다. 그녀는 넘어지면서 칼이 펴진 채로 식탁 위에 놓여 있던 것을 보았다. 번쩍이는 칼날이 다시 그녀의 눈에 들어온 순간 그녀는 그가 팔을 뻗었다고 생각했다. 자포자기하고 싶은 생각이 엄습했다. 그녀 자신을, 모든 것을 포기하고 싶은 마음, 이제 그만 끝을 보고 싶은 마음.

"그래요! 맞아요, 사실이에요. 이제 내가 가버려도 상관하지 마요."

그런데 그게 아주 고약했다. 그가 그렇게 윽박질러 요구한 고백이 마치 있을 수 없는 끔찍한 것인 양 그의 안면을 무참히 강타한 것이다. 그는 그런 치욕감을 추호도 예상하지 못한 듯했다. 그는 그녀의 머리를 움켜잡고 식탁 다리에 짓찧었다. 그녀는 발버둥쳤지만 그는 그녀의 머리채를 휘어잡고 의자들을 넘어뜨리면서 온 방안을 질질 끌고 다녔다. 그녀가 몸을 일으켜세우려고 용을 쓸 때마다 그는 주먹을 날려 그녀를 타일 바닥에 내동댕이쳤다. 숨을 헐떡거리면서, 이를 앙다물고, 야만적이고 저열할 정도로 집요하게. 그 바람에 식탁이 밀려서 난로를 뒤엎을 뻔했다. 찬장 모서리에 뽑힌 머리카락들이 엉키고 핏자국이 묻어났다. 때리고 맞느라 지친데다 혼이 다 빠져나가고 공포감이 턱밑까지 차오른 그들이 겨우 숨을 돌리고 보니 침대 옆에 되돌아와 있었다. 그녀는 여전히 바닥에 나동그라져 있고 그는 그녀의 어깨를 붙잡은 채 웅크려 앉은 상태였다. 그들은 숨을 몰아쉬었다. 아래층에서는 음악이 그치지 않는 가운데 너무도 낭랑하고 젊은 웃음소리가 올라왔다.

갑자기 루보가 세브린을 일으켜 침대에 기대앉혔다. 그런 다음 무릎을 꿇은 자세로 그녀의 몸을 자기 몸으로 누르고 나서야 입을 열었다. 그는 이제 그녀를 더이상 때리지 않았다. 그 대신 질문을 해대는 것으로, 사실을 밝혀내고 말겠다는 억누를 수 없는 욕구로 그녀를 고문해 댔다.

"그러니까 함께 잤단 말이지, 갈보 같으니라고!…… 다시 한번 말해봐, 다시 한번 그 늙은이랑 잤다고 말해봐…… 그래, 대체 몇 살 때부터야, 응? 아주 어렸을 때부터였겠네, 아주 어렸을 때부터 말이야, 안 그래?"

갑자기 그녀가 울음을 터뜨렸다. 흐느끼느라 대답을 할 수 없을 지경이었다.

"이런 망할! 말하겠다며!…… 응? 열 살도 안 돼서부터 그자의, 그 늙은 작자의 노리개였던 거야? 그자가 널 애지중지 키운 게 그 때문이지? 그 더러운 짓 때문이지? 그렇다고 말해, 이런 망할 것! 말하지 않으면 다시 패 죽일 거야!"

그녀는 우느라 한마디도 대답할 수 없었다. 그러자 그가 손을 쳐들고 그녀를 한 번 후려쳐 울음을 삼키게 했다. 세 번씩이나 거듭 후려쳐도 대답을 얻어내지 못하자 그는 그녀의 따귀를 때리며 질문을 되풀이했다.

"몇 살 때야? 말해, 이 갈보! 말하란 말이야!"

왜 이렇게 싸우는 걸까? 그녀는 자신의 존재가 발밑으로 빠져나간 것 같았다. 그의 노동자 출신다운 우악스러운 손가락이 그녀의 심장을 후벼파낸 것 같았다. 신문은 계속되었고 그녀는 모든 것을 불었다. 수치심과 공포심에 혼이 나간 상태여서 그녀가 내뱉는 말은 너무 나직해

들릴락 말락 했다. 그는 격심한 질투에 물어뜯겨 고통스러웠으며 그 고통스러운 장면들이 환기될 때마다 온몸이 짓찧기는 것 같아 울화가 치밀었다. 그는 그녀가 말하는 게 아무리 해도 성이 차지 않아 시시콜콜 되짚어 말하라고, 사실을 구체적으로 말하라고 윽박질렀다. 그는 비참한 여인의 입술에 귀를 바짝 들이대고 그녀의 고백에 죽을 것처럼 망연자실하면서도 한편으로는 주먹을 치켜들고 만일 말을 중단하면 그 즉시 다시 두들겨 패버리겠다고 계속 위협을 해댔다.

또다시 두앵빌에서의 과거가, 유년기와 청춘 시절이 빠짐없이 줄줄이 거론되었다. 공원의 우거진 덤불숲속이었나? 저택의 회랑 어딘가 굽이져서 눈에 띄지 않는 곳이었나? 그러니까 법원장은 정원사가 죽고 자기가 그녀를 맡아 딸과 함께 키우기로 했을 때부터 이미 그녀를 노렸던 거겠지? 다른 계집애들은 한창 놀다가도 법원장의 모습이 보이면 달아나기 바빴는데 그녀는 미소 띤 낯짝을 내밀고는 그가 지나가다가 자기 뺨을 톡 건드려주기를 기다렸댔지, 맞아, 그 무렵부터 그 일이 시작된 게 틀림없어. 그리고 좀더 커서 그녀는 감히 법원장을 똑바로 쳐다보며 말하고 법원장에게 무엇이든 얻어냈는데, 그건 바로 그녀가 스스로 그의 정부임을 자신해서 그런 게 아니겠어? 그러니까 다른 사람들한테는 그토록 위세를 부리고 엄하게 굴던 그자가 그녀의 치마를 들치는 재미로 그녀를 돈 주고 산 셈이지. 에이! 더러운 짓거리 같으니라고. 그 늙은이는 계집아이가 무르익는 것을 기다릴 겨를도 없이 마치 손녀를 귀여워하는 할아버지인 체하며 그녀더러 수시로 그 짓을 시키면서 그녀가 커가는 것을 지켜보는 재미로 그녀를 더듬고 매번 조금씩 따먹었던 거야!

루보는 가쁘게 숨을 몰아쉬었다.

"그래, 몇 살 때야…… 몇 살 때냐고? 다시 말해봐."

"열여섯 살이 넘었을 때."

"거짓말!"

거짓말이라고, 세상에! 무엇 때문에? 그녀는 마음대로 생각하라는 듯, 만사가 귀찮다는 듯 노골적으로 양어깨를 으쓱했다.

"그러면 맨 처음 그 짓을 한 곳은 어디지?"

"크루아드모프라."

그는 잠깐 멈칫했다. 그의 입술이 움찔하고 노란 섬광 같은 것이 순간적으로 두 눈을 가렸다.

"좋아, 나한테 솔직히 말해주면 좋겠어, 그자가 당신한테 무슨 짓을 했지?"

그녀는 대답하지 않았다. 그러다 그가 주먹을 들어 위협하자 입을 열었다.

"말을 해도 당신은 내 말을 믿지 않을 거예요."

"그래도 말해봐…… 그자가 아무 짓도 할 수 없었다고, 그렇지?"

그녀는 고갯짓으로 그렇다고 대답했다. 그뿐이었다. 그런데 그렇게 대답하자 그가 그때의 장면을 자세히 말하라고 윽박질렀다. 그는 그 장면을 시시콜콜 알고 싶었다. 그는 밑바닥까지 내려가 상스러운 단어들과 추잡스러운 질문들을 퍼부어댔다. 그녀는 그래도 입을 열지 않았다. 그녀는 계속 고갯짓으로만 그렇다거나 아니라고 말했다. 실토를 하더라도 그런 식으로 하는 편이 어쩌면 그도 그녀도 둘 다 괴로움을 덜 겪는 것일지 모를 일이었다. 그러나 그녀 입장에서는 그편이 고통을 덜어주는 것이라고 생각되겠지만 그로서는 오히려 세세한 장면들이 떠올라 더욱더 괴로웠다. 사실대로 낱낱이 고해바쳤다면 비록 그 장면들이 그의 머릿속을 떠나지는 않더라도 그나마 덜 고통스러웠을지도 모른다. 아무튼 그러한 분탕질에 대한 상상이 상황을 있는 대로 악화시키고 질투의 독기를 머금은 눈물이 그의 살갗 깊숙이 스며들었다가 배어나오게 했다. 이제 끝장이다, 더는 살 수 없을 것 같았다. 그 빌어먹을 장면이 줄곧 떠오를 것이다.

한줄기 흐느낌이 그의 목구멍을 찢어놓았다.

"아! 이런 망할…… 아! 이런 망할!…… 있을 수 없는 일이야, 절대로, 절대로! 너무해, 이건 있을 수 없는 일이야!"

그러더니 갑자기 그녀를 붙잡고 흔들었다.

"이런 망할 화냥년 같으니라고! 왜 나랑 결혼했지?…… 넌 그렇게 날 속여먹은 게 얼마나 더러운 짓인 줄 알기나 해? 감옥에 처넣어 마땅한 도둑년들도 그처럼 양심에 거리낄 짓은 하지 않아…… 그러니까 넌 날 깔본 거야, 넌 날 사랑하지 않았지?…… 그래! 넌 왜 나와 결혼했지?"

그녀는 보일 듯 말 듯 몸을 옴죽거렸다. 지금 이 순간 그녀인들 그 이유를 제대로 알겠는가? 그와 결혼하면서 그녀는 행복했다. 그 사람과 관계를 끝낼 수 있을 거라는 기대가 있었으니까. 인생에서는 하고 싶지는 않지만 해야 하는 일이 많은 법이다. 그렇게 하는 것이 훨씬 더 현명한 일이니까. 그렇다, 그녀는 그를 사랑하지 않았다. 그녀가 그에게 가급적 말하고 싶지 않은 것은 만일 그런 일이 없었더라면 자기는 결코 그의 아내가 되는 데 동의하지 않았으리라는 사실이다.

"그자는, 안 그래? 널 시집보내려고 했어. 그리고 맞춤한 얼간이를 하나 찾아낸 거고…… 그렇지? 그자는 그 짓을 계속하기 위해 널 시집보내려고 했던 거야. 그리고 너희 두 연놈은 그 짓을 계속했어, 그렇지? 네가 두 번씩이나 거기에 갔을 때 말이야. 그자가 널 데려간 것도 그 때문이지?"

그녀는 다시 한번 고갯짓으로 그렇다고 인정했다.

"그자가 이번에 또 널 부른 것도 그 때문이고?…… 그러니 죽을 때까지 그런 추잡스러운 짓거리가 계속되겠지! 그러니 내가 널 목 졸라 죽이지 않는다면 그 짓거리는 다시 되풀이될 거야!"

그의 두 손이 부들부들 떨리면서 앞으로 뻗치더니 그녀의 목을 거머쥐었다. 하지만 이번에는 그녀가 거세게 반발했다.

"그만해요, 당신 얘기는 말도 안 돼요. 거기에 가지 않겠다고 거절한 건 바로 나예요. 당신이 날 거기에 보낸 거잖아요. 나는 화가 났단 말이에요. 생각해봐요…… 내가 더이상 가고 싶지 않아한다는 걸 잘 알잖아요. 그건 이미 끝난 일이에요. 결코, 결코 두 번 다시 난 가지 않을 거예요."

그는 그녀의 말이 진심이라는 것을 알았다. 그러나 조금도 마음이 편안해지지 않았다. 끔찍한 고통, 그의 가슴 한복판에 찍힌 낙인, 그것은 치유될 수 있는 것이 아니었다. 그녀와 그 작자 사이에 있었던 일인 것이다. 그는 그 일을 없었던 일로 만들 방도가 없다는 무력감에 치를 떨 만큼 고통스러울 뿐이었다. 그녀의 목을 거머쥔 손을 풀지 않은 채 그는 그녀의 얼굴에 자기 얼굴을 가까이 가져갔다. 마치 그녀의 가느다란 푸른 핏줄에 흐르는 피에서 그녀가 자신에게 실토한 것을 하나도 남김없이 되찾기라도 할 것처럼 그렇게 그는 홀려 빨려들듯 그녀의 얼굴에 이끌렸다. 그리고 강박과 환각에 사로잡혀 중얼거렸다.

"크루아드모프라에서, 붉은 침실에서…… 나도 그 방을 알아, 창문이 철길로 나 있지, 침대가 맞은편에 있고. 거기서, 그 방에서…… 그자가 너에게 그 집을 주겠다고 말한 까닭을 알겠군. 넌 그 집을 몸을 바쳐서 번 거야. 그자가 당신 돈에 신경써주고 지참금을 마련해준 것도 다 그에 대한 대가였던 거지…… 판사에, 백만장자에, 그렇게나 존경받고 배운 것도 많고 지위도 높은 자가! 맞아, 너희 둘은 머리가 돈 거야…… 그런데 이것 봐, 혹시 그자가 네 아비인 거 아냐?"

세브린은 필사적으로 몸을 일으켰다. 그녀는 연약하기 그지없는 제압당한 가련한 존재라고는 믿기지 않을 정도로 완력을 발휘해 그를 밀쳐냈던 것이다. 격분에 사로잡힌 그녀가 항변했다.

"아니야, 아니야, 그렇지 않아! 당신이 뭐라고 떠들든 다 좋아, 하지만 그건 아냐. 날 때려, 날 죽여…… 하지만 그렇게 말하지 마, 거짓말이야!"

루보는 두 손으로 그녀의 한쪽 손을 잡았다.

"거기에 대해 뭔가 알고 있는 거지? 그렇게 발끈하는 것도 바로 너 자신도 그럴지 모른다는 의구심이 있기 때문인 거야."

그런데 그녀가 손을 빼내는 순간, 그는 그녀의 손가락에 잠시 잊고 있던 그 반지, 루비가 박힌 뱀 모양의 그 가느다란 금반지가 끼여 있는 것을 깨달았다. 그는 다시금 분노가 치밀어올라 그 반지를 그녀의 손가락에서 빼내 바닥에 놓고 발뒤꿈치로 밟아 우그러뜨렸다. 그러더니 입을 다문 채 어쩔 줄 몰라하며 방 이 끝에서 저 끝으로 왔다갔다했다.

그녀는 침대가에 널브러진 채 커다란 두 눈을 그에게 고정시켰다. 그렇게 끔찍한 침묵이 흘렀다.

루보의 분노는 조금도 누그러지지 않았다. 분노는 조금 가라앉는가 싶다가도 그 즉시 마치 취기처럼, 곱절로 증폭된 엄청난 파장을 일으키며 다시 밀려들어 그를 정신 못 차리게 몰아쳤다. 그는 더이상 자신을 제어할 수 없었다. 자신을 세차게 후려치는 광포한 바람이 휘몰아칠 때마다 내팽개쳐지며 허공을 향해 발버둥치다가, 자기 안 깊숙한 곳에서 으르렁거리는 짐승을 잠재워야 한다는 일념으로 다시 고꾸라지기를 반복했다. 어떤 육체적이고 즉각적인 욕구가 마치 복수에 굶주린 것처럼 그의 몸을 뒤틀리게 하고 한순간의 휴식도 허용하지 않았는데, 그 정도로 그는 그 허기를 어떤 수로도 해소할 수 없을 것 같았다.

그는 잠시도 멈추지 않고 두 주먹으로 자신의 관자놀이를 두드리다가 불안한 목소리로 더듬거렸다.

"이제 어쩌지?"

이 여자는, 아까 그 즉시 죽였어야 했는데 그러지 못했으니 이젠 죽이지 못할 것 같았다. 그녀를 살려둔 자신의 비겁함에 생각이 미치자 그의 분노는 더욱 격화되었다. 그것은 비겁한 짓이었기 때문이다. 그가 그녀의 목을 조르지 못했던 것은 그가 아직 그녀의 음탕한 육신에 집착하고 있기 때문이었다. 그렇다고 그녀를 이대로 데리고 살 수는 없었다. 그럼 쫓아내야 하나, 길거리에 버려야 하나, 그렇게 두 번 다시 보지 말아야 하나? 그러나 정작 자신이 그럴 엄두조차 내지 못할 거라는 것을 직감하자 또다른 고통의 물결에 휩쓸리면서 고약한 구역질이 머리끝까지 치밀었다. 그렇다면 도대체 뭐야? 역겨움을 감내하고 이 여자를 르아브르에 다시 데려가서 아무렇지도 않은 양, 평온한 척 계속 함께 사는 수밖에 없네. 아냐! 아냐! 차라리 죽는 게 나아, 우리 둘 다를 위해서라도 지금 죽어버리는 게 나아! 이렇게 비참한 생각이 들어 감정이 치밀어오르자 그는 그만 자제력을 잃고 더 크게 소리쳤다.

"이제 어쩌지?"

세브린은 여전히 침대가에 앉은 채로 두 눈을 크게 뜨고 그를 주시했다. 그동안 그와 함께 살아오면서 요란하진 않지만 그래도 정이 든 터라 그가 이렇게 무지막지하게 고통스러워하는 모습을 보자 진작부터 가여운 생각이 들었다. 상스러운 말이나 구타쯤은 그러려니 넘길 수도 있었을 것이다. 그렇게 미친듯이 격앙된 반응이 조금만이라도 덜 충격적이었다면 말이다. 그러나 그녀는 아직도 그 충격에서 벗어나지 못했다. 아주 어려서부터 늙은이의 정욕에 굴종하고 더 자라서는 그런 상황을 정리하고 싶은 소박한 바람에서 하라는 대로 결혼을 한 그녀는 수동적이고 고분고분한 성격이라 그런 질투의 폭발을, 그녀가 후회하고 있는 지나간 과오에 대해 질투가 폭발한 것을 납득하기 어려웠다. 게다가 무슨 죄를 지은 것도 아니고 아직은 육욕이 뭔지도 잘 모르는데다 스스로 얌전한 여자라는 자의식을 어느 정도 갖고 있어 나름 정숙하다고 자처하는 그녀는 남편이 분노에 휩싸여 방안을 이리저리 맴도는 모습을 마치 한 마리 늑대를, 인간이 아닌 별종을 보듯 지켜볼 뿐이었다. 대체 저 사람 안에는 뭐가 들어 있는 걸까? 화내지 않는 사람도 많은데! 그녀가 소름 끼치는 것은 그가 짐승으로 느껴진다는 사실이었다. 삼 년 전부터 그런 마음을 품고 있었는데 그동안 소리 없이 으르렁거리던 그 짐승이 오늘은 고삐가 풀려서 미친듯이 날뛰며 물어뜯을 기세인 것이다. 불행한 일이 벌어지지 않게 하려면 저 사람에게 뭐라고 말해야 하나?

방안을 왔다갔다할 때마다 그는 침대 옆의 그녀 앞을 꼭 지나쳤다. 그녀는 그가 자기 앞을 지나가기를 기다리다가 마침내 용기를 내어 말을 걸었다.

"여보, 내 말 좀 들어봐요……"

그러나 그는 그녀의 말에 아랑곳하지 않고 마치 폭풍우에 휩쓸리는 지푸라기처럼 저 끝으로 다시 가버렸다.

"이제 어쩌지? 이제 어쩌지?"

그녀는 참다못해 그의 손목을 붙잡고 잠시 못 움직이게 했다.

"여보, 잘 생각해봐요, 거기 가지 않겠다고 한 건 나잖아요…… 다시는 거기 가지 않을 거예요! 다시는! 내가 사랑하는 사람은 바로 당신이에요."

그녀는 애정 어린 몸짓으로 그를 끌어당겨 얼굴을 감싸 들어올린 다음 입을 맞추려고 했다. 하지만 그녀 곁에 쓰러진 그는 혐오스럽다는 듯 화들짝 그녀를 밀쳐냈다.

"아! 이 더러운 년, 네가 지금 하려는 짓은…… 방금 전 넌 하고 싶지 않다고 했어, 넌 날 원하지 않았단 말이야…… 그런데 지금은 하고 싶다고? 나와 다시 살겠다고, 응? 남자를 그런 식으로 붙잡으면 옴짝달싹 못하게 휘어잡기는 하겠지…… 그렇지만 난 미쳐 망가지고 말거야, 너와 다시 지내야 한다면 말이야. 그래! 그래야 한다면 내 피는 독에 중독되어 날 망가뜨리고 말 거야, 분명해."

그는 부르르 몸을 떨었다. 그녀를 품는다고 생각하자, 그들의 두 몸뚱어리가 침대 위에 엉켜 뒹구는 그림이 떠오르자 벼락을 맞은 것 같았던 것이다. 그의 육신이 허우적거리며 혼돈의 밤 속으로 빨려들고 그의 더럽혀진 욕정이 피를 흘리는 가운데 불현듯 살인의 욕구가 고개를 쳐들었다.

"내가 죽지 않고 너와 더 살려면, 이것 봐, 그전에 다른 놈을 죽여야 해…… 그놈을 죽여야 해, 그놈을 죽여야 해!"

그의 목소리가 높아졌다. 그는 마치 그 말이 자기의 결심을 공고하게 해주는 한편 자신을 침착하게 가라앉혀주기라도 하는 것처럼, 우뚝 서서 점점 더 큰 소리로 그 말을 반복했다. 그는 말을 멈추고 천천히 식탁으로 걸어가 그 위에 놓인 칼을 내려다보았다. 쫙 펴진 칼날이 번쩍거렸다. 그는 기계적인 동작으로 칼을 접은 다음 호주머니에 집어넣었다. 그리고 두 팔을 건들거리면서 시선은 먼 곳에 둔 채 그 자리에 그대로 서서 깊은 생각에 잠겼다. 자신의 계획에 걸림돌이 될 만한 요소들을 계산하는지 그의 이마에 두 개의 굵은 주름살이 새겨졌다. 그는 몸을 돌려 창문을 연 다음 우두커니 선 채 좁게 열린 틈으로 들어오는 저녁 어스름의 차가운 공기에 얼굴을 묻고서 해결책에 골몰했다. 그의 등뒤에서 아내가 다시금 공포에 사로잡혀 몸을 일으켰다. 그녀는 그에게 감히 질문할 엄두를 못 내고 저 무지막지한 머릿속에서 무슨 일이 벌어지고 있는지 알아내려고 애쓰면서 역시 너른 하늘을 바라보며 우두커니 서서 사태의 추이를 기다렸다.

땅거미가 지기 시작하면서 멀리 보이는 집들이 어둠에 묻혀갔고 정거장의 드넓은 벌판은 보랏빛 연무로 가득찼다. 특히 바티뇰 쪽으로 뻗은 깊게 파인 선로 부지는 잿더미에 파묻힌 듯 보였는데 그 속으로 유럽 육교의 철제 난간이 가뭇없이 사라져갔다. 파리 도심 쪽으로는 마지막까지 버티는 잔광이 커다란 역사의 지붕 유리창을 파르스름하게 비추었고, 그 아래로 농밀한 어둠이 몰려왔다. 불빛들이 깜빡거렸다. 플랫폼을 따라 가스등이 점등된 것이다. 커다란 불빛 하나가 휘황하게 밝혀져 있었다. 승객들로 가득찬 디에프행 열차의 기관차 전조등인데 그 기차는 이미 출입문을 닫고 운송계장의 출발 명령을 기다리는 중이었다. 한바탕 소란이 벌어진 참이었다. 전철기의 붉은 신호등이 선로를 막고 있고 그사이 작은 조차기관차가 와서는 잘못 처리해 선로에 방치되어 있던 객차들을 끌고 갔다. 짙어가는 어둠 속에서 열차들이 대기 선로에 정차된 객차들의 행렬을 헤집으며 그물처럼 얽힌 선로를 따라 끊임없이 오갔다. 열차 하나가 아르장퇴유로, 또다른 열차가 생제르맹으로 떠났으며, 셰르부르에서 장대형 열차가 도착했다. 신호음, 호루라기 소리, 기적 소리 따위가 소란스레 뒤섞였다. 사방에서 불빛들이, 붉은빛, 초록빛, 노란빛, 흰빛이 하나씩 켜졌다. 땅거미가 질 무렵이면 늘 벌어지는 소동이었다. 모든 것이 곧 부서져 흩어질 것 같았다. 모든 것이 어슬녘 저 밑바닥의 움직임과 똑같이, 바닥을 기는 듯 은근하고 모호하게 움직이면서 다가오고 스치고 벗어났다. 그러다가 전철기의 붉은 신호등이 꺼지자 디에프행 열차가 기적을 울리며 움직이기 시작했다. 희끄무레한 하늘에서 빗방울이 간간이 떨어지기 시작했다. 밤이 꽤나 축축할 모양이었다.

루보는 뒤돌아섰다. 그의 얼굴은 어둠이 깔리기 시작한 이 밤에 침범당한 것처럼 투박하고 완고했다. 그는 마음을 정했다. 그의 계획은 수립되었다. 그는 사위어가는 희미한 빛 속에서 뻐꾸기시계를 쳐다보더니 큰 소리로 말했다.

"다섯시 이십분."

그는 화들짝 놀랐다. 한 시간, 그토록 많은 일이 벌어졌는데 겨우 한 시간밖에 지나지 않았다니! 그로서는 그들 둘이 수주 전부터 그 자리에서 그렇게 서로 으르렁거렸다는 생각이 들 만도 했다.

"다섯시 이십분, 아직 시간이 있어."

세브린은 감히 물어볼 엄두도 내지 못한 채 불안한 눈길로 그를 계속 주시할 뿐이었다. 그가 장롱 속을 뒤지다가 거기서 종이와 조그만 잉크병, 펜을 꺼내는 모습이 보였다.

"자! 써봐."

"대체 누구한테요?"

"그자한테…… 앉아."

그가 무엇을 요구하는지 아직 짐작도 못한 그녀가 본능적으로 의자에서 멀어지려고 하자 그가 그녀를 끌어당겨 무지막지한 힘으로 식탁 앞에 앉힌 탓에 그녀는 꼼짝없이 그 자리에 붙잡혔다.

"이렇게 써. '오늘밤 여섯시 삼십분 급행열차예요. 루앙에 도착하기 전까지는 가만히 계세요'라고."

그녀는 펜을 집어들었으나 손이 바들바들 떨렸다. 그 두 줄의 평범한 문장이 그녀 앞에서 무엇을 겨냥하는지 전혀 알 수 없었기에 그녀의 공포심은 커져만 갔다. 그녀는 마침내 용기를 내어 고개를 들고 간청했다.

"여보, 뭘 하려는 거예요? 제발 내게 설명해줘요……" 그는 커다란 목소리로 가차없이 되풀이해 말했다.

"써, 쓰란 말이야."

그는 그녀의 눈을 뚫어져라 쳐다보면서 화난 기색 없이, 욕도 하지 않고, 그러나 그녀를 눌러 으깨어 가루로 만들기에 충분하다고 느낄 정도의 압박을 끈질기게 가하며 말을 이었다.

"내가 무슨 일을 하려고 하는지는 곧 알게 될 거야…… 그리고 잘 들어둬. 내가 하려는 것을 당신도 함께 했으면 해…… 그렇게 해야 우린 함께 지낼 수 있어, 우리 사이를 이어주는 뭔가 견고한 것이 생길 거란 말이지."

그는 그녀를 겁박했다. 그녀는 다시 버텼다.

"싫어요, 싫어. 난 알아야겠어요…… 알기 전에는 쓰지 않을 거예요."

그러자 그는 말을 멈추고 그녀의 손을 움켜잡았다. 어린아이처럼 작고 가녀린 손을 강철 같은 손아귀로 틀어쥐고서 바이스로 문 것 같은 압력을 계속 가해 으스러뜨릴 기세였다. 그가 그런 식으로 고통을 가하면서 그녀의 몸속에 밀어넣고 싶은 것은 바로 자신의 의지였다. 그녀는 비명을 내질렀다. 온몸이 바스러지면서 굴복했다. 그렇게 그녀는 영문도 모르는 채 고분고분 복종할 수밖에 없었다. 사랑의 도구, 죽음의 도구.

"써, 쓰란 말이야."

그녀는 아픔이 밀려오는 가련한 손으로 고통스럽게 썼다.

"좋아, 말을 잘 듣는군." 그가 편지를 받아들면서 말했다. "이제 여기 남아서 적당히 정돈해두고 만반의 채비를 하고 있어…… 데리러 다시 올 테니까."

그는 아주 침착했다. 그는 거울 앞에서 넥타이 매듭을 고쳐 맨 다음 모자를 쓰고 나갔다. 그가 밖에서 문을 닫아 이중으로 잠그는 소리가 들렸다. 그런 다음 그는 열쇠를 가져가버렸다. 밤은 점점 깊어갔다. 잠시 그녀는 자리에 앉아 바깥의 소리 하나하나에 귀를 기울였다. 신문팔이 여자가 사는 옆방에서 낑낑거리는 소리가 희미하게 끊임없이 들려왔다. 아마도 강아지를 두고 나간 모양이었다. 아래층 도베르뉴 집안의 피아노 소리는 멎어 있었다. 지금은 냄비와 그릇이 경쾌하게 달그락거리는 소리가 들려왔는데 두 살림꾼이 부엌에서 요리에 열중하는 소리였다. 클레르는 양고기 스튜를 만들고 소피는 샐러드용 야채를 다듬고 있는 것 같았다. 그녀는 넋이 나간 채 어둠이 내리기 시작한, 끔찍하리만치 비통한 이 밤에 갇혀 두 처녀의 웃음소리를 들었다.

6시 15분이 되자 유럽 육교 아래에서 빠져나온 르아브르행 급행열차의 기관차가 객차가 서 있는 곳으로 가서 연결되었다. 아직 자리가 나지 않았기 때문에 이 급행열차는 장거리 노선 역사에 들어올 수 없었다. 급행열차는 지붕 없는 한데에서, 역사 바깥으로 좁은 부두 모양처럼 연장되어 설치된 플랫폼에서 대기하고 있었다. 열차를 집어삼킨 짙은 잉크빛 어둠 속으로 플랫폼을 따라 띄엄띄엄 서 있는 가스등 행렬은 불빛만 보였는데 마치 침침한 별들이 일렬로 늘어선 것 같았다. 소나기는 방금 전 그치고 차가운 습기를 머금은 한줄기 바람만이 그 여운으로 남았는데, 이 광활한 개활지에 널리 퍼지던 바람은 안개에 떠밀려 로마 가에 늘어선 건물들의 전면에서 자그맣게 새어나오는 창백한 불빛들 쪽으로 퇴각하는 중이었다. 그것은 물에 잠긴, 슬프도록 거대한 풍경이었다. 여기저기 핏빛으로 물든 등불이 얼룩처럼 번져 있고, 외따로 떨어져 있는 기관차와 객차들, 열차에서 떨어져나와 대피 측선에서 졸고 있는 차량들이 시커먼 덩어리 형상으로 어수선하게 흩어져 있었다. 어둑신한 호수 저 밑바닥에서 이런저런 소리가 밀려올라왔다. 뜨거운 증기가 내뿜어지면서 나는 헐떡이는 꽹음, 폭행당하는 여인네의 날카로운 비명과 흡사한 호루라기 소리, 멀리서 울려퍼지는 구슬픈 기적 소리 같은 것들이 인근 길거리의 와자지껄한 소리와 한데 얽혔다. 차량 하나를 접속시키느라 누군가가 연방 큰 소리로 지시를 내렸다. 그러는 와중에 급행열차의 기관차가 멈춘 상태에서 배기밸브를 통해 강력한 증기를 분사했다. 컴컴한 어둠 한복판으로 솟구쳐 올라간 증기는 풀풀 흩어졌는데, 그 모습이 마치 하늘 끝까지 상장喪章을 펼치며 하얀 눈물을 흩뿌리는 것 같았다.

6시 20분, 루보와 세브린이 역에 나타났다. 세브린은 대합실 가까이 있는 화장실 앞을 지나가다가 빅투아르 아줌마에게 방 열쇠를 돌려주고 막 돌아오는 길이었다. 루보는 아내 때문에 시간이 지체된 남편처럼 다급하게 세브린을 재촉했다. 모자를 뒤로 젖혀 쓴 남자는 초조하고 우악스러운 모습이었으며, 얼굴색이 피멍 같은 자줏빛인 여자는 지쳐서 무너질 것처럼 미적거렸다. 승객들이 플랫폼에 밀려들었다. 두 남녀는 그 인파에 섞여 객차를 따라 걸어가면서 눈으로는 연신 비어 있는 일등칸을 찾았다. 승강장이 아연 활기를 띠었다. 짐꾼들은 짐가방을 실은 수레를 앞머리 화물칸으로 끌고 가고, 역무원 하나는 식구가 많은 가족 승객들의 자리를 잡아주려고 동분서주하는가 하면, 운송계장은 신호용 랜턴을 손에 들고 차량이 잘 접속되었는지, 완전히 물렸는지 주의깊게 살폈다. 루보가 마침내 빈칸을 발견하고 세브린을 막

올려보내려고 할 때 방도르프 역장이 뒷짐을 진 채 장거리 노선 담당 부소장인 도베르뉴를 대동하고서 차량 접속에 문제가 없는지 입환 작업을 지켜보느라 그곳을 지나다가 루보를 알아보았다. 수인사가 오가고 서로 하던 일을 멈추고 이야기를 나누어야 했다.

먼저 당사자들 모두 만족스럽게 결말이 지어진 부지사 관련 이야기가 오고갔다. 그다음으로 그날 아침 르아브르에서 발생한 사고가 화제에 올랐다. 그 사고는 전보로 파리까지 전해졌는데, 목요일과 토요일마다 6시 30분 급행열차를 끄는 기관차 라리종호가 정거장에 막 들어오던 순간 크랭크 연결봉이 부러져버렸다는 것이다. 수리하는 데 이틀이 걸릴 예정이어서 루보와 동향 사람인 기관사 자크 랑티에와 빅투아르 아줌마의 남편인 화부 페쾨는 그동안 르아브르에 꼼짝없이 발이 묶일 신세가 되었다는 이야기였다. 세브린은 객차에 오르지 않고 승강구 앞에 멈춰 서서 기다렸다. 그녀의 남편은 그 두 남자와 아무 거리낌이 없다는 것을 한껏 과시하려는 듯 목소리를 높이고 웃음을 터뜨렸다. 그 순간 충격음과 함께 열차가 몇 미터 뒤로 밀려났다. 기관차가 특별실 객차를 달기 위해 방금 전 매단 293호 객차 쪽으로 원래 있던 객차들을 밀었던 것이다. 여객전무로서 열차에 따라붙어 가던 아들 도베르뉴, 그러니까 앙리가 베일 달린 모자를 쓴 세브린을 알아보고는 재빨리 밀쳐내서 활짝 열려 있던 승강구 문에 그녀가 부딪히는 것을 피할 수 있게 해주었다. 그러고는 사람 좋은 표정으로 만면에 미소를 띠며 사과한 다음, 철도회사 고위 관계자 중 하나가 열차 출발 삼십 분 전에 요구해서 특별실 객차를 달게 되었노라고 해명했다. 그녀는 별다른 뜻 없이 살짝 입가를 올리며 웃음을 지어 보였고 그는 다시 일을 하러 달려갔다. 그는 매우 흡족한 기분으로 그녀와 헤어졌는데, 그녀가 다정한 애인이 되어주었으면 하고 버릇처럼 생각해왔던 것이다.

시계가 6시 27분을 가리켰다. 아직 삼 분이 남았다. 역장과 이야기를 나누면서도 내내 멀리 대합실 문 쪽을 주시하던 루보가 갑자기 역장과 헤어져 세브린 곁으로 돌아왔다. 그런데 객차가 이미 이동한 탓에 그들은 아까 봐두었던 빈칸에 도달하려고 몇 걸음을 더 옮겨야 했다. 그는 등을 돌려 자기 부인을 떠민 다음 손목 힘으로 그녀를 객차로 밀어올렸다. 그녀는 불안한 표정으로 고분고분 따랐지만 뭔가에 이끌리듯 본능적으로 뒤를 돌아다보았다. 승객 한 명이 뒤늦게 나타났다. 그는 손에 담요 한 장만 달랑 들었는데 품이 넉넉한 푸른색 반코트의 깃이 폭도 넓고 바짝 치켜진데다 푹 눌러쓴 중절모의 차양이 눈썹까지 가려서 흔들리는 가스등 불빛으로는 짧은 턱수염만 보일 뿐 얼굴을 알아보기 힘들었다. 그런데 방도르프와 도베르뉴는 그 승객이 자신의 신분을 감추려는 기색이 역력한데도 그를 영접하러 나섰다. 그들은 그를 뒤따라갔다. 그는 객차를 세 칸 더 지나 전세 낸 특별실 앞에서야 비로소 그들에게 알은체를 한 다음 서둘러 올라탔다. 바로 그 사람이다. 세브린은 몸을 떨며 무너지듯 좌석에 털썩 주저앉았다. 그녀의 남편은 일을 확실히 처리할 수 있는 쪽으로 상황이 전개되자 흥분해서는 마치 최후의 일격을 가해 손아귀에 넣으려는 듯 그녀의 팔을 으스러져라 움켜잡았다.

잠시 후면 출발 시각인 30분을 알리는 소리가 울릴 것이었다. 신문팔이는 마지막까지 석간신문을 파느라 열을 올리고 있고, 승객들은 여전히 플랫폼을 서성이며 담배를 마저 피우고 있었다. 그러나 이내 모두 열차에 올라탔다. 기차 양쪽 끝에서부터 역무원들이 승강구 문을 닫는 소리가 들렸다. 그런데 루보는 비어 있는 줄 알고 올라탄 칸에 상복을 입은 한 여인이 벙어리인 듯 꼼짝도 않고 무슨 시커먼 덩어리처럼 구석에 처박혀 있는 것을 발견하고 깜짝 놀라 기분이 상해 있던 참에, 승강구 문이 다시 열리고 역무원이 뚱뚱한 남녀 한 쌍을 짐짝처럼 들이밀어넣는 바람에 객실 안이 답답해지자 화가 머리끝까지 치밀어오르는 것을 억누를 수 없었다. 기차는 곧 출발할 터였다. 보슬비가 다시 내리기 시작해 어둠에 싸인 드넓은 벌판을 적셨고, 불 밝힌 차창만이 마치 움직이는 작은 창문들의 행렬처럼 보일 뿐 형체는 보이지 않는 기차들이 끊임없이 그 어둠 속을 가로지르며 오고갔다. 푸른 신호등이 켜진 상태였고 랜턴 불빛 몇 개가 땅에 닿을 듯 말 듯 춤을 추었다. 그러고는 아무것도, 희미한 가스등 불빛에 반사되어 장거리 노선 역사의 지붕만이 어슴푸레 드러나 보이는 무한한 검은 공간 말고는 정말 아무것도 보이지 않았다. 모든 것이 어둠에 잠겼다. 잡다한 소음도 어둠에 파묻혀, 들리는 것이라곤 배출 장치를 열고 소용돌이치는 엄청난 양의 흰 수증기를 내뱉는 기관차의 우레 같은 기적 소리뿐이었다. 구름 덩어리가 솟아올라 유령의 수의처럼 풀어헤쳐졌고 그 속을 뚫고 어디서 왔는지 알 수 없는 굵직한 검은 연기 몇 줄기가 피어올랐다. 하늘은 여전히 컴컴했다. 먹구름 한 장이 잉걸불이 타는 듯한 밤의 파리 상공을 흘러갔다.

그때 운송계장이 손에 든 랜턴을 들어올렸다. 기관사더러 선로를 열어달라고 요청하라는 신호를 보낸 것이다. 기적이 두 번 울렸고, 저편 전철수 초소 근처에 있는 붉은 신호등이 꺼지고 대신 흰 신호등이 들어왔다. 열차 앞머리에 달린 유개화차 승강구 앞에 서 있던 여객전무는 출발신호를 받아 기관사에게 전달했다. 기관사는 다시 한번 기적을 길게 울린 다음 증기압조절기를 열고 기관차를 움직였다. 기차가 출발했다. 처음에는 움직임이 감지되지 않았지만 이윽고 기차가 구르기 시작했다. 기차는 유럽 육교 밑을 빠져나가 바티뇰 터널 쪽으로 돌진했다. 멀어져가는 기차의 꽁무니에는 세 개의 후미등만이 붉은 세모 형상으로 보일 뿐이었는데 그 잔영이 마치 터진 상처에서 피가 흘러나오는 것 같았다. 그렇게 컴컴한 밤에 전율을 일으키며 달려가는 기차는 몇 초 동안 더 눈으로 좇을 수 있었다. 이윽고 기차는 내달리기 시작했다. 그 무엇도 전속력으로 달리기 시작한 이 기차를 멈춰 세울 수 없을 것 같았다. 마침내 기차는 시야에서 완전히 사라졌다.

2

크루아드모프라, 철길이 정원 한가운데를 지나가는 그 집은 철길을 비스듬히 바라보지만 철길이 워낙 가까워서 기차가 지나갈 때마다 집 채가 뒤흔들렸다. 그리고 기차를 타고 한 번 지나가기만 하면 그 집을 기억에 각인시키기에 충분했기 때문에, 빠른 속도로 그 집을 스쳐지나 가는 사람들은 누구나 서쪽에서 몰아치는 빗줄기로 회색 덧창이 푸르 뎅뎅하게 변색될 정도로 방치된 채 늘 문이 닫혀 있는 그 집에 대해 전 혀 아는 것이 없을지라도 그 자리에 그 집이 있다는 사실만큼은 확실 히 인지하게 된다. 그곳은 황무지다. 그 집은 사방 10리에 걸쳐 인적이 라곤 접할 수 없는 그 궁벽한 오지의 고독을 무럭무럭 키우고 있는 듯 하다.

건널목지기가 사는 집은 그 집의 정원 안, 철길을 가로질러 5킬로미터 거리의 두앵빌까지 나 있는 오솔길 모퉁이에 외따로 웅크리고 있다. 그 나지막한 집은 벽 여기저기 금이 가고 지붕의 기와는 이끼가 잠식했으며 채소를 경작하는 생나무 울타리가 쳐진 정원 한복판에 을씨년스럽게 버려진 채 당장이라도 주저앉을 것 같은 모습이다. 정원에는 커다란 우물이 하나 있는데 그 높이가 집 높이와 엇비슷해 보인다. 건널목은 말로네 역과 바랑탱 역 사이, 양쪽에서 정확히 4킬로미터씩 떨어진 중간 지점에 놓여 있다. 게다가 건널목은 통행이 매우 드물었는데, 다 부식되다시피 한 낡은 차단기는 그곳에서 5리쯤 떨어진 숲에 있는 베쿠르 채석장의 석재 운반차들이 간간이 지나갈 때만 겨우 작동하는 형편이다. 이보다 더 외지고 이보다 더 단절된 벽지를 떠올리기란 애당초 불가능한 것이, 말로네 방향에 있는 긴 터널이 일체의 접근로를 봉쇄해 철길을 따라 나 있는, 상태가 그리 좋지 않은 오솔길 하나에 의존해 겨우 바랑탱과 교통할 수 있는 곳이기 때문이다. 따라서 이곳을 찾는 이들은 매우 드물다.

날씨는 흐리지만 매우 포근했던 그날 땅거미가 질 무렵, 르아브르행 기차를 타고 가다가 바랑탱 역에서 내린 한 승객이 크루아드모프라로 이어지는 오솔길을 잰걸음으로 걸어갔다. 그 지역은 골짜기와 구릉만이 끊임없이 이어지는, 사실상 단조롭다고밖에 할 수 없는 지형으로, 철길은 성토盛土한 둑길과 호壕처럼 파인 참호 지대를 번갈아가며 그 지역을 통과한다. 철길 양옆으로 오르막과 내리막이 연속되는, 기복이 심한 이러한 지형은 가뜩이나 험한 길을 더 걷기 힘들게 만든다. 그러한 지형 때문에 절대적인 고독감은 한층 가중된다. 게다가 토지는 메마르고 척박해서 경작에 부적합하다. 나무들이 조그만 숲을 이루어 야트막한 구릉을 덮고 있고, 좁다란 골짜기를 따라 개천이 흐르고 물가에는 버드나무가 그늘을 드리우고 있다. 그렇지 않은 다른 백악질 구릉들은 완전히 헐벗은 상태이고, 풀 한 포기 자라지 않는 작은 언덕들이 죽음 같은 적막 속에 방치된 채 연달아 이어진다. 기운이 넘쳐 보이는 그 젊은 여행객은 이 황량한 대지를 고즈넉하게 감싼 황혼녘의 슬픔에서 벗어나고 싶은 듯 걸음을 재촉했다.

건널목지기가 사는 집 뜰 안의 우물에서 한 처녀가 물을 긷고 있었다. 열여덟 살 먹은 처녀는 머리숱이 풍성한 금발에 입술이 두툼하고 커다란 두 눈은 초록빛이 감돌며 이마는 납작하고 강인한 인상을 주었다. 결코 예쁜 얼굴이라고 할 수는 없는 그녀는 키가 크고 엉덩이는 탄탄하며 두 팔은 남자처럼 튼실했다. 그녀는 오솔길을 내려오는 방문객을 보자마자 두레박을 던지고 달려가 산울타리에 달린 살문 앞에 섰다.

"어머, 자크!" 그녀가 소리쳤다.

그가 고개를 들었다. 이제 갓 스물여섯 살인 그는 그녀와 마찬가지로 키가 크고 머리카락은 짙은 갈색에 균형 잡힌 둥그런 얼굴의 미남이었는데, 단점이라면 턱이 너무 억세 보인다는 것이었다. 숱이 무성한 머리카락은 콧수염과 마찬가지로 곱슬곱슬했는데 너무 빽빽하고 짙어서 창백한 얼굴빛이 더욱 두드러져 보였다. 말끔하게 면도한 두 뺨의 정갈한 피부만 보고 다른 부분은 보지 못했다면, 그러니까 지워지지 않는 직업의 흔적, 변함없이 자그마하고 보드라운 손이지만 기관사의 손이기에 오래전부터 누렇게 기름때가 절어 있는 것을 보지 못했다면, 멋진 신사로 착각할 만도 했다.

"안녕, 플로르." 그가 시큰둥하게 대답했다.

그러나 금빛 점들이 박혀 있는 그의 크고 검은 두 눈은 불그레한 뿌연 기운이 서려 혼란스러워 보였고 그 때문에 안색이 더 해쓱해졌다. 갑작스레 불편해진 상태에서 눈꺼풀이 떨리고 두 눈의 초점이 다른 곳으로 돌아갔다. 불편함이 고통으로 전화된 것이다. 그의 온몸이 본능적으로 움찔 물러났다.

꼼짝 않고 서서 시선을 그에게 고정시킨 그녀는 이 무의식적인 경련을 알아차렸다. 그는 여자를 대할 때마다 발작하는 경련을 어떻게 해서든 억누르려고 했다. 그녀는 몹시 진지하고 애처로운 표정을 유지하려는 듯했다. 잠시 후 그가 당혹감을 감추기 위해, 몸이 아파서 바깥출입이 불가능하다는 것을 뻔히 알면서도 그녀의 어머니가 집에 계시느냐고 물어보자 그녀는 대답 대신 고개만 까딱하고는 길을 비켜주기 위해 한 발짝 물러선 다음, 입을 앙다물고 오만해 보일 정도로 허리를 꼿꼿이 세운 자세로 다시 우물가로 돌아갔다.

자크는 잰걸음으로 좁은 마당을 지나 집안으로 들어갔다. 집안에 들어서자마자 제일 먼저 만나는 공간 한가운데 식당과 거실을 겸한 넓은 부엌이 있는데 거기에 파지 고모가, 자크가 어릴 때부터 그렇게 불러온 여자가 다리를 낡은 숄로 감싼 채 홀로 식탁 옆 밀짚 방석 의자에 앉아 있었다. 그녀는 랑티에 집안 여자로 그의 아버지와 사촌지간이며 그의 대모를 섰고, 그의 부모가 파리로 훌쩍 달아나버렸을 때 여섯 살인 그를 거두어 키워주었다. 자크는 그렇게 플라상에서 자라 거기서 직업기술학교 과정을 이수했다. 그는 파지 고모에게 깊은 감사의 마음을 간직하고 있어, 자신이 제 앞길을 건사할 수 있었던 것은

모두 그녀 덕이라고 입버릇처럼 말했다. 그는 오를레앙 철도회사에서
이 년을 근무한 후 서부철도회사의 일등기관사가 되었을 때 대모를
수소문해 찾아냈는데, 그녀는 미자르라는 이름의 건널목지기와 재혼
해 첫 남편 사이에서 난 딸자식 둘을 데리고 크루아드모프라라는 이
궁벽한 오지에서 유배된 것처럼 살고 있었다. 소싯적에는 키도 크고
건장했으며 얼굴도 예뻤던 파지 고모는 이제 겨우 마흔다섯 살인데도
비쩍 마르고 누렇게 떠서 끊임없는 경련에 몸을 떨어대는 예순 살 노
파처럼 변했다.

그녀는 반가워서 외쳤다.

"이게 누구냐, 너로구나, 자크!…… 아이고! 든든한 내 조카, 웬일
로 여길 다 온 거냐!"

그는 파지 고모의 두 뺨에 입을 맞추고 나서 갑작스레 이틀간 휴가
를 얻게 되어 들렀노라고 설명했다. 기관차 라리종호의 크랭크 연결봉
이 아침에 르아브르 역에 도착해서 부러져버렸는데 수리가 하루 만에
끝날 수 있는 게 아니어서 근무는 다음날 저녁에나, 그러니까 내일 오
후 6시 40분 급행열차를 모는 것으로 재개할 거다, 그래서 고모를 보
러 와야겠다는 생각이 들었다. 여기서 자고 바랑탱으로 되돌아가서 내
일 아침 7시 26분 기차를 타기만 하면 된다는 말을 늘어놓았다. 그는
그녀의 안쓰럽도록 쪼글쪼글해진 두 손을 꼭 붙잡고 그녀가 요전에 보
낸 편지 때문에 얼마나 걱정했는지 모른다고 말했다.

"아! 그래, 애야, 이제 끝이야, 정말 끝장이란다…… 내가 널 얼마
나 보고 싶어했는데, 뜻이 통했다니 참 고맙구나! 네가 얼마나 바쁜지
잘 아는데, 좀 와달라고 부탁을 못하겠더구나. 그런데 네가 왔구나, 내

가 얼마나 말도 못하게 걱정했는데!"

그녀는 말을 멈추고 두려움에 떨며 창밖으로 시선을 던졌다. 날이 저무는 가운데 선로 저편 폐색구간 초소에 그녀의 남편 미자르가 있는 것이 보였다. 초소라고 해봐야 별것 아니라 기차의 원활한 운행을 위해 선롯가를 따라 5, 6킬로미터마다 서 있는, 전신 장치로 서로 연결된 판자 오두막들 중 하나였다. 원래는 그의 부인이, 나중에는 플로르가 건널목 차단기를 담당하고 미자르는 초소 근무를 하도록 정해졌던 것이다.

마치 남편이 엿들을 수 있는 거리에 있기라도 한 것처럼 그녀는 덜덜 떨며 목소리를 낮췄다.

"저놈이 나를 독살하려는 게 분명해!"

자크는 이 속내 이야기에 소스라치게 놀랐다. 동시에 그의 시선도 창 쪽을 향했는데, 그때 그의 두 눈이 다시 한번 그 기이한 흐릿함으로, 그 불그레한 뿌연 기운으로 어두워지면서 금빛 점들이 반짝거리던 새카만 광채를 잃고 해쓱해졌다.

"아! 파지 고모, 말도 안 돼요!" 그가 나지막이 말했다. "너무 온순하고 나약해 보이는데요."

르아브르 방향으로 기차 한 대가 막 지나갔다. 미자르는 차단기를 내리기 위해 초소에서 나와 있었다. 그가 차단기를 다시 들어올리고 신호를 붉은색으로 돌려놓는 동안 자크는 그를 유심히 살펴보았다. 키가 작고 병색이 완연한데다 머리숱도 수염도 듬성듬성하고 허옇게 셌으며 두 뺨은 푹 꺼져 볼품이 없는 사내였다. 거기에다 말수도 적고 나서는 법이 없으며 상사들 앞에서는 비굴할 정도로 굽실거리는 유형이었다. 그는 다시 판자 오두막 안으로 들어가 운행 일지에 기차 통과 시각을 기록하고 두 개의 버튼을 눌렀다. 하나는 이전 초소에 선로가 열렸다는 것을 알리는 버튼이고, 다른 하나는 다음 초소에 기차가 통과하리라는 것을 알리는 버튼이었다.

"어허! 넌 저놈을 몰라." 파지 고모가 다시 말했다. "분명히 말하지만 저놈 때문에 내가 뭔가 더러운 꼴을 당할 게 틀림없어…… 예전에는 내가 훨씬 강했고 저놈을 잡아먹으려면 잡아먹을 수도 있었는데, 그런 나를, 저놈이, 인간 망종이, 천하에 쓸모없는 놈이 날 잡아먹으려고 해!"

그녀는 두려워서 말도 못하는 원한에 사무쳐 울화가 치민 상태였는데 마침내 자기 말을 귀담아들어주는 사람을 찾았다는 것에 감읍해 격정적으로 심중을 토로했다. 내가 무엇에 씌어서 저런 음험한 작자하고, 무일푼의 인색한 작자하고 재혼할 생각을 했을까? 나이도 저놈보다 다섯 살이나 많고, 이미 여섯 살, 여덟 살 먹은 딸이 둘씩이나 딸려 있던 내가? 내가 그 장한 짓을 저지른 지 이제 곧 십 년이 다 돼가는데 한 시간도 후회하지 않고 보낸 적이 없다. 가난에 찌든 삶, 춥기만 한 이 북쪽 오지에 유배돼서 이야기 나눌 사람 하나 없이, 이웃 하나 없이 죽도록 지겨워하면서 외로움과 추위에 덜덜 떨며 살았다. 저자는 옛날엔 선로를 닦던 인부인데 지금은 초소 근무를 하며 1200프랑을 번다. 난 처음부터 건널목 차단기를 맡아 50프랑을 받았는데 지금 그 일은 플로르가 하고 있다. 현재와 미래가 이렇듯 뻔하다. 아무런 희망도 없고 확실한 거라곤 사람 사는 세상과는 수천 리나 떨어진 이 오지에서 살다 죽는다는 것뿐이다. 내가 이야기하지 않은 것이 있는데 그것은 병들기 전, 남편은 선로 가설 일을 하고 나는 혼자서 딸 둘과 건널목을 지키던 때부터 지금껏 간직하고 있는 위안거리다. 당시 나는 루앙에서 르아브르까지 노선 전체를 통틀어 반반한 여자라는 평판이 자자해서 선로감독반원들이 지나가다 날 찾아오곤 했다. 심지어 서로 경쟁이 붙기도 해서 업무가 다른 선로보수반원들이 항상 순시를 돌며 순찰을 두 배로 강화할 정도였다. 남편은 아무런 걸림돌이 되지 않았던 것이, 누구에게나 고분고분해서 볼일이 있으면 슬그머니 문을 열고 들어와 아무것도 못 본 척 외면하고 나갔다가 또다시 들어오곤 했던 것이다. 하지만 그런 쏠쏠한 재미는 다 끝나고 지금은 이렇게 몇 주고 몇 달이고 이 의자에 붙박인 채 외로움을 곱씹으며 육신이 시시각각 조금씩 스러지는 것을 느끼며 보내는 신세다. 이렇게 이어지는 긴 푸념.

"분명히 말하지만," 그녀는 매조지듯 되풀이해 말했다. "나를 쫓아다니며 괴롭힌 놈이 바로 저놈이야. 저놈은 아주 왜소하지만 나를 파멸시키고 말 거야."

그때 갑자기 울려퍼진 경보음 때문에 자크는 조금 전과 같은 불안한 시선을 바깥으로 던졌다. 이전 초소에서 미자르에게 파리 방향으로 기차가 지나갈 것임을 알리는 소리였다. 유리창 앞에 있는 구간 운행 제어장치의 방향침이 열차의 진행 방향을 가리켰다. 미자르는 경보음을 끄고 밖으로 나와서 두 번 경적을 울려 기차가 지나갈 것임을 알렸다. 때맞춰 플로르가 달려와서 차단기를 내렸다. 그러고는 예의 그 꽉 끼는 가죽옷 차림으로 깃발을 위로 똑바로 치켜든 채 부동자세를 취했다. 통과할 기차는 급행열차였는데 굽은 선로 저편에 가려 보이지는 않았지만 소리가 점점 커지면서 가까이 다가왔다. 이윽고 기차가 돌풍을 일으키며 다가와 웅크린 집을 휩쓸어갈 기세로 지축을 흔들면서 번개처럼 지나갔다. 이미 플로르는 채소밭으로 돌아간 다음이었다. 미자르는 기차가 지나가자 상행 선로를 차단한 다음 레버를 내려 붉은 신호등을 끄고 하행 선로를 열 준비를 했다. 다시 경보음이 울리고 반대편 운행 제어 장치의 방향침이 바뀌면서 오 분 전에 통과했던 르아브르행 열차가 다음 초소를 지나갔다는 것을 알렸기 때문이다. 그는 다시 초소 안으로 들어가 인접한 두 초소에 통지를 하고 운행 일지를 적은 다음 다시 마냥 기다렸다. 그는 신문 같은 것은 단 한 줄도 읽지 않고 찌그러진 두개골 속에는 아무런 생각도 지니고 있지 않은 표정으로 그렇게 거기서 먹고 지내면서 열두 시간씩의 일을 매일 똑같이 반복했다.

자크는 안달이 나서 달려들던 선로감시반원들에게 대모가 안겨주었다는 마음의 상처에 대해 농담을 주고받다가 끝내 웃음을 참지 못하고 말했다.

"저 사람이 설마 질투를 했겠어요."

그러나 파지 고모는 연민 가득한 몸짓으로 어깨를 한 번 들썩였는데 그녀 역시 측은하게 흐릿해진 두 눈에 웃음기가 번지는 것을 어찌할 수 없는 모양이었다.

"오! 얘야, 무슨 말도 안 되는 소리를 하고 그러니?…… 저놈이 질투를 한다고! 저놈은 자기 호주머니에서 돈이 한 푼이라도 나가지만 않는 일이라면 절대 신경쓰지 않는 작자란다."

그러고 나서 다시 덜덜 떨며 말을 이었다.

"그렇고말고, 저놈은 그런 일엔 관심이 없어. 저놈은 돈만 밝히지…… 우리 사이가 틀어진 이유는 말이다. 내가 작년에 아버지에게 유산으로 상속받은 돈 천 프랑을 자기한테 주지 않으려고 했기 때문이다. 그러자 저놈이 날 그렇게 윽박질렀고, 그 때문에 난 불행해지고 병까지 얻게 된 거야…… 그때부터 병이 날 떠나지 않은 거지, 그래! 바로 그때부터였어."

젊은이는 공감을 표시했다. 그리고 고통받는 여자가 갖기 마련인 암울한 생각이 어떤 것인지 잘 알기에 그런 것이 아니라고 그녀를 계속 설득하느라 애를 썼다. 그러나 완강하게 고개를 가로젓는 그녀는 이미 신념이 확고한 사람의 모습이었다. 그는 마침내 이렇게 내지르고 말았다.

"좋아요! 이보다 더 간단한 일도 없네요, 고모가 이 일이 해결되기를 바란다면…… 그냥 저자에게 천 프랑을 줘버리세요."

그녀는 믿기지 않는 기운을 발휘해 자리에서 벌떡 일어났다. 그러고는 원기가 완전히 회복된 모습으로 흥분해서 말했다.

"내 돈 천 프랑을, 어림없는 소리! 차라리 죽어버리고 말지…… 아! 그 돈은 감춰졌지, 아주 잘 감춰졌어, 정말! 집을 확 뒤집어보라고 해, 찾아볼 테면 찾아보라고…… 근데 저놈은 정말 집을 이 잡듯이 뒤졌어, 나쁜 놈 같으니라고! 나는 밤마다 저놈이 벽이란 벽은 죄다 두드리는 소리를 들었다고. 찾아봐, 찾아보라고! 저놈의 코가 댓 자나 빠지는 것을 보는 즐거움만 있으면 돼, 그것만으로 충분해, 참고 기다리면 이긴다고…… 저놈과 나, 둘 중 누가 먼저 포기하는지 두고 보자고. 난 극도로 조심한다고, 이제 난 저놈의 손이 닿은 것은 아무것도 입에 넣지 않아. 그리고 내가 죽더라도, 응! 저놈은 어쨌거나 내 돈 천 프랑을 손에 넣을 수 없을 거야! 차라리 그 돈을 땅속에 묻어두는 편이 낫지."

기진맥진한 그녀는 다시 경적 소리가 울리자 흠칫하며 의자에 주저 앉았다. 미자르였다. 그는 운행 제어 초소 문턱에 서서 이번에는 기차 가 르아브르 방향으로 지나갈 것임을 알렸다. 그녀는 유산을 내주지 않겠다는 고집에서 한 걸음도 물러서지 않았지만 속으로는 점점 더 그 를 무서워하고 있었는데, 그것은 벌레 앞에 선 거인이 벌레에게 먹히 고 있다는 느낌이 들 때의 그런 공포감이었다. 통과 예정인 기차는 파 리에서 낮 12시 45분에 출발한 완행열차였는데 먼 데서 어렴풋이 구르 는 소리를 내며 다가오고 있었다. 기차가 터널을 빠져나와 벌판으로 들어서며 한층 더 숨을 헐떡거리는 소리가 들려왔다. 이윽고 기차가 객차를 무더기로 이끌고 우레와 같은 바퀴 소리와 함께 모든 것을 휩 쓸 듯한 폭풍우의 막강한 기세를 과시하며 지나갔다.

자크는 창 쪽으로 눈을 들어 승객들의 옆모습이 담긴 네모난 작은 유리창들이 줄지어 지나가는 것을 바라보았다. 그는 파지 고모의 암울 한 생각을 돌려놓고 싶어서 우스갯소리로 말을 걸었다.

"고모, 이 오지에 고양이 새끼 한 마리 볼 수 없다고 불평하셨잖아 요…… 그런데 저것 봐요, 엄청 많기만 하네요!"

그녀는 어리둥절해 바로 이해하지 못했다.

"어디? 엄청 많다고?…… 아! 그래, 기차 타고 지나가는 사람들 말 이구나. 그림의 떡이지! 아는 사람들이 아니잖니, 말을 걸 수도 없고."

그는 계속 웃었다.

"내가 있잖아요, 고모는 날 잘 알잖아요, 내가 종종 지나가는 걸 보 잖아요."

"너 말이냐, 그야 그렇지, 너야 잘 알지, 그리고 네가 모는 기차 시간도 알고. 난 기관차에 타고 있는 널 학수고대하지. 하지만 넌 그냥 지나가잖아, 그냥 지나가버리잖아! 어제도 넌 지나가면서 이렇게 손을 흔들었지. 나는 다만 알은체를 할 수 없었을 뿐이야…… 아니야, 아냐, 사람을 만난다는 건 그런 식을 말하는 게 아니야."

　하지만 오고가는 기차들이 고독과 침묵 속에 갇혀 있는 자신의 눈앞에 매일같이 수많은 군중을 실어나른다는 데 생각이 미치자 그녀는 어둠이 내리는 선로에 시선을 둔 채 사념에 잠겼다. 그녀가 일을 할 수 있었을 때는, 그러니까 왔다갔다하기를 반복하며 손아귀에 깃발을 쥐고 차단기 앞에 부동자세로 서 있었을 때는 그런 생각을 한 번도 한 적이 없었다. 그런데 그런 막연한 몽상이 시작되자마자, 이 의자에 못박혀 세월을 보내기 시작한 뒤로 저 작자와 암투를 벌이는 일 말고는 다른 곳에 머리를 써본 적이 없는 탓에 그만 머릿속이 혼란스럽게 헝클어져버렸다. 따지고 보면 이상한 일이다. 밤이고 낮이고 끊임없이 기차가 폭풍을 일으키고 집을 뒤흔들면서 증기를 내뿜으며 전속력으로 지나가는데, 수많은 남자들과 여자들을 줄지어 실어나르는데, 흉금을 털어놓을 이 하나 없이 사막 한가운데 버려진 것처럼 살고 있다는 생각이 드니 말이다. 게다가 두말할 나위 없이 전 지구인이, 프랑스인들만이 아니라 외국인들도, 머나먼 곳에서 온 사람들도 이곳을 지나간다. 이젠 그 누구도 자기 나라에서만 살 수는 없는 세상이니까, 언필칭 만국의 백성들이 머지않아 하나가 될 것이라고 하니까. 그런 것이 진보지, 모든 형제들이 하나가 되어 저기 꿈의 나라를 향해 질주하는 것. 그녀는 사람들이 얼마나 되나 헤아려보려고 했다. 어림잡아 객차 한량당 몇 명이더라, 너무 많군, 그녀는 포기하고 말았다. 종종 그녀는 몇몇 얼굴은 분간할 수 있다고 생각하기도 했다. 금발 수염 신사는 아마도 영국인일 터인데 매주 파리에 갔고, 덩치가 조그만 갈색 머리 부인은 매주 수요일과 토요일에 정기적으로 지나갔다. 그러나 그들은 불빛과 함께 휙 지나갔기 때문에 그녀가 정말 그들을 본 것인지는 확실하지 않았다. 얼굴들이 하나같이 물속에 잠겨 있는 것 같았고 비슷비슷하게 뒤섞였으며 서로 차례차례 겹치면서 사라져버렸다. 급류는 아무것도 남기지 않고 휩쓸어가버린다. 게다가 그녀를 슬프게 하는 것은 이렇게 끊임없이 기차가 운행됨에도, 이토록 수많은 안락과 돈이 지나감에도 항상 그토록 바삐 지나가는 그 군중 가운데 누구도 그녀가 여기 있다는 것, 죽을 위험에 처해 있다는 것을 알지 못하리라는 사실이었다. 급기야 어느 날 저녁 저 작자가 나를 죽여도 기차들은 이 외딴집 한가운데에서 살인이 벌어졌는지 짐작조차 못한 채 내 시신 곁을 끊임없이 지나쳐가겠지.

파지는 두 눈을 창문에 고정시킨 채 가만히 있었다. 그녀는 자기가 지금 겪고 있는 것이 갈피를 잡기에는 너무도 불분명해서 어떻게든 요약을 해보려 했다.

"아! 정말 멋진 발명품이야, 더 말할 것도 없지. 빠르지, 한층 더 똑똑해졌지…… 하지만 한번 야만적인 짐승은 영원히 야만적인 짐승일 뿐이야. 훨씬 더 나은 기계를 발명해봤자 무슨 소용이 있겠어. 야만적인 짐승들은 그 밑에 어쨌든 여전히 존재할 텐데."

자크는 다시 고개를 끄덕이며 자신도 그녀와 생각이 같다는 의사를 표명했다. 조금 전부터 그는 거대한 돌덩이 두 개를 실은 채석장 마차 앞에서 차단기를 다시 들어올리는 플로르를 물끄러미 바라보고 있었다. 그 길은 베쿠르 채석장 전용로여서 밤마다 차단기는 맹꽁이자물쇠로 채워졌고 잠든 젊은 처자를 깨울 일은 거의 일어나지 않았다. 플로르가 갈색 머리의 키 작은 젊은 석공과 친숙하게 이야기를 나누는 것을 보고 자크가 큰 소리로 말했다.

"아하! 카뷔슈가 필시 아픈가보죠? 사촌인 루이가 그의 말을 모는 것을 보니…… 불쌍한 카뷔슈, 고모, 카뷔슈는 가끔 봐요?"

그녀는 대답은 하지 않고 장탄식을 하며 두 손을 들어올렸다. 지난 가을에 일어났던 그 일은 그야말로 한 편의 비극이었는데 그 일로 인해 그녀가 병세에서 회복되는 일은 물건너가버렸다. 그녀의 막내딸 루이제트는 두앵빌의 본농 부인 저택에 하녀로 들어갔는데, 어느 날 밤 정신이 반쯤 나간 상태로 상처투성이 몸으로 도망쳐나와 숲 한가운데 있는, 그녀의 남자친구 카뷔슈가 사는 집에 와서 그만 숨을 거두고 말았다. 삽시간에 소문이 돌았는데 비난 섞인 소문인즉 그랑모랭 법원장이 루이제트를 겁탈하려 했다는 것이었다. 하지만 그 누구도 그런 말을 감히 소리 높여 옮길 엄두를 내지 못했다. 어머니인 그녀조차 비록 어떻게 해야 하는지 알고는 있었지만 그 일을 다시 거론하고 싶지 않은 심정이었다. 하지만 그녀는 마침내 입을 열었다.

"아니, 그는 더이상 집에 들어오지 않아, 진짜 늑대가 되어버렸지…… 불쌍한 우리 루이제트, 얼마나 예뻤는데, 얼마나 살결이 하얬는데, 얼마나 착했는데! 걔는 날 참 사랑했지. 걔라면 날 잘 간호해주었을 텐데! 하지만 플로르는, 세상에나! 불평하질 말아야지. 플로르는 확실히 뭔가 산만한 데가 있어, 항상 제 고집대로이고, 몇 시간씩 사라져 안 나타나고, 오만한데다 사납고!…… 이런 게 모두 슬프구나, 정말 슬퍼."

대모의 이야기를 들으면서 자크는 석재 운반 마차에서 시선을 떼지 않았다. 마차는 이제 막 선로를 건너는 중이었다. 그런데 그만 바퀴가 선로에 끼어 마부는 채찍을 짝짝 소리가 나도록 쳐야 했고, 플로르는 플로르대로 소리를 지르며 말들을 몰아쳤다.

"저런!" 젊은이가 내뱉었다. "기차가 오면 안 되는데…… 그야말로 아수라장이 되는데!"

"오! 위험할 것 없다." 파지 고모가 말을 받았다. "플로르가 대개 엉뚱하긴 하지, 하지만 제 일을 할 줄은 알아, 눈을 똑바로 뜨고 있다고…… 고맙게도 지난 오 년 동안 우린 사고 한 번 나지 않았어. 옛날에는 어떤 사람이 결딴난 적이 있지. 우리는 아직까지 소 한 마리만 당했어, 그 소가 기차를 탈선시킬 뻔했지. 아! 불쌍한 짐승! 몸뚱어리는 여기 있고, 대가리는 저쪽 터널 근처에…… 플로르와 같이 있으면 두 다리 쭉 뻗고 잘 수 있지."

운반 마차는 건널목을 빠져나가는 데 성공했다. 마차 바퀴가 길바닥에 깊은 자국을 남기며 덜커덩거리는 소리가 멀어져갔다. 비로소 그녀는 평소의 걱정거리인 건강 문제로 생각이 돌아왔다. 그녀는 자신의 건강 못지않게 다른 가족들의 건강에도 걱정이 많았다.

"그래, 너는 이제 완전히 괜찮아진 게냐? 너도 의식하고 있다시피 우리 집안에는 네가 앓았던 그것들이 피에 흐르고 있지 않니? 의사들도 그게 무엇인지 전혀 알지 못했지."

그의 시선이 불안하게 흔들렸다.

"난 아주 건강해요, 고모."

"그렇구나! 다 사라진 게냐? 네 귀 뒷머리에 구멍을 내는 것 같던 그 통증도? 갑작스럽게 치솟던 열도? 널 짐승처럼 어디 깊숙한 구멍 속에 숨게 만들던 그 우울증의 발작도, 그래 다 사라진 게냐?"

그녀가 말을 거듭할수록 그는 더욱 낭패스러운 기분이 드는데다 거북함까지 치밀어올라 그만 짤막한 말투로 그녀를 제지하고 말았다.

"분명히 말씀드리지만 난 아주 건강해요…… 이제 아무렇지도 않아요, 전혀 아무렇지도 않다고요."

"그래, 다행이구나, 얘야!…… 내가 이러는 건 네가 병이 있을 것 같아서도 아니고, 그래야 내 병이 나을 것 같아서도 결코 아니란다. 그리고 네 나이 때는 건강해야지. 아! 건강, 그것만큼 좋은 게 어디 있겠니…… 넌 어쨌든 참 착하구나, 다른 데 가서 놀 수도 있었을 텐데 날 보러 와주다니 말이다. 그렇지 않니? 우리랑 같이 저녁 먹자. 그리고 저 위 플로르의 방 옆에 붙은 다락방에서 자거라."

다시 한번 경적이 울려 그녀의 말이 끊겼다. 밤이 내렸다. 둘은 창 쪽을 바라보며 앉아 있었는데, 어떤 남자와 이야기를 나누는 미자르의 모습만 흐릿하게 알아볼 수 있을 뿐이었다. 여섯시가 조금 전에 울렸고, 미자르는 야간 당번인 교대 근무자에게 업무 인계를 하는 중이었다. 기기들을 올려놓은 작은 선반 아래 있는 것이라곤 조그만 책상과 등받이 없는 걸상 하나, 난로가 전부인 그 오두막에서, 너무 더워서 거의 언제나 문을 열어둘 수밖에 없는 그 오두막에서 열두 시간 근무 후 드디어 놓여나게 된 것이다.

"아! 저놈이 오는구면, 퇴근하는 거야." 파지 고모가 다시 두려움에 휩싸여 중얼거렸다.

통과하기로 예고된 기차가 엄청 길고 육중한 모습을 드러내며 다가오는 소리가 점점 더 높아졌다. 젊은이는 병든 대모가 처한 이 비참한 처지를 목도하고 가슴이 먹먹해져서 어떻게든 그녀의 고통을 덜어주고 싶은 마음에 위로의 말을 건넸는데 기차 소리 때문에 그녀에게 바짝 몸을 굽혀야 했다.

"잘 들으세요, 고모. 저 사람이 정말로 나쁜 생각을 품고 있다 할지라도 내가 개입하는 걸 알면 단념할 거예요…… 고모가 가진 천 프랑을 내게 맡기는 편이 나을지도 모르겠어요."

그녀는 남은 기력을 쥐어짜내어 펄쩍뛰었다.

"내 천 프랑을! 저놈에게도 안 되지만 너한테도 안 돼!…… 분명히 말하지만 그럴 바에야 차라리 죽어버리는 게 나아!"

그 순간, 기차가 자기 앞에 걸리적거리는 것들을 모두 쓸어버릴 듯한 기세로 거센 폭풍을 일으키며 지나갔다. 집은 광포한 바람에 휩싸여 뒤흔들렸다. 르아브르로 가는 그 기차는 다음날인 일요일에 한 선박이 성대한 진수식을 치를 예정이어서 초만원이었다. 빠른 속도로 달리고 있었지만, 불이 밝혀진 차창 안으로 승객들의 옆얼굴이 차곡차곡 줄지어 빼곡하게 들어차 있는 것이 보일 정도로 칸마다 만원이었다. 그 행렬은 연속으로 이어지다가 사라지기를 거듭했다. 사람들이 얼마나 많은지! 객차 구르는 소리, 기관차 기적 소리, 전신 장치 소리, 신호기 타종 소리 등이 얽힌 와중에 군중, 또 군중, 끊임없는 군중! 그것은 하나의 거대한 몸뚱어리 같았다. 머리는 파리에 두고 등뼈는 선로 위에 죽 늘어뜨렸으며 다리와 팔들은 르아브르와 여타의 정거장이 있는 도시들에 둔 상태로 지선들을 따라 사지를 활짝 벌린 채 대지를 가로질러 누워 있는 하나의 거인. 그것이 지나간다, 그것이 지나간다, 기계가, 의기양양하게, 수학적인 정밀성으로 무장하고서, 선로 양옆에 감춰져 있지만 항상 생생하게 꿈틀거리는 인간적인 것들은, 불멸의 정념과 불멸의 범죄는 의도적으로 무시하고서, 미래를 향해 달려간다.

플로르가 먼저 들어왔다. 그녀는 등잔 갓도 없는 조그만 석유램프에 불을 붙여 식탁 위에 놓았다. 말 한마디 오가지 않았다. 그녀가 자크 쪽으로 흘깃 시선을 돌리자마자 자크는 몸을 돌려 창문 앞에 섰다. 난로 위에서 양배추 수프가 데워지고 있었다. 그녀는 미자르가 들어오자 수프를 내왔다. 미자르는 집안에 젊은이가 들어와 있는 것을 보고도 전혀 놀란 표정이 아니었다. 아마도 아까 젊은이가 오는 것을 보았는지도 몰랐다. 그러나 미자르는 그에게 안부도 묻지 않고 전혀 무관심했다. 간단한 악수, 의례적인 짧은 세 마디 인사, 그뿐이었다. 자크는 부러진 크랭크 연결봉이며, 대모를 만나러 올 생각이 들었고 자고 갈 거라는 따위의 이야기를 제 입으로 한번 더 말해야 했다. 미자르는 아주 잘됐다는 듯 살짝 고개를 끄덕이고는 그만이었다. 모두가 식탁에 둘러앉아 서두르는 기색 없이, 그리고 무엇보다 침묵 속에서 식사를 했다. 아침부터 양배추 수프가 끓고 있는 솥에서 눈을 떼지 않고 지키고 있던 파지도 수프 한 그릇을 받았다. 그녀의 남편이 플로르가 깜빡 잊고 빠뜨린 철분이 든 물을, 그래 봤자 못들을 담가놓은 물병에 지나지 않지만, 손수 챙겨주려고 자리에서 일어나 그녀에게 건넸지만 그녀는 물병에는 손도 대지 않았다. 그는 비굴하고 허약한 인상이었지만, 꺼림칙한 잔기침을 한 번 내뱉었을 뿐 자신의 일거수일투족을 좇는 그녀의 불안한 시선은 전혀 개의치 않는다는 태도를 보였다. 그녀가 식탁에 놓여 있지 않은 소금을 달라고 하자 그는 그렇게 소금을 많이 먹으면 후회할 거라고, 그녀가 아픈 것도 다 소금 때문이라고 지적했다. 말은 그렇게 했어도 그는 다시 자리에서 일어나 숟가락에 소금 한 움큼을 담아 그녀에게 건넸는데 그녀는 이번에는 의심 없이 받았다. 소금은 모든 것을 정화시킨다고 그녀는 중얼거렸다. 그러고는 며칠 전부터 계속 이어지는 포근한 날씨며, 마름에서 일어난 탈선 사고 따위의 이야기가 오갔다. 자크는 결국 그의 대모가 눈뜬 상태로 악몽을 꾸고 있는 것이라고 믿기로 했다. 왜냐하면 눈빛이 흐릿하고 만만해 보이는 이 작달막한 사내에게서 의심할 만한 구석이라곤 전혀 찾아낼 수 없었기 때문이다. 플로르는 경적 소리에 잠깐씩이지만 두 번이나 바깥에 나갔다가 들어왔다. 기차가 지나갈 때마다 식탁 위의 잔들이 흔들거렸다. 그러나 식탁에 앉은 어느 누구도 거기에 눈곱만큼도 신경쓰지 않았다.

다시 한번 경적 소리가 들려왔다. 그런데 식탁을 막 치우고 나갔던 플로르가 이번에는 되돌아오지 않았다. 식탁에는 사과 증류주 병을 앞에 두고 그녀의 어머니와 두 남자만 우두커니 남았다. 세 사람은 그렇게 삼십 분을 더 앉아 있었다. 이윽고 조금 전부터 방 한구석에 골똘히 시선을 고정시키고 있던 미자르가 모자를 집어 쓰고 간단한 인사만 건네고는 밖으로 나갔다. 그는 이웃한 작은 개천에서 몰래 고기잡이를 하는 것이 취미였는데, 거기서는 굉장한 뱀장어들이 잡혔다. 그는 자신이 설치해놓은 땅주낙을 살피러 한번 다녀오지 않고서는 잠자리에 드는 법이 없었다.

미자르가 나가고 없자 파지는 자신의 대자를 뚫어져라 쳐다보았다.

"그래, 어떠니? 저 작자가 눈으로 저기 저 구석을 샅샅이 훑는 것을 너도 보았지?…… 내가 버터 단지 뒤에 그 거금을 숨겨놓았을 수도 있다는 생각이 퍼뜩 들었던 게지…… 아! 난 저놈을 잘 안다, 장담하건대 오늘밤 저놈은 단지를 헤집어놓을 거야, 찾아봐야 할 테니까."

그녀는 땀을 뻘뻘 흘리면서 사지를 떨었다.

"봐라, 또 이렇다니까, 정말! 저놈이 독을 탄 게 틀림없어, 녹슨 구리 동전을 한 움큼 삼키고 난 것처럼 입이 쓰다니까. 하지만 신 앞에 맹세하는데, 난 저놈 것은 어떠한 것도 훔치지 않았어. 그건 물에 몸을 던져 자멸하는 꼴이라고…… 오늘밤은 더이상 버틸 힘이 없구나, 그만 자는 게 좋겠다. 자, 내일 아침에 잘 가거라, 얘야. 네가 일곱시 이십육 분 기차로 떠난다니 못 볼 거야, 내겐 너무 이른 시간이거든. 또 오너라, 그럴 거지? 그때도 내가 여전히 살아 있기를 바라자꾸나."

그는 그녀가 방으로 들어가도록 부축해줘야만 했다. 그녀는 자리에 눕더니 혼곤히 잠들었다. 혼자 남게 되자 그는 자신을 기다리는 다락방 구석에 기어올라가 자기도 몸을 뉘어야 하나 어쩌나 결정하지 못하고 망설였다. 이제 겨우 여덟시 십 분 전인데, 아직 잘 시간은 멀었잖아. 그래서 그도 밖으로 나갔다. 고요히 잠든 빈집에 홀로 남겨져 불을 밝히고 있는 석유램프가 기차가 지나가면서 일으킨 갑작스러운 뇌성의 여파로 간간이 흔들렸다.

자크는 뜻밖의 훈훈한 바깥 공기에 놀랐다. 조만간 또다시 비가 내릴지도 몰랐다. 하늘에는 온통 젖빛 구름이 펼쳐져 있고, 그 뒤에 잠긴 보름달은 눈에 보이지는 않았지만 불그스레한 기운으로 궁륭 전체를 비추었다. 덕분에 들판을 똑똑히 분간할 수 있었다. 그를 둘러싼 주변

지형이며 구릉이며 나무들이 평화롭게 졸고 있는 취침등처럼 튀지 않고 은은하게 비치는 그 빛 아래 검은 윤곽선들을 뚜렷이 드러냈다. 그는 자그마한 채마밭을 한 바퀴 돌았다. 그런 다음 오르막이지만 길이 좀 덜 험한 두엥빌 쪽으로 발걸음을 옮길까 생각했다. 그러다가 철길 저편에 비스듬히 서 있는 외딴집이 눈에 띄자 마음이 동해 개구멍 같은 쪽문을 통과해 선로를 건너갔다. 건널목 차단기는 이미 밤을 대비해 내려져 있었다. 그는 그 집이 어떤 집인지 잘 알고 있었다. 기차를 몰고 지날 때마다 그르렁거리며 흔들리는 기관차 안에서 그 집을 눈여겨봐 두었던 것이다. 그 집은 정확히 까닭을 알 수는 없지만 그의 인생에 뭔가 중요한 것 같은 막연한 느낌과 함께 그의 뇌리를 떠나지 않았다. 그 집을 지나칠 때마다 그는 우선은 그 집이 그 자리에서 사라지고 없는 것은 아닐까 하는 두려움이 들었다가 그 자리를 여전히 지키고 있는 것을 확인하고 나서는 불편한 느낌 같은 것이 들었다. 그는 그 집의 출입문이나 창문이 열려 있는 것을 한 번도 본 적이 없다. 그 집에 대해 남들에게 전해 들어 알게 된 거라고는 그랑모랭 법원장의 소유라는 사실뿐이었다. 그런데 그날 밤, 그는 그 집에 대해 더 많은 것을 알아내기 위해 그 집을 살펴봐야겠다는 억누를 수 없는 욕망에 사로잡혔다.

자크는 오랫동안 길에 우두커니 서서 철책을 마주보았다. 그는 집안을 확인하려고 뒤로 물러서기도 하고 펄쩍 뛰기도 했다. 정원을 가로지르는 철길 때문에 현관 층계 앞의 공간이라고는 울타리로 둘러싸인 조붓한 화단 자리뿐이었다. 그 대신 집 뒤로는 생나무 울타리로 둘러싸였을 뿐인 꽤 넓은 대지가 펼쳐져 있었다. 그 집은 몽환적인 이날 밤의 붉은 달빛 아래 비통에 잠긴 듯 음산한 애도의 분위기를 자아냈다.

그런데 울타리에서 개구멍 하나를 발견한 순간 그는 소름이 돋으면서 물러나야 한다고 생각했다. 그러다가 들어가지 않으면 겁쟁이라는 생각이 들자 떠밀리듯 구멍을 지나 집안으로 들어갔다. 심장이 쿵쾅거렸다. 그런데 무너진 조그만 온실을 따라 걷다가 문에 웅크리고 있는 그림자를 발견하고 그 자리에 얼어붙었다.

"뭐야, 너였어?" 그는 플로르를 알아보고 놀라 소리쳤다. "여기서 대체 뭘 하고 있는 거야?"

그녀 역시 깜짝 놀라 움찔하더니 나지막이 대답했다.

"보시다시피 밧줄을 거두고 있지…… 그들이 여기에 밧줄을 한 무더기 놓고 갔는데 썩어가고 있어서 아무짝에도 쓸모가 없어진 것들이야. 그런데 나한테는 쓸모 있는 것들이라 거두러 온 거야."

실제로 그녀는 손에 큼직한 가위를 들고 바닥에 주저앉아 밧줄 끄트머리를 풀고 있었는데 잘 풀리지 않을 때는 매듭 부분을 싹둑 잘랐다.

"집주인은 그럼 다시 안 오는 거야?" 젊은이가 물었다.

그녀는 웃음을 터뜨렸다.

"오! 루이제트 사건 이후로 법원장이 위험을 무릅쓰고 크루아드모프라에 코빼기를 내비칠 가능성은 전혀 없지. 이봐, 그래서 내가 그자의 밧줄을 가져가도 되는 거야."

그는 그녀가 환기시킨 그 비극적인 사건의 기억 때문에 안색이 흐려지고 잠시 입을 다물었다.

"그러면 넌 루이제트가 한 말을 믿는 거야? 법원장이 그애를 겁탈하려 했고, 그애가 다친 것도 당하지 않으려고 발버둥치다가 생긴 일이라고 믿는 거야?"

그녀는 웃음을 뚝 그치고 사납게 소리질렀다.

"결코, 루이제트는 결코 거짓말을 한 적이 없어. 카뷔슈도 그렇고……카뷔슈는 내 친구야."

"아마도 지금은 네 애인이겠지?"

"그가! 좋아, 그렇다면 내가 못 말리는 매춘부여야겠지!…… 아냐, 아니라고! 그는 내 친구야, 난 애인 같은 거 없어, 난 말이야, 애인 같은 거 바라지도 않아."

그녀는 강인한 머리를 쳐들었다. 숱이 무성한 금발이 이마를 거의 다 덮을 정도로 흘러내렸다. 그녀의 탄탄하면서도 유연한 온몸에서 야성의 에너지가 물씬 뿜어져나왔다. 이미 이 고장에서 그녀는 하나의 전설이었다. 갖가지 무용담과 구조 활동이 사람들 입에 오르내렸다. 기차가 오기 직전 건널목에서 수레를 들어내 충돌을 막은 일, 열차에서 떨어져나와 바랑탱 내리막길을 미끄러져 내려오던 객차 한 대를 몸으로 막아낸 사건, 급행열차에 미친듯이 뛰어들던 짐승을 저지한 이야기 등등. 그녀의 괴력을 증명하는 이러한 일화들은 놀라움의 대상이 되는 한편 뭇 사내들에게는 그녀를 범하고 싶은 충동을 불러일으켰는데, 근무를 마치자마자 들판을 헤매고 다니면서 사람의 발길이 닿지 않는 곳을 골라 눈을 허공에 두고 아무 말도 없이 꼼짝 않고 누워 있곤 하는 그녀의 행실은 으레 쉬운 여자로 보이게 해서 사내들의 그런 충동을 더욱 부추겼다. 그러나 한번 해보려고 시도했던 사내들은 곤욕을 치르고는 그런 모험을 두 번 다시 생각하지 않았다. 그녀는 인근 개울에서 벌거벗은 채로 몇 시간이고 수영을 즐겼는데, 한번은 그녀 또래의 건달들이 작당해서 그녀를 보러 몰려간 일이 있었다. 그녀는 굳이 속옷을 다시 걸치는 수고도 하지 않고 그중 한 녀석을 붙잡아 제대로 손을 봐주었고 그후로는 어느 누구도 다시는 그녀를 훔쳐보지 못했다. 그녀가 터널 반대편에 있는 디에프 지선의 전철수와 그렇고 그런 사이라는 소문이 돈 적도 있었다. 오질이라는 이름의 그 전철수는 서른 살가량 된 매우 고지식한 총각이었는데, 그녀가 그를 잠시 충동질했던 측면이 없는 것은 아니지만, 어쨌거나 그녀를 한번 품에 안으려고 무진 애를 쓰던 어느 날 밤 그녀가 몸을 허락할 거라고 헛물을 켰다가 그녀가 휘두른 몽둥이에 죽을 지경이 된 적이 있었다. 그녀는 사내쯤은 우습게 보는 처녀 전사였다. 그렇다보니 사람들은 그녀가 제정신이 아닌 여자라고 확신하기에 이르렀다.

자크는 그녀가 애인 같은 것은 바라지도 않는다고 항변하는 것이 재미있어 계속 놀렸다.

"아하, 오질과의 결혼이 잘 안 풀리는가보구나? 이렇게 말해도 될지 모르지만 네가 매일같이 터널을 건너 그자를 만나러 간다며."

그녀는 어깨를 으쓱했다.

"흥! 쳇! 결혼이라니…… 터널은 날 흥분시켜. 기차에 몸이 박살날 수도 있다고 생각하며 암흑 속 2.5킬로미터를 내달리는 거지, 눈은 뜨지 않는 게 좋아. 기차 소리를 들어야 해, 저 밑에서 으르렁거리는 소리를!…… 하지만 오질, 그치는 재미없어. 내가 원하는 건 그치가 아니라고."

"그럼 다른 남자를 원하는 거야?"

"아! 모르겠어…… 아! 정말이지, 아냐!"

그녀는 다시 한바탕 웃어젖혔다. 그러면서 밧줄 매듭에 약간의 문제가 생겼는지 다시 하던 일에 매달렸는데 매듭이 여간해서는 풀리지 않는 모양이었다. 코를 박고 일에 열중하던 그녀가 고개를 숙인 채 물었다.

"그런데 그쪽은, 그쪽은 애인 같은 거 없어?"

이번에는 자크가 진지해졌다. 그의 두 눈이 방향을 바꿔 저멀리 어둠 속을 응시하며 흔들렸다. 그는 짤막하게 대답했다.

"없어."

"그렇구나," 그녀가 말을 이었다. "그쪽이 여자들을 혐오한다는 이야길 많이 들었어. 내가 그쪽을 아는 것도 어제오늘 일이 아닌데 그쪽은 우리 여자들에게 친근하게 구는 구석이 전혀 없는 것 같아…… 무슨 이유야, 응?"

그는 입을 다물었다. 그녀는 매듭을 푸는 일에 몰두하면서도 그에게서 시선을 떼지 않았다.

"그쪽은 그래 기관차만 좋아하는 거야? 알고 있을지 모르지만 사람들이 그렇게 놀려. 항상 기관차를 쓰다듬고 광내는 데 열성이라고, 마치 애무할 대상이 기관차밖에 없는 것 같다고 말이야…… 내가 이런 이야기를 해주는 건 내가 그쪽 친구이기 때문이야."

이번에는 그도 뿌연 하늘의 파리한 빛에 비친 그녀를 똑같이 바라보았다. 그리고 그녀를 기억에 떠올렸다. 그녀는 꼬맹이였을 때부터 이미 사납고 고집불통이었지만 그가 올 때마다 야생의 계집아이다운 열정으로 반가워 어쩔 줄 몰라하며 팔짝 뛰어올라 그의 목에 매달렸다. 그후로 한동안 보지 못했다가 다시 만날 때마다 그는 그녀가 부쩍 자란 것을 확연히 감지했다. 그렇게 커서도 그녀는 만날 때마다 어릴 때와 마찬가지로 펄쩍 뛰어 그의 어깨를 끌어안고 환대해주었는데, 그녀의 맑고 커다란 두 눈이 내쏘는 이글거리는 빛이 그로서는 갈수록 부담스러워졌다. 지금 이 순간, 그녀는 성숙하고 육감적인 여인이었다. 그녀는 어쩌면 먼 옛날부터, 아주 어렸을 때부터 그를 사랑했는지 모른다. 그의 심장이 방망이질을 해댔다. 문득 그는 자신이 바로 그녀가 기다려온 남자라는 느낌이 들었다. 극도의 혼란이 핏줄을 타고 솟구치는 피와 함께 그의 두개골로 치밀어올라왔다. 불안감이 그를 엄습하는 가운데 그가 맨 처음 취한 행동은 달아나려는 것이었다. 욕망은 늘 그를 미치게 했던 것이다. 그의 눈앞에 붉은빛이 보였다.

"그렇게 서서 뭐하는 거야?" 그녀가 다시 입을 열었다. "그러지 말고 여기 앉아!"

그는 또다시 머뭇거렸다. 곧이어 느닷없이 다리 힘이 스르르 풀리고 다시 욕정을 터뜨리고 싶은 마음에 굴복하여 그는 그녀 곁, 밧줄 더미 위에 털썩 주저앉았다. 그는 말을 잊었다. 목구멍이 바짝 말랐다. 오만하고 과묵한 그녀가 오히려 지금은 숨이 넘어갈 정도로 떠들어댔으며 너무 즐거워서 자기 자신을 망각한 것 같았다.

"그거 알아? 엄마의 잘못은 미자르와 결혼했다는 거야. 그 일이 결국 엄마를 수렁에 빠뜨리고 말 거야…… 나? 난 신경 안 써, 저마다 자기 일만으로도 빠듯한 거니까, 안 그래? 그리고 엄마는 내가 뭐라고 말하려고 하기만 하면 내 입을 막아. 그러니 엄마 혼자 잘 헤쳐나가라고 해! 나는 상관하지 않을 거야, 난 그래. 난 여러 가지를 생각하고 있어, 앞날을 위해서…… 아 참! 근데 나 오늘 아침 자기가 기관차 몰고 지나가는 거 봤다. 저기! 저 아래 가시덤불숲에서 말이야. 거기 앉아 있었거든. 그런데 자기는 절대 다른 곳은 안 보더라…… 자기한테 언젠가는 내가 생각하고 있는 것을 이야기해줄게, 하지만 지금은 아냐, 나중에, 우리가 정말 좋은 친구 사이가 되었을 때 말해줄게."

그녀의 손아귀에서 가위가 스르륵 미끄러져 떨어졌다. 그는 여전히 입을 다문 채 그녀의 두 손을 낚아채듯 움켜잡았다. 달뜬 그녀는 두 손을 그에게 맡겼다. 그러나 그가 그녀의 두 손을 자기의 불타는 입술에 갖다대자 그녀는 숫처녀답게 화들짝 놀랐다. 수컷이 난생처음 다가오자 반항적이고 호전적인 여전사의 본성이 깨어난 것이다.

"안 돼, 안 돼! 그만해, 하기 싫어…… 가만히 있어, 우리 이야기나해…… 남자란 인간들은 그것만 생각하지. 아! 루이제트가 카뷔슈네 집에서 죽던 날 걔가 나에게 했던 말을 자기한테 그대로 이야기하면…… 게다가 난 법원장이 그런 작자라는 걸 이미 알고 있었어. 그자가 젊은 여자들을 여기, 이곳에 데리고 와서 벌인 추잡한 짓거리들을 난 이미 똑똑히 보았거든…… 아무도 상상조차 못할 여자도 있었지, 그자가 결혼까지 시켜준 여자……"

그는 그녀의 말을 들으려고도 하지 않았고, 그녀의 말이 들리지도 않았다. 그는 그녀를 이미 격렬하게 껴안은 상태였다. 그는 그녀의 입을 자기 입에 으스러져라 비벼댔다. 그녀는 가벼운 비명을 내질렀는데, 차라리 그것은 오랫동안 감춰진 그녀의 애정이 고백처럼 터져나온 깊고 달콤한 신음 소리였다. 그러나 그녀는 계속 저항하며 어떻게 해서든 지지 않으려 했다. 그것은 일종의 전투 본능이었다. 그녀는 정복당하고 싶은 욕구에 사로잡혀 그를 갈구하면서도 동시에 그와 대결했다. 말없이, 가슴을 밀착시키고 둘은 거친 숨을 몰아쉬며 서로를 넘어뜨리려고 했다. 한동안은 그녀가 분명 더 힘이 센 것처럼 보였다. 그가 그녀의 목을 움켜쥐고 조르지 않았다면 아마도 그녀가 그를 깔아뭉갰을 것이다. 그만큼 그는 기진맥진했다. 블라우스가 벗겨지면서 싸움으로 단련되어 탄력 있게 부푼 봉긋한 우윳빛 젖가슴이 환한 달밤에 드러났다. 넘어뜨려진 그녀는 등을 대고 누운 자세가 되었다. 패배한 그녀는 그의 처분에 몸을 맡겼다.

숨을 헐떡이던 그가 그녀를 범하려다 말고 돌연 멈추더니 그녀를 내려다보았다. 어떤 분노에 사로잡힌 것 같았다. 잔인한 충동에 이끌려 그는 무기든 돌이든, 그녀를 죽일 만한 무엇인가를 찾아 주위를 두리번거렸다. 그의 시선이 밧줄 끄트머리에서 번득이는 가위와 마주쳤다. 그는 몸을 날려 가위를 거머쥐었다. 맨살을 드러낸 그 목에, 장미꽃처럼 피어난 하얀 젖가슴 사이에 가위를 찔러넣을 기세였다. 그러나 그 순간 오싹한 냉기에 정신이 번쩍 들었다. 그는 가위를 내던지고 필사적으로 달아났다. 그녀는 눈을 감은 채, 조금 전에 자기가 저항했기 때문에 이번에는 그가 자기를 거부하는 것이라고 생각했다.

자크는 우수에 찬 밤공기를 가르며 내달렸다. 전속력으로 비탈길을 치고 올라가다가 좁은 골짜기 밑바닥으로 굴러떨어졌다. 그는 자신의 발밑에서 구르는 돌들에 질겁했다. 그는 왼쪽 가시덤불숲으로 쇄도해 달려가다 돌연 오른쪽으로 방향을 틀어 휑하니 비어 있는 언덕 위로 올라섰다. 그러더니 갑자기 내리막길을 구르듯 내려가다가 그만 철로 방책에 부딪혔다. 기차 한 대가 굉음을 내고 불을 뿜으며 달려왔다. 그는 겁에 질린 나머지 당장은 어떤 상황인지 가늠이 되지 않았다. 아! 그렇구나, 이 세상 모든 것이 끊이지 않는 물결처럼 흘러가지, 나만 여기 이렇게 빈사 상태로 널브러져 있는 거야. 그는 다시 내달렸다. 비탈길을 올라갔다가 내려가기를 거듭했다. 어디로 달려가든 선로와 마주쳤다. 선로는 심연처럼 깊이 파인 호 밑바닥과 거대한 바리케이드처럼 지평선을 가로막고 있는 성토 지대 위를 번갈아 드나들었다. 구릉들이 여기저기 시야를 차단하는 이 황량한 지역은 마치 출구 없는 미로 같았다. 그의 광기가 이 미로를, 음울하고 황폐한 이 버려진 황무지를 빠져나가지 못하고 맴도는 것이다. 꽤 오랫동안 비탈길을 달려가는 중이었는데 그의 눈앞에 둥근 구멍, 터널의 검은 아가리가 나타났다. 요란스럽게 숨을 몰아쉬며 비탈길을 올라오던 기차가 마치 대지에 흡수되듯 터널 속으로 휩쓸려 들어가더니 지축을 뒤흔드는 긴 울림을 남기고 사라져버렸다.

그 순간, 다리가 꺾인 자크는 선롯가에 털썩 주저앉았다. 그는 풀숲에 얼굴을 묻고 엎드린 채 경련을 일으키듯 들썩거리면서 흐느꼈다. 오, 맙소사! 다 나은 줄 알았던 그 병이 다시 도진 겁니까? 그녀를 죽이려 하다니! 여자를 죽이려고, 여자를 죽이려고 하다니! 그의 젊은 혈기 저 밑바닥에서 욕망의 열기가 미친듯이 치솟으면서 이런 소리가 그의 귓전을 맴돌았다. 다른 남자들은 성적 욕망이 일면 여자를 소유하기를 꿈꾸는데, 그는 여자를 죽이고 싶은 생각에 미쳐버리는 것이다. 그는 그런 자신을 억제하지 못하고, 그 살을 본 순간, 따뜻하고 하얀 그 목을 본 순간, 가위를 집어들고 그녀의 살 속 깊숙이 가위를 찔러넣으려 했던 것이다. 그것은 그녀가 반항했기 때문이 결코 아니었다. 천만에! 그것은 쾌락을 위해서였다. 그렇게 하고 싶은 욕망 때문이었다. 어느 정도인가 하면, 만일 지금 이렇게 풀숲에 매여 있는 처지가 아니라면 당장 그리로 내달려가 그녀의 목을 조르고 싶은 심정인 것이다. 그녀를, 오, 맙소사! 어릴 때부터 자라는 걸 죽 지켜본 그 플로르를, 방금 전 나를 그토록 깊이 사랑하고 있다는 것을 직감할 수 있었던 그 야성의 아이를 말이다! 그의 손가락들이 뒤틀리면서 땅속을 파헤쳤고, 오열이 그의 목구멍을 짓찢고 끔찍한 절망으로 숨넘어가는 소리를 내며 터져나왔다.

하지만 그는 어떻게 해서든 자신을 진정시키려 애썼다. 도대체 다른 사람들과 비교해볼 때 내가 무엇이 다르지? 청소년 시절, 저 아랫녘 플라상에서 자랄 때부터 그는 그렇게 자문했다. 그의 어머니 제르베즈는, 이것은 사실인데, 열여섯 살도 채 안 된 어린 나이에 그를 낳았다. 하지만 그것은 약과인 것이, 그는 둘째에 불과했고 그녀가 첫째인 클로드를 가진 것은 그녀의 나이 겨우 열네 살에 접어들었을 때였다. 그의 형제 중 어느 누구도, 그러니까 첫째인 클로드도, 나중에 태어난 셋째 에티엔도, 어린 어머니와 마찬가지로 조무래기 건달이었던 아버지 사이에서 나쁜 피를 물려받은 것 같지는 않았다. 아버지인 고약한 랑티에는 심성이 못돼서 아내 제르베즈의 눈물깨나 뺀 위인이었다. 아니, 어쩌면 그의 형과 동생도 고백만 하지 않았을 뿐 다 그가 앓고 있는 병을 갖고 있는지도 몰랐다. 특히 그의 형은 화가가 되겠다고 자기 자신을 얼마나 괴롭혔던지, 사람들은 그가 천재성 때문에 반쯤 미쳐버렸다고들 수군거렸다. 그의 가족은 거의 정상이 아니었다. 많은 식구가 나름대로 결함을 지니고 있었다. 그는 순간순간 자기에게도 그것이, 그 유전적인 결함이 있음을 느꼈다. 딱히 건강 상태가 나빠서 그렇다는 것이 아니다. 예전에는 자신의 발작에 대한 염려와 수치심만으로도 몸이 비쩍 말랐던 적이 있었던 것이다. 그것은 그의 존재에 뜻하지 않은 균형 상실, 그러니까 균열이나 구멍 같은 것이 생긴다는 것인데, 그 경우 모든 것을 왜곡하는 일종의 심각한 몽환에 빠지면서 그 구멍을 통해 그 자신의 자아가 달아나버리는 것이다. 그렇게 되면 그는 더이상 자신을 통제할 수 없고 자신의 근육에, 미쳐 날뛰는 그 짐승에게 복종하게 된다. 그렇다고 그가 술을 마시는 것은 아니었다. 그는 극미량의 알코올에도 자신이 미쳐버린다는 것을 잘 알기에 단 한 잔의 술도 입에 대지 않았다. 그러다보니 그는 자신이 다른 사람들 때문에 대가를 치르는 것은 아닌가 하고 생각하기에 이르렀다. 술을 마셨던 그의 아버지 대, 할아버지 대, 그 술주정뱅이 가계로부터 자신이 나쁜 피를, 서서히 진행되는 중독성을, 여자를 잡아먹는 늑대 무리에 자신을 끌어넣어 깊은 숲속으로 몰고 가는 야만성을 물려받은 것이라고 생각했다.

자크는 팔꿈치로 딛고 일어나 시커먼 터널 입구를 바라보며 생각에 잠겼다. 그러자 또다시 오열이 그의 허리에서 목덜미로 치밀어올라왔다. 그는 다시 쓰러졌다. 고통에 울부짖으며 머리를 땅바닥에 대고 뒹굴었다. 그 여자애를, 그 여자애를 내가 죽이려고 했다니! 자책감이 마치 그 가위가 자신의 살을 찌르는 것처럼 다시 몰려와 그는 격심한 통증을 느끼며 몸부림쳤다. 어떤 설명으로도 진정되지 않았다. 그는 그녀를 죽이려고 했던 것이다. 그녀가 아직도 거기 그렇게 옷이 풀어헤쳐진 채 목을 드러내고 있다면 그는 그녀를 죽일 것이다. 그는 기억을 더듬었다. 그 병이 처음으로 나타났던 것은 그의 나이 갓 열여섯 살이던 어느 날 저녁, 두 살 어린 친척 계집아이와 놀던 때였다. 계집아이가 바닥에 넘어졌는데 그 아이의 두 다리를 보고 죽일 듯이 달려들었던 것이다. 이듬해인가, 또다른 여자아이의 목을 찌르려고 칼을 갈았던 기억이 났다. 키가 작고 금발인 아이였는데 매일 아침 그의 집 문 앞을 지나가는 것이 눈에 띄었다. 아이의 목은 아주 통통하고 혈색이 좋았는데 그는 벌써부터 귀밑 갈색 부위를 찌를 자리로 점찍어두었다. 그리고 다른 여자들이, 또다른 여자들이 악몽의 행렬처럼 줄지어 지나갔다. 모두가 그의 급작스러운 살해 욕망이 스치고 지나갔던 여자들이다. 길에서 우연히 마주친 여자들, 만나서 이웃이 되었던 여자들, 특히 기억에 남는 한 사람은 갓 결혼한 여자였는데, 극장에서 그의 곁에 앉아 너무 크게 웃어대는 통에 그는 그녀의 배를 쑤시고 싶은 충동을 누르기 위해 공연중에 그만 자리를 박차고 달아나야만 했다. 모르는 여자들이었는데 웬 분노를 그들에게 품을 수 있었던 것일까? 그것은 바로 급작스럽게 발작한 어떤 맹목적인 격분 같은 것, 정확히 기억할 수는 없지만 아주 오래전에 받은 모욕에 복수하고자 하는, 매일 새록새록 되살아나는 갈증 같은 것이었다. 그러니까 그것은 아주 멀리서부터, 여성들이 남성에게 가한 악행으로부터, 혈거 생활을 할 때 처음으로 여성에게 기만당한 뒤로 남성에게 누대를 걸쳐 쌓아온 원한에서 비롯된 것이 아닐까? 그래서 그는 발작이 일어났을 때 여성을 정복하고 길들이기 위한 전투의 필요성을, 남에게서 약탈한 노획품처럼 여성을 죽여 영원히 등에 짊어지고 다니고 싶은 전도된 욕망을 느꼈던 것이다. 그의 두개골은 이런 생각들로 폭발할 것 같았다. 그는 자신의 질문에 답을 구할 수 없었다. 도저히 모르겠군, 그는 생각했다. 충동에 휩쓸려 의지가 무용지물이 된 남자, 충동의 이유조차 까맣게 잊은 남자의 고뇌 속에서 두뇌는 한사코 묵묵부답이었다.

　기차 한 대가 다시 불빛을 밝히고 벼락같은 소리를 내며 지나가더니 이윽고 소리가 잦아들면서 터널 속으로 빨려들어갔다. 자크는 마치 무관심하고 바쁜 그 익명의 군중이 자신의 오열을 들을 것을 의식한 듯 벌떡 일어나 울음을 억누르고 아무렇지도 않은 척했다. 한바탕 발작이 휩쓸고 간 뒤 이렇게 조그만 소리에도 죄인처럼 소스라쳐 일어난 적이 얼마나 많았는지! 그는 오로지 자신의 기관차에 오르고서야 비로소 세상 사람들에게서 벗어나 평온하고 행복해질 수 있었다. 전속력으로 달리는 기관차 바퀴의 격렬한 진동에 몸을 실었을 때, 신호등을 주시하며 선로를 살피느라 정신을 집중하면서 역전기逆轉機 핸들에 손을 올려놓았을 때 비로소 그는 무념무상이 되어 폭풍우 소리를 내며 무섭게 스쳐가는 맑은 대기를 폐부 깊숙이 들이마실 수 있었다. 그가 마음에 위안을 주는 애인과 진배없이 자기 기관차를 그토록 열렬히 사랑하는 것은 그 때문이었다. 그가 기관차로부터 기대하는 것은 오직 행복이었다. 그가 직업기술학교를 졸업하고 머리가 똑똑한데도 기관사라는 직업을 선택했던 것은 고독과 황홀 속에서 살 수 있는 길이었기 때문이다. 게다가 그는 별다른 야심도 없어서 사 년 만에 일등기관사의 자리에 올라 일찌감치 2800프랑의 본봉에 화차 관리와 정비 수당까지 합쳐 4천 프랑이 넘는 수입을 올리면서도 그 이상은 아무것도 바라지 않았다. 그는 회사가 양성한 이등, 삼등 기관사 동료들, 그리고 역시 회사가 전문학교에 보내기 위해 키우는 견습공들 거의 모두가 하나같이 노동자 여성들과 결혼하는 것을 지켜보았다. 그들은 조그만 도시락 바구니를 들고 나타나는 출근 시간에만 간간이 눈에 띄는 존재감이 희박한 여자들이었다. 반면 야심찬 동료들, 특히 전문학교를 나온 동료들은 성장盛粧을 한 부르주아 여성을 만나 배우자로 삼기 위해 관리책임자가 되기를 학수고대했다! 그러나 그는 여자를 멀리했다. 여자가 무슨 의미가 있는가? 절대 결혼하지 않으리라, 홀로 기관차를 운행하는 것 말고는, 쉼 없이 운행하고 또 운행하는 것 말고는 다른 미래를 꿈꾸지 않으리라. 그의 상관들은 술도 마시지 않고 여자 뒤꽁무니를 따라다니지도 않으며, 지나치게 성실해서 주색을 좋아하는 동료들에게 질시를 받을 정도인데다, 눈빛이 흐려지고 낯은 흙빛이 되어 아무 말 없이 침울해져 있을 때면 은근히 다른 사람들을 불안에 떨게 하는 그를 하나같이 별종 기관사로 간주했다. 그의 눈앞에 한 가지 장면이 선연히 떠올랐다. 카르디네 가에 있는 그의 숙소에서는 그의 기관차 차고지인 바티뇰 조차장이 보였는데, 근무가 없는 날이면 온종일 그 골방 안에 수도승처럼 틀어박혀서 배를 깔고 자고 또 자면서, 잠으로 그렇게 불끈거리는 욕망을 잠재우면서 얼마나 많은 시간을 보냈던가!

자크는 일어나려고 안간힘을 썼다. 안개 낀 이 포근한 겨울밤, 풀숲에서 무슨 짓을 하고 있는 거지? 벌판은 완전히 어둠에 잠긴 채 하늘에만 빛이 어렸는데, 옅은 안개에 젖어 젖빛 유리가 덮인 것 같은 거대한 천공 뒤에 숨은 달이 창백한 노란빛을 비추고 있었다. 검은 지평선은 죽음처럼 미동도 없이 잠들어 있었다. 가자! 얼추 아홉시가 다 되었겠군, 돌아가서 자는 편이 낫겠어. 그러나 온몸이 무감각해지면서 그는 미자르의 집에 돌아가 다락방 계단을 올라 플로르의 방과는 겨우 널빤지 하나로 칸막이가 되어 있는 건초 더미 위에 눕는 자신의 모습을 떠올렸다. 그녀는 자기 방에 있을 것이다. 그녀의 숨소리도 들릴 것이다.

게다가 그는 그녀가 방문을 절대로 잠그지 않는다는 것을 알고 있었다. 그녀와 다시 마주칠 수도 있을 것이다. 그러자 엄청난 전율이 그를 사로잡았다. 벌거벗은 채 무방비 상태로 잠든 그 처녀의 뜨거운 몸이 눈앞에 그려지자 그는 또다시 오열을 터뜨리며 몸을 격렬하게 들썩이다가 땅바닥에 고꾸라졌다. 내가 그녀를 죽이려고 했어, 그녀를 죽이려고 했어, 맙소사! 다시 집에 돌아간다면 그 즉시 자신이 침대에 누워 있는 그녀를 죽여버리고 말 거라는 데 생각이 미치자 그는 숨이 막혀 죽을 것만 같았다. 자신을 완전히 무력화하기 위해 흉기를 들지 않아도, 두 팔로 머리를 감싸쥐고 있어도 소용없을 것이다. 그는 자신의 의지를 넘어서는 수컷이 예전의 모욕을 되갚으려는 욕망에 사로잡히고 겁탈의 본능이 후려치는 채찍질에 쫓겨 방문을 밀고 들어가 그녀의 목을 조를 것임을 직감했다. 안 돼, 안 돼! 그곳에 돌아가느니 차라리 들판에 쓰러져 밤을 보내는 편이 나아! 그는 튕기듯 다시 일어나 내달리기 시작했다.

그는 다시 반 시간 남짓, 극도의 공포가 고삐 풀린 사냥개처럼 컹컹 짖으며 뒤쫓아오기라도 하는 듯 전속력으로 검은 들판을 휘젓고 달렸다. 구릉을 타고 올라갔다가 좁은 협로로 굴러떨어지기를 거듭했다. 연달아 개울이 두 개 나타났다. 그는 개울을 건넜다. 엉덩이까지 물에 젖었다. 덤불숲이 나타나 길을 가로막자 그는 불같이 화를 냈다. 그의 머릿속에 있는 생각은 오로지 막힘없이 똑바로 내달리는 것이었다. 더 멀리, 계속 더 멀리 달아나기 위하여, 자기 안의 다른 자신, 자기 안에 느껴지는 미친 짐승으로부터 도망가기 위하여. 하지만 그는 그놈을 달고 다니는 꼴이었다. 그놈 역시 전속력으로 달리고 있었다. 그 짐승을 완전히 쫓아냈다고 믿었던 지난 일곱 달 동안 그는 다른 사람들과 다름 없는 생활을 영위해왔다. 그런데 지금 다시 시작해야 하는 것이다. 어떤 여자를 우연히 마주쳤을 때 그 즉시 그 여자를 덮치는 일이 일어나지 않도록 다시 싸움을 벌여야 하는 것이다. 그러다가 압도적인 침묵과 끝 모를 고독감이 그를 조금이나마 위로해주면서 사람 하나 마주치는 일 없이 계속 걸을 수 있을 것만 같은 이 황량한 고장처럼 적막하고 인적 없는 삶을 동경하도록 이끌었다. 그 자신도 모르는 사이에 제자리로 돌아온 모양이었다. 터널 위 가시덤불숲이 무성한 경사지를 헤집고 크게 반원을 그려 돈 다음에 당도한 곳이 처음에 그가 있었던 철길 맞은편이었던 것이다. 그는 사람들과 다시 마주칠지 모른다는 분노 섞인 불안감에 흠칫 물러섰다. 그러고 나서 세상과 절연하기로 마음먹고 구릉을 뒤로하고 사라졌던 그는 조금 전 자신이 흐느껴 울었던 풀밭 맞은편, 바로 터널 출구 앞, 철길 옆 울타리 앞에 다시 모습을 드러냈다. 낭패감에 빠진 그는 그 자리에 우두커니 섰다. 그때 땅속 깊숙한 곳에서 빠져나오는 기차가 으르렁거리는 소리가 아직은 아련하게 들렸지만 시시각각 커지면서 그의 주의를 끌어당겼다. 파리에서 6시 30분에 출발한 르아브르행 급행열차였는데, 그 지점을 9시 25분에 통과하는 것이다. 그것은 바로 그가 이틀에 한 번씩 운전하는 기차였다.

자크의 눈에 먼저 터널의 검은 아가리가 나뭇단이 활활 타오르는 가마의 입구처럼 밝아오는 것이 보였다. 이어서 기관차가 요란한 소리와 함께 전조등인 커다랗고 둥근 외눈을 앞세우고 터널에서 튀어나왔는데, 그 빛이 캄캄한 벌판을 관통하면서 비춘 철로가 두 줄의 평행한 불꽃 길이 되어 멀리 뻗어나간 것이 보였다. 그러나 그것은 벼락이 치면서 순간적으로 드러난 환영 같았다. 곧이어 객차들이 줄줄이 모습을 드러냈다. 눈부시도록 밝은 승강구 문의 네모진 작은 유리창들 너머로 칸칸이 승객들로 꽉 찬 내부가 들여다보이는 차량들이 눈앞을 연달아 휙휙 지나갔는데, 현기증이 날 정도로 빠른 속도 때문에 스쳐지나간 영상들이 헛것은 아닌지 눈을 의심해야 했다. 그런데 그 찰나의 순간, 자크는 특별실 객차의 불타는 듯 밝은 차창을 통해 한 남자가 다른 남자를 좌석에 넘어뜨려 꼼짝 못하게 하고서 그의 목을 칼로 찌르는 광경을 똑똑히 목격했다. 동시에, 어쩌면 제삼의 인물일지도 모르고 어쩌면 떨어져내린 트렁크일지도 모르는 어두컴컴한 물체가 피해자의 발버둥치는 두 다리를 온 무게를 실어 누르는 광경도 눈에 들어왔다. 순식간에 기차는 눈앞을 벗어나 꽁무니에 매달린 세모꼴의 붉은 후미등 세 개만을 어둠 속에 남기고 크루아드모프라 쪽으로 사라졌다.

젊은이는 얼어붙은 듯 그 자리에 선 채 굉음이 잦아들면서 죽음과도 같은 적막이 흐르는 벌판 속으로 사라지는 기차를 눈으로 뒤쫓았다. 정말 제대로 본 것일까? 그는 여전히 자신이 없었으며, 휘황한 빛에 실려왔다가 실려간 그 장면이 실제로 일어난 일인지조차 장담할 수 없었다. 그의 기억에 남아 있는 그 드라마 속 두 주연배우의 모습은 털끝 하나도 살아 있는 사람처럼 느껴지지 않았다. 희생자의 몸 위를 가로지르고 있던 거무스름한 물체는 여행용 담요였는지도 모른다. 하지만 그는 처음에는 그것이 숱 무성한 머리카락이 흘러내린 사람의 모습이고 그 머리카락 밑으로 창백하고 갸름한 옆얼굴을 보았다고 생각했다. 그러나 지금은 모든 것이 마치 꿈을 꾸고 난 것처럼 뒤죽박죽되어 연기처럼 사라져버렸다. 한순간 그 옆모습이 떠올랐다가 이내 흔적도 없이 사라져버렸다. 그것은 어쩌면 한낱 상상에 지나지 않는지도 모른다. 그 모든 장면이 생각만 해도 소름 끼치고 너무도 기괴해서 그는 끝내 조금 전에 겪은 극심한 발작의 후유증으로 나타난 환영이라고 믿어버렸다.

자크는 혼란스러운 상념에 머리가 무거운 상태로 한 시간 가까이 더 배회했다. 극도로 피곤하고 온몸의 기운이 쭉 빠졌으며 오한과 함께 신열이 올랐다. 그러리라고 마음먹지 않았는데도 그는 크루아드모프라 쪽으로 발걸음을 옮기고 있었다. 이윽고 건널목지기의 집 앞에 당도하자 그는 집안에 들어가지 말고 담벼락에 내어 만든 헛간에서 잘까 생각했다. 그런데 한줄기 빛이 문 밑으로 스며나오는 것을 보고 기계적으로 문을 밀었다. 그 순간 그는 뜻밖의 광경을 목도하고 문간에 멈춰 섰다.

미자르가 집안 구석에서 버터 단지를 헤집어놓고는 랜턴을 몸 가까이 둔 채 네 발로 엉금엉금 바닥을 기면서 주먹으로 벽을 톡톡 두드리고 있었다. 무엇인가를 찾고 있는 눈치였다. 문소리가 나자 그는 몸을 일으켜세웠다. 그런데 그는 눈곱만큼도 당황하는 기색 없이 태연한 표정으로 심드렁하게 말했다.

"성냥이 바닥에 떨어져서 말이야."

그러고는 버터 단지를 다시 제자리에 놓고 덧붙였다.

"랜턴을 가지러 왔지 뭐야. 조금 전 집으로 돌아오다 보니까 선로 위에 누군가가 널브러져 있던데 말이야…… 죽은 것 같아."

자크는 처음에는 미자르가 파지 고모의 숨겨진 돈을 찾는 현장을 덮쳤다는 생각만 하고, 파지 고모의 비난에 반신반의하던 입장이 확실한 인정으로 돌변하게 됐다고 주억거리다가, 곧이어 시체가 발견되었다는 그 전언에 하도 놀라서 다른 드라마는, 이곳, 이 고립된 작은 집에서 목하 펼쳐지고 있는 드라마는 그만 까맣게 잊어버렸다. 특별실의 장면이, 한 남자가 다른 남자의 목을 찌르는, 순식간에 스쳐지나갔던 그 영상이 그때와 똑같은 불빛을 받으며 막 되살아난 것이다.

"선로 위에 사람이요? 어딘데요?" 그가 하얗게 질려서 물었다.

미자르는 자신의 땅주낙에 걸린 뱀장어 두 마리를 잡아서 가져오는 참이라고, 그것들을 잘 숨겨두려고 만사 제쳐두고 집으로 달려온 참이라고 막 말을 꺼내려고 했다. 그런데 이 애송이에게 그런 걸 다 털어놓을 까닭이 어디 있단 말인가? 그는 그저 애매한 몸짓을 하면서 대답했다.

"저어기, 한 오백 미터쯤 떨어진 곳이라고 해야 하나…… 어찌된 일인지 가서 확인해봐야겠네."

그때 자크의 머리 위쪽에서 둔탁한 충격음이 들려왔다. 그는 깜짝 놀라 소스라쳤다.

"아무것도 아냐." 아버지라는 작자가 말을 이었다. "플로르가 움직이는 소리야."

젊은이는 다시 귀를 기울였다. 그것은 실제로 맨발로 타일 바닥 위를 걷는 소리였다. 그녀는 분명 잠들지 않고 그를 기다렸을 것이다. 그러다 벌어진 문틈 사이로 그의 말을 엿들으러 온 것이다.

"저도 같이 갈게요." 그가 말했다. "그런데 죽은 게 확실해요?"

"글쎄, 그런 것 같다니까. 랜턴을 가져가보면 확실히 알 수 있겠지."

"그렇다면, 어떻게 생각하세요? 사고겠지요?"

"그럴 수 있지. 어떤 놈이 죽으려고 기차에 뛰어들었거나, 아니면 승객이 열차에서 뛰어내렸는지도 모르고."

자크는 몸서리를 쳤다.

"빨리 가요! 빨리 가!"

그로서는 보고 싶고 알고 싶어서 그렇게 열에 들뜨고 안달이 난 적이 일찍이 없었다. 밖에 나서자 그의 동행자는 아무런 감흥도 드러내지 않고 랜턴을 흔들면서 선로를 따라 느릿느릿 걷고, 둥근 랜턴 불빛도 거기에 발을 맞추듯 천천히 흔들거리면서 철로를 따라가는 반면, 그는 앞장서서 내달리며 느려터진 상대에 대해 화를 냈다. 그것은 일종의 육체적인 욕망 같은 것, 이를테면 데이트 시간이 임박한 애인들을 애태우며 발걸음을 재촉하게 하는 마음속 불길 같은 것이었다. 그는 곧이어 마주칠 현장이 두려워 팔다리의 모든 근육이 긴장된 채로 쏜살같이 달려갔다. 마침내 현장에 도착해 하행선 근처에 널브러져 있는 시커먼 물체에 부딪힐 뻔한 찰나, 그는 발끝에서 머리끝까지 전율이 흐르면서 그 자리에 얼어붙은 듯 멈춰 섰다. 도대체 어떻게 된 영문인지 알 수 없다는 데서 생긴 극도의 불안감이, 서른 걸음도 넘게 뒤처졌음에도 굼뜨게 걸어오는 상대에 대한 혐구로 바뀌었다.

"아니, 이런 빌어먹을! 빨리 오지 않고 뭡니까! 만약 아직 숨이 붙어 있다면 살릴 수도 있을 것 아니에요."

미자르는 몸을 건들거리면서 태연자약하게 다가왔다. 그러고는 널브러져 있는 몸뚱이 위로 랜턴을 이리저리 비추었다.

"오! 우씨! 아주 끝장이 났구먼."

그 사람은 아마도 열차에서 굴러떨어졌는지 철로에서 기껏해야

50미터 정도 떨어진 지점에서 얼굴을 땅에 박은 채 배를 깔고 엎어져 있었다. 머리에는 흰 머리카락이 무슨 관을 쓴 것처럼 무성하게 덮여 있는 것만 보였다. 두 다리는 쫙 벌려져 있었다. 두 팔 중 오른팔은 몸에서 떨어져나간 것처럼 뻗어 있는 반면 왼팔은 구부려진 채 가슴 아래 깔려 있었다. 차림새는 번듯했다. 품이 넉넉한 푸른색 모직 반코트에 값나가는 반장화를 신었으며 안에 받쳐 입은 옷도 고급스러웠다. 몸에는 어디 부러진 흔적이라곤 전혀 없었다. 다만 너무 많은 피가 목에서 흘러나와 셔츠 깃이 온통 얼룩졌다.

"누군가의 원한을 사서 살해당한 부르주아로군." 미자르가 입을 다물고 얼마간 살펴보더니 나직이 말했다.

그러고는 어안이 벙벙해 꼼짝도 못하고 있는 자크에게 몸을 돌렸다.

"손대면 안 돼. 법으로 금지되어 있으니까…… 자넨 여기 남아서 시체를 지키고 있으라고. 난 바랑탱으로 달려가서 역장한테 알릴 테니까."

그는 랜턴을 들어 1킬로미터마다 세워진 말뚝을 비추고 위치를 확인했다.

"됐어! 정확히 153번 말뚝 지점이군."

그는 랜턴을 시체 옆 바닥에 내려놓고는 예의 그 굼뜬 걸음걸이로 멀어져갔다.

자크는 혼자 남아 미동도 하지 않은 채 생명을 잃고 무너져버린 그 몸뚱이를 지켜보았다. 땅바닥에서 비치는 랜턴 빛이 희미해서 윤곽이 불분명해 보였다. 그의 내면에서는 조금 전 그의 발걸음을 재촉했던 심적인 동요와 지금 여기 그를 붙들고 있는 끔찍한 매혹이 급기야 가슴을 날카롭게 후비는 생각으로, 그의 전 존재에서 솟구치는 생각으로 비화되었다. 다른 사람은, 스치듯 보았지만 손에 칼을 든 그 사내는 감행을 했는데! 다른 사람은 자기 욕망의 끝까지 갔는데, 다른 사람은 살인을 했는데! 아! 그는 비겁하지 않았어, 바라는 것을 얻고야 말았어, 칼을 꽂았어! 난, 그러고 싶은 마음이 십 년 전부터 날 괴롭혀왔잖아! 온몸에 열이 오르면서 자기 자신에 대한 경멸과 그 다른 사람에 대한 찬탄이 밀려들었다. 특히 그것을 바라다보고 싶은 욕구, 칼에 찔려 하나의 생명체에서 순식간에 이렇게 인간 누더기가 되어버린 망가진 꼭두각시, 흐물흐물한 넝마가 되어버린 그것을 질리도록 눈에 쑤셔넣고 싶은 가시지 않는 갈증이 몰려왔다. 내가 꿈꾸기만 한 것을 다른 사람은 실행에 옮긴 거야, 그리고 그 결과가 바로 이거야, 만일 나도 죽인다면 내가 죽인 그것이 이렇게 땅에 널브러져 있겠지. 그의 심장이 터질 듯이 뛰었다. 이 비극적인 죽음을 목도하자 살인을 저지르고 싶은 근질거리는 욕망이 마치 정욕처럼 증폭되었다. 그는 안절부절못하면서도 무서운 것과 친해져버리는 어린아이처럼 한 걸음 떼어 더 가까이 다가갔다. 그래! 나도 하고 말 거야, 이번에는 내가 감행할 차례야!

그런데 바로 등뒤에서 굉음이 느껴져 그는 어쩔 수 없이 선로 옆으로 뛰어내려야 했다. 기차가 다가오고 있었는데 상념에 빠져 있느라 듣지도 못한 것이다. 그는 자칫 박살이 날 뻔했는데, 오로지 기관차가 내뿜는 뜨거운 숨, 그 가공할 호흡을 직감하고 사고 직전에 몸을 피할 수 있었던 것이다. 기차가 우레 같은 소리와 연기와 열기를 일으키며 지나갔다. 여전히 승객이 많았다. 다음날 있을 축제 때문에 여객들이 르아브르 쪽으로 계속 물밀듯이 몰려가는 것이었다. 어린아이 하나가 코가 뭉개질 정도로 차창에 얼굴을 대고 캄캄한 벌판을 응시하고 있었다. 사람들의 옆얼굴이 차창에 뚜렷하게 비쳤다. 한 젊은 여자가 유리창을 내리고 버터와 설탕이 묻은 종이를 밖으로 던졌다. 기차는 제 바퀴가 스치고 지나간 이 주검에는 아랑곳하지 않는다는 듯 희희낙락거리며 어느새 저멀리 달아났다. 음울한 밤의 적막 속에 그 몸뚱이는 여전히 땅에 얼굴을 처박고 랜턴에서 나오는 희미한 빛을 받으며 엎어져 있었다.

다시 혼자가 되자 자크는 상처 부위를 자세히 들여다보고 싶은 마음에 사로잡혔다. 그러나 만일 자신이 시신의 머리를 건드린다면 나중에 사람들이 알아볼지도 모른다는 데 생각이 미치자 덜컥 겁이 나서 행동을 멈추었다. 그는 미자르가 역장과 함께 돌아오려면 족히 한 시간은 걸릴 것이라는 점을 이미 계산해둔 터였다. 그렇게 몇 분이 흘렀다. 그는 미자르에게 생각이 미쳤다. 그렇게 변변치 못하고 느려터진데다 얌전해 보이는 작자도 감행을 하는 것이다. 세상에서 가장 은밀한 방식으로, 독극물로 사람을 죽이는 것이다. 정말로 사람을 죽이는 것은 쉬워빠진 일일까? 아무나 다 살인을 한다. 그는 가까이 다가갔다. 상처를 보고 싶은 생각이 뾰족한 바늘이 되어 그를 찔러댔다. 살갗이 불타는 듯했다. 어떻게 찔렸는지, 무엇이 흘러내렸는지 보자, 붉은 구멍을 보자! 보고 나서 머리를 조심스럽게 제 방향으로 돌려놓으면 절대로 눈치채지 못할 것이다. 그러나 그의 머뭇거림 저 밑바닥에 자인하고 싶지 않은 또하나의 공포가, 바로 피에 대한 공포가 스멀거렸다. 이제까지 그에게는 항상, 그리고 어느 경우에나 두려움이 욕망과 더불어 고개를 쳐들었던 것이다. 그렇게 십오 분 남짓 혼자 있다가 그는 마음을 다잡고 실행에 옮기려고 했다. 그때 바로 곁에서 조그만 소리가 들렸다. 그는 소스라치게 놀랐다.

플로르였다. 그녀도 그와 마찬가지로 시체를 내려다보며 서 있었다. 그녀는 사고라면 보고 싶어 사족을 못 썼다. 기차에 짐승이 박살이 났다거나 사람 몸뚱이가 절단이 났다는 소리만 들으면 어김없이 현장으로 달려갔다. 그녀는 조금 전 다시 옷을 챙겨 입고 시체를 보려고 온 것이다. 그런데 시체를 일별하고 나서도 주저함이 없었다. 그녀는 몸을 굽혀 한 손으로 랜턴을 들고 다른 손으로는 시체의 머리를 잡고 돌려놓았다.

"조심해, 그러면 안 돼." 그가 우물거리며 말했다.

하지만 그녀는 어깨를 으쓱하고는 그만이었다. 노란 불빛 아래 시체의 얼굴이 드러났다. 늙은이의 얼굴이었는데, 코는 크고 죽기 전에는 금빛이었을 두 눈은 푸르게 변색되어 휘둥그레 벌어져 있었다. 턱 아래로 상처가 입을 크게 벌리고 있었다. 그 끔찍한 상처는 거의 목이 잘릴 정도의 깊은 자상이었는데, 찌른 다음 칼을 돌려 헤집었는지 찔린 부위가 너덜너덜했다. 흘러내린 피가 오른쪽 가슴 전체를 흥건히 적셨다. 가슴 왼쪽, 반코트의 단춧구멍에는 레지옹도뇌르 훈장의 약장이 뜯긴 채로 붉은 핏덩이가 엉겨 있는 듯 보였다.

플로르는 깜짝 놀라 낮게 비명을 질렀다.

"앗! 그 늙은이다!"

자크도 더 자세히 들여다보기 위해 그녀처럼 몸을 숙이고 가까이 다가갔다. 그의 머리카락과 그녀의 머리카락이 한데 뒤엉켰다. 그는 그 참혹한 광경에 숨이 막히고 목이 멨다. 무의식적으로 그도 따라 말했다.

"그 늙은이…… 그 늙은이야……"

"맞아, 그랑모랭…… 법원장."

다시 한번 그녀는 입이 뒤틀리고 눈은 두려움으로 크게 벌어진 그 창백한 얼굴을 자세히 살펴보았다. 그런 다음 이미 사후경직이 시작되어 뻣뻣해진 머리를 내려놓았다. 머리는 다시 땅바닥에 처박히고 상처 부위는 바닥을 향해 있어 보이지 않았다.

"여자애들과 노닥거리는 짓도 끝났군!" 그녀가 더 나직한 목소리로 말했다. "이 지경이 된 것도 여자 때문일 거야, 분명해…… 아! 불쌍한 루이제트, 아! 더러운 놈, 꼴좋다!"

다시 긴 침묵이 깔렸다. 플로르는 랜턴을 바닥에 내려놓고 자크를 한참 동안 물끄러미 쳐다보면서 기다렸다. 그러나 자크는 시체를 사이에 두고 그녀와 떨어진 채 방금 전 본 것 때문에 넋이 나가고 기력이 다한 것처럼 더이상 꼼짝도 하지 않았다. 열한시 가까이 되었을 것이다. 저녁에 그런 일이 있고 나서 당황스러워진 그녀는 먼저 말을 걸 수 없었다. 마침내 사람 목소리가 들려왔다. 역장을 데리고 오는 그녀의 아버지였다. 그녀는 아버지 눈에 띄고 싶지 않아 자리를 피하기 전에 작심한 듯 말했다.

"자러 들어오지 않을 거야?"

그는 화들짝 놀랐다. 잠깐 갈등이 일어 동요하는 것처럼 보였다. 잠시 후 그는 힘껏 도리질을 치고 필사적으로 몸을 뒤로 빼며 말했다.

"안 가, 안 가!"

그녀는 꼼짝도 하지 않았다. 그러나 그녀의 억센 두 팔이 힘없이 떨어지면서 그리는 궤적은 그녀가 무척 실망했다는 것을 보여주었다. 아까 저항했던 것을 사과하기라도 하는 양 그녀는 매우 고분고분한 모습을 보이면서 다시 말했다.

"그러면 다시 안 오는 거야? 다시 자기를 볼 수 없는 거야?"

"절대로, 절대로!"

사람들의 목소리가 가까워졌다. 그녀는 그와 자기 사이에 시체가 놓여 있는 상황을 그가 의도적으로 만든 것 같아서 그의 손을 굳이 잡으려 하지도 않고, 그에게 어린 시절 동무로서의 친근한 작별인사조차 건네지도 않고 물러나더니 흐느낌을 억지로 삼키는 듯 거친 숨소리를 남기고는 어둠 속으로 사라졌다.

곧이어 역장이 미자르와 직원 두 명을 데리고 나타났다. 그 역시 시체의 신원을 확인했다. 그랑모랭 법원장이 맞았다. 그는 법원장이 두앵빌에 있는 그의 누이 본농 부인의 집에 갈 때마다 자기가 역장으로 있는 바랑탱 역에서 내리는 것을 보아온 터라 법원장을 잘 알고 있었다. 그는 시체를 기차에서 떨어진 그 자리에 그대로 둬도 된다고 말하고 직원 하나가 가져온 외투로 시체를 덮어두라고만 지시했다. 다른 직원 하나가 루앙에 있는 검찰청 검사에게 보고하기 위해 바랑탱 역에서 열한시 기차를 탔다는 것이었다. 그러나 검사가 예심판사와 법원 서기와 의사를 대동하고 오려면 시간이 걸리기 때문에 새벽 다섯시나 여섯시 이전에 검사가 오기를 기대하지는 말아야 한다고 했다. 역장은 시체 옆에서 불침번을 서도록 업무 조정을 했다. 밤새도록 서로 교대해가면서 누군가 하나는 랜턴을 들고 계속 현장을 지키게 한 것이다.

자크는 한참 동안 꼼짝 않고 골똘히 생각에 잠겼다가, 바랑탱에서

7시 20분*에 르아브르로 가는 기차를 타기만 하면 되니 바랑탱 역사 처마 밑 어딘가에 몸을 누이러 가야겠다고 마음먹었다. 그러다가 예심판사가 온다는 데 생각이 미치자 그는 마치 자기가 공범이라도 되는 양 불안해졌다. 급행열차가 지나갈 때 내가 본 것을 말해야 하나? 그는 처음에는 말하기로 결심했다. 그로서는 겁낼 것이 아무것도 없었기 때문이다. 게다가 그렇게 하는 것이 그의 본분임은 의심할 나위가 없었다. 하지만 이내 그게 무슨 소용이 있을까 하고 자문했다. 그는 결정적인 사실을 단 하나도 진술하지 못할 것이며, 살인에 대해 그 어떠한 세세한 정황도 확고하게 증언할 수 없을 것이다. 아무에게도 도움이 되지 못할 그런 일에 연루되어 시간을 허비하고 감정을 상하는 일은 어리석은 짓이다. 안 한다, 안 한다, 나는 말하지 않을 것이다! 마침내 그는 자리를 떴다. 도중에 두 번이나 뒤를 돌아보았다. 랜턴에서 둥그렇게 퍼져나간 노란 불빛 속으로 땅바닥에 엎어져 있는 시체의 굽은 등이 검게 보였다. 뿌옇게 안개 낀 하늘에서 아까보다 더 심한 한기가 메마른 구릉들이 이어진 그 을씨년스러운 황야 위로 내려앉았다. 기차가 몇 대 더 지나갔다. 그중 하나는 파리로 가는 기차였는데 매우 길었다. 기차들은 하나같이 그 무지막지한 기계의 힘을 과시하며 서로 엇갈려 먼 목적지를 향해, 미래를 향해 달려갔다. 어떤 이에게 무참히 살해된, 목이 절반 넘게 잘린 그 남자의 머리가 거기 있다는 것에 전혀 개의치 않고 무심하게 스쳐지나가면서.

3

다음날인 일요일 새벽 다섯시, 르아브르 성당의 종탑들에서 일제히 종소리가 울려퍼지고 얼마 안 있어 루보는 근무를 서기 위해 역사로 내려갔다. 아직은 어두운 밤이었다. 그러나 바다에서 불어오는 바람이 널리 퍼뜨린 안개 바다에 생타드레스에서 투른빌 요새로 이어지는 구릉지들이 잠겨 있는 모습이 보였다. 반면 서쪽 먼바다 위로는 어둠이 걷히기 시작하면서 지기 직전의 별들이 깜박이고 있는 하늘 한 자락이 드러났다. 역사 지붕 아래에는 여전히 가스등이 켜져 있었지만 불빛은 새벽녘의 습하고 차가운 공기로 인해 파리해 보였다. 선로 위에서는 야간 당직 책임자의 지휘 아래 작업반원들이 몽티빌리에행 첫 기차를 준비시키고 있었다. 대합실 문이 아직 열리기 전이어서, 서서히 잠에서 깨어나기 시작한 정거장의 길게 뻗은 플랫폼은 휑하니 비어 있었다.

루보는 출근하려고 대합실 위층에 있는 집에서 나오다가 매표원의 아내 르블뢰 부인이 직원 관사 출입문들이 늘어선 중앙 복도 한가운데 꼼짝 않고 서 있던 것을 보았다. 수주 전부터 그 부인은 밤마다 일어나 담뱃가게 아가씨인 기숑을 감시했는데, 그 아가씨가 다바디 역장과 불륜 관계라고 의심을 했던 것이다. 하지만 그동안 그녀는 아주 사소한 단서도, 그림자 하나, 숨소리 하나도 적발하지 못했다. 그런데 그날 새벽 그녀는 루보 부부 집에서 남편이 문을 열고 닫는 데 걸린 삼 초 남짓한 짧은 순간, 평소에는 아홉시까지 침대에서 뭉그적거리는 어여쁜 부인 세브린이 벌써 옷을 챙겨 입고 머리단장도 마친 채 신을 신고 식당에 서 있는 것을 목도하는 뜻밖의 성과를 거두고는 황급히 자기 집으로 들어갔다. 그리고 르블뢰 부인은 남편 르블뢰를 깨워 이 기이한 소식을 전했다. 전날 밤, 그들 부부는 부지사하고 있었던 일의 결말이 어떻게 났는지 알고 싶어 안달이 나서 밤 11시 5분 파리발 급행열차가 도착할 때까지 잠자리에 들지 않았던 것이다. 하지만 그들은 루보 부부의 행동거지에서 아무것도 읽어낼 수 없었다. 그 부부는 평소와 다름없는 표정으로 귀가했던 것이다. 르블뢰 부부는 자정까지 귀를 쫑긋 세워 무슨 소리라도 들으려고 했으나 허사였다. 그들 이웃 부부의 집에서는 귀가 즉시 깊은 잠에 빠져들었는지 아무 소리도 나지 않았다. 그들의 여행은 좋은 결과를 얻지 못한 게 틀림없다. 그게 아니라면 세브린이 저렇게 이른 시간에 일어났을 리가 없지 않은가. 매표원이 그녀가 어떤 표정을 짓고 있었느냐고 묻자 아내는 그녀의 모습을 열심히 묘사했다. 그 크고 푸른 두 눈이 검은 머리 아래 매우 반짝거렸는데 몹시 굳어 있고 창백한 모습이더라, 몽유병 환자처럼 미동도 않더라, 어쨌든 날이 밝으면 무슨 까닭인지 잘 알게 되지 않겠나, 그들은 그렇게 자기들끼리 결론을 내렸다.

그러는 사이 아래 역사에서 루보는 야간 당직을 섰던 동료 물랭과 교대했다. 그가 업무 인수를 하는 동안 물랭은 전날 밤부터 일어난 자잘한 사항을 알려주느라 몇 분 더 머물면서 이야기를 계속했다. 부랑자 몇 명이 수화물보관소에 들어가려다 붙잡혔다는 것, 인부 세 명이 규율 위반으로 견책을 당했다는 것, 방금 전 몽티빌리에행 기차를 편성하다가 열차 연결 고리 하나가 부러졌다는 것 등등. 루보는 무심한 표정으로 묵묵히 귀를 기울였다. 다만 그의 안색이 약간 창백해 보였는데 푹 꺼진 두 눈이 보여주듯 피로가 아직 가시지 않은 탓이었을 것이다. 하지만 동료가 마침내 말을 마쳤는데도 그는 마치 또다른 사건 사고가 더 있었을 것이라고 예상하기라도 한 양 동료에게 마저 더 묻고 싶은 눈치였다. 그러나 단지 그뿐, 더이상 묻지 않았다. 그는 고개를 숙이고 잠시 땅바닥을 내려다보았다.

두 사람은 플랫폼을 따라 걷다가 역 구내 끄트머리, 오른편으로 차고지가 있는 장소에서 걸음을 멈췄다. 그곳은 전환객차들, 그러니까 전날 밤 도착해 있다가 다음날 출발하는 기차들에 연결될 객차들이 머무르는 곳이었다. 그는 다시 고개를 들었다. 그의 시선이 가물거리는 가스등 불빛을 똑바로 받고 있는, 293이라는 숫자가 적힌 특별실 전용 일등석 객차에 머물렀다. 그때 동료가 소리쳤다.

"아! 잊을 뻔했네요……"

루보의 창백했던 얼굴에 홍조가 돌았다. 그는 자기도 모르는 사이 몸을 약간 움찔했다.

"잊을 뻔했는데요," 물랭이 반복했다. "이 객차는 출발시켜서는 안 됩니다. 오늘 아침 6시 40분 급행열차에 이 객차를 달지는 마십시오."

짧은 침묵이 흐른 뒤 루보가 천연덕스러운 목소리로 이유를 물었다.

"그래요! 그런데 왜죠?"

"오늘 저녁 급행열차에 특별실 객차를 하나 달아야 하나보더라고요. 낮에 다른 특별실 객차가 올지 안 올지 모르니 이걸 놔두는 게 좋겠습니다."

루보는 여전히 그 객차에서 시선을 떼지 않고 대답했다.

"그렇겠네요."

그러나 생각이 다른 곳에 가 있던 그가 갑자기 화를 벌컥 냈다.

"더러워서 못 보겠군! 이 사람들이 청소를 어떻게 하는 거야! 이 객차는 일주일치 먼지를 뒤집어쓰고 있는 것 같군."

"아!" 물랭이 대꾸했다. "기차가 열한시 넘어 들어오면 이 사람들은 절대로 걸레질 한 번 하는 법이 없어요…… 한 번 둘러보기라도 하면 좀 나을 텐데. 저번 밤에는 말이죠, 의자 위에 승객 하나가 잠들어 있는 것을 몰랐지 뭡니까. 그 승객은 다음날 아침에야 깨어났죠."

물랭은 하품이 나오려는 것을 참으면서 그만 자러 올라가야겠다고 말했다. 그런데 그렇게 가다 말고 갑자기 호기심이 일었는지 돌아섰다.

"그런데 당신 일은요, 부지사하고 있었던 그 일은 잘 끝났겠지요?"

"예, 예, 아주 유익한 여행이었소. 만족스러워요."

"그거 잘됐군요…… 그리고 저 293호 객차를 출발시켜서는 안 된다는 것 잊지 마십시오."

루보는 플랫폼에 혼자 남게 되자 출발 준비를 하고 있는 몽티빌리에행 기차 쪽으로 천천히 돌아왔다. 대합실 문이 열리고 승객들이 나타나기 시작했는데, 개를 동반한 사냥꾼 몇 명, 일요일 나들이를 떠나는 상인 가족 두서넛 정도일 뿐 승객은 별로 없었다. 하지만 이날 첫차인 이 기차가 떠나고 나면 쉴 틈이 없었다. 루앙을 거쳐 파리까지 가는 5시 45분발 완행열차를 바로 편성해야 하는 것이다. 아침 이 시간이면 투입되는 직원이 많지 않기 때문에 이것저것 온갖 것을 살펴야 하는 부역장의 일은 복잡했다. 차고지에서 객차를 하나하나 끌어와서 인부들이 역사 아래까지 밀어서 옮겨놓은 조차수레에 매다는 입환 작업을 감독한 뒤 개찰구로 달려가 승차권을 발급하고 화물을 등록하는 일에도 한 번 눈길을 주어야 했다. 군인들과 한 역무원 사이에 싸움이 벌어졌는데 그것 역시 그의 개입이 필요한 일이었다. 한 삼십 분 동안 몹시 찬 공기가 흐르는 가운데, 아직 눈에 졸음이 가득한 채 추위에 덜덜 떠는 승객들에 섞여 컴컴한 어둠 속에 떠밀려가는 그 불쾌한 기분을 억누르며 몸이 열 개라도 모자랄 정도로 바삐 움직이느라 그는 자기 자신을 생각할 겨를이 없었다. 그렇게 한바탕 역을 휩쓴 다음 완행열차가 출발하고 나자 연착한 파리발 직행열차가 들어오기에 서둘러 전철수 초소로 달려가 그쪽은 아무런 문제가 없는지 살펴봐야 했다. 그러고는 하차와 하역 작업에 참여하기 위해 플랫폼으로 되돌아와 기차에서 쏟아져나온 승객들이 표를 내고 호텔에서 온 마차들에 가득히 올라타는 일이 끝나기를 지켜보았다. 그 시간쯤이면 호텔 마차들이 역사 안으로 들어와 선로에의 접근을 막는 허술한 방책 안쪽에서 대기하고 있었다. 그렇게 한바탕 난리를 치르고 역이 다시 텅 비고 조용해지고 나서야 비로소 그는 한숨을 돌릴 수 있었다.

여섯시가 울렸다. 루보는 한가로운 걸음걸이로 역 구내를 벗어났다. 역사 바깥의 텅 빈 공간을 마주하자 그는 고개를 들고 심호흡을 하면서 마침내 날이 밝아오는 것을 보았다. 먼바다에서 불어오는 바람이 안개를 완전히 몰아내자 청명한 아침이 모습을 드러냈다. 시선을 북쪽으로 돌리자 여명의 하늘을 배경으로 앵구빌 언덕이 보랏빛 윤곽을 선명하게 드러내어 공동묘지의 나무들까지 눈에 들어왔다. 이어 남쪽과 서쪽으로 몸을 돌리니 바다 위로 마지막 남은 새털 같은 흰구름이 편대를 지어 천천히 떠가는 것이 보였다. 반면 동쪽의 거대한 센 강 하구 유역은 일출이 임박해 온통 붉게 타오르기 시작했다. 그는 신선하고 맑은 공기에 이마를 식히기라도 하려는 듯 무의식적인 동작으로 테두리에 은선이 둘러쳐진 모자를 벗었다. 역의 부속 시설들이 평평하고 넓게 펼쳐진, 왼쪽으로는 도착 구역과 기관차 차고지가 들어오고 오른쪽으로는 출발 구역과 시내 전체가 들어오는 그 익숙한 시야 덕분에 그는 마음이 진정되면서 언제나 변함없는 일상의 수고에서 벗어나 평온을 되찾았다. 샤를라피트 가의 담벼락 너머로 공장 굴뚝들이 연기를 내뿜고 있었고, 보방 항만을 따라 야적된 거대한 석탄 더미들이 보였다. 다른 항만들에서는 벌써부터 시끌벅적한 소리가 들려왔다. 화물열차의 기적 소리, 바람에 실려오는 파도 소리와 바다내음, 이런 것들이 그날 펼쳐질 축제와 진수식을 할 선박, 그리고 거기에 구름처럼 몰려들 군중 등을 그의 머릿속에 떠올리게 했다.

다시 역 구내로 돌아온 루보는 인부들이 6시 40분 급행열차를 편성하기 시작한 것을 보았다. 그는 그들이 293호 객차를 입환하기 위해 조차수레에 매다는 것이라고 생각했다. 상큼한 아침나절의 평온이 갑자기 치밀어오른 분노와 함께 일거에 사라졌다.

"이런 빌어먹을! 그 객차는 안 돼! 그건 가만히 놔두란 말이야! 그건 오늘 저녁에나 출발시킬 거야."

작업반장이 자기들은 그 객차 뒤에 있는 다른 객차를 매달기 위해 그 객차를 그냥 미는 것일 뿐이라고 그에게 설명했다. 하지만 가늠할 수 없을 정도로 화가 치밀어 귀가 먹먹해진 그에게는 아무 소리도 들리지 않았다.

"멍청한 작자들 같으니라고, 거기엔 손대지 말라잖아!"

그는 결국 상황을 파악하고 나서도 계속 분이 풀리지 않아 객차 하나의 방향도 돌려놓을 수 없는 협소한 역을 화풀이 대상으로 삼았다. 사실 맨 처음 노선이 개설되었을 때와 별반 달라진 게 없는 역은 노후한 골조 그대로인 창고, 나무와 함석으로 지은 역사 지붕, 옹색한 지붕 유리창, 곳곳에 금이 가 남루하고 칙칙해 보이는 부속 건물들 등 부족한 것투성이라서 르아브르의 역이라고 하기에는 걸맞지 않았다.

"창피한 일이야, 회사에선 왜 이런 것을 아직도 철거하지 않는 건지 알 수가 없군."

인부들은 평소에는 회사에 그토록 충성을 바치던 그가 거침없이 불평을 쏟아내는 것을 듣고 놀란 눈으로 그를 쳐다보았다. 그는 그것을 알아차리고 황급히 말을 멈췄다. 그리고 입을 다문 채 뻣뻣이 굳은 모습으로 계속 작업을 감독했다. 불만 서린 주름살이 그의 좁은 이마에 새겨졌지만 다갈색 수염이 비쭉 솟고 붉게 상기된 둥그런 얼굴에는 뭔가 결연한 의지를 품은 듯 긴장감이 역력했다.

얼마 후 루보는 냉정을 되찾았다. 그는 열성적으로 급행열차를 점검하는 데 몰두했으며 세세한 사항 하나하나를 감독했다. 객차의 결속이 미흡해 보이자 그는 자신이 보는 앞에서 확실히 조이라고 지시했다. 평소 그의 아내와 자주 어울리는 세 모녀가 그에게 와서 여성 전용칸에 타려고 하는데 도와달라고 부탁했다. 그녀들을 여성 전용칸에 올려 보내고 나서 호각으로 출발신호를 보내기 전, 그는 다시 한번 기차의 상태를 확인했다. 이윽고 그는 멀어져가는 기차를 오랫동안 쳐다보았다. 기차를 뒤쫓는 그의 시선은 잠깐의 보람이면 고단한 인생쯤 보상받을 수 있다고 여기는 사람의 맑은 눈빛이었다. 그것도 잠시, 곧바로 그는 역으로 들어오는 루앙발 열차를 맞이하기 위해 철길을 건너야 했다. 그날도 어김없이 평소 매일 소식을 주고받는 사이인 우체국 직원을 만났다. 그 직원과 이야기를 나누는 십오 분 남짓한 시간은 그에게 바쁘기 짝이 없는 아침 시간에 맛보는 일종의 짧은 휴식이었다. 숨을 돌릴 수 있는 그 시간 동안만큼은 어떠한 급한 업무도 물리쳤다. 그날 아침도 평소와 다름없이 그는 담배를 말아 피우며 아주 유쾌하게 이야기를 나누었다. 날이 훤히 밝았다. 역사 지붕 아래 있는 가스등들이 막 꺼졌다. 역사 지붕은 유리창도 빈약하고 불투명해서 역사에는 아직도 회색 어둠이 짙게 깔려 있었다. 그러나 저쪽, 역사 지붕이 끝나는 곳에 펼쳐진 광활한 하늘 자락에는 벌써 붉은 햇빛이 이글이글 타오르고 있었다. 지평선은 맑은 겨울날 아침의 그 청명한 대기 속에 세세한 것들까지 윤곽이 선명하게 드러나면서 온통 분홍빛으로 물들었다.

여덟시면 평소처럼 역장인 다바디가 출근할 것이기에 부역장은 보고를 하러 갔다. 역장은 짙은 갈색 머리에 건장하고 자기 일에 몰두하

110

는 거물 상인의 풍모를 지닌 호남이었다. 게다가 그는 여객 업무에는 일부러 관여하지 않았다. 그가 각별하게 몰두하는 일은 항만의 움직임, 그러니까 르아브르와 전 세계의 무역에 항상 연동되는 거대한 규모를 자랑하는 화물의 물동량이었다. 그날 역장은 출근이 늦었다. 루보는 벌써 두 번이나 역장실 문을 열었으나 역장은 부재중이었다. 책상 위의 우편물들은 개봉조차 되지 않은 상태였다. 부역장의 시선이 편지들 사이에 끼여 있는 한 통의 전보에 멎었다. 그러자 그는 무엇에 홀리기라도 한 것처럼 문에서 떨어지지 못하다가 자기도 모르는 사이에 몸을 돌려 짧은 순간 책상 위로 시선을 던졌다.

8시 10분, 마침내 다바디가 나타났다. 루보는 역장이 전보를 열어볼 시간을 줄 요량으로 입을 다물고 앉아 있었다. 그러나 역장은 전혀 서두르는 기색 없이 아끼는 부하 직원과 친밀한 인사를 나누고 싶어했다.

"그래, 파리에서의 일은 당연히 잘되었겠지요?"

"예, 역장님. 다 역장님 덕분입니다."

역장이 드디어 전보를 열었다. 그러나 그는 그것을 읽지 않고 여전히 루보에게 미소를 지어 보였다. 루보는 턱에 경련이 이는 습관적인 신경 장애를 누르기 위해 안간힘을 쓰느라 목소리가 억눌린 듯 자꾸 잦아들었다.

"당신과 계속 일할 수 있게 돼서 참 다행이오."

"저도 그렇습니다, 역장님, 저도 역장님과 계속 일할 수 있게 돼서 아주 행복합니다."

마침내 다바디가 전보를 들여다보았다. 루보는 안면에 땀이 송골송골 맺힌 채 그를 응시했다. 그러나 그가 기대했던 반응은 전혀 나타나지 않았다. 역장은 아무 말 없이 전보를 다 읽고 나서 책상에 다시 내려놓았다. 아마도 단순한 업무 연락인 듯싶었다. 이어서 역장은 우편물을 뜯어보기 시작했다. 그동안 부역장은 매일 아침 하던 대로 밤 동안과 아침나절에 일어난 일들에 대해 구두 보고를 했다. 다만 그날 아침 루보는 평소와 달리 머뭇거리며 한참을 더듬은 다음에야 수화물보관소에서 붙잡힌 부랑자들에 대해 자기 동료가 무엇이라고 말했는지 기억해낼 수 있었다. 몇 가지 얘기가 더 오갔고, 항만 담당과 화물열차 담당인 두 명의 다른 보좌관이 보고를 하러 들어오자 역장은 루보에게 그만 가보라는 몸짓을 해 보였다. 두 보좌관은 방금 전 부두에서 한 직원에게 전달받은 새 전보 한 통을 가져왔다.

"그만 나가봐도 좋아요." 루보가 나가지 않고 문가에 멈춰 서 있는 것을 보고 다바디가 말했다.

그래도 루보는 눈을 둥그렇게 뜨고 시선을 떼지 않은 채 그대로 서 있다가 조그만 전보 쪽지가 아까처럼 아무렇지도 않게 역장의 손에서 책상 위로 다시 떨어지는 것을 보고서야 밖으로 나왔다. 잠시 그는 당황하여 정신없이 역사 안을 헤맸다. 시계가 8시 35분을 가리켰다. 9시 50분 완행열차 이전에 출발하는 기차는 없었다. 평소에 그는 이 휴식 시간을 역을 한 바퀴 돌아보며 보냈다. 그러나 지금 그는 한동안 발길 닿는 대로 정처 없이 헤매고 다녔다. 그렇게 돌아다니다가 문득 고개를 들어보니 293호 객차 앞이었다. 그는 갑자기 방향을 바꾸어 그쪽에는 아무런 볼일이 없는데도 기관차 차고지 쪽으로 멀찌감치 달아났다. 태양은 이제 지평선 위까지 올라와, 금가루가 창백한 대기중에 비처럼 쏟아지는 것 같았다. 이제 그는 더이상 맑은 아침날을 즐기고 있을 처지가 아니었다. 그는 강박적으로 따라붙는 자신의 예감을 떨치려는 듯 바쁜 얼굴로 발걸음을 재촉했다.

그때 불쑥 들려온 목소리에 그는 발걸음을 멈췄다.

"루보 씨, 안녕하세요!…… 우리 마누라는 만났나요?"

기관차 화부인 페쾨였다. 마흔세 살의 그는 키가 크고 원기 왕성한 사내였는데 말랐지만 뼈대가 굵고 얼굴은 불길과 연기에 검게 그을렸다. 좁은 이마 밑에 붙은 회색 눈과 튀어나온 아래턱을 차지한 커다란 입에는 바람둥이 특유의 웃음이 떠나지 않았다.

"아니! 웬일이에요?" 루보는 깜짝 놀라 걸음을 멈추고 말했다. "아! 그렇지요! 기관차가 고장났지요, 깜빡했네요…… 그러면 오늘 저녁에나 다시 출발하나요? 스물네 시간 휴가를 얻은 셈이군요. 땡잡았네요, 안 그래요?"

"땡잡았죠!" 여전히 전날 밤의 환락에 취해 상대가 따라 말했다.

루앙 인근의 조그만 마을 출신인 페쾨는 아주 어렸을 때 견습공으로 철도회사에 들어왔다. 그러다 서른 살이 되자 작업장에 진력이 난 그는 기관사를 목표로 먼저 화부가 되기로 했다. 그가 같은 마을 출신인 빅투아르와 결혼한 것은 그 무렵이었다. 그러나 그후로 세월이 적잖이 흘렀는데도 그는 변함없이 화부였다. 품행이 단정치 못하고 하는 짓이 난잡하며 늘 술에 취해 여자 뒤꽁무니나 쫓아다니는 그가 기관사가 될 가망은 앞으로도 결코 없을 터였다. 만일 그랑모랭 법원장의 보호가 없었더라면, 그리고 그가 자신의 비행에 대해 매번 실없는 웃음과 나이든 노동자라는 구실을 앞세워 사죄한 덕에 사람들이 거기에 무덤덤해지지 않았더라면, 그는 골백번도 더 해고당했을 것이다. 사실 그는 술 취했을 때만 정말로 두려울 뿐 그때 빼고는 별 볼 일 없는 위인이었다. 술만 취했다 하면 못된 짓을 일삼는 진짜 짐승으로 돌변했던 것이다.

"우리 마누라 말이에요, 만나셨어요?" 그가 입이 찢어져라 웃으며 되물었다.

"물론이지요, 예, 만났어요." 부역장이 대답했다. "당신 방에서 우리가 점심까지 먹었는데요…… 아! 페쾨, 당신은 정말 착한 부인을 뒀어요. 그런 부인에게 충실하지 못하다니 크게 잘못하는 겁니다."

그는 더 격하게 웃어젖혔다.

"오! 그렇게 말할 수도 있겠네요! 하지만 내가 재미 보고 다니기를 바라는 사람은 다름 아닌 내 마누라인걸요!"

그것은 사실이었다. 그보다 두 살이나 많고 살이 쪄서 움직이기도 거추장스러울 지경이 된 빅투아르는 그에게 바깥에 나가 재미를 보고 오라고 그의 호주머니에 100수짜리 동전 몇 닢을 찔러주곤 했다. 그녀는 그가 생리적인 욕구를 내세워 바람을 피우는 것에 대해, 뻔질나게 수상한 곳을 드나드는 것에 대해 크게 괴로워한 적이 한 번도 없었다. 그리고 이제는 상황이 정리되어 그가 운행 노선 양끝에 각각 한 명씩 두 명의 여자를 거느리게 되었으니, 파리의 부인은 그가 거기서 잠자는 밤을 위해 필요한 여자였고, 르아브르의 여자는 그가 거기에 도착해 다음번 운행할 기차를 위해 대기하는 시간에 필요한 여자였다. 돈이라면 벌벌 떨고 스스로도 초라하게 사는 빅투아르는 모든 상황을 알면서도 그를 자식처럼 보살폈는데, 그가 그쪽 여자와 있을 때 주눅들기를 바라지 않는다고 선선히 입버릇처럼 말했다. 그녀는 심지어 그가 파리를 떠날 때마다 매번 그의 속옷을 세심하게 챙겨주었는데, 그녀로서는 그쪽 여자한테 자기들 공동의 남자를 깔끔하게 입히지 못했다고 비난받을까봐 꽤나 신경이 쓰였을 것이다.

"그래도 그렇지요." 루보가 대꾸했다. "그건 별로 점잖지 못한 짓이에요. 내 마누라가 자기 유모를 얼마나 좋아하는데요. 마누라가 당신에게 따끔하게 한마디 하고 싶어합니다."

그러나 그는 그들이 기대서 있던 창고에서 키 크고 호리호리한 여자가 나오는 것을 보고 입을 다물었다. 차량 기지 소장의 누이인 필로멘 소바냐였는데 바로 페쾨가 일 년 전부터 르아브르의 현지처로 삼아온 여자였다. 아까 페쾨가 부역장을 보고 다가와 부르기 전까지 그녀와 페쾨 둘은 창고 처마 밑에서 이야기를 나누고 있었던 것이다. 그녀는 서른두 살이었지만 아직 앳돼 보였는데, 키가 크고 골격이 드러난 몸매에 가슴은 밋밋하고 살갗은 늘 색을 밝혀 달아올라 있으며, 얼굴이 길쭉하고 눈빛은 이글거리는 것이 히힝거리며 우는 비쩍 마른 암말 같았다. 사람들은 그녀가 술도 마신다고 비난했다. 역의 모든 남자들이 그녀의 집 앞에서 줄을 서본 적이 있을 거라는 험담도 돌았다. 그녀가 사는 곳은 그녀의 오빠가 기관차 차량 기지 바로 옆에 마련한 조그만 집이었는데 그녀는 그 집을 아주 지저분하게 썼다. 오베르뉴 출신인 오빠는 뚝심이 있고 근무 기강을 엄격하게 지켜서 상사들에게 매우 높은 평가를 받았지만, 누이동생은 어찌나 골칫덩어리인지 그녀 때문에 해고의 압박을 받을 지경이었다. 비록 사람들이 그를 보고 그녀를 묵인해주긴 했지만 그 자신은 가족이라는 단 하나의 이유로 그녀를 어떻게든 끝까지 데리고 살아야 할 처지였던 것이다. 그렇긴 해도 그는 그녀가 남자와 함께 있는 것이 눈에 띄기라도 하면 묵사발이 되도록 두들겨 팼는데,

그렇게 반주검이 된 그녀를 바닥에 그냥 방치할 정도로 험하게 대했다. 그녀와 페쾨는 서로 궁합이 잘 맞았다. 그녀는 이 희대의 호색한 품에 안겨 마침내 들끓는 욕정을 잠재울 수 있었고, 그는 너무 뚱뚱한 마누라 대용으로 비쩍 마른 그녀를 만난 것이 흡족해서 이제는 다른 데를 헤매고 다닐 필요가 없어졌다고 입버릇처럼 익살을 떨었다. 오로지 세브린만이 빅투아르를 위해 마땅히 그래야 할 의무가 있다고 여겨 필로멘과 일부러 척을 져서는, 타고난 도도함으로 벌써부터 웬만하면 필로멘을 피했으며 마주쳐도 알은체를 하지 않았다.

"참 좋네!" 필로멘이 불손하게 말했다. "좀 있다 봐, 페쾨. 난 갈게. 루보 씨께서 자기 부인을 대신해 당신한테 설교하실 게 있나보네."

능글능글한 페쾨가 연신 웃으며 받았다.

"허허 가만있어, 농담하는 거라니까."

"아냐, 아냐! 우리집 암탉이 낳은 달걀을 꺼내러 가야 해. 르블뢰 부인에게 두 알 갖다주기로 약속했거든."

그녀는 매표원의 아내와 부역장의 아내 사이에 보이지 않는 알력이 있다는 것을 알고 있던 터라 매표원의 아내와 자기가 무척 사이가 좋은 척해서 부역장의 아내를 약 올릴 심산으로 일부러 그 이름을 입에 올린 것이다. 그러나 그녀는 화부가 부지사하고 있었던 일의 소식을 묻자 갑자기 호기심이 동해 자리를 지켰다.

"잘됐네요, 만족스럽지 않아요, 루보 씨?"

"아주 만족스럽지요."

페쾨는 짓궂게 두 눈을 찡긋했다.

"아 참! 당신이야 원래 걱정할 필요가 없었지. 거물이 뒤를 봐주는

데 뭐…… 안 그래요? 내가 무슨 말을 하려는지 당신은 알 거요. 내 마누라도 그 거물한테 톡톡히 신세를 지고 있지."

부역장은 그랑모랭 법원장에 대한 암시를 차단하기 위해 뜬금없이 조금 전의 질문을 되풀이했다.

"그래 오늘 저녁이나 돼야 출발하나요?"

"그럴 거요. 라리종호 수리가 곧 마무리되겠지요. 크랭크 연결봉을 조립하는 작업이 끝났거든요…… 내 짝 기관사가 돌아오길 기다리고 있는 겁니다. 바람을 쐰다고 어디 갔거든요. 자크 랑티에라고, 그 사람 알아요? 당신 고향 사람인데."

잠시 루보는 정신을 딴 데 두고 멍한 채로 대답이 없었다. 그러다가 화들짝 정신이 돌아와 대답했다.

"누구라고요? 자크 랑티에, 기관사…… 물론이죠, 알아요. 아, 알다시피, 안녕하십니까 하는 인사나 나누는 정도지만요. 우린 여기서 처음 만났어요. 그가 나보다 연배가 아래여서 거기, 플라상에서는 만난 적이 없어요…… 지난가을 그가 내 마누라 부탁을 조금 들어준 일이 있지요. 그가 디에프에 있는 내 마누라 친척 형제들 집에 심부름을 해주었어요…… 다들 능력 있는 청년이라고 말하더군요."

그는 주저리주저리 되는대로 말을 쏟아냈다. 그러다가 갑자기 자리를 파했다.

"또 봅시다, 페쾨…… 나는 이쪽을 한번 살펴봐야겠군."

그러자 필로멘이 곧바로 그 긴 다리로 경중경중 발걸음을 떼며 가버렸다. 페쾨는 양손을 호주머니에 찔러넣은 채 이 즐거운 아침나절의 한가로움에 흡족한 웃음을 지으며 제자리를 지키고 서 있다가 부역장이 창고를 한 바퀴 둘러보기만 한 다음 이내 돌아가는 것을 보고 의아한 생각이 들었다. 살펴본다더니 그리 오래 걸리지도 않네, 무슨 냄새를 맡고 온 거지?

루보가 역사 안으로 되돌아온 것은 아홉시 종이 울리기 직전이었다. 그는 역사 끝에 있는 화물취급소까지 가서는 무엇인가를 찾으려는데 못 찾고 있는 사람처럼 두리번거렸다. 그러더니 갈 때와 똑같이 초조한 걸음걸이로 되돌아왔다. 그는 다른 사무실들을 하나하나 기웃거렸다. 이 시간이면 역은 인적이 끊기고 조용했다. 그 속에서 그만이 홀로, 이 고요함 때문에 점점 더 신경이 곤두선 사람처럼, 파국의 위협 앞에 노심초사하다가 결국 차라리 그 파국이 터져버리기를 학수고대하게 된 사람처럼 우왕좌왕했다. 그의 침착함은 바닥을 드러냈고, 한곳에 가만히 있을 수가 없었다. 급기야 그의 시선은 시계에서 떨어질 줄 몰랐다. 아홉시, 9시 5분. 평소에는 9시 50분 기차가 출발하고 나서 열시쯤이 되어야 점심을 먹으러 집에 올라갔다. 그런데 그는 불현듯 세브린이 생각나서 집으로 올라갔다. 세브린 역시 집에서 그를 기다리고 있을 게 분명했다.

바로 그 시각, 복도에서 르블뢰 부인은 머리를 푼 편안한 모습으로 달걀 두 알을 들고 허물없이 자기를 찾아온 필로멘에게 문을 열어주고 있었다. 두 여자가 그렇게 복도를 점령하고 있어서 루보는 자기를 주시하는 두 여자의 시선을 받으며 집안으로 들어갈 수밖에 없었다. 그는 몸에 지닌 열쇠로 서둘러 문을 열었다. 그래도 문이 열리고 닫히는 사이를 틈타 두 여자는 두 손을 축 늘어뜨린 채 식탁 의자에 꼼짝 않고 앉아 있는 세브린의 창백한 옆모습을 훔쳐볼 수 있었다. 르블뢰 부인은 필로멘을 잡아끌어 같이 자기네 집안으로 들어가 문을 닫고는 자기가 아침나절에도 세브린이 그러고 있는 모습을 보았는데 아마도 부지사하고의 일이 꼬인 모양이라고 말했다. 필로멘은 그게 아니라고, 자기도 들은 소식이 있어 이렇게 달려왔노라고 말했다. 그녀는 자기가 방금 전 부역장에게 직접 들은 것을 그대로 이야기했다. 끝도 없는 험담, 두 여자가 만날 때면 항상 이런 식이었다.

"이봐, 그것들 호되게 혼났을 거야, 안 그랬다면 내 손에 장을 지지지…… 틀림없이 그것들 자리가 위태위태할 거야."

"아! 아주머니, 정말로 이참에 저치들이 우리 앞에서 없어져버렸으면 좋겠어요."

르블뢰 부부와 루보 부부 사이에 갈수록 격화되는 반목은 알고 보면 단순하기 짝이 없는 주거 문제에서 비롯되었다. 대합실 위 이층은 통째로 직원들 관사로 사용되었다. 그런데 이층의 구조란 것이, 천창을 통해 빛이 들어오는 노란색으로 칠해진 복도를 가운데 두고 좌우 양편에 갈색 출입문들이 마주보고 늘어서 있는, 전형적인 호텔식 복도 구조였다. 문제는 복도 오른편 관사는 역사 안마당 쪽으로 창문이 나 있어 안마당에 심겨 있는 수령이 오래된 느릅나무 너머로 펼쳐지는 앵구빌 언덕의 근사한 풍경을 조망할 수 있는 반면, 왼편 관사는 창문이 아치형이고 옹색한데다 바로 역사 지붕을 향해 나 있어 높이 솟은 지붕 경사면과 더러운 유리창이 끼워진 함석 용마루가 시야를 가로막는다는 것이었다. 안마당의 끊이지 않는 활기와 푸른 나무들과 광활한 벌판의 전망이 확보되어 있는 오른편 관사는 더할 나위 없이 쾌적했다. 그러나 왼편 관사는 죽음의 권태 같은 것이 짓눌렀다. 거기서는 좀처럼 햇빛을 볼 수 없고 하늘은 감옥처럼 차단되어 있었다. 앞쪽, 그러니까 복도 오른편에는 역장 다바디와 부역장 물랭, 르블뢰 부부가 살았고 뒤쪽, 그러니까 복도 왼편에는 출장 나온 감독관들의 숙소로 쓰이는 방 세 개를 빼고 루보 부부와 담뱃가게 아가씨 기숑이 살았다. 그런데 그전까지는 두 부역장이 항상 복도 오른편에 나란히 거주해온 것이 관례였다. 르블뢰 부부가 복도 오른편에 살게 된 것은 이전 부역장, 그러니까 루보의 전임자의 호의 덕분이었다. 그는 아이도 딸리지 않은 홀아비였는데 르블뢰 부인의 마음을 사고 싶어 그녀에게 자기 관사를 양보했던 것이다. 하지만 그 관사는 원칙대로라면 루보 부부에게 반환되었어야 마땅하지 않을까? 루보 부부가 앞쪽에 살 권리가 있는데도 그들을 뒤쪽에 그대로 둔 것은 과연 온당한 일이었을까? 처음 두 집안이 그럭저럭 사이가 괜찮았을 때는 비록 그런 환경이 견디기 힘들고 늘 답답해 죽을 지경이었지만 세브린은 자기보다 스무 살이나 많은 이웃 여자를 가급적 피해다녔다. 그런데 필로멘이 그 지독한 수다로 두 여자를 이간질하고 다니면서부터 본격적으로 전쟁이 터지고 만 것이다.

"그거 알아요?" 필로멘이 말을 이었다. "저들은 아주머니를 내쫓기 위해 이번 파리 여행을 이용하고도 남았을 인간들이에요…… 이건 확실한 건데, 저들이 자기들한테 권리가 있다고 밝히는 장문의 편지를 회사 쪽에 썼다고 하더라고요."

르블뢰 부인은 기가 막혔다.

"비열한 것들 같으니라고!…… 저것들이 담뱃가게 아가씨를 자기들 편으로 만들려고 수작을 부리고 있는 게 분명해. 그 아가씨가 보름 전부터 나한테 별로 알은체를 안 하더라니까…… 확실한 증거가 좀더 필요해! 그래서 내가 그 여자를 감시하고 있는 거라고……"

그녀는 목소리를 낮춰 담뱃가게 아가씨 기송이 매일 밤 역장의 방에 들어가는 것이 틀림없다고 단정지었다. 그들 둘의 출입문이 서로 마주보는 것을 봐라. 과년한 딸을 기숙학교에 보낸 홀아비 다바디가 말수적고 호리호리하며 꽃뱀처럼 나긋나긋하지만 이미 겉늙어 보이는 서른 살의 금발 노처녀를 먼저 방으로 끌어들였다. 그녀는 모르긴 해도 전직이 보모였을 거다. 그래서인지 그녀를 현장에서 덮치기란 불가능에 가깝다. 그 정도로 그녀는 아주 조금 열린 문 틈새로 소리도 없이 미끄러져 들어간다. 그녀 자체는 별로 중요한 인물이 아니다. 하지만 그녀가 역장과 자는 사이라면 결정적으로 중요한 단서를 쥐고 있을 거다. 그녀의 비밀을 캐내서 그 중요한 단서를 확보하는 것이 결국 승리하는 거다.

"오! 난 기어코 알아내고 말 거야." 르블뢰 부인이 계속 말을 이었다. "난 날 잡아잡쉬 하고 가만히 있지는 않을 거야…… 우린 지금 여기 살고 있고, 앞으로도 계속 여기 살 거야. 착한 사람들이 우리 편이니까, 그렇지 않아요? 응?"

아닌 게 아니라 온 역이 이 두 거처의 전쟁에 깊은 관심을 가지고 있었다. 특히 복도 거주자들은 그 문제로 골머리를 앓았다. 이 일에 무관심한 사람이라곤 또 한 사람의 부역장 물랭뿐이었는데, 그는 이미 앞쪽 방을 차지하고 있는데다 결코 사람들 앞에 나서지를 않으며 이십 개월마다 아이를 하나씩 쑥쑥 낳아주는 얌전하고 귀엽고 가냘픈 아내를 두고 있어 남부러울 게 없었던 것이다.

"어쨌든," 필로멘이 마무리를 지었다. "저들의 입지가 흔들린다 해도 치명타를 입히려면 그 정도 타격으로는 어림없어요…… 조심하세요, 저들은 영향력 있는 사람들을 알고 있으니까요."

그녀는 그때까지 쥐고 있던 달걀 두 알을 르블뢰 부인에게 건네주었다. 그 달걀은 그녀가 키우는 암탉 둥지에서 아침에 낳은 것을 방금 전에 꺼내온 것이었다. 노부인은 고맙다는 말을 되풀이했다.

"이렇게까지 마음을 써주다니! 고마워서 어쩌나…… 자주 와서 얘기 나눠요. 알다시피 내 남편은 항상 매표소에 나가 있고, 난 다리가 아파서 꼼짝 못하고 여기 갇혀 있는 신세이니 얼마나 따분한지 모른다오!…… 그 비열한 것들이 나한테서 바깥 경치마저 빼앗아간다면 난 어떻게 되겠어?"

그녀는 필로멘을 배웅하려고 문을 열다가 자기 입술에 손가락을 갖다댔다.

"쉿! 무슨 소리가 나는지 들어보자고."

두 여자는 복도에서 미동도 없이 숨을 죽이고 족히 오 분 넘게 멈춰 서서 기다렸다. 둘은 얼굴을 문에 바짝 대고 루보 부부의 식당 쪽으로 귀를 쫑긋 세웠다. 그러나 그 안에서는 개미 소리 하나 흘러나오지 않았고 죽음 같은 정적만이 흘렀다. 그러다 들키면 큰일이라는 생각이 들어 마침내 둘은 입을 꼭 다문 채 고갯짓으로만 작별인사를 나누고 헤어졌다. 한 여자는 까치발로 물러났고, 다른 한 여자는 어찌나 조심스럽게 문을 닫고 들어갔는지 자물쇠에 빗장이 걸리는 소리조차 들리지 않았다.

9시 20분, 루보는 다시 아래층 역사로 내려왔다. 그는 9시 50분발 완행열차의 편성 작업을 감독했다. 그는 안 그러려고 애를 썼지만 자신도 모르는 사이 더 과장된 몸짓으로 안절부절못하고 발을 동동 구르고 끊임없이 두리번거리며 플랫폼을 끝에서 끝까지 눈으로 훑었다. 아무런 일도 일어나지 않았다. 그의 두 손이 덜덜 떨렸다.

그는 그렇게 역을 휘젓고 다니다가 갑자기 뒤를 돌아다보았다. 가까이에서 전신 담당 직원이 숨을 헐떡이며 말하는 소리가 들렸다.

"루보 씨, 역장님과 공안이 어디 계신지 압니까?…… 그분들께 전달할 전보가 있는데요, 십 분도 넘게 찾아다니는데……"

그는 뒤돌아섰다. 안면 근육 하나 움쩍거리지 않을 정도로 온몸이 경직되었다. 그의 두 눈은 직원 손에 들린 두 통의 전보에 멎어 움직일 줄 몰랐다. 직원이 흥분해 있는 것을 보고 그는 이번이야말로 올 것이 왔다고 확신했다. 마침내 파멸이로군.

"다바디 씨는 방금 전 저기를 지나가셨는데." 루보가 차분히 말했다.

그는 이제껏 그처럼 냉정하고 정신 상태가 또렷한 적이 없었다. 자기방어를 위해 그의 온몸이 팽팽하게 긴장되었다. 그 순간 그는 자기 자신을 확고하게 믿었다.

"아니!" 그가 다시 말을 이었다. "다바디 씨가 저기 오시는군."

정말로 역장이 천천히 돌아오고 있었다. 역장은 전보를 훑어보자마자 탄성을 내질렀다.

"열차 운행중에 살인 사건이 벌어졌다네…… 전보를 친 사람은 루앙의 수사관이야."

"뭐라고요?" 루보가 물었다. "우리 직원들 사이에 벌어진 살인이랍니까?"

"아니, 아니, 승객이라네. 특별실에서…… 사체는 말로네 터널 출구 근처 153번 지점에서 기차 바깥으로 던져졌다네…… 희생자는 우리 회사 임원 중 하나인 그랑모랭 법원장이고."

이번에는 부역장이 탄성을 내질렀다.

"법원장이라고요! 아! 불쌍한 우리 집사람이 얼마나 상심할까!"

그 탄식은 일리도 있고 절절하기도 해서 다바디는 잠시 가만히 있었다.

"그렇군, 당신은 그분과 아는 사이지, 참 좋은 양반인데, 안 그렇소?"

그러고는 공안에게 온 또다른 전보를 가리키며 말했다.

"그건 분명 예심판사가 보낸 걸 거요. 아마 몇 가지 절차가 필요하겠지…… 아홉시 이십오분밖에 안 되었으니, 코슈는 당연히 아직 출근 전일 테고…… 쿠르나폴레옹*에 있는 코메르스 카페에 가보시오. 그 사람 분명히 거기에 있을 거요."

오 분 뒤, 코슈가 인부 한 명의 안내를 받아 도착했다. 전직 장교인 그는 자신의 일을 은퇴 후의 여가 정도로 생각해 열시 이전에는 절대로 역에 나오지 않았으며 나오더라도 잠깐 순찰을 돌고 바로 카페로 돌아갔다. 두 판째 카드놀이를 하다가 불려와 그 사건을 전해 들은 그는 대번에 바짝 긴장했다. 그의 손을 거치는 사건들이란 게 보통은 별로 심각하지 않은 것이었기 때문이다. 그런데 전보는 다름 아닌 루앙의 예심판사에게서 온 것이었다. 그리고 전보가 시체가 발견되고 열두 시간 후에 도착했다는 것은 예심판사가 어떤 상황에서 희생자가 기차를 타고 출발했는지 파악하기 위해 파리 역장에게 먼저 전보를 보냈다

---

* 르아브르 역 근처의 대로. 1870년 이후 제2제정과 관계된 도로 이름은 폐기되어 현재는 '쿠르드라레퓌블리크(공화국대로)'라고 불린다.

는 것을 의미했다. 예심판사는 그렇게 열차 번호와 객차 번호를 확인하고 나서 공안에게는 단지 293호 특별실 객차가 아직 르아브르에 있는지 직접 찾아가 확인해보라는 지시를 내린 것이다. 아마도 별것 아닐 일로 방해를 받았다고 지레짐작해 불쾌감을 드러냈던 코슈는 곧바로 표정을 바꿔 그 사건의 이례적인 심각성에 걸맞은 극도로 신중한 태도를 취했다.

"그런데," 코슈가 갑자기 근심스레 소리쳤다. 확인 조사를 할 수 없게 되었을까봐 걱정이 되었던 것이다. "그 객차는 여기 없을 텐데, 오늘 아침 열차로 떠나버렸을 텐데."

그런 그를 침착한 태도로 안심시킨 사람은 바로 루보였다.

"아닙니다, 아닙니다, 죄송합니다만…… 오늘밤 특별실 객차 하나를 달 일이 있어서 그 객차를 차고에 옮겨다놓았습니다."

루보는 앞장서서 걸었다. 공안과 역장이 그의 뒤를 따랐다. 하지만 소문이 이미 쫙 퍼진 것이 분명했다. 인부들도 슬그머니 하던 일을 멈추고 뒤따라왔던 것이다. 각 사무실 문마다 직원들이 모습을 드러내더니 마침내 하나둘 모여들기 시작했다. 금세 군중이 형성되었다.

문제의 객차 앞에 도착하자 다바디가 돌연 큰 소리로 말했다.

"그런데 어젯밤 점검을 했을 거 아니야. 만약 특기할 만한 흔적이 남아 있었다면 점검 일지에 기록되었을 것 아닌가."

"자세히 살펴보도록 하지요." 코슈가 말했다.

그는 승강구 문을 열고 특별실 안으로 올라갔다. 그러더니 객차에 오르자마자 혼비백산하여 험한 말로 소리쳤다.

"으악! 맙소사! 누가 돼지 멱을 따고 피를 뽑았나!"

두려움 섞인 짧은 탄식이 지켜보는 사람들 사이에서 터져나오고 머리들이 일제히 한 방향으로 쏠렸다. 다바디가 제일 먼저 보려고 승강구에 발을 딛고 올라섰다. 루보는 다바디 뒤에 서서 다른 사람들처럼 고개를 길게 빼고 쳐다보았다.

특별실 안쪽은 흐트러진 것이 아무것도 없어 보였다. 유리창은 닫힌 상태였고 모든 것이 제자리에 있는 것 같았다. 다만 역겨운 냄새가 열린 승강구 문으로 빠져나왔다. 객차 안 좌석 한 곳에 검은 피가 웅덩이처럼 고여 응고되어 있었는데, 그 깊고도 너른 피웅덩이에서 한줄기가 마치 샘물처럼 흘러 바닥의 양탄자를 타고 번져나갔다. 튄 피가 덩어리로 엉겨 시트 여기저기 묻어 있었다. 그 외에는 아무것도, 그 끔찍한 피 말고는 아무것도 특기할 점이 없었다.

다바디가 벌컥 화를 냈다.

"어젯밤 점검을 했던 작자들은 지금 어디 있나? 그자들을 당장 내 앞에 데려와!"

그들은 바로 그 자리에 있었다. 그들은 앞으로 나와서 우물거리며 변명을 늘어놓았다. 밤에 제대로 분간하기가 어디 쉬운가요, 그래도 여기저기 꼼꼼히 살펴보았죠. 그들은 전날 밤 특이한 낌새를 전혀 알아차리지 못했노라고 장담했다.

그러거나 말거나 코슈는 객차 안에 그대로 서서 보고서를 작성하기 위해 연필을 꺼내들고 특이점들을 기록했다. 그는 루보를 불렀다. 둘은 한가할 때면 플랫폼을 따라 걸으며 담배를 나눠 피우는 등 서로 막역하게 자주 만나는 사이였다.

"루보 씨, 이리 올라와서 도와주시지요."

부역장이 바닥의 피를 밟지 않기 위해 펄쩍 건너뛸 때 그가 다시 말했다.

"다른 좌석 아래도 살펴봐주세요. 밑에 뭔가가 있지나 않은지 말입니다."

부역장은 좌석을 들추고 신중한 손놀림으로, 그러나 눈빛은 단순히 호기심에 끌릴 뿐이라는 듯 별다른 동요를 보이지 않고 구석구석 뒤졌다.

"아무것도 없습니다."

그런데 풀솜을 넣어 누빈 등받이 시트에 있는 얼룩 한 점이 그의 주의를 끌었다. 그는 공안에게 알렸다. 피 묻은 손가락 자국이 아닐까요? 아닌 것 같소. 그들은 그냥 얼룩일 뿐이라는 데 합의를 보았다. 모인 사람들이 범죄의 냄새를 맡고 이 조사 과정을 구경하기 위해 쇄도하면서 역장의 뒤를 밀어붙였다. 비위가 약한 역장은 역겨움을 견디지 못해 객차 안으로 들어가지 못하고 승강구에 버티고 있었던 것이다.

갑자기 역장이 무엇인가가 생각났다는 듯 말했다.

"이봐, 루보 씨, 당신이 그 열차에 타고 있었잖나…… 그렇지 않은가? 당신이 그 급행열차를 타고 돌아왔지, 어젯밤에…… 혹시 우리에게 뭔가 쓸 만한 정보를 줄 수 있지 않을까, 당신이라면!"

"아! 그렇지요." 공안이 소리쳤다. "그래 뭔가 특기할 만한 것이 있었나요?"

잠시, 아주 짧은 순간 루보는 대답하지 않았다. 그 순간 그는 바닥의 양탄자를 살펴보느라 고개를 숙이고 있었다. 그러나 거의 질문이 떨어지자마자 그는 약간 강하지만 자연스러운 목소리로 대답했다.

"물론이죠, 물론이죠, 말씀드리지요······ 내 아내가 나와 함께 있었습니다. 내가 알고 있는 것을 보고서에 적어야 한다면 내 아내가 여기로 내려왔으면 좋겠는데요, 내 기억과 아내의 기억을 맞춰보게요."

그 제안은 코슈가 듣기에 상당히 일리가 있었다. 뒤늦게 그곳에 와 있던 페쾨가 자기가 루보 부인을 찾으러 가겠다고 나섰다. 그는 성큼성큼 뛰어갔고, 잠시 기다림의 시간이 흘렀다. 화부와 함께 득달같이 달려온 필로멘은 페쾨가 그런 심부름을 자청한 것에 골이 나서 멀어져가는 그를 원망의 눈으로 좇았다. 그러다 염증으로 부어오른 가엾은 다리를 절뚝이며 황급히 달려오는 르블뢰 부인을 발견하고는 냅다 뛰어가 그녀를 부축했다. 두 여자는 그토록 끔찍한 범죄 현장이 발견된 것에 흥분해 두 팔을 하늘 높이 쳐들고 장탄식을 내뱉었다. 아직 확실히 밝혀진 게 아무것도 없는데도 그녀의 주위 사람들은 질겁한 낯빛으로 몸서리를 치면서 벌써 이러저러한 해석을 주워섬기고 있었다. 필로멘은 아무한테도 그렇게 듣지 않았지만 웅성거리는 목소리들을 나름대로 종합하고는 자신의 명예를 걸고 말한다면서 루보 부인이 살해 현장을 목격한 장본인이라고 단정지었다. 마침내 페쾨가 루보 부인을 대동하고 나타나자 일순간 침묵이 흘렀다.

"저 여자 좀 봐!" 르블뢰 부인이 소곤거렸다. "저렇게 공주처럼 차려입은 여자를 누가 부역장 마누라라고 하겠어! 오늘 아침, 날이 새기도 전에 벌써 저 여자는 어디 갈 데라도 있는 것처럼 저렇게 머리를 단장하고 코르셋을 입고 있더라니까."

세브린은 짧고도 고른 보폭으로 걸어왔다. 그녀는 자신을 지켜보는 시선들을 한몸에 받으며 플랫폼을 따라 끝까지 걸어와야 했다. 그러나 기운을 잃지 않았다. 다만 이제 막 희생자의 이름을 듣고 엄청난 고통을 겪은 사람처럼 손수건으로 눈가를 지그시 누를 뿐이었다. 검정 모직 원피스 차림의 더없이 우아한 그녀는 자신의 후견인을 애도하는 상복을 입은 것 같았다. 날씨가 추웠지만 모자를 챙겨 쓸 겨를이 없어 맨 머리를 드러낸 그녀의 풍성한 검은 머리채가 햇빛에 반짝였다. 고뇌에 가득차고 눈물이 그렁그렁 맺힌 그녀의 푸르고 온화한 두 눈 때문에 그녀는 매우 측은해 보였다.

"울어 마땅하지," 필로멘이 자그마한 소리로 말했다. "저들은 이제 볼장 다 봤어, 저들이 모시는 하느님이 죽어버렸으니까."

세브린이 군중 한가운데 당도해 특별실 객차의 열린 승강구 앞에 서자 코슈와 루보가 내려왔다. 루보는 곧바로 자기가 알고 있는 것을 말하기 시작했다.

"안 그래? 여보, 어제 아침 우린 파리에 도착하고 나서 바로 그랑모랭 씨를 만나러 갔잖아…… 그때가 아마 열한시 십오분쯤 되었을 거야, 안 그래?"

그는 그녀를 뚫어져라 쳐다보았다. 그녀는 고분고분한 목소리로 따라 말했다.

"예, 열한시 십오분."

그런데 그때 그녀의 시선이 피로 검게 변한 좌석에 멎었다. 그녀는 경련을 일으켰다. 그녀의 목구멍 깊은 곳에서 오열이 터져나왔다. 그러자 그녀를 측은하게 여긴 역장이 황급히 끼어들었다.

"부인, 이 광경이 견디기 힘드시다면…… 우리는 부인의 고통을 충분히 이해합니다……"

"오! 단 두 마디면 됩니다." 공안이 끼어들어 말을 잘랐다. "그런 다음 저희가 부인을 댁까지 모셔다드리도록 하겠습니다."

루보는 서둘러 말을 이었다.

"그리고 우리와 이런저런 이야기를 나눈 다음에 그랑모랭 씨가 두앵빌에 있는 그분 누이 댁에 가야 해서 다음날 출발할 거라고 말씀하셨잖아…… 그분이 집무실 책상에 앉아 계신 것이 아직도 눈에 선하네. 나는 여기 이쪽에 있었고, 당신은 저쪽에 있었고 말이야…… 안 그래, 여보? 그분이 우리에게 다음날 출발할 거라고 말씀하셨잖아."

"예, 다음날."

쉼 없이 연필로 빠르게 받아적던 코슈가 고개를 들었다.

"뭐라고요, 다음날이라고요? 하지만 그 사람은 어젯밤에 출발했잖아요!"

"아, 들어보세요!" 부역장이 대꾸했다. "게다가 말이죠, 그분은 우리가 어젯밤에 되돌아갈 거라는 얘기를 듣고, 만약 내 아내가 그분과 함께 두앵빌로 가서 전에도 그랬던 것처럼 그분 누이 댁에서 며칠 지내기를 원한다면 우리와 함께 급행열차를 타겠다는 의향도 잠깐 말씀하셨죠. 하지만 내 아내가 여기서 할 일이 많다고 거절했지요…… 안 그래, 당신이 거절했지?"

"제가 거절했습니다, 맞아요."

"여기까지입니다. 그분은 아주 친절하셨어요…… 그분은 내 문제에 마음을 써주셨죠. 그리고 그분 집무실 문까지 따라 나와 우리를 배웅해주셨지요…… 안 그래, 여보?"

"예, 문까지 따라 나와서요."

"어젯밤 우린 기차를 탔습니다…… 우리가 탈 칸에 자리를 잡기 전에 난 역장인 방도르프 씨와 이야기를 나눴습니다. 그리고 객실에 올라갔을 때는 특별히 눈에 띄는 것이 전혀 없었습니다. 나는 무척 심심했어요. 그 칸에 우리만 타고 있다고 생각했거든요. 그런데 구석에 한 부인이 타고 있더라고요. 처음엔 알아차리지 못했지요. 게다가 출발하기 직전에 다른 두 명이, 부부였지요, 더 올라탔단 말이에요…… 루앙까지도 특이한 점은 전혀 없었어요. 아무것도 눈에 띄지 않았다니까요…… 그래서 루앙에서 기차가 정차해서 저런 다리나 풀까 하고 내렸을 때 우리는 얼마나 놀랐는지 몰라요. 우리가 탄 객차에서 세 칸인가 네 칸 떨어진 특별실 승강구에 그랑모랭 씨가 서 계신 게 보이지 않겠어요! '아니, 어쩐 일이세요, 법원장님, 타셨어요? 이것 참! 저흰 법원장님하고 함께 여행하고 있는 줄은 꿈에도 몰랐습니다.' 그러자 그분께서 우리에게 전보를 한 통 받으셨다고 설명하시더라고요…… 호각 소리가 울려서 우린 우리 객차로 돌아와 잽싸게 올라탔지요. 올라타고 보니, 별 상관 없는 이야깁니다만, 아무도 없더군요. 우리 칸에 탔던 승객들은 모두 루앙에서 하차한 것이지요. 뭐 딱히 아쉽지는 않았습니다…… 이상입니다! 이게 전부입니다. 여보, 안 그래?"

"예, 그게 전부예요."

이 이야기는 그 자체로는 아주 단순했지만 듣는 이들에게는 강한 인상을 남겼다. 모두들 휘둥그런 눈에 입을 딱 벌리고 어떻게 납득해야 할지 추이를 기다렸다. 공안이 받아적다 말고 통상적인 의문을 제기했다.

"특별실에 그랑모랭 씨 말고는 아무도 타고 있지 않았다고 확신합니까?"

"오! 그렇습니다, 맹세코 확신합니다."

한바탕 전율이 휩쓸었다. 이런 불가사의한 상황에 공포감이 부풀려져 모두들 목덜미에 소름이 돋는 것을 느꼈다. 승객이 그 사람 혼자였다면 도대체 그는 누구에게 살해되었으며, 누가 그다음 정차 역을 30리쯤 남겨놓은 지점에서 특별실 바깥으로 내던졌단 말인가?

정적이 흐르는 가운데 필로멘의 기분 나쁜 목소리가 들려왔다.

"아무래도 이상해."

시선이 자신에게 집중된 것을 느낀 루보는 자신도 역시 이상한 일이라고 생각한다는 점을 표현하기 위한 것처럼 턱을 주억거리며 그녀를 쳐다보았다. 그녀 곁에 페쾨와 르블뢰 부인이 있는 것이 눈에 들어왔는데 그들도 똑같이 고개를 끄덕거렸다. 모든 사람의 시선이 그에게 쏠렸다. 사람들은 또다른 것을 기다렸다. 그를 쳐다보며 사건을 밝혀줄 소소한 단서가 하나라도 누락되었는지 찾는 모습들이었다. 호기심으로 불타는 그 시선들에는 그에 대한 눈곱만큼의 혐의도 담겨 있지 않았다. 하지만 그는 그 시선들 속에 막연한 의혹이 움트고 있다고 생각했다. 의혹의 씨앗은 아무리 작은 것이라도 종종 확신으로 자라나는 법이다.

"기이하군." 코슈가 중얼거렸다.

"기이하기 짝이 없어." 다바디가 따라 말했다.

그러자 루보가 작심하고 말했다.

"내가 지금도 확실하게 말할 수 있는 것은요, 루앙에서 바랑탱까지 무정차로 가는 그 급행열차가 정해진 속도대로 변함없이 달렸다는 겁니다. 이상한 점을 전혀 느끼지 못했어요…… 분명히 말씀드리지만, 객실에 우리밖에 타고 있지 않았기 때문에 나는 담배를 피우기 위해 유리창을 내려두고 있었습니다. 시선은 창밖에 두고 있었고요. 그래서 기차가 달리는 소리를 잠시도 놓치지 않고 완벽하게 들을 수 있었어요…… 심지어 바랑탱 역에서는 플랫폼에 역장인 베시에르 씨가 있길래, 내 후임자이고 해서 부러 불러서는 몇 마디 이야기를 주고받기도 했지요. 그가 승강구에 올라서서 나랑 악수까지 했다니까요…… 그렇지 않아, 여보? 베시에르 씨에게 물어봐도 좋습니다. 그가 확인시켜줄 겁니다."

세브린은 여전히 미동도 없이 창백한 모습으로 그 고운 얼굴에 슬픔을 가득 담은 채 남편의 진술에 대해 다시 한번 확언해주었다.

"그분이 그렇다고 확인시켜줄 겁니다, 예."

그 순간부터 어떠한 혐의도 성립될 수 없었다. 루앙에서 자신들의 원래 객실에 다시 올라탄 루보 부부가 바랑탱에 도착해서 다시 그 객실에서 친구와 인사를 나누었다면 말이다. 부역장이 사람들의 시선에 어른거렸다고 생각한 의혹의 그림자는 말끔히 사라졌다. 반면 모두가 느끼는 경악스러움은 더욱 커졌다. 사건이 점점 더 불가사의한 미궁 속에 빠져버린 것이다.

"자, 봅시다." 공안이 말했다. "루앙에서 당신 부부가 그랑모랭 씨와 헤어진 다음에 아무도 특별실에 올라탈 수 없었다고 확신하는 겁니까?"

루보는 이 질문을 예상하지 못한 게 분명했다. 미리 준비한 답변이 떨어졌는지 심문 후에 처음으로 흔들렸던 것이다. 그는 머뭇거리며 아내를 바라보았다.

"오! 아니에요, 그렇지 않은 것 같아요…… 승강구 문이 닫히고, 호각 소리가 울리고, 우린 우리 객차에 다시 올라탈 시간이 아주 빠듯했어요…… 그리고 특별실은 전용 칸이라서 아무도 탈 수 없었지요, 내 생각엔……"

그러나 아내의 푸른 두 눈이 커지다못해 휘둥그레지는 것을 보고 그는 자신이 단정적으로 말한 것에 가슴이 철렁 내려앉았다.

"그러고 보니 잘 모르겠네요…… 맞아요, 아마 누군가가 탔을 수도 있겠지요…… 사람들한테 떠밀릴 만큼 정말 혼잡했거든요……"

말을 이어갈수록 그의 목소리는 다시 또렷해졌다. 전혀 새로운 이야기가 만들어졌고, 확신이 덧붙었다.

"아시다시피 르아브르 축제 때문에 인파가 엄청났거든요…… 이등석 승객들에다 삼등석 승객들까지 몰려드는 통에 우린 그들이 우리 객실에 올라타지 못하게 지키고 있어야만 했어요…… 게다가 루앙 역은 조명도 형편없어서 아무것도 보이지 않았어요. 사람들이 서로 밀치고 소리치고, 발차를 앞두고 아수라장이었지요…… 맞아요! 그러네요, 누군가 어디에 올라타는지도 모르는 채, 아니면 그 혼잡함을 틈타서, 마지막 순간에 특별실에 막무가내로 올라탔을 가능성도 아주 농후하네요."

그러더니 잠시 말을 멈추고 세브린을 보았다.

"그렇지? 여보, 올 것이 오고야 말았던 거야."

세브린은 일그러진 표정으로 상심에 젖은 눈가에 손수건을 대고 그대로 따라 말했다.

"올 것이 오고 만 거죠, 분명하네요."

그것으로 추적은 막을 내렸다. 공안과 역장은 입을 다문 채 알았다는 표정으로 시선을 교환했다. 군중 사이에 큰 폭의 술렁임이 일었다. 그들은 심문이 종료됐다는 것은 알았지만 적잖이 해석을 덧붙일 필요성 때문에 동요한 것이다. 당장 갖가지 추리가 난무했고 각자 저마다의 이야기를 지어냈다. 얼마 전부터 역의 업무는 중단된 듯 보였다. 모든 인력이 그 참극에 정신을 뺏겨 그곳에 집결했던 것이다. 그래서 9시 38분 열차가 플랫폼에 들어오는 것을 보고는 다들 깜짝 놀랐다. 사람들이 내달리고 승강구 문이 일제히 열렸으며 승객들이 물밀듯이 쏟아져나왔다. 게다가 호기심에 사로잡힌 구경꾼들 대다수가 자리를 뜨지 않고 공안의 주위를 지켰다. 그는 빈틈없는 사람답게 신중함을 발휘해 피로 얼룩진 특별실을 마지막으로 다시 한번 살펴보고 있었다.

바로 그 순간, 르블뢰 부인과 필로멘 사이에서 손짓 발짓 섞어가며 쉴새없이 떠들던 페쾨의 눈에, 방금 전 기차에서 내린 자기 짝 기관사 자크 랑티에가 저멀리 우두커니 서서 이쪽 군중을 쳐다보고 있는 모습이 보였다. 페쾨는 손을 크게 흔들며 그를 불렀다. 자크는 꿈쩍도 하지 않았다. 그러다 마침내 마음을 정한 듯 천천히 걸어왔다.

"대체 무슨 일이에요?" 그가 자기 짝 화부에게 물었다.

그는 이미 소상히 알고 있었다. 그는 살인 사건 소식과 사람들이 펼치는 갖가지 추리를 그저 건성으로 흘려들을 따름이었다. 정작 그를 놀라게 하고 묘하게 흥분시킨 것은 어쩌다 이 수사 과정의 한복판에 놓이게 되었다는 사실, 그리고 어둠 속에서 전속력으로 내달리던 것을 흘긋 보았을 뿐인 그 특별실 객차를 이렇게 다시 가까이서 접했다는 사실이었다. 그는 목을 길게 빼고 좌석 위에 응고되어 있는 피웅덩이를 쳐다보았다. 그러자 그의 눈앞에 살해 장면이, 특히 목이 거의 잘린 채 거기 선롯가에 널브러져 있던 시체가 다시 떠올랐다. 그렇게 있다가 눈길을 돌린 순간 루보 부부가 그의 시야에 들어왔다. 페쾨는 그 와중에도 쉴새없이 그에게 이야기를 전했다. 루보 부부가 그 사건에 어떤 식으로 연루되었는지에 대한 설명, 그들이 파리에서 희생자와 같은 기차를 타고 출발했다는 사실, 그리고 그들과 희생자가 루앙 역에서 함께 나누었다는 최후의 대화 따위가 두서없이 이어졌다. 남편 쪽은 그가 급행열차를 운행하고부터 간간이 악수를 하고 지내는 정도로 안면이 있는 사이였다. 아내 쪽은 그저 먼발치에서 흘긋 바라본 정도였는데, 그가 자신의 병적인 공포심 때문에 다른 여자들처럼 그녀도 멀리했던 것이다. 그런데 그 순간, 짓누르는 듯한 검은 머리채 아래 겁에 질리고 온순해 보이는 푸른 두 눈을 반짝이며 눈물을 흘리고 있는 그녀의 창백한 모습이 그를 단번에 사로잡았다. 그는 그녀에게서 눈을 뗄 수 없었다. 넋이 나간 듯 멍했다. 어안이 벙벙해진 그는 스스로에게 질문했다. 왜 루보 부부와 내가 이 자리에 같이 있을까, 어떤 운명의 조화가 그들과 나를, 전날 밤 파리에서 돌아온 그들과 지금 이 순간 바랑탱에서 막 돌아온 나를 범죄의 현장인 이 객차 앞에서 마주치게 만들었을까.

"아! 알고 있어요, 알고 있어." 그가 화부의 말을 자르면서 목소리를 높였다. "내가 바로 그 현장에 있었단 말이에요. 어젯밤, 터널 입구에요. 그리고 기차가 지나가던 순간 무엇인가를 본 것 같단 말이에요."

갑자기 주위가 크게 술렁이면서 모두가 그의 곁에 모여들었다. 그런데 누구보다도 그 자신이 제일 먼저, 자기가 방금 전에 한 말에 스스로 놀라고 당황해서 온몸을 부르르 떨었다. 그토록 단호하게 입을 다물겠다고 결심해놓고 왜 말을 해버렸을까, 셀 수 없이 많은 이유가 침묵을 권하지 않았던가, 저 여자를 보고 있는데 나도 모르게 말들이 입 밖으로 빠져나온 것이다. 저 여자가 갑자기 손수건을 내려놓고 눈물이 글썽한 두 눈으로, 점점 더 커져만 가던 두 눈으로 나를 응시했더랬지.

공안이 재빨리 다가왔다.

"뭐라고요? 무엇을 보았다고요?"

그러자 자크는 흔들림 없이 자신을 응시하는 세브린의 시선에 사로잡혀 자신이 보았던 것을 진술했다. 전속력으로 연기를 내뿜으며 환하게 불을 밝힌 채 어둠 속을 질주하던 그 특별실 객차, 그리고 한 사람은 엎어져 있고 다른 한 사람은 손에 칼을 움켜쥔, 순식간에 달아난 두 사람의 옆모습. 루보는 아내 곁에서 매섭게 빛나는 눈으로 그를 노려보면서 귀를 기울였다.

"그렇다면," 공안이 물었다. "살인범의 인상착의를 떠올릴 수 있겠어요?"

"아! 그건 모릅니다, 잘 모르겠어요."

"그자가 반코트를 입고 있었습니까, 아니면 작업복 차림이었습니까?"

"아무것도 확실히 말씀드릴 수 없을 것 같습니다. 생각해보세요, 시속 80킬로미터로 달리는 기찹니다!"

세브린이 저도 모르게 루보와 눈길을 주고받았다. 아직 버틸 힘이 있는 루보가 말했다.

"사실 그러려면 눈이 아주 좋아야 할 겁니다."

"상관없습니다." 코슈가 결론을 내렸다. "중요한 진술이 나왔군요.

예심판사가 그 모든 것을 명확하게 파악할 수 있도록 당신을 도와줄 겁니다…… 랑티에 씨와 루보 씨, 소환장에 적어야 하니까 당신들의 정확한 이름을 내게 말해주시오."

그것으로 끝이었다. 모여 있던 구경꾼들은 하나둘 흩어지고 역의 업무는 활기를 되찾았다. 무엇보다 루보는 9시 50분발 완행열차를 감독하기 위해 달려가야만 했다. 승객들이 벌써 열차에 오르고 있었다. 그는 자리를 뜨기 전에 자크의 손을 평소보다 더 세게 쥐고 악수를 했다. 자크는 세브린과 단둘이 남았다. 르블뢰 부인과 페쾨와 필로멘은 쑥덕거리면서 그들보다 먼저 자리를 떴다. 플랫폼 지붕 아래에서 자크는 자신이 젊은 부인과 동행할 수밖에 없게 되었다고 생각했다. 직원 관사 계단까지 걸어가면서 그는 그녀에게 무슨 말을 건네야 할지 몰랐지만 마치 어떤 끈이 조금 전 그들 둘을 묶어놓기라도 한 것처럼 그녀 곁에서 떨어지지 않았다. 밝고 경쾌한 햇살이 이미 사위에 널리 퍼졌고, 눈부신 태양은 아침 안개를 물리치고 맑고 푸르게 펼쳐진 광활한 창공으로 높이 솟아올랐다. 그러는 사이 밀물을 따라 힘을 얻은 해풍이 짭짤한 청량감을 실어왔다. 이윽고 그녀와 헤어질 순간이 되었을 때 그는 다시 그녀의 커다란 두 눈과 마주쳤다. 간절한 애원이 담긴 듯한 겁에 질린 유순한 그 눈은 그의 가슴속 깊은 곳을 뒤흔들어놓았다.

그때 가볍고 짧은 호각 소리가 들렸다. 루보가 보내는 발차 신호였다. 기관차가 긴 기적 소리로 화답했다. 9시 50분 열차가 꿈틀거리기 시작하더니 점점 더 속도를 높여 달리다가 저멀리 금빛 햇살 속으로 사라졌다.

4

3월 둘째 주의 어느 날, 예심판사 드니제는 루앙 법원의 자기 사무실로 그랑모랭 사건의 주요 증인들을 재차 소환했다.

삼 주 전부터 그 사건은 엄청난 파문을 불러일으켰다. 그랑모랭 사건은 루앙을 발칵 뒤집어놓았으며 파리까지 들끓게 했다. 최근 들어 야당지野黨紙들은 제2제정 정부를 상대로 벌이는 격렬한 선전전에서 그 사건을 강력한 무기로 활용했다. 국회의원 총선거가 다가오자 정치적인 관심사가 온통 선거에 쏠리면서 정쟁이 가열되었다. 의회에서는 이미 두 번의 회기를 통해 치열한 격전이 벌어진 다음이었다. 황제의 측근 국회의원 두 명의 권한을 인정하는 문제로 한 치의 양보도 없이 격론을 벌였던 것이 그 하나였다면, 센 도道 도지사의 예산 운용을 맹렬히 비판하며 시의회 선거를 요구했던 것이 다른 하나였다.* 그런데 그랑모랭 사건이 때맞춰 터져주어 정쟁을 계속 이어갈 수 있었던 것이다. 갖가지 기상천외한 추론이 난무했고, 신문들은 아침마다 정부에 타격을 줄 만한 새로운 가설들을 쏟아냈다. 한쪽에서는 튀일리 궁**의 측근으로서 은퇴한 법관이며 레지옹도뇌르 수훈자요 백만장자인 희생자가 추악하기 그지없는 난봉질에 탐닉한 자였다는 정보를 흘렸고, 다른 쪽에서는 수사 과정에서 그 부분을 건드리지 않는 것으로 보아 경찰과 사법부가 축소 수사를 하고 있다고 비난하기 시작했으며, 아직 윤곽조차 파악되지 않은 그 살인범이 전설적인 존재가 되었다고 비아냥댔다. 그러한 공격들에 많은 진실이 담겨 있다는 것이 확인되는 날이면 그 공격들은 감당하기 힘든 상태로 더욱더 격화될 것이 뻔했다.

드니제는 부담스러울 정도로 막중한 책임감을 느꼈다. 그는 야심도 있는데다 자신이 탁월한 통찰력과 추진력의 소유자라는 것을 만천하에 알리기 위해서라도 이처럼 중대한 사건을 학수고대해온 터라 누구 못지않게 수사에 열을 올렸다. 노르망디의 부유한 낙농업자의 아들인 그는 캉에서 법과대학을 마치고 꽤 늦은 나이에 법조계에 입성했는데, 농촌 출신에다 설상가상으로 아버지의 파산까지 겹쳐 그동안 진급이 여의치 않은 상황이었다. 그는 베르네와 디에프와 르아브르에서 대리

---

* 졸라는 이 작품의 정확한 시간 배경을 밝히지는 않았지만 1869년으로 추정할 수 있다. 소설에서 언급되는 것들과 유사한 정쟁들이 그해 1월 18일에 열려 4월 28일에 끝난 국회의 회기에 벌어졌고, 같은 해 5월 23일과 24일 양일에 걸쳐 국회의원 총선거가 치러졌다.

** 제2제정의 황제 나폴레옹 3세의 거처. 1871년 불탄 뒤 방치되었다가 1883년 완전히 철거되고 지금은 튀일리 정원으로만 존재한다.

검사로 전전하다가 퐁토드메르에서 제정정부의 검사로 임명되기까지 십 년이 걸렸다. 그리고 다시 루앙에 대리검사로 파견되었다가 그로부터 십팔 개월 만에 쉰 살의 나이로 마침내 예심판사의 자리에 올랐던 것이다. 그는 재산도 없고 쥐꼬리만한 봉급으로는 생계가 감당이 안 되는 궁핍한 형편 때문에 심신이 피폐해진 상태에 처해 있으면서도, 대우가 형편없어 얼간이들이나 감수할 뿐 똑똑한 자들은 서로 헐뜯고 싸우며 지조를 팔아서라도 출세해 하루속히 벗어나려고 혈안이 된 그 법조계의 굴레에 코가 꿰여 살아가는 사람이었다. 그는 두뇌 회전이 빠르고 빈틈없는데다 성실하기까지 하며, 자기 직업에 대한 자부심도 대단하고 자리가 주는 막강한 권력에 심취하기도 해서 자신의 법관 사무실에서 다른 사람들의 자유를 쥐락펴락하는 존재로 군림하는 것을 즐겼다. 오로지 그의 타산만이 그의 열정을 교정하며 이끌어갔다. 그는 훈장을 받고 파리에 진출하고픈 욕망에 애가 타는 인물이었기 때문에, 수사 초기의 진상 규명에 대한 열의로 불타올랐던 태도를 바로 접고 그후로는 이사건에 자신의 미래를 집어삼킬지도 모를 늪이 곳곳에 포진해 있다는 것을 예감하고 신중에 신중을 거듭하며 조심스럽게 나아갔다.

드니제가 모종의 언질을 받았다는 사실을 빠뜨려서는 안 될 것이다. 왜냐하면 수사 초기에 한 친구가 그를 찾아와서는 파리의 법무부에 찾아가보라고 조언한 일이 있었기 때문이다. 거기서 그는 사무처장인 카미라모트와 오랫동안 이야기를 나누었다. 검찰 임면권을 쥐고 있는 카미라모트는 튀일리 궁과 지속적으로 연락을 취하면서 인사에 막강한 권력을 행사하는 유력 인사였다. 신수가 훤한 카미라모트는 드니제와 마찬가지로 대리검사로 출발했으나 연줄과 아내 덕분에 국회의원과 레지옹도뇌르 이등수훈자가 되었다. 사건은 자연스럽게 그의 관할이 되었다. 루앙의 검찰청 검사가 전직 법관이 희생자로 발견된 이 석연 치 않은 참극에 지레 겁을 먹고 머리를 굴려 장관에게 사건을 이첩했 고, 장관은 그것을 다시 자신의 사무처장에게 넘기고 자기는 손을 털 었던 것이다. 그런데 여기에는 하나의 인연이 있었다. 카미라모트는 바로 그랑모랭 법원장의 동창이었다. 그랑모랭보다 몇 살 아래인 그는 그랑모랭과 막역한 우정을 나누는 사이여서 그랑모랭에 대해서라면 그의 비행에 이르기까지 속속들이 꿰뚫고 있었다. 그래서 그는 친구의 비극적인 죽음을 애통해마지않는다고 말하면서, 드니제와 접촉하는 것도 범인을 붙잡으려는 자신의 불같은 욕심의 발로일 따름이라고 설 명했다. 그러나 그는 시중에 떠도는 그 모든 터무니없는 억측에 대해 튀일리 궁에서 유감스럽게 생각하고 있다는 사실을 감추지 않으면서 드니제에게 상당히 매끄럽게 사건을 처리해달라고 당부했다. 예심판 사는 자신으로서는 무모하게 덤비지 않는 것이 상책이며, 사전 승인 없이는 어떠한 것도 감행하지 말아야 처신에 이롭겠다는 것을 간파했 다. 더 나아가 그는 사무처장 역시 사건을 조사하기 위해 본부 차원에 서 수사관들을 가동시켰다는 확신을 안고 루앙으로 돌아왔다. 세상이 진실을 알고 싶어하는 것은, 필요한 경우 그 진실을 보다 효과적으로 은폐하기 위해서였다.

하지만 시간은 속절없이 흘러갔다. 드니제는 참으려고 애를 썼지만 언론의 조롱에 화가 치밀었다. 그런데다 경찰이 개코처럼 낌새를 채고 다시 나타났다. 그는 결정적인 단서를 잡고 싶은 욕심에 안달이 났다. 자신이 맨 처음 그 단서를 포착해놓고 명령이 하달될 경우 그 단서를 감쪽같이 없애서 공훈을 독차지해야 한다는 생각에 사로잡혔다. 그래서 그는 편지든 훈령이든 단순한 언질이든, 법무부로부터 지체되고 있는 모종의 지시를 기다리는 한편, 다시 적극적으로 독자적인 수사를 벌이기 시작했다. 이미 두세 건의 검거가 이루어졌지만 그중에서 혐의가 입증된 것은 하나도 없었다. 그런데 그랑모랭 법원장의 유서가 공개되자 그가 사건 초기부터 직감적으로 혐의를 두었던 부분이 갑자기 머릿속에 되살아났다. 그것은 바로 루보 부부가 범인일 가능성이었다. 그 유서는 좀 이상한 유증遺贈들로 점철되어 있었는데, 그중 하나가 세브린을 크루아드모프라라는 곳에 위치한 집의 상속인으로 지정한 유증이었다. 그러자 그때까지 답보 상태에 빠져 있던 살해 동기의 윤곽이 잡혔다. 루보 부부는 그 유증을 알아채고는 그것을 하루라도 빨리 차지하려고 그들의 후원자를 살해했을 가능성이 있었던 것이다. 이러한 추론은 카미라모트가 이상하게도 루보 부인을 언급했던 점을 떠올리자 더욱더 드니제의 뇌리를 떠나지 않았다. 카미라모트는 루보 부인이 소녀였을 때 법원장의 집에서 그녀를 본 적이 있다고 했다. 다만 그 추론에는 있을 법하지 않은 요소, 물리적이고 심리적인 측면에서 불가능한 일로 여겨지는 부분이 무수히 도사리고 있었다! 수사의 방향을 그렇게 잡고 나서부터 그는 발걸음을 내디딜 때마다 자신이 알고 있는 고전적인 수사 진행의 개념을 정면으로 뒤흔드는 사실들과 마주쳤다. 어느 것 하나 명확하게 설명이 되지 않았다. 모든 것을 밝혀주는 명명백백한 중심 광원, 근본 원인, 바로 그것이 빠져버린 것이다.

드니제가 늘 염두에 두고 있는 또 한 가지 단서가 있었다. 그것은 루보 자신이 제공한 단서인데, 루보가 말한 대로 어떤 자가 열차 출발 때의 혼란을 틈타 특별실 객차에 올라탔을 가능성이었다. 그자가 바로 모든 야당지들이 비아냥대는 예의 그 흔적도 없이 사라진 전설적인 살인자일 수 있었다. 그래서 수사는 초기에 그자가 기차를 탔다고 하는 루앙과 내렸다고 추정되는 바랑탱에서 그자의 인상착의를 탐문하는 것에 집중되었다. 그러나 구체적으로 밝혀진 것은 아무것도 없었다. 몇몇 증인은 특별 전용 객차에 사람들이 다투어 몰려들었을 리가 없다며 그 가능성 자체를 부인했고, 다른 증인들은 전혀 상반된 정보를 제공했다. 그 단서로는 쓸 만한 결론에 결코 다다를 수 없을 것 같았다. 그러던 중 예심판사는 건널목지기인 미자르를 신문하다가 뜻하지 않게 카뷔슈와 루이제트의 비극적인 사건을 접하게 되었다. 법원장에게 강간을 당한 그 여자아이가 자신의 절친한 남자친구 집에 찾아갔던 것 같고 거기서 숨을 거두었다는 것이다. 그것은 예심판사에게 벼락같은 충격이었다. 단번에 고전적인 기소장이 그의 머릿속에서 작성되었다. 거기에는 석공이 희생자를 겨냥해 여러 차례 살해 위협을 했다는 점, 수상한 냄새가 나는 이전 행적들, 입증이 불가능한 어설프게 제시된 알리바이 등 모든 요소가 들어 있었다. 그는 전날 밤 순간적으로 떠오른 강력한 영감에 이끌려, 비밀리에 숲속 한가운데 작은 집에 살고 있는 카뷔슈를 검거해 오게 했다. 짐승 소굴 같은 그 외딴 움막집에서는 피 묻은 바지 한 벌이 발견되었다. 그리하여 갑자기 몰아친 확신에 대해 아직은 경계를 하면서도, 그리고 루보 부부가 범인일지도 모른다는 가설을 내려놓지는 말자고 다짐하면서도 그는 자기만이 진범을 붙잡을 수 있는 예민한 후각을 가졌다는 생각에 기분이 한껏 고양되었다. 그날, 그가 범행 다음날 이미 신문을 마친 여러 증인들을 자기 사무실에 다시 소환한 것은 스스로의 확신을 다지기 위한 것이었다.

예심판사의 사무실은 잔다르크 가 쪽에 있는 낡고 오래된 건물에 자리잡고 있었다. 그 건물은 옛날 노르망디공국 제후의 궁전이었다가 지금은 법원으로 탈바꿈한 대저택 옆구리에 붙어 그 궁전의 위용을 훼손하고 있었다. 이 을씨년스러운 큰 방은 일층에 위치하고 있어서 침침한 햇볕마저도 잘 들지 않았기 때문에 겨울에는 오후 세시부터 등불을 켜야 했다. 원래는 초록색이었겠지만 지금은 퇴색해버린 벽지가 발린 그 방은 가구라고 해봐야 소파 두 개, 의자 네 개, 예심판사의 집무 책상, 서기의 작은 책상이 전부였다. 그리고 차갑게 식은 벽난로 위에는 청동 컵 두 개가 검은 대리석 추시계 양옆에 놓여 있었다. 집무 책상 뒤로는 부속실로 통하는 문이 나 있었는데, 예심판사는 종종 그 부속실에 자기 마음대로 수사에 활용하고 싶은 사람들을 구금해두었다. 반면 출입문은 넓은 복도 쪽으로 바로 나 있었는데 나무 걸상들이 갖춰진 그곳 복도에 증인들이 대기하고 있었다.

루보 부부는 소환 시각이 두시였지만 한시 반부터 와서 대기했다. 그들은 르아브르에서 도착했고, 그랑드뤼의 한 조그만 식당에서 점심을 먹는 둥 마는 둥 했다. 둘 다 검은 옷차림이었다. 남자는 프록코트를, 여자는 귀부인처럼 실크 드레스를 입었는데 친척을 잃은 부부답게 조금은 지치고 구슬픈 듯 심각한 얼굴이었다. 여자는 걸상에 앉아 꼼짝도 하지 않았고 남자는 뒷짐을 지고 여자 앞을 천천히 왔다갔다했다. 그런데 매번 오가면서 둘의 시선이 마주쳤고, 그때마다 감춰진 불안감이 그림자처럼 말이 없는 그들의 얼굴에 어른거렸다. 크루아드모프라의 유증은 그들을 환호작약하게 해주었지만 곧이어 그들의 두려움을 되살아나게 했다. 법원장의 가족, 특히 그의 딸이, 상식을 벗어난 증여가 전 재산의 절반에 육박할 정도로 많은 것에 격분해 유서에 이의를 제기하고 나선 것이다. 라셰네 부인은 남편의 부추김 속에 옛친구인 세브린에게 가장 심각한 혐의를 씌우고는 유독 모질게 대했다. 한편으로 루보는 처음에는 전혀 신경쓰지 않았던 증거물, 즉 그랑모랭이 그날 기차를 타도록 마음먹게 하려고 자신이 아내더러 받아적게 한 편지에 생각이 미치자 내내 공포감에 사로잡혔다. 만약 그랑모랭이 그 편지를 없애지 않았다면 언젠가는 발견될 테고, 그러면 그 편지의 글씨체가 누구의 것인지 발각될 것이다. 다행히 시간이 흘렀고, 아직 아무런 일도 일어나지 않았다. 편지는 찢어버린 게 틀림없다. 그래도 예심판사의 사무실에 소환될 때마다 상속자이자 증인에 합당한 태도를 견지해야 하는 부부로서는 식은땀을 흘려야 했다.

두시가 울리자 자크가 모습을 나타냈다. 그는 파리에서 오는 길이었다. 그를 보자마자 루보가 아주 붙임성 있게 손을 내밀면서 다가갔다.

"아! 당신도, 당신도 성가신 꼴을 당하는군요…… 그렇지요? 난처하네요, 이 가슴 아픈 사건이 해결되지 않고 있으니!"

자크는 얼어붙은 듯이 걸상에 앉아 있는 세브린을 보자마자 그 자리에 우뚝 멈춰 섰다. 삼 주 전부터 부역장은 자크가 이틀에 한 번씩 르아브르에 올 때마다 유난히 친절하게 굴었다. 심지어 한번은 점심식사 초대에 응해야만 했던 적도 있었다. 그때 그 젊은 부인 곁에서 그는 자신의 몸이 흥분으로 떨리는 것을 느끼면서 내내 곤혹스러워했다. 내가 이 여자에게도 욕정을 느끼는 것인가? 가슴께가 푹 파인 블라우스 위로 드러난 그녀의 하얀 목선에 시선이 가 닿기만 해도 그의 심장은 쿵쾅거리고 손은 불에 덴 듯했다. 그래서 다음부터는 그녀를 피해야겠다고 마음속 깊이 다짐한 터였다.

"그런데," 루보가 말을 이었다. "파리에서는 이 사건에 대해 뭐라고들 말하나? 뭐 새롭게 드러난 사실은 없지요? 보다시피 아무것도 밝혀진 게 없고, 앞으로도 영영 밝혀질 것 같지 않으니…… 참, 이리 와서 내 마누라와 인사하시지."

그는 자크를 데리고 갔다. 자크는 겁에 질린 어린아이처럼 일그러진 표정으로 억지웃음을 짓는 세브린에게 다가가 인사를 하지 않을 수 없었다. 그는 자신을 뚫어져라 쳐다보는 남자와 그의 부인에게 그저 의례적인 말이나 건네려고 신경을 썼다. 두 부부의 시선은 마치 그의 표면적인 생각 저 깊은 속까지, 그 자신조차 밑바닥으로 내려가 확인하기를 주저하는 막연한 속내까지 읽어내려고 하는 듯 보였다. 이자는 왜 이리 냉정하지? 왜 우리를 피하려고 기를 쓰는 것처럼 보일까? 마침내 그의 기억이 분명해진 것일까? 우리를 재소환한 것은 그와 우리를 대질신문하기 위해서일까? 그들은 어떻게 해서든 자신들에게 유일하게 두려운 증인인 그의 마음을 사로잡아 돈독한 형제의 유대감으로 묶어놓고 싶은 심정이었다. 그래야 그가 자신들에게 불리한 증언을 할 마음을 먹었다가도 접을 것이므로.

사건을 다시 입에 올린 사람은 애가 탄 부역장이었다.

"그런데 무슨 이유로 우리를 소환했는지 짚이는 것은 없소? 아니, 혹시 뭐 새로운 사실이라도 나타났나?"

자크는 관심 없다는 듯 말했다.

"조금 전 역에 도착했을 때 사람들이 수군거리던데요, 체포 뭐라고

하던데."

루보 부부는 깜짝 놀랐다. 그들은 심하게 동요하며 당혹스러워했다. 뭐라고? 체포라고? 우리에겐 아무도 그런 말을 입도 벙긋하지 않았는데! 체포를 했다는 거야, 아니면 체포를 할 거라는 거야? 부부가 그에게 질문을 퍼부었지만 그도 더이상 아는 것이 없었다.

그때 복도에서 발소리가 들려오자 세브린이 고개를 돌렸다.

"베르트와 그녀의 남편이네요." 그녀가 중얼거렸다.

정말로 라셰네 부부였다. 그들은 매우 굳은 표정으로 루보 부부 앞을 지나갔다. 젊은 부인은 옛 동무에게 눈길 한 번 주지 않았다. 수위가 재빨리 그들 부부를 예심판사의 사무실로 안내했다.

"이것참! 단단히 각오하고 기다려야겠는데." 루보가 말했다. "여기서 족히 두 시간은 더 있어야 할 거야…… 자, 앉읍시다들!"

그는 세브린의 왼쪽에 자리잡고 나서 자크에게 손짓으로 그녀의 오른편에 앉으라고 권했다. 자크는 한동안 그렇게 더 서 있었다. 그러다가 그녀가 두려움 가득한 온순한 눈길로 자신을 바라보자 그는 그냥 걸상으로 가서 앉기로 했다. 두 남자 사이에 앉아 있는 그녀는 더없이 연약해 보였다. 그는 그녀에게서 애틋한 정을 느꼈다. 그렇게 오래 기다리는 동안 그 여자에게서 전해오는 은은한 온기에 그는 온몸의 기운이 서서히 빠져나갔다.

드니제의 사무실에서 신문이 막 시작되려는 참이었다. 이미 수사를 통해 여러 권으로 분철된 푸른색 겉표지의 방대한 보고서 뭉치가 제출된 상태였다. 수사는 희생자가 파리를 출발한 뒤의 행적을 좇는 데 집중되었다. 보고서에 따르면, 역장 방도르프는 6시 30분 급행열차의 출발과 관련해, 293호 특별실 차량은 출발 직전 마지막 순간에 덧붙였고 루보와 몇 마디 말을 주고받았으며 루보는 그랑모랭 법원장이 도착하기 직전에 자기 객차에 올라탔고 법원장이 특별실에 자리를 잡았을 때는 분명 법원장 혼자였다고 진술했다. 급행열차 여객전무인 앙리 도베르뉘는 루앙에서 십 분 동안 정차했을 때 어떤 특기할 만한 일이 있었느냐는 질문에 그 어떤 결정적인 대답도 내놓지 못했다. 그는 루보 부부가 특별실 앞에서 이야기를 나누는 것을 보았다고 진술했다. 또한 루보 부부가 그들의 객차로 되돌아간 것 같으며 역무원이 그 객차의 승강구 문을 닫았을 거라고 말했다. 하지만 승객들이 몰려들고 역이 어두침침했기 때문에 확실치 않다고 했다. 열차가 움직이기 시작할 때 어떤 사람이, 그러니까 오리무중인 예의 그 살인범이 특별실에 달려들어 올라타는 것이 가능한지 의견을 묻자 그는 별로 있음직한 일은 아니지만 그럴 가능성은 받아들였다. 그가 알기로는 그런 일이 이미 두 차례 일어났기 때문이라는 것이다. 루앙 역의 다른 직원들도 동일한 질문을 받았는데 그들은 무엇인가를 밝혀주기는커녕 상반된 진술로 오히려 상황 파악을 흐려놓기만 했다. 하지만 한 가지만은 입증되었는데, 루보가 객실 안에서 승강구에 발을 딛고 올라서 있던 바랑탱 역의 역장에게 악수를 건넸다는 사실이었다. 역장인 베시에르는 틀림없는 사실이라고 단호하게 확언하고는 덧붙여서, 객실에는 그의 동료와 부인 단둘뿐이었는데 부인은 좌석에 비스듬히 누워 조용히 잠들어 있는 듯했다고 말했다. 다른 한편으로 수사는 루보 부부와 같은 객차를 타고 파리에서 출발한 승객들을 탐문하는 데까지 나아갔다. 출발하기 직전 뒤늦게 열차에 올라탔던, 프티쿠롱에 사는 부르주아 부부인 뚱보 부인과 뚱보 신사는 바로 잠에 곯아떨어졌기 때문에 아무것도 할 말이 없다고 진술했다. 검은 상복을 입고 구석에 아무 말도 없이 처박혀 있었다는 여자로 말할 것 같으면, 그후 유령처럼 감쪽같이 종적을 감춰버려서 도무지 찾아낼 수가 없었다. 마지막으로 다른 증인들이 한참 더 나열되었는데 대수로운 것은 아니고, 그날 밤 바랑탱 역에서 내린 것으로 파악된 승객들의 명단이었다. 문제의 인물이 바랑탱 역에서 내렸을 것으로 추정되기 때문에 조사가 필요했던 것이다. 승차권을 모두 조사해서 한 사람만 빼고 모든 승객들의 신원을 파악하는 데 성공했는데, 덩치가 큰 사내로 머리에 파란색 두건을 둘렀다고 알려진 그 누락된 한 사람에 대해 어떤 사람들은 양복 차림이었다 하고 또 어떤 사람들은 작업복 차림이었다고 하는 등 증언이 엇갈렸다. 꿈결같이 흔적도 없이 사라져버린 그 남자에 대해 보고서가 언급한 사항만 해도 310건에 달했지만, 각각의 증언마다 그것을 뒤집는 다른 증언이 나올 정도로 갈피를 잡기가 힘들었다.

게다가 수사보고서는 갖가지 법정法定 서류들이 첨부되어 더욱 복잡해졌다. 검찰청 검사와 예심판사가 범죄 현장에 대동한 서기가 기록한 현장 확인 조서는 희생자가 엎어져 있던 철길 주변과 사체의 자세, 옷차림, 호주머니에서 발견된 물건 등 사체의 신원을 입증해주는 사항들에 관한 매우 두툼한 기록이었으며, 그와 함께 첨부된 사체 검안서는 사체의 유일한 상처인 목의 상처, 곧 칼로 추정되는 예리한 흉기로 난도질한 끔찍한 자상이 의학 용어로 자세하게 기술된 조서였다. 그 외에도 사체가 루앙 병원으로 이송된 사실, 병원에 안치되어 있던 기간, 부패가 너무 신속하게 진행되어 당국이 사체를 가족에게 인계할 수밖에 없었던 경황 등이 기록된 기타 조서들과 서류들이 첨부되어 있었다. 그러나 이 새로운 서류 더미에서 주목을 끄는 것은 단지 두세 가지 사항뿐이었다. 먼저 희생자의 호주머니에서 회중시계와 지갑이 발견되지 않았다는 점이다. 지갑 속에는 그랑모랭 법원장이 누이인 본농 부인에게 줘야 할 천 프랑짜리 지폐 열 장이 들어 있었을 것으로 추정되는데 부인은 그날 법원장이 그 돈을 가져온다는 말을 듣고 기다렸다는 것이다. 그러므로 범행 동기는 금품을 노린 것으로 추정해볼 수 있었지만 문제는 커다란 다이아몬드가 박힌 반지는 손가락에서 없어지지 않았다는 점이다. 그래서 다시 일련의 가설이 제기되었다. 불행하게도 지폐의 일련번호는 파악할 수 없었다. 그러나 회중시계는 어떤 것인지 알려졌다. 그것은 태엽 꼭지가 달린 아주 묵직한 것으로 뚜껑 겉면에는 법원장의 이름 머리글자 두 개가 겹쳐서 새겨져 있고, 안쪽에는 제조 번호인 숫자 2516이 적혀 있다는 것이었다. 살인범이 흉기로 사용한 칼에 대해서는 철길이나 주변의 가시덤불숲 등 그것이 버려졌을 가능성이 있는 모든 곳을 대상으로 강도 높은 수색 작업이 펼쳐졌으나 무위로 그쳤다. 범인은 칼을 지폐와 회중시계를 숨긴 곳에 같이 꼭꼭 감춘 듯 보였다. 다만 바랑탱 역으로부터 100여 미터쯤 못 미친 지점에서 마치 위험물처럼 버려진 희생자의 여행용 담요가 발견되었을 뿐이다. 그 담요는 증거 물품에 포함되었다.

라셰네 부부가 사무실에 들어왔을 때 드니제는 서기가 방금 전 서류 더미 틈에서 찾아온 초기 신문조서들 중 하나를 다시 살펴보고 있었다. 드니제는 키가 작고 꽤 다부져 보였으며 머리는 이미 희끗희끗하고 수염은 전혀 기르지 않았다. 두툼한 볼, 각진 턱, 펑퍼짐한 코는 그가 별 볼 일 없는 무감각한 사람이라는 것을 보여주었는데, 커다랗고 형형한 두 눈을 반쯤 가린 축 처진 묵직한 눈꺼풀 때문에 그런 인상이 배가되었다. 그가 자처하는 영민함과 교활함은 모두 입 쪽에 몰려 있었다. 여러 사람 앞에서 능수능란하게 감정을 표현하는 배우의 입을 타고난 그는 예민해지는 순간이면 입술이 얄팍해졌다. 그 예민함은 대체로 그를 헛발질하게 만들었다. 그는 지나치게 명석했으며, 직업적인 이상을 추종해서 직분에 충실한 자신을 천리안을 타고난, 지극히 영민하고 전형적인 심성의 해부학자로 자리매김하고는 단순명료한 사실을 가지고 지나치게 술수를 부렸다. 그렇다고 어리석은 사람은 아니었다.

곧바로 그는 라셰네 부인에게 상냥한 표정을 지어 보였다. 루앙과 인근 도시의 사교계를 뺀질나게 드나드는 세속적인 법관의 자질이 농후했던 것이다.

"부인, 자리에 앉으시죠."

그는 이렇게 말하고 젊은 부인에게 몸소 의자를 밀어주었다. 상복을 입은 금발의 그녀는 허약한 모습에 얼굴은 호감이 가지 않고 못생긴 편이었다. 그러나 드니제는 역시 금발이고 허약한 모습의 남편 라셰네에게는 약간 거만하기까지 한 표정으로 단순히 예의만 차렸다. 장인의 영향력과 역시 법관이었던 부친이 옛날에 합동재판소*에 기여한 공로 덕분에 서른여섯 살의 나이에 상급법원 판사직에 오르고 훈장까지 받은 이 작달막한 사내는 드니제가 보기에 특권층 사법관, 부유층 사법

---

* 1851년 12월 2일 쿠데타로 탄생한 독재정부가 긴급조치로 설치한 특별재판소. 도지사, 법관, 그리고 루이 나폴레옹 보나파르트가 파견한 관리 등으로 구성되어 초법적인 재판을 수행했다. 프랑스 사법 역사에서 치욕적인 일로 손꼽힌다.

관을 대변하는 자였기 때문이다. 그런 자들이 보잘것없는 존재이면서도 부모와 재산 덕분에 출세의 지름길을 달리는 반면 가난하고 연고도 없는 그는 끝없이 어깨를 짓누르는 진급의 바윗덩이를 짊어지고 영원히 굽실거려야 하는 존재로 전락하고 마는 것이다. 따라서 그는 이 사무실에서 라셰네에게 자신이 가진 전능함을, 말 한마디로 증인을 피의자로 둔갑시키고 마음만 먹으면 긴급체포 명령도 발동할 만큼 모든 사람의 자유를 구속할 수 있는 자신의 절대적인 권력을 실감하게 만드는 것에 대해 조금도 미안하지 않았다.

"부인," 그는 말을 이었다. "이런 고통스러운 이야기로 부인의 마음을 다시 한번 괴롭혀드릴 수밖에 없는 내 입장을 양해해주시기 바랍니다. 부인께서도 우리와 마찬가지로 사건의 진상이 밝혀지고 죄인이 자기 죄에 대한 응분의 처벌을 받게 되기를 간절히 바라고 계신다는 것 잘 알고 있습니다."

그는 누런 피부에 얼굴 골격이 그대로 드러나 보이는 키 큰 젊은이인 서기에게 신호를 보냈다. 신문이 시작되었다.

하지만 자기 부인에게 첫 질문들이 던져지기 시작하자 자리에 앉아 있던 라셰네는 부인 대신 자기가 대답하겠다는 요청이 받아들여지지 않았음에도 불구하고 답변자의 교체를 계속 강력하게 요구했다. 그는 결국 장인이 남긴 유서에 대한 신랄한 비판을 모두 토해냈다. 납득할 수 있는 일인가? 문제가 되는 유증들이 370만 프랑에 달하는 재산의 거의 절반에 육박할 정도로 너무도 많고 막대하다! 게다가 대부분이 잘 알지도 못하는 사람들, 각양각색 여자들의 몫으로 지정되어 있다! 심지어 로셰 가의 집 대문 귀퉁이에 자리잡고 제비꽃을 파는 여자아이의 몫까지 있다, 이 얼토당토않은 유증들은 받아들일 수 없다, 자신은 이 부도덕한 유서를 폐기할 수 있는 방안이 없을까 알아보기 위해서라도 형사 심리가 빨리 종결되기를 고대하고 있다 등등.

그가 이처럼 이를 앙다물고 자신이 얼마나 어리석은지 스스로 드러내 보이며 유감을 토해내는 동안, 고집스러운 열정의 소유자인 시골뜨기 드니제는 철저히 말을 아끼며 눈꺼풀에 반쯤 가려진 커다랗고 형형한 눈으로 그를 물끄러미 바라다보았다. 드니제의 얄팍한 입술은 200만 프랑에도 만족하지 못하는 이 무능력자, 그 돈 덕분에 언젠가는 최고위직에 오르는 모습을 지켜보게 될지도 모르는 이 무능력한 인간에 대해 질투 서린 경멸감을 표현했다.

"내 생각에는 귀하께서 뭔가 잘못 생각하고 계신 것 같습니다." 마침내 그가 입을 열었다. "유서에 대해 이의를 제기할 수 있는 경우는 총 유증 액수가 재산의 절반을 넘을 때뿐입니다. 그런데 본건은 그 경우에 해당되지 않습니다."

그러고 나서 서기 쪽을 돌아보며 말했다.

"이봐요, 로랑, 지금 한 말은 하나도 기록하지 않는 게 좋을 것 같군요."

로랑은 옅은 미소를 지으며 잘 알고 있다는 얼굴로 그를 안심시켰다.

"하지만 말이죠," 라셰네가 좀더 신경질적으로 말을 받았다. "크루아드모프라가 저 루보 부부에게 넘어가는 걸 내가 그냥 두고 볼 거라고는 꿈도 꾸지 않았으면 좋겠습니다. 일개 하인 딸 따위에게 그런 선물을 안기다니요! 무엇 때문에요? 무슨 근거로 그럽니까? 그리고 그들이 살인에 가담했다는 것이 입증되는 날이면……"

드니제가 마침내 사건으로 되돌아왔다.

"정말로 그렇게 생각하십니까?"

"그야 물론이지요! 그자들이 유서의 내용을 알고 있었다면 불쌍한 우리 장인의 죽음에 그자들의 이해관계가 걸려 있다는 것을 입증하는 것이지요…… 게다가 그자들이 우리 장인과 마지막으로 대화를 나눈 자들이라는 것에 주목해야 할 겁니다. 요컨대 그 모든 점이 아주 수상적단 말입니다."

예심판사는 자신의 새로운 추론에 차질이 빚어질 수도 있다는 생각에 언짢아져서 베르트를 바라보며 물었다.

"부인, 부인도 부인의 옛친구가 그런 범죄를 저지를 수 있다고 생각하십니까?"

그녀는 대답하기에 앞서 남편을 쳐다보았다. 결혼생활 몇 달 만에 그들 부부가 각자 가지고 있던 본래의 악의적인 심성과 강퍅한 성미는 서로 전염되면서 상승작용을 일으켰다. 그들은 둘 다 그렇게 상대방이 고약해지도록 서로 부추겼다. 그녀가 세브린을 물어뜯도록 떠민 것도 그녀의 남편이었다. 그녀는 집을 되찾기 위해서라면 당장이라도 세브린을 구속시키는 데 앞장설 판이었다.

"세상에, 판사님," 이윽고 그녀가 입을 열었다. "판사님께서 언급하신 그 여자는 어려서부터 품성이 아주 못됐어요."

"무슨 말입니까? 그녀가 두앵빌에서 행실이 나빴다고 나무라는 겁니까?"

"오! 아니요, 판사님, 그랬다면 제 아버지가 그 여자를 건사하지도 않았겠지요."

이 외침에서는 자신이 손가락질받을 잘못은 절대로 저지르지 않으며 루앙에서 누구라도 인정하고 어디서건 청송과 환대를 받는 가장 고매한 덕성을 갖춘 자들 중 한 사람임을 영광으로 삼는 정숙한 부르주아 여성이라는 근엄한 항변이 뚝뚝 묻어났다.

"다만." 그녀가 계속 말했다. "경박하고 낭비벽이 얼마나 심했던지…… 아무튼 판사님, 당시에는 설마 했던 많은 것들이 지금은 확실해 보입니다."

드니제는 다시 한번 언짢은 표정을 지었다. 그는 더이상 이런 행적을 따라갈 마음이 조금도 없었다. 거기서 뭔가를 찾으려는 자는 누구라도 자신의 적수이며 틀릴 리가 없는 자신의 추리 방향에 흠집을 내려는 자로 간주했다.

"자, 그렇지만 합리적으로 생각해야 합니다." 그가 목소리를 높였다. "루보 부부 같은 사람들은 더 빨리 상속을 받아야겠다고 부인의 부친 같은 사람을 살해하지는 않습니다. 아니라면 적어도 그들이 다급했다는 징후가 있어야겠고, 그랬다면 재산을 받아서 즐기겠다고 그들이 탐욕스럽게 군 흔적을 내가 어디선가는 찾아냈겠지요. 그렇지만 아닙니다. 동기만으로는 절대 충분하지 않습니다. 동기 말고 다른 것을 찾아내야 합니다. 그런데 아무것도 없습니다. 당신들도 아무런 증거를 보여주지 못하고 있잖습니까…… 그리고 드러난 사실들을 잘 살펴보십시오. 물리적으로 불가능하다는 것을 확인할 수 있지 않습니까? 아무도 루보 부부가 특별실에 올라타는 것을 보지 못했습니다. 한 역무원은 그들이 자기들 객차로 돌아갔다고 자신 있게 증언할 수 있다고까지 말합니다. 그리고 바랑탱 역에서는 분명히 그들의 객차에 타고 있었으니, 그들이 범인이라면 그들 객차에서 법원장의 특별실 객차로 건너갔다가 다시 돌아왔다는 점을 밝혀야 할 것입니다. 그런데 두 객차 사이에는 다른 객차가 석 량이 더 있었고 기차는 전속력으로 달리고 있었는데, 불과 몇 분 만에 그렇게 왔다갔다할 수 있었다는 게, 그게 어디 있을 법한 일입니까? 나는 기관사들과 차장들에게 문의를 해보았습니다. 그들 모두가 내게 고도로 숙달된 경우에만 그만한 침착성과 힘을 갖출 수 있다고 답변했습니다…… 여자 쪽은 아무래도 그런 능력을 갖출 수 없었을 것입니다. 남편이 아내 없이 혼자서 감행했을 수는 있겠지요. 하지만 무엇 때문에 그렇게 했을까요? 사건 발생 바로 전에 자기들을 아주 심각한 곤경에서 꺼내준 은인을 죽이려고요? 아닙니다, 결단코 아닙니다! 그런 추론은 성립될 수 없습니다. 달리 찾아봐야 합니다…… 아! 어떤 남자가 루앙 역에서 탔다가 바로 다음 역에서 내린 것 같다는 증언이 있습니다. 그자는 최근에 희생자를 죽여버리겠다고 입버릇처럼 말했다고 합니다……"

드니제가 열을 올리며 자신이 세운 새로운 가설에 당도해 상세히 부연하려는 순간, 문이 살짝 열리더니 수위의 머리가 비쭉 들어왔다. 그런데 수위가 입을 벙긋하기도 전에 장갑 낀 손이 문을 활짝 열어젖혔다. 쉰 살이 넘어 보임에도 여전히 아름다운, 연로한 여신처럼 풍만하고 농염한 미모를 과시하는 우아한 상복 차림의 귀부인이 들어왔다.

"접니다, 친애하는 판사 양반, 좀 늦었습니다만 양해해주시겠지요? 길이 영 아니네요. 두앵빌에서 루앙까지 삼십 리인데 오늘은 족히 육십 리 길의 시간이 걸렸어요."

드니제가 정중하게 자리에서 일어났다.

"지난 일요일에 뵈었는데, 건강은 좋으신지요, 부인?"

"아주 좋습니다…… 판사 양반은 그래 우리 마부 때문에 퍽 놀라셨을 텐데 이제 괜찮아지셨소? 마부 얘기로는 판사 양반을 모시고 가다가 성에서 불과 2킬로미터 정도밖에 떨어지지 않은 곳에서 마차가 뒤집힐 뻔했다고 하던데."

"아, 그냥 조금 흔들린 건데요 뭘. 전 벌써 다 잊었습니다…… 앉으십시오. 방금 전 라셰네 부인에게도 말씀드렸다시피 이런 끔찍한 사건으로 부인의 아픔을 다시 일깨워드리게 되어 송구스럽습니다."

"어쩌나! 할 수 없지요, 의당 그렇게 해야만 하니까…… 잘 있었니, 베르트! 잘 있었나, 라셰네!"

그녀는 희생자의 누이인 본농 부인이었다. 그녀는 조카딸과 포옹을 하고 조카사위와는 악수를 나눴다. 공장주였던 남편을 서른 살에 여의고 혼자가 된 그녀는 오빠와 두앵빌 영지의 공동 소유자인 까닭에 이미 그녀 자신의 재산만으로도 갑부였지만 남편의 막대한 유산까지 물려받아 달콤한 인생을 즐기며 살아왔는데, 그녀의 삶 자체가 연애라는 소문이 파다했다. 하지만 그녀는 남 보기에는 매우 공정하고 솔직했기 때문에 루앙의 사교계에서 갈등의 중재자라는 지위를 누렸다. 우연히 기회가 닿기도 하고 취향이 맞기도 해서 그녀는 사법관들과 숱한 염문을 뿌렸다. 그녀는 이십오 년 전부터 자기 저택에 법조계 사람들을 초대했는데 연일 이어지는 파티를 위해, 하나같이 파리에 적을 두고 있는 그들을 그녀의 마차가 루앙 역에서 실어오고 파티가 끝나면 다시 루앙 역으로 실어갔다. 최근에도 그녀는 결코 조용히 있질 않았다. 법원 판사의 아들인 대리검사 쇼메트에게 모성애 같은 연정을 쏟아붓고 있다는 말들이 돌았다. 그녀는 아들 쪽의 진급을 위해 발 벗고 나서는 한편으로 아버지 쪽에는 아낌없는 향응과 환대를 베풀었다. 동시에 예전에 절친했던 남자친구 데바제유하고도 계속 관계를 유지했는데, 역시 법원 판사이자 독신자인 그는 그가 지은 섬세한 소네트가 인구에 회자되는 등 루앙 법원의 문학적인 영광으로 통하는 남자였다. 그는 지난 수년 동안 두앵빌 저택에 자신만의 침실을 마련해두었던 적도 있었다. 지금은 비록 육십 줄을 넘긴 나이에 류머티즘을 앓고 있어 추억으로만 유지되는 관계였지만 그는 옛 동지의 자격으로 두앵빌에서 열리는 만찬에 꼬박꼬박 참석했다. 그녀는 비록 노화의 위협을 받고 있지만 이처럼 아낌없는 후의를 통해 자신의 권위를 유지했다. 아무도 그녀와 대적할 엄두를 내지 못했다. 그녀가 경쟁의식을 느꼈던 상대는 지난겨울 등장한 르부크 부인 단 한 사람이었는데, 역시 법원 판사의 아내인 서른네 살의 그녀는 갈색 머리에 키도 크고 아주 잘생긴 여자로, 법관들이 대거 그녀의 살롱을 찾기 시작했던 것이다. 그녀는 변함없이 쾌활하게 지냈지만 그 일로 인해 가슴 한구석이 우울해진 게 사실이었다.

"자, 부인, 괜찮으시다면," 드니제가 말을 받았다. "부인께 몇 가지 질문을 드리겠습니다."

라셰네 부부에 대한 신문은 끝났지만 드니제는 그들을 돌려보내지 않았다. 그래서 그의 음산하고 쌀쌀한 사무실이 사교계 살롱처럼 변했다. 표정의 변화가 없는 서기가 다시 받아적을 준비를 했다.

"부인의 오라버니가 전보 한 통을 받은 것 같다는 증언이 있습니다. 지체 없이 두앵빌로 오라…… 우리는 그 전보의 행방을 알지 못합니다. 부인, 부인께서 고인에게 전보를 보내셨나요?"

본농 부인은 매우 편안하게, 미소 띤 얼굴로, 환담을 나누는 듯한 어조로 대답하기 시작했다.

"나는 오라버니에게 편지를 쓰지 않았어요. 그냥 오라버니를 기다리고 있었지요. 올 거라고 생각했거든요. 하지만 언제 올지 날짜는 확실하지 않았어요. 늘 그런 식으로 들이닥쳤으니까요. 거의 항상 밤 기차를 타고 말이지요. 오라버니는 정원에 외따로 떨어져 있는, 출입로라고는 인적 없는 오솔길 하나뿐인 별채에 머무르기 때문에 우리는 그가 도착하는 소리조차 듣지 못할 때가 많아요. 바랑탱에서 마차를 전세 내어 타고 와서는 다음날 늦게, 때로는 해가 중천에 떴을 때 모습을 보여주지요. 마치 오래전에 마을에 다니러 와서 아예 눌러앉은 이웃처럼 말이에요…… 그날 내가 오라버니를 기다렸던 것은 우리끼리 정산할 일이 있는 만 프랑을 내게 가져다주기로 했기 때문입니다. 오라버니는 틀림없이 만 프랑을 소지하고 있었을 겁니다. 그렇기 때문에 처음부터 범인이 단순히 금품을 노리고 오라버니를 살해했다고 내가 생각하는 거고요."

예심판사는 잠시 침묵이 흐르는 동안 잠자코 기다렸다. 그런 다음 그녀를 정면으로 쳐다보면서 말했다.

"루보 부인과 그녀의 남편에 대해서는 어떻게 생각하십니까?"

그녀는 격한 항의의 몸짓을 해 보였다.

"아! 친애하는 드니제 씨, 그렇게 착한 사람들을 두고 말도 안 되는 생각을 하려는 것은 아니겠지요…… 세브린은 착한 애였어요. 아주 순하고 말도 잘 들었어요, 게다가 상냥했죠. 어떤 일도 그르치지 않는 애예요. 내 생각엔, 판사 양반께서 내가 같은 말을 되풀이하기를 바라는 것 같으니까 하는 말인데, 그애와 그애 남편은 나쁜 짓을 할 수 없는 위인들이에요."

그는 고개를 끄덕이며 그녀에게 동의를 표했다. 그는 라셰네 부인에게 흘깃 눈길을 주면서 의기양양한 표정을 지었다. 라셰네 부인은 발끈해서 마음대로 끼어들었다.

"고모, 저는 고모가 너무 무르신 것 같아요."

그러자 본농 부인이 기분을 가라앉히고 평소의 허물없는 말투로 말했다.

"가만있거라, 베르트, 우리 둘은 그 점에 대해 결코 뜻이 맞지 않을 게다…… 그애는 명랑했고 잘 웃었다. 그리고 생각이 올발랐지…… 난 네 남편과 네가 무슨 생각을 하고 있는지 속속들이 알고 있단다. 하지만 솔직히 말해보자. 네 아버지가 착한 세브린에게 크루아드모프라를 유증했다고 그렇게 펄쩍뛰다니, 돈 때문에 너희 머리가 이상해진 게 틀림없는 것 같구나…… 네 아버지는 세브린을 키웠고 결혼 자금도 대주었다. 네 아버지가 그애를 유언장에 언급한 것은 지극히 당연한 일이었어. 네 아버지는 그애를 어느 정도는 딸처럼 생각하지 않았니, 잘 생각해보자꾸나!…… 아! 애야, 돈이란 행복하고는 별로 상관이 없는 거란다."

사실 그녀는 한 번도 갑부가 아닌 적이 없었기에 철저히 무사무욕한 것처럼 행세했다. 또한 남들의 칭송을 받는 멋진 여인답게 세련됨을 과시해서 아름다움과 사랑만이 삶의 유일한 이유라고 보란듯이 내세웠다.

"전보에 대해 말했던 사람이 바로 루보입니다." 라셰네가 무뚝뚝하게 사실을 일깨웠다. "전보가 없었다면 법원장께서 전보를 받았노라고 그에게 말씀하실 수도 없었겠지요. 루보는 왜 거짓말을 한 걸까요?"

"하지만," 드니제가 흥분하며 언성을 높였다. "법원장은 루보 부부에게 자신의 급작스러운 출발을 해명하기 위해 스스로 그 전보를 꾸며냈을 가능성도 아주 높습니다. 루보 부부의 증언에 따르면 그다음날 떠날 예정이었다고 하니까요. 법원장은 그들 부부와 같은 기차를 타게 되자 무언가 이유를 둘러댈 필요를 느낀 것이지요. 그들 부부에게 진짜 이유를 알려주고 싶지 않았다면 말입니다. 그런데 우리 모두 그 진짜 이유가 무엇인지는 모릅니다…… 그건 중요한 게 아닙니다. 그건 아무것도 밝혀주지 못합니다."

다시 침묵이 흘렀다. 이윽고 예심판사가 입을 열었는데 매우 차분하고 조심성 가득한 모습이었다.

"부인, 지금 저는 대단히 미묘한 문제에 접근하고 있습니다. 그러니 제 질문의 본질을 이해해주시기 바랍니다. 이제 저 말고는 아무도 부인의 오라버니를 좋게 평가하지 않습니다…… 벌써 소문이 돌지 않았습니까? 내연의 여자가 여럿 있다고요."

본농 부인은 자신은 무한한 관용을 베푸는 사람이라는 듯 다시 미소를 지었다.

"오! 판사 양반, 그 나이면!…… 오라버니는 결혼하고 얼마 안 되어 혼자가 되었어요. 일찍이 나는 오라버니가 좋다 하는 것을 내가 뭐라고 할 권리가 있다고는 조금도 생각하지 않았습니다. 오라버니는 오라버니 마음 내키는 대로 살았고 나는 오라버니의 삶 어디에도 관여하지 않았습니다. 내가 아는 것은 오라버니가 본분을 지켰고, 죽는 순간까지 최상류층 사람으로서 어긋나는 행동을 하지 않았다는 겁니다."

베르트는 자기 앞에서 아버지의 내연의 여자들 이야기가 나오자 기가 막혀서 눈을 내리깔았다. 그녀의 남편 역시 그녀만큼 기분이 상해서 등을 돌리고 창가에 가서 서성거렸다.

"죄송합니다만 계속하겠습니다." 드니제가 말했다. "댁에서 젊은 하녀와 무슨 일이 있지 않았습니까?"

"아! 그래요, 루이제트였지요…… 하지만 판사 양반, 그애는 열네 살에 전과자와 관계를 맺었을 정도로 행실이 불량한 애였어요. 사람들이 우리 오라버니를 공격하기 위해 그애의 죽음을 이용하려 했던 거예요. 그건 무례한 짓이지요. 판사 양반께 그 일에 대해 말해드리리다."

아마도 그녀는 진솔한 마음이었을 것이다. 그녀는 법원장의 품행에 대해 어떻게 대처해야 하는지 알고 있었고 법원장의 비극적인 죽음에 충격을 받지도 않았지만 높은 지위에 있는 가족을 변호해야겠다고 느꼈다. 게다가 루이제트와 관련된 그 불행한 사건에 관해 그녀는 법원장이 능히 그 아이를 겁탈하려 했을 거라고 생각하면서도 동시에 그 아이의 되바라진 음탕함에 대해서도 확신을 갖고 있었다.

"한 계집아이를 머릿속에 그려보세요. 오! 아주 조그맣고 아주 가냘프고 어린 천사 같은 금발에 살결은 장밋빛이에요. 거기에다 얌전하기까지 한데, 그건 죄를 짓지 않고 거룩하게 살 것 같은 얼굴을 한 위선자의 얌전함이에요…… 그래요! 그 아이는 열네 살도 안 돼서 웬 야수 같은 녀석의 여자친구가 되었지요. 카뷔슈라는 석공 녀석인데 술집에서 사람을 죽이고 오 년 동안 징역살이를 하고 나온 지 얼마 안 되었지요. 그 녀석은 베쿠르 숲가에서 야만인처럼 살았어요. 그 숲에는 녀석 때문에 속을 썩이다가 죽은 녀석의 아버지가 남겨준, 나무토막과 흙으로 대충 지은 낡은 움막이 있었거든요. 녀석은 거기 버려진 채석장 한 귀퉁이를 고집스럽게 파고들었지요. 내가 알기로는 옛날에 루앙을 건설할 때 쓰인 돌의 절반이 그 채석장에서 나왔다지요, 아마. 짐승 소굴 같은 그곳에 그 작은 계집아이가 자신의 늑대인간을 만나러 드나들었던 겁니다. 그 지방 사람들 모두가 그 늑대인간을 너무 무서워해서 녀석은 페스트 환자처럼 완전히 격리되어 혼자 살았는데 말이에요. 둘이 손을 잡고 숲속을 배회하는 모습이 종종 눈에 띄었다고 합디다. 그 예쁘장한 계집아이와 덩치가 산만하고 짐승 같은 그 녀석이 말이에요. 도저히 상상이 안 되는 음탕한 장면이지요…… 물론 난 이런 것들을 나중에야 알았어요. 나는 거의 자선을 베푸는 심정으로, 좋은 일을 한다는 심정으로 그 계집아이를 내 집에 들였던 거랍니다. 그 아이의 가족, 그러니까 미자르 부부는 형편이 몹시 어려운 걸로 아는데, 그 아이의 버릇을 고친답시고 인정사정없이 매질을 했다는 사실을 나한테 애써 감추더군요. 하지만 문이 열리기만 하면 카뷔슈네 집으로 내달리는 그 아이를 부모라고 어디 막을 수 있었겠어요…… 그러다가 그 사건이 일어난 겁니다. 내 오라버니는 두앵빌에서는 자기 시중만 드는 하인이 따로 없었어요. 루이제트와 다른 여자 하나가 오라버니가 기거하는 외딴 별채의 살림살이를 맡아 했지요. 그런데 그 아이 혼자 별채에 갔던 어느 날 아침 그 아이가 사라져버렸어요. 내 생각에 그 아이는 오래전부터 도망갈 궁리를 하고 있었던 거예요. 아마도 그 아이의 애인 녀석이 그애를 기다리고 있었겠지요. 그리고 그 녀석이 그애를 데려갔을 거예요…… 하지만 정작 놀라운 일은 그로부터 닷새 후에 루이제 트가 죽었다는 소문이 돌았다는 겁니다. 겁탈당했다는 세세한 이야기 들과 함께 말이에요. 우리 오라버니가 저지른 짓이라는 거지요. 너무 도 무시무시한 상황이라서 그 아이는 겁에 질려 카뷔슈 녀석의 집으로 도망쳤고 거기서 뇌염을 앓다가 죽었다는 말이 돌았어요. 무슨 일이 일어났던 것일까요? 수많은 해석이 난무했지요. 일일이 다 말하기도 어려워요. 내 생각으로는, 의사가 그렇다고 진단했으니까, 루이제트가 몹쓸 열병으로 죽은 것은 사실인데 뭔가 부주의해서 그런 병에 걸렸던 것 같아요. 별이 아름답게 반짝이는 밤마다 늪지대를 싸돌아다녔으 니…… 그렇지 않겠어요? 친애하는 판사 양반, 당신이야 우리 오라버 니가 그 계집아이를 죽음으로 내몰았다고 보진 않겠지요. 추악한 일이 에요, 있을 수 없는 일이에요."

이야기가 진행되는 동안 드니제는 동의한다든가 반대한다든가 하는 의사표시를 일절 하지 않고 주의깊게 귀를 기울였다. 본농 부인은 이 야기를 마무리짓는 데 약간 곤혹스러워했다. 그러다 마침내 마음을 다 져먹었다.

"어쩌나! 내 말은 우리 오라버니가 그 아이를 데리고 놀고 싶어하지 않았다는 말이 결코 아닙니다. 오라버니는 젊은 여자를 좋아했어요. 겉으로는 엄격해 보였지만 아주 분방한 사람이었어요. 그래요, 오라버 니가 그 아이를 껴안았다고 해둡시다."

이 말에 라셰네 부부가 조심스럽게 항의했다.

"오! 고모, 고모!"

하지만 그녀는 어깨를 으쓱했다. 법 앞에서 왜 거짓말을 한단 말인가?

"아마도 그 아이를 껴안고 만지작거렸겠지요. 거기에는 죄가 될 게 없어요…… 내가 그렇다고 인정하게 된 건 그런 말을 석공이 꾸며댄 게 아니기 때문이에요. 루이제트가 거짓말쟁이인 게 분명해요. 그 사악한 아이는 추측건대 애인한테 버림받고 싶지 않아서 일을 크게 꾸몄을 거예요. 그래서 그 아이 애인은, 아까도 말했다시피 한 마리 야수 같은 녀석이니, 그만 누군가 자기 애인을 죽였다고 진심으로 믿게 되고 말았던 거지요…… 정말로 화가 나서 미쳐버렸겠지요. 그래서 온 술집을 돌아다니며 법원장을 제 손으로 죽여버리겠다고, 돼지처럼 피를 토해내게 하겠다고 떠들어댄 것이겠지요……"

그때까지 아무 말도 않고 있던 예심판사가 그녀의 말을 뚝 끊었다.

"그자가 그렇게 말했습니까? 그렇다고 증언해줄 수 있는 증인들이 있습니까?"

"오! 판사 양반, 증인을 바란다면 판사 양반께서 찾아 나서야겠지요…… 아무튼 정말 가슴 아픈 사건이에요. 우리는 정말 마음고생이 심했답니다. 다행스럽게도 우리 오라버니의 지위 덕분에 오라버니가 갖은 의혹에서 벗어났지만 말이에요."

본농 부인은 뒤늦게 드니제가 어떤 새로운 단서를 좇고 있는지 눈치챈 것이다. 몹시 걱정스러웠던 그녀는 더는 이 일에 연루되지 않는 편이 좋겠다고 생각했다. 그래서 그녀 자신이 도리어 판사에게 질문을 던진 것이다. 예심판사는 자리에서 일어났다. 그는 가족의 고통스러운 협조를 쓸데없이 길게 끌고 싶지 않노라고 말했다. 그의 지시에 따라 서기가 신문조서를 읽어주었고, 이어서 그 조서에 증인들의 사인을 받았다. 신문조서는 완벽할 정도로 정확했다. 불필요하거나 논란의 소지가 될 만한 말은 깔끔하게 걸러져 있어 본농 부인은 펜을 손에 쥔 채 그때껏 눈길도 주지 않았던 로랑이라는 이름의 창백하고 비쩍 말라 골격이 그대로 드러나 보이는 서기에게 뜻밖이라는 호의적인 시선을 던졌다.

예심판사가 그녀와 그녀의 조카사위와 조카딸을 문까지 따라가 배웅할 때 그녀가 예심판사의 두 손을 잡았다.

"곧 다시 봅시다, 그럴 거죠? 당신도 알다시피 두앵빌은 늘 당신이 와주기를 기다리고 있다오…… 그리고 고마워요. 당신은 나를 끝까지 지켜주는 벗들 중 하나예요."

그녀의 미소에는 우수가 어려 있었다. 반면 그녀의 조카딸은 무뚝뚝하게 먼저 문을 나서며 가볍게 목례만 했을 뿐이다.

혼자 남게 되자 드니제는 잠시 숨을 골랐다. 그는 걸음을 멈추고 서서 곰곰이 생각했다. 그가 볼 때 사건은 이제 명백해졌다. 그랑모랭 편에서 폭행이 있었던 것은 분명하다. 그러나 그는 명성이 자자한 인물이다. 그 점이 수사를 미묘하게 만들었다. 그는 자신이 기다리는 장관실의 의견이 도착할 때까지 신중에 신중을 거듭하겠다고 스스로 다짐했다. 어찌됐든 나는 승리한다. 결국 내가 범인을 잡는다.

그는 자신의 집무 책상 앞에 다시 앉아 수위를 불렀다.

"자크 랑티에 씨를 들여보내요."

루보 부부는 복도 걸상에 앉아 마치 기다리다가 지쳐 잠든 것처럼 눈을 감은 채 가끔씩 안면 근육을 움찔거리면서 하염없이 기다렸다. 그러다 자크를 부르는 수위의 목소리에 깼는지 그들은 살짝 소스라쳤다. 그들은 두 눈을 커다랗게 뜨고 자크의 뒷모습을 좇다가 그가 예심 판사의 사무실 안으로 사라지는 것을 물끄러미 지켜보았다. 그리고 여전히 핏기 없는 얼굴로 아무 말 없이 다시 기다림에 빠져들었다.

삼 주 전부터 그 사건은 고스란히 자크의 뇌리를 떠나지 않고 불안하게 짓눌렀다. 그 사건이 끝내는 자신을 공격해 파멸로 이끌기라도 할 것 같은 기분이었다. 그로서는 비난받을 짓을 전혀 하지 않았고, 심지어 입을 다물고 모르는 척하지도 않았으니 그런 기분은 사실무근이었다. 하지만 그는 예심판사의 방에 들어설 때 자신의 죄가 발각될까봐 두려움에 떠는 범죄자처럼 가벼운 전율에 휩싸여 다른 아무 느낌도 들지 않았다. 그는 질문을 받고 자신을 변호하느라 말을 너무 많이 하는 것이 아닐까 두려워 자기 자신을 경계했다. 나도 살인을 저질렀을지 모른다, 내 눈에서 그런 의구심이 읽히는 것은 아닐까? 그는 연달아 말했다. 나로서는 이렇게 법정에 소환되는 것보다 더 불쾌한 일은 없다, 이 소환에 대해 일종의 분노 같은 것이 치민다, 빨리 마쳐달라, 나하고 상관도 없는 일들로 더이상 나를 괴롭히지 말아달라.

게다가 그날은 드니제가 살인범의 인상착의에 대해서만 집중적으로 물었다. 자크가 어렴풋하게나마 살인범을 목격한 유일한 증인이기 때문에 그만이 구체적인 정보를 줄 수 있다는 것이었다. 그러나 그는 최초의 진술에서 한 걸음도 나아가지 않았다. 그는 자신이 본 살해 장면이 겨우 일 초 남짓한, 순식간에 지나쳐간 영상인지라 그의 기억 속에는 실체도 없는 추상적인 상태로 남아 있다는 말만 되풀이했다. 한 남자가 다른 남자의 목을 찌르는 장면이라는 것만 알 뿐 더는 아무것도 모른다는 말이었다. 반 시간 동안 예심판사는 느릿느릿 집요하게 그를 추궁하면서 상상할 수 있는 온갖 방식을 동원해 똑같은 질문을 해댔다. 키가 큰가, 작은가? 수염을 길렀는가, 머리가 길던가 아니면 짧던가? 어떤 종류의 옷을 입었는가? 어떤 계층에 속한 사람인 것 같은가? 그러나 자크는 곤혹스러워하며 시종일관 모호한 답변만 되풀이했다.

"그렇다면," 드니제가 그를 빤히 쳐다보다가 불쑥 물었다. "그자를 당신에게 보여준다면 알아볼 수 있겠습니까?"

자크는 자신의 머릿속을 파헤치는 듯한 시선에 불안감이 엄습하면서 눈꺼풀이 파르르 떨렸다. 그의 의식이 큰 소리로 자문자답했다.

"그자를 알아볼 수 있냐고요…… 예…… 아마도……"

그러나 이미 무의식적인 공범 의식에서 비롯된 묘한 두려움이 그의 내부에 있는 도피 장치를 작동시켰다.

"아니, 아니요, 그럴 것 같지 않습니다. 결코 분명히 말씀드릴 수 없을 것 같습니다. 생각해보십시오! 시속 80킬로미터의 속도란 말입니다!"

실망하는 기색이 역력한 예심판사는 그를 적절한 때에 다시 부르기 위해 옆에 붙은 부속실에 가 있으라고 말하려다가 생각을 바꾸었다.

"그냥 여기 앉아 계십시오."

그리고 다시 수위를 불렀다.

"루보 씨와 그의 부인을 들여보내요."

문 안에 들어서자마자 자크가 있는 것을 보고 그들의 눈이 불안감에 흔들리며 어두워졌다. 그가 말해버렸나? 그와 우리를 대질신문하기 위해 여기 있으라고 한 것인가? 그가 곁에 있다는 것을 느끼면서 그들의 자신감은 가뭇없이 사라졌다. 그들이 처음부터 대답하는 목소리도 약간 기가 죽어 있었다. 그러나 예심판사는 단순히 그들에게 했던 일차 신문을 되풀이했을 뿐이다. 그들은 일차 신문 때와 똑같은 문장을 거의 한 글자도 틀리지 않고 반복했다. 그동안 예심판사는 고개를 숙인 채 그들을 쳐다보지도 않고 말을 들었다.

그러다가 갑자기 세브린을 바라보았다.

"부인, 공안이 작성한 조서를 보니 부인께선 공안에게 루앙에서 기차가 막 움직이기 시작했을 때 한 남자가 특별실에 올라탔다고 진술했더군요."

그녀는 바짝 긴장했다. 판사가 왜 그것을 다시 환기시킬까? 함정인가? 내 답변을 서로 비교해서 내가 거짓말을 하고 있다고 자복하게 만들려는 것일까? 그녀는 남편을 흘깃 쳐다보며 도움을 청했다. 그녀의 남편이 조심스럽게 끼어들었다.

"판사님, 제 아내가 그렇게 단정적으로 말했던 것 같지는 않은데요."

"아닙니다…… 부인은 틀림없이 사실일 가능성을 언급했습니다. 이렇게 말했군요. '그건 분명히 있었던 일이다'…… 자, 부인, 나는 부인에게 그렇게 말할 만한 특별한 동기가 있는지 알고 싶습니다."

그녀는 조심하지 않으면 판사가 자신의 대답을 매번 유도해 자백을 이끌어내려고 할 거라는 사실을 깨닫고 끝내 마음이 흔들렸다. 하지만 입을 다물고 있을 수는 없었다.

"오! 아니에요, 판사님, 아무런 동기도 없어요…… 저는 단지 단순한 추리 차원에서 그렇게 말했을 거예요. 사실 다른 식으로 그때 상황을 납득하기란 어려우니까요."

"그렇다면 부인께선 그 사람을 보지 못했다는 겁니까? 그 사람에 대해 우리에게 아무것도 알려줄 수 없다는 말입니까?"

"예, 그렇습니다, 판사님, 아무것도요."

드니제는 그 부분의 신문은 포기한 것처럼 보였다. 하지만 곧장 루보에게 돌아갔다.

"자, 그 사람이 실제로 특별실에 올라탔다면, 당신이 어떻게 그 사람을 보지 못할 수가 있지요? 당신 진술에 따르면 기차의 출발을 알리는 호각 소리가 울렸을 때 당신은 여전히 희생자와 이야기를 나누고 있었다고 하지 않았습니까?"

이 추궁에 부역장은 끝내 두려움에 빠져들었다. 어떤 입장을 취해야 하나, 그 남자를 꾸며대는 일을 포기할 것인가, 아니면 계속 밀고 나갈 것인가, 그는 고뇌에 빠졌다. 만일 그의 말을 반박할 결정적인 증거가 확보되어 있다면 미지의 살인범이 있다는 가설 자체가 성립되기 어려우며 나아가 그의 처지는 심각한 위험에 빠질 수도 있었다. 그는 상황을 파악하느라 뜸을 들이다가 모호한 답변만 장황하게 늘어놓았다.

"정말로 유감이군요." 드니제가 말을 이었다. "당신 기억이 그처럼 흐릿하다니요. 당신이라면 여러 사람에게 이리저리 덧씌워진 혐의를 일거에 벗겨내는 데 일조할 수 있을 텐데 말입니다."

그것은 누구보다도 자신에게 직접 해당되는 말이기에 루보는 스스로 무죄임을 밝히고 싶은 욕구가 치밀어오르는 것을 억누를 수 없었다. 그는 자신의 심중을 간파당한 것을 직감했다. 즉시 그의 결정이 내려졌다.

"그건 양심에 저촉되는 그런 문제입니다! 그래서 주저하는 겁니다, 이해하십니까? 이보다 더 당연한 일은 없습니다. 제가 판사님께 분명히 그 사람을 보았다고 털어놓았다고 칩시다. 그럼 그 사람은······"

판사는 속셈이 빤한 이 서두를 자기 수완으로 이끌어냈다는 생각에 의기양양한 표정을 지었다. 그는 몇몇 증인의 경우 아는 바를 고백해야만 한다는 사실 때문에 심한 고통을 겪는다는 것을 경험을 통해 알고 있다고 말해주었다. 그리고 나는 기어이 그들이 어쩔 수 없이 털어놓게 만들지. 그는 우쭐해졌다.

"그러면 이야기해보세요······ 그 사람은 어떻게 생겼습니까? 작아요, 커요, 거의 당신 키만합니까?"

"오! 아니에요, 아닙니다, 훨씬 더 컸어요······ 적어도 내 느낌은 그랬습니다. 왜냐하면 그건 단순한 느낌이니까요, 거의 확실하지만 내가 내 객실로 돌아가기 위해 뛰어가다가 스쳐지나간 그런 사람이니까요."

"잠깐만요." 드니제가 말했다. 그러고는 자크에게 몸을 돌려 물었다.

"당신이 얼핏 보았다는 그 사람, 손에 칼을 쥐고 있었다던 그 사람은 루보 씨보다 키가 더 컸나요?"

다섯시 기차를 탈 수 없을까봐 슬슬 걱정이 되면서 마음이 다급해진 기관사는 눈을 들어 루보를 자세히 훑어보았다. 그는 루보의 모습을 이전에는 한 번도 자세히 본 적이 없다는 생각이 들었다. 그는 루보가 어찌 보면 더할 나위 없이 이상적이라고도 할 수 있는 독특한 옆모습을 가졌고 기운이 세 보이며 의외로 키가 작다는 것을 알고 새삼 놀랐다.

"아니요," 그가 중얼거렸다. "더 크지 않았어요, 거의 같은 키였어요."

그러자 부역장이 거세게 반박했다.

"오! 훨씬 더 컸어요. 적어도 머리 하나만큼은 더 컸어요."

자크는 눈을 커다랗게 뜨고 그를 계속 주시했다. 루보는 자크의 시선에서 놀라움이 점점 더 커지는 것을 읽었다. 루보는 그것을 의식하며 자기에게서 문제의 인물과 닮은 구석을 찾는 눈길을 방해하려는 듯 몸을 흔들었다. 그의 부인 역시 기억을 더듬고 있는 기색이 역력한 젊은이의 얼굴을 굳은 표정으로 지켜보았다. 처음에 자크는 루보와 살인범 사이에 몇 가지 비슷한 구석이 있는 것을 발견하고 화들짝 놀랐다. 곧이어 루보가 살인범이라는 확신이 불현듯 밀려들었다. 그렇다는 소문은 이미 파다하게 퍼져 있었다. 그는 이 뜻밖의 발견에 완전히 충격을 받고 어안이 벙벙해졌다. 어떻게 해야 할지 알지도 못했고 알 수도 없었다. 내 입을 여는 순간 이 부부의 운명은 끝장이다. 아까부터 루보의 눈이 그의 눈과 마주쳐 떨어질 줄 몰랐다. 둘 다 서로의 영혼까지 꿰뚫어 보는 눈길이었다. 침묵이 흘렀다.

"그러니까 당신은 의견이 다르군요." 드니제가 입을 열었다. "당신이 보기에 그 사람이 더 작았다면 그건 그자가 희생자와 싸우느라 몸을 굽히고 있었기 때문일 거요."

드니제 역시 두 남자를 쳐다보았다. 그는 애초에 이러한 대질신문을 활용할 계획이 없었다. 그러나 직업적인 본능으로 진실이 그 순간 그곳 어디쯤 머물고 있다는 것을 직감했다. 그 때문에 카뷔슈를 지목한 그의 확신이 흔들리기까지 했다. 라셰네 부부가 옳았던 것일까? 전혀 그럴 것 같아 보이진 않지만, 범인은 바로 이 착실한 철도원과 얌전하기 그지없는 그의 젊은 부인이란 말인가?

"그 사람은 당신처럼 수염이 수북했나요?" 판사가 루보에게 물었다.

루보는 목소리를 떨지 않고 대답하려 애를 썼다.

"수염이 덥수룩했냐고요? 아니요, 아닙니다. 수염을 전혀 기르지 않왔던 것 같아요."

자크는 분명 똑같은 질문을 자기에게도 던질 거라고 생각했다. 뭐라고 대답할까? 고민스러운 것은, 양심을 걸고 말한다면 그 사람이 수염이 덥수룩했던 게 분명하다고 말해야 할 것이기 때문이었다. 따지고 보면 이들은 나와 아무런 관계가 없다, 사실대로 말하지 못할 이유가 무엇이란 말인가? 하지만 남편에게서 고개를 돌리자 그의 부인과 눈이 마주쳤다. 그는 그 시선에서 혼신의 힘을 다한 간절한 애원을 읽고 마음이 흔들렸다. 조금 전에 느꼈던 전율이 그를 다시 사로잡았다. 내가 이 여자를 사랑한단 말인가? 내가 이 여자를, 악마 같은 파괴의 욕망 없이, 다른 사람들처럼 애정을 가지고 사랑할 수 있단 말인가? 그 순간 그는 마음이 혼란스러워지면서 묘한 기분이 들더니 그 여파로 기억도 덩달아 흐릿해지는 것 같았다. 그는 루보에게서 더이상 살인범의 모습을 찾아볼 수 없었다. 그가 보았던 장면이 다시 희미해지고 문득 의심이 들면서 왜 보았다는 말을 했을까 뼈저리게 후회가 들 정도였다.

드니제가 질문을 던졌다.

"그 사람은 여기 루보 씨처럼 수염을 덥수룩하게 길렀습니까?"

그러자 자크는 솔직히 대답했다.

"판사님, 사실 저는 말할 수가 없습니다. 다시 한번 말씀드리지만 너무 순식간이었어요. 저는 아무것도 모릅니다. 아무것도 증언하고 싶지 않습니다."

하지만 드니제는 부역장의 혐의에 대해 끝장을 보고 싶었기 때문에 뜻을 굽히지 않았다. 그는 부역장과 기관사를 번갈아 다그쳤다. 부역장에게서는 살인범의 소상한 인상착의를 얻어내는 데 성공했는데, 키가 크고 억세며 수염을 기르지 않았고 작업복 차림이라는 진술은 모든 면에서 부역장 자신의 인상착의와 정반대되는 것이었다. 반면 기관사에게서는 진술을 기피하는 단음절의 대답밖에 얻어내지 못했는데, 그 대답은 부역장의 주장에 힘을 실어주는 것이었다. 판사는 결국 애초에 품었던 확신으로 되돌아왔다. 나는 올바른 방향으로 가고 있다, 증인이 진술하는 살인범의 모습은 내 추측과 너무도 정확히 들어맞아서 새로운 특징 하나하나가 다 확신을 뒷받침해주는 것들이다, 이 부부는 부당한 혐의를 받고 있다. 바로 이 부부가 결정적인 증언으로 죄인의 목을 치게 만들 것이다.

"이리로 들어가 계시지요." 루보 부부와 자크가 각자 자신들의 신문조서에 서명하자, 드니제가 그들을 옆방으로 안내하면서 말했다. "다시 부를 때까지 여기서 대기하고 계십시오."

그러고는 곧바로 구속된 피의자를 데려오라고 지시했다. 너무도 흡족해진 그는 서기에게 유쾌한 기분을 거침없이 드러내면서 급기야 이렇게까지 말했다.

"로랑, 우리가 놈을 잡았어."

그사이 어느새 문이 열렸고, 경위 두 명이 스물다섯 내지 서른 살쯤 되어 보이는 키 큰 사내 하나를 데리고 대기하고 있는 모습이 보였다. 경위 둘은 판사의 신호를 받고 물러갔다. 카뷔슈 혼자 포위당한 한 마리 야수처럼 신경을 잔뜩 곤두세우고 분개한 표정으로 사무실 한가운데 남겨졌다. 그는 강인한 목과 무지막지한 주먹을 가진 건장한 사내였는데, 금발에 피부색은 새하얗고 수염은 거의 없으며 비단결처럼 보드랍고 곱슬곱슬한 금빛 솜털만 보일락 말락 했다. 투박스러운 얼굴과 납작한 이마는 그가 불같이 급한 성정에 사고가 편협한, 대단히 난폭한 존재라는 것을 웅변했다. 그러나 큰 입과 순한 개처럼 각진 코에는 온순한 복종심 같은 것이 엿보였다. 이른 아침에 자신의 소굴에서 무자비하게 체포되어 자신의 활동 무대인 숲에서 강제로 쫓겨나온데다 영문도 모르는 기소 내용에 격분한 그는 당황한 표정에 작업복은 찢어져서 벌써 수상한 피의자나 다름없는 몰골이었는데, 구치소는 그렇게 멀쩡하기 짝이 없는 사람을 단번에 음험한 무뢰한의 모습으로 돌변하게 만드는 것이다. 밤이 되어 사무실 안은 어두컴컴해졌다. 어둠 속에서 그는 완강하게 버티고 있었다. 수위가 투명한 등피가 씌워진 커다란 남포등을 가져다놓자 눈부시게 환한 불빛이 그의 얼굴을 비추었다. 그렇게 남포등 빛에 몸이 노출된 그는 여전히 부동자세였다.

곧이어 드니제는 육중한 눈꺼풀을 인 커다란 두 눈을 부릅뜨고 그를 응시했다. 드니제는 입을 열지 않았다. 그것은 속임수와 함정과 온갖 정신적인 고문이 난무하는, 인정사정 볼 것 없는 전쟁이 벌어지기 전에 그가 스스로를 다독이는 무언의 다짐이자 자신의 힘을 가동해보는 첫번째 점검이었다. 이자는 범죄자다, 이자에게는 무슨 짓을 해도 합법적이다, 이자는 자신의 범죄행위를 자백하는 것 말고는 더이상의 권리가 없다.

신문이 아주 천천히 시작되었다.

"당신은 당신이 무슨 죄로 기소되었는지 알고 있나?"

카뷔슈는 무기력한 분노로 퉁퉁 부은 목소리로 으르렁거렸다.

"아무도 내게 말해주지 않았소. 그렇지만 짐작은 하고 있소. 말들이 많으니까!"

"그랑모랭 씨를 알고 있었나?"

"알았죠, 알다마다요, 너무 잘 알아서 탈이었지!"

"루이제트라는 처녀가, 당신 애인 말이야, 본농 부인 댁에 하녀로 들어갔었다고 하더군."

석공은 격심한 분노가 울컥 치밀었다. 분노에 휩싸여 눈앞이 벌겋게 보였다.

"제기랄! 그렇게 말하는 놈들은 새빨간 거짓말쟁이들이오. 루이제트는 내 애인이 아니었소."

판사는 흥미진진한 표정으로 그가 화내는 모습을 지켜보았다. 그러다가 다시 신문하는 쪽으로 방향을 틀었다.

"당신은 꽤나 과격하군. 싸움을 하다가 사람을 죽여서 오 년 형을 언도받은 적도 있고."

카뷔슈는 고개를 떨구었다. 그 형벌은 그의 수치였던 것이다. 그는 중얼거렸다.

"그자가 먼저 나를 쳤소…… 그리고 사 년밖에 복역하지 않았어요. 일 년 감형을 받았단 말입니다."

"좋아," 드니제가 대꾸했다. "그러니까 당신 주장은 루이제트라는 처녀가 당신 애인이 아니라는 거지?"

카뷔슈가 다시 한번 주먹을 불끈 쥐었다. 그러고는 군데군데 끊어지는 낮은 목소리로 대답했다.

"생각 좀 해보십시오, 내가 거기서 나왔을 때 그녀는 계집아이였어요, 열네 살도 안 되었단 말입니다…… 게다가 모두들 나를 슬슬 피했어요, 돌까지 던질 태세였다니까요. 그런데 그녀는 숲에서 마주칠 때마다 나한테 가까이 다가와 이야기를 건넸어요. 그녀는 친절했어요, 오! 친절했단 말입니다…… 그래서 우리는 그렇게 친구 사이가 되었던 겁니다. 우리 둘은 손을 잡고 산책을 다녔더랬지요. 아주 좋았어요, 그 시절이 아주 좋았단 말입니다!…… 물론 그녀는 성장했고 나도 그녀를 마음에 두었지요. 아니라고는 말 못하겠네요. 그때 나는 미친놈 같았어요, 그만큼 그녀를 사랑했지요. 그녀도 나를 열렬히 사랑했어요. 그런데 결국 당신이 말한 그 일이 닥치고야 만 겁니다. 그녀가 두 앵빌에 있는 그 부인의 집에 가게 되면서 그녀와 나는 생이별을 당했지요…… 그러던 어느 날 밤 채석장에서 돌아오는데 우리집 문 앞에 그녀가 있는 거예요. 정신이 거의 나갔고 몸이 불덩이처럼 펄펄 끓을 정도로 상태가 아주 심각했어요. 그녀는 우리집까지 와서 숨을 거두었던 겁니다…… 아! 저주받을 놈, 추악한 놈! 그때 그 즉시 달려가 그놈 목에 칼을 꽂아 죽였어야 했는데!"

판사는 이 남자의 진지한 어투에 놀라 얄팍한 입술을 깨물었다. 정말이지 신중하게 다루어야겠는걸, 생각했던 것보다 훨씬 더 강한 상대와 대적하고 있는 거니까.

"좋아, 당신과 그 여자가 꾸며낸 그 눈물겨운 이야기는 익히 아는 바이고, 다만 한 가지, 그랑모랭 씨의 일생에 비추어 볼 때 그분은 당신의 비난을 받을 만한 그런 양반이 아니라는 것만은 유념하게."

석공이 미친 듯이 눈을 휘둥그레 뜨고 두 손을 벌벌 떨면서 말을 더듬었다.

"뭐라고요? 우리가 뭘 꾸며냈다고요?…… 거짓말을 하는 쪽은 우리가 아니라 다른 자들입니다, 그자들이 우리가 거짓말을 한다고 비난하는 거라고요!"

"바로 그것이지, 결백한 척하지 말게…… 내가 벌써 당신 애인의 생모와 결혼한 미자르라는 사람에게 다 물어봤어. 필요하다면 그를 당신과 대질시켜주지. 그러면 그가 당신 이야기를 어떻게 생각하는지 알게 될 거야…… 그러니 조심해서 답변하라고. 증인들을 확보해놨어. 우리는 다 알고 있다고. 사실대로 말하는 게 이로울 걸세."

그것은 그가 평소에 즐겨 쓰는 압박 수단이었다. 심지어 아무것도 아는 것이 없으면서도, 증인이 없으면서도 그렇게 윽박지르는 수법을 애용했다.

"그렇다면 당신이 그랑모랭 씨를 칼로 찔러 죽이겠다고 동네방네 떠들고 다녔다는 사실도 부인할 것인가?"

"아! 그건 맞아요, 내가 그렇게 말했어요. 진심으로 그렇게 말하고 다녔어요, 알아요! 그러고 싶어서 손이 근질거려 죽을 뻔했으니까요!"

뜻밖의 대답에 드니제는 화들짝 놀랐다. 그는 완강하게 부인하고 나서는 그림을 예상했던 것이다. 어떻게 된 일이지! 피의자가 협박하고 다닌 사실을 순순히 인정하잖아, 무슨 꿍꿍이속을 감추고 있는 것일까? 진도가 너무 빨리 나가는 게 아닌가 걱정이 돼서 그는 잠시 생각을 가다듬은 다음 카뷔슈의 얼굴을 찬찬히 뜯어보다가 불쑥 질문을 던졌다.

"2월 14일에서 15일로 넘어가는 밤에 당신은 뭘 했지?"

"그날 밤 여섯시쯤엔가 잠자리에 누웠어요…… 그날 조금 고단했거든요. 그래서 내 사촌동생 루이가 나 대신 두앵빌에 돌짐을 싣고 가는 일을 맡아주기까지 했어요."

"좋아, 당신 사촌이 마차를 끌고 철길 건널목을 건너는 것을 보았다는 사람이 있으니까. 하지만 당신 사촌은 묻는 말에 한 가지밖에 대답하지 못하더군. 당신과 정오경에 헤어지고 나서 그후로는 당신을 보지 못했다는 거야…… 당신이 여섯시에 잠자리에 들었다는 것을 내게 입증해봐."

"이것 보세요, 그런 엉터리가 어디 있어요. 그걸 입증할 방법은 없어요. 난요, 숲가에 외따로 뚝 떨어져 있는 집에 살아요…… 나는 분명히 거기 있었다고요, 내가 그렇다고 말하면 그게 다인 거예요."

드니제는 결정적인 승부수를 던지는 것이 불가피하다는 것을 직감하고 마음을 굳혔다. 그의 얼굴은 머릿속 생각으로 팽팽하게 긴장되어 무표정했지만 그의 입은 열변을 토해냈다.

"그렇다면 내가 당신이 2월 14일 밤에 무엇을 했는지 말해주지…… 그날 새벽 세시에 당신은 수사 과정에서 아직 밝혀내지 못한 어떤 목적 때문에 바랑탱 역에서 루앙행 기차를 탔어. 그리고 파리를 출발해 아홉시 삼분에 루앙 역에 도착하는 기차를 타고 바랑탱으로 되돌아오려고 기다렸겠지. 당신은 군중에 섞여 플랫폼에 있다가 특별실에 있는 그랑모랭 씨를 발견했지. 잘 들어, 물론 작정하고 기다리고 있었던 것은 아니라는 점 나도 인정하네. 그를 발견한 순간 죽여야겠다는 생각이 별안간 들었을 뿐이겠지…… 당신은 혼잡한 틈을 타서 특별실에 올라탔어. 그리고 기차가 말로네 터널 안으로 진입하기를 기다렸지. 그런데 당신은 시간을 잘못 계산했어. 당신이 칼로 그를 찌를 때 기차는 터널을 빠져나오고 있었거든…… 당신은 시체를 기차 밖으로 던졌어. 그리고 여행용 담요도 내던져버리고 나서 바랑탱 역에서 내렸던 거야…… 여기까지가 당신이 했던 일이야."

그는 이야기하는 내내 카뷔슈의 상기된 얼굴에 나타나는 아주 미세한 동요라도 놓칠세라 감시의 시선을 집중시켰다. 그런데 처음에는 주의깊게 귀를 기울이던 카뷔슈가 이야기를 다 듣고 나서 한바탕 웃음을 터뜨리자 그는 화가 치밀어올랐다.

"무슨 말씀을 하시는 겁니까?…… 나는 내가 죽였으면 죽였다고 말합니다."

그러고는 조용히 말했다.

"나는 죽이지 않았어요, 하지만 죽였어야만 했어요. 제기랄! 그래요, 내가 그러지 못한 게 한이 돼요."

드니제는 그 이상의 다른 진술은 받아낼 수 없었다. 다양한 수법을 동원해 질문을 거듭하고 동일한 부분을 수차례 되풀이해 짚어보았지만 허사였다. 매번 똑같은 대답이었다. 아니다! 아니다! 내가 아니다. 그 말을 들으며 드니제는 연신 어깨를 으쓱했고, 그가 짐승이라는 생각이 들었다. 그를 체포하면서 움막집을 뒤졌지만 흉기도, 열 장의 지폐도, 회중시계도 찾아내지 못했다. 그래도 자그마한 핏방울의 흔적이 몇 개 있는 바지를 결정적인 증거물로 압수했다. 그 말을 듣고 카뷔슈는 다시 웃음을 터뜨렸다. 또다시 명쾌한 설명이 뒤따랐다. 토끼 한 마리가 올가미에 걸렸는데 그 토끼 피가 그의 다리에 튀었다는 것이다. 직업적으로 지나치게 꼼꼼하게 접근하는 바람에 문제를 복잡하게 만들고 간단한 사실을 확대해석하는 등 갈팡질팡하는 쪽은 범인을 정해놓고 증거를 짜맞추려는 예심판사였다. 술책을 부릴 줄은 모르지만 꺾이지 않는 괴력을 발휘하는 이 편협한 사내가 아니라고, 줄곧 아니라고 말할 때마다 예심판사는 점점 자제력을 상실해갔다. 예심판사는 그가 범인이라는 사실만 받아들이고 있었기 때문에 부인에 부인이 거듭될 때마다 절대로 물러서지 않는 야만과 거짓을 상대하는 것 같아 화가 증폭되었다.

"좋아, 부인한단 말이지?"

"물론이죠, 내가 아니니까…… 만약 범인이 나라면, 아! 난 너무도 자랑스러울 겁니다. 내가 했다고 떳떳이 말할 겁니다."

드니제는 더이상 참지 못하고 벌떡 일어나 작은 부속실 쪽으로 가서 직접 문을 열었다. 그러고는 자크를 불러내 물었다.

"이 사람을 알아보겠습니까?"

"압니다." 기관사가 뜻밖이라는 표정으로 대답했다. "전에 본 적이 있습니다. 미자르의 집에서였어요."

"아니, 아니…… 이 사람이 객실의 그 남자, 범인이 맞느냔 말입니다."

갑자기 자크는 신중해졌다. 더군다나 그는 이 남자가 범인이라고 생각하지 않았다. 그가 보았던 남자는 이 남자보다 키가 더 작고 머리도 더 검은 것 같았다. 그는 사실대로 말할까 하다가 그것 역시 너무 나대는 짓이라는 생각이 들었다. 그는 대답을 피하기로 했다.

"모르겠습니다, 답변할 수 없습니다…… 판사님, 분명히 말씀드리지만 답변할 수 없습니다."

드니제는 이번에는 지체 없이 루보 부부를 불러냈다. 그리고 그들에게 질문을 던졌다.

"이 사람을 알아보겠습니까?"

카뷔슈는 여전히 웃음을 머금고 있었다. 그는 놀라지 않았다. 그는 세브린에게 가벼운 고갯짓으로 알은체를 했다. 그는 세브린이 소녀 시절 크루아드모프라에 살 때부터 그녀를 알고 있었다. 그러나 그녀와 그녀의 남편은 그런 자리에서 그를 만나게 되어 몹시 놀란 참이었다. 그들은 사태를 파악했다. 이 사람이 자크가 아까 말한, 체포되었다는 바로 그 사람이로군, 이 피의자 때문에 우리가 또다시 신문을 받게 된 것이로군. 그런데 루보는 자기가 제 모습과는 정반대로 인상착의를 꾸며댔던 그 가공의 범인과 이 사내가 놀라우리만치 닮아서 어안이 벙벙하고 소름이 끼쳤다. 그것은 순전히 우연의 산물이었다. 그는 너무도 혼란스러워서 대답하지 못하고 머뭇거렸다.

"자, 이 사람을 알아보겠습니까?"

"나 원 참! 판사님, 다시 한번 말씀드리지만 그것은 단순한 느낌이었어요. 스쳐지나간 사람이었다고요…… 아마도 그 사람은 여기 이 사람만큼 키가 크고 금발인 것 같아요. 또 수염도 기르지 않은 것 같고요……"

"그래서 이 사람을 알아보겠습니까?"

부역장은 마음속 암투 때문에 숨이 막히고 온몸이 떨렸다. 결국 자기 보호본능이 승리를 거두었다.

"단정지을 수는 없습니다. 하지만 비슷한 구석이 있습니다, 아주 많이요, 분명해요."

그러자 이번에는 카뷔슈가 거친 말을 쏟아내기 시작했다. 결국 이런 각본으로 나를 옭아매려는 거로군, 내가 아니니까 난 여기서 나갈 거라고. 머리끝까지 피가 솟구친 그가 두 주먹을 마주치면서 너무 사납게 날뛰는 바람에 경위들이 들어와서 그를 끌고 나갔다. 그러나 이 난폭한 광경, 공격당한 짐승이 광분하여 저돌적으로 달려드는 이 광경을 접하고 드니제는 승리의 미소를 지었다. 비로소 그의 소신이 입증된 것이다. 그는 루보가 그 광경을 지켜보도록 내버려두었다.

"저자의 눈을 눈여겨보았습니까? 나는 말입니다, 눈을 보고 저런 자들을 알아봅니다…… 아! 저자는 응분의 처벌을 받을 겁니다. 우리 손에 붙잡혔으니까요."

루보 부부는 꼼짝도 않고 서로 얼굴을 쳐다보았다. 이게 뭐야? 끝난 거네, 범인을 붙잡았으니까 우린 혐의를 벗은 거네. 그들은 어떻게 된 영문인지 조금 어리둥절했으며, 방금 전 어쩌다보니 자신들이 맡을 수밖에 없었던 역할 때문에 양심의 가책을 느꼈다. 그러나 이내 기쁨이 물밀듯 밀려와 그들의 꺼림칙한 기분을 일거에 날려버렸다. 그들은 자크에게 미소를 지어 보이고 한결 가벼워진 마음으로 바깥공기를 갈구하며 예심판사가 자기들 셋 모두를 돌려보내주기를 기다렸다. 그때 수위가 예심판사에게 편지 한 통을 가져다주었다.

드니제는 황급히 자기 책상으로 돌아가 세 사람의 증인은 까맣게 잊은 듯 편지를 읽는 데 몰두했다. 그것은 장관실에서 온 편지였다. 그는 수사를 다시 진척시키기 전에 장관실의 의견이 답지하기를 학수고대했던 것이다. 그런데 편지를 읽는 그의 얼굴이 점점 굳어지다가 마침내 박제처럼 흙빛으로 변하는 것으로 보아, 편지 내용이 기대와는 달리 그의 의기양양함을 무참히 꺾어버리는 것인 모양이었다. 편지를 읽던 그가 마치 어느 대목에서 루보 부부가 곁에 있다는 사실이 기억에 되살아나기라도 했다는 듯 문득 고개를 들어 그들을 힐끗 곁눈질했다. 루보 부부는 잠시 기뻤던 마음이 순식간에 사라지고 다시 불안감에 빠져들면서 바짝 긴장했다. 대체 예심판사가 왜 우리를 바라보았을까?

우리가 쓴 석 줄짜리 쪽지를 결국 파리에서 찾아낸 것일까? 그 어설픈 쪽지에 대한 두려움이 그들의 뇌리를 떠나지 않고 짓눌렀다. 세브린은 카미라모트 씨를 법원장 집에서 종종 보았기 때문에 익히 아는 사이였다. 그녀는 그가 피살된 법원장의 서류들을 정리하는 일을 담당한다는 것을 알고 있었다. 루보는 뼈저린 후회로 괴로워하고 있었다. 아내를 파리에 보낼 생각을 미처 하지 못했던 것에 대한 자책이었는데, 만약 그랬더라면 세브린이 몇 군데와의 긴요한 면담을 통해 미리 손을 쓸 수 있었을 테고, 그게 아니더라도 회사가 불미스러운 소문 때문에 골머리를 앓다가 그를 해고하기로 결정할 경우 적어도 사무처장의 보호 정도는 보장받았을 수도 있었을 것이다. 두 부부 모두 이제 예심판사에게서 눈을 떼지 못했다. 예심판사가 그 편지 때문에 그날 온종일이 걸려 이루어낸 성과를 일거에 날려버리게 생겼다고 생각해서인지 얼굴이 일그러지면서 침울해지는 것이 확연히 보이자 그들의 불안감은 커져만 갔다.

이윽고 드니제는 편지를 내려놓고 루보 부부와 자크에게 시선을 둔 채 한동안 골똘히 생각에 잠겼다. 그러다가 하는 수 없다는 듯 큰 소리로 혼잣말을 했다.

"좋아! 두고 보라지, 이 모든 것이 다시 내가 했던 대로 되고 말걸······ 당신들은 돌아가도 좋습니다."

그런데 그들 셋이 막 문을 나가려는 순간, 그는 비록 사전 조율도 거치지 않고 막무가내로 이 일에서 손을 떼라는 지시가 내려오긴 했지만 자신이 세운 새로운 수사 방침을 무너뜨릴 만한 중대한 결점이 있는지 알아보고, 있다면 말끔히 해소해야겠다는 욕심만은 물리칠 수 없었다.

"아니, 당신은 잠깐 남으시오. 아직 물어볼 게 하나 더 남았으니."

이미 복도에 나가 있던 루보 부부는 걸음을 멈췄다. 문은 열린 상태였다. 그들은 떠날 수가 없었다. 무엇인가가 그들을 붙잡았다. 예심판사의 사무실에서 무슨 말이 오갈까 하는 두려움이 그것이었는데, 그들로서는 자크가 무슨 질문을 받았는지 그에게서 듣기 전까지는 몸이 말을 듣지 않아서라도 그 자리를 떠날 수 없었다. 그들은 가던 길을 되돌아와서 다리가 부러지기라도 한 것처럼 제자리에서 안절부절못했다. 그러다가 얼마 전까지 이미 몇 시간을 기다리며 앉아 있었던 걸상에 나란히 자리를 잡고 말을 잊은 채 무거운 몸을 내려놓았다.

마침내 기관사가 모습을 보이자 루보가 자리에서 일어나 어렵게 말을 걸었다.

"당신을 기다리고 있었어요, 같이 역으로 돌아가려고요…… 근데 무슨 일이죠?"

자크는 자기를 뚫어지게 바라보는 세브린의 시선을 피하고 싶은 듯 당황하면서 고개를 돌렸다.

"예심판사는 더이상 아는 게 없어요, 갈피를 못 잡고 헤매고 있어요." 마침내 그가 입을 열었다. "이제는 나에게 살해 시점에 두 사람이 가담하고 있지 않았느냐고 묻더군요. 그래서 이미 르아브르에서도 말했듯이 그 늙은이의 두 다리 위에 무언가 검은 물체가 얹혀 있었다고 대답했지요. 예심판사는 나에게 그 점에 대해 더 묻더군요…… 그는 그게 담요일 수밖에 없다고 생각하는 눈치였어요. 그러더니 그 담요를 찾아오라고 사람을 보냈어요. 나는 내 생각을 말해야만 했어요…… 나 원 참! 맞는다고 했죠, 그건 담요였다고요, 그럴 거라고요."

루보 부부는 몸서리를 쳤다. 자신들에게 혐의를 두고 있는 것이다. 이 사내의 말 한마디면 우리는 파멸의 구렁텅이로 굴러떨어질 수 있다. 이자는 분명히 알고 있다. 이자는 끝내 발설하고야 말 것이다. 세 사람은, 두 남자와 그 두 남자 사이의 한 여자는 아무 말 없이 법원을 빠져나왔다. 길에 내려서자 부역장이 입을 열었다.

"이보시게, 친구, 그런데 말이오, 내 아내가 몇 가지 일 때문에 피치 못하게 하루 날을 잡아서 파리에 들러야 할 것 같소. 내 아내에게 누군 가의 도움이 필요하다면 당신이 친절을 베풀어 내 아내를 데려가준다 면 참 고맙겠는데."

5

11시 15분, 유럽 육교의 초소원은 규정대로 두 번 경적을 울려, 바티
뇰 터널을 빠져나오는 르아브르발 급행열차가 정시에 역으로 들어간
다는 것을 알렸다. 곧바로 전철기가 덜커덩거리며 작동했고, 루앙에서
부터 줄곧 그칠 줄 모르고 쏟아지는 폭우를 고스란히 맞고 빗물을 철
철 흘리며 달려온 기차가 짧은 기적을 한 번 울린 다음 요란한 브레이
크 소리와 함께 연기를 내뿜으며 역으로 들어왔다.

작업반원들이 아직 승강구 문의 걸쇠를 풀기 전이었는데 문이 하나
열리더니 세브린이 기차가 완전히 정차하기도 전에 플랫폼 위로 폴짝
뛰어내렸다. 그녀가 탔던 객차는 기차 맨 끝에 붙어 있었기 때문에 그
녀는 기관차가 있는 곳까지 가기 위해 발걸음을 서둘러야 했다. 플랫
폼은 객차에서 막 내린 승객들로 순식간에 붐볐고 어린아이들과 짐들

로 혼잡스러웠다. 자크는 기관차 승강구 발판에 서서 차고지 입고를 기다리고 있고, 페쾨는 걸레로 기관차의 파이프들을 닦고 있었다.

"그럼, 그렇게 하기로 한 거예요." 그녀가 까치발로 발돋움을 하고 말했다. "난 세시에 카르디네 가에 있을 거예요. 이따가 당신 상관에게 날 소개시켜줘야 해요. 그분께 감사하다고 인사해야 하니까요."

바티뇰 차량 기지 소장에게 편의를 봐줘서 고맙다고 인사를 드리자는 것, 그것이 루보가 생각해낸 핑곗거리였다. 그런 식으로 하면 그녀가 기관사와 친분을 유지할 수 있는 여건이 마련될 것이고 유대관계도 더욱 돈독해져 그에게 영향력을 행사할 수 있으리라는 계산이었다.

그러나 석탄 검댕을 시커멓게 뒤집어쓰고 비에 흠뻑 젖은 자크는 비바람에 맞서 싸우느라 기진맥진한 상태여서 그녀를 무뚝뚝한 눈으로 쳐다만 볼 뿐 대꾸를 하지 않았다. 그는 르아브르를 출발하면서 그녀 남편의 부탁을 거절할 수 없었다. 그런데 그녀와 단둘이 있게 되리라는 생각이 들자 혼란스러워졌다. 그즈음 그녀에게 강한 욕정을 느꼈기 때문이다.

"그렇게 해줄 거지요?" 그녀는 그가 거의 알아볼 수 없을 정도로 몹시 지저분한 모습이어서 깜짝 놀라고 약간 혐오감이 들었지만 애교 넘치는 부드러운 눈길로 미소를 지으며 말을 이었다. "그렇게 해줄 거지요? 난 당신만 믿어요."

그녀가 장갑 낀 손으로 쇠손잡이를 잡고 한껏 높이 발돋움을 하자 페쾨가 친절하게 주의를 주었다.

"조심하세요, 더러운 게 묻겠어요."

자크는 더이상 대답을 피할 수 없었다. 그는 퉁명스러운 목소리로 대답했다.

"알았어요, 카르디네 가…… 이 빌어먹을 놈의 비 때문에 내 몸이 녹아내리지만 않는다면 가죠. 무슨 날씨가 이렇게 고약하담!"

그녀는 그의 후줄근한 모습에 가슴이 뭉클해졌다. 그녀는 마치 그가 오로지 그녀 하나를 위해 그 고생을 무릅썼다는 투로 말을 덧붙였다.

"오! 당신은 이게 뭐예요, 난 참 편히 앉아서 왔는데…… 내가 당신을 얼마나 걱정했는지 아시죠? 이 폭우 때문에 얼마나 마음을 졸였다고요…… 오늘 아침 당신 기차를 타고 왔다가 오늘밤 다시 당신 기차를 타고 돌아간다고 생각하니 얼마나 행복한지 몰라요, 급행열차로 말이에요!"

그러나 애정이 철철 넘치는 이러한 살가운 태도는 그를 더욱 곤혹스럽게 만들기만 하는 것 같았다. 마침 "후진!"이라고 외치는 소리가 들려오자 그는 안도하는 눈치였다. 그는 잽싸게 손잡이를 잡아당겨 기적을 울렸다. 그사이 화부는 젊은 여자더러 기차에서 물러나라고 손짓했다.

"세시예요!"

"알았어요, 세시."

이윽고 기관차가 움직이기 시작하자 세브린은 맨 마지막으로 플랫폼을 떠났다. 역 바깥의 암스테르담 가로 나온 그녀는 우산을 펴려다가 비가 그친 것을 보고 흐뭇했다. 그녀는 르아브르 광장까지 걸어서 내려갔다가 잠시 망설이던 끝에 곧바로 점심을 먹는 것이 좋겠다고 결정했다. 11시 25분이었다. 그녀는 생라자르 가에 있는 한 허름한 식당에 들어가 달걀 프라이와 커틀릿을 주문했다. 그녀는 느릿느릿 식사를 하면서 몇 주째 그녀의 머릿속을 떠나지 않는 생각에 골똘히 잠겼다. 핏기 없고 망연한 표정의 얼굴에는 매혹 넘치는 나긋나긋한 웃음기가 가신 지 오래였다.

신문이 있고 이틀이 지난 후인 전날 밤, 마냥 기다리기만 하는 것은 위험하다고 판단한 루보는 세브린을 파리로 보내 카미라모트를 만나 보게 하기로 결정했다. 물론 법무부 집무실이 아니라 로셰 가에 있는 그의 자택을 직접 찾아가게 했는데 그 집은 바로 그랑모랭의 저택과 붙어 있었다. 그녀는 그가 한시에 집에 있을 거라는 사실을 알고 있었다. 그래서 서두르지 않고 무슨 말을 해야 할지 대비하는 한편 그 자리에서 절대로 당황하는 일이 없도록 미리 그가 어떤 반응을 보일지 예상해보려고 애를 썼다. 전날 생긴 새로운 걱정거리가 그녀의 출타를 재촉한 점도 있었다. 그들 부부는 역에 떠도는 소문을 통해 르블뢰 부인과 필로멘이 루보가 사건에 연루된 것으로 판명될 경우 회사에서 그를 조만간 해고할 거라고 여기저기 떠들고 다닌다는 사실을 알았다. 게다가 최악인 것은 역장인 다바디가 그 점에 대해 직접 질문을 받고는 아니라고 대답하지 않았다는 점인데, 그로 인해 소문에 한층 더 무게가 실리게 되었다. 그때부터 그녀가 파리로 달려가 자신들의 입장을 변호하고 특히 예전 법원장처럼 보호해줄 유력 인사를 확보하는 일이 시급해졌다. 그러나 이러한 필요성은 기껏해야 이번 방문의 표면적인 동기를 설명해주는 것일 뿐, 그 밑에는 보다 긴박한 동기, 즉 상황이 어떻게 돌아가는지 알아보고 싶은 가시지 않는 화급한 조바심, 모든 범죄자가 모르고 있느니 차라리 자수를 하고 마는 선택을 하도록 몰아가는 그 조바심이 도사리고 있었다. 수사의 의혹이 공범이 있다는 쪽으로 쏠리는 것 같다는 말을 자크에게 듣고 난 후부터 그들은 자신들이 발각된 것 같은 불안감에 어쩔 줄 몰랐다. 그들은 편지가 발견돼서 사실이 밝혀지면 어쩌나 하는 추측에 지쳐 녹초가 되었다. 그들은 가택수색을 당하고 체포되는 상상에 시도 때도 없이 시달렸다. 그들의 고통은 나날이 심해졌고, 그 결과 그들을 둘러싸고 벌어지는 사소하기 짝이 없는 일들조차 너무나 심각한 위협으로 다가와, 마침내 그들은 그렇게 끊임없이 엄습하는 근심 걱정에 시달리느니 차라리 파국을 맞는 쪽이 낫겠다는 심정이 되었다. 어느 쪽이 됐건 확실해져라, 그래야 더이상 고통스럽지 않지.

세브린은 골똘히 생각에 잠겨 있느라 커틀릿을 먹는 둥 마는 둥 하다가 식사를 마칠 때쯤 자기가 있는 곳을 의식하고 화들짝 놀라며 정신을 차렸다. 무엇을 먹어도 입맛이 쓰고, 고깃조각들은 목구멍으로 잘 넘어가지 않았다. 그녀는 커피를 마실 마음조차 들지 않았다. 아무리 천천히 먹었어도 소용이 없었다. 그녀가 식당을 나섰을 때는 겨우 12시 15분이었다. 아직도 사십오 분을 더 죽여야 한다! 파리를 하도 사랑해서 몇 번 안 되지만 파리에 올 때마다 마음껏 파리의 거리를 쏘다니는 것을 무척 좋아했던 그녀지만 지금은 길을 잃은 것처럼 무서운 마음이 들어 어서 빨리 일을 마치고 숨고 싶은 생각이 굴뚝같았다. 보도는 벌써 물기가 말랐고 훈훈한 바람이 구름을 말끔히 쓸어가버렸다. 그녀는 트롱셰 가로 내려가 마들렌 꽃시장에 들렀다. 막바지 겨울의 희끄무레한 날들이 이어지고 있었지만 3월의 꽃시장은 앵초와 진달래 등이 만발했다. 삼십 분 넘게 그녀는 막연한 상념에 사로잡혀 이른봄이 찾아온 거리를 배회했다. 자크야말로 꼼짝 못하게 제압해야 할 적이라는 생각이 머릿속을 떠나지 않았다. 로셰 가의 방문이 성사되었고 모든 일이 잘 풀릴 것 같은 지금, 그녀에게 남은 일은 그 사내의 입을 틀어막는 것뿐이라는 생각이 들었다. 그런데 그 일이 만만찮게 복잡했다. 그녀는 갖가지 기발한 계획이 떠오르긴 했지만 갈피를 잡을 수가 없었다. 그렇긴 해도 그 일은 피곤하거나 두렵지는 않았으며, 마음을 달래주는 달콤한 측면이 있기도 했다. 그러다가 문득 가판대에 걸려 있는 시계가 1시 10분을 가리키는 것이 눈에 들어왔다. 갈 길이 아직 남았다. 그녀는 어김없이 현실의 고민 속으로 다시 빠져들었다. 그녀는 서둘러 로셰 가 쪽으로 걸어올라갔다.

카미라모트의 저택은 로셰 가와 나폴리 가가 만나는 모퉁이에 자리잡고 있었다. 그래서 세브린은 그랑모랭의 저택 앞을 지나가야 했는데 텅 빈 그 집은 덧창이 내려진 채 쥐죽은듯 고요했다. 그녀는 고개를 들고 걸음을 재촉했다. 마지막으로 그 집을 방문했던 기억이 떠올랐다. 우뚝 솟은 그 커다란 집이 두려움을 불러일으켰다. 그런데 몇 걸음 걸어가다가 그녀는 함성을 지르며 달려오는 군중에 쫓기는 사람처럼 본능적으로 뒤를 돌아다보았다. 건너편 보도에 루앙의 예심판사인 드니제가 걸어올라오는 모습이 보였다. 그녀는 그 자리에 얼어붙은 듯 걸음을 멈췄다. 그는 두리번거리며 집을 찾고 있었다. 나를 알아보았을까? 그러나 그는 무표정하게 발걸음을 옮기고 있었다. 그녀는 그가 앞서가기를 기다렸다가 엄청난 혼란에 빠진 상태로 그를 뒤따라갔다. 그러다가 그가 나폴리 가 모퉁이에서 카미라모트의 집 초인종을 누르는 것을 보고 다시 한번 가슴이 철렁 내려앉았다.

공포감이 몰려왔다. 이제는 감히 그 집에 들어갈 엄두조차 나지 않을 것 같았다. 그녀는 몸을 돌려 에댕부르 가 쪽으로 방향을 바꾼 다음 유럽 육교까지 내려갔다. 거기에 이르러서야 비로소 안전지대에 도착했다는 느낌이 들었다. 그녀는 어디로 가야 할지, 무엇을 해야 할지 모르는 상태로 넋을 잃고 육교 난간에 기댄 채 꼼짝도 하지 않고 철제 구조물 너머 발아래 펼쳐진 드넓은 역사 부지를 물끄러미 바라다보았다. 기차들이 연신 왔다갔다했다. 그녀는 멍한 눈으로 기차들을 좇았다. 그녀는 예심판사가 분명히 일 때문에 거기에 왔고 두 사람이 지금 자기에 대한 이야기를 나누는 중이며 그 자리에서 자신의 운명도 결정되고 있을 거라고 생각했다. 절망감에 휩싸인 그녀는 로셰 가로 돌아가느니 차라리 그 자리에서 당장 몸을 던져 기차에 깔려 죽고 싶다는 괴로운 생각에 시달렸다. 그때 마침 장거리 노선 역사 지붕 밑으로 기차 한 대가 빠져나와 그녀가 있는 쪽으로 다가오는 것이 보였다. 기차가 그녀의 발밑을 지나가면서 내뿜는 미지근한 흰 수증기가 회오리바람을 일으키며 그녀의 얼굴까지 확 끼쳐 올라왔다. 기운을 차리고 당장 가서 확실히 알아보지 않는다면 자신의 이번 출타가 어리석은 헛수고에 그치고 말아 결국 자신이 얻을 것이라곤 혹독한 공포감일 뿐이라는 생각이 너무나 강하게 뇌리를 지배해, 그녀는 용기를 되찾기까지 잠시 뜸을 들여야 했다. 기관차들이 기적을 울렸다. 그녀는 그중에서 교외 순환열차를 측선에 떨구고 돌아가는 조그만 기관차를 눈으로 따라갔다. 그녀의 시선이 왼쪽 위로 이동했고, 이어 화물적치장 너머로 끝이 막힌 암스테르담 가의 집 꼭대기 층에 나 있는 빅투아르 아줌마의 방 창문에 가 멎었다. 그녀는 자신들의 불행을 초래한 그 저주스러운 장면이 벌어지기 직전 남편과 함께 그 창문에 팔꿈치를 괴고 있던 자신의 모습을 떠올렸다. 그러자 너무도 뼈저린 아픔이 몰려옴과 동시에 상황의 위급함이 환기되면서, 문득 이 상황을 벗어날 수만 있다면 무슨 일이든 무릅쓸 각오가 되어 있다는 느낌이 들었다. 경적 소리와 무언가 길게 늘어지는 괴성이 그녀의 귀를 먹먹하게 했고, 파리의 드넓고 맑은 하늘 위로 퍼져 올라간 연기가 저멀리 지평선을 가로막고 있었다. 마침내 그녀는 로셰 가 쪽으로 다시 발걸음을 옮겼다. 거기에 아무도 없으면 낭패라는 두려움이 불현듯 밀려왔지만 그녀는 자살을 앞둔 사람처럼 발걸음을 재촉했다.

세브린은 초인종 손잡이를 당기고 나서 기다리다가 다시 공포감이 엄습하면서 몸이 얼어붙었다. 그러나 벌써 하인이 그녀의 이름을 묻고는 응접실에 앉아 기다리라고 말한 뒤였다. 방긋이 열린 문틈 사이로 두 사람의 목소리가, 주고받는 열띤 대화가 잠시 아주 또렷하게 들려왔다. 그리고 방안은 다시 완전한 침묵이 무겁게 내리눌렀다. 그녀 자신의 관자놀이에서 소리 없이 뛰는 맥박만이 느껴졌다. 그녀는 예심판사가 아직 면담중인가보다고, 아마도 오래 기다려야 할 모양이라고 혼잣말로 중얼거렸다. 그 기다림이 점점 참을 수 없는 지경까지 이르렀다. 그러다가 별안간 그녀는 소스라치게 놀랐다. 하인이 그녀를 부르더니 안으로 안내한 것이다. 분명히 예심판사는 문밖으로 나오지 않았다. 그녀는 예심판사가 출입문 뒤에 몸을 감추고 있다는 것을 알아차렸다.

그곳은 넓은 집무실이었다. 검은색 가구들이 들어차 있고 두터운 양탄자가 깔렸으며 문마다 묵직한 장막이 쳐져 있는, 워낙 위압적이고 폐쇄적인 공간이라 바깥의 소리는 한 줌도 들어오지 않았다. 그런데 방안의 청동 바구니 안에 꽃들이, 빛바랜 장미꽃들이 꽂혀 있었다. 그 것은 그 위압적인 분위기 뒤에도 어떤 은혜 같은 것, 정다운 삶의 멋 같은 것이 감춰져 있다는 것을 알려주었다. 집주인은 프록코트를 빈틈 없이 절도 있게 차려입고 방안 못지않은 위압적인 분위기를 풍기며 서 있었는데, 그의 갸름한 얼굴은 반백의 구레나룻 때문에 조금 퍼져 보 이긴 해도 전체적으로 젊었을 적의 멋진 기품을 잃지 않고 여전히 날 씬한 몸매를 유지하고 있는데다 공식적인 옷차림이 요구하는 굳은 표 정 뒤에는 웃음을 머금은 듯한 품격이 엿보였다. 방안의 어스름한 조 명 덕분에 그는 매우 우람한 것처럼 보였다.

방안에 들어선 세브린은 후텁지근한 공기에 압박감을 느끼고 문을 가린 장막 때문에 숨이 막혔다. 그녀의 눈에는 자기가 다가서는 것을 주시하고 있는 카미라모트밖에 보이지 않았다. 그는 그녀에게 앉으라 고 권하는 몸짓조차 하지 않았다. 그는 자신은 먼저 입을 열지 않겠다 는 기색을 의도적으로 내비치며 그녀가 방문 동기를 설명하기를 기다 렸다. 그 때문에 침묵이 길어졌다. 그러다보니 그녀는 일종의 격렬한 반감을 느꼈고, 그 결과 위급한 상황에서 자기 자신을 통제할 수 있다 는 자신감이 갑자기 솟아나면서 아주 침착하고 차분해졌다.

"사무처장님," 그녀가 입을 열었다. "처장님의 호의를 기대하고 이 렇게 외람되게 찾아뵌 것을 양해해주시기 바랍니다. 처장님께서는 제 가 그동안 입은 피해가 돌이킬 수 없을 정도로 막대하다는 것을 잘 알 고 계실 겁니다. 저는 지금 자포자기의 심정이라 저희를 지켜주실 분 으로, 처장님의 친구분이시자 애석하게 돌아가신 제 보호자께서 그동 안 저희에게 베풀어주신 은혜를 저희가 조금이나마 더 입을 수 있도록 도와주실 분으로 처장님을 감히 머릿속에 떠올렸습니다."

카미라모트는 이 말을 듣고 그녀에게 자리를 권하는 몸짓을 해 보이지 않을 도리가 없었다. 그것은 흠잡을 데 없이 완벽한 어조로, 측은함이나 슬픔을 과장하지도 않고, 여성이 선천적으로 타고난 위선의 기술을 십분 발휘해 꺼낸 말이었기 때문이다. 하지만 그는 여전히 입을 열지는 않았다. 그 역시 자리에 앉아 그녀의 말을 기다렸다. 그녀는 구체적으로 본론에 들어가야 할 때라는 것을 직감하고 말을 이어나갔다.

"외람되지만 처장님의 기억을 새삼스럽게 되살려드려도 될지 모르겠습니다. 두앵빌에서 제가 영광스럽게도 처장님을 뵈올 기회가 있었다는 사실을 기억하시겠지요. 아! 그때가 제게는 행복한 시절이었지요!…… 지금은 참담한 나날들의 연속입니다. 처장님, 저에겐 처장님밖에 없습니다. 우리 곁을 떠나신 그분의 이름으로 처장님께 간청드립니다. 처장님께서는 그분을 사랑하셨기에 그분의 유업을 완수해주시고, 제 곁에서 그분을 대신해주시기를 간곡히 부탁드립니다."

그는 그녀의 말에 귀를 기울이며 그녀를 유심히 쳐다보았다. 그가 품었던 의혹들이 송두리째 흔들렸다. 자신의 회한과 애원을 표현하는 그녀가 그만큼 자연스럽고 매혹적으로 보였던 것이다. 그가 그랑모랭의 서류 더미 속에서 찾아낸, 서명이 되어 있지 않은 그 두 줄짜리 문장이 적힌 쪽지는 그로서는 그녀가 쓴 것이라고 단정할 수밖에 없었던 것이, 그녀가 법원장에게 부리던 특유의 교태를 익히 알고 있었던 것이다. 그리고 조금 전 그녀가 면담을 청했다는 전갈을 받고는 그것 하나만으로도 자신의 생각이 틀리지 않았다는 것을 결정적으로 보여주는 증거라고 자신한 참이었다. 그가 방금 전 예심판사와의 면담을 잠시 중단한 것도 오로지 자신의 확신을 입증해 보이기 위해서였다. 그러나 그녀의 이런 너무도 차분하고 온순한 모습을 보고 그녀를 어찌 범인이라고 상상할 수 있단 말인가?

그는 그녀에 대해 원점에서부터 다시 이해하고 싶은 마음이 들었다. 그래서 엄중한 태도를 견지한 채 말했다.

"설명해보시지요, 부인…… 생생하게 기억이 납니다. 나로서는 부인에게 도움이 된다면야 더 바랄 나위가 없지요, 물론 거기에 저촉되는 어떠한 걸림돌도 있지 않다는 전제 아래에서 말입니다."

그러자 세브린은 또렷한 목소리로 자신의 남편이 해고의 위협을 받고 있다는 이야기를 꺼냈다. 사람들이 그의 자질과 얼마 전까지 그를 감싸주던 고위층의 비호를 엄청나게 시기한다. 이제 그의 보호막이 사라진 것 같으니까 그를 꺾을 희망으로 별의별 짓들을 다 한다. 그녀는 불필요하게 특정인의 이름을 대지는 않았다. 그녀는 위험이 목전에 닥쳤다고 하면서도 절도 있는 단어를 써가며 말했다. 하루라도 빨리 행동에 옮겨야 한다는 절박감이 오죽했으면 이렇게 불쑥 파리에 찾아올 결심을 하기에 이르렀겠는가, 아마도 내일이면 만사휴의일 것이다. 그래서 이렇게 바로 찾아와 도움과 구조를 요청하는 것이다. 이 모든 얘기에 논리적인 근거와 합당한 이유가 충분했기 때문에 그녀가 다른 목적으로 찾아왔다고 보는 것은 사실상 불가능했다.

카미라모트는 그녀 입술의 미세한 떨림까지도 면밀하게 관찰했다. 그리고 마침내 처음으로 질문을 던졌다.

"그런데 그런 상황이라면 회사에서는 왜 당신 남편을 해고하려 하는 것일까요? 회사로서는 그에게 비난받아야 할 어떠한 심각한 잘못도 없다고 본다면서요."

그녀 역시 그가 과연 편지를 찾아냈을까 자문하며 그에게서 시선을 떼지 않고 그의 얼굴에 나타나는 아주 미세한 찡그림까지 주의깊게 살폈다. 질문은 무심코 던진 것 같아 보였지만 그녀의 머릿속에는 문득 그 편지가 이 방안의 가구 어딘가에 있다는 확신이 들었다. 이 사람은 알고 있다. 왜냐하면 이 질문은 내가 파면의 진짜 이유에 대해 과연 입을 열 것인지 말 것인지 알아보기 위해 나에게 놓은 덫이기 때문이다. 게다가 그는 지나치게 힘이 들어간 어조로 말했던 것이다. 그녀는 피곤에 전 사람처럼 해쓱한 그의 두 눈이 자신의 영혼 속까지 헤집어 보고 있는 느낌이 들었다.

그녀는 용기를 내어 그 위험에 발을 들여놓았다.

"세상에나! 처장님, 정말 괴상망측한 일입니다. 하지만 사람들은 우리가 그 유감스러운 유서 때문에 우리의 은인을 살해했다고 의심했습니다. 우리는 우리의 결백을 증명할 필요조차 없다고 생각했습니다. 다만 그 고약한 수사가 아직 종결되지 않아 뭔가 여지가 남은 것은 사실이지요. 그러니 회사 입장에서는 아마도 추문에 휘말릴까봐 두려운 것이겠지요."

그는 이 솔직함에, 특히 이 진지한 어투에 다시 한번 충격을 받고 당황했다. 게다가 처음 보았을 때는 그녀의 용모가 평범하다고 판단했는데, 이제는 느낌이 좋은 유순한 푸른 눈하며 탄력 넘치는 검은 머릿결을 가진 지극히 매혹적인 여자라는 생각이 들기 시작했다. 그는 친구 그랑모랭을 떠올리며 질투 섞인 감탄에 빠져들었다. 그 친구가 지독한 호색한이긴 하지만 나보다 열 살이나 많으면서도 어떻게 죽을 때까지 이런 젊은 여자들을 건드릴 수 있었던 것일까? 나는 마지막 남은 기력만큼은 빨아먹히지 않으려고 벌써부터 이런 노리개들을 단념해야만 했는데 말이야. 이 여자는 정말로 매혹적이고 아주 영리해. 그는 무척 난감한 사건을 떠맡은 공직자답게 겉으로는 만면에 냉정한 표정을 지었지만, 지금은 비록 관심을 끊고 살아도 왕년에 애호가는 애호가였던지라 은연중에 입가에 미소를 흘렸다.

그러자 세브린은 자신의 위력을 의식한 여자가 곧잘 그러듯 허세를 부려 그만 쓸데없는 말을 덧붙이는 과오를 범했다.

"우리 같은 사람들은 돈 때문에 사람을 죽이지는 않아요. 그러려면 다른 동기가 있었어야만 할 거예요. 그런데 우리에게는 그런 동기가 아예 없어요."

그는 그녀를 유심히 쳐다보았다. 그녀의 입가가 파르르 떨렸다. 이 여자가 범인이 맞다. 그때부터 그의 확신은 확고부동해졌다. 그녀도 그의 표정에서 웃음기가 가시고 이를 앙다물어 턱이 신경질적으로 움찔하는 것을 보고 자신이 속내를 내비치고 말았다는 것을 즉각 깨달았다. 그녀는 마치 자신의 온 존재가 자기를 버리고 달아난 것처럼 무력해지는 것을 느꼈다. 하지만 의자에 앉은 자세에서 가슴을 꼿꼿이 폈다. 그녀는 자신의 목소리가 변함없이 평탄한 어조로 이어지는 것을 의식하면서 해야 할 말들을 차근차근 말했다. 대화는 계속되었으나 그 후로는 두 사람 다 상대방에게서 탐색해내야 할 것이 더이상 없었다. 이런저런 말이 오고갔지만 사실은 둘 다 결코 발설하지 않았던 사항을 그 말들의 밑자락에 깔았을 따름이다. 그가 편지를 갖고 있다는 것, 그리고 그 편지를 쓴 장본인은 바로 그녀라는 것. 심지어 그들의 침묵에서도 그런 암시가 오고갔다.

"부인." 마침내 그가 입을 열었다. "부인에게 정말로 그런 관심을 받을 만한 자격이 있다면 내가 회사 일에 개입하는 것을 마다하지는 않겠습니다. 마침 오늘 저녁 다른 일 때문이기는 하지만 운송국장이 이곳에 오기로 되어 있어요…… 그런데 그러려면 몇 가지 사항이 필요할 것 같군요. 자, 여기에 당신 남편의 이름과 나이와 직책을 써주기 바랍니다. 모두 당신들이 처한 상황을 알아보는 데 필요할 수도 있는 것들이거든요."

그녀를 너무 겁에 질리게 할 생각은 전혀 없었기 때문에 그는 그녀에게서 눈길을 거두고 그녀 앞으로 조그만 외발 원형 탁자를 밀어놓았다. 그녀는 조금 전부터 등골이 오싹했다. 이 사람은 지금 문제의 편지와 비교해보기 위해 내 필적이 담긴 종이를 원하는 거다. 그녀는 글씨를 쓰지 않기로 작정하고 핑곗거리를 찾느라 잠시 필사적으로 머리를 굴렸다. 그러다가 생각을 돌렸다. 그게 무슨 소용이 있나? 이 사람은 이미 알고 있는데. 지금 안 쓴다고 해도 내 글씨는 언제든 알아낼 것이다. 겉으로는 아무렇지도 않은 척, 세상에서 가장 순진한 표정을 지으며 그녀는 그가 요구하는 것을 썼다. 그러는 동안 그는 그녀의 등뒤에서서 그녀의 글씨가 쪽지의 글씨보다 더 길쭉하고 덜 꼬불거리긴 하지만 완벽하게 일치하는 것을 확인했다. 그리고 이 호리호리하고 작은 여자가 아주 솔직하다고 결론지었다. 아까와는 달리 지금은 그녀가 자기를 볼 수 없는 위치에 있었기 때문에 그는 다시 미소를 지었다. 그것은 모든 것을 경험해봐서 만사가 심드렁해졌지만 아직 여자의 성적 매력 앞에서만은 반응을 보이는 남자의 미소였다. 사실 올바르게 살려고 애써봐야 아무 소용 없는 짓이다. 오로지 내가 복무하는 체제의 유지에만 신경쓰면 된다.

"됐습니다! 부인, 나한테 주세요. 잘 알아보도록 하지요. 최선의 결과가 나오도록 해보겠습니다."

"정말 얼마나 감사한지 모르겠습니다, 처장님…… 이제 처장님께서 힘써주시니 제 남편은 무사하겠네요. 일이 해결된 것으로 보아도 되겠지요?"

"아! 그건 아니고요! 난 어떤 일에도 관여하지 않습니다…… 알아봐야 합니다, 생각해보지요."

사실 그는 망설이고 있었다. 그는 이 부부에 대해 자신이 어떤 결정을 내리게 될지 아직 몰랐다. 그녀로 말하자면 자신의 운명이 그의 뜻에 달려 있다는 것을 직감하고부터 오직 한 가지 근심거리밖에 없었는데, 바로 그 망설임이었다. 이 사람은 자신을 살려줄 것인가 파멸시킬 것인가, 둘 중 하나겠지만 문제는 그의 결정을 좌우하게 될 요인들이 무엇인지 짐작할 수 없다는 점이었다.

"오! 처장님, 우리의 고통을 헤아려주세요. 처장님께서 확실한 답변을 해주시기 전까지는 이 자리에서 꼼짝도 하지 않겠습니다."

"이거 참! 그만 가세요, 부인. 나도 어쩔 도리가 없습니다. 가서 기다리세요."

그는 그녀를 출입문 쪽으로 떠밀었다. 그녀는 실의에 빠져 황망한 기분으로 떠밀려 나가다가 그에게 자기들을 어떻게 처리할 심산인지 속시원히 말해달라고 압박해야 한다는 생각에 마음이 다급해져서 하마터면 소리 높여 모든 것을 실토할 뻔했다. 그녀는 그 자리에서 조금이라도 더 버티면서 다른 방도를 찾을 요량으로 큰 소리로 말했다.

"깜빡했어요. 그 골칫덩어리 유서에 대해 처장님께 조언을 구하고 싶어요…… 처장님은 우리가 그 유증을 받지 않아야 한다고 생각하시나요?"

"법은 당신들 편입니다." 그는 신중을 기해 답변했다. "개인의 판단과 상황에 달린 문제겠지요."

그러는 사이 그녀는 문턱까지 밀려났다. 그녀는 마지막으로 안간힘을 썼다.

"처장님, 제발 부탁입니다. 저를 이렇게 그냥 보내지 말아주세요. 제가 희망을 가져도 되는지 말씀해주세요."

그녀는 자연스럽게 애원하는 몸짓으로 그의 손을 붙잡았다. 그는 잡힌 손을 뺐다. 하지만 그녀가 간절한 애원이 담긴 아름다운 눈으로 계속 쳐다보자 그는 마음이 약해졌다.

"좋소! 다섯시에 다시 오시오. 그때는 아마도 부인에게 뭔가 해줄 말이 있을 거요."

그녀는 방을 나와서는 그곳에 올 때보다 훨씬 더 불안한 마음으로 저택을 떠났다. 사태는 이제 명백해졌다. 그녀의 운명은 잠시 유예되었을 뿐 머지않아 닥칠 체포의 위협 아래 놓여 있었다. 다섯시까지 어떻게 기다린담? 그동안 잊고 있었던 자크가 갑자기 생각났다. 내가 체포된다면 나를 파멸로 몰고 갈 가능성이 있는 또하나의 인물이지! 겨우 두시 반밖에 되지 않았지만 그녀는 로셰 가를 거슬러올라 카르디네가 쪽으로 향했다.

혼자 남은 카미라모트는 자신의 책상 앞에 섰다. 튀일리 궁의 최측

근으로서 법무부 사무처장이라는 직책 때문에 거의 매일같이 튀일리
궁을 드나들면서 장관 못지않은 권력을 휘두르고 아주 내밀한 임무를
수행하기도 하는 그는 이번 그랑모랭 사건이 최고위층의 심기를 얼마
나 불편하게 건드렸는지 잘 알고 있었다. 야당 쪽 신문들은 이 사건을
두고 연일 요란한 공세를 퍼부었다. 한쪽에서는 경찰이 정치 사찰에
몰두하느라 살인범을 잡을 시간이 없는 것이라고 비난했고, 또다른 쪽
에서는 죽은 법원장의 행적을 뒤져 그가 법원의 유력 인사이며 법원은
지저분하기 이를 데 없는 성추문이 만연한 곳이라는 말을 퍼뜨렸다.
이러한 공세는 선거가 다가옴에 따라 확실히 불길한 양상으로 전개되
었다. 그 때문에 사무처장은 무슨 수를 써서라도 이 사건을 한시바삐
종결지으라는 압력을 받았다. 장관이 이 미묘한 사건을 그에게 떠넘긴
탓에 그는 사실상 전적인 책임을 지고 모든 결정을 내려야 하는 유일
한 인사가 되고 말았다. 그로서는 이 사건에 심혈을 기울여 마땅한 것
이, 만일 그가 해결하지 못한다면 의심할 것 없이 그 자신이 모든 사람
을 대신해 책임을 뒤집어써야 하기 때문이었다.

여전히 깊은 생각에 잠긴 채로, 카미라모트는 드니제가 기다리고 있
는 옆방으로 가서 문을 열었다. 모든 것을 낱낱이 듣고 있던 드니제는
집무실로 나오면서 소리쳤다.

"처장님께 이미 말씀드렸다시피, 그 사람들을 의심한 게 잘못이었습
니다…… 그 여자는 자기 남편이 파면될 것 같으니까 분명히 자기 남
편을 구할 생각만 하고 있잖습니까. 그녀는 수상한 말을 한마디도 하
지 않았어요."

사무처장은 곧바로 대답하지 않았다. 골똘히 생각에 잠겨 있던 그는

예심판사를 바라보다가 둔중한 얼굴에 입술이 얄팍한 그의 인상이 문득 이채롭게 느껴져, 드러나지 않은 실질적인 인사권자로서 자기가 쥐락펴락하는 이 법관을 새삼 주목했다. 그는 이 법관이 가난한 처지이긴 하지만 여전히 자부심이 넘치고 직업적인 감각은 떨어져도 두뇌 회전은 꽤나 빠르다는 것을 발견하고 뜻밖이라는 생각이 들었다. 실제로 이자는 스스로 아주 꾀바르다고 자처하지만 일단 진실을 움켜쥐었다고 생각하면 두툼한 눈꺼풀에 가린 두 눈을 껌벅이며 집요한 열정을 보였다.

"그렇다면," 카미라모트가 대꾸했다. "당신은 카뷔슈가 범인이라는 뜻을 굽히지 않는 거요?"

드니제는 펄쩍뛰었다.

"오! 그렇고말고요!…… 모든 것을 종합해볼 때 그는 빠져나갈 구멍이 없습니다. 제가 처장님께 증거들을 일일이 열거해드렸잖습니까, 그 증거들은 감히 말씀드리지만 교과서적입니다, 어느 것 하나 빠지는 것이 없습니다…… 저는 처장님께서 귀띔해주신 대로 특별실 객차 안에 여자로 추정되는 공범이 있었는지도 면밀히 조사해보았습니다. 그 점이 살해 장면을 스치듯 본 기관사의 진술과 일치하는 것처럼 보이기는 했습니다. 그런데 제가 교묘하게 신문을 하자 그자는 자신이 애초에 했던 진술을 확신하지 못했습니다. 심지어 그것이 차내 여행용 담요라는 것을 인정했습니다. 자기가 말했던 것이 그저 검은 덩어리였다는 거죠…… 오! 그렇습니다, 확실합니다, 카뷔슈가 범인입니다. 더나아가, 그를 범인으로 잡아넣을 수 없다면 아무도 잡아넣을 수 없을 겁니다."

그 시점까지 사무처장이 뜸을 들였던 것은 자기가 확보한 필적 증거에 대해 그에게 알려주기 위해서였다. 그런데 이미 확고한 증거가 확보된 마당에 그로서는 서둘러 진상을 밝힐 필요성이 그만큼 줄어들었다. 자신의 올바른 추적이 훨씬 더 엄청난 혼란을 초래할 것이 분명하다면, 예심판사의 잘못된 추적을 무너뜨릴 까닭이 어디 있겠는가? 우선은 이 모든 것을 곰곰이 따져보아야 한다.

　"이런!" 그가 피곤한 사람의 미소를 지으며 대꾸했다. "당신이 맞는 길을 가고 있다고 인정하고 싶소…… 난 다만 당신과 함께 몇 가지 중요한 점들을 따져보려고 당신을 여기로 부른 거요. 이 사건은 특별해요, 그리고 극히 정치적인 사건이 되어버렸소. 당신도 그렇게 느끼고 있지 않소? 그렇기 때문에 우리는 조만간 아마도 정부 편에 서서 일할 수밖에 없는 상황에 놓일 거요…… 자, 솔직히 말해봅시다. 당신 신문 결과에 따르면 카뷔슈의 애인이라는 그 처녀가 성폭행을 당했다는 거지요, 응?"

　예심판사는 약은 사람답게 표정을 일그러뜨렸다. 그의 두 눈은 눈꺼풀에 가려 반쯤 감겨 있었다.

　"글쎄요! 저는 법원장이 그녀를 고약한 상황으로 내몰았다고 생각합니다. 그 점은 재판중에 분명히 드러날 테고요…… 덧붙이고 싶은 말은, 야당 쪽 변호사가 변론을 맡을 경우 그가 난처한 사례들을 늘어놓을 것에 대비해야 할 겁니다. 왜냐하면 거기, 우리 지역에서는 그런 사례가 없지는 않으니까요."

　이 드니제라는 인물은, 그 자신의 통찰력과 막강한 권능을 절대적으로 과신하며 직업상의 관행을 더이상 따르지 않을 때 보면 그리 어리석은 자는 아니었다. 그는 자기가 왜 법무부가 아니라 사무처장의 개인 거주지로 불려왔는지 그 이유를 알고 있었다.

"요컨대," 사무처장이 잔뜩 굳어 있는 것을 확인하고 드니제가 결론을 지었다. "우리가 꽤 골치 아픈 사건을 다루게 될 거란 말입니다."

카미라모트는 고개만 끄덕였다. 그는 다른 경우의 재판, 곧 루보 부부의 재판 결과를 따져보고 있었다. 만일 남편이 중죄재판소에 선다면 그자가 다 불고 말 것이라는 점은 불을 보듯 뻔했다. 자기 부인 역시 처녓적부터 꾐에 빠졌고 이후에는 간통을 일삼았다는 점, 그리고 자기는 질투에 눈이 멀어 살인을 저지를 수밖에 없었다는 점 등을 까발릴 것이다. 이 사건이 더이상 한 하녀와 한 전과자의 문제가 아니라는 사실이 밝혀질 것이고, 그 예쁜 여자와 결혼한 철도원이 부르주아계급과 철도 분야의 일각을 완전히 와해시켜버릴 것이라는 점은 일단 논외로 치더라도 말이다. 그렇게 되면 사람들이 법원장과 같은 인물을 기화로 무엇을 더 능멸하게 될지 어찌 알겠는가? 어쩌면 사람들은 예측하지 못한 혐오감에 빠져 동요할지도 모른다. 안 된다, 결단코 안 된다. 이 사건이 루보 부부의 사건이 되면, 진짜 범인의 사건이 되면 훨씬 더 추악한 사건이 되고 만다. 그것은 뻔한 결과다. 그 뻔한 결과는 무슨 일이 있어도 배제해야 한다. 둘 중 하나를 선택해야 한다면 그는 이 사건이 죄 없는 카뷔슈의 사건으로 규정되는 편에 설 작정이었다.

"당신의 수사 방향을 따르기로 합시다." 마침내 그가 드니제에게 말했다. "사실 말인데, 석공에게는 결정적으로 불리한 정황이 여럿 있지, 그는 정당한 복수를 해야만 했다고 하겠지만…… 하지만 그 모든 일이 얼마나 처량맞은지, 이거 참! 그리고 얼마나 진흙탕 속을 헤집어야만 하는지!…… 나도 정의라는 것은 결과가 어떻게 나오든 그것과 무관하게 지켜야 한다는 것을 잘 아는 사람이오. 그리고 이해관계에 초연하게……"

그는 말이 아니라 몸짓으로 결말을 지었다. 그러는 동안 이번에는 예심판사가 입을 다물고 침울한 표정으로 지시 사항을 기다렸다. 예심판사는 그 말들이 지시를 내리기 전 뜸을 들이기 위한 것임을 직감했다. 예심판사는 자신의 머릿속 창작품이긴 하지만 자신이 내세운 그 진상이라는 것이 받아들여진 그 순간부터 정의라는 생각쯤은 정부측의 요구 사항에 기꺼이 희생시킬 채비가 되어 있었다. 하지만 사무처장은 이런 종류의 거래에 능수능란함에도 불구하고 사정이 다급한 주인처럼 조금 서둘렀고 말이 너무 빨랐다.

"요컨대 불기소처분이 바람직하오…… 사건이 그렇게 결말이 지어지도록 일을 만들어보시오."

"죄송합니다. 처장님." 드니제가 입장을 밝혔다. "저는 더이상 사건에 영향력을 행사하는 그런 사람이 아닙니다. 저는 사건을 제 양심에 따라 처리합니다."

카미라모트는 곧바로 자세를 가다듬고 마치 세상을 비웃는 듯한 정중하고 각성된 표정으로 미소를 지었다.

"어련하시겠소. 그래서 내가 바로 당신 양심에 호소하는 것이오. 당신이 거룩한 교리와 공중도덕의 현양을 위해 애쓰는 사람으로서 내 제안을 받아들일 것인지 거부할 것인지 공정을 기해 심사숙고할 것이라 믿어 의심치 않기에 당신 스스로 당신 양심이 명하는 결정을 따르라고 하는 거요…… 최악을 피하기 위해서는 때로 악을 받아들이는 결단이 영웅적인 행위라는 것을 나보다 더 잘 알고 있을 것이오…… 요컨대 우린 지금 오로지 건전한 시민인 당신에게, 정직한 신사인 당신에게 호소하고 있는 것이오. 어느 누구도 당신의 독립성을 침해할 생각이 없소. 그렇기 때문에 나는 당신이 이 사건에 절대적인 영향력을 가지고 있다고 거듭 강조하는 거요. 게다가 그것이 법이 원한 바이기도 하고."

평소 그러한 전권을 탐내왔고 무엇보다 그 전권을 실제로 휘두를 수 있는 기회가 눈앞에 다가오자 예심판사는 만족스러운 듯 고개를 끄덕이며 사무처장의 말 하나하나를 귀담아들었다.

"게다가 말이오." 너무 과장돼서 빈정대는 것처럼 보일 정도로 사무처장이 한껏 호의를 부풀린 채 말을 이었다. "지금 우리가 누구의 뜻을 받들고 있는지 알고 있잖소. 오래전부터 우리는 당신의 노고를 죽 지켜보고 있었소. 그리고 이제 이런 말을 해도 될 때가 되었으니 말이지만 우리는 빈자리가 생기면 바로 당신을 파리로 불러올릴 방침이오."

드니제는 움찔했다. 뭐라고? 시키는 대로 일을 하면 내가 꿈꿔온 일생일대의 야망을, 파리에서 근무하고 싶다는 숙원을 이루어준다고 하지 않는가? 카미라모트가 벌써 속내를 간파하고 덧붙였다.

"당신 자리는 이미 정해졌소. 시간문제일 뿐이지…… 또하나, 이왕 말이 나왔으니 하는 말인데, 당신이 오는 8월 15일 훈장을 받기로 추서되었다는 사실도 알려주게 되어 나도 참 기쁩니다."

예심판사는 잠시 생각에 잠겼다. 이런 제안이 없었다면 당연히 승진하는 쪽을 택했을 것이다. 승진하면 매월 166프랑 정도 봉급이 오른다는 계산이 나오기 때문이다. 그것은 체면만 겨우 유지하는 지금의 빈

궁한 처지에서 옷이 바뀌고 하녀 멜라니가 더 잘 먹게 돼서 신경질을 덜 부리게 되는 등 삶이 보다 안락해지는 것을 의미한다. 그렇긴 하지만 훈장은 받으면 여러모로 쓸모가 있다. 그리고 미래를 보장받는다. 정직하고 평범한 이 전통적인 법관의 직으로 밥벌이를 하며 영혼을 팔지 않겠노라 다짐하던 그는 행정부가 자기를 우대하겠다고 내건 막연한 약속에 소박한 소망을 걸고 망설임 없이 뜻을 굽혔다. 법관이라는 직책도 다른 직업과 하등 다를 것 없는 하나의 직업에 불과하다, 언제든 권력의 지시에 복종할 태세를 갖추고 애걸하고 간청하면서 승진의 멍에를 짊어지고 가는 짓이다.

"아주 감명깊었습니다." 그는 중얼거렸다. "장관님께 그렇다고 말씀 드려주시기 바랍니다."

그는 이제 자신과 사무처장이 그 이상 더 말을 하면 둘 다 거북해지리라는 것을 직감하고 자리에서 일어났다.

"알겠습니다." 그가 눈을 감고 무표정한 얼굴로 결론을 지었다. "처장님이 염려하시는 것들을 명심하고 수사를 마무리짓겠습니다. 당연히, 그 카뷔슈라는 자가 범인이라는 결정적인 증거가 나타나지 않는다면 재판을 통해 야기될 쓸데없는 추문을 감수하지 않는 편이 낫겠지요…… 그자를 풀어주되 계속 감시하겠습니다."

사무처장은 문턱에 서서 친근한 표정을 아낌없이 보여주었다.

"드니제 씨, 우리는 전적으로 당신의 탁월한 솜씨와 높은 정직성에 모든 것을 일임하겠소."

카미라모트는 다시 혼자 남게 되자, 이제는 쓸모가 없어져버렸지만, 세브린의 글씨가 적힌 종이와 그랑모랭 법원장의 서류 더미에서 찾아낸 발신인이 없는 편지 쪽지를 비교하고 싶은 호기심이 일었다. 필적이 완벽하게 일치했다. 그는 다시 편지를 접어 조심스럽게 간수해놓았다. 예심판사에게는 편지에 대해 입도 벙긋하지 않았지만 이런 무기는 간직하고 있는 게 좋겠다고 판단한 것이다. 그러다가 다부지게 매달리던, 연약하면서도 강인했던 그 조그만 여자의 모습이 눈앞에 떠오르자 그는 너그러운 미소와 함께 가소롭다는 표정을 지으며 어깨를 으쓱했다. 아! 애원하는 여자들의 모습이란!

세시 이십 분 전, 세브린은 자신이 자크에게 정해준 약속 장소인 카르디네 가에 시간보다 조금 이르게 도착했다. 자크는 그곳에 위치한 커다란 집 맨 꼭대기 층의 좁은 방에 살았는데 밤에 잠을 자러 올라갈 때 빼고는 거의 들르는 일이 없었다. 게다가 그는 일주일에 이틀씩 외박을 하는데, 밤 급행열차를 몰고 갔다가 아침 급행열차를 몰고 돌아오는 사이의 이틀 밤을 르아브르에서 보내는 것이다. 그런데 그날은 비에 흠뻑 젖은데다 몸살이 나도록 피곤한 탓에 집에 들어와 침대에 누워 있었다. 만일 이웃집 부부싸움 소리, 남편이 자기 아내를 두들겨 패고 아내는 울부짖는 소리에 그가 잠이 깨지 않았다면 세브린은 아마 무료하게 그를 기다리는 신세가 되었을지 모를 일이었다. 그는 불쾌한 기분으로 세수를 하고 옷을 주워 입은 다음 지붕창 밖을 내다보다가 저 아래 보도 위에서 서성이는 그녀를 발견했다.

"아, 당신이군요!" 그가 대문 빗장을 벗기는 것을 보고 그녀가 소리쳤다. "잘못 찾아온 줄 알고 걱정했는데…… 당신이 내게 분명 소쉬르가 귀퉁이라고 말했잖아요……"

그러고는 대답을 기다리지도 않고 그의 집을 올려다보았다.

"그러니까 당신이 사는 곳이 저기예요?"

그는 그들이 함께 가기로 한 차량 기지가 자신의 집 맞은편에 있는 것이나 다름없었기 때문에 그녀에게 그곳이 자기가 사는 집이라고 말하지는 않고 자기 집 대문 앞을 약속 장소로 정했던 것이다. 그녀의 질문에 그는 난처해졌다. 그녀가 동지라는 친근함을 과장해 자신이 자는 방을 보겠다고 나설지도 모른다고 생각했다. 자기 방은 가구도 보잘것없는데다 너무 어질러져 있어서 보여주기 민망했던 것이다.

"아! 내가 사는 곳이 아니라 잠자러 들르는 곳이에요." 그가 대답했다. "서두릅시다, 소장이 벌써 퇴근하지 않았을까 염려되네요."

실제로 소장이 근무하는 역 부지 내의 차량 기지 뒤에 딸린 조그만 집에 그들이 도착했을 때 소장의 모습은 보이지 않았다. 이 창고 저 창고 찾아다녔지만 헛수고였다. 가는 곳마다 소장을 정히 만나고 싶다면 네시 반쯤에 정비 공장으로 다시 가보라는 말뿐이었다.

"좋아요, 다시 오지요 뭐." 세브린이 선선히 말했다.

역을 벗어나 다시 자크와 단둘이 있게 되자 그녀가 물었다.

"당신 시간이 괜찮다면 기다리는 동안 당신과 함께 있어도 폐가 되지 않겠지요?"

그는 거절할 수 없었다. 게다가 그녀 때문에 은근히 불안하긴 했지만 그녀가 발산하는 매력이 보면 볼수록 커지다가 급기야 너무도 강렬해져서, 일부러라도 통명스럽게 대하겠다는 굳은 다짐에도 아랑곳없이 그녀의 온화한 눈길 앞에서 그의 무뚝뚝한 표정은 어느새 사라져버렸다. 온순하면서 겁먹은 표정의 그녀는 차마 때릴 엄두조차 나지 않는 충직한 개가 그렇듯 사랑을 표현하지 않고는 못 배기는 여자였다.

"그러지요, 같이 있기로 하지요." 그가 조금 누그러진 목소리로 대답했다. "그런데 한 시간도 더 남았네요…… 어디 카페라도 들어갈까요?"

그녀는 그가 드디어 상냥해진 것을 느끼고 행복해져서 그에게 미소로 화답했다. 그리고 활기찬 목소리로 말했다.

"오! 아니에요, 아니에요. 난 어디 갇히는 건 싫어요…… 당신 팔짱을 끼고 당신이 가고 싶은 거리를 걸어다니는 게 더 좋겠어요."

그녀는 살그머니 그의 팔을 잡았다. 그가 이제는 기관차를 운전할 때처럼 시커멓지 않았기 때문에 그녀는 편안한 평상복 차림에 부르주아 티가 나는 얼굴의 그에게 특출한 매력을 느꼈는데, 매일같이 거친 야외에서 위험과 대적하는 습관에서 우러나오는 일종의 자유인다운 긍지가 그의 그러한 매력을 더욱 돋보이게 하는 것 같았다. 그녀는 이제까지 그가 그렇게 멋진 사내라는 것을 미처 알아차리지 못했다. 그녀는 그의 균형잡힌 둥근 얼굴과 하얀 피부에 자라난 진한 갈색 수염을 한 번도 눈여겨본 일이 없었다. 다만 그녀를 애써 외면하는, 미덥지 않은 두 눈, 노란 점들이 점점이 박힌 그의 두 눈만은 변함없이 그녀를 의구심에 빠뜨렸다. 이 남자가 나를 똑바로 바라보지 않고 피하는 것은 자기는 엮이고 싶지 않다는 표시일까? 나에게 해가 된다 해도 자기 뜻대로 행동하겠다는 뜻일까? 그 순간부터 그녀는, 자신의 운명이 결정된 로셰 가의 그 방을 떠올릴 때마다 여전히 불안하고 두려움에 몸이 떨렸지만, 단 하나의 목표만을 생각하기로 했다. 내게 팔을 맡긴 이 남자를 내 몸처럼 느끼기, 온전히 내 몸처럼 느끼기, 내가 고개를 들어 바라볼 때 이 남자의 눈이 내 눈 깊숙이 빨려들어올 수밖에 없게 만들기, 그렇게 되면 이 남자

는 내 것이 될 것이다. 그녀는 그를 결코 사랑하지 않았다. 그런 생각조
차 해본 일이 없었다. 다만 더이상 그를 두려워하지 않기 위해 그를 자
기 것으로 만들려고 전력을 다하려는 것이다.

둘은 몇 분 동안 아무 말도 없이 끊임없이 인파로 북적대는 그 동네
를 걸었다. 때때로 사람들에 치여 인도에서 내려설 수밖에 없는 상황
이 되기도 했다. 마차들 사이를 헤치며 몇 차례 더 차도를 건넜다. 이
윽고 두 사람은 해마다 이맘때면 한산한 편인 바티뇰 소공원 앞에 당
도했다. 하늘은 아침녘의 폭우에 맑게 씻겨 부드러운 푸른색을 띠었
다. 3월의 따스한 햇볕 아래 라일락이 새순을 내밀고 있었다.

"들어갈까요?" 세브린이 물었다. "사람들에 치여 정신이 하나도 없
네요."

자크 역시 그녀를 좀더 자기 것으로 느끼고 싶은 무의식적인 욕구에
사로잡혀 군중을 피해 공원으로 들어가려던 참이었다.

"저기든 다른 데든," 그가 말했다. "우선 들어가고 봅시다."

그들은 아직 이파리가 나지 않은 나무들 사이로 잔디밭을 따라 계속
천천히 걸었다. 부인네들 몇이서 젖먹이 아이들을 산책시키고 있었고,
간혹 지름길을 찾아 잰걸음으로 공원을 가로지르는 행인들도 눈에 띄
었다. 두 사람은 개울을 훌쩍 건너뛰고 바위 틈새를 기어올라갔다. 이
어서 사시사철 지지 않는 검푸른 잎들이 햇빛을 받아 반짝이는 전나무
숲을 지나자 달리 할 일이 없어진 그들은 원래의 자리로 되돌아갔다.
공원의 외진 한구석, 사람들의 눈을 피할 수 있는 곳에 벤치 하나가 놓
여 있는 것이 보였다. 그들은 이번에는 상대방에게 묻지 않고 마치 사
전에 합의를 하고 온 것처럼 자연스럽게 벤치에 앉았다.

"그래도 오늘 날씨는 좋네요." 그녀가 얼마간의 침묵을 깨고 입을 열었다.

"그렇군요." 그가 대답했다. "해가 다시 났어요."

말은 그렇게 해도 그들의 머릿속 생각은 전혀 다른 데 있었다. 여자들을 피해 다니던 그는 자기를 이 여자와 가까이 접촉하게 한 사건들을 되짚어보던 참이었다. 지금 그 여자가 옆에 앉아 있다, 그녀가 나를 만지고 있다, 그녀가 위협적으로 나의 존재를 침범해온다, 그리고 나는 그것 때문에 연신 깜짝깜짝 놀란다. 루앙에서 있었던 그 마지막 신문 이후로 그는 더이상 긴가민가하지 않았다. 그녀는 크루아드모프라 살인 사건의 공범이다. 하지만 어떻게 그럴 수가 있을까? 어떤 사정 때문에 그랬을까? 어떤 정념에, 아니면 어떤 이득에 눈이 멀어 그랬을까? 그는 자기 자신에게 이런 질문들을 던졌지만 명확하게 납득할 수 없었다. 하지만 결국 한 편의 이야기를 만들어내긴 했다. 욕심 많고 난폭한 남편이 유증의 사실을 알고 하루빨리 그것을 손아귀에 넣으려고 안달이 났다. 아마도 유서가 자신들에게 불리하게 바뀔까봐 두려웠을지 모른다. 그리고 아마도 같이 손에 피를 묻히게 해서 아내를 자기에게 꼭 붙들어놓으려는 계산이 있었는지 모른다. 그는 이 정도의 이야기에 만족하기로 했다. 그 이야기에 남겨진 모호한 구석들이 오히려 그의 관심을 끌었고 흥미진진하게 다가왔다. 그는 굳이 그것들을 명확하게 밝히려고 하지 않았다. 수사 당국에 모든 것을 말하는 것이 자신의 의무가 아닌가 하는 생각이 머릿속을 떠나지 않은 적도 있었다. 그런데 이 벤치에 그녀와 나란히 앉고 난 후부터, 자신의 엉덩이에 그녀 엉덩이의 온기가 전해질 정도로 바짝 붙어앉고 난 다음부터 그가 골몰해 있던 것이 바로 그 생각이었다.

"삼월인데," 그가 다시 말했다. "여름처럼 이렇게 바깥에 있을 수 있다니 뜻밖이네요."

"오!" 그녀가 말했다. "해가 나타난 뒤로 그런 기운이 완연히 느껴져요."

그녀는 그녀대로 이 사내가 자기들이 범인이라는 것을 눈치채지 못했다면 정말로 멍청한 게 틀림없다는 생각을 하고 있었다. 그들 부부는 여태껏 그에게 지나칠 정도로 신경을 써왔다. 그래서 그녀가 지금도 계속 이렇게 그에게 달라붙어 있는 것이다. 그녀는 침묵중에 간간이 끼어드는 공허한 말들 사이사이로 그가 하고 있을 법한 생각을 추측해보았다. 둘의 시선이 마주쳤고, 그녀는 그의 생각이 자신이 목격했던 존재, 희생자의 양다리를 온몸의 무게를 실어 내리누르던 검은 덩어리 같았던 그 존재가 그녀인지 아닌지 확신하지 못하고 망설이는 단계라는 것을 그의 시선에서 읽어냈다. 이 남자를 절대로 끊어지지 않는 끈으로 묶어놓으려면 어떻게 해야 하고 어떻게 말해야 하지?

"오늘 아침," 그녀가 덧붙였다. "르아브르는 몹시 추웠잖아요."

"우리가 맞은 그 엄청난 비에 비하면 약과지요." 그가 말했다.

그 순간 세브린에게 어떤 생각이 퍼뜩 떠올랐다. 그것은 그녀가 곰곰이 따져보거나 누구와의 의논을 거쳐 나온 생각이 아니었다. 그것은 마치 본능적인 충동처럼 그녀의 머리와 가슴속 컴컴한 밑바닥에서 떠오른 생각이었다. 설사 의논했다 하더라도 그녀는 아무런 의견도 못 냈을 것이고 당연히 그런 생각도 하지 못했을 것이다. 어쨌든 그녀는 그 생각이 썩 그럴듯하게 여겨졌고, 그것을 얘기하면 이 남자를 장악할 수 있겠다는 느낌을 받았다.

그녀는 정겹게 그의 손을 잡고 그를 쳐다보았다. 무성한 푸른 나무 숲이 이웃한 산책로를 지나가는 행인들의 시선으로부터 그들을 가려주었다. 멀리서 마차들이 굴러가는 소리만이 햇빛 찬란한 이 공원의 고즈넉함에 파묻힌 듯 아련히 들려왔다. 가로숫길 모퉁이에서 어린아이 하나가 장난감 삽을 가지고 양동이에 모래를 퍼 담으며 조용히 놀고 있었다. 이윽고 그녀는 자세를 바꾸지 않고 진정성이 가득 담긴 나직한 목소리로 물었다.

"내가 범인이라고 생각해요?"

그는 보이지 않게 몸을 움찔했다. 그는 그녀의 눈을 똑바로 들여다보았다.

"그래요." 그가 그녀와 마찬가지로 나직하고 진지하게 대답했다.

그러자 그녀는 잡고 있던 그의 손을 힘주어 더 꼭 움켜쥐었다. 그녀는 곧바로 말을 받지 않았다. 그녀는 둘의 체온이 서로 섞이는 것을 음미했다.

"잘못 생각하셨어요, 나는 범인이 아니에요."

그녀가 이 말을 한 것은 그를 설득하기 위해서가 아니라, 단지 다른 사람들 눈에는 그녀 자신이 결백해 보일 거라는 점을 그에게 주지시키기 위해서였다. 그 말은, 아니기를 바라는 심정으로 어떻든지 간에 줄기차게 아니라고 말하는 여자의 자기 고백이었다.

"나는 범인이 아니에요…… 앞으로는 나를 범인이라고 여겨 날 힘들게 하는 일이 없었으면 해요."

그녀는 그가 여전히 자기를 그윽한 눈으로 쳐다보는 것을 확인하고 매우 기뻤다. 어찌 보면 그녀가 방금 전에 한 일은 자신의 전부를 바치는 행위였다. 그녀 자신의 몸을 허락한 것이기 때문이다. 이후로 그가 정말로 자신의 몸을 요구하더라도 그녀는 거부할 수 없을 것이다. 하지만 그 대가로 그들은 이제 절대로 풀 수 없는 끈에 한데 묶인 것이다. 그녀는 그에게 이제 말할 테면 해보라고 다그친 것이다. 그녀가 그의 것이 되었듯이 그는 그녀의 것이 되었다. 고백이 그들을 하나로 묶어주었다.

"앞으로 날 힘들게 하지 마요, 당신은 나를 믿지요?"

"그래요, 당신을 믿어요." 그가 미소를 지으며 대답했다.

무슨 이유로 내가 그녀에게 그런 끔찍한 일을 아무런 여과 없이 이야기하라고 강요한단 말인가? 나중에 그녀 자신이 필요성을 느끼면 나에게 모든 것을 털어놓을 것이다. 이렇게 아무 말도 하지 않으면서 그에게 속내를 토해놓고는 평안을 찾는 그 방식이 무한한 애정의 표현과 함께 그의 마음을 크게 흔들어놓았다. 이 여자는 연보랏빛이 감도는 온순한 푸른 눈만큼이나 참 순진하고 연약하구나! 그에게 그녀는 남자에게 자신의 모든 것을 바치는, 항상 남자에게 순종할 준비가 되어 있는, 그런 것으로 행복을 느끼는 천생 여자로 비쳤다. 무엇보다 그가 황홀한 기분이 든 것은 서로 손을 맞잡고 시선을 떼지 않고 있는데도 그자신이 예의 그 불안감을, 그러니까 여자 곁에서 그 여자의 육체를 범하는 생각을 할 때마다 사로잡혔던 그 끔찍한 전율을 이번에는 전혀 느끼지 못했기 때문이다. 다른 여자들의 경우, 그들의 육체를 접할 때마다 어김없이 아귀 들린 것처럼 그들을 물어뜯어 무참히 살해하고 싶은 저주스러운 욕구에 사로잡혀 사투를 벌여야 했던 것이다. 나는 과

218

연 이 여자를 사랑할 수 있을까? 절대로 죽이지 않을 수 있을까?

"알다시피 나는 당신 친구이고 당신은 나를 두려워할 아무런 이유가 없어요." 그가 그녀의 귀에 대고 소곤거렸다. "나는 당신의 일을 알고 싶지 않아요. 당신이 바라는 대로 될 거예요…… 내 말 알겠어요? 나는 전적으로 당신 거예요, 당신 마음대로 해도 돼요."

그는 자신의 수염에 그녀의 뜨거운 숨결이 느껴질 정도로 그녀의 얼굴 가까이 다가갔다. 아직 아침이었다면 그는 이런 위기 상황에서 원초적인 두려움에 몸을 떨었을 것이다. 몸에 전율은 거의 일지 않고 회복기의 나른함이 느껴지다니 대체 무슨 일이 있었던 것일까? 그녀가 사람을 죽였다는, 이제는 확실해진 그 생각이 그녀를 다르게, 대단하게, 예외적으로 보이게 한 것이다. 어쩌면 그녀는 단순히 옆에서 도와준 정도가 아니라 직접 찔렀을지도 모른다. 그는 아무런 증거도 없지만 그렇다고 확신했다. 그러자 그때부터 그녀가 성녀처럼 보였다. 그것은 그녀가 그에게 불러일으킨 두려운 욕망도 잊게 하는, 어떠한 논리로도 설명되지 않는 현상이었다.

둘은 이제 사랑이 싹트기 시작해 데이트를 하는 연인처럼 쾌활하게 이야기를 나누었다.

"다른 손도 좀 줘봐요, 내가 따뜻하게 해줄게요."

"아이! 여기서는 안 돼요. 누가 보면 어떡해요."

"누가 본다고 그래요? 우리 둘뿐인데…… 그리고 이게 무슨 큰 잘못을 저지르는 거라고요. 이런다고 아이가 생기는 것도 아닌데요 뭘."

"그래야죠."

그녀는 이제 한시름 놓았다는 생각에 한껏 기분이 좋아져서 함박웃음을 지었다. 그녀는 이런 사내를 좋아하지 않았다. 그 점에 대해서는 분명히 말할 수 있었다. 그래서 그녀는 마음을 주겠다고 약속은 했지만 벌써부터 값을 치르지 않을 방법을 궁리했다. 이 남자는 착해 보인다, 이 남자는 앞으로 나를 괴롭히지 않을 것이다, 모든 것이 잘 해결됐다.

"이제 됐어요, 우리는 동지예요. 다른 사람들은, 심지어 내 남편도 절대 끼어들지 못해요…… 이제 그만 내 손을 놓아주세요. 그리고 그렇게 날 뚫어져라 쳐다보지 마세요, 눈이 다 닳겠어요."

그는 그녀의 보드라운 손가락을 만지작거리며 놓지 않았다. 그리고 아주 낮은 목소리로 읊조리듯 말했다.

"알죠, 당신을 사랑해요."

그녀는 바르르 몸서리치며 재빨리 몸을 빼냈다. 그리고 여전히 벤치에 앉아 있는 그의 앞에 서서 말했다.

"세상에, 이게 무슨 바보 같은 짓이에요! 얌전히 있어요, 누가 와요."

실제로 잠든 갓난애를 품에 안은 아기 엄마가 오고 있었다. 이어서 젊은 여자 하나가 바쁜 걸음으로 지나갔다. 해는 설핏 내려앉아 지평선 위 보랏빛 노을에 잠겼다. 햇살은 잔디밭에 금빛 잔영만 남기고 사위어들어 검푸른 전나무 꼭대기로 물러났다. 쉴 없이 굴러가던 마차 바퀴 소리가 일순간 멈춘 듯 잠잠해졌다. 근처 건물의 대형 시계에서 다섯시를 알리는 종소리가 들려왔다.

"아! 큰일났네!" 세브린이 외쳤다. "다섯시잖아. 로셰 가에 약속이 있어서 어서 가봐야 해요!"

단번에 기쁜 마음이 싹 가신 그녀는 아직 안심할 단계가 전혀 아니라는 것을 새삼 떠올리며 거기서 자신을 기다리고 있을 알 수 없는 사태에 대한 불안감에 다시 빠져들었다. 그녀는 새파랗게 질려 입술을 달달 떨었다.

"아니, 차량 기지 소장과 만나기로 한 것은 어쩌고요?" 자크가 벤치에서 벌떡 일어나 팔로 그녀를 붙잡으며 물었다.

"할 수 없지요! 소장은 다음에 보지요 뭐…… 이봐요, 내 친구, 이제 당신 없어도 돼요. 나는 서둘러 달려가봐야 하니 그만 가보세요. 그리고 다시 한번 고마워요, 진심으로 고마워요."

그녀는 그의 두 손을 잡아주고 나서 걸음을 재촉했다.

"조금 있다가 기차에서 봐요."

"그래요, 조금 있다가."

어느새 그녀는 빠른 걸음으로 멀어지더니 공원 덤불숲 사이로 사라졌다. 그는 천천히 카르디네 가 쪽으로 발걸음을 옮겼다.

카미라모트는 자기 집에서 서부철도회사 운송국장과의 긴 면담을 방금 전에 마쳤다. 다른 일을 핑계로 호출받은 운송국장은 결국 그랑모랭 사건 수사 때문에 회사가 얼마나 난처한 지경에 처했는지 솔직하게 털어놓았다. 먼저 신문들이 일제히 나서서 일등석의 경우에도 승객들의 안전 조치가 미흡한 것에 대해 회사를 질타한다는 것이다. 그리고 전 직원이 그 사건에 휘말려든 상태인데, 가장 깊이 연루되어 있어 조만간 구속될지도 모른다는 루보라는 직원 말고도 여러 직원이 혐의를 받고 있다는 것이다. 마지막으로, 회사의 이사회 임원이기도 한 법원장을 둘러싸고 추저분한 행실에 대한 소문이 돌고 돌아 마침내 이사회 전체로 불똥이 튀고 있는 형국이라는 것이다. 기껏해야 수상쩍고

인간 짐승 221

저속하며 부적절한 사건에 지나지 않을 일개 부역장의 소행으로 추정되는 범죄가 복잡한 회로를 거쳐 이렇게 급부상해서는 그 거대한 철도 운행 조직 체계를 뒤흔들고 급기야 회사의 최고위 수뇌부까지 삐걱거리게 했다는 것이다. 그런데 타격은 그보다 더 높은 곳을 향해서, 당시의 정치 위기에 편승해 법무부를 덮치고 국가를 위협했다. 지극히 하찮은 염증이 퍼져 사회라는 거대한 몸통의 와해를 촉진할 수도 있는 급박한 순간이었다. 그렇기 때문에 카미라모트는 면담하러 온 운송국장에게 회사가 그날 아침 루보의 파면을 결정했다는 소식을 듣고는 격렬하게 반대하고 나섰던 것이다. 안 된다! 안 된다! 그것보다 더 서투른 조치도 없을 것이다. 언론은 부역장을 정치적 희생자로 설정하려고 안달이 나 있으니 그 조치는 언론을 더욱 들쑤셔놓을 것이다, 밑바닥에서 꼭대기까지 모든 것이 이전보다 더 격심하게 흔들릴 것이다, 이편이건 저편이건 어떤 악취 나는 구석이 까발려질지 아무도 모른다! 스캔들은 이미 너무 오래 끌었다, 되도록 빨리 사건을 덮어야 한다. 운송국장은 그 말에 설득당해 루보를 파면시키지 않을 것이며 나아가 르아브르에서 다른 곳으로 전보 발령을 내지도 않겠다고 약속했다. 이로써 이번 일 전반에 걸쳐 부도덕한 짓을 저지른 사람은 없다는 것이 확인될 것이다. 이제 다 끝났다, 사건은 일단락될 것이다.

세브린이 숨이 턱까지 차고 가슴은 방망이질을 해대는 상태로 로셰가의 그 위압적인 집무실에 도착해 카미라모트 앞에 섰을 때, 그는 그녀가 침착해 보이려고 안간힘을 쓰는 것을 재미있다는 듯 지켜보며 말없이 잠시 뜸을 들였다. 연보랏빛 푸른 눈을 가진 어여쁜 용모의 이 살인범 여자는 보면 볼수록 마음이 끌렸다.

"아! 그래요, 부인……"

그는 그녀의 불안감을 몇 초라도 더 즐길 심산으로 말을 멈췄다. 하지만 그녀의 눈빛이 너무 깊고, 결과가 몹시도 궁금한 나머지 온몸을 던지다시피 그녀가 다가서는 바람에 그는 동정심이 일었다.

"그래요, 부인, 운송국장을 만났어요. 당신 남편이 해고되지 않을 거라는 답변을 얻었소…… 일이 잘 해결되었습니다."

그 순간 그녀는 기쁨이 노도처럼 밀려들어 온몸을 휩쓸어가는 느낌에 정신이 아득해졌다. 그녀의 두 눈이 눈물로 그렁그렁했다. 그녀는 아무 말도 하지 못하고 미소만 지었다.

그가 그녀에게 마지막 문장의 의미를 온전히 환기시키기 위해 다시 한번 힘주어 반복했다.

"일이 잘 해결되었습니다…… 이제 르아브르에 편안한 마음으로 돌아가도 됩니다."

그녀는 물론 명확하게 알아들었다. 그 말은 그들 부부가 체포되지 않을 것이며 무혐의 처분을 받았다는 의미일 터였다. 그 말은 단순히 직장을 잃지 않게 되었다는 뜻일 뿐 아니라 그 끔찍한 사건이 잊히고 묻힌다는 것을 뜻하기도 했다. 그녀는 좋다고 핥아대는 애완동물처럼 자기도 모르게 상대를 어루만지는 본능이 발동해 그의 두 손을 잡고 고개 숙여 입을 맞춘 다음 자신의 두 뺨에 갖다댔다. 그런데 이번에는 그도 이 애정 어린 감사의 표시가 주는 매혹에 감동해 잡힌 손을 빼내지 않았다.

"다만," 그가 다시 근엄해지려고 잔뜩 힘을 주며 말했다. "명심하시오, 그리고 알아서 잘 처신하도록 하시오."

"예! 처장님!"

하지만 그는 여자와 남자를 계속 자신의 손아귀에 쥔 채 지배하고 싶었다. 그래서 그 편지의 존재를 암시했다.

"서류가 그대로 남아 있다는 점을 명심하시오. 조금이라도 삐끗하면 모든 게 수포로 돌아갈 수 있다는 점도…… 특히 당신 남편에게 앞으로는 정치적인 일에 끼어들지 말라고 주의를 주시오. 그 점에 대해서만은 우리는 가차없이 대할 거요. 나는 당신 남편이 이미 연루된 적이 있다는 사실을 알고 있소. 부지사하고 유감스러운 다툼이 있었다고 하더군. 어쨌든 당신 남편은 공화파로 알려져 있소. 그건 대단히 위험하오…… 안 그렇소? 얌전히 있으라고 하시오. 안 그러면 우리는 그냥 당신 남편을 제거해버릴 것이오."

그녀는 이번에는 이곳에서 벗어나 숨막히도록 복받치는 기쁨에 숨통을 틔워주고 싶어 안달이 나는 것을 가까스로 억누르며 서 있었다.

"처장님, 우리는 처장님 분부만 따르겠습니다. 처장님께서 바라시는 대로 하겠습니다…… 언제 어디서라도 분부만 내리세요. 저는 처장님께 몸과 마음을 다 바치겠습니다."

그는 모든 언약과 맹세가 부질없다는 것을 오랜 경험을 통해 터득한 사람답게 경멸해마지않는다는 투로 식상한 표정을 지었다가 다시 야릇한 미소를 머금었다.

"오! 그럴 일 없을 겁니다. 부인, 그만하면 됐습니다."

그는 집무실의 문을 열어주었다. 층계참에서 그녀는 두 번씩이나 뒤돌아서서 환한 얼굴로 그에게 거듭 감사의 인사를 했다.

로셰 가로 나온 세브린은 미친듯이 걸었다. 스스로도 왜 그러는지 모르는 채 비탈길을 무작정 걸어올라갔다. 그러고 나서 역시 아무 이유 없이, 마차에 치일지도 모르는 번잡한 차도를 무작정 건너더니 다시 비탈길을 걸어내려왔다. 그녀는 그저 몸을 놀리고 활개치며 마구 소리를 지르고 싶었을 뿐이다. 그녀는 저들이 왜 자기 부부의 혐의를 벗겨주었는지 이미 알아챘다. 그리고 어느새 중얼중얼 말을 뱉고 있는 자신의 모습을 발견하고 흠칫 놀랐다.

"아무렴! 그들이 겁을 먹은 거야. 이 사건을 들쑤셔서 긁어 부스럼을 만들 이유가 없는 거지. 괜히 나만 멍청하게 가슴 졸였잖아. 분명해…… 아! 이렇게 운이 좋을 수가! 살았다. 이번에는 정말로 살았다!…… 그건 그렇고 남편에게 조용히 있으라고 겁을 팍 주어야겠어. 살았다! 살았어! 이렇게 운이 좋을 수가!"

생라자르 가로 나온 그녀는 보석상에 걸린 시계를 보고 여섯시 이십분 전이라는 것을 알았다.

"어머! 근사한 저녁식사로 자축을 해야지, 시간은 넉넉해."

그녀는 역 맞은편에서 가장 호화로워 보이는 식당을 골랐다. 전면의 투명한 유리창을 마주보는 새하얀 소형 탁자에 혼자 자리를 잡고 앉아 그녀는 날아갈 것 같은 기분으로 부산한 거리를 내다보았다. 그녀는 굴과 넙치살튀김과 닭날개구이 등 고급 요리를 주문했다. 그녀로서는 형편없었던 점심식사를 벌충하자면 그 정도도 최대한 자제한 것이었다. 그녀는 정신없이 먹었다. 부드러운 빵맛이 일품이었으며, 추가로 과자와 도넛도 주문했다. 마지막으로 커피까지 마신 다음 그녀는 급행열차 시간이 몇 분 남지 않은 것을 확인하고 서둘러 식당을 나섰다.

자크는 그녀와 헤어지고 나서 집에 들러 작업복으로 갈아입은 다음 곧바로 차량 기지로 향했다. 평소에는 기관차 출발 삼십 분 전에야 차량 기지에 근근이 도착했기 때문에 자기 짝인 화부 페쾨에게 기관차 점검 업무를 일임하는 편이었는데, 페쾨가 세 번에 두 번은 술에 취해 있어 곤란하긴 했지만 하는 수 없는 일이었다. 그런데 그날은 기분도 좋고 공연히 안전에 신경도 쓰여서 모든 장치들이 원활하게 작동하는지 직접 확인하고 싶었다. 더구나 아침에 르아브르를 출발해 올 때 기관차의 힘이 평소에 비해 많이 달린다는 느낌을 받은 터였다.

석탄 검댕으로 시커멓고, 먼지 낀 높은 천창을 통해 들어오는 빛으로 뿌옇게 흐려진 거대한 기관차 차고 안에는 여러 대의 기관차가 대기하고 있었는데, 첫번째로 출발하기로 되어 있는 자크의 기관차는 선로 맨 앞에 우뚝 서 있었다. 차량 기지의 화부가 방금 전 기관차 화구에 석탄을 밀어넣었는지 시뻘건 탄각炭殼들이 기관차 아래 불씨 수거 고랑으로 떨어져내렸다. 그것은 2축 4동륜의 급행열차 기관차로, 강철 연결봉으로 피스톤과 연결된, 날렵하게 느껴지는 커다란 바퀴들과 말의 가슴팍처럼 떡 벌어진 전면부와 길쭉하고 강인한 동체 등 전체적으로 거대하고 늘씬하게 빠진 우아한 자태를 뽐내는 한편, 예의 그 완벽한 정확성과 엄밀성으로 상징되는 금속 물체의 압도적인 아름다움, 다시 말해 정교하게 작용하는 힘을 과시하고 있었다. 서부철도회사의 다른 기관차들처럼 그 기관차도 고유 번호 말고 별칭으로 정거장 이름을 하나 갖고 있었는데 콩탕탱 지방의 리종이라는 역 이름이 그것이었다. 하지만 자크는 자기 기관차에 대한 애정의 표현으로 그 이름을 여자 이름인 것처럼 라리종으로 바꾸고 여간 다정스럽게 부르는 것이 아니었다.

  정말로 그는 사 년 전 그 기관차를 처음 운행하기 시작했을 때부터 자기 기관차를 여자를 대하듯 사랑했다. 다른 기관차들도 여럿 몰아본 적이 있었는데 온순한 것, 버티는 것, 용맹한 것, 게으른 것 등 제각각이었다. 그는 기관차마다 특성이 있으며, 몸매 좋고 돈 많은 여자들을 두고 흔히들 말하듯이 많은 기관차들도 제 이름값을 못한다는 것을 결코 모르지 않았다. 그러므로 그가 자기 기관차를 사랑한다는 것은 정말로 그 기관차가 마음씨 고운 여자처럼 매우 드문 자질을 갖추었다는 것을 의미했다. 자크의 기관차는 얌전하고 온순해서 시동도 쉬이 걸렸으며 증기압이 좋아서 운행 속도가 일정하고 꾸준했다. 남들은 그의 기관차가 쉽게 구동하는 것을 두고 바퀴 테두리 덧씌움 처리가 탁월하며, 특히 증기실 슬라이드밸브를 완벽하게 조정했기 때문이라고 지적했다. 마찬가지로 연료를 적게 쓰고도 증기압이 높은 것을 두고도 구리관의 품질과 보일러의 기막힌 배치에 그 이유를 돌렸다. 하지만 그는 다른 요인들이 있다는 것을 알고 있었다. 왜냐하면 다른 기관차들은 똑같이 제작되고 똑같이 숙련된 솜씨로 조립되었어도 그런 뛰어난 성능을 하나도 보여주지 못했기 때문이다. 이 기관차에는 영혼이, 제작 과정의 미스터리가, 단조鍛造 단계에서 우연히 금속에 부여된 무엇인가가, 조립공의 손이 부품에 불어넣은 무엇인가가, 그러니까 기계의 개성이라고 할 수 있고 생명이라고 할 수 있는 것이 깃들어 있다, 그는 그렇게 믿었다.

  그리하여 그는 감사할 줄 아는 남자의 자격으로 자신의 기관차 라리종호를 사랑했다. 라리종호는 기운차고 온순한 암말처럼 즉각적인 반응을 보이며 출발하고 멈춰 섰다. 게다가 라리종호 덕에 연료 절감 보너스라는 고정 급료 이외의 수당까지 챙길 수 있었기에 그는 라리종호를 더욱 사랑했다. 실제로 라리종호는 증기기관 성능이 뛰어나 사용되는 석탄량을 상당히 절감할 수 있었다. 그런데 그는 라리종호에게 딱한 가지 불만이 있었다. 그것은 너무도 많은 윤활유를 주입해야 한다는 점이었다. 특히 실린더는 비정상적일 정도로 많은 양의 윤활유를 먹어치웠는데 그 허기는 그칠 줄 몰라서 말 그대로 탐식이었다. 그는 라리종호의 탐식을 조절해보려고 노력했지만 매번 허사로 돌아갔다. 라리종호는 금세 숨을 헐떡였기 때문에 제 성질대로 먹게 내버려두어야만 했다. 그는 사람의 경우에도 다른 장점들이 넘칠 경우 한 가지 악행쯤은 눈감아주는 것처럼 그만 체념하고 라리종호의 이 왕성한 식욕을 봐주기로 했다. 그래서 자기 짝 화부와 함께 농담삼아 라리종호는 얼굴 반반한 여자들을 흉내내서 시도 때도 없이 화장품을 바르는 모양이라고 말하는 것으로 푸념을 대신했다.

화구의 불이 거세지면서 라리종호가 조금씩 증기압력을 높여가는 동안 자크는 그날 아침 라리종호가 왜 평소보다 더 많은 양의 윤활유를 먹어치웠는지 그 원인을 찾아내기 위해 라리종호의 주위를 돌면서 부품 하나하나를 검사해보았다. 그러나 아무런 원인을 찾아내지 못했다. 라리종호는 변함없이 윤이 나고 깔끔했는데, 그 명랑한 듯 깨끗한 모습은 기관사의 애정 어린 보살핌이 어느 정도인지를 짐작하게 했다. 그가 자신의 기관차를 닦고 기름 치는 모습은 언제라도 쉽게 볼 수 있었다. 특히 목적지에 도착하자마자 그는 마치 먼 거리를 달려와 김을 무럭무럭 내뿜는 말의 몸을 짚수세미로 싹싹 쓸어주는 것처럼 자기 기관차를 힘차게 닦았는데, 운행중에 생긴 더러운 얼룩을 가장 효과적으로 닦아내기 위해 기관차가 아직 뜨거운 때를 활용하는 것이었다. 또한 그는 라리종호를 과도하게 몰아붙이는 일도 결코 없었다. 그는 항상 정속 주행을 유지하면서 연착하는 것을 피했는데, 연착은 그다음에 지나친 과속을 불러 기관차에 무리를 주기 때문이었다. 따라서 그와 기관차, 이렇게 둘은 항상 금실이 너무 좋은 부부 같아서 그는 사 년 동안 단 한 번도 차량 기지의 장부에 라리종호에 대한 불만을 적어 낸 적이 없었다. 기관사들은 정비 요구 사항을 그 장부에 기록하는데 게으름뱅이거나 주정뱅이같이 나쁜 기관사일수록 끊임없이 자기 기관차와 불화를 겪었다. 그러나 그날은 정말 라리종호의 윤활유 탐식이 마음에 걸렸다. 그 기분은 일찍이 겪어본 일이 없는 뭔가 다른 것, 모호하고 심각한 어떤 것이었는데, 굳이 말하자면 마치 그가 라리종호의 부정을 의심해서 라리종호로부터 오늘 가는 길에는 부적절한 행위를 하지 않겠다는 다짐을 받고 싶은 기분, 그러니까 일종의 의처증 같은 불안감이었다.

그런데 페쾨는 그때껏 그림자조차 내비치지 않았다. 마침내 페쾨가 친구라는 작자와 점심식사 때부터 술판을 벌이다가 혀가 꼬인 상태로 느지막이 나타나자 자크는 화가 치밀었다. 평소에 두 사람은 종점에서 종점까지 서로 나란히 어깨를 맞대고 아무 말 없이 기차의 진동에 흔들려가며 똑같은 임무와 똑같은 위험을 나누어 짊어지고 가야 하는 그 기나긴 동행의 여정 동안 사이가 썩 좋은 편이었다. 비록 나이가 열 살 이상 아래였지만 기관사는 자신의 짝인 화부에게 아버지같이 어른스러운 모습을 보이며 그의 비행을 덮어주고 술에 너무 취했을 때는 운행중에 한 시간쯤 눈을 붙이도록 봐주기도 했다. 화부는 화부대로 이러한 호의에 충직한 개처럼 헌신하는 것으로 보답했는데, 아닌 게 아니라 그는 주정뱅이인 것만 빼고는 자기 일에 정통한 뛰어난 노동자였다. 그 역시 라리종호를 애지중지한다고 말하는 게 온당할 것인데, 그것만으로도 우호적인 관계를 지속하는 데 충분했다. 그들 둘과 기관차는 다툼 한 번 하지 않는 진정한 삼인조 동반자의 관계를 유지했다. 그래 왔기 때문에 페쾨는 노기 섞인 냉대를 받고 영문을 몰라 어리둥절해진 참이었는데, 자크가 기관차에다 대고 못마땅하다는 듯 투덜대는 소리를 듣고는 놀라움이 배가되어 그를 빤히 처다보았다.

"대체 무슨 일인가? 기관차는 요정처럼 말짱하구먼!"

"아니에요, 아니에요, 난 안심이 안 돼요."

그는 점검하는 부분마다 모두 양호한 상태인데도 계속 고개를 설레설레 흔들었다. 그는 레버들을 움직여보고 밸브가 제대로 작동하는지 확인했다. 그는 트랩을 밟고 올라가 손수 실린더의 윤활유 주입구를 채웠다. 그동안 화부는 증기 돔에 남아 있는 희미한 녹자국을 지웠다. 모래 분사 장치의 연결 막대도 이상이 없었다. 모든 것이 충분히 안심할 만했다. 그가 불안한 진짜 이유는 그의 마음속을 차지하고 있는 것이 이제 라리종호 하나만이 아니라는 점이었다. 그의 마음속에는 또다른 사랑이 자라나고 있었다. 지금도 여전히 눈앞에 있는 것처럼 생생하게 보이는, 공원 벤치에 앉아 있던 쥐면 꺼질 것 같은 그 가녀린 여인, 애교 넘치는 연약함으로 사랑하고 보호해주고 싶은 욕구를 불러일으키는 그 여인. 그는 이제까지 전혀, 뜻하지 않은 이유로 지체되어 기관차를 시속 80킬로미터로 달려야 했을 때도 전혀, 승객들이 위험에 처할 수도 있을 거라는 생각을 해본 적이 없다. 그랬던 그가, 아침나절에는 거의 증오의 대상이었던 그 여인을, 그래서 마지못해 파리까지 태우고 왔던 그 여인을 지금 다시 르아브르로 태우고 간다는 생각만으로도 걱정이 되고 두려워 마음이 어수선해졌는데, 자신의 부주의로 사고가 나서 그 여인이 심각한 부상을 입고 자기 품안에 안겨 죽어가는 모습이 자꾸 머릿속에 그려졌던 것이다. 그에게는 이제부터 책임질 사랑이 생겼다. 그래서 라리종호가 그동안 쌓아온 훌륭한 경주마라는 명성을 유지하고 싶다면 차질 없이 똑바로 처신해야 할 터인데 영 마음이 놓이지 않는 것이었다.

여섯시가 울렸다. 자크와 페쾨는 탄수차와 기관차를 이어주는 좁다란 갑판을 밟고 올라갔다. 페쾨가 자기 짝 기관사의 신호를 받고 배출 장치를 열자 하얀 수증기가 소용돌이치며 뿜어져나와 시커먼 차고 안을 가득 메웠다. 이윽고 기관사가 천천히 당기는 증기압조절기 레버에 순순히 반응을 보이며 움직이기 시작한 라리종호는 차량 기지를 벗어나 자기가 지나가게 길을 비키라고 기적을 울렸다. 라리종호는 거의 단숨에 바티뇰 터널 안으로 진입할 수 있었다. 그러나 유럽 육교 밑에 이르자 잠시 대기해야 했다. 정해진 신호 대기 시간이 지나자마자 전철수가 라리종호를 여섯시 반 급행열차가 대기하고 있는 곳으로 보냈고, 이어 두 명의 인부가 라리종호를 열차와 단단히 연결시켰다.

출발이 임박했다. 오 분밖에 남지 않았다. 자크는 기관차 밖으로 몸을 내밀고 밀려드는 승객들을 살펴보았지만 세브린이 눈에 띄지 않아 의아했다. 그녀가 자기한테 먼저 들르지 않고 열차에 올라탈 리는 없었다. 마침내 그녀가 뒤늦게 거의 뛰다시피 모습을 나타냈다. 과연 그녀는 열차를 따라 기관차까지 와서 얼굴이 발갛게 상기되고 기쁨에 들뜬 모습으로 멈춰 섰다.

그녀가 자그마한 두 발로 까치발을 서자 그녀의 웃는 얼굴이 불쑥 올라왔다.

"걱정 마요, 나 여기 왔어요."

그도 그녀가 온 것이 반가워서 웃음으로 화답했다.

"됐어요, 다행이에요."

그런데 그녀가 다시 발돋움을 하고 목소리를 한층 낮추어 말을 이었다.

"이봐요, 나는 행복해요. 얼마나 행복한지 몰라요…… 엄청난 행운이 내게 찾아왔어요…… 내가 바라던 모든 것이 이루어졌어요."

그는 무슨 말인지 완벽하게 알아들었다. 커다란 기쁨이 몰려왔다. 잠시 후 그녀가 객차 쪽으로 달려가다가 뒤돌아보며 장난기 가득한 말투로 덧붙였다.

"이봐요, 그러니깐 이제 나한테 험한 꼴 당하게 하면 안 돼요."

그가 쾌활한 목소리로 외쳤다.

"오! 말도 안 되는 소리! 걱정 마세요!"

승강구 문들이 철커덕거렸다. 세브린은 가까스로 객차에 올라탔다. 자크는 여객전무의 신호를 받고 기적을 울린 다음 증기압조절기를 열었다. 기차가 출발했다. 그것은 지난 2월의 그 비극적인 기차의 출발과 똑같은 출발이었다. 똑같은 시간, 똑같이 번잡한 역 풍경, 똑같은 굉음, 똑같은 연기…… 다만 지금은 아직 해가 남아 있는, 한없이 푸근한 황혼녘이라는 점만 달랐다. 세브린은 창에 머리를 기대고 바깥을 내다보았다.

라리종호의 기관실 오른편에 탄 자크는 바지와 모직 상의 등 작업복을 두툼하게 입고 천 테두리의 고글은 모자 밑 뒤통수 쪽으로 돌려 쓴 채 선로에서 눈을 떼지 않았는데, 전방을 더 잘 보기 위해 기관실 창밖으로 연방 몸을 내밀었다. 격심한 진동에 몸이 마구 흔들렸지만 그는 전혀 개의치 않고 조타륜을 잡은 항해사처럼 역전기 핸들에 오른손을 얹어놓고 앞을 주시했다. 그는 감지되지 않을 정도의 미세한 동작으로 쉬지 않고 핸들을 조정해 속도를 늦추기도 하고 높이기도 했다. 왼손으로는 연신 천장의 줄을 잡아당겨 기적을 울려야 했는데, 그만큼 파리를 빠져나가는 선로는 곳곳에 함정이 도사린 난코스였다. 그는 건널목과 작은 역들과 터널과 급커브가 나타날 때마다 기적을 울렸다. 저 멀리 어스름 속에 붉은 신호등이 나타나자 그는 길을 비키라고 시위하듯 길게 기적을 울린 다음 폭풍처럼 그 지점을 통과했다. 그가 이따금 압력계에 눈길을 던지면서 조그만 가압 장치 핸들을 돌리자 증기압이 이내 10킬로그램에 도달했다. 그러고 나서 그의 시선은 다시 전방 선로로 돌아가 아주 사소한 변수들에도 온 신경을 집중해 경계를 늦추지 않았는데, 그럴 때면 아무것도 눈에 들어오지 않았으며 관자놀이를 때리는 바람조차 느껴지지 않았다. 압력계의 바늘이 내려가자 그는 개폐 장치 손잡이를 드르륵 밀어올려 걸어 화구 덮개를 열었다. 그러자 그 동작의 의미를 익히 아는 페쾨가 금방 알아차리고 망치질을 거듭해 석탄 더미를 잘게 부순 다음 삽으로 퍼 날라 보일러 불판 전체 위에 고른 두께로 펼쳐놓았다. 갑자기 치솟는 뜨거운 열기에 그들의 다리가 델 것만 같았다. 덮개가 닫히자 다시 차가운 바람이 휘몰아쳤다.

어둠이 내렸다. 자크는 한층 주의를 집중했다. 라리종호가 이처럼 말을 잘 듣는 것은 좀처럼 보기 드문 일이었다. 그는 라리종호를 손아귀에 넣고 주인의 절대적인 권능을 행사하며 자신의 뜻대로 몰고 갔다. 그는 절대로 의심을 거두지 말아야 하는 짐승을 길들일 때처럼 한치의 빈틈도 보이지 않고 준엄하게 라리종호를 다루었다. 지금 전속력으로 내달리는 기차 안, 자신의 등 뒤편에 한 가냘픈 여인이 자기를 믿고 자기에게 완전히 몸을 내맡긴 채 웃음을 짓고 있는 것이다. 그는 그 모습을 떠올리며 가벼운 전율을 느끼고 변속기 레버를 감아쥔 손아귀에 한층 더 힘을 준 다음 간간이 나타나는 붉은 신호등에 주의를 기울이면서 점점 짙어지는 어둠을 뚫어져라 응시했다. 아니에르 분기점과 콜롱브 분기점을 지나고 나서야 그는 약간 마음을 놓았다. 망트까지는 아무 문제가 없을 터였다. 선로는 말 그대로 평탄한 길이어서 기차는 편안하게 내달렸다. 망트를 지난 후에는 거의 5리에 달하는 꽤 가파른 경사지를 오르기 위해 라리종호를 몰아쳐야만 했다. 그러고 나서 그는 속도를 늦추지 않고 라리종호를 전장 2킬로미터 반인 롤부아즈 터널의 완만한 경사로로 돌진시켰다. 라리종호는 불과 삼 분 만에 터널을 벗어났다. 이제 소트빌 역 전까지는 가용 근처에 있는 룰 터널 하나밖에 남지 않았다. 소트빌 역은 조심해야 하는 곳이었는데, 선로가 복잡하게 엉켜 있고 열차들의 입환 작업도 끊이질 않아서 늘 붐비기 때문에 매우 위험했다. 그의 온 신경과 기운이 주위를 살피는 두 눈과 운전대를 잡은 손에 집중되었다. 라리종호는 기적을 울리고 연기를 내뿜으며 소트빌 역을 전속력으로 통과하고 루앙 역에서 딱 한 번 정차한 다음, 얼마간 진정된 모습을 되찾고 다시 출발해 말로네까지 이어지는 경사면을 한층 느린 속도로 올라가기 시작했다.

휘영청 밝은 달이 떠서 사방을 하얗게 비추고 있었기 때문에 자크는 빠른 속도로 휙휙 달아나는 자그마한 덤불과 철길의 자갈들까지도 일일이 분간할 수 있었다. 말로네 터널을 빠져나온 자크는 아름드리나무 한 그루가 드리운 그림자가 선로에 가로놓여 있는 것을 보고 불안한 마음이 들어 오른쪽을 흘깃 쳐다보았다. 그가 살해 장면을 목격했던 가시덤불숲 한구석이 눈에 들어왔다. 변함없이 황량하고 사람의 발길이 닿을 성싶지 않은 그 지역은 구릉과 자잘한 나무들이 빽빽이 들어찬 컴컴한 골이 끊이지 않고 번갈아 이어지며 거칠고 피폐한 풍경을 펼쳐 보였다. 이어 크루아드모프라에 다다르자 정지한 듯 떠 있는 달 아래 비스듬히 철길을 향해 있는 집이 갑자기 눈에 들어왔는데, 덧창들이 굳건히 내려진 채 황폐하게 버려진 그 집은 소름 끼치도록 침통한 풍경이었다. 자크는 이번에는 마치 자신의 불행한 운명 앞을 지나가는 듯한 기분이 들어 이전보다 더 가슴이 조여왔다.

그런데 곧바로 그의 눈에 다른 장면이 포착되었다. 미자르의 집 근처 건널목 차단기에 플로르가 기대서 있었던 것이다. 요즘은 그곳을 지나칠 때마다 그녀가 그 자리에서 그의 동정을 살피며 기다리고 있는 모습이 눈에 들어왔다. 그녀는 꿈쩍도 하지 않고 고개만 돌려서 환한 불빛 속으로 사라지는 그의 모습을 좇았다. 그녀의 길쭉한 옆모습이 하얀 빛 속에 검은 형상으로 뚜렷이 드러났는데 금빛 머리카락만이 창백한 달빛 아래 반짝이고 있었다.

자크는 라리종호를 몰아쳐 모트빌 비탈길을 넘어선 다음 볼벡 평원을 지나는 동안에는 약간 숨을 고르게 놔두다가 마침내 생로맹에서 아르플뢰르까지 30리에 달하는 가파른 경사로로 라리종호를 돌진시켰는데, 그 길은 기관차들이 보통 마구간 냄새를 맡고 흥분해 달려드는 말처럼 단숨에 주파하는 길이었다. 드디어 그는 온몸이 부서질 것 같은 노곤한 상태로 르아브르에 도착했다. 열차의 도착으로 소란한 움직임과 연기에 점령당한 역사 지붕 아래에서 세브린이 집으로 올라가기 전 그에게 달려와 명랑하고 사랑스러운 얼굴로 말했다.

"고마워요, 내일 봐요."

6

 한 달이 지났다. 대합실 위, 역사 이층에 있는 루보 부부의 집에는 다시 고요한 평온이 찾아왔다. 그들 부부의 집에도, 복도를 같이 쓰는 이웃들의 집에도, 그러니까 시간표에 짜인 대로 다람쥐 쳇바퀴 돌듯 시계라는 존재에 얽매여 돌아가는 이 조그만 철도원들의 세계에도 다시 단조로운 일상사가 흘러가기 시작했다. 애초에 충격적이고 비정상적인 일이라곤 전혀 일어나지 않았던 곳 같았다.

 떠들썩하게 물의를 일으켰던 그랑모랭 사건은 세간의 관심 밖으로 소리 없이 사라져갔으며, 범인을 잡지 못하는 사법 당국의 무능함을 질타하는 모양새로 종결될 조짐을 보였다. 예심판사 드니제가 카뷔슈를 보름 정도 더 붙잡고 있다가 증거 불충분이라는 이유로 이미 불기소처분을 내리고 난 뒤였다. 그러자 도저히 붙잡을 수 없는 정체불명의 살인범이다. 여러 곳에서 동시에 출몰하는 범죄의 달인이다. 이제까지 발생한 모든 살인 사건을 그자가 저질렀다더라, 경찰이 나타나기만 하면 연기처럼 사라진다더라 등등의 온갖 소문과 더불어 사건은 바야흐로 한 편의 황당무계한 추리소설이 되어가는 판세였다. 그 전설적인 살인범을 둘러싼 이러저러한 풍자는 총선을 앞두고 공격에 열을 올리는 야당지에서나 이따금 되풀이될 따름이었다. 권력의 폭압이나 고위 행정관들의 직권 남용 등 다른 문제들이 날마다 성난 기삿거리들을 공급해주었다. 그 결과 신문들은 그 사건에 대해 더이상 신경을 쓰지 않았다. 그 사건은 대중의 열렬한 호기심 밖으로 밀려났다. 이제는 그것을 이야기하는 사람조차 없었다.

루보 부부에게 결정적으로 평온이 찾아온 것은 그동안 그들을 위협하던 또다른 난관, 다시 말해 그랑모랭 법원장의 유서와 관련된 문제가 다행스러운 방식으로 풀렸기 때문이었다. 스캔들이 불거질까봐 두려웠던데다 재판 결과마저도 자신들의 승리를 결코 점칠 수 없었던 라셰네 부부가 본농 부인의 조언에 따라 마침내 그 유서를 문제삼지 않는다는 데 동의했던 것이다. 그리하여 그들 몫의 유증을 받게 된 루보 부부는 드디어 일주일 전에 크루아드모프라의 집과 정원의 주인이 되었는데 그 재산 가치는 약 4만 프랑 정도로 추산되었다. 그들은 그것을 즉각 팔기로 결정했다. 추행과 피로 얼룩진 그 집이 악몽처럼 그들의 뇌리에 달라붙어 떨어지지 않는데다 그들로서는 지난날의 유령들이 출몰할 것만 같은 공포감이 엄습해 감히 그 집에서 잠을 잘 엄두조차 나지 않았던 것이다. 그래서 그들은 그 집을 통째로, 가구들과 함께 있는 그대로, 수리를 한다거나 먼지를 떨어낸다거나 하는 일조차 하지 않고 그냥 팔아버리기로 마음먹었다. 그런데 경매에 부치면 그런 오지에 은거하겠다고 나설 구매자가 드물 것이고 그렇게 되면 집값이 폭락할 게 뻔했기 때문에 그들은 그 집의 가치를 알아보는 사람이 나타나기를 기다리기로 작정했는데, 정작 한 일이라고는 그 집 앞을 끊임없이 오고가는 기차에서 잘 보이도록 집 정면에 거대한 게시물을 내건 것뿐이었다. 커다란 글씨의 그 알림판은, 매물을 알리는 그 쓸쓸한 광고문은 굳게 닫힌 겉창과 가시덤불이 뒤덮은 정원의 음산함을 더해주었다. 그 집에 가서 몇 가지 필요한 조치를 취하는 것은 물론 그 집 앞을 지나가는 것조차 루보가 거부한 탓에 세브린이 어느 오후에 그 집에 들렀다. 그녀는 미자르 부부에게 열쇠를 맡기면서 구매자가 찾아오면 집을 보여줄 것을 부탁했다. 장롱 안에 리넨 제품들까지 다 갖추어져 있으니 의향만 있다면 바로 들어와 살 수 있다는 것이었다.

그뒤로 루보 부부는 아무런 걱정거리 없이 편안한 마음으로 내일이 오기를 기다리면서 하루하루를 보냈다. 집은 언젠가는 팔릴 것이고, 그러면 그 돈을 은행에 넣어놓으면 될 것이고, 이제 만사가 술술 풀릴 것이다. 게다가 그들은 그 집의 존재를 잊고 지냈다. 그들은 문을 열면 복도와 직통으로 연결되는 식당을 가운데 두고 오른편에 꽤 넓은 침실과 왼편에 통풍도 되지 않는 손바닥만한 부엌이 딸린, 자신들이 지금 차지하고 있는 세 칸짜리 집을 절대로 떠나서는 안 되는 것처럼 여기며 생활했다. 심지어 창문 너머로 보이는 역사 지붕도, 감옥의 담장처럼 시야를 가리는 그 경사진 함석지붕도 예전처럼 그들의 화를 돋우기는커녕 마음을 가라앉혀주는 것 같았고, 무한한 휴식과 원기 넘치는 평온한 기분을 듬뿍 안겨주어 잠도 푹 잘 수 있게 해주었다. 그게 아니더라도 적어도 이웃들이 쳐다보지 않아서 좋고, 사람 마음속을 뒤지는 듯한 스파이의 눈길을 늘 마주하지 않아도 되니 좋았다. 봄이 되자 본격적으로 내리쬐기 시작한 햇볕에 함석지붕이 달아올라 숨막히는 열기를 내뿜고 눈부신 반사광을 쏘는 것만 제외하고는 달리 불평거리가 없었다. 두 달 가까이 그들을 끊임없는 두려움에 시달리며 살게 했던 그 끔찍한 격랑이 지나가고 나자 그들은 반작용으로 밀려오는 이 무기력하고 무감각한 상태를 멍한 마음으로 즐겼다. 그들은 더이상 떨거나 괴로워할 필요가 없어진 것만으로도 행복해서 앞으로는 조용히 지내겠노라고 공언하고 다녔다. 루보가 그렇게 근면하고 성실한 직원이었던 적은 일찍이 없었다. 주간 근무일 때는 새벽 다섯시에 플랫폼에 내려가 오전 열시나 되어서야 식사를 하러 집에 올라왔으며, 다시 열한시에 내려가 오후 다섯시까지 장장 열한 시간을 꽉 채워 일했다. 야간 근무 때는 오후 다섯시부터 새벽 다섯시까지, 집에 올라가 식사를 겸한 짧은 휴식을 취하는 것조차 마다하고 사무실에서 야식을 먹어가며 꼼짝도 하지 않고 일에 매달렸다. 그는 이 격무를 흡족한 마음으로 수행했다. 마치 피로를 말끔히 잊고 다시 균형을 찾아 정상적인 생활을 시작하는 비법이라도 알고 있는 듯, 온갖 자질구레한 일을 떠맡으며 혼자 모든 것을 살펴보고 모든 일을 처리하는 등 일을 즐기는 것같이 보였다. 그의 곁에서 세브린은 격주로 독수공방을 하고 그렇지 않은 주에도 점심식사와 저녁식사 때만 그를 볼 뿐 홀로 지내다시피 하며 착실한 가정주부의 역할에 푹 빠져 있는 듯 보였다. 평소에 그녀는 앉아서 수만 놓을 뿐 살림살이에 손대는 것을 싫어해서 시몽 아줌마라는 노파가 아홉시에 찾아와 열두시까지 집안일을 대신 해주었다. 그런데

240

집에서 편안한 마음으로 지낼 수 있게 되고부터, 그럴 수 있다는 확신이 들고부터 싹싹 쓸고 닦고 정리정돈하고 싶은 의욕에 사로잡혔다. 그녀는 집안 구석구석 손을 대고 나서야 비로소 의자에 앉았다. 게다가 부부 두 사람 모두 잠을 잘 잤다. 드물지만 식사 시간에 머리를 맞대고 있을 때나 함께 잠자리에 드는 밤에도 그들은 그 사건에 대해 일언반구도 하지 않았다. 그들은 그 일이 끝나 땅에 묻혔다고 믿는 것 같았다.

특히 세브린의 생활은 그렇게 평화로운 상태를 되찾았다. 게으름이 다시 찾아와 그녀는 또다시 집안 살림을 시몽 아줌마에게 맡기고는 섬세한 바느질이나 하는 요조숙녀로 되돌아갔다. 그녀는 침대보 전체에 수를 놓는, 좀처럼 끝나지 않을 것 같은 작업을 시작했는데 그 일이 삶을 온통 독차지할 정도로 그녀는 그 일에 몰두했다. 그녀는 느지감치 잠자리에서 일어났다. 잠이 깬 뒤에도 역을 들고 나는 기차의 진동에 몸이 흔들리며 침대에서 혼자 뭉그적거리는 것을 즐겼는데, 기차는 그녀에게 시계만큼이나 정확하게 시간의 흐름을 알려주는 존재였다. 신혼 때는 호각 소리, 전차대 충격음, 벼락같은 쇠바퀴 소리 등 역의 격심한 소음과 지축이 울리는 듯한 갑작스러운 진동 때문에 머리가 돌 지경이었다. 그러나 그후 조금씩 익숙해져서 역의 소리와 진동은 그녀 삶의 일부가 되었다. 그리고 지금은 그것들을 즐길 정도가 되었는데, 그녀의 심적 평안은 그 흔들림과 소란 덕분이었다. 점심식사 전까지 그녀는 이 방 저 방 옮겨다니면서 손을 놓은 채 가정부와 잡담을 나누는 것이 일과였다. 그리고 나서는 식당 창문 앞에 앉아 긴 오후 시간을 보냈는데, 대개는 일감을 무릎에 내려놓고 아무것도 하지 않는 무위의 상황을 즐겼다. 그녀의 남편이 꼭두새벽에 잠자러 올라오는 주에는 그가 코고는 소리가 저녁까지 집안을 울렸다. 그런데 그런 주가 그녀에게는 바람직한 주였다. 그럴 때면 그녀는 결혼하기 전처럼 침대를 독차지하고 잔 다음 일어나서는 하루 온종일 자유롭게 마음대로 즐거운 시간을 보냈던 것이다. 그녀는 거의 외출을 하지 않았다. 그녀가 보는 르아브르의 풍경이라곤 인근 공장들이 내뿜는 연기가 시커멓게 커다란 소용돌이를 일으키며 함석지붕의 용마루 위로 솟아올라 그녀의 눈앞 몇 미터까지 시야를 가로막는 광경뿐이었다. 도시는 영원할 것 같은 그 장벽 뒤에 있을 터였다. 그녀는 보이지 않는 그 도시를 항상 마음으로 느꼈다. 도시를 볼 수 없다는 갑갑함은 시간이 지나면서 많이 누그러졌다. 그녀가 역사 지붕의 낙수 홈통에 놓고 기르는 비단향꽃무와 마편초 화분 대여섯 개가 조그만 정원 구실을 하며 그녀의 고독을 그나마 예쁘게 장식해주었다. 가끔 그녀는 자기가 깊은 숲속에 갇힌 은둔자 같다고 말했다. 루보는 한가할 때면 혼자서 그 창문을 훌쩍 뛰어넘어 역사 지붕 위로 내려섰다. 그러고는 낙수 홈통을 따라 끝까지 간 다음 함석지붕의 경사면을 딛고 올라가서 용마루 꼭대기, 쿠르나폴레옹 대로가 내려다보이는 자리에 올라앉았다. 그런 다음 그 자리에서 발아래 펼쳐진 도시와 높이 솟은 돛대들이 숲처럼 촘촘히 들어차 있는 항만과 연초록빛 망망대해를 굽어보며 창공을 배경으로 파이프 담배를 피웠다.

루보 부부의 이웃인 다른 직원들의 집도 이와 똑같은 소강상태에 접어든 듯 보였다. 평소 같으면 요란하기 짝이 없는 쑥덕공론이 횡행했을 복도 역시 쥐죽은듯 잠잠했다. 필로멘이 르블뢰 부인의 집에 들렀을 때도 그들의 목소리는 가벼운 속삭임조차 거의 들리지 않았다. 두 여자 모두 사태가 어떻게 돌아가는지 보고 놀란 탓에 부역장에 대해 경멸 서린 동정심을 보일 뿐 더이상 아무 말도 하지 않았다. 그의 자리를 보전하기 위해 마누라가 파리에 가서 뭔가 수상한 짓을 했다는 것은 안 봐도 뻔하며, 그래 봤자 여전히 몇몇 의혹으로부터는 자유롭지 못한 흠결이 있는 인물이라는 것이었다. 매표원의 아내는 이제는 이웃이 자기네 집을 빼앗아갈 여력을 완전히 상실한 상태라고 확신했기 때문에 그들과 마주쳐도 인사도 건네지 않고 뻣뻣하기 그지없게 경멸의 시선을 듬뿍 담아 보낼 뿐이었다. 같은 이유로 그녀는 필로멘까지도 함부로 대해서 필로멘의 발걸음은 점점 뜸해졌다. 필로멘이 너무 건방져 보이는데다 더이상 쓸모도 없어진 것이다. 하지만 르블뢰 부인은, 비록 아직 소득은 없었지만, 전심전력을 다해 담뱃가게 아가씨 기숑과 다바디 역장의 밀회 현장을 포착하려는 감시의 눈길만은 멈추지 않았다. 복도에는 그녀의 융단 실내화가 스쳐지나가는 소리만 들릴락 말락 했다. 이처럼 마치 엄청난 재앙을 당하고 난 뒤 노곤한 잠이 몰려오듯 모든 것이 차츰차츰 깊은 졸음에 빠져들었고 그렇게 평화를 구가하며 한 달이 지나갔다.

그러나 루보 부부의 집안에 있는 한 지점만은 여전히 고통스럽고 불안한 곳으로 남아 있었는데, 바로 식당 바닥 마루의 한 곳이었다. 우연히 눈길이 그곳에 가 닿기만 해도 그들 부부는 어김없이 어떤 불안감에 심란해졌다. 그들은 그랑모랭의 시신에서 탈취한 것들 중에서 지갑 안에 들어 있던 300프랑가량 되는 금화는 빼고 회중시계와 지폐 만 프랑을 창문 왼쪽 아래 벽과 마루가 만나는 지점의 나무 마루 쪽매널 하나를 들어내 숨긴 다음 원래 상태로 덮어놓았던 것이다. 루보가 그 시계와 돈을 그랑모랭의 호주머니에서 챙겨온 것은 오로지 단순 강도 사건으로 위장하기 위해서였다. 그는 한낱 도둑으로 몰리는 것을 거부했다. 그는 그 돈을 한 푼이라도 쓰거나 그 시계를 파느니 차라리 옆에 두고 굶어 죽겠다고 입버릇처럼 되뇌었다. 그 늙은이의 돈은 자기 아내를 더럽혔고, 그래서 자기가 응징했을 뿐이라는 것이었다. 오물과 피가 덕지덕지 묻은 그 돈은 결단코, 결단코, 정직한 사람이 손대서는 안 될 더러운 돈이라는 것이었다. 그는 크루아드모프라의 집에 대해서도 결코 흑심을 품지 않았다. 그저 선물을 받은 것으로 간주했다. 다만 죽은 자의 몸을 뒤졌다는 사실, 살인이라는 끔찍한 짓을 저지른 와중에도 지폐를 챙겨왔다는 사실에 스스로 격분이 일고 양심의 가책 때문에 꺼림칙하고 두려웠다. 그래도 지폐들을 태워 없애고 회중시계와 지갑을 밤에 바다에 나가 던져버리고 싶은 마음은 들지 않았다. 단순히 조심스럽게 처신해야 한다는 생각에서 그렇기도 했지만 그의 내부의 어떤 말 없는 본능이 그런 식의 파괴를 가로막고 나선 것도 사실이다. 그에게 돈은 막연한 숭배의 대상이어서 그런 거액을 두 눈 딱 감고 깡그리 없애버리는 것은 도저히 용납 못할 짓이었다. 맨 처음에는 구석 어디라도 충분히 안전하지는 못하다고 판단해 일단 그 돈을 자기 베개 밑에 쑤셔넣었다. 다음날부터는 안전한 은닉 장소를 찾느라 골머리를 썩였다. 경찰의 가택수색이 두려운 나머지 조그만 소리에도 화들짝 놀라며 매일 아침마다 은닉 장소를 바꾸었다. 살아오면서 그가 그처럼 맹렬하게 상상력을 발휘했던 적은 한 번도 없었다. 그러다가 더는 마땅한 곳이 떠오르지도 않고 두려움에 떠는 것도 지쳐버린 어느 날, 그 전날 마루 한 곳 쪽매널 밑에 숨겨놓았던 돈과 회중시계를 다시 꺼내는 일이 문득 귀찮아졌다. 그 순간만큼은 세상 무슨 일이 있어도 자기가 그곳을 다시 뒤지는 일은 없을 것 같다는 생각이 들었다. 그곳은 유령들이 득시글대는 일종의 납골당, 공포와 죽음의 구멍 같은 곳이었다. 심지어 그는 걸어가다가도 마룻바닥의 그 쪽매널은 발로 밟지 않으려고 피했다. 그곳을 지나면 기분이 불쾌해지고 다리에 가벼운 충격이 오는 듯한 느낌이 들었던 것이다. 세브린은 오후가 되어 창가에 의자를 놓고 앉으려 할 때마다 마치 자기들이 마룻바닥 밑 그 자리에 시체를 묻어두기라도 한 양 그곳만은 피하려고 의자를 뒤로 무르곤 했다. 부부는 자기들끼리는 그 점에 대해 입도 뻥긋하지 않았으며 곧 익숙해질 거라고 자기암시를 거느라 무진장 애를 썼지만 결국에는 다시 시체 생각이 떠오르고 발을 디딜 때마다 신발 바닥 밑에서 그 시체가 점점 더 곤혹스럽게 달려든다는 느낌이 들어서 그만 신경이 곤두섰다. 그런데 그들이 그 칼, 부인이 사주고 남편은 그 부인의 정부의 목을 찌르는 데 사용한 그 멋진 새 칼에 대해서만은 조금도 두려움이 일지 않는 것을 보면 참 묘한 불안감이라고 할 수 있었다. 그 칼은 깨끗이 닦아서 부엌 서랍 안에 모셔두었는데, 가끔씩 시몽 아줌마가 빵을 자르기 위해 아무렇지도 않게 사용하기도 했다.

게다가 이렇게 평온해 보이는 생활을 하고는 있지만 루보에게는 얼마 전부터 새로운 고민거리가 생겨나 새록새록 커졌는데, 그것은 자크를 자기들 집에 자주 불러들이면서 벌어진 일이었다. 열차 운행 때문에 기관사 자크는 일주일에 세 번 르아브르에 들렀다. 월요일은 오전 10시 35분에 도착해 저녁 6시 20분에 떠나기 전까지, 목요일과 토요일은 밤 11시 5분에 도착해 다음날 아침 6시 40분에 떠나기 전까지 머물렀다. 그런데 세브린이 파리에 다녀온 후 처음 맞이한 월요일에 부역장은 자크에게 악착스럽게 달라붙었다.

"이봐요, 동지, 우리와 함께 그냥 간단히 식사나 하자는 것을 거절하면 안 되지, 않겠소…… 이거야 원! 내 마누라한테 너무 잘해줘서 말이야, 뭐라고 감사해야 할지 모르겠거든."

자크는 한 달에 두 번 같이 점심식사를 하자는 제안을 받아들였다. 아내와 식사를 하면서 이전과는 달리 서로 아무 말도 나누지 않게 된 것이 마음에 걸렸던 루보는 자기들 사이에 손님을 끼워넣을 수 있게 되자 마음이 가벼워지는 것 같았다. 루보는 이내 이야깃거리를 되찾았고 농담까지 떠들어댔다.

"될 수 있으면 자주 들러요! 보다시피 당신이 우리에게 폐 끼치고 말고 할 게 하나도 없잖소."

어느 목요일 밤, 자크는 세수를 하고 나서 자려고 막 숙소에 들어가던 참에 차량 기지 주변을 배회하는 부역장과 우연히 마주친 일이 있었다. 늦은 시간이었는데도 부역장은 혼자 돌아가기 쓸쓸하다며 역까지 동행하더니 역에 도착해서는 자크를 자기 집까지 억지로 끌고 올라갔다. 세브린은 아직 잠자리에 들지 않고 책을 읽고 있었다. 그들은 가볍게 차를 한잔하고 나서 자정이 지나도록 카드놀이까지 했다.

그뒤로는 월요일의 점심과 목요일과 토요일 밤의 조촐한 파티가 정기적인 행사가 되었다. 자크가 어느 하루 깜빡하고 찾아오지 않으면 그를 찾아내서 무심함을 나무라고는 기어이 집으로 데려가는 이가 바로 루보 자신이었다. 그는 점점 더 침울해졌다. 그가 정말로 즐거워하는 때는 새로운 친구와 같이 있을 때뿐이었다. 애초에 그 자신을 그토록 혹독한 불안에 떨게 했던 청년, 지금도 그로서는 잊고 싶은 그 끔찍한 일들을 목격하고 생생히 기억하는 장본인인 만큼 필시 그를 혐오하고 있을 이 청년이 반대로 이제 그에게는 없어서는 안 될 존재가 되어버린 셈인데, 아마도 이 청년이 다 알고 있으면서도 결코 입을 열지 않았기 때문일 터였다. 부역장은 종종 공모자를 대하듯 그를 쳐다보다가 돌연 흥분해서는 그의 손을 꽉 움켜잡았는데 그 격렬함은 단순한 동료 사이의 표현 수준을 훌쩍 뛰어넘는 것이었다.

무엇보다 자크는 이 부부에게 기분 전환의 대상이었다. 세브린 역시 그가 집안에 들어서자마자 어떤 쾌감에 눈을 뜬 여자처럼 그를 열렬히 환대하고 가벼운 탄성까지 토해냈다. 그녀는 붙들고 있던 수틀이든 책이든 다 내려놓고 우울하게 무기력증에 빠져 보냈던 나날을 그렇게 웃고 떠들면서 날려보냈다.

"아! 이렇게 와주시다니 자상하기도 하셔라! 급행열차 소리를 들었어요. 그 소리를 듣고 당신을 생각했답니다."

그가 함께 점심식사를 할 때면 아예 잔치였다. 그녀는 이미 그의 식성을 파악하고 그에게 신선한 달걀을 대접하기 위해 일부러 외출을 했다. 이 모든 일을 그녀가 아주 조신하게, 집안 친구를 맞이하는 착실한 가정주부답게 했기에 그는 그녀의 태도에서 친밀해지고 싶은 바람과 기분 전환의 욕구 말고는 달리 아무것도 느낄 수 없었다.

"아시죠, 월요일이에요, 꼭 오세요! 크림을 준비해놓을게요."

그런데 그렇게 한 달 정도 그가 그 집을 출입하는 동안 루보 부부의 사이는 심각하게 멀어졌다. 아내는 점점 더 침대에 혼자 있는 것을 즐겼으며, 남편과 되도록 잠자리를 같이하지 않으려고 꾀를 냈다. 신혼 초에는 그토록 뜨겁게 짐승같이 덤벼들었던 남편도 잠자리에서 아내를 안기 위해 뭔가를 하는 일이 전혀 없었다. 남편은 아내를 애정 없이 안았을 뿐이며, 아내는 사태가 그렇게 흐를 수밖에 없었다고 체념하며 아무런 쾌감도 느끼지 못하면서 좋은 척 복종하는 여자의 의무감으로 마지못해 따를 뿐이었다. 그런데 이미 범행 직후부터 그녀는 왠지 모르게 그 짓이 역겨울 정도로 싫어졌다. 그 짓이 짜증이 나고 질리기까지 했다. 어느 밤엔가는 촛불이 꺼지지 않은 것을 보고 소리를 지른 일도 있었다. 자기를 덮치는 그 부들부들 떨리는 붉은 얼굴에서 살인범의 얼굴을 다시 본 듯했던 것이다. 그때부터 그녀는 매번 사시나무 떨듯 떨었는데, 마치 그가 손아귀에 칼을 쥐고 자신을 거꾸러뜨리기라도 하려는 것처럼 섬뜩한 살해의 공포를 느꼈던 것이다. 그것은 터무니없는 상상이었지만 그녀는 두려움에 심장이 다 떨렸다. 게다가 쾌락을 구하기에는 그녀가 너무 뻣뻣해졌다는 것을 느낀 다음부터는 그가 그녀에게 덤벼드는 횟수도 점차 줄어들었다. 나이가 들면서 부부 사이에 일종의 피로감과 무관심 같은 것이 생기기 마련이지만 그들 사이에는 그 끔찍했던 위기의 순간이, 뿜어져나온 피가 그런 것을 낳은 듯했다. 어쩔 수 없이 같이 잠자리에 들어야 하는 밤이면 그들은 각자 침대 양쪽 끄트머리에 멀찌감치 떨어져서 잤다. 그런데 자크가 이러한 결별을 촉진시키는 데 일조를 한 것은 분명했다. 그가 그들 부부 사이에 나타나면서 그들 스스로 빠져 있던 강박관념에서 끄집어내주는 역할을 한 것이다. 그가 그들 부부를 서로에게서 벗어나게 해준 셈이었다.

하지만 루보는 여한이 없었다. 그는 사건이 그렇게 일단락되기 전까지는 사실 앞으로 일이 어떻게 전개될지 두려웠다. 그의 가장 큰 근심거리는 무엇보다 일자리를 잃는 것이었다. 그런데 지금 이 순간 그는 아무것도 아쉬울 게 없었다. 하지만 한 가지, 그가 만일 다시 일을 벌여야만 한다면 아마도 이번에는 절대로 아내를 개입시키지 않을 것 같았다. 왜냐하면 여자들이란 쉽사리 겁을 먹는 존재이기 때문이다. 자기 아내만 하더라도 지금 자기를 경원시하는데 그것은 자기가 그녀의 어깨에 너무 무거운 짐을 지운 탓이라는 생각이었다. 그렇게 혼자 일을 저지른다면 겁에 질려 걸핏하면 대드는 그녀와 공범 관계를 맺는 지경까지 추락하는 일 없이 스스로 제어만 잘하면 될 일이었다. 그러나 상황이 이렇게 된 마당에 이제는 잘 적응하는 수밖에 없었다. 그녀가 과거를 실토한 후 그 자신이 살기 위해서는 살인이 불가피하다고 판단하고 나서부터 지금 이런 안정된 정신 상태에 도달하기까지 정말 눈물겨운 노력을 해야 했다는 것을 생각하면 더욱 그랬다. 그로서는 만약 자기가 그자를 죽이지 않았다면 오히려 자기가 살 수 없는 지경에 몰렸을 것 같았다. 그의 마음속에 질투의 불길이 사그라진 지금, 그 불길로 입은 견딜 수 없던 화상도 다 아물고 마치 그의 심장의 피가 그자가 흘린 모든 피를 받아 뻑뻑해지기라도 한 것처럼 온몸이 무력감에 휩싸인 지금은, 그토록 화급했던 살인의 불가피성도 더이상 뚜렷하게 떠오르지 않았다. 더 나아가 그는 정말 살인을 할 만한 가치가 있었던 일이었나 하고 자문하기에 이르렀다. 그렇다고 무슨 후회 같은 것은 아니었고 기껏해야 환멸 같은 것, 그러니까 사람들이 절대 고백할 수 없는 일들을 저질러놓고는 나중에, 그런다고 더 행복해지는 것이 아닌데도 그냥 그렇게 하면 행복해지지 않을까 기대하며, 그때 과연 어떻게 했어야 했을까 종종 궁리하게 되는 그런 생각이었다. 그렇게도 떠벌이었던 그가 긴 침묵과 막연한 숙고에 빠지는 일이 잦아졌고, 그때마다 더 침울한 모습으로 깨어났다. 이즈음 그는 식사 후에 아내와 계속 대면하고 싶지 않아 날마다 역사 지붕 위로 올라가 용마루 꼭대기에 앉아 있는 것이 일과였다. 거기서 먼바다에서 불어오는 미풍을 맞으며 아련한 몽상에 몸을 맡긴 채 파이프 담배를 물고서 도시 저편 수평선 너머로 대양을 향해 나아가다가 사라지는 여객선들을 물끄러미 쳐다보았다.

그러던 어느 날 밤, 루보의 질투심이 예전처럼 맹렬하게 되살아나는 일이 벌어졌다. 그가 차량 기지로 자크를 찾으러 갔다가 가볍게 차나 한잔하자고 자크를 데리고 자기 집으로 올라가고 있을 때였다. 바로 그때 계단을 내려오는 여객전무 앙리 도베르뉴와 마주쳤다. 여객전무는 당황하는 눈치더니 자기 누이들이 부탁한 심부름 때문에 루보 부인을 만나고 가는 길이라고 해명했다. 사실 여객전무는 얼마 전부터 세브린의 마음을 붙잡을 수 있을까 하는 기대를 품고 그녀에게 치근덕거리던 참이었다.

문을 열고 들어서자마자 부역장은 아내를 호되게 몰아세웠다.

"저자가 무슨 짓을 하러 또 올라온 거야? 내가 저자를 기분 나빠한다는 걸 잘 알면서!"

"아니에요, 여보, 자수본 때문에 온 거예요……"

"자수라고? 개나 물어가라고 해! 당신은 그래 내가 그자가 무엇을 노리고 여기 오는지 모를 만큼 아둔하다고 생각하는 거야?…… 하여튼 당신, 조심해!"

그는 두 주먹을 불끈 쥐고 그녀에게 걸어왔다. 그녀는 이제까지 서로 소 닭 보듯 무관심하게 조용히 지내온 마당에 남편이 그토록 격분하는 것을 보고 놀라서 하얗게 질린 얼굴로 뒷걸음쳤다. 그러나 그는 이미 화가 누그러진 상태였다. 그가 동행자에게 말을 돌렸다.

"정말이지, 유부녀한테 빠진 저런 바람둥이들은 여자가 금방 자기들한테 달려들 거고 남편은 체면을 지나치게 의식해서 모르는 척 넘어갈 거라고 굳게 믿는 것 같단 말이야! 난 말이지, 그런 걸 보면 피가 끓어올라…… 보라고, 그런 경우라면 난 내 마누라 목을 졸라버려, 오! 그것도 그 자리에서 당장! 그 조무래기 녀석이 다시는 이곳에 발을 들여놓는 일이 없도록 해, 안 그러면 내가 그자에게 톡톡히 값을 치르게 할 테니까…… 안 그렇소? 정말 역겨워."

자크는 그 상황이 너무 불편해서 어떤 태도를 취해야 할지 감이 잡히지 않았다. 이 과장된 분노는 나를 겨냥한 것인가? 남편으로서 나에게 경고를 하는 것일까? 그런데 그 남편이 다시 유쾌한 음성으로 자기 아내에게 말하는 것을 보고 그는 마음이 놓였다.

"이 바보 멍청이, 놀라긴, 만약 그랬다면 당신도 문전에서 그자의 따귀를 후려쳤을 거야, 내 잘 알지…… 자, 술 좀 내오라고, 그리고 당신도 우리랑 한잔해."

그는 자크의 어깨를 두드렸다. 세브린도 평상심을 되찾고 두 남자에게 웃음을 지어 보였다. 그리고 나서 그들은 함께 마셨다. 그렇게 그들은 정다운 시간을 보냈다.

루보는 그런 식으로 순수한 우정을 겉으로 내세우며, 어떤 결과가 빚어질지 염려하는 내색도 일절 보이지 않고 아내와 동료를 가까이 지

내게 했다. 그런데 바로 그 질투의 문제가 자크와 세브린 사이의 친밀감이 더 내밀해지고 서로를 향한 애정은 더 은밀해지는 계기가 되었다. 왜냐하면 자크는 그로부터 이틀 뒤 세브린을 다시 만났을 때 그녀가 그렇게 몹시 난폭하게 당하던 장면이 떠올라 그녀를 동정하게 되었고, 세브린은 세브린대로 두 눈에 눈물을 글썽인 채 뜻하지 않은 한탄을 터뜨리면서 자기가 얼마나 불행한 부부생활을 하고 있는지 털어놓았기 때문이다. 그때부터 두 사람은 둘만의 화젯거리를 갖게 되었는데, 일종의 우정의 공모 관계라고 할 수 있는 그 상황에서 그들은 마침내 눈짓만으로도 상대방을 이해할 수 있게 되었다. 방문할 때마다 그는 그녀에게 눈짓으로 그동안 새로운 걱정거리가 생기지는 않았는지 물었다. 그녀도 같은 식으로 살짝 눈꺼풀을 깜빡이는 것으로 대답했다. 그런 다음 그들의 손은 남편의 등뒤에서 서로의 손을 갈구했고 그 손길은 점점 더 대담해졌다. 그들은 오랫동안 손을 꼭 쥐는 것으로 감정을 전달했으며, 상대방의 생활에서 일어나는 아주 소소한 부분에 이르기까지 점점 더 커져만 가는 관심을 따뜻한 손가락 끝으로 전하며 서로 묻고 답했다. 그들이 루보 없이 잠시나마 같이 있을 수 있는 행운을 잡는 일은 좀처럼 일어나지 않았다. 그 음울한 식당에서 그들 사이에는 항상 루보가 자리했다. 하지만 그들은 루보를 피할 궁리를 전혀 하지 않았으며 역의 후미진 곳에서 은밀한 만남을 약속할 생각은 품어본 적조차 없었다. 그때까지만 해도 둘의 관계는 순수하게 좋아하는 감정, 열렬한 호감에서 비롯된 끌림 정도여서 루보의 존재가 별로 걸림돌이 되지 않았다. 눈빛 하나만으로도, 손을 맞잡는 것만으로도 서로의 마음을 알기에 충분했던 것이다.

자크가 한 주 뒤 목요일 자정에 차량 기지 뒤에서 그녀를 기다리겠노라고 처음으로 세브린의 귀에 대고 속삭인 날, 그녀는 펄쩍뛰면서 거칠게 자기 손을 빼냈다. 그 주는 그녀가 자유로운 주, 그러니까 남편이 야간 근무를 하는 주였다. 그러나 집 바깥으로 나선다는 생각만 해도, 역의 어두컴컴한 곳들을 지나 그렇게 멀리까지 가서 그 사내를 만난다는 생각만 해도 마음속에 커다란 혼란이 일었던 것이다. 그녀는 이제까지 한 번도 겪어보지 못한 혼란을 느꼈다. 그것은 아무것도 모르는 숫처녀의 가슴을 방망이질하게 하는 그런 두려움이었다. 그녀는 요지부동으로 쉽사리 뜻을 굽히지 않았다. 그녀 자신도 그 야밤의 나들이에 대해 불타는 욕망을 품고 있었지만 그가 보름 가까이 애걸했을 때에야 비로소 마지못한 듯 응했다. 6월이 시작되어, 밤공기도 뜨거워졌다. 바닷바람은 그 뜨거운 공기를 식히기에는 역부족이었다. 자크는 그녀의 거절에도 불구하고 매번 그녀가 자기를 만나러 나올 거라는 기대를 안고 이미 세 번씩이나 그녀를 기다렸다. 그녀는 그날 밤에도 나오지 않겠노라고 말했다. 그러나 그날 밤은 달도 뜨지 않고 하늘은 구름에 완전히 가려진데다 짙은 안개가 하늘의 모든 빛을 삼켜 별빛 하나 보이지 않는 그런 밤이었다. 어둠 속에 서 있던 그의 눈에 마침내 검은 옷을 입은 그녀가 발소리를 죽이며 다가오는 모습이 보였다. 사방이 너무도 캄캄해서 만일 그가 두 팔로 안아 세우지 않았다면 그녀는 그를 알아보지 못하고 스쳐지나갔을 것이다. 그가 그녀에게 입을 맞추었다. 그녀는 살짝 신음 소리를 내며 몸을 떨었다. 그러고는 웃으면서 그의 입술에 자신의 입술을 포갰다. 그뿐이었다. 그들을 에워싼 창고의 처마 밑에서 그녀는 그가 앉으라고 하는데도 결코 말을 듣지 않았다. 그들은 서로 꼭 껴안고 나지막한 목소리로 이야기를 나누면서 걸었다. 그곳은 차량 기지와 부속 시설들이 들어찬 너른 공간이었는데, 부지 전체가 철길을 가로질러 건널목이 놓인 베르트 가와 프랑수 아마젤린 가 사이에 갇혀 고립되어 있었다. 이를테면 그곳은 일종의 거대한 공터였다. 거기에는 대피선들, 저수조들, 수도꼭지들, 온갖 종류의 건조물, 커다란 기관차 차고 두 동, 손바닥만한 채마밭으로 둘러싸인 소바냐 남매의 작은 집, 정비 공장으로 쓰이는 허름한 건물, 기관사들과 화부들이 잠자는 숙소 등이 어지럽게 널려 있었다. 게다가 그곳은 인적 없는 골목길 사이로 복잡하게 뒤엉킨 우회로들이 나 있어 깊은 숲속처럼 몸을 숨기거나 도망가기에 더할 나위 없이 안성맞춤이었다. 한 시간 가까이 두 사람은 그곳에서 달콤한 기분으로 호젓함을 즐겼다. 너무나 오랫동안 켜켜이 쌓아놓은 정겨운 말들을 쏟아내서 그들의 가슴은 한결 가벼워졌다. 그동안 그녀는 친밀한 우정의 감정을 넘어서는 표현을 원치 않았다. 일찌감치 그녀는 그에게 자기는 절대로 그의 것이 되지 않을 거라고, 자기가 그토록 소중히 여기는 이 순수한 우정을 더럽히는 것은 너무나 추잡한 짓이라고, 자신은 자존감이 강한 여자라고 못을 박았던 것이다. 이윽고 그는 그녀를 베르트 가까지 데리고 갔다. 거기서 그들의 입술이 다시 포개졌다. 이번에는 깊은 입맞춤이었다. 그리고 그녀는 집으로 돌아갔다.

같은 시각, 부역장들이 쓰는 사무실에서 루보는 낡은 가죽소파에 깊숙이 파묻혀 잠을 청했다. 그 낡은 소파에서 자다가 사지가 저려서 하룻밤에 스무 번도 넘게 잠을 깼다. 아홉시까지 그는 밤 기차를 맞아들이고 떠나보내느라 정신이 없었다. 특히 부두에서 생선을 싣고 파리로 가는 열차가 신경이 많이 쓰였다. 조차와 접속 작업에 운송장까지, 면밀히 살펴봐야 할 것들이 많았던 탓이다. 그러고 나서 파리에서 도착한 급행열차를 측선으로 대피시킨 다음, 그는 사무실 탁자 한 귀퉁이에 혼자 앉아 집에서 싸온 차가운 고깃조각을 얇게 썬 빵 사이에 끼워 야식으로 때웠다. 마지막 열차인 루앙발 완행열차는 열두시 반에 들어왔다. 텅 빈 플랫폼에 깊은 정적이 내렸고, 가스등 몇 개만 드문드문 불을 밝혔다. 역 전체가 그 희미한 불빛 속에 흔들리며 졸고 있었다. 전 직원 중에서 부역장의 지시에 따라 두 명의 순찰대와 네댓 명의 인부만이 남았다. 그들은 아까부터 대기소 널빤지 위에 등을 대고 누워 두 손을 모은 채 코를 골았다. 루보는 조그만 경보음이 울려도 그들을 깨워야 했기 때문에 귀를 쫑긋 세우고서 선잠만 들 뿐이었다. 그는 고단한 나머지 날이 샜는데도 곯아떨어져 있을까봐 걱정이 돼서 자명종을 다섯시에 맞춰놓았는데, 파리발 첫 열차를 맞이하기 위해 일어나 있어야 하는 시각이었다. 그런데 특히 며칠 전부터 그는 불면증 때문에 소파에서 뒤척이기만 할 뿐 잠들지 못하는 때가 간간이 있었다. 그럴 때면 바깥으로 나와 한 바퀴 순찰을 돈 다음 전철수가 지키고 있는 초소까지 가서 잠시 잡담을 나누었다. 드넓게 펼쳐진 컴컴한 하늘과 밤의 그 고요한 적막이 그의 흥분된 신경을 가라앉혀주었다. 한밤의 약탈꾼들이 기승을 부려 대처에 골몰하던 끝에 권총이 지급되어, 그는 총알을 장전한 권총을 호주머니에 넣고 다녔다. 새벽이 올 때까지 그렇게 배회할 때도 종종 있었다. 어둠 속에서 무엇인가가 꿈틀거리는 것을 본 것 같으면 우뚝 멈춰 섰다가 발포하지 않아도 되는 상황인 것을 확인하고 다소 아쉬워하면서 걸음을 옮기는 일을 되풀이하다보면 하늘이 훤히 밝아오고 커다란 역사가 창백한 유령처럼 어둠 속에서 모습을 드러내는데 그때가 되면 마음이 한결 가벼워졌다. 세시 무렵이면 먼동이 트기 시작하는 때였기 때문에 그는 그렇게 순찰을 마치고 사무실로 돌아와 소파에 몸을 던지고 깊은 잠에 빠져들었다가 자명종이 울리면 화들짝 놀라며 자리에서 벌떡 일어나는 것이었다.

두 주마다 목요일과 토요일에 세브린은 자크와 재회했다. 그런데 어느 날 밤 그녀가 그에게 남편이 권총으로 무장하고 다닌다는 말을 꺼낸 뒤 그들은 갑자기 불안해졌다. 솔직히 말하자면 루보는 절대로 차량 기지까지 올 일이 없었다. 그렇긴 해도 그 사실은 그들의 밤나들이에 현존하는 하나의 위험으로 다가와 그 매력이 배가되는 결과를 낳았다. 무엇보다 그들은 기막힌 밀회 장소를 벌써 찾아낸 상태였다. 그곳은 소바냐 남매의 집 뒤에 위치한 일종의 오솔길 같은 곳이었는데, 거대한 토탄 더미 사이로 난 길이어서 네모반듯한 거대한 검은 대리석 궁전에 둘러싸인 이국 도시의 호젓한 길 같은 분위기가 났다. 그곳에서는 완벽하게 몸을 숨길 수 있었다. 그리고 그 길 끝에는 연장을 보관하는 조그만 창고가 있었는데, 그 안에 쌓여 있는 빈 자루들은 아주 폭신한 잠자리가 될 수도 있었다. 그런데 갑자기 쏟아진 소나기 때문에 어쩔 수 없이 그 창고로 피신해야 했던 어느 토요일, 그녀는 끝없이 키스를 나누는 와중에도 입술만 허락할 뿐 눕기를 거부한 채 서 있으려고 완강하게 버텼다. 그녀는 자신의 정조를 그곳에 내려놓지 않았다. 그녀는 다만 그에게 자신의 숨결만 마시도록 허락했다. 그것도 아주 듬뿍, 마치 우정의 표시인 것처럼. 급기야 그가 그 정념의 불꽃에 몸이 타올라 그녀를 쓰러뜨리려 하자 그녀는 똑같은 이유를 반복해서 들이

대며 몸을 도사린 채 저항하다가 울음을 터뜨렸다. 왜 이 사람도 나를 이토록 힘들게 하려는 걸까? 그녀로서는 그 더러운 성기의 결합 따위 없이 사랑을 나누는 것이 너무도 좋아 보였다! 열여섯 살에, 유혈이 낭자한 유령이 되어서도 아직도 그녀를 떠나지 않는 그 늙은이의 욕정에 몸을 더럽히고, 그후 결혼해서는 남편의 짐승 같은 정욕에 유린당한 그녀는 어린아이 같은 동정이나 순결의식 같은 것을 간직하고 있었는데, 그것은 바로 제 자신이 정념인 줄 모르는 정념이 발산하는 완벽한 모습의 매혹적인 수치심이었다. 그녀가 자크에게 반한 것은, 그녀가 그의 손을 살그머니 쥐었을 때 그의 손이 그녀의 몸을 함부로 더듬지 않는 것을 보고 실감했던 그의 그 부드러움, 그 온순함 때문이었다. 난생처음으로 그녀는 사랑을 느꼈다. 그래서 절대로 몸을 허락하지 않았다. 그녀가 이전의 두 남자에게 몸을 준 것과 똑같은 방식으로 이 남자에게 순순히 몸을 준다면 그것은 자신의 사랑을 심각하게 훼손하는 일이 될 것이기 때문이었다. 그녀의 무의식적인 욕망은 지극히 달콤한 이 기분을 영원히 연장하는 것, 더럽혀지기 전의 새파란 젊음으로 되돌아가는 것, 좋은 남자친구를 사귀어 열다섯 살 때 그러듯 문 뒤에서 입술을 고스란히 내주고 깊은 포옹을 하는 것이었다. 그는 흥분한 순간을 제외하고는 절대로 치근덕거리며 몸을 요구하지 않았고, 육욕의 쾌락은 저만치 미뤄둔 그 행복감에 순순히 동의해주었다. 그녀와 마찬가지로 그도 어린 시절로 되돌아가 사랑을 새로 시작하는 기분이었다. 그때까지 그에게 사랑이란 일종의 두려움으로 내내 존재했던 것이다. 그녀가 그의 손을 밀쳐냈을 때 그가 자기 손을 빼내고 고분고분 따랐던 것은 그가 느끼는 애정의 저 밑바닥에 여전히 암묵적인 공포감이 뙤리를 틀고 있었기 때문인데, 그 공포감은 지금의 욕망과 이전에 자신에게 나타났던 살인의 욕구를 혼동하지나 않을까 두려운 커다란 불안감의 다른 이름이었다. 이미 살인을 저지른 그녀는 그의 육신이 꿈꾸던 존재 같은 여자였다. 그는 그녀를 만날 때마다 자신의 병이 치유되고 있다는 느낌이 더욱 확실해졌는데, 그것은 몇 시간이고 그녀의 목을 껴안고 있었는데도, 자기 입이 그녀의 입에 포개져 그녀의 영혼을 들이마실 정도인데도, 그녀를 죽여 그녀의 주인이 되겠다는 미친 듯한 욕망이 일지 않는 것만 보더라도 분명히 알 수 있었다. 그런데 그가 늘 과감한 시도를 했던 것은 아니다. 기다리는 것도, 그러니까 결정적인 순간이 도래했을 때 서로의 의지가 허물어지면서 상대방의 품에 안겨 한 몸으로 합쳐지는 일을 그들의 사랑 자체에 맡겨두는 것도 썩 괜찮게 느껴졌다. 그렇게 해서 행복한 만남은 계속 이어졌고, 그들은 잠깐이나마 서로 만나는 일도, 밤을 칠흑처럼 깜깜하게 만들어주는 거대한 석탄 더미 사이로 드리워진 어둠을 벗삼아 함께 걷는 일도 전혀 질리지 않았다.

7월의 어느 밤, 자크는 찌는 듯한 더위에 라리종호가 무기력해지기라도 했는지 정해진 시각인 11시 5분에 르아브르에 도착하기 위해 평소와 달리 라리종호를 몰아붙여야만 했다. 루앙에서부터 센 강 하안을 따라 달리는 내내 엄청난 천둥 번개를 동반한 폭우가 기차 왼쪽을 따라왔다. 자크는 초조한 듯 이따금 주변을 두리번거렸다. 그날 밤 세브린이 그를 만나러 오기로 되어 있었기 때문이다. 그의 걱정은 이 폭우가 일찍 시작되어 그녀가 집밖을 나서지도 못하게 되면 어쩌나 하는 것이었다. 그래서 그는 비가 쏟아지기 전에 무사히 역에 당도하고서도, 객차에서 빨리 내리지 않고 꾸물거리는 승객들 때문에 조바심이 났다.

루보가 플랫폼에서 야간 당직을 서고 있었다.

"이런." 그가 웃으면서 말했다. "얼른 가서 자려고 엄청나게 서두르셨군…… 편안히 주무쇼."

"고마워요."

이윽고 자크는 기차를 후진시킨 다음 기적을 울리고 차량 기지로 향했다. 거대한 출입구의 접이식 문은 활짝 열려 있었다. 라리종호는 지붕이 덮인 차고 안으로 빨려들어갔다. 차고는 선로가 두 개 놓인 일종의 회랑 같은 구조였는데 길이는 대략 70미터쯤 되고 한꺼번에 여섯 대의 기관차를 수용할 수 있었다. 차고 안은 매우 어두웠다. 가스등 네 개가 간신히 어둠을 밝히고 있었는데 그 때문인지 어슬렁거리는 그림자들이 더욱 늘어져 보였다. 간간이 번개가 번쩍거릴 때만 지붕창과 높이 매달린 좌우의 창문들이 불타는 듯 환해졌다. 그럴 때마다 이글거리는 듯한 불빛 아래 금이 간 벽이며 석탄재로 검게 그을린 골조 등 이미 노후해서 금방이라도 무너져내릴 것 같은 이 건물의 누추함이 고스란히 드러났다. 먼저 온 기관차 두 대가 차갑게 식은 채 잠들어 있었다.

곧바로 페쾨가 화실의 불을 끄기 시작했다. 그가 격하게 들쑤시는 통에 붉은 석탄 덩어리들이 재받이에서 튀어나와 선로 옆 고랑으로 떨어졌다.

"무지하게 배고프네. 간단히 요기라도 해야겠어." 그가 말했다. "같이 가시려나?"

자크는 대답하지 않았다. 그는 마음이 다급했지만 불이 완전히 꺼지고 보일러가 비워지기 전에는 라리종호를 떠나고 싶지 않았다. 그것은 그가 절대로 포기하지 않는 세심한 주의, 좋은 기관사의 습관이었다. 시간이 있을 때는 애마를 쓰다듬는 정성으로 라리종호를 꼼꼼히 살펴보고 깨끗이 닦은 다음에야 비로소 자리를 떠났다.

물이 거세게 거품을 일으키며 고랑을 쓸고 지나갔다. 그제야 그는 입을 열어 짧게 말했다.

"서둘러요, 서두릅시다."

엄청나게 큰 천둥소리에 그의 말이 잘렸다. 이번에는 높이 있는 창문을 통해 번쩍이는 하늘이 너무도 선명하게 비쳐서, 수두룩하게 깨져 있는 유리창이 모두 몇 장인지 일일이 셀 수 있을 정도였다. 왼편에는 정비에 쓰이는 바이스들이 줄지어 놓여 있었는데, 거기 세워져 있던 철판 한 장이 종처럼 끈질기게 진동하면서 우는 소리를 냈다. 지붕을 이고 있는 오래된 골조들이 일제히 삐걱거렸다.

"제기랄!" 화부가 씹어 뱉듯 말했다.

기관사는 낙담한 듯 어깨를 으쓱했다. 이제 억수 같은 비가 차고까지 무너뜨릴 기세이니 볼장 다 본 것이다. 소나기가 퍼부어대면서 지붕창들을 깨뜨릴 위세였다. 라리종호 위로 굵은 빗방울이 무더기로 쏟아지는 것을 보면 실제로 위쪽의 유리창 몇 장이 깨진 것이 틀림없었다. 열려 있는 출입문으로 광풍이 들이닥쳤다. 낡은 건물의 뼈대가 송두리째 뽑혀 날아가버릴 것만 같았다.

페쾨가 기관차 정비를 끝마쳤다.

"됐어! 내일 분명하게 보면 될 테니…… 더이상 단장해줄 필요는 없을 것 같고……"

그는 원래 생각으로 돌아와서 중얼거렸다.

"뭘 먹어야겠어…… 그냥 자러 가기에는 비가 너무 온단 말이야."

실제로 취사장은 차량 기지 바로 옆에 붙어 있었다. 반면 회사가 르아브르에서 밤을 보내는 기관사들과 화부들의 숙소로 쓰기 위해 빌린 집은 프랑수아마젤린 가에 있었다. 이런 폭우라면 거기까지 가는 동안 뼛속까지 흠뻑 젖어버리고 말 터였다.

자크는 페쾨를 따라가는 수밖에 없겠다고 생각했다. 페쾨는 상사에게 그런 짐을 들고 가게 하는 것은 예의가 아니라는 듯 자크의 작은 바구니를 들고 나섰다. 페쾨는 그 바구니 안에 차가운 송아지 고기 두 조각과 빵, 뚜껑을 따놓기만 하고 거의 마시지 않은 포도주 한 병이 담겨 있다는 것을 알고 있었다. 다름아니라 그것 때문에 페쾨의 허기가 도졌던 것이다. 빗줄기는 더 거세졌고 또다시 천둥이 쳐서 차고가 뒤흔들렸다. 두 남자가 왼쪽 취사장으로 통하는 작은 문으로 나갔을 때 라리종호의 몸은 이미 식어 있었다. 라리종호는 이따금 번개가 번쩍이는 어둠 속에 버려진 채 허리를 적시는 굵은 빗방울을 맞으며 잠이 들었다. 라리종호 옆에 있는 설잠긴 수도꼭지에서 물이 졸졸 흘러 작은 물웅덩이를 만들더니 바퀴 사이로 흘러들어 고랑을 타고 내려갔다.

그런데 취사장으로 들어가기 전 자크는 문득 세수를 하고 싶어졌다. 취사장 옆에 딸린 세면실에는 항상 뜨거운 물이 나오고 함지가 갖춰져 있었다. 그는 자기 바구니에서 비누를 꺼내 열차 운행중에 시커메진 손과 얼굴을 닦았다. 이어서 그는 기관사들 사이에 불문율로 통하는 주의사항대로 갈아입을 옷을 챙겨서 다닌 덕분에 머리끝부터 발끝까지 완벽하게 변신할 수 있었는데, 르아브르에 도착해 데이트가 있는 날 밤이면 멋을 부리기 위해 항상 그렇게 변신을 했다. 페쾨는 코끝하고 손가락 끝만 대충 닦는 시늉을 하고 벌써 취사장에서 기다리고 있었다.

취사장이라고 해봐야 노란 페인트가 칠해진 휑한 작은 방일 따름이었는데, 거기에는 음식물을 데우는 용도로 쓰이는 화덕 하나, 그리고 식탁보 대신 함석판이 씌워진, 바닥에 고정된 탁자 하나만 달랑 있었다. 가구라고는 긴 의자 두 개가 전부였다. 사람들은 각자 먹을거리를 싸와야 했으며, 탁자에 종이를 깔고 저마다 지니고 다니는 칼로 음식물을 찍어 먹었다. 큰 창문으로 들어오는 불빛이 조명을 대신했다.

"웬 놈의 비가 이렇게 쏟아지는 거야!" 자크가 창가에 우두커니 서서 소리쳤다.

페쾨는 탁자 앞 의자에 앉아 있었다.

"안 먹을 거요, 응?"

"예, 형씨, 식욕이 당기면 내 빵과 고기도 마저 먹어도 돼요…… 난 생각 없어요."

페쾨는 더 묻지도 않고 송아지 고기를 덥석 집어먹고 술병을 마저 비웠다. 그에게는 종종 이런 횡재가 얻어걸렸는데, 그것은 그의 상사가 소식가인 덕분이었다. 평소에도 그는 그의 상사가 남긴 음식 부스러기를 이처럼 남김없이 모두 거두어 먹었는데, 그 때문에 그는 충직한 개처럼 그의 상사를 더 열심히 따랐다. 말없이 먹고 있던 그가 한 입 가득 음식을 우물거리며 말을 꺼냈다.

"그까짓 비, 그래, 퍼부으라고 해, 우린 여기 죽치고 있으면 되니까. 그런데 정말 계속 이렇게 퍼붓는다면 난 자넬 놔두고 요 옆에 갈라네."

그는 감출 것이 없었기 때문에 웃음을 터뜨렸다. 그는 자신과 필로멘

소바냐의 관계를 일찌감치 자크에게 털어놓아야만 했던 것이, 그러잖으면 자기가 그녀를 만나러 가는 밤마다 외박을 하는 것을 보고 자크가 의아하게 생각할 것이 뻔했기 때문이다. 그녀는 오빠네 집 일층 부엌에 딸린 방 한 칸을 쓰고 있어서, 그로서는 그저 덧문을 두드리기만 하면 되었다. 그러면 그녀가 문을 열어주었고 그는 아무렇지도 않게 성큼 걸어들어가면 그만이었다. 그런데 역 직원들 모두가 그렇게 그녀의 방문을 넘나든다는 소문이 파다했다. 하지만 지금은 그녀가 화부에게만 관심을 갖고 있고, 화부는 그것으로 만족스러워하는 것 같았다.

"이런 염병할!" 폭우가 조금 잠잠해지는 듯싶다가 다시 거세지는 것을 보고 자크가 들릴락 말락 하게 욕설을 퍼부었다.

페쾨는 마지막으로 남은 고깃조각을 칼끝으로 찍어 입으로 가져가다가 다시 천진한 웃음을 터뜨렸다.

"아니, 오늘밤 무슨 약속이라도 있는 거요? 그렇지! 우리끼리니까 하는 말인데, 우리더러 거기 프랑수아마젤린 가의 매트리스를 하도 써서 닳게 했다고 비난할 사람은 별로 없을 거요."

돌연 자크가 창가에서 돌아섰다.

"그게 무슨 말이에요?"

"왜긴, 그쪽도 나처럼 이번 봄부터는 새벽 두세시나 돼야 들어오니까 하는 말이지."

그는 무엇인가 알고 있는 게 틀림없다. 어쩌면 밀회 장면을 봤는지도 모르지. 숙소의 공동 침실마다 화부의 침대와 기관사의 침대, 이렇게 두 개의 침대가 짝지어 놓여 있었다. 긴밀한 협업 관계에서 호흡이 잘 맞아야 하는 두 사람을 가급적 붙여놓으려는 조치였다. 그러니 화부가 이제까지는 행실이 반듯했던 자기 상사의 비정상적인 행태를 눈치챈 것은 하나도 이상한 일이 아니었다.

"두통이 있거든요." 기관사가 되는대로 둘러댔다. "밤공기를 맞으며 걷다보면 좀 나아져서요."

화부는 그 말이 끝나기도 전에 탄성을 내질렀다.

"오! 왜 이러시나, 그쪽은 매인 몸도 아니면서…… 나는 그저 유흥을 말하는 것뿐이라고…… 언제든 몸이 찌뿌둥하면 나한테 말하고 해야 하나 골머리 썩일 것도 없소. 나는 그쪽이 원하는 건 뭐든 오케이니까."

더 자세히 설명할 것도 없다는 듯, 그는 자크의 손을 잡고 마음을 듬뿍 담아 으스러지도록 꽉 움켜쥐었다. 그러고는 고기를 쌌던 기름종이를 구겨서 던져버리고 빈 술병을 바구니에 다시 집어넣는 등 비질과 행주질에 이력이 난 꼼꼼한 하인처럼 그 소소한 살림살이를 챙겼다. 이제 천둥은 멈췄지만 비는 여전히 억수로 퍼부어댔다.

"자, 그럼 이 몸은 물러갑니다. 난 신경쓰지 말고 그쪽 일에나 전념하쇼."

"아!" 자크가 말했다. "계속 이 지경일 테니 난 저쪽에 가서 야전침대나 펴고 누우렵니다."

차량 기지 옆에는 대기실이 하나 딸려 있었는데, 매트리스마다 천 가리개로 칸막이가 둘러쳐져 있어 기관사들이나 화부들은 르아브르에서 서너 시간만 대기하면 될 경우 작업복을 입은 채로 그곳에 와서 휴식을 취했다. 실제로 그는 화부가 빗속을 철벅이며 소바냐의 집 쪽으로 사라지는 것을 보고 자신도 비를 무릅쓰고 대기실로 달려갔다. 하지만 잠을 이룰 수가 없었다. 실내가 무더위에 숨이 막힐 것 같아 출입문을 활짝 열고 문턱에 나가 섰다. 대기실 안쪽에는 기관사 한 명이 등을 대고 똑바로 누운 자세로 입을 벌린 채 코를 드르렁거리고 있었다.

그렇게 몇 분이 더 지나갔다. 자크는 체념하고 자신의 소망을 버릴 수 없었다. 이 무자비한 폭우에 대한 반발 심리로 기어코 약속 장소에 가야겠다는 열망이, 세브린이 나와 있을 거라는 기대는 일찌감치 접었지만 적어도 자기는 그곳에 갔다는 만족감만은 누리고 싶은 열망이 더욱 커져만 갔다. 그것은 온몸의 충동이었다. 그는 마침내 폭우를 뚫고 밖으로 나섰다. 그는 둘만의 소중한 아지트에 도착해 석탄 더미들이 만들어놓은 검은 오솔길을 따라 걸었다. 굵은 빗방울이 얼굴을 때리며 시야를 가로막는 가운데 그는 이미 한 번 그녀와 함께 몸을 피한 적이 있는 연장 창고까지 갔다. 왠지 혼자만은 아닌 듯한 느낌이 들었다.

자크는 그 움막 같은 곳의 깊은 어둠 속으로 들어갔다. 그때 두 팔이 날렵하게 그를 감싸안더니 뜨거운 입술이 그의 입술에 포개졌다. 세브린이 거기 와 있었다.

"이런! 당신 와 있었어요?"

"네, 폭풍우가 몰려오는 것을 보았어요. 여기까지 마구 달려왔죠. 비가 들이닥치기 전에…… 그런데 당신은 참 많이 늦었네요!"

그녀가 지친 목소리로 안도의 한숨을 내쉬며 말했다. 그는 그녀가 자기 목에 그렇게 필사적으로 매달리는 것을 본 적이 없었다. 그녀는 움막 한구석에 폭신한 잠자리처럼 쌓여 있는 빈 자루들 위로 미끄러지듯 주저앉았다. 그도 껴안은 팔이 풀리지 않도록 조심하며 주저앉았다. 그녀의 두 다리가 그의 두 다리와 엉켜들었다. 그들은 서로의 모습을 볼 수 없었다. 그들의 헐떡이는 숨결이 현기증처럼 그들을 에워싸면서 주변의 모든 것이 그들의 의식 속에서 흔적도 없이 증발해버렸다.

열렬한 키스의 호출에 화답하여, 마치 두 심장의 피가 섞여 분출하듯 친근한 너나들이 말투가 서로의 입에서 터져나왔다.

"날 기다렸구나……"

"오! 자길 기다렸지, 자길 기다렸어……"

그러더니 곧바로, 그야말로 순식간에, 다음 말을 거의 잇지 못하고, 그를 충동적으로 끌어당겨 자신을 덮치게 만든 장본인은 다름 아닌 그녀였다. 그녀는 자신이 이러리라고는 추호도 예상하지 못했다. 그가 도착했을 때 그녀는 그를 만날 수 있을 거라는 기대를 이미 접어버린 상태였다. 그랬기에 그녀는 그를 안을 수 있다는 뜻밖의 기쁨에 휩싸여, 앞뒤 재거나 물불 가릴 것도 없이 그의 것이 되고 싶다는 갑작스럽고도 참을 수 없는 욕구에 휩싸여 그만 자제력을 잃고 말았다. 그렇게 될 운명이었기에 그렇게 된 것이다. 비는 창고 지붕 위로 더욱 거세게 퍼부었고, 역으로 들어가는 파리발 마지막 열차가 기적을 울리면서 굉음을 내고 지축을 뒤흔들며 지나갔다.

이윽고 상체를 일으킨 자크는 소나기 퍼붓는 소리에 화들짝 정신이 들었다. 대체 내가 지금 어디에 있는 거지? 바닥을 짚은 그의 한쪽 손에 아까 주저앉을 때 몸에 닿았던 망치의 손잡이가 다시 만져지자 그만 감격이 물밀듯이 밀려왔다. 그렇다면 일이 제대로 되었단 말인가? 그는 세브린의 몸을 가졌다. 그런데 그 망치를 들고 그녀의 머리통을 내려치지는 않았던 것이다. 전쟁을 치르지 않고, 그러니까 남에게서 빼앗은 먹잇감을 다루듯 그렇게 상대를 바닥에 내팽개친 다음 죽여버리고 싶은 그 본능적인 욕망이 일지 않은 상태에서 그녀가 자연스럽게 그의 것이 된 것이다. 정확히 기억할 수도 없이 까마득한 과거에 당했던 모욕, 원시의 동굴 속에서 첫 배신이 일어난 뒤로 수컷에게서 수컷에게로 누적되어온 그 원한에 복수하겠다는 갈망이 이번에는 그에게 일지 않았다. 그렇기는커녕 그녀와의 정사는 강렬한 매혹을 안겨주었으며 오히려 그녀가 그를 치유해주었다고 할 수 있는데, 그는 공포의 굴레로 그녀 자신을 옥죄던 남자의 피를 뒤집어쓰고 연약한 몸으로 격렬한 반응을 보이는, 평소와는 전혀 다른 그녀의 모습을 접했던 것이다. 그녀가 그를 지배했고 그는 속수무책이었다. 그는 감동에 겨워 감사하는 마음으로, 그녀 안에 녹아들고 싶은 마음으로 그녀를 다시 품에 안았다.

세브린도 이제는 이유가 불분명해져버린 싸움에서 해방된 기분이 들며 밀려오는 행복감에 몸을 맡겼다. 대체 내가 왜 그토록 오랫동안 내 몸을 주기를 거부했지? 내심 기대하고 있었잖아, 내 몸을 허락했어야 했어, 짜릿함과 달콤함을 느끼기만 하면 되니까. 이제 그녀는 자신이 이전부터 줄곧, 특히 기다림이 그토록 행복하게 느껴졌던 좀전의 바로 그 순간, 그렇게 하고 싶은 욕망에 사로잡혀 있었다는 사실을 선선히 인정했다. 그녀의 몸과 마음은 절대적이고 지속적인 사랑에 대한 열망만으로 생명을 얻었다. 그런데 그녀를 매번 혐오감의 수렁에 빠뜨려 질겁하게 만든 그 사건들, 그것은 상상을 초월하는 잔혹한 형벌이었다. 그때까지의 삶은 그녀를 진흙탕에 처박고 피투성이로 만들며 능욕했다. 어찌나 난폭하게 당했던지, 그녀의 아름답고 푸른 두 눈은 비록 여전히 천진해 보이지만 비통하리만치 검은 머리 아래 휘둥그레 공포에 질린 기색을 감추지 못했다. 어찌됐건 그녀는 그때까지 처녀인 셈이었다. 그녀는 방금 전 난생처음으로 자신이 열렬히 사랑하는 이 사내에게, 그의 몸안으로 들어가 사라져버리고 싶은 욕망, 그의 종이 되고 싶은 욕망에 이끌려 자신의 몸을 바쳤던 것이다. 이제 나는 이 사람의 것이다. 이 사람이 어떤 변덕을 부리든 자기 마음대로 나를 대해도 좋다.

"오, 내 사랑, 날 가져, 날 지켜줘, 난 당신이 원하는 대로만 할게."

"무슨 소리! 아니야, 내 사랑, 당신이 주인이야, 난 당신을 사랑하고 당신에게 복종하기 위해서만 존재하는 거야."

몇 시간이 흘렀다. 비는 오래전에 그쳤다. 괴괴한 정적이 역을 감싸고 있었는데 멀리 바다에서 올라오는 뜻 모를 소리만이 그 정적을 깨뜨렸다. 그들은 여전히 서로 얼싸안은 채 누워 있었다. 그때 갑자기 총성이 들려와 그들은 몸서리치며 벌떡 일어났다. 곧 먼동이 터오르려는지 희뿌연 점 하나가 센 강 하구 위의 하늘을 하얗게 물들였다. 이 총소리는 대체 웬 거지? 이렇게 지체할 정도로 정신을 놓고 있었던 자신들의 경솔함에 생각이 미치자 갑자기 그들의 머릿속에 권총을 쏘아대며 자신들을 추적하는 남편의 모습이 떠올랐다.

"나가지 마! 가만히 있어, 내가 알아볼게."

자크는 조심스럽게 문 앞까지 다가갔다. 밖은 아직 짙은 어둠 속이었는데 여러 사람들이 급히 달려오는 소리가 점점 가까이 다가왔다. 그중에는 루보의 목소리도 들려왔다. 그는 약탈꾼이 셋이며 그들이 석탄을 훔치는 것을 똑똑히 보았노라고 소리치면서 연신 경비들을 닦달해댔다. 특히 몇 주 전부터 루보는 하룻밤도 빠짐없이 상상의 도적들이 눈앞에 어른거리는 것 같은 환영에 시달렸다. 그러다가 이번에는 갑작스러운 공포감에 사로잡혀 자기도 모르는 사이 어둠에 대고 총을 쏘고 만 것이다.

"빨리, 빨리! 여기 더 있으면 안 돼." 자크가 속삭였다. "저들이 곧 이 창고에 들이닥칠 거야…… 어서 달아나!"

둘은 격정적으로 서로에게 달려들어 숨이 막히도록 부둥켜안은 채 집어삼킬 듯이 서로의 입술을 탐했다. 잠시 후 세브린은 드넓은 담장을 엄폐물 삼아 차량 기지 가장자리를 따라 살그머니 달아났다. 그녀가 달아나는 것을 보고 자크는 슬며시 석탄 더미 사이로 몸을 감추었다. 실로 간발의 차이였다. 루보는 정말 창고를 수색할 작정이었다. 그는 약탈꾼들이 그 안에 들어간 게 틀림없다고 장담했다. 경비들의 손에 들린 랜턴이 춤을 추며 바닥을 훑었다. 잠시 언쟁이 오고갔다. 잠시 후 그들은 헛수고로 끝난 추적에 불평을 털어놓으며 모두 역으로 가는 길을 되짚어 돌아갔다.

안도의 한숨을 내쉬고 프랑수아마젤린 가로 가서 눈이나 붙여야겠다고 작정하고서 발걸음을 옮기던 자크는 페쾨와 부딪칠 뻔하고는 소스라치게 놀랐다. 페쾨는 입속으로 욕설을 삼키며 막 옷가지들을 챙겨 입은 참이었다.

"이게 웬일이오, 형씨?"

"아! 제기랄! 말도 말게! 저 얼간이 같은 녀석들이 소바냐를 깨웠다니까. 소바냐가 내가 자기 누이와 시시덕거리는 소리를 듣고는 속옷 차림으로 득달같이 내려왔지 뭐야, 난 옷가지만 챙겨들고 허겁지겁 창문을 뛰어넘어 도망쳐나온 거야…… 봐! 조금 귀를 기울여보라고."

혼쭐이 나고 있는지 여자가 연방 악을 써대고 훌쩍거리는 소리가 높아지는 사이사이로 으르렁거리며 욕설을 퍼부어대는 남자의 굵은 목소리가 들려왔다.

"엉, 저게 뭐야? 난리 났군. 저자가 자기 누이를 막 두들겨 패네. 누이가 서른두 살이나 먹었으면 뭐해, 저자는 자기 누이가 허튼짓을 하다가 붙잡히면 어린애 혼내듯 회초리로 친다니까…… 아! 할 수 없지. 난 관여하기가 뭣하군. 자기 오빠니까!"

"하지만," 자크가 말했다. "내 생각에 저 사람은 당신이라면 용서할 것 같은데요, 그녀가 다른 작자하고 있을 때만 화를 내는 것 같아요."

"오! 그야 알 수 없는 일이지. 때로는 저자가 나를 못 본 척하는 것 같기는 해. 그러고 나서는 당신도 지금 듣고 있다시피 가끔씩 저렇게 두들겨 패지…… 아무리 저래도 저 사람, 자기 누이를 끔찍이 아끼지. 누이와 떨어져 사느니 차라리 모든 걸 포기하는 쪽을 택할걸. 다만 저 사람은 누이가 행실이 바르길 바랄 뿐인 거야…… 이것 참! 저 여자 오늘 임자 만났군."

고함소리가 멈추고 장탄식이 이어졌다. 두 사람은 그 자리를 떠났다. 십 분 후, 그들은 가구라고는 의자 네 개와 누런 탁자 하나뿐이고 그것들 말고는 함석 대야 하나만 달랑 뒹굴고 있는, 누런 칠이 입혀진 조그만 공동 침실에 나란히 누워 깊은 잠에 빠져들었다.

그후로 자크와 세브린은 데이트가 있는 밤이면 밤마다 운우의 정을 맛보았다. 그들 주위에 항상 폭풍우라는 보호막이 있었던 것은 아니다. 별빛이 찬란한 밤이나 달빛이 휘황한 밤이면 처신하기가 곤란했다. 그러나 그런 날 데이트가 잡혀도 그들은 서로 부둥켜안기에 맞춤한 장소인 그늘진 곳이나 으슥한 구석을 용케 찾아내서 밀회를 즐겼다. 8월과 9월에는 기막힌 밤 날씨가 이어졌는데 어찌나 온화했던지 멀리서 들려오는 기관차의 기적 소리가 역을 깨우며 그들을 헤어지게 하지 않았다면 해가 눈부시게 뜰 때까지 혼곤한 기분에서 깨어나지 못할 뻔한 일도 부지기수였다. 10월 들어 추위가 찾아오기 시작했어도 그들에게는 아무런 문제가 되지 않았다. 그녀는 옷을 더 껴입고 커다란 외투를 두르고 나왔는데 그 외투 속에 들어가면 그의 몸이 반쯤은 가려질 정도였다. 그리고 그들은 쇠막대를 이용해 연장 창고 문을 안에서 걸어잠그는 방법을 찾아내어, 그곳을 바리케이드를 친 것 같은 자기들만의 안식처로 만들었다. 그들은 그곳에서 신혼살림을 하듯 지냈다. 11월의 태풍도, 지붕 기와들을 날려버릴 것 같았던 그 거센 바람도 그들의 목덜미를 스치지조차 못했다. 그런데 그는 첫날밤부터 다른 곳이 아닌 바로 그녀의 집에서 그녀의 육체를 탐하고 싶었다. 그 좁은 집에서 조신한 부르주아 여인처럼 미소를 짓고 있던 그녀는 그에게 전혀 다른 여자처럼 느껴져 욕망을 더욱 부채질했던 것이다. 하지만 그녀는 그것만은 한사코 거부했는데, 이는 복도에서 엿보는 시선이 두려워서였다기보다는 부부의 침대만은 건드리고 싶지 않은 일말의 도덕적인 양심이 남아 있었기 때문이다. 그러던 어느 월요일 대낮에 그가 그녀의 집에서 점심을 먹기로 되어 있어 들렀을 때, 마침 그녀의 남편이 역장에게 붙잡혀 집에 올라오는 데 시간이 좀 걸릴 것 같은 상황이 되자 그는 그 틈을 타서 그녀를 희롱하며 침대로 안고 갔다. 그 정신 나간 무모함에 그들 둘 다 유쾌하게 웃음을 터뜨렸다. 그렇게 그들은 본분을 망각했다. 그후로 그녀는 더이상 저항하지 않았다. 목요일과 토요일마다, 자정이 지나면 그는 그녀를 만나러 그녀의 집으로 올라갔다. 그것은 숨이 막힐 정도로 위험한 행동이었다. 그들은 이웃들이 알아챌까봐 크게 움직일 엄두도 내지 못했다. 그들은 애정이 배가되면서 새로운 쾌감을 느꼈다. 가끔은 밤나들이를 하고 싶은 변덕이, 고삐 풀린 짐승처럼 달아나고 싶은 충동이 그들을 저멀리 그들만의 안식처로, 차디찬 밤공기가 흐르는 고독한 어둠 속으로 이끌기도 했다. 12월, 세상이 꽁꽁 얼어붙은 어느 날에도 그들은 거기서 사랑을 나누었다.

자크와 세브린이 그렇게 지낸 지 벌써 사 개월이 지났다. 그들의 정열은 갈수록 뜨겁게 불타올랐다. 그들 둘 다 정말로 이제까지 경험해보지 못한 기분이었다. 그들의 마음은 어린아이의 상태, 서로 어루만지기만 해도 황홀해지는 첫사랑의 그 두근거리는 순결함을 간직한 상태에 머물러 있었던 것이다. 그들 사이에서는 서로의 헌신에 더 덕을 보았다고 공을 돌리는 이른바 순종順從 싸움이라는 것이 계속되었다. 그는 그녀를 통해 저주스러운 자신의 유전 질환이 고쳐졌다고 생각했고, 그 점을 믿어 의심치 않았다. 그녀와 육체관계를 맺고 나서부터 살인에 관한 생각이 더이상 그를 괴롭히지 않았던 것이다. 육욕의 충족이 살해 욕구를 대리만족시켜준 것일까? 정욕을 채우는 것과 살인을 저지르는 것은 인간이라는 짐승의 저 어두운 밑바닥에서는 서로 비기는 것일까? 그는 너무도 무지했기에 더이상 따져 묻지 않았으며, 공포의 문을 엿보고 싶은 엄두도 나지 않았다. 그녀의 품에 안겼을 때 가끔씩 그녀가 저질렀다던 그 일, 그녀가 바티뇰 공원의 벤치에서 눈빛으로 고백했던 그 살인이 문득 기억의 수면 위로 떠오르기도 했다. 그러나 그는 그 일에 대해 더 세세히 알고 싶은 마음이 조금도 들지 않았

다. 반면 그녀는 모든 걸 털어놓고 싶은 욕구 때문에 점점 더 조바심이
났다. 그녀가 자신을 으스러져라 껴안을 때, 그는 그녀가 자신의 비밀
때문에 터질 듯 부풀어오르고 숨가빠한다는 것을, 그녀가 오로지 자신
을 숨막히게 하는 그 무엇인가를 벗어버리고 가벼워지기 위해 그의 몸
안으로 들어오려 한다는 것을 여실히 느낄 수 있었다. 그럴 때면 그녀
의 허리께에서 시작된 격심한 전율이 그녀의 입술을 통해 모호하게 흘
러나오는 신음 소리를 타고 올라와 사랑에 달뜬 그녀의 목젖을 들썩이
게 하는 것이 보였다. 절정에 올라 자기도 모르게 몸을 부르르 떨면서
숨넘어가는 목소리로 그녀는 무언가 말을 하려고 하지 않던가? 하지만
그때마다 그는 불안감에 사로잡혀 재빨리 키스로 그녀의 입을 막고 고
백을 봉쇄했다. 무엇 때문에 그들 사이에 그 낯모를 존재가 끼어들게
만든단 말인가? 그 존재가 그들의 행복을 조금도 변화시키지 않을 것
이라고 장담할 수 있을까? 그는 어떤 위험을 감지했다. 그녀와 함께 잠
잠히 가라앉아 있는 그 피비린내나는 이야기를 들쑤셔 떠오르게 만든
다는 생각만 해도 전율이 엄습했다. 어쩌면 그녀도 그의 심중을 알아
차렸는지 몰랐다. 그녀는 오로지 사랑하고 사랑받기 위해 태어난 그런
사랑의 피조물의 모습으로 되돌아와 그를 부여안고 다정하게 어루만
졌다. 그러면 상대를 자기 것으로 만들고 싶은 미친 듯한 욕정이 다시
그들을 휘몰아쳤고, 때때로 그들은 그렇게 서로의 품에 안겨 한참 동
안 혼절해 있기도 했다.

　루보는 여름 이후로 몸이 더욱 불었다. 아내가 쾌활함을 되찾고 스
무 살의 싱싱함으로 돌아가면 갈수록 그는 점점 더 나이들어 보이고
표정도 어두워졌다. 사 개월 만에 그는 그녀도 말했다시피 아주 많이

변했다. 그는 변함없이 자크에게 다정한 악수를 건넸고, 자기 집에 초대했으며, 식탁에 자크가 있을 때만 행복해 보였다. 다만 이제는 그러한 심심풀이로는 성이 차지 않는지 식사를 마치자마자 답답해서 바람을 쐬어야겠다는 핑계를 대고 자주 외출을 했는데, 가끔은 자기 동료와 아내 단둘이 집안에 남겨두기도 했다. 그러나 진짜 이유는 다른 데 있었다. 그즈음 그는 쿠르나폴레옹 대로에 있는 작은 카페에 자주 드나들었는데 거기서 공안인 코슈를 만났다. 그는 작은 잔으로 럼주 몇 잔만 마실 뿐 거의 술을 하지 않았다. 하지만 도박의 맛을 알게 되자 중독되다시피 했다. 그는 밤새도록 이어지는 피켓이라는 카드 게임에 푹 빠져서 카드를 손에 쥐고 있을 때만 생기를 되찾고 모든 것을 잊을 수 있었다. 광적인 도박꾼인 코슈가 카드 게임에 내기를 걸어보도록 부추겼고, 그는 한 번 시험삼아 100수를 걸어보았다. 그때부터 루보는 몰아지경에 빠져든 자신의 모습에 놀라면서 돈을 따려는 미친 듯한 열망에 온몸을 불태웠는데, 돈을 따겠다는 그 뜨거운 열망이야말로 주사위 던지기에 자신의 지위와 재산과 목숨까지 걸게 할 정도로 한 인간을 피폐하게 만드는 장본인인 것이다. 다행인지 불행인지 그때까지 그의 업무는 도박 때문에 차질을 빚지는 않았다. 그는 야간 근무를 하지 않는 날이면 퇴근하자마자 카페로 달려가 새벽 두세시나 되어야 귀가했다. 그의 아내는 그 점에 대해 아무런 불평도 하지 않았다. 다만 그가 갈수록 심하게 신경질을 부리며 들어오는 것에 대해서는 핀잔을 주었다. 그는 그사이 이상하리만치 패가 풀리지 않았으며 급기야 빚까지 지고 말았던 것이다.

　어느 날 밤, 세브린과 루보 사이에 처음으로 부부싸움이 벌어졌다.

그녀는 아직 그를 증오하지는 않았지만 끝내 그를 참아내는 것이 힘겹게 느껴졌다. 그녀는 그라는 존재가 자신의 인생을 무겁게 짓누르고 있다고 여기던 참이라 그가 눈앞에서 사라져 자기를 괴롭히지만 않는다면 날아갈 것같이 행복할 거라고 생각해왔던 것이다! 게다가 그녀는 그를 속이는 것에 대해 어떠한 양심의 가책도 느끼지 않았다. 그건 그의 잘못이 아닌가, 그가 먼저 나를 벼랑 끝으로 떠밀지 않았던가? 이것이 그녀의 생각이었다. 천천히 결별의 길을 밟아가면서, 그들 사이를 갈라놓는 그 불안감에서 벗어나기 위해 그들 각자는 자기 자신을 위로하고 제 나름의 방식대로 즐거움을 찾았다. 그가 그 방편으로 도박을 찾았기에 그녀도 스스럼없이 애인을 가질 수 있었다. 하지만 그녀가 특히 화가 나는 것, 그녀가 순순히 용납할 수 없는 것은 그가 계속해서 돈을 잃는 바람에 그녀의 살림살이가 옹색해졌다는 점이었다. 집안에 있던 100수짜리 동전들이 쿠르나폴레옹의 카페로 흘러들어가고부터 그녀가 세탁부에게 비용을 지불할 길이 막막한 일이 이따금 벌어졌다. 이런저런 주전부릿거리나 소소한 화장품 따위가 떨어질 때도 많았다. 그날 밤 그들이 언쟁을 벌이게 된 것도 바로 반장화 한 켤레를 구입하는 문제 때문이었다. 그때 그는 밖으로 나가려다 말고 빵 한 조각을 잘라 가려고 식탁용 나이프를 찾다가 눈에 보이지 않자 찬장 서랍 속에 모셔놓은 무기나 진배없는 큰 칼을 꺼내들었다. 그녀는 그를 노려보았고 그는 반장화 값 15프랑을 내놓기를 거부했다. 그로서는 그만한 돈을 갖고 있지도 않았고 어디서 구해야 할지도 몰랐다. 그녀는 자신의 요구를 집요하게 되풀이했고, 그는 그에 맞서 어쩔 수 없이 거부의 말을 반복했다. 그때마다 그의 언성이 조금씩 높아졌다. 그러다가 느닷없이 그녀가 그에게 유령들이 잠들어 있는 마룻바닥의 문제의 장소를 손가락으로 가리켰다. 그녀는 그에게 그곳에 돈이 있지 않느냐고, 자기는 그 돈이라도 원한다고 말했다. 그가 갑자기 얼굴이 새하얗게 질리더니 손힘이 풀리면서 들고 있던 칼을 서랍 속에 떨어뜨렸다. 그녀는 그가 자기를 때리려나보다고 생각했다. 그가 그 돈은 썩어 없어졌을 거라고, 그 돈에 다시 손을 대느니 차라리 손목을 자르고 말겠노라고 중얼거리면서 그녀에게 다가왔던 것이다. 그러고는 두 주먹을 꽉 움켜쥐더니 자기가 없는 동안 그녀가 마루 쪽매널을 들어올리고 거기서 한 푼이라도 도둑질을 했다간 그녀를 박살내버리겠다고 위협했다. 절대로 안 돼, 절대로! 그건 죽어서 묻힌 거야! 그런데 사실은 그녀 자신도 그곳을 뒤진다는 생각만 해도 그와 마찬가지로 얼굴이 창백해지고 온몸의 힘이 다 빠져나가는 듯한 기분이 들었다. 설령 가난이 닥쳐올지라도 그들 둘은 그 돈을 옆에 두고 굶어 죽을 작정이었다. 실제로 그들은 아무리 형편이 쪼들리는 때일지라도 그 돈에 관해서는 더이상 입도 벙긋하지 않았다. 그 지점에 우연히 발을 디딜 때마다 불에 덴 것 같은 느낌이 밀려왔고, 그 느낌이 참을 수 없을 정도로 혹심한 탓에 그들은 끝내 그곳을 피해 다니기로 마음먹었다.

그런데 그 일 말고도 다른 다툼들이 벌어졌으니 크루아드모프라 때문이었다. 그들은 왜 그 집을 팔지 않을까? 그들은 매각을 서두르기 위해 의당 해야 할 일들을 나 몰라라 하고 있다고 서로 비난했다. 그는 그 일에 전념하는 것을 언제나 완강하게 거부했다. 그녀는 가뭄에 콩 나듯 어쩌다 한 번씩 미자르에게 편지를 보냈지만 그때마다 투미한 답장만 돌아올 뿐이었다. 아직 사겠다고 나선 사람이 한 명도 없으며 물을 주지 않아 과실들은 이미 다 떨어졌고 채소들은 자라지 않는다는 답이었다. 그 엄청난 위기가 닥치고 난 후에도 두 부부가 용케 유지해 왔던 대단한 평정심은 그렇게 조금씩 흔들리다가 각자 심각한 열병에 다시 빠져들기 시작하면서 자취도 없이 사라진 듯 보였다. 숨겨둔 돈과 몰래 잠입해 들어오는 애인 등 모든 불화의 씨앗들이 싹을 틔우더니 이제는 그들을 갈라놓고 서로 반목하게 만들었다. 이렇게 동요가 심해지면서 삶은 차츰차츰 지옥으로 변해갔다.

설상가상으로 마치 무슨 불가항력의 작용인 듯 루보 부부 주변의 모든 상황마저도 악화되기 시작했다. 복도에는 새로운 험담과 다툼의 광풍이 불어닥쳤다. 르블뢰 부인이 필로멘이 자기에게 병들어 죽은 닭을 속이고 팔았다며 헐뜯고 다닌 데 이어 필로멘이 르블뢰 부인에게 요란하게 절교를 선언했다. 그런데 그들 절교의 진짜 이유는 필로멘과 세브린이 가까워진 데 있었다. 어느 날 밤 자크의 품안에 안겨 있다가 페쾨에게 들킨 뒤로 세브린은 화부의 정부를 경계하던 예전의 태도를 버리고 그녀를 친근하게 대했다. 필로멘은 필로멘대로 역사 식구 중에서 이론의 여지 없이 가장 아름답고 품위 있는 여인과 친교를 맺었다는 사실에 한껏 기분이 우쭐해져서 매표원의 부인에게 공격의 화살을 돌린 것인데, 그녀에 따르면 그 부인은 사람을 이간질하는 데 천부적인 소질을 가진 거지발싸개 같은 늙은 여편네라는 것이었다. 필로멘은 그 여자에게 모든 허물을 덮어씌웠고, 그즈음에는 길에 면한 집이 원래 루보 부부의 것이며 그 집을 그들에게 돌려주지 않는 것은 역겨운 짓이라고 동네방네 떠들고 다녔다. 사태는 이렇게 르블뢰 부인에게 아주 불리하게 돌아가기 시작했는데, 엎친 데 덮친 격으로 담뱃가게 아가씨 기숑과 역장의 밀회 현장을 잡겠노라고 기슈 양을 염탐하는 데 열을 올리던 일도 오히려 자충수처럼 심각한 골칫덩어리가 되어 그녀를 위협했다. 자초지종은 이러했다. 그녀는 여전히 그들이 함께 있는 현장을 잡지 못하고 있었다. 그런데 그러다가 그만 자신이 귀를 쫑긋 세우고 문에 들러붙어 염탐하는 장면을 들키고 마는 실수를 범한 것이다. 역장인 다바디는 그렇게 염탐당했다는 것에 노발대발해서는 부역장 물랭에게 만약 루보가 여전히 그 집을 요구한다면 자신은 그를 위해 확약서를 써줄 준비가 되어 있노라고 말해버렸다. 그러자 평소에는 별로 말이 없던 물랭이 그 사실을 여기저기 옮기고 다녔고, 그 결과 복도 이 끝에서 저 끝까지 서로 문들을 두드리며 싸움을 벌이기 일보 직전까지 사태가 악화되었다. 그 정도로 서로 간에 감정이 격화되었던 것이다.

이렇게 상황이 점점 뒤숭숭해지는 가운데 세브린이 편안하게 쉴 수 있는 날은 일주일에 단 하루, 금요일뿐이었다. 10월에 들어서자 그녀는 시치미 뚝 떼고 대담하게 핑곗거리를 꾸며대기 시작했는데, 맨 처음 떠오른 핑계는 무릎 통증 때문에 전문가의 치료를 받아야 한다는 것이었다. 그래서 매주 금요일 그녀는 자크가 운행하는 아침 6시 40분 급행열차를 타고 출발해 파리에서 하루종일 자크와 함께 지내다가 오후 6시 30분 급행열차를 타고 돌아왔다. 처음에 그녀는 남편에게 자기 무릎이 좋아졌다느니 더 나빠졌다느니 하는 식으로 치료 경과를 보고해야 한다고 생각했다. 그러나 남편이 자기 말에 관심조차 두지 않는 것을 보고 나서부터는 그에게 보고하는 것을 단호하게 중단했다. 가끔씩은 그를 가만히 쳐다보면서 혹시 알고 있는 것은 아닐까 자문했다. 잔혹하기 그지없는 이 질투의 화신이, 피에 눈이 멀고 우매하리만치 격분하여 사람까지 죽인 이 남자가 그녀에게 애인이 생긴 것을 알았다면 어떻게 용서할 수 있겠는가? 그녀는 그럴 리 없다고 생각했다. 그녀는 단지 그가 우둔해졌을 뿐이라고 생각하기로 했다.

12월 초순, 몹시 추운 어느 날 밤, 세브린은 그날따라 귀가가 몹시 늦는 남편을 기다렸다. 다음날인 금요일, 동이 트기 전에 그녀는 급행열차를 탈 예정이었다. 그즈음 그녀는 대개 밤에 정성 들여 화장을 하고 침대에서 일어나자마자 바로 옷을 입으려고 옷가지를 미리 준비해놓았다. 마침내 그녀는 한시경에 자리에 누워 잠을 청했다. 그때까지도 루보는 들어오지 않았다. 벌써 두 번씩이나 그는 동틀 무렵이 되어서야 들어왔다. 만사를 작파할 정도로 도박 중독이 심해져서 카페를 빠져나올 수 없었는데, 카페 안쪽의 구석방은 차츰차츰 진짜 도박장으로 변해서 이제는 에카르테 카드 게임에 거액의 판돈이 오갔다. 혼자 자게 돼서 홀가분해진 젊은 부인은 다음날 펼쳐질 즐거운 하루에 대한 설렘을 안고 포근하고 따뜻한 이불 속에 들어가 깊은 잠에 빠져들었다.

그런데 세시가 채 안 되었을 무렵 그녀는 이상한 소리에 잠이 깼다. 처음에는 무슨 영문인지 몰라 꿈이겠거니 생각하고 다시 잠을 청했다. 둔중하게 무엇인가가 밀리거나 나무가 삐걱거리는 듯한 그 소리를 듣다보니 혹시 누군가 문을 억지로 열려고 하는 게 아닐까 하는 생각이 들었다. 한 번 파열음이 들리고 무엇인가가 짓찢기는 소리가 한층 요란해지자 그녀는 벌떡 일어나 앉았다. 공포감이 몰려와 정신이 혼미해졌다. 분명히 누군가 현관문을 부수고 있는 거야. 잠시 그녀는 귀를 기울였지만 귓속이 윙윙거리면서 꼼짝도 할 수 없었다. 그러다가 사태를 파악하기 위해 용기를 내어 자리에서 일어났다. 그녀는 소리를 죽인 채 맨발로 걸어가서 조심스럽게 방문을 살짝 열어보았다. 소름이 끼칠 정도로 한기가 몰려와 그녀의 얼굴이 새하얗게 질렸으며, 잠옷 차림의 몸은 한층 더 오그라들었다. 문밖 식당에서 벌어지는 광경을 접하고 그녀는 경악을 금치 못하고 공포감에 사로잡혀 그 자리에 얼어붙었다.

루보가 바닥에 배를 깔고 엎드린 자세로 팔꿈치를 괴고서 가위를 이용해 마룻바닥의 쪽매널 한 장을 막 들어낸 참이었다. 곁에 놓인 촛불한 자루가 그의 몸을 비추었는데, 그의 거대한 그림자가 천장까지 길게 뻗쳐 어른거렸다. 잠시 그는 입을 벌리고 있는 마룻바닥의 검은 구멍에 얼굴을 바짝 들이대고 그 안을 유심히 들여다보았다. 피가 몰려그의 얼굴이 자줏빛으로 변했는데 그것은 바로 살인을 저지르던 순간의 그 얼굴이었다. 그는 우악스럽게 그 구멍에 손을 집어넣었다. 그러나 아무것도 손에 잡히지 않자 부들부들 떨면서 촛불을 구멍 가까이가져다댔다. 구멍 저 안쪽에 지갑과 지폐 뭉치와 회중시계가 모습을드러냈다.

세브린은 자신도 모르게 비명을 질렀다. 그러자 겁에 질린 루보가몸을 휙 돌렸다. 잠시 그는 그녀를 알아보지 못했다. 새하얀 잠옷 차림에 겁에 질려 눈이 휘둥그레진 그녀를 보고 아마도 유령을 본 거라고생각했을 터였다.

"대체 거기서 무슨 짓을 하고 있는 거예요?" 그녀가 물었다.

상황을 파악한 그는 대답은 하지 않고 나지막이 투덜거리는 소리만툭 내뱉었다. 그는 그녀의 출현에 당황하면서 그녀에게 다시 침대로돌아가라는 무언의 압력을 담은 표정으로 그녀를 빤히 쳐다보았다. 하지만 그녀를 납득시킬 만한 말은 한마디도 떠오르지 않았다. 그의 머릿속에는 단지 어떻게 하면 저렇게 벌거벗은 채 오들오들 떨고 있는 그녀의 뺨을 갈길까 하는 궁리뿐이었다.

"그렇지 않아요?" 그녀는 말을 이었다. "나한테는 반장화도 못 사주겠다면서 자기는 돈을 잃었다고 그 돈에 손을 대는 거잖아요."

이 말에 그는 갑자기 격분했다. 이 여자가, 이젠 품고 싶은 욕망도 일지 않는 이 여자가, 육체관계를 맺는다고 생각하면 불쾌한 기분만 들 뿐인 이 여자가 또다시 내 인생을 망치려 들어? 내 쾌락을 가로막으려고 해? 그는 다른 곳에서 쾌락을 찾았기에 그녀가 전혀 필요하지 않았다. 그는 아랑곳하지 않고 다시 구멍을 뒤져 금화 300프랑이 들어 있는 지갑만 꺼내들었다. 그러고 나서 쪽매널을 제자리에 다시 덮고 발뒤꿈치로 밟은 다음 그녀에게 다가와 이를 앙다물더니 그녀의 면전에다 소리를 질렀다.

"넌 아주 지긋지긋해. 난 내가 하고 싶은 대로 할 거야. 네가 조금 있다가 파리에서 무슨 짓을 할 것인지 내가 언제 묻데?"

그러고 나서 분에 못 이겨 어깨를 으쓱하고는 촛불을 바닥에 놓은 채 카페로 되돌아가버렸다.

세브린은 촛불을 집어들고 침대로 돌아갔다. 심장이 떨릴 만큼 섬뜩한 한기가 들었다. 그녀는 다시 잠을 이룰 수 없어 촛불을 켜둔 채 눈을 커다랗게 뜨고 급행열차 시간을 기다렸다. 몸이 조금씩 뜨거워졌다. 이제 분명해, 불시에 저질러진 살인과 더불어 파괴 작용이 점차로 진행되어온 거야, 그것이 지금 저 남자를 와해시키고 있고 우리 사이를 이어주던 모든 끈을 일찌감치 삭아 끊어지게 만들어버린 거야. 루보는 알고 있어.

7

문제의 금요일, 르아브르에서 6시 40분 급행열차를 타기로 되어 있던 승객들은 잠자리에서 일어나자 탄성을 내질렀다. 밤새 엄청난 양의 함박눈이 내려 길에 30센티미터 정도의 두께로 쌓였던 것이다.

플랫폼 지붕 아래에는 벌써 라리종호가 이등칸 셋, 일등칸 넷, 이렇게 객차 일곱 량을 달고서 김을 내뿜고 숨을 헐떡이며 대기하고 있었다. 자크와 페쾨는 다섯시 반쯤 점검을 위해 차량 기지에 도착했는데, 검은 하늘에 구멍이 뚫린 듯 어기차게 쏟아지는 눈발을 보고 걱정 섞인 탄식을 토해냈었다. 그리고 이제 그들은 기관차에 올라 각자의 자리에서 커다랗게 입을 벌리고 있는 역사 출구 바깥쪽 저멀리 시선을 둔 채, 소리 없이 쉬지 않고 내리는 눈송이들이 어둠 속에 어지럽게 흩날리면서 마구잡이로 그어대는 희끄무레한 줄들을 바라보며 출발을 알리는 호각 소리를 기다렸다.

기관사가 중얼거렸다.

"신호등이 보이면 내 손에 장을 지진다!"

"갈 수나 있으려나 몰라!" 화부가 말했다.

플랫폼에는 근무 시간에 빠듯하게 맞춰 출근한 루보가 랜턴을 들고 서 있었다. 그는 쉬지 않고 감독을 했지만 이따금 피로에 전 눈꺼풀이 무겁게 감기곤 했다. 자크가 그에게 선로 상태에 대해 아는 것이 없느냐고 물어서 그가 가까이 다가온 것인데, 그는 아직 전보를 받은 것이 없다고 대답하고는 자크의 손을 꽉 쥐었다 놓고 그렇게 서 있었다. 잠시 후 세브린이 두툼한 코트를 몸에 두르고 내려오자 루보는 그녀를 일등석 객차로 데려가 올려 태웠다. 모르긴 해도 그는 두 연인이 주고받은 애정과 걱정이 뒤섞인 시선을 눈치챘을 것이다. 그러나 그는 아내에게 이런 날씨에 집을 떠나는 것은 무모한 짓이라든가, 여행을 미루는 것이 나을 것 같다는 등의 의례적인 말조차 건네지 않았다.

두툼하게 챙겨 입은 승객들이 짐가방을 들고 이른 아침의 혹독한 추위 속에 떠밀리듯 몰려들었다. 그들의 신발에 묻은 눈은 녹을 기미조차 보이지 않았다. 곧이어 승강구 문들이 닫히고 승객들은 저마다 농성이라도 하듯 객차 안에 들어박혔다. 다시 황량해진 플랫폼에 가스등 몇 개가 조는 듯 가물거렸다. 그 침침한 풍경 속에서 기관차 연통 밑동 부분에 달린 전조등만 외눈박이 거인의 눈알처럼 홀로 강렬한 불빛을 내쏘았는데, 그렇게 멀리까지 퍼져나간 불빛이 비추는 공간이 어둠 속의 섬처럼 보였다.

이윽고 루보가 손에 들고 있던 랜턴을 들어 출발신호를 보냈다. 곧

이어 여객전무가 호각을 불었고, 자크는 증기압조절기를 활짝 열고 작은 역전기 핸들을 앞으로 미는 것으로 응답했다. 기차가 움직였다. 부역장은 얼마 동안 그 자리에 지켜 서서 폭설 속으로 멀어져가는 기차를 아무 말 없이 눈으로 좇았다.

"정신 똑바로 차려요!" 자크가 페쾨에게 말했다. "오늘은 절대로 실수하면 안 돼요."

그는 아까부터 자신의 동료 역시 피로에 절어 있다는 것을 직감했다. 틀림없이 전날 밤 주색잡기의 후유증일 터였다.

"아! 걱정 마요, 걱정 마!" 화부가 어정쩡하게 대꾸했다.

지붕 덮인 플랫폼을 벗어나자마자 두 사람은 이내 눈보라 속으로 휩쓸려 들어갔다. 바람이 동쪽에서 불어왔기 때문에 기관차는 정면으로 돌풍에 맞섰다. 바람막이 뒤편에 선 그들은 두툼한 양털 옷을 껴입고 고글로 눈을 가린 덕에 처음엔 그리 고통스럽지 않았다. 하지만 아직 어둠이 걷히지 않았고, 휘황한 전조등 불빛마저 엄청나게 퍼부어대는 희뿌연 눈발에 파묻혀버렸다. 이삼백 미터 앞이 내다보이기는커녕 선로조차 젖빛 눈안개에 가려 겨우 드러나는 형편이어서, 주변 사물들이 꿈속에서처럼 눈앞에 근접해서야 불쑥불쑥 튀어나왔다. 그렇게 두려움이 고조되던 참에 맨 처음 폐색구간 초소의 신호등을 지나자마자, 안전거리 확보를 위해 일정한 간격을 두고 서 있는 붉은 신호등들이 앞으로는 명확하게 눈에 들어오지 않을 거라는 예감이 들면서 기관사의 불안감은 최고조에 이르렀다. 그때부터 그는 신중에 신중을 기해 앞으로 나아갔다. 그렇다고 속도를 늦출 수도 없었다. 맞바람이 엄청난 저항력으로 부딪쳐서 조금이라도 속도를 늦추면 그것 또한 커다란

284

위험을 초래할 것이기 때문이었다.

아르플뢰르 역까지 라리종호는 정속으로 순조롭게 달려갔다. 쌓인 눈의 두께도 아직은 자크의 신경을 곤두서게 하지 못했다. 왜냐하면 최고 60센티미터 정도로 눈이 쌓이긴 했지만 기관차 앞에 달린 제설 장치는 1미터 높이의 눈쯤은 거뜬하게 치울 수 있기 때문이었다. 자크의 최대 관심사는 정해진 속도를 유지하는 것이었는데, 기관사의 으뜸가는 자질로 자제력과 자기 기관차에 대한 사랑 다음으로, 되도록 높은 증기압을 유지하면서 덜컹거리지 않고 일정한 속도로 달리는 것을 꼽는다는 것을 그는 의식하고 있었다. 하지만 그 점이 바로 그의 유일한 단점이기도 했는데, 그는 언제든 라리종호를 제압할 수 있는 시간적인 여유가 있다고 자신해 신호를 어기면서까지 웬만하면 기관차를 세우지 않으려고 완강하게 버티곤 했다. 그래서 이따금 너무 멀리 나가는 바람에 흔히 '발목경보기'라고 불리는 선로 위의 정차 신호용 기폭 장치를 치받아 부숴버렸는데, 그 때문에 두 차례나 일주일간의 정직 처분을 받기도 했다. 그러나 지금처럼 심각한 위기에 봉착했다고 느껴지는 상황에서는, 세브린이 타고 있다는 생각, 자기가 그 사랑스러운 존재를 지켜줘야 한다는 생각이 그의 의지력을 초인적으로 증폭시켜 그가 돌파해야 할 온갖 난관을 헤치고 이 복선 철로를 따라 저멀리 파리까지 뻗쳐나가게 했다.

자크는 기관차와 탄수차를 연결하는 강철 갑판 위에 서서 끊임없이 요동치는 차체에 몸을 맡긴 채 눈보라를 무릅쓰고 전방을 더 잘 살피기 위해 몸을 오른쪽으로 한껏 내밀었다. 조종실 내부의 전면 유리창은 물기에 뒤덮여 한 치 앞도 분간할 수 없었다. 그는 그렇게 무방비로 얼굴에 돌풍을 맞았다. 수천 개의 바늘에 찔리는 것 같았고 추위가 면도날처럼 날카롭게 살을 에었다. 간간이 그는 숨을 몰아쉬기 위해 조종실로 들어와서 고글을 벗고 눈을 비볐다. 그러고 나서 다시 자신의 관측 지점으로 돌아가 폭풍설을 흠씬 맞으며 눈을 부릅뜨고 붉은 신호등이 나타나는지 주시했는데, 너무 몰두한 나머지 눈앞에 희뿌연 장막이 펄럭이고 그 장막에 갑자기 핏방울이 후드득 튀는 환영을 두 차례나 경험했다.

그러다가 컴컴한 어둠 속에서 화부가 자리에 없다는 느낌이 불현듯 밀려왔다. 어떤 빛도 기관사의 시야를 방해해선 안 되기에 불을 다 끄고 작은 램프 하나만 수준기를 비추고 있는 상태였다. 그런데 압력계 눈금판의 에나멜은 특유의 광채를 발해서 눈에 잘 띄었는데 그 눈금판의 푸른 바늘이 바르르 떨리더니 급속도로 내려가는 것이었다. 불이 사위어든다는 의미였다. 화부가 쏟아지는 잠을 이기지 못하고 방금 전 궤짝 위에 널브러져버린 것이다.

"이런 빌어먹을 난봉꾼!" 자크가 화가 치밀어 소리를 지르면서 그를 흔들어 깨웠다.

페쾨는 일어나서 무슨 말인지 알아들을 수 없는 목소리로 웅얼거리며 사과를 했다. 몸도 가누기 힘든 상태였다. 그러나 습관의 힘이란 무서운 것이어서 그는 곧바로 불 쪽으로 다가가 망치를 들고 석탄을 깨부순 다음 삽으로 석탄을 퍼 날라 불판 위에 고르게 펼쳤다. 그러고 나서는 비질을 했다. 화구 덮개가 아직 열려 있는 상태라 화실 속 불빛이 불타는 혜성의 꼬리처럼 기차 뒤쪽으로 반사광을 던져 횡으로 쏟아지는 눈발을 벌겋게 물들여, 마치 황금빛 물방울들이 분무한 것처럼 널리 펼쳐져 보였다.

아르플뢰르를 지나 전체 노선 중에서 가장 가파른 구간인, 생로맹까지 30리에 걸쳐 계속되는 긴 오르막길이 시작되었다. 기관사는 다시 매우 주의깊게 운행 상황을 살피고 날씨가 좋은 날에도 험난했던 이 언덕을 단숨에 넘기 위해 박차를 가할 만반의 준비를 했다. 그는 역전기 핸들에 손을 올려놓고 전신주들이 획획 뒤로 달아나는 것을 유심히 살피면서 속도를 가늠하려고 주의를 집중했다. 속도가 현격하게 떨어지면서 라리종호가 숨을 헐떡거렸다. 동시에 제설 장치가 눈과 부딪치는 소리를 통해 저항이 점점 더 거세진다는 것을 직감할 수 있었다. 그는 발끝으로 다시 화구 덮개를 열어젖혔다. 화부가 졸고 있다가 상황을 감지하고 증기압을 높이기 위해 불을 한층 더 거세게 피웠다. 그러자 화구 덮개가 벌겋게 달아올라 그들 둘의 다리를 자줏빛으로 물들였다. 그러나 그들은 차디찬 공기를 맞고 있어 그 뜨거운 열기를 느끼지 못했다. 상사의 몸짓에 따라 화부가 재받이에 연결된 쇠막대를 들어올렸던 것인데 그렇게 하면 공기가 다량으로 유입되어 불길이 거세졌다. 압력계의 바늘이 10기압까지 급격히 올라갔으며 라리종호는 유감없이 최대출력을 내뿜었다. 그러다 어느 순간 수준기의 눈금이 내려가는 것을 보고 기관사는 그렇게 하면 증기압이 낮아질 거라는 걸 알면서도 하는 수 없이 조그만 급수조절밸브를 조정해야만 했다. 이윽고 증기압이 다시 높아지자 기관차는 혹사당하는 짐승이 뒷발질을 해대며 날뛰는 것처럼 비명을 토해내며 으르렁거렸는데, 흡사 사지가 짓찢겨 울부짖는 소리를 듣는 것 같았다. 자크는 늙어서 힘이 부치는 여자를 몰아세우듯 기관차를 거칠게 다루었다. 예전처럼 부드럽게 기관차를 다루던 모습은 온데간데없이 사라졌다.

"이 게으름뱅이, 절대로 안 올라가려고 하지!" 평소 운행중에는 말이 없던 그가 이를 앙다물고 으르렁거렸다.

비몽사몽간을 헤매던 페쾨가 깜짝 놀라 그를 쳐다보았다. 저자가 지금 라리종호에다 대고 무슨 짓을 하는 거야? 라리종호는 항상 시동도 부드럽게 잘 걸리고 고분고분 말도 잘 듣는 착한 기관차가 아닌가, 이처럼 증기 출력이 좋은 기관차를 모는 것은 그 자체로 쾌감이잖아, 게다가 파리에서 르아브르까지 석탄을 10퍼센트나 아껴주잖아? 기관차 실린더가 라리종호처럼 피스톤 행정行程이 완벽하게 동조를 이루고 기가 막히게 증기를 차단한다면, 성깔이 있어도 행실 바르고 살림 잘하는 주부에게 그러듯이 다른 결함쯤은 모두 용서해줄 수 있는 것 아닌가. 아마도 윤활유를 너무 많이 먹어서 그러는가본데, 그러면 어때서? 윤활유를 쳐주면 그걸로 끝이잖아!

바로 그 순간 자크가 몹시 흥분해 같은 말을 되풀이했다.

"이게 절대로 안 올라가려고 하지, 윤활유를 안 쳐주면 말이야."

그는 달리고 있는 라리종호에 윤활유를 치기 위해 기름통을 집어들었는데, 그로서는 이제까지 한두 번 해볼까 말까 한 행동이었다. 그는 난간을 훌쩍 뛰어넘어 트랩을 밟고 올라서서 기관차 몸체를 따라 한 걸음씩 나아갔다. 그것은 위험천만한 작업 중 하나였다. 두 발이 눈에 젖은 비좁은 쇠사다리에서 연신 미끄러지고, 한 치 앞도 분간하기 힘든 상황인데다 바람은 그의 몸을 한낱 지푸라기처럼 날려버릴 기세였다. 라리종호는 제 옆구리에 이 남자를 매단 채 엄청나게 쌓인 하얀 눈더미 속에 깊은 고랑을 내가며 어둠 속에서 숨막히는 질주를 계속했다. 라리종호는 그를 태우고 떨어뜨릴 듯 흔들며 달려갔다. 기관차 전면 발판에 도달하자 그는 한 손으로 쇠막대를 붙들어 균형을 잡고 오른편 실린더의 윤활유 주입구 앞에 쭈그리고 앉아 온갖 고초를 겪어가며 윤활유를 주입했다. 그런 다음 왼편 실린더에도 윤활유를 주입하러 가기 위해 벽에 달라붙은 곤충처럼 한 바퀴 몸을 돌려야만 했다. 마침내 기진맥진한 상태로 조종실에 돌아온 그는 죽음의 문턱까지 갔다 온 기분에 얼굴이 새하얗게 질렸다.

"더러운 늙다리 말 같으니라고!" 그가 중얼거렸다.

자신들이 애지중지하는 라리종호를 향한 이 같은 전에 없던 폭거에 더럭 겁이 난 페쾨는 평소처럼 허튼 농담을 한번 더 가장해 은근슬쩍 눙치지 않을 수 없었다.

"나를 보내지 그랬어. 부인네들에게 기름 치는 것은 바로 내 전문인데."

그도 이제 어느 정도 잠이 깨어 자기 위치에 자리를 잡고 선로 왼편을 주시하기 시작했다. 평소 그는 눈이 밝아서 자기 상사보다 더 잘 보았다. 그러나 이런 악천후 속에서는 철길 구석구석을 손바닥 들여다보듯 빤히 알고 있는 그들도 어디를 지나가고 있는지 알아채기가 거의 불가능했다. 선로가 눈에 파묻힌 것은 물론 울타리들과 집들조차 눈이 삼켜버리고 말아 사방이 끝도 없이 밋밋하게 펼쳐진 평원, 윤곽이 불분명한 백색의 카오스로 보일 뿐이었으며, 그곳을 라리종호가 광분하듯 제멋대로 내달리는 형국이었다. 일찍이 이 두 남자가 자신들을 하나로 묶어주는 동지의식을 이렇게 긴밀하게 느껴본 적은 한 번도 없었다. 온갖 위태로운 지경을 고삐 풀린 것처럼 휘젓고 내달리는 이 기관차에서, 그들은 자신들의 뒤를 따르는 사람들의 목숨에 대한 극심하고 막중한 책임감을 의식한 나머지 폐쇄된 방안에서보다 훨씬 더 절절하게, 자신들만이 홀로 이 세상으로부터 버림받았다는 느낌이 들었던 것이다.

그렇기 때문에 페쾨의 농담에 더이상 화를 낼 수 없었던 자크는 치밀어오르던 분을 억누르고 미소를 짓고 말았다. 그렇다, 지금은 서로 싸울 때가 아니었다. 눈발이 더 거세지고, 지평선에 드리운 장막은 더 두터워졌다. 계속해서 언덕길을 오르고 있을 때였다. 화부는 저멀리 붉은 신호등이 번쩍하는 것을 얼핏 본 것 같았다. 그는 외마디 소리를 질러 자신의 상사에게 알렸다. 그러나 그 불빛은 다시 보려 해도 두 번 다시 보이지 않았다. 가끔 그렇듯이 그의 눈이 꿈을 꾼 모양이었다. 기관사는 아무것도 보지 못했지만 상대가 보았다는 그 환영에 심란해지고 자기 자신에 대한 믿음마저도 잃어버린 채 가슴이 몹시 두근거렸다. 그가 눈보라가 휘몰아치는 뿌연 장막 너머로 보았다고 상상한 것들은 엄청나게 큰 검은 물체들, 무지막지하게 큰 덩어리들이었는데, 그것들이 밤에서 떨어져나온 거대한 파편처럼 기관차 앞으로 달려들어 덮치는 것만 같았다. 도대체 그것들은 무엇일까? 비탈이나 산에서 눈사태라도 난 것일까? 산더미처럼 선로를 가로막은 그것들에 부딪혀 기차가 산산조각나는 것은 아닐까? 갑자기 공포감에 휩싸인 자크는 손잡이를 잡아당겨 필사적으로 길게 기적 소리를 울렸다. 그 통곡 소리는 폭설을 뚫고 음울하게 울려퍼졌다. 그런데 그는 뜻하지 않게 적시에 기적을 울린 셈이 되어 화들짝 놀랐는데, 바로 기차가 아직도 2킬로미터 정도 더 남았다고 생각한 생로맹 역을 전속력으로 통과하고 있었던 것이다.

라리종호는 끔찍한 오르막길을 무사히 넘고 나더니 한결 편안한 상태로 달리기 시작해 자크는 잠시 한숨을 돌릴 수 있었다. 생로맹에서 볼벡까지는 오르막이긴 하지만 경사를 느낄 수 없을 정도로 완만해서 고원 반대편 끝까지 가는 데는 모르긴 해도 아무런 문제가 없을 것 같았다. 그래도 뵈즈빌에 도착해 삼 분 정도 정차하는 동안 그는 플랫폼에 역장이 서 있는 것을 보고, 계속 쌓여만 가는 눈 앞에서 느끼는 불길한 기분을 이야기라도 하는 것이 좋을 것 같다는 생각에 역장을 불렀다. 도저히 루앙까지 갈 수 없을 것 같다, 최선책은 기관차를 하나 더 매달아 두 대가 끌고 가는 것일 텐데 차량 기지에 가보면 기관차들이 언제나 대기하고 있을 것이다 등등. 그러나 역장은 자기는 그런 지시를 받은 바가 없으며 그런 조치를 취해야 한다고 생각하지는 않는다고 대답했다. 그가 제공할 수 있는 것은 필요한 경우 철길의 눈을 치우는 데 쓸 대여섯 자루의 나무 삽이 전부라는 것이다. 페쾨가 그 삽들을 받아 탄수차 구석에 가지런히 놓았다.

실제로 고원지대에서 라리종호는 별로 힘들이지 않고 계속 제 속도를 내며 달렸다. 하지만 라리종호는 지쳐가고 있었다. 거의 매분마다 기관사는 제 할 일은 그것대로 하면서 화부가 석탄을 넣을 수 있도록 화구 덮개를 열어줘야 했다. 그때마다 수의를 덮은 것처럼 사방이 온통 새하얀 벌판 위를 한 줄 검은 점선이 되어 침통한 모습으로 달려가는 기차 위로 혜성의 꼬리처럼 작열하는 불똥이 어둠을 가르며 흩날렸다. 시계는 7시 45분을 가리켰고 동이 트기 시작했다. 그러나 지평선이 끝에서 저 끝까지 사방을 온통 허옇게 메운 거대한 눈보라에 치여 하늘에는 겨우 창백한 빛만 어릴 뿐이었다. 아직 아무것도 분간되지 않는 그 불길한 박명 때문에 두 사람의 걱정은 더욱 증폭되었다. 그들은 고글을 꼈음에도 이미 물기에 흠씬 젖어버린 눈으로 먼 곳을 바라보느라 안간힘을 썼다. 기관사는 역전기 핸들에서 손을 떼지 않은 채 다른 손으로 위에 매달린 손잡이를 연신 잡아당겨 기적을 울렸는데, 겁을 잔뜩 집어먹은 듯 거의 연속적으로 울려대는 그 소리는 이 황량한 눈밭에 파묻혀 비탄에 잠겨 흐느껴 우는 소리 같았다.

기차는 별 탈 없이 볼벡과 이브토를 지났다. 모트빌에서 자크는 다시 한번 부역장을 불러 상황을 물어보았지만 그는 선로 상태에 대해 구체적인 정보를 주지 못했다. 반대편에서 아직 기차가 한 대도 들어오지 않았으며, 단지 파리발 완행열차가 안전상의 이유로 루앙에서 통제되었다는 전보만 받은 상태라는 것이다. 다시 출발한 라리종호는 무겁고 지친 모습으로 바랑탱까지 30리에 달하는 완만한 경사로를 내려갔다. 날이 새는 중인데도 매우 흐렸다. 그 창백한 빛은 마치 쏟아지는 눈발 자체에서 나오는 것인 듯했다. 새벽의 차갑고 분분한 강설이 그렇듯이 눈은 갈수록 더 자욱이 쏟아졌고 그렇게 대지는 하늘에서 떨어져나온 조각들로 뒤덮였다. 날이 밝아올수록 바람은 더욱 거세졌으며 눈송이가 공처럼 흩날렸다. 화부는 탄수차 밑바닥의 저수조 칸막이 사이에 떨어진 석탄을 치우느라 연신 삽질을 해야 했다. 기차의 좌우로 나타났다가 사라지는 벌판은 눈에 덮여 형상을 짐작할 수 없는 지경이었는데, 두 남자는 꿈속에서 벌판을 질주하는 느낌이었다. 넓게 펼쳐진 들, 생나무 울타리로 둘러싸인 비옥한 목장, 사과나무 과수원, 이 모든 것들은 그저 가끔씩 잔잔한 파도가 일렁이는 하얀 바다의 일부일 뿐이었다. 물결이 넘실대는 그 창백한 망망대해는 모든 것을 그렇게 하얗게 뒤덮었다. 손을 핸들에 올려놓고 서서 살을 에는 듯한 돌풍을 맞던 기관사에게 극심한 추위의 고통이 밀려오기 시작했다.

마침내 기차가 바랑탱 역에 도착했다. 역장 베시에르가 몸소 기관차로 찾아와 크루아드모프라 인근에 엄청난 양의 폭설이 내렸다는 전갈이 있었노라고 자크에게 알렸다.

"아직은 지나갈 수 있을 것 같소." 그가 덧붙였다. "하지만 고생 좀 해야 할 거요."

그 소리를 듣고 젊은 기관사가 흥분했다.

"이런 빌어먹을! 내가 뵈즈빌에서 말했잖아! 기관차를 하나 더 매달자고 했을 때 그자들이 꿈쩍하기나 했나?…… 아! 우린 또 고분고분 따라야겠지!"

여객전무도 앞쪽 유개화차에서 내려 화를 냈다. 그도 운행중 내내 상황을 주시하느라 꽁꽁 얼어붙었던 것이다. 그는 전신주의 신호를 하나도 분간할 수 없었노라고 투덜댔다. 사방이 이렇게 온통 새하얀데 말 그대로 암중모색을 해야 하는 판이라니!

"여하튼 당신들에게 통보했소." 베시에르가 대꾸했다.

그런데 눈에 파묻혀 쥐죽은듯 고요한 역에서 역무원들의 고함이나 승강구 문이 여닫히는 소리 하나 없이 그렇게 정차 시간이 길어지자 승객들이 벌써 동요하기 시작했다. 여기저기서 객차 창문들이 내려가고 승객들이 바깥으로 머리를 내밀었다. 아주 억척스러워 보이는 부인과 그녀의 딸들인 듯싶은 금발의 어여쁜 두 소녀는 영국 사람임이 틀림없었고, 좀더 뒤쪽에서는 멋진 갈색 머리의 젊은 여자가 머리를 내밀자 나이든 남자가 그녀를 안쪽으로 억지로 잡아당겼다. 반면 하나는 젊고 하나는 나이 지긋한 두 남자는 이 객차 저 객차로 옮겨다니면서 승강구 밖으로 몸을 반쯤 내밀고 이야기를 주고받았다. 그러나 자크가 뒤를 흘긋 돌아보았을 때는 세브린의 모습밖에 보이지 않았는데 그녀 역시 걱정스러운 기색으로 주변을 두리번거렸다. 아! 사랑스러운 여인이여, 그녀는 얼마나 불안할까. 그리고 이런 위기 상황에서 그녀를 지척에 두고도 가까이 갈 수 없는 처지이니 얼마나 가슴이 아픈가! 그는 지금 당장 파리에 갈 수만 있다면, 그녀를 손끝 하나 다치게 하지 않고 무사히 파리에 데려갈 수만 있다면 온몸의 피를 다 바치고 싶은 심정이었다.

"자, 출발하시오." 역장이 말을 맺었다. "사람들을 공연히 불안하게 하지 말고."

역장은 이미 출발신호를 내린 상태였다. 여객전무가 유개화차에 올라 호각을 불었다. 라리종호가 길게 비명을 지르는 것으로 대답을 대신한 후 또다시 움직이기 시작했다.

곧이어 자크는 선로 상태가 변했다는 것을 직감했다. 이제는 기관차가 여객선처럼 긴 항적을 남기며 순항하기만 하면 되는 그런 망망대해 같이 펼쳐진 눈 덮인 평원이 아니었다. 기차는 기복이 심한 지대로 진입했다. 구릉과 골짜기가 중첩되어 거대한 주름이 잡힌 것처럼 울퉁불퉁한 지대가 말로네까지 이어졌다. 눈은 불규칙하게 쌓여 있었다. 선로의 눈은 군데군데 치워져 있었지만 몇몇 길목에는 아직도 엄청난 양의 눈이 앞을 가로막았다. 바람이 둔덕의 눈은 쓸어갔지만 반대로 움푹한 선로 부지에는 눈이 더 쌓이게 만들었다. 정상 선로의 끄트머리에 진짜 방벽이 세워진 것처럼 넘어야 할 장애물들이 끊이지 않고 나타났다. 어느새 한낮이었다. 좁다란 협곡과 가파른 비탈길이 거듭되는 이 삭막한 지대는 눈에 파묻힌 채 폭풍 속에서도 꿈쩍하지 않는 얼어 붙은 대양처럼 황량하고 쓸쓸했다.

자크는 일찍이 이런 강추위를 뚫고 달려본 기억이 전혀 나지 않았다. 눈발이 수천 개의 바늘이 되어 찔러대는 통에 얼굴이 피투성이가 된 것처럼 느껴졌다. 게다가 두 손은 이미 떨어져나가고 없는 것 같았다. 추위로 손끝이 마비되어 무감각해져버린 것인데, 어느 순간 손가락 사이에 조그만 역전기 핸들을 쥐고 있다는 느낌이 전혀 들지 않아 소스라쳤다. 기적을 울리기 위해 손잡이를 당기려고 팔꿈치를 들어올리려 했을 때도 어깨에 매달린 팔이 시체의 팔처럼 무겁게 느껴졌다. 요동치는 기관차에 내장이 다 빠져나올 정도로 끊임없이 흔들리면서 두 다리로 서 있다는 것 자체가 전혀 실감이 나지 않을 정도였다. 머릿속까지 얼얼하게 만드는 추위와 함께 극심한 피로감이 몰려왔다. 그가 느끼는 공포는 더이상 자신의 존재감을 느끼지 못한다는 것, 자신이 운전하고 있다는 사실까지도 불분명해졌다는 것이었다. 그는 이미 한참 전부터 기계적인 동작으로 핸들을 돌리고 있었으며 압력계의 눈금이 떨어지는 것도 무감각하게 쳐다보는 지경이 되어버렸다. 전에 들은 적이 있는 환각 현상에 대한 온갖 이야기가 머리를 스치고 지나갔다. 저기 저것은 쓰러진 나무가 선로를 가로막고 있는 것이 아닌가? 덤불숲 위로 붉은 깃발이 펄럭이지 않던가? 으르렁거리는 바퀴 소리 사이로 정차를 지시하는 기폭 장치가 연방 터지는 소리가 들리지 않았나? 그는 그렇다고도, 아니라고도 말할 수 없을 것 같았다. 그는 멈춰야 한다고 계속 주억거렸지만 정작 그럴 의지가 마음속에 또렷이 일지는 않왔다. 얼마 동안 이러한 위기가 그를 괴롭혔다. 그러다가 갑자기 궤짝 위에 쓰러져 자고 있는 페쾨의 모습이 눈에 들어오자, 그 역시 추위의 고통을 이기지 못하고 허물어진 것이겠지만, 그만 불같이 화가 치밀면서 온몸이 다시 뜨거워졌다.

"아, 이런 염병할!"

평소에는 이 주정뱅이의 악습에 관대한 편이었지만 이번에는 발길질로 깨우고 일어설 때까지 연거푸 뺨을 때렸다. 어안이 벙벙해진 화부는 투덜대기만 할 뿐 도리 없이 다시 삽을 들었다.

"알았어, 알았다고! 한다니까!"

화실에 석탄이 채워지자 증기압이 다시 올라갔다. 하마터면 낭패를 당할 뻔한 위기의 순간이었다. 라리종호가 참호 지대에 들어선 참인데, 거기에 1미터도 넘게 쌓인 눈을 헤치고 돌진해야 할 상황이었던 것이다. 라리종호는 사력을 다해 돌진했다. 라리종호의 몸체가 요동을 쳤다. 한순간 라리종호는 힘이 부치는지 멈칫거렸고, 모래톱에 좌초한 선박처럼 금방 오도 가도 못할 상황에 처하게 될 것만 같았다. 라리종호가 더욱 힘겨워한 데는 오래전부터 조금씩 쌓이기 시작한 눈이 엄청난 무게로 객차 지붕을 누른 탓도 있었다. 흰 눈을 시트처럼 뒤집어쓴 객차들은 하얀 고랑에 검은 줄을 그으며 그렇게 내달렸다. 기관차에는 컴컴한 옆구리에만 흰 모피를 두른 것처럼 눈이 쌓였는데 눈덩이들이 열에 녹아 빗물이 되어 흘러내렸다. 라리종호는 엄청난 하중을 이기고 다시 한번 참호 지대의 난관을 빠져나왔다. 둔덕 위에 모습을 드러낸 기차는 긴 곡선을 그으며 편안하게 앞으로 나아갔는데, 그 모습이 마치 검은 리본이 하얗게 빛을 발하며 전설의 고향 속으로 사라지는 것 같았다.

그런데 저멀리 다시 참호 지대가 나타났다. 라리종호와 계속 몸을 맞대고 느낌을 공유해왔던 자크와 페쾨는 그 순간 라리종호의 몸이 차가워지는 것을 느끼고 죽어서라도 벗어날 수 없을 것만 같은 자신들의 자리에 우뚝 선 채 온몸이 뻣뻣하게 굳었다. 또다시 기관차의 속력이 떨어지기 시작했다. 기관차는 두 경사면 사이로 빨려들어갔다. 정차는 서서히, 덜컹거리지도 않고 진행되었다. 모든 바퀴가 끈끈이에 포박당한 것처럼 기관차는 점점 더 가쁘게 숨을 몰아쉬었다. 기관차는 더이상 움직이지 않았다. 올 것이 오고야 말았다. 눈이 기관차를 꼼짝 못하게 사로잡은 것이다.

"이럴 줄 알았어." 자크가 으르렁거렸다. "빌어먹을!"

잠깐 동안 그는 자기 자리를 떠나지 않고 핸들에 손을 올려놓은 채 장애물을 넘어설 수 있는지 확인하기 위해 밸브를 한껏 열어젖혔다. 그러다가 아무 소용도 없이 라리종호가 숨을 토해내며 헐떡거리는 것을 보고는 밸브를 닫고 화가 치밀어 더 심한 욕설을 퍼부었다.

여객전무는 앞머리 유개화차의 승강구 바깥으로 몸을 내밀고 있다가 페쾨의 모습이 보이자 자신도 화가 나서 소리쳤다.

"이럴 줄 알았다고, 오도 가도 못하게 됐군!"

여객전무는 잽싸게 기차에서 뛰어내렸다. 그의 다리가 무릎까지 눈밭에 푹 빠졌다. 여객전무가 기관차로 오자 그들 셋은 대책을 논의했다.

"눈을 치울 수밖에 없겠어요." 기관사가 마침내 입을 열었다. "다행히 삽이 몇 자루 있으니 후미 차장을 부르세요. 우리 넷이면 눈에 빠진 바퀴를 빼낼 수 있을 겁니다."

그들은 열차 꽁무니의 화차에서 내려서 있던 차장에게 앞쪽으로 오라는 신호를 보냈다. 그는 몇 번이나 눈밭에 빠져가며 어렵사리 기관차로 왔다. 사방이 온통 새하얀 허허벌판 한가운데 기차가 멈춰 선데다 어떻게 할 것인지 대책을 논의하는 목소리가 생생하게 들리고 차장이 기차 뒤에서 앞까지 껑충껑충 힘겹게 발걸음을 떼며 지나가는 모습을 보고 승객들은 불안감에 휩싸였다. 여기저기서 차창이 내려갔다. 승객들은 큰 소리로 어떻게 된 일이냐고 묻는 등 아직은 웅성거리는 수준이었지만 혼란은 점점 더 고조되었다.

"여기가 도대체 어디야?…… 왜 멈춘 거지?…… 도대체 무슨 일이 벌어진 거야?…… 맙소사! 사고가 난 거야?"

여객전무는 사람들을 안심시켜야겠다고 생각했다. 그가 앞으로 나서자 영국 여자가 자신의 불그스름하고 두꺼운 얼굴 좌우에 아리따운 두 딸의 얼굴을 대동하고서 강한 억양의 어투로 그에게 물었다.

"이것 봐요, 위험한 건 아니죠?"

"그럼요, 부인." 그가 대답했다. "그냥 눈이 조금 쌓여서요. 곧 다시 출발할 겁니다."

그러자 두 소녀의 재잘거림을 남기고, 분홍빛 입술 위에서 음표처럼 톡톡 튀는 그 영어 음절들을 남기고 차창이 다시 닫혔다. 두 소녀는 신이 나서 깔깔 웃어댔다.

좀더 뒤쪽에서 나이 지긋한 남자가 여객전무를 불렀다. 그의 젊은 아내가 남편의 어깨 너머로 아름다운 갈색 머리를 살그머니 내밀었다.

"어떻게 미리 대비도 하지 않았단 말이오? 참을 수가 없군…… 난 지금 런던에서 돌아오는 길인데 사업 때문에 오늘 아침 파리에 가야 하오. 만일 조금이라도 늦으면 일체의 책임을 철도회사에 물을 테니 그리 아시오."

"선생님," 여객전무는 같은 말을 반복할 수밖에 없었다. "잠시 후면 다시 출발할 겁니다."

추위가 지독한데다 눈까지 들이쳐 밖으로 나왔던 얼굴들이 들어가고 차창들이 다시 닫혔다. 하지만 승객들이 문 닫힌 객차 안에서 불안에 휩싸여 여전히 동요하고 있다는 것은 차창 밖에서도 감지되는 웅성거림을 통해 알 수 있었다. 그런데 두 개의 차창만은 여전히 열려 있었다. 세 칸 떨어진 객차에서 두 승객이 차창에 팔꿈치를 괴고 이야기를 나누고 있었는데, 하나는 마흔 줄로 보이는 미국인이고 다른 하나는 르아브르에 사는 젊은이로 두 남자는 제설 작업을 흥미롭다는 듯 바라보았다.

"미국에서는 말이죠, 이런 경우 승객들이 모두 내려 삽을 들지요."

"아! 이 정도는 별것 아니에요. 난 작년에 이미 두 번이나 이렇게 눈에 갇힌 적이 있는걸요. 일 때문에 매주 파리에 가거든요."

"나는 거의 삼 주마다 한 번씩 갑니다."

"뭐라고요? 뉴욕에서요?"

"그래요, 뉴욕에서요."

자크는 솔선해서 작업을 이끌었다. 그는 맨 앞머리 객차의 승강구 문에 나와 있는 세브린을 보고 눈짓으로 들어가라고 간청했다. 그녀는 되도록 자크와 가까이 있고 싶어서 항상 맨 앞 객차에 탔던 것이다. 그녀는 자크의 뜻을 이해하고 얼굴을 얼얼하게 하는 차디찬 바람을 피해 객차 안으로 들어갔다. 그때부터 그는 세브린을 생각하며 혼신의 힘을 다해 눈을 치웠다. 그러다가 정차의 원인인 거대한 눈덩이가 엉겨붙은 곳이 바퀴 쪽이 아니라는 것을 발견했다. 바퀴는 오히려 두껍게 쌓인 눈을 갈라놓았다. 장애물을 만든 것은 바퀴 사이에 있는 재받이였다. 재받이가 계속 눈을 쓸고 가는 바람에 딱딱하게 군은 거대한 눈덩어리가 만들어진 것이다. 자크에게 한 가지 방책이 떠올랐다.

"재받이를 떼어내야겠어요."

그런데 당장 여객전무가 반대하고 나섰다. 기관사는 여객전무의 지휘를 받는 입장이었는데, 여객전무로서는 기관차에 손을 댔다가 탈이 나면 자기 책임이기 때문에 허락하고 싶지 않았던 것이다. 그러나 거듭되는 요구에 여객전무는 굴복하고 말았다.

"좋소, 하지만 책임은 당신이 지는 거요."

그것은 몹시 힘든 작업이었다. 자크와 페쾨는 기관차 밑, 녹아서 질척거리는 눈에 등을 대고 누워 삼십 분 가까이 재받이 해체 작업을 해야 했다. 다행히 공구함에는 여분의 드라이버가 몇 개 있었다. 마침내 그들은 데거나 깔릴 뻔한 위기를 여러 번 넘기고 나서야 재받이를 떼어내는 데 성공했다. 그러나 아직 작업을 완수한 것은 아니었다. 재받이를 기관차 밑에서 끄집어내는 것이 문제였다. 엄청난 무게의 재받이는 바퀴와 실린더 뒤에 가로막혀 있었다. 하지만 그들은 넷이서 힘을 합해 재받이를 기관차에서 빼낸 다음 선로 밖 둔덕까지 끌어냈다.

"자, 이제 눈을 마저 치웁시다." 여객전무가 말했다.

기차가 멈춰 선 지 한 시간 가까이 지났고, 승객들의 불안감은 점점 커져만 갔다. 차창이 뻔질나게 내려갔고 왜 출발하지 않느냐고 묻는 목소리가 들려왔다. 공포감이 극도로 고조되면서 고함과 울음이 범벅이 되는 등 그야말로 공황 상태였다.

"됐어요, 됐어, 충분히 치운 것 같아요." 자크가 딱 잘라 말했다. "올라들 가세요, 나머지는 내가 할게요."

그는 페쾨와 함께 다시 기관차 조종실의 자기 자리에 가서 섰다. 두 명의 차장이 각자의 화차에 올라타자, 그는 손수 배출 장치의 꼭지를 돌렸다. 뜨거운 수증기가 귀청을 찢을 듯한 굉음을 내며 분사되자 아직 철길에 붙어 있던 눈덩이들이 말끔히 녹아내렸다. 그런 다음 그는 핸들에 손을 얹어놓고 기관차를 뒤로 빼기 시작했다. 그는 거리를 확보하기 위해 기차를 300미터가량 천천히 후진시켰다. 그러고 나서 불길을 최대한 세게 해서 증기압을 허용치 이상으로 올리고 선로를 가로막고 있는 장벽을 향해 돌진했다. 그는 라리종호의 온몸을 던져, 라리종호가 끄는 열차의 무게를 모두 실어 장벽에 부딪쳤다. 라리종호는 나무꾼이 도끼를 내리찍을 때처럼 끙하는 괴성을 토해냈고, 강철과 주물로 된 뼈대가 우지끈하는 소리가 났다. 하지만 라리종호는 장벽을 넘어서지 못했다. 기관차는 증기를 내뿜으며 멈춰 섰다. 라리종호의 몸체가 충격으로 뒤흔들렸다. 자크는 눈더미를 넘기 위해 뒤로 물러섰다가 앞으로 돌진하는 작업을 두 번이나 더 되풀이해야 했다. 그때마다 라리종호는 허리에 힘을 잔뜩 주고 거인처럼 거친 숨을 몰아쉬며 가슴팍을 눈더미에 부딪쳤다. 마지막으로 기관차가 숨을 가다듬는 것처럼 보였다. 라리종호는 온몸의 기운을 최대한 끌어모아 자신의 강철 근육을 팽팽하게 긴장시켰다. 마침내 기관차가 눈더미를 넘어섰다. 한복판이 갈려 양옆으로 벽을 이룬 눈더미 사이를 뚫고 열차가 둔중하게 라리종호의 뒤를 따랐다. 라리종호는 자유의 몸이 되었다.

"어쨌든 쓸 만한 놈인 건 분명해!" 페퇴가 구시렁댔다.

그제야 자크는 눈앞이 보이지 않는 것을 깨닫고 고글을 벗어 닦았다. 심장이 쿵쾅거렸다. 더이상 추위도 느껴지지 않았다. 그러다가 문득 선로가 크루아드모프라에서 300미터쯤 떨어진 곳에 있는 깊은 참호 지대를 통과할 거라는 생각이 스치고 지나갔다. 그 참호 지대는 바람이 부는 방향으로 트여 있어서 눈이 엄청나게 쌓였을 게 틀림없었다. 곧이어 그는 자신이 그 확고부동한 암초에 부딪혀 난파하고 말리라는 강한 예감이 들었다. 그는 기관차 밖으로 고개를 내밀었다. 저멀리 굽잇길 너머로 참호 지대가 눈이 잔뜩 쌓인 채 긴 구덩이처럼 직선으로 뻗어 있는 모습이 눈에 들어왔다. 이제 해는 완전히 모습을 드러냈다. 눈발이 그치지 않는 가운데 새하얀 벌판이 햇볕에 반짝이며 끝도 없이 펼쳐졌다.

라리종호는 더이상 장애물을 만나는 일 없이 중간 속도를 유지했다. 만일에 대비해 열차의 앞과 뒤에 켜놓았던 불을 끄지 않았는데, 연통 하단에 붙은 하얀 전조등이 외눈박이 거인족 키클롭스의 살아 있는 애꾸눈처럼 햇빛 속에서 번득였다. 라리종호는 그렇게 외눈을 크게 뜨고 참호 지대를 향해 접근해 갔다. 그 순간 라리종호가 겁을 집어먹은 말처럼 조그만 숨소리를 짧게 토해내는 것 같았다. 몸속 깊은 곳에서 퍼져나온 떨림으로 라리종호가 흔들거렸다. 기관차는 뒷발로 서서 버티려다가 오로지 기관사의 완고한 손놀림 때문에 어쩌지 못하고 달리기를 계속했다. 기관사는 화부가 불을 맹렬하게 키우도록 손을 내밀어 화구의 덮개를 열었다. 그러자 이제는 밤하늘을 붉게 물들이는 별똥별의 꼬리가 아니라 꾸역꾸역 굵직하게 솟구치는 검은 연기가 눈발이 휘날리며 창백하게 흔들리는 거대한 하늘을 뒤덮었다.

라리종호는 계속 돌진했다. 드디어 라리종호가 참호 지대 안으로 진입해야만 하는 순간이 닥쳤다. 선로 좌우의 비탈은 눈에 뒤덮였고, 참호 안쪽은 선로의 자취조차 드러나지 않은 것이, 마치 눈이 수북이 쌓인 채 잠들어 있는 협곡 같았다. 라리종호는 참호 속으로 빨려들어가 숨을 헐떡이며 50여 미터를 달려갔는데 속도가 점점 떨어졌다. 라리종호가 밀어내는 눈이 방벽처럼 앞에 쌓이며 끓어오르듯 솟구쳐서는 성난 파도처럼 기차를 집어삼킬 듯이 달려들었다. 순간 라리종호는 무릎을 꿇고 탈선할 것처럼 보였다. 하지만 기관차는 용틀임을 하듯 최후의 힘을 모아 난관을 헤치고 30여 미터를 더 전진했다. 그러고는 끝이었다. 라리종호는 단말마의 고통을 토해냈다. 눈덩이가 다시 무너져내리면서 바퀴를 뒤덮었고, 모든 부속 기계장치들이 눈덩이의 습격을 받아 얼음 사슬에 묶여버렸다. 라리종호는 가쁘게 숨을 몰아쉬며 혹독한 추위 속에 완전히 멈춰 섰다. 이윽고 라리종호의 호흡이 멎었고, 그렇게 죽은 듯 꼼짝도 하지 않았다.

"올 것이 온 거야." 자크가 말했다. "진작에 이럴 줄 알았지."

곧바로 그는 다시 돌파를 시도하기 위해 기관차를 뒤로 빼려고 했다. 그러나 이번에는 라리종호가 꼼짝도 하지 않았다. 앞으로 나아가는 것도, 뒤로 물러나는 것도 거부했다. 라리종호는 모든 부분이 정지된 채 땅에 들러붙은 듯 아무런 움직임도, 아무런 응답도 보이지 않았다. 라리종호의 뒤를 따르던 열차도 승강구까지 차오른 눈에 파묻혀 죽은 것처럼 보였다. 눈은 그치기는커녕 거센 돌풍을 일으키며 더욱 무성하게 쏟아졌다. 소용돌이치며 모든 것을 삼키는 모래사장이 있다면 바로 이런 모습일 것이다. 기관차와 객차는 이미 반쯤 눈에 뒤덮여 곧 흔적도 없이 사라질 태세였다. 그 위로 이 새하얀 허허벌판의 전율하는 적막이 내리눌렀다. 아무것도 움직이지 않았다. 눈은 그렇게 하얀 수의를 짜서 세상을 뒤덮었다.

"좋아! 다시 시도하는 거지?" 여객전무가 유개화차 바깥으로 몸을 내밀고 물었다.

"끝장났어!" 페쾨가 거두절미하고 소리쳤다.

실제로 이번에는 위치가 영 좋지 않았다. 후미의 차장은 후방 추돌을 방비할 수 있는 기폭 장치를 열차 뒤에 설치하기 위해 달려갔다. 기관사는 정신없이 다급하게 조난을 알리는 기적을 울렸는데, 그 소리가 숨이 넘어갈 듯 암울했다. 하지만 눈이 흡음재 역할을 해서 그 소리는 바랑탱 역까지 전달되기는커녕 이내 소멸해버렸다. 어떻게 할 것인가? 그들은 다 해서 넷밖에 되지 않았다. 그들만으로 이 엄청난 눈더미를 치운다는 것은 어림없는 일이었다. 작업반 한 팀이 필요했다. 구조를 요청하러 누군가 달려가야 할 필요성이 시급히 제기되었다. 최악은 승객들이 다시 공황 상태에 빠져버린 것이었다.

승강구 문 하나가 열리더니 갈색 머리의 예쁘장한 부인이 사고가 난 줄 알고 공포에 질려 기차에서 뛰어내렸다. 나이 지긋한 무역업자인 남편도 그녀의 뒤를 따라 뛰어내리며 소리쳤다.

"장관에게 편지를 쓰겠어, 이건 치욕이야!"

차창들이 일제히 사납게 내려가면서 여인들의 울음소리와 격분한 남자들의 고함소리가 객차에서 터져나왔다. 아무 일도 없다는 듯 웃음을 머금고 즐거워하는 승객은 어린 영국 소녀 둘뿐이었다. 여객전무가 승객들을 무마하기 위해 동분서주하는 것을 보고 그중 어린 소녀가 영어 발음이 조금 섞인 프랑스어로 그에게 물었다.

"그러면 아저씨, 우린 여기서 그냥 서 있는 거예요?"

몇몇 남자들은 눈이 허리까지 빠질 정도로 쌓여 있는데도 이미 기차에서 내린 상태였다. 미국 남자도 르아브르의 청년과 함께 그렇게 기차에서 내려 사태를 파악할 요량으로 기관차 쪽으로 갔다. 그들은 머리를 설레설레 저었다.

"저 상태에서 기관차를 빼내려면 네댓 시간은 족히 걸리겠는걸."

"최소한 그 정도 걸릴 거예요. 게다가 일꾼도 스무 명쯤 필요하겠는데요."

자크는 여객전무를 설득해 구조 요청을 위해 후미 차장을 바랑탱으로 보내기로 결정했다. 그나 페쾨는 기관차를 떠날 수 없다는 것이었다.

차장은 멀어져가더니 참호 지대 끝자락을 지나 사람들의 시야에서 사라졌다. 바랑탱까지 4킬로미터 거리였기 때문에 아마도 두 시간 전에는 돌아오기 힘들 것이었다. 자포자기의 심정에 빠진 자크는 잠시 자기 자리를 떠나 맨 앞 객차로 급하게 걸음을 옮겼다. 차창을 내리고 있는 세브린의 모습이 보였다.

"겁먹지 마요." 그가 재빨리 말했다. "두려워할 것 없어요."

그녀도 누가 들을세라 너나들이 말투를 피해 대답했다.

"겁먹기는요. 다만 당신이 걱정되었을 뿐이에요."

오간 대화가 하도 정겨워서 둘은 금세 마음이 놓이면서 서로 미소를 지었다. 그리고 나서 뒤로 돌아선 순간 자크는 뜻밖의 장면을 접하고 깜짝 놀랐다. 철길 옆 둔덕을 따라 플로르와 미자르가 누구인지 바로 분간되지 않는 두 남자를 대동하고 다가왔다. 그들은 구조를 요청하는 기적 소리를 들었던 것이다. 비번이었던 미자르는 마침 백포도주를 마시려고 같이 있던 두 친구와 함께 달려왔다. 하나는 눈 때문에 그날 일을 공친 석공 카뷔슈였고, 다른 하나는 플로르의 마음을 얻기 위해 박대를 받으면서도 늘 그녀의 꽁무니를 뒤쫓아다니는, 말로네에서 터널을 건너온 전철수 오질이었다. 흥미롭게도, 덩치가 큰데다 사내처럼 활달하고 용감하며 기운도 센 플로르가 앞장을 서고 남자들이 뒤를 따랐다. 그녀에게나 그녀의 아버지에게나 그들의 집과 지척인 곳에서 그렇게 기차가 멈춰 선 것은 엄청난 사건이고 믿을 수 없는 모험이었다. 오 년 전 그들이 그곳에 살고부터 낮이나 밤이나, 날씨가 좋을 때나 악천후일 때나 얼마나 많은 기차들이 맹렬한 속도로 바람을 일으키며 그들 앞을 지나갔던가! 기차들은 하나같이 자기들이 몰고 온 그 바람에 휩쓸려가는 것 같았다. 어떤 기차도 속도를 늦추는 일조차 없었다. 그들이 그 기차들에 대해 무엇인가 알 겨를도 없이 기차들은 달아나버렸는데, 그들로서는 기차들이 그렇게 멀어져가다가 눈앞에서 사라지는 것을 멀뚱히 지켜볼 도리밖에 없었다. 세상 사람 모두가 그렇게 줄지어 지나갔지만, 인간 군중이 그렇게 전속력으로 실려갔지만, 그들은 그중에서 조명 아래 설핏 드러난 얼굴들 말고는 아무것도 알지 못했다. 대개는 두 번 다시 마주치지 않을 것이 분명한 얼굴들이었지만 간혹가다 특정한 날 반복해서 보게 되어 비록 이름은 모를지라도 친숙해져버린 얼굴도 있었다. 그런데 눈에 좌초한 기차가 바로 지척에다 승객들을 부려놓은 것이다. 원래의 질서가 완전히 뒤집혔다. 이제는 거꾸로, 사고를 당해 선로에 방치된 이 익명의 존재들을 그들이 샅샅이 훑어보게 된 것이다. 그들은 유럽의 문명인들을 태운 배가 난파한 이 해안에 몰려와 야만인의 휘둥그레진 눈으로 세밀하게 관찰했다. 열린 승강구 안으로 들여다보이는 모피로 몸을 휘감은 여인들, 두툼한 반코트를 입고 기차에서 내린 남자들, 이 얼어붙은 바다에 좌초한 그 모든 안락하고 화려한 볼거리에 넋을 잃은 그들은 움직일 줄 몰랐다.

그러나 플로르는 세브린만큼은 알아보았다. 자크가 모는 기차는 한 번도 빠지지 않고 정탐해온 플로르는 몇 주 전부터 금요일 아침 급행열차를 타고 가는 세브린을 알아보았다. 더구나 세브린은 그녀가 지키는 건널목이 가까워지면 자신의 소유지인 크루아드모프라에 눈길을 던지기 위해 승강구 바깥으로 얼굴을 내밀었기 때문에 유난히 눈에 띄었다. 세브린이 기관사와 나직한 목소리로 정겹게 이야기를 나누는 것을 보고 플로르의 눈이 어두워졌다.

"아! 루보 부인!" 미자르 역시 그녀를 알아보고 바로 비굴한 표정을 지으며 소리쳤다. "운이 안 좋으셨군요!…… 여기 이렇게 계시지 말고, 내려서 우리집으로 가시죠."

자크는 건널목지기와 악수를 나눈 다음 그의 제안을 거들었다.

"이 사람 말이 맞아요…… 아마 몇 시간 걸릴 거예요. 그 시간이면 추위에 얼어죽을지도 몰라요."

세브린은 옷을 단단히 껴입었다면서 그 제안을 거절했다. 그러고는 300미터나 되는 눈길을 걸어가야 하는 것도 조금 겁난다고 덧붙였다. 그러자 아까부터 눈을 크게 뜨고 그녀를 응시하고 있던 플로르가 가까이 다가오더니 입을 열었다.

"가시죠, 부인, 내가 안고 가죠."

세브린이 뭐라고 말하기도 전에 그녀는 사내같이 힘센 두 팔로 세브린을 안고는 어린아이처럼 번쩍 들어올렸다. 그런 다음 반대쪽 선로, 이미 발자국으로 다져져 더이상 발이 빠지지 않는 곳에 세브린을 내려놓았다. 승객들이 웃음을 터뜨리며 탄성을 내질렀다. 여장부일세! 저런 여자가 열두엇만 있다면 눈을 치우는 데 두 시간도 걸리지 않을 텐데 말이야.

그런데 미자르의 제안이, 건널목지기의 집으로 피신할 수 있고 불도 쬘 수 있으며 어쩌면 빵과 포도주가 있을지도 모른다는 말이 삽시간에 모든 객차로 퍼졌다. 승객들은 당장은 심각한 위기를 피할 수 있게 되었다는 데 생각이 미치자 공포감이 누그러졌다. 그렇긴 해도 상황은 여전히 딱하기 그지없었다. 탕파는 이미 싸늘하게 식었고, 시각은 아홉시였으며, 구조 작업이 아무리 빨리 끝난다고 해도 곧 허기와 갈증이 몰려와 고통스러울 것이다. 이 상황이 한없이 계속될 수도 있다. 여기서 자는 사태가 벌어지지 않을 거라고 누가 장담할 수 있겠는가? 두 진영으로 의견이 갈렸다. 자포자기의 심정으로 객차를 떠나지 않겠다는 사람들은 몸에 담요를 두르고 분기탱천해 좌석에 드러누운 채 죽을 각오인 것처럼 자리에서 버텼다. 건널목지기의 집에 가면 형편이 나아질 거라는 기대를 품은 사람들은 무엇보다 좌초한 기차에서 얼어죽을지도 모른다는 악몽을 피하고 싶은 마음이 굴뚝같았기에 위험을 무릅쓰더라도 눈보라를 헤치고 가는 편을 택했다. 드디어 기차에서 내리기로 한 무리가 형성되었다. 나이든 무역업자와 그의 아내, 영국 여자와 그녀의 두 딸, 르아브르 청년과 미국 남자, 그리고 열두어 명의 다른 승객들이 눈 속을 걸어갈 채비를 마쳤다.

자크는 낮은 목소리로, 이곳을 빠져나갈 수 있게 되면 반드시 자신이 소식을 전하러 가겠노라고 약속해서 세브린의 결심을 이끌어냈다. 그리고 플로르가 침울한 눈으로 자신들을 계속 주시하는 것을 보고 그녀에게는 오랜 친구처럼 다정하게 말을 건넸다.

"어, 그래! 그게 좋겠다. 네가 이 부인들과 신사분들을 모시고 가…… 난 미자르와 그가 데리고 온 사람들하고 같이 있을게. 우린 곧 작업에 착수할 거야. 기다리는 동안 우리가 최선을 다할게."

실제로 카뷔슈와 오질, 미자르가 곧바로 삽을 들고서 아까부터 눈더미를 치우고 있던 페쾨와 여객전무에게 합류했다. 그렇게 결성된 소규모 작업팀은 바퀴 밑을 파고, 퍼낸 눈은 둔덕에 쌓아놓는 등 기관차를 눈더미에서 빼내기 위해 혼신의 힘을 다했다. 더이상 아무도 입을 열지 않았다. 질식할 것처럼 침울하게 가라앉은 눈 덮인 하얀 벌판에서 들리는 것이라곤 소리 없는 그들의 분투뿐이었다. 피신을 택한 일부 승객들의 무리가 멀어져가면서 뒤에 두고 온 기차를 마지막으로 돌아보았다. 자신을 좌초시킨 눈더미에 파묻힌 채 홀로 남은 기차는 하나의 가느다란 검은 줄처럼 보일 따름이었다. 열차에 남은 승객들은 이미 승강구 문을 닫고 차창을 올린 지 오래였다. 눈은 계속 내리면서 소리 없이 그러나 끈질기게, 천천히 그러나 확실하게 기차를 집어삼키고 있었다.

플로르는 세브린을 두 팔로 안아 부축하려고 했다. 그러나 세브린은 거부하며 다른 사람들처럼 걸어가겠다고 고집했다. 300미터라고 하지만 헤쳐나가기가 무척 힘들었다. 특히 참호 지대에서는 엉덩이까지 눈에 묻혔다. 그래서 몸의 절반이 눈에 빠진 뚱뚱한 영국 여자를 구출하기 위해 두 번씩이나 곤욕을 치러야 했다. 그녀의 두 딸은 신이 나는 듯 여전히 웃는 얼굴이었다. 나이든 무역업자의 젊은 아내는 수없이 미끄러지다가 결국 르아브르 청년이 내민 손을 붙잡지 않을 수 없었다. 그사이 그녀의 남편은 미국 남자와 함께 프랑스에 대해 험담을 퍼부어댔다. 참호 지대를 벗어나자 걷기가 한결 수월해졌다. 하지만 이내 성토 지대를 따라가야 했다. 일행은 눈에 덮여 잘 분간되지 않아 위험천만한 둑길 가장자리를 피해가며 바람에 눈이 쓸려 형체가 어렴풋이 드러난 철길을 따라 조심조심 앞으로 나아갔다. 마침내 일행은 목적지에 도착했다. 플로르는 승객들을 부엌으로 안내했다. 부엌은 꽤 넓었지만 스무 명쯤 되는 승객들로 꽉 차는 바람에 플로르로서는 그들에게 의자를 하나씩 배정할 수 없었다. 그녀가 변통할 수 있는 방법이라곤 널빤지를 가져다가 원래 있던 걸상을 이용해 두 개의 긴 의자를 만드는 것뿐이었다. 그런 다음 그녀는 나뭇단을 아궁이 속에 부려 넣고는 마치 자기에게 더는 아무것도 요구해서는 안 된다고 말하려는 것처럼 손을 털어 보였다. 그녀는 한마디도 하지 않았다. 우두커니 선 채 금발의 우람한 야성녀답게 거칠고 용맹스러운 분위기를 내뿜으며 초록빛이 도는 커다란 두 눈으로 이 문명의 존재들을 바라보았다. 그중 두 사람의 얼굴이 낯익었는데 미국 남자와 르아브르 청년이었다. 그녀는 몇 달 전부터 그들이 승강구에 매달려 지나가는 모습을 종종 목격했던 것이다. 그녀는 연구자들이 붕붕거리며 날아다니는 곤충을 쫓아다닐 수 없어 채집해놓고 연구하듯 그렇게 그들을 살펴보았다. 가까이서 본 그들의 모습은 신기할 따름이었다. 그녀는 그들이 구체적으로 그렇게 생겼다는 것을 꿈에도 상상할 수 없었다. 게다가 지금 생김새 말고는 그들에 대해 아는 것이 아무것도 없었다. 그 둘 말고 다른 승객들은 그녀 자신과는 전혀 다른 별종들로 보였다. 하늘에서 떨어진 외계인 같은 그들은 그녀의 집 부엌 바닥에 그녀가 평생 구경해본 적도 없는 옷이며 행동이며 생각을 부려놓았다. 영국 여자는 무역업자의 젊은 아내에게 인도에서 고위 관료로 재직하고 있는 장남을 만나러 가는 길이라고 진지하게 말했다. 젊은 여자는 일 년에 두 번 런던에 출장을 가는 남편을 기분이 내킬 때마다 따라다니는데 이번에 처음으로 재수 없는 꼴을 당했노라고 심드렁하게 대꾸했다. 너 나 할 것 없이 이런 황량한 곳에 고립되었다는 생각에 탄식을 쏟아냈다. 식사도 해야 하고 잠도 자야 하는데, 세상에! 어떻게 한단 말인가. 플로르는 그들의 말을 가만히 듣고 있다가 불 앞의 의자에 앉아 있던 세브린과 시선이 마주치자 옆에 있는 방으로 들어가자는 신호를 보냈다.

"엄마," 그녀가 방안으로 들어가면서 말했다. "루보 부인이에요……
뭐 할말 없으세요?"

파지는 얼굴이 누렇게 뜨고 다리는 퉁퉁 부은 채 침대에 누워 있었다. 몸이 너무 아픈 그녀는 보름 전부터 그렇게 자리보전을 하고 있었다. 주물 난로 하나가 탁한 열기를 내뿜고 있는 누추한 방안에서 그녀는 기분 전환 거리라고는 전속력으로 달리는 기차가 일으키는 격심한 요동밖에 없는 상태에서 머릿속을 떠나지 않는 강박관념을 곱씹으며 세월을 보냈다.

"아! 루보 부인," 그녀가 우물거렸다. "그래, 그래!"

플로르는 사고가 났고, 그래서 사람들을 데려왔으며, 그들이 지금 부엌에 있다고 그녀에게 이야기해주었다. 그러나 그 모든 소식도 그녀에게는 별 반향을 불러일으키지 못했다.

"그래, 그래!" 그녀는 변함없이 낮은 소리로 되뇔 뿐이었다.

그러다가 문득 기억이 났는지 잠시 고개를 들고 말했다.

"부인이 집을 보러 가겠다고 하면 옷장 옆에 열쇠가 걸려 있으니까 네가 알아서 해라."

그러나 세브린은 내키지 않았다. 눈이 내리는 이런 음산한 날씨에 크루아드모프라에 들어간다는 생각만 해도 온몸에 소름이 끼쳤다. 아니에요, 아닙니다, 그곳엔 볼일이 전혀 없습니다, 여기 따뜻한 곳에서 그냥 기다리는 게 낫겠어요.

"그러면 여기 앉으시죠, 부인." 플로르가 말을 받았다. "부엌보다는 이곳이 훨씬 나을 거예요. 게다가 우리집에 저 사람들 모두를 먹일 빵은 없지만, 시장하시다면 부인에게는 얼마든지 빵을 드릴 수 있어요."

그녀는 의자를 하나 내밀었다. 그녀는 평소의 퉁명스러운 태도를 보이지 않으려고 눈에 띄게 애쓰면서 줄곧 세심하게 배려하는 모습을 보여주었다. 그러나 그녀의 시선은 마치 젊은 부인의 속마음을 읽어내어 자신이 얼마 전부터 품기 시작한 의심의 확증을 잡으려는 듯 한시도 젊은 부인을 떠나지 않았다. 그녀의 호의 이면에는 그렇듯 세브린에게 가까이 접근해 일거수일투족을 살피고 친밀해져야 한다는 전략적인 필요성이 깔려 있었다.

세브린은 고마움을 표시하고 난롯가에 자리를 잡았다. 사실 그녀로서는 그 방에서 병자와 단둘이 있는 편이 더 나았는데, 그 방에서라면 자크가 자기와 함께 있을 구실을 만들 수 있을 거라는 기대감 때문이었다. 두 시간이 흘렀다. 그녀는 그 지방에 대해 이야기를 나누다가 난로의 뜨거운 열기를 이기지 못하고 꾸벅꾸벅 졸고 있었는데, 그때 부엌에서 부를 때마다 들락날락하던 플로르가 문을 벌컥 열더니 퉁명스러운 목소리로 말했다.

"들어와, 그녀는 여기 있으니까!"

희소식을 알려주기 위해 사고 현장을 빠져나온 자크였다. 바랑탱에 보냈던 사람이 온전한 구조팀을 꾸려서 돌아왔다는 것이었다. 만일의 사고에 대비해 회사에서 취약 지구에 배치해두었던 서른 명쯤 되는 대원들이다. 모두 곡괭이와 삽을 들고 작업을 하고 있다, 다만 작업이 오래 걸릴 것 같아서 아마도 밤이 되기 전에는 다시 출발하기 어려울 것이다 등등의 얘기였다.

"그러니 너무 힘겨워하지 마요, 조금만 참아요." 그가 덧붙였다. "파지 고모, 안 그래요? 루보 부인이 배고파 쓰러지도록 놔두지는 않을 거죠?"

파지는 든든한 청년이라고 입버릇처럼 자랑하는 자신의 조카가 들어오는 것을 보고는 죽을힘을 다해 일어나 앉았다. 그녀는 그의 얼굴을 보고 그의 말을 듣는 것만으로도 생기가 돌고 행복해졌다. 그가 그렇게 말하며 침대로 다가오자 그녀는 기쁨에 겨워 말했다.

"아무렴, 그렇고말고! 아! 든든한 내 조카, 네가 왔구나! 눈에 갇혔다던 사람이 바로 너였구나!…… 나에게 그걸 말해주지 않다니 이런 화상 같으니라고!"

그녀는 딸을 향해 꾸짖듯 말했다.

"다른 건 못해도 친절하게 굴어라, 가서 저 신사분들과 부인들을 모시도록 해라, 나중에 저 사람들이 회사에다 우리가 야만인들이라고 말하지 않도록 만전을 기해야 한다."

플로르는 자크와 세브린 사이를 가로막듯 서 있었다. 그녀는 어머니가 무슨 말을 하건 여기 이렇게 버티고 있으면 안 되나 자문하며 잠시 머뭇거렸다. 그러나 그러다간 아무 증거도 잡지 못할 터였다. 자기의 존재가 그 두 사람이 본색을 드러내는 것을 가로막을 것이기 때문이었다. 그녀는 아무 말도 하지 않고 방밖으로 나가면서도 내내 두 사람에게서 시선을 떼지 않고 훑어보았다.

"아니! 파지 고모." 자크가 걱정스러운 표정으로 말을 이었다. "아예 자리보전하고 계시네요, 병이 심해진 거예요?"

파지는 그를 끌어당겨 매트리스 가장자리에 억지로 앉히기까지 했다. 그러고는 조심스럽게 한 걸음 뒤로 물러나 있는 젊은 부인의 존재는 아랑곳하지 않고 나직한 목소리로 편안하게 말했다.

"오! 그래, 심하지! 네가 이렇게 살아 있는 나를 다시 보는 게 그야말로 기적이란다…… 너에게 편지를 쓰고 싶지는 않았단다. 그런 일들은 편지로 쓸 만한 이야기가 아니니까…… 하마터면 죽을 뻔했단다. 그래도 지금은 벌써 많이 나아졌지. 이번에도 다시 한번 목숨을 부지할 수 있을 것 같구나."

그는 그녀를 자세히 살펴보고, 이전의 아름답고 건강한 모습을 더이상 찾을 수 없을 정도로 병세가 악화된 것에 와락 겁이 났다.

"그래서 여전히 경련이 일고 어지러우신 거군요, 불쌍한 우리 파지 고모."

그래도 그녀는 그의 손을 으스러져라 움켜쥐고 한결 목소리를 낮추어 말을 계속했다.

"드디어 내가 그놈을 붙잡았지 뭐냐…… 너도 알다시피 그놈이 어디에 독을 타서 나를 죽이려고 하는지 알 수가 없어 그만 포기하고 있었잖니. 나는 그놈의 손이 닿은 것은 절대로 마시지도 않고 먹지도 않았단다. 그런데도 밤마다 뱃속에 불이 나는 거야…… 바로 그거였어! 그놈이 소금에 독을 섞어 내게 먹인 거야! 어느 날 밤 그놈이 그러는 걸 보았지…… 내가 몸을 정화한다고 모든 것에 소금을, 그것도 듬뿍 쳐서 먹는 것을 알고 말이야!"

자크는 세브린과의 육체관계가 자기를 치유해준 것 같다고 느낀 뒤로, 서서히 집요하게 행해진 이 독살 이야기를 가끔 떠올릴 때마다 마치 사람들이 악몽을 떠올릴 때 그러는 것처럼 도리질을 치며 의심했다. 그는 이번에는 자기가 먼저 병자의 두 손을 다정하게 그러쥐고 진정시키려고 했다.

"에이, 그게 어디 가당키나 한 일이에요?…… 그렇게 말씀하시려면 정말 확실한 증거가 있어야 해요…… 게다가 그건 너무 황당한 이야기라고요! 보세요, 의사들은 그렇게 생각하는 것을 오히려 병이라고 여기고 들으려고도 안 할걸요."

"병이지." 그녀가 냉소적으로 대꾸했다. "그놈이 내 몸속에 퍼뜨려놓은 병이고말고. 의사들은, 네 말이 맞다, 두 명이 왔었는데 아무것도 모르는데다 둘이 의견이 맞지도 않더구나. 난 그 돌팔이들 중 하나라도 내 집에 다시 발을 들여놓는 것이 싫다…… 알겠니? 그놈이 소금에 그걸 넣어 나에게 먹인 거야. 내가 그걸 봤다고 너에게 분명히 말하잖니! 그게 바로 내 돈 천 프랑 때문이다, 우리 아버지가 나한테 물려준 천 프랑 말이다. 그놈은 나를 죽인 다음에야 그 돈을 쉽게 찾아낼 수 있을 거라고 믿는 거지. 내가 장담하는데, 그놈은 절대 못 찾는다. 그 돈은 아무도 찾아낼 수 없는 곳에, 절대로, 절대로 찾아낼 수 없는 곳에 있거든!…… 나는 그냥 가버리면 그뿐이야, 난 마음 편안해, 절대로 아무도 내 돈 천 프랑을 찾아내지 못할 테니까!"

"하지만 파지 고모, 내가 고모라면, 그리고 고모가 말한 게 확실하다면 공안에게 신고하겠어요."

그녀는 싫다는 표시를 분명히 했다.

"오! 안 된다, 공안은 안 돼…… 그 일은 우리끼리의 일이다. 그놈과 나 사이의 일이란 말이다. 나는 그놈이 나를 갉아먹으려고 한다는 걸 알지. 물론 그놈이 날 갉아먹는 것을 내가 그냥 두고 보지도 않을 거고. 그래, 그런 것 아니니? 나는 나를 스스로 지키면 그뿐이야, 이전처럼 멍청하게 굴지만 않으면 된다고. 그놈이 소금을 가지고…… 그렇지? 누가 그걸 믿겠어? 그런 팔삭둥이같이 덜떨어진 자가, 호주머니에 넣고 다녀도 좋을 조무래기가, 그대로 내버려둔다면 그 쥐새끼 같은 이빨로 나처럼 덩치 큰 여자를 갉아서 마침내 쓰러뜨려버릴지도 몰라!"

가벼운 전율이 그녀를 휘감았다. 그녀는 고통스럽게 숨을 몰아쉬고는 말을 마쳤다.

"상관없어, 이번 타격으로 어떻게 되지는 않을 거야. 이제 한결 나아졌어. 보름도 안 돼서 내 두 발로 일어설 거야…… 그리고 이번에는 말이야, 그놈이 날 다시 물어뜯으려면 아주 교활해져야만 할걸. 아! 그래, 그놈이 이번에는 무슨 수를 쓸 것인지 궁금해 죽겠다니까. 만약 그놈이 나에게 다시 독을 먹일 방책을 찾아낸다면 그땐 그놈이 더 강하다는 게 결정적으로 판명나는 것이겠지. 그러면 하는 수 있나! 내가 죽는 거지 뭐…… 아무도 이 일에 간섭하지 말라고!"

자크는 병 때문에 그녀의 머릿속에 암울한 상상이 떠나지 않는 것이라고 생각했다. 그래서 그녀의 기분을 바꿔줄 요량으로 우스갯소리를 하려고 곰곰이 생각하는데, 그녀가 이불을 뒤집어쓰고 덜덜 떨기 시작했다.

"그놈이 왔어." 그녀가 소곤댔다. "난 그놈이 가까이 오면 금방 알아."

잠시 후 정말로 미자르가 들어왔다. 그녀는 거인이 자기를 쏘아대는 조그만 곤충 앞에서 본의 아니게 느끼는 그러한 공포감에 사로잡혀 낯빛이 창백해졌다. 그녀 홀로 자신을 지켜야 한다는 강박관념에서 벗어나지 못해 미자르에 대한 두려움이 날로 커진 것인데, 그녀는 그 사실을 털어놓지 않았던 것이다. 게다가 미자르는 문에 들어서자마자 그녀와 기관사를 날카로운 눈빛으로 훑어보고 나서도 바로 곁에 있는 그들을 이내 못 본 척했다. 그는 음침하게 눈을 뜨고 얄팍한 입술을 벌려 허약한 남자답게 한껏 유순한 표정을 지으며 어느새 세브린 앞에서 이런저런 친절한 말을 늘어놓고 있었다.

"부인께서 이참에 소유지를 한번 둘러보겠다고 하실지도 모르겠다 싶어서요. 그래서 잠깐 짬을 좀 냈거든요…… 부인께서 원하신다면 제가 부인을 모시고 갈까 해서요."

그러나 젊은 부인이 다시 한번 거절하자 그는 애처로운 목소리로 말을 이었다.

"부인께서 어쩌면 과일들 때문에 놀라셨을지도 모르겠네요…… 과

일들이 몽땅 벌레가 먹었잖아요. 그래서 사실 상품 가치가 없었지요…… 거기다가 바람도 심하게 불어서 정말 타격이 컸지요…… 아! 부인께서 아직 집을 팔지 못하고 계시니 유감입니다! 일전에 어떤 신사분이 와서 집수리를 요구했지요…… 어쨌든 저는 부인 처분대로 따르겠습니다. 부인께서는 제가 여기서 부인의 분신으로서 한 치의 어긋남도 없이 부인을 대신한다는 것을 믿으셔도 좋습니다.”

그러고 나서 그는 그녀에게 빵과 배를 기필코 대접하고 싶다고 우겼다. 그 배들은 그녀의 정원에서 딴 것인데 벌레가 먹지 않은 것들로 남겨두었다는 것이다. 그녀는 받아들였다.

부엌을 가로질러 가면서 미자르는 승객들에게 제설 작업이 진행중이며 아직 네다섯 시간은 더 걸릴 거라고 알려주었다. 정오가 되자 다시 한탄이 터져나왔다. 극도로 허기가 지기 시작한 것이다. 플로르는 모든 사람들에게 줄 만큼의 빵은 없다고 분명하게 밝혔다. 포도주는 상당히 많아서, 그녀는 지하 저장고에서 10리터를 들고 올라와 탁자 위에 죽 따라놓았다. 다만 이번에도 잔의 개수는 부족했다. 그래서 할 수 없이 영국 여자와 그녀의 두 딸, 늙은 신사와 그의 젊은 아내 등 한 잔을 몇몇이 짝을 지어 나누어 마셔야만 했다. 그 젊은 부인은 르아브르 청년에게서 그녀의 편의를 위해 열성적이고 창의적으로 정성을 다하는 수행비서의 모습을 엿보았다. 그는 잠시 사라지더니 장작 광에서 사과 몇 알과 빵 하나를 찾아 들고 돌아왔다. 플로르는 화를 내며 그것은 자신의 병든 어머니에게 드릴 빵이라고 말했다. 그러나 그는 이미 그 빵을 잘라 젊은 부인부터 시작해 여성들에게 나누어주었다. 젊은 부인은 특별한 대우에 흐뭇해져 그에게 미소를 지어 보였다. 그녀의 남편은 아직도 노여움을 풀지는 않았지만 미국 남자와 뉴욕의 통상 현황을 찬양하느라 그녀에게는 이제 신경조차 쓰지 않았다. 영국 소녀들은 일찍이 사과를 깨물어 먹으며 그렇게 감격한 적이 없었다. 그들의 어머니는 몹시 피곤해서 반수 상태에 빠진 상태였다. 아궁이 앞 바닥에는 두 여자가 기다림에 지친 듯 앉아 있었다. 남자들은 잠시나마 시간을 죽일 겸 집 앞에 나가 담배를 피우고 나서 꽁꽁 언 몸으로 덜덜 떨면서 다시 들어왔다. 허기는 좀처럼 가시지 않고 불편함과 초조함으로 피곤은 곱절이 되어 불평하는 소리가 조금씩 커져갔다. 상황은 점차 이재민들의 난민촌 분위기로, 풍랑을 만나 무인도에 버려진 일단의 문명인들이 비탄에 잠긴 분위기로 바뀌었다.

미자르가 왔다갔다하느라 열어둔 문 너머로, 파지 고모는 자신의 병상에서 부엌을 물끄러미 내다보았다. 일 년 전 그녀가 침대에서 창가의 의자까지만 겨우 오갈 수 있게 되고부터 기차가 통과할 때마다 번갯불 같은 섬광 속에 스쳐지나가는 모습만 얼핏 보았던 그 사람들이 바로 코앞에 자리잡고 있었다. 그녀는 건널목에 나가는 것도 거의 불가능했다. 밤이고 낮이고 방에 붙박인 채 눈을 창에 고정시키고서 전광석화처럼 지나가는 기차들 말고는 달리 벗삼을 이 하나 없이 그렇게 홀로 지냈다. 그녀는 아무도 찾아오지 않는 이 야생의 고장에 대해 항상 불만을 토로했다. 그런데 정말 한 부대라고 할 많은 사람들이 낯선 곳에서 들이닥친 것이다. 장담컨대, 제 일만 허겁지겁 쫓아다니느라 바쁜 저 사람들 가운데 그것에 대해, 그녀가 먹는 소금에 집어넣은 그 더러운 것에 대해 조금이라도 의심하는 이는 단 한 사람도 없을 것이다! 그녀는 그것을, 그 교묘한 술책을 머릿속에서 떨쳐버릴 수가 없었다. 그녀는 그자가 그렇게 아무도 모르게 그토록 음험하고 파렴치한 짓을 저지를 수 있는 권한을 부여받은 신이 아닐까 하는 생각이 들었다. 어쨌든 그동안 그들의 집 앞을 꽤 많은 군중이, 무수히 많은 사람들이 지나갔다. 그러나 그 모두가 달려가기에 바빴을 뿐, 단 한 사람도 이 조그맣고 낮은 집안에서 누군가가 아무 소리도 내지 않고 자기 마음대로 사람을 죽이고 있다는 것을 상상조차 못했을 것이다. 파지 고모는 사람이란 바쁠 때는 더러운 짓거리에 발을 딛고 있으면서도 그것에 대해 아무것도 모르는 존재라는 게 놀라울 것도 없다고 생각하면서 달나라에서 떨어진 그 사람들을 하나하나 유심히 살펴보았다.

"이제 돌아가봐야지?" 미자르가 자크에게 물었다.

"예예," 자크가 대답했다. "뒤따라갈게요."

미자르가 문을 닫고 먼저 나갔다. 그러자 파지는 손을 내밀어 젊은 이를 끌어당기고 귓속말로 다시 말했다.

"내가 죽고 나면 저놈이 숨겨진 돈을 찾지 못하고 짓는 표정이 가관일 테니 나중에 저놈 표정을 잘 살펴보거라…… 그것만 생각하면 난 즐겁단다. 어쨌건 나는 흐뭇한 마음으로 이 세상을 하직할 거다."

"그런데 파지 고모, 그 돈은 그러면 아무에게도 주지 않을 거예요? 고모 딸에게도 물려주지 않고요?"

"플로르에게? 저놈이 뺏어가는 꼴을 보라고? 천만에, 싫다!…… 내 든든한 조카, 너한테도 안 줄 거야. 왜냐하면 너도 너무 어리숙하니까, 저놈이 뭔가 빼앗아갈 거다…… 아무에게도 안 주고 저세상에 가서 내가 그 돈을 되찾을 거야."

그녀는 기운이 다했다. 자크는 그녀를 다시 눕히고 두 팔로 껴안고

서 조만간 다시 찾아뵙겠노라고 약속하며 다독였다. 이윽고 그녀가 진정된 것처럼 보이자 그는 여전히 난롯가에 앉아 있는 세브린의 뒤로 다가갔다. 그는 그녀에게 아무 말 말고 가만히 있으라는 뜻으로 미소를 지으며 손가락 하나를 들어올렸다. 그러자 그녀는 말없이 아리따운 몸짓으로 고개를 들어 입술을 내밀었다. 그는 허리를 숙여 자기 입을 그녀의 입에 포개고 조심스럽게 깊은 키스를 나누었다. 그들은 눈을 감은 채 서로의 숨결을 들이마셨다. 그런데 다시 눈을 떴을 때 그들은 혼비백산하지 않을 수 없었다. 플로르가 문을 열고 들어와 그들 앞에 서서 그들의 모습을 지켜보고 있었던 것이다.

"부인께서는 빵이 더 필요하지 않으세요?" 그녀가 거친 목소리로 물었다.

세브린은 당황스럽고 몹시 난처해서 기어들어가는 목소리로 우물거렸다.

"아니, 됐어요, 고마워요."

잠시 자크는 이글거리는 눈으로 플로르를 쏘아보았다. 그는 머뭇거렸다. 그의 입술이 무엇인가 말을 하려는 듯 움찔거렸다. 그러다가 그는 성난 몸짓으로 그녀를 위협하면서 그 자리를 벗어나는 쪽을 택했다. 그의 등뒤로 문이 거칠게 닫혔다.

플로르는 처녀 전사답게 훤칠한 키에 금발머리를 무거운 투구처럼 쓰고서 우뚝 서 있었다. 금요일마다 그가 모는 기차를 타고 가는 이 여자를 보고 느꼈던 불안감이 잘못된 것이 아니었다. 그들이 함께 있는 것을 보고 의심을 품기 시작한 다음부터 그녀는 확증을 잡으려고 애를 썼는데, 이제야 드디어 움직일 수 없는 증거를 잡은 것이다. 내가 사랑한 이 남자는 결코 나를 사랑하지 않는 것 같다. 이 남자가 선택한 여자는 깡마른 이 여자, 보잘것없는 이 여자다. 이런 생각이 들자 그가 자기를 범하려고 난폭하게 대했던 그날 밤, 자신이 거부했던 것에 대한 후회가 사무치도록 다시 밀려와 그녀는 흐느껴 울고 싶은 심정이었다. 그녀의 단순한 논리에 따르면, 만일 그때 자신이 이 여자보다 먼저 몸을 주었더라면 지금 그가 껴안고 있을 여자는 바로 자기일 것이기 때문이었다. 이 시간에 어디를 가면 그와 단둘이 만나 그의 목을 붙잡고 매달려, "날 가져, 내가 그땐 어리석었어, 난 그때 아무것도 몰랐거든"이라고 외칠 수 있을까? 그러나 자신이 할 수 있는 일이 아무것도 없다는 데 생각이 미치자 그녀는 지금 자신의 눈앞에서 어찌할 바를 모르고 말을 더듬는 가냘픈 여자에 대해 왠지 모를 분노가 치밀어올랐다. 투사 같은 힘센 두 손으로 슬쩍 조르기만 해도 작은 새를 죽이듯이 여자의 숨통을 끊어놓을 수 있었다. 그러지 못할 것은 또 무어란 말인가? 플로르는 세상 사람들이 자기는 권세 있고 돈 많은 늙은이들에게 팔려간 매춘부로 취급해 무슨 짓을 해도 내버려두지만 이 연적의 경우는 잘못 건드리면 자기를 얼마든지 감옥에 처넣으리라는 것을 잘 알면서도, 어떻게 해서든 복수를 하겠다고 다짐했다. 질투 때문에 괴로운데다 울화통이 터질 지경인 그녀는 야성의 처녀다운 거침없는 동작으로 남은 빵과 배들을 주섬주섬 챙기기 시작했다.

"부인께서 필요 없다고 하시니까 다른 사람들에게 줘야지요."

세시 종이 쳤고, 이어서 다시 네시 종이 울렸다. 시간은 점점 더 커져만 가는 피곤과 분노의 무게에 짓눌려 터무니없이 느리게 흘렀다. 어둠이 내리기 시작하면서 하얗게 눈 덮인 드넓은 벌판 위로 희뿌연 기운이 감돌았다. 먼발치로나마 작업이 얼마만큼 진척되었는지 확인하기 위해 십 분 간격으로 뻔질나게 바깥을 드나들던 남자들은 들어올 때마다 기관차가 여전히 눈에 파묻혀 있는 것 같다고 말했다. 마침내 두 영국 소녀마저도 신경이 곤두서서 훌쩍거리기 시작했다. 부엌 한구석에서는 갈색 머리의 아리따운 젊은 부인이 르아브르 청년의 어깨에 기대어 잠들어 있었는데, 모두 자포자기에 빠져 체면 따위는 안중에도 없는 상황인지라 그녀의 늙은 남편은 그 모습에 신경조차 쓰지 않았다. 부엌은 온기가 사라지고 싸늘해졌다. 사람들은 덜덜 떨기만 할 뿐누구 하나 난로에 장작을 넣을 생각을 하지 않았다. 급기야 미국 남자가 객차 의자에 두 다리를 뻗고 눕는 편이 더 낫겠다고 판단하고는 집을 떠났다. 이제는 모두들 그렇게 생각하며 후회했다. 그냥 기차에 남아 있었어야 했어, 그랬더라면 적어도 이처럼 상황이 어떻게 돌아가는지 알 수 없어서 가슴을 쥐어뜯는 일은 벌어지지 않았을 것 아냐. 영국여자가 자기도 객차로 돌아가서 자야겠다고 나서는 바람에 말리느라애를 먹어야 했다. 짐승 소굴 같은 이 컴컴한 부엌에 불을 밝힌답시고탁자 한 귀퉁이에 촛불 하나를 세워놓았지만 그 때문에 오히려 낙담에빠진 분위기가 더욱 확산되었고 모든 것이 음울한 절망의 늪에 가라앉은 듯 보였다.

그렇긴 했지만 기차가 있는 곳에서는 제설 작업이 끝나가는 중이었다. 기관차의 눈을 다 치운 구조대원들은 기관차 앞 선로의 눈을 치우고 있었고, 기관사와 화부는 조종실에 올라 자기 자리를 지켰다.

자크는 마침내 눈이 그치는 것을 보고 자신감을 되찾았다. 전철수오질이 터널 건너편의 말로네 쪽은 적설량이 그리 많지 않다고 알려주었다. 자크가 전철수에게 재차 물었다.

"걸어서 터널을 지나왔어요? 터널에 들어갈 때나 터널에서 나올 때 힘들지 않았어요?"

"틀림없다니까요! 문제없이 통과할 수 있을 거요, 걱정 마쇼."

거한답게 열성적으로 일에 매달렸던 카뷔슈는 작업이 마무리되자 일찌감치 현장에서 벗어나 예의 그 소극적이고 내성적인 모습을 보이며 멀찌감치 처박혀 있었는데, 그의 그러한 모습은 최근에 사법 당국의 혐의를 받고 나서는 더 심해지기만 했다. 그래서 자크는 그를 일부러 불러야만 했다.

"어이, 친구, 저기 둔덕에 있는 삽들은 우리 거니까 좀 갖다줄래요? 앞으로 필요하면 또 써야 할 테니까."

석공이 그 마지막 부탁을 들어주자 그가 일에 몰두하던 모습을 지켜보았던 자크는 누가 뭐라고 해도 그를 인정한다는 표시로 그의 손을 힘주어 잡았다.

"당신 참 멋진 친구야!"

이 우정의 표시에 뜻하지 않게 카뷔슈는 울컥했다.

"고마워요." 카뷔슈는 눈물이 나오려는 것을 꾹 참고 짤막하게 말했다.

예심판사 앞에서 그에게 불리한 증언을 했지만 그가 풀려나고 화해를 했던 미자르는 오므린 입술에 얄팍한 미소를 흘리며 머리를 끄덕이는 것으로 동감을 표했다. 한참 전부터 그는 일은 하지 않고 호주머니에 손을 넣은 채 노란 눈을 번득이며 기차를 훑어보고 있었는데, 승객들이 흘린 물건들을 주울 수 있지나 않을까 기대하는 눈치였다.

마침내 여객전무가 자크와 상의한 다음 다시 출발을 시도해보기로 결정을 내렸는데, 곧바로 페쾨가 선로로 뛰어내리더니 기관사를 불렀다.

"이것 봐, 실린더 하나가 뭔가에 충격을 받았어."

자크가 가까이 다가가 자세를 낮췄다. 이미 그는 라리종호를 꼼꼼히 점검하던 중에 그 부분에 타격을 입었다는 것을 확인한 터였다. 선로 보수반원들이 철길 둔덕에 늘어놓았던 침목들이 눈과 바람의 작용으로 미끄러져내려와 레일을 가로막았다는 사실을 눈을 치우다가 발견했던 것이다. 기차가 멈춰 선 이유도 부분적으로는 그 장애물 때문인 것으로 추정되었는데, 기관차가 침목들과 여러 차례 충돌했을 것이기 때문이었다. 실린더에 긁힌 자국이 보였고 그 안의 피스톤도 약간 휜 것 같았다. 그러나 외관의 손상은 그것뿐이어서 기관사는 일단 마음이 놓였다. 어쩌면 안쪽에 심각한 손상을 입었을지도 모를 일인 것이, 기관차의 심장이 뛰는, 살아 있는 영혼이라고 할 수 있는 증기실 슬라이드밸브의 복잡한 메커니즘만큼 미묘한 부분도 달리 없기 때문이었다. 자크는 기관차에 올라가 기적을 울리고 라리종호의 각종 연결 부위 상태를 알아보기 위해 조절 장치를 열었다. 라리종호는 마치 추락 사고로 사지를 잃고 만신창이가 된 사람처럼 한참 동안 버르적거렸다. 마침내 라리종호는 고통스러운 신음 소리와 함께 움직이기 시작하더니 몇 바퀴 굴러갔는데 여전히 얼떨떨하고 둔중한 모습이었다. 이 정도면 갈 것 같다, 달릴 수 있을 것 같다, 주파를 할 것도 같다 하는 생각이 들었다. 다만 그는 고개를 갸웃거렸는데, 라리종호를 속속들이 잘 알고 있는지라 방금 전 손끝에 이상한 느낌, 라리종호가 변했다는 느낌, 노쇠하고 어딘가에 치명상을 입은 것 같다는 느낌이 든 것이다. 라리종호가 이 눈 속에서 심장에 충격을 받고 치명적인 한기를 먹은 것이 분명했다. 라리종호는 튼튼하고 건강하던 아가씨가 어느 날 밤 무도회에 갔다가 차가운 비를 맞고 돌아온 바람에 폐병에 걸려 죽을 지경이 된 것과 흡사했다.

페쾨가 배출 장치를 활짝 열어놓는 것을 보고 자크는 다시 한번 기적을 울렸다. 두 명의 차장은 각자 자기 자리로 되돌아갔다. 미자르와 오질과 카뷔슈는 앞머리 유개화차의 발판에 올라탔다. 기차는 삽을 들고 철길 옆 둔덕을 따라 좌우에 도열해 있는 구조대원들 사이로 천천히 참호 지대를 빠져나갔다. 그런 다음 승객들을 태우기 위해 건널목지기의 집 앞에서 잠시 멈췄다.

플로르는 밖에 나와 있었다. 오질과 카뷔슈가 기차에서 내려 그녀 곁으로 가서 섰다. 미자르는 허겁지겁 달려가 자기 집에서 나오는 신사 숙녀 들에게 일일이 인사를 하며 그들이 팁으로 건네주는 잔돈푼을 챙겼다. 드디어 해방이다! 그러나 모두들 너무 많이 기다렸는지라 추위와 굶주림에 덜덜 떨며 기진맥진한 상태였다. 영국 여자는 졸다 깨다 하는 두 딸을 데리고 나왔고, 르아브르 청년은 축 늘어진 갈색 머리의 젊은 여자를 그녀 남편의 분부대로 부축해 자신의 객차를 버리고 그들의 객차에 올라탔다. 사람들의 발걸음에 짓이겨져 엉망진창이 된 눈밭에서 펼쳐지는 그 광경은 전의를 잃고 패주하는 군대가 더럽혀지지 않으려는 본능마저 상실한 채 우왕좌왕 떠밀리며 배에 오르는 장면을 방불케 했다. 침실 창문의 유리창 너머로 파지 고모의 모습이 잠깐 나타났다. 바깥의 떠들썩한 소리에 호기심을 못 이기고 침대에서 몸을 굴려 떨어진 다음 창문까지 엉금엉금 기어온 것이다. 그녀는 병색이 완연한 움푹 팬 눈으로 눈보라에 실려왔다가 눈보라에 실려가는 그 낯선 군중, 다시는 보지 못할 바깥세상의 통과자들이 그렇게 떠들썩하게 떠나가는 모습을 지켜보았다.

세브린은 맨 마지막으로 집에서 나왔다. 그녀는 고개를 돌려 자크에게 미소를 보냈으며, 자크는 기관차 밖으로 몸을 내밀어 그녀가 객차에 올라갈 때까지 시선을 거두지 않았다. 플로르는 그들을 기다리고 있다가 이렇게 말없이 주고받는 그들의 애정표현을 목도하고 다시 새파랗게 질렸다. 그녀는 마치 그 순간 증오심에 불타 남자에 대한 욕구가 갑작스럽게 생기기라도 한 것처럼 그동안 한사코 거부했던 오질의 곁에 바짝 붙어 섰다.

여객전무가 신호를 보내자 라리종호가 애처로운 소리로 대답했다. 자크는 이번에는 루앙에 도착할 때까지는 더이상 멈추지 않겠다고 각오를 다지며 기차를 움직였다. 여섯시였다. 어둠이 검은 하늘에서 내려와 흰 벌판을 뒤덮었다. 그러나 꺼림칙하고 침울한 느낌을 주는 창백한 빛의 잔영은 완전히 사라지지 않고 대지에 어른거리며 이 황량한 고장의 쓸쓸함을 비추었다. 그 음산한 미광 너머로 크루아드모프라의 저택이 비스듬히 서 있었는데, 눈밭 한복판에 있어 더없이 검게 보이는 그 집은 굳게 닫힌 출입문에 "팝니다"라고 쓰인 게시판이 못박혀 있어 더욱 을씨년스러웠다.

8

기차는 밤 10시 40분이 되어서야 겨우 파리의 역에 들어섰다. 도중
에 승객들에게 저녁식사 시간을 주기 위해 루앙에서 이십 분간 정차하
긴 했다. 세브린은 남편에게 서둘러 전보를 보내 다음날 저녁 급행열
차 편으로나 르아브르로 돌아갈 수 있겠다고 알렸다. 하룻밤을 온전히
자크와 함께 보낼 수 있다니! 그것도 닫힌 방안에서 들킬 염려도 없이
아무런 구애도 받지 않고 단둘이서만 보내게 될 첫날밤이다!

조금 전 기차가 막 망트를 벗어났을 때 페쾨가 한 가지 제안을 한 터
였다. 그의 아내 빅투아르가 낙상을 하는 바람에 발목을 심하게 삐어
서 일주일 전부터 병원 신세를 지고 있고 자신은 이죽거리며 떠벌려왔
듯 파리 시내에 잠자리가 한 군데 별도로 있으니 그들 부부의 방을 루
보 부인에게 제공할 생각이 있노라고 밝혔던 것이다. 인근 호텔에서

묵는 것보다 훨씬 나을 테고 자기 집처럼 여기고 다음날까지 머물러도 좋다는 것이었다. 자크는 아닌 게 아니라 젊은 여자를 어디에 묵게 하나 고심했던 만큼 페쾨의 제안이 꽤 쓸 만하다는 것을 곧바로 인정했다. 플랫폼에 도착해 기차에서 내리는 승객들을 헤치고 마침내 그녀가 기관차로 다가왔을 때 그는 화부가 넘겨준 열쇠를 그녀에게 건네면서 그러는 편이 좋겠다고 타일렀다. 그러나 그녀는 눈치챈 것이 분명한 화부의 음흉한 미소가 마음에 걸려 망설이다가 제안을 거절했다.

"아니에요, 됐어요. 사촌언니 집에 가서 자면 돼요. 언니가 바닥에 매트리스를 깔아줄 거예요."

"그러지 말고 받으세요." 보다못한 페쾨가 어수룩한 바람둥이 얼굴로 말했다. "침대도 폭신폭신해요, 어서요! 크기도 커서 한꺼번에 네 명도 누울 수 있어요!"

자크가 하도 압박하듯 쳐다보는 통에 그녀는 열쇠를 받아들었다. 그는 기관차 바깥으로 몸을 내밀고 그녀에게 아주 나직이 속삭였다.

"기다리고 있어."

역에서 나와 암스테르담 가를 조금 걸어올라가다가 방향을 틀어 막다른 골목으로 접어들기만 하면 숙소였다. 그러나 눈 덮인 길이 너무 미끄러워서 세브린은 무척 조심해서 발을 내디뎌야 했다. 운좋게도 그녀가 당도했을 때 집의 문은 아직 열려 있었다. 문지기 여자가 이웃집 여자와 도미노 게임에 푹 빠져 있어서 세브린은 그녀의 눈에 띄지 않고 계단을 올라갈 수 있었다. 그녀는 오층*까지 올라가 살그머니 방문

---

* 1장에서는 6층으로 표기했다. 작가의 부주의로 보인다.

을 열고 닫았는데 그만하면 이웃 사람 누구도 그녀가 거기 왔는지 눈치채지 못할 정도였다. 그렇긴 해도 사층* 층계참을 지날 무렵 그녀는 도베르뉴의 집에서 웃음소리와 노랫소리가 새어나오는 것을 또렷이 들었다. 그 집의 두 자매는 매주 한 번씩 친구들을 불러 음악을 하는 것을 즐겼는데, 아마도 오늘밤이 그런 모임이 있는 날인 듯싶었다. 방안에 들어와 문을 꼭 닫았는데도 젊음이 약동하는 그 경쾌한 소리가 마룻바닥을 통해 어둠이 짙게 깔린 실내에 낭랑하게 울려퍼졌다. 한동안 칠흑 같은 어둠 속에서 아무것도 분간할 수 없었다. 그때 뻐꾸기시계가 아득한 소리로 열한시를 치기 시작했는데, 익히 아는 소리인데도 그녀는 소스라치게 놀랐다. 이윽고 그녀의 눈이 어둠에 익숙해지자 창문 두 개가 희뿌연 사각형으로 도드라져 나타났고, 창으로 들어온 눈의 반사광이 천장에 어른거리는 것이 보였다. 방향을 가늠할 수 있게 된 그녀는 예전에 찬장 한구석에 성냥이 있는 것을 보았던 기억을 되살려 찬장을 뒤졌다. 그런데 정작 양초를 찾아내는 것이 더 힘들었다. 마침내 그녀는 서랍 안쪽 깊숙한 곳에서 양초 한 도막을 찾아냈다. 양초에 불을 붙이자 방안이 환해졌다. 그녀는 방안에 자기 혼자만 있는 게 맞는지 확인하려는 양 불안한 시선으로 재빨리 두리번거렸다. 물건 하나하나가 눈에 익었다. 남편과 함께 점심을 먹었던 둥근 탁자, 붉은색 면직 시트가 덮인 침대, 그 침댓가에서 남편이 그녀에게 죽도록 주먹질을 해댔었다. 바로 그곳이었다. 방안 풍경은 그녀가 열 달 전에 왔을 때하고 하나도 달라진 것이 없었다.

---

* 1장에서는 5층. 작가의 부주의로 보인다.

세브린은 천천히 모자를 벗었다. 외투를 벗으려는데 갑자기 한기가 몰려왔다. 방안에 냉기가 흘렀다. 난로 옆 조그만 상자 안에 석탄과 장작개비가 있었다. 그것을 보자마자 그녀는 옷 벗는 것은 까맣게 잊고 불을 피워야겠다는 생각부터 들었다. 불을 피우는 일은 재미있었다. 그것은 방에 들어서면서 느꼈던 불안감을 해소해주는 오락거리였다. 밤의 정사를 준비하는 이 부부 놀이가, 둘만이 오붓하게 뜨거운 밤을 보낼 거라는 생각이 자신들이 벌이는 일탈 행위의 짜릿한 희열감을 상기시켜주었다. 오래전부터 그들은 요원한 희망일지언정 이런 밤을 오매불망 꿈꾸어오지 않았던가! 난로가 활활 타오르자 그녀는 또다른 채비를 궁리하다가 의자들을 자기 취향대로 재배치하고 흰색 시트를 찾아내서 침대를 완전히 새로 꾸몄는데, 그 일이 정말로 힘들었던 것이 침대가 실로 넓었던 것이다. 불만이 있다면 찬장에서 먹을 것이나 마실 것이라곤 하나도 찾을 수 없다는 점이었다. 아마도 페쾨가 사흘 전부터 혼자 살림을 해서인지 도마 위의 빵부스러기까지 남김없이 먹은 것 같았다. 조명용으로 양초 한 도막밖에 남지 않은 것도 같은 이유일 터였다. 하지만 잘 때는 환할 필요가 없으므로 그것은 상관없었다. 이윽고 방안이 훈훈해지고 기분도 좋아지자 그녀는 방 한가운데 가만히 서서 빠진 것이 없는지 확인할 요량으로 주위를 한 번 둘러보았다.

한참을 그러고 있었는데도 자크가 여전히 나타나지 않아 의아한 생각이 들던 차에 그녀는 기적 소리가 들리자 이끌리듯 급히 창가로 다가갔다. 르아브르까지 직행하는 11시 20분 열차가 출발하는 소리였다. 창문 아래로 보이는 너른 벌판은 역에서 바티뇰 터널까지 이어지는 폭이 넓은 참호 지대였는데, 지금은 부챗살처럼 퍼져나간 검은 레일들만 눈에 띄는 그저 눈 덮인 평면일 뿐이었다. 차고지의 기관차들과 객차들은 담비 모피를 뒤집어쓰고 잠든 것 같은 하얀 덩어리들로 보였다. 밤이었지만, 물매가 져서 눈이 쌓이지 않은 거대한 역사 지붕창과 얼기설기 엮인 유럽 육교의 철골조 사이로 맞은편 로마 가의 집들이 새하얗기만 한 주변을 배경으로 혼탁하고 우중충한 모습을 드러내놓은 것이 보였다. 르아브르행 직행열차가 전조등을 머리에 달고 나타났는데, 그 시커먼 열차는 빛이 환한 길을 따라 어둠을 뚫고 엉금엉금 기어갔다. 그녀는 열차가 육교 밑으로 사라지는 것을 지켜보았다. 후미등세 개가 하얀 눈을 빨갛게 물들이며 멀어져갔다. 다시 방 안쪽으로 돌아서는데 짧은 전율이 그녀를 찌르고 지나갔다. 지금 정말 나 혼자 있는 것일까? 그녀는 방금 전 뜨거운 숨결이 자신의 목덜미를 훑고, 거친 손길이 자신의 옷 속을 헤집고 들어와 살갗을 어루만진 듯싶었다. 그녀는 눈이 휘둥그레져서 다시 방안을 한 바퀴 돌아보았다. 아니었다, 아무도 없었다.

이렇게 늦다니 자크는 도대체 무엇에 정신이 팔려 있는 거야? 십 분이 더 지나갔다. 그때 뭔가 살살 긁는 소리, 손톱으로 나무를 긁어대는 소리 같은 것이 들렸다. 그녀는 와락 겁이 났다. 그러다가 금세 상황을 알아차리고 황급히 달려가 문을 열었다. 그가 말라가 포도주 한 병과 케이크를 들고 서 있었다.

그녀는 허리가 꺾이도록 자지러지게 웃다가, 이내 애무 공세를 퍼붓고는 그의 목을 그러안고 매달렸다.

"오! 멋져! 이런 것까지 생각하다니!"

그는 황급히 그녀의 입을 막았다.

"쉿! 쉿!"

그제야 그녀는 문지기 여자가 따라왔나보다 생각하고 목소리를 낮추었다. 아니었다. 그도 역시 운이 좋았던 것이, 막 초인종을 누르려던 참에 어떤 모녀가 문을 열고 나오더라는 것이었다. 모르긴 해도 도베르뉴의 집에서 나온 여자들일 터였다. 그래서 아무도 눈치채지 못하게 올라올 수 있었다고 했다. 다만 조금 전 층계참을 돌 때 방긋이 열린 옆집 문틈 사이로 신문팔이 여자가 대얏물에 세수를 마치는 걸 보았다고 했다.

"소리내지 말자고, 괜찮지? 조용조용 말하자고."

그녀는 두 팔로 그를 껴안고 열정적으로 몸을 밀착시키고는 그의 얼굴에 소리 없이 키스를 퍼붓는 것으로 대답을 대신했다. 그녀는 이렇게 은밀한 놀이를 하는 것이, 나직이 소곤거리기만 하기로 한 것이 재미있어 죽을 지경이었다.

"알았어, 알았어, 두고 봐, 앞으로 우리가 뭘 해도 생쥐 두 마리가 찍찍거리는 소리밖에 안 들릴걸."

그녀는 일거수일투족을 극도로 조심하면서 식탁 위에 접시 두 개, 잔 두 개, 나이프 두 개를 놓았는데 그중 뭔가를 너무 급히 내려놓다가 소리가 나자 웃음이 터져나오려는 것을 꾹 참고 동작을 멈추기도 했다.

그는 그녀의 그런 모습을 바라보다가 흥겨움이 전염되어 나직한 목소리로 대꾸했다.

"자기가 배고플 거라고 생각했어."

"그럼, 죽을 뻔했지! 루앙에서 너무 형편없이 먹었잖아!"

"그렇다면 내려가서 닭이라도 한 마리 구해올까?"

"아! 됐네요, 그러다가 다시 못 올라오면 어쩌려고!…… 됐어, 됐어, 케이크만으로도 충분해."

그들은 곧바로 한 의자에 앉은 것이나 다름없이 서로 바짝 붙어앉았다. 케이크가 나뉘었고, 나뉜 케이크 조각이 연인끼리 벌이는 유치한 장난에 장단을 맞추어 그들의 입안으로 들어갔다. 그녀는 목이 멘다고 투정을 부리더니 말라가 포도주를 연거푸 두 잔을 들이켜 급기야 두 뺨이 발그레하게 물들었다. 난로가 그들 등뒤에서 벌겋게 달아올랐고, 그들은 그 이글거리는 열기를 고스란히 느꼈다. 그가 그녀의 목덜미에 너무 요란한 소리로 키스를 퍼부어대자 이번에는 그녀가 그를 제지했다.

"쉿! 쉿!"

그녀는 그에게 귀를 기울여보라는 눈짓을 보냈다. 쥐죽은듯 고요한 가운데 도베르뉴의 집에서 음악에 박자를 맞춰 스텝을 밟는 소리가 어렴풋이 다시 올라왔다. 그 집 아가씨들이 무도회를 연 것이다. 옆집에서는 신문팔이 여자가 문을 열고 나와 층계참에 놓인 개수통에 자기가 쓴 대야의 비눗물을 버리는 소리가 들렸다. 여자는 문을 닫고 다시 들어갔다. 아래층의 춤이 잠시 멈췄다. 창문 아래 바깥에서는 눈이 모든 소리를 흡수해 기차 바퀴가 굴러가는 소리만 아련하게 들려왔는데, 그렇게 기차는 마치 흐느끼듯 몇 차례 약하게 기적을 울리면서 역을 빠져나갔다.

"오퇴유행 기차로군." 그가 중얼거렸다. "열두시 십 분 전이네."

그러고 나서 숨결처럼 가만히 어루만지는 목소리로 말했다.

"이제 코자야지, 자기야, 응?"

그녀는 대답하지 않았다. 한창 몸이 달아올라 행복한 순간에 자신도 모르게 같은 자리에서 남편과 보냈던 시간이 불현듯 살아나면서 그만 과거에 발목이 잡히고 만 것이다. 예전의 점심식사 때도 지금과 똑같은 소리가 들리는 가운데 똑같은 식탁에서 이런 케이크를 먹지 않았던가? 그렇게 그때와 중첩된 방안의 사물들이 흥분을 부채질해대고, 되살아난 기억이 그녀가 통제할 수 없을 정도로 넘쳐나면서 그녀는 애인에게 그간 있었던 일들을 죄다 이야기하고 자신의 속마음까지 남김없이 털어놓고 싶은, 지금까지는 한 번도 느껴본 적 없는 욕구가 불같이 치밀어올랐다. 그 욕구는 생리적인 욕망 같은 것, 그녀로서는 이제 관능적인 욕망과 더이상 구별되지 않는 그런 것이었다. 그녀는 부둥켜안은 채로 그의 귀에 대고 모든 것을 고백하면 자신이 그와 한몸이 되었다는 느낌이 한층 더 강해지고, 나아가 한몸이 되었다는 기쁨을 한 방울도 허비하지 않고 완벽하게 만끽할 수 있을 것 같았다. 그때의 상황이 되살아났다. 남편이 옆에 나타났다. 그녀는 방금 전 남편의 털이 무성한 뭉툭한 손이 칼을 쥐기 위해 자기 어깨 너머로 지나가는 장면을 본 듯한 느낌에 고개를 휙 돌렸다.

"응? 자기야, 이제 코자야지!" 자크가 다시 말했다.

남자의 입술이 마치 고백을 재차 틀어막으려는 듯 자신의 입술을 덮쳐 으스러뜨리듯 빨아대자 그녀는 부르르 몸을 떨었다. 그러고는 말없이 일어나 서둘러 옷을 벗어던지고 바닥에 널브러진 옷가지들을 치울 겨를도 없이 시트 속으로 미끄러지듯 빨려들어갔다. 남자 역시 아무것도 정리하지 않았다. 식탁에는 식기 따위가 어지러이 널렸고, 양초 도막은 수명이 거의 다해서 불빛이 가물거렸다. 그도 그녀처럼 옷을 벗어던지고 자리에 눕자마자 두 몸이 순식간에 얽혔고, 그도 그녀도 숨넘어갈

듯 헐떡이며 격정적으로 서로에게 빠져들었다. 아래층에서 음악 소리
가 계속 들려왔지만 모든 것이 정지한 듯한 그 방에는 두 몸의 격렬한
들썩임과 정신이 혼미해질 정도로 깊숙이 몸을 파고드는 경련 말고는
아무 소리도, 신음 소리 하나, 잡소리 하나도 들리지 않았다.

자크는 진작부터 세브린에게서 처음 만났을 때의 그 모습, 티 없이
맑고 푸른 눈을 가진 온순하고 수동적인 여인의 모습을 더이상 찾을
수 없었다. 묵직한 투구를 쓴 것처럼 검은 머리가 무성한 그녀는 나날
이 열정적으로 성에 탐닉하는 모습을 보여주었다. 그는 자신의 품안에
서 그녀가, 그랑모랭과 맺은 노욕이 강요한 관계를 통해서도, 루보와
맺은 난폭한 부부 관계를 통해서도 벗어날 수 없었던, 오랫동안 그녀
를 짓눌러온 그 차가운 처녀성을 떨쳐버리고 조금씩 깨어나는 것을 느
꼈다. 예전에는 그저 온순하기만 했던 정겨운 존재가 지금은 적극적으
로 사랑을 하고 거리낌없이 자신을 내주며 그렇게 경험한 쾌락을 통해
자기 자신을 뜨겁게 되찾고 있었다. 그녀는 격정적인 열락의 상태에
도달했으며, 자신의 관능을 일깨워준 이 남자에게 숭배의 마음을 갖기
에 이르렀다. 이 남자를 이렇게 마음대로 품을 수 있다는 것, 신음 소
리 하나라도 빠져나갈세라 그렇게 이를 앙다물며 쾌감을 느끼고 나서
바로 두 팔로 그를 가슴에 꼭 끌어안고 있을 수 있다는 것, 그것은 형
언하기 어려운 커다란 행복이었다.

이윽고 그들은 감고 있던 눈을 떴다. 그가 먼저 놀란 듯 입을 열었다.

"이런! 촛불이 꺼졌어."

그녀는 그런 것쯤은 아무 문제도 아니라고 말하려는 듯 몸을 약간
들썩이다가 터져나오려는 웃음을 꾹 참고 말했다.

"나 잘했지, 그렇지?"

"오! 그래, 아무도 못 들었을 거야…… 정말 두 마리 생쥐였다니까!"

그들은 다시 누웠다. 그녀가 즉시 두 팔로 그를 끌어안고 둥글게 몸을 만 다음 그의 목덜미에 자신의 얼굴을 비벼대며 안도의 한숨을 내쉬었다.

"하아! 정말 좋다!"

그들은 더이상 아무 말도 하지 않았다. 방안은 깜깜해서 희뿌연 사각형의 창문 두 개만 겨우 분간할 수 있었다. 천장에는 난로 불빛이 반사된 둥그런 붉은 점이 어른거렸다. 그들은 둘 다 눈을 크게 뜨고 그붉은 점을 바라보았다. 음악 소리는 벌써 그쳤으며, 문들이 닫히고 집전체가 깊고 평온한 잠에 빠져들었다. 저 아래에서는 캉에서 출발한기차가 도착하면서 전차대를 뒤흔드는 소리가 들렸는데, 원래는 귀청을 찢을 듯 요란한 그 충격음도 너무 먼 거리여서 들릴락 말락 했다.

세브린은 그렇게 자크를 부둥켜안고 있다가 금세 다시 몸이 뜨겁게 달아올랐다. 그리고 그 욕망과 함께 그녀의 내부에서 고백하고 싶은욕구가 고개를 쳐들었다. 아주 오래전부터 그 욕구 때문에 얼마나 괴로웠던가! 천장의 둥근 점이 점점 커지더니 핏방울처럼 번지는 것 같았다. 그녀의 눈은 그것을 바라보다가 환각에 빠졌다. 침대 주변의 물건들이 저마다 목소리를 내어 그때 벌어진 일을 아우성치며 떠들어댔다. 그녀는 신경이 파르르 떨리면서 살갗이 들썩이는 것과 동시에 하고 싶은 말이 입술까지 치고 올라오는 것을 느꼈다. 더는 아무것도 감추지 않고 그의 몸속에 완전히 녹아들어갈 수 있다면 얼마나 좋을까!

"자기, 자기는 몰라……"

자크 역시 핏물이 뚝뚝 듣는 것 같은 천장의 그 반점에서 눈을 떼지 못하다가 그녀가 무엇인가 이야기하려고 꺼낸 그 말을 똑똑히 들었다. 조금 전 그는 자신의 몸과 밀착되어 하나로 묶인 그 가녀린 몸에서 시커멓고 거대한 그것이, 그들 둘 다 한 번도 입 밖에 꺼낸 적은 없지만 머릿속에 항상 담아두고 있던 그것이 꿈틀거리며 치밀어올라오는 것을 고스란히 느끼던 참이었다. 지금까지 그는 온몸에 전율이 일면서 예전에 앓았던 병이 도질까 두려워서, 얘기를 꺼내면 그들의 인생이 돌변하지 않을까 겁이 나서, 그들 사이에 유혈이 낭자할까봐 질겁해서 그녀의 입을 계속 틀어막았다. 하지만 이번에는 기운이 하나도 없어서 그녀에게 고개를 기울여 키스로 그녀의 입을 막을 힘조차 나지 않았다. 그 정도로 온몸에 감미로운 나른함이 몰려와 이 포근한 침대에서 이 여인의 보드라운 팔에 안긴 채 꼼짝도 할 수 없었던 것이다. 그는 이미 엎질러진 물이라고, 그녀가 모든 것을 털어놓을 거라고 생각했다. 그런데 그녀가 착잡해하며 망설이는 듯 보이다가 결국 말을 돌리자 불안한 예상에서 벗어나 마음이 놓였다.

"자기, 자기는 몰라, 내 남편이 내가 자기랑 자는 걸 알아챈 것 같아."

마지막 순간에, 의도한 것도 아닌데, 그녀의 입에서 나온 것은 고백이 아니라 지난번 밤 르아브르에서 겪은 일의 기억이었다.

"오! 그런 것 같아?" 믿기지 않는 그가 나직이 읊조렸다. "아주 상냥한 표정이던데. 오늘 아침에도 나한테 먼저 손을 내밀던데."

"그가 다 알고 있는 게 확실해. 지금도 우리가 이렇게 얼싸안고 사랑을 나눌 거라고 생각하고 있을 게 틀림없어! 증거도 있는걸."

그녀는 말을 멈추고 그를 더 세게 껴안았다. 정사 후의 행복감에 원한의 감정이 겹치면서 더욱 사무치게 느껴지는 그런 포옹이었다. 그녀는 그렇게 잠시 잔잔한 파문을 일으키는 몽상에 잠겼다가 다시 입을 열었다.

"아! 그를 증오해, 그를 증오해!"

자크는 깜짝 놀랐다. 그는 루보에게 아무런 불만이 없었다. 그는 루보가 아주 편안한 사람이라고 생각해왔다.

"이봐! 대체 왜 그래?" 그가 물었다. "그가 우리한테 그리 방해가 되는 것도 아니잖아."

그녀는 거기에 대해서는 일언반구 대답하지 않고 같은 말만 되풀이했다.

"그를 증오해…… 지금 내 곁에 그가 있다는 느낌밖에 안 들어, 이건 고문이야. 아! 할 수만 있다면 얼마나 달아나고 싶은데, 얼마나 자기와 함께 있고 싶은데!"

그러자 이번에는 그가 이 열렬한 애정의 분출에 가슴이 뭉클해져 그녀를 한층 가까이 끌어당겨 발끝에서 어깨까지 그녀의 몸 전체를 자신의 몸에 밀착시켰다. 그러나 그녀는 다시 조금 전처럼 몸을 둥글게 말고 입술을 그의 목에서 거의 떼지 않고 나직하게 말했다.

"자기야, 자기가 모르는 건……"

다시 고백으로, 그 피할 수 없는 치명적인 고백으로 돌아가고 있었다. 그런데 그는 이번에는 끝까지 갈 것이라는 느낌이 또렷이 들었다. 세상 그 어떤 것도 그녀의 고백을 늦추지 못하리라. 그녀에게 지금 그 고백은 다시 그에게 사로잡혀 그와 한몸이 되고 싶은 미칠 듯한 욕망으로부터 솟구치는 것이기 때문이었다. 집안에는 이제 숨소리 하나 들리지 않았다. 옆집의 신문팔이 여자도 깊이 잠든 것이 분명했다. 집 바깥, 눈 덮인 파리는 침묵의 수의를 덮고 누워 있는 듯 마차 바퀴 소리 하나 내지 않았다. 12시 20분에 출발한 르아브르행 막차가 마지막까지 역에 붙어 달랑달랑하던 목숨마저 가져가버린 것 같았다. 난로는 더이상 활활 타오르지 않았다. 화염은 다 소진되고 잉걸불만 남았지만 천장의 붉은 점은 그 잉걸불만으로도 겁에 질린 눈처럼 동그란 형태와 선명한 붉은빛을 여전히 유지하고 있었다. 방안은 너무 더워서, 숨막힐 듯 무거운 안개가 정신이 몽롱해진 두 사람의 팔과 다리가 뒤엉켜 있는 침대 위에 드리운 것 같았다.

"자기야, 자기가 모르는 건……"

그러자 그 역시 견딜 수 없어서 입을 열었다.

"아냐, 아냐, 알아."

"아냐, 짐작은 할지 모르지만 자긴 알 수 없는 일이야."

"그가 유산 때문에 그랬다는 거 나도 알아."

그녀는 한 번 들썩이더니 자신도 모르게 설핏 신경질적인 웃음을 지었다.

"아! 그래, 유산!"

그러고는 아주 나직하게, 너무 나직해서 윙윙거리며 유리창을 스쳐가는 밤나방의 소리가 더 크게 들릴 수도 있을 정도로 그렇게 그랑모랭 법원장의 집에서 보냈던 자신의 어린 시절을 이야기했다. 처음에 그녀는 법원장과 자신의 관계에 대해서는 거짓말을 해서라도 털어놓고 싶지 않았다. 그러다가 솔직해지는 것이 좋겠다고 마음을 바꾸고 모든 것을 말했으며 그렇게 다 털어놓으면서 위로와 함께 거의 쾌감까지 느꼈다. 그렇게 부담을 내려놓은 그녀의 속삭임은 그때부터 물 흐르듯 끊이지 않고 이어졌다.

"생각해봐, 여기 이 방이었어. 지난 이월, 기억나지, 그와 부지사의 사건이 벌어졌을 때…… 그와 난 점심을 먹고 있었어. 아주 정겹게, 방금 전 우리가 저기 저 식탁에서 밤참을 먹은 것처럼 말이야. 당연히 그는 아무것도 몰랐지, 내가 그 이야기를 그에게도 하지 않았으니까…… 그런데 옛날에 선물로 받은 반지에 대해 이야기하다가, 정말 아무것도 아니었는데, 그가 모든 걸 어떻게 알아차렸는지 지금도 알 수가 없어…… 아! 자기야, 자기는 그때 그가 나를 어떤 식으로 대했는지 상상도 못할 거야, 정말 못할 거야!"

그녀는 진저리를 쳤다. 그녀의 맨살을 어루만지는 그의 두 손에 그녀의 경련이 고스란히 느껴졌다.

"그는 주먹을 휘둘러 나를 바닥에 쓰러뜨렸어…… 그리고 머리채를 잡고 질질 끌었지…… 그리고 내 얼굴 위로 발뒤꿈치를 쳐들었어, 마치 짓이기려는 것처럼 말이야…… 아냐! 보다시피 내가 살아 있는 한 그 일은 내 기억 속에서 지워지지 않을 거야…… 지금도 그 구타는, 아 정말이지! 그런데 그가 나한테 했던 질문 모두를, 그리고 그의 협박에 못 이겨 털어놓을 수밖에 없었던 내용을 지금 자기한테 그대로 옮길 수 있을까! 보다시피 나는 솔직해, 내가 그런 일들을 자기한테 말해야 할 아무런 이유가 없는데도, 그렇지 않아? 그런데도 다 털어놓는 걸봐. 그래! 그때 내가 대답해야만 했던 더러운 질문들이 있었다는 사실조차 자기한테 말 못할 것 같아. 만일 내가 대답을 안 했다면 그에게 박살이 났을 거야. 그건 확실해…… 아마도 그는 나를 사랑했겠지, 그 모든 것을 알고 나서 틀림없이 엄청나게 상심했을 거야. 내가 결혼 전에 그에게 미리 말했어야 보다 정직하게 처신한 것이었겠지, 나도 알아. 다만 이것만은 알아주면 좋겠어. 그건 옛날 일이야, 이미 까맣게 잊은 일이라고. 그런데 그렇게 질투에 미쳐 날뛰는 것을 보면 진짜 야만인인 거지…… 자, 내 사랑, 자기, 이제 자기도 사실을 알았으니까 더이상 날 사랑하지 않겠지?"

자크는 살아 꿈틀거리는 화사花蛇처럼 그의 목과 허리를 친친 감고 있는 여인의 팔에 안긴 채 나른하게 생각에 잠겨 꼼짝도 하지 않았다. 그는 속으로 굉장히 놀랐다. 그런 일이 있었으리라고는 꿈에도 상상하지 못했던 것이다. 유서 정도라도 사태가 충분히 명쾌하게 설명되었을 텐데 모든 것이 너무나 복잡해졌다! 하지만 그는 그 편이 차라리 더 좋았다. 그들 부부가 돈 때문에 살인을 한 게 아니라는 점이 분명해지면서 그는 세브린의 키스 세례를 받을 때조차 종종 착잡하게 의식했던 경멸감에서 벗어날 수 있었다.

"내가 자기를 더이상 사랑하지 않을 거라고? 왜?…… 나는 자기의 과거 따위는 안중에도 없어. 그건 나와 아무런 관련이 없는 일들이야…… 자긴 지금 루보의 부인일 뿐이야, 얼마든지 다른 남자의 부인이 될 수도 있었어."

그러고는 아무런 말도 없었다. 둘은 숨이 막히도록 서로의 몸을 끌어안았다. 그는 자신의 옆구리에 밀착된 그녀의 가슴이 둥글게 부풀어올라 단단해지는 것을 느꼈다.

"아! 자기가 그 늙은이의 정부였다니. 어쨌든 재밌군."

그녀는 그의 몸을 따라 입맞춤을 이어가다가 입술에 이르자 키스를 퍼부으며 더듬더듬 말했다.

"내가 사랑하는 사람은 자기밖에 없어, 난 이제까지 자기 말고는 사랑한 사람이 아무도 없어…… 오! 다른 남자들하고는, 자기가 알았으면 좋겠는데! 다른 남자들하고는 그게 뭔지 감조차 오지 않았어. 그런데 자기는, 내 사랑, 자기는 날 너무 행복하게 해줘!"

그녀는 완전히 자기 몸을 열고 미친듯이 갈구하는 듯한 손길로 그를 부여안고 애무를 퍼부으며 그의 몸에 불을 질렀다. 그는 그녀와 마찬가지로 불타올랐지만 바로 굴복하고 싶지는 않아서 두 팔을 활짝 벌려 그녀를 끌어안아 제지해야 했다.

"아니, 아니, 잠깐, 조금 있다가…… 그래, 그래서 그 늙은이를?"

아주 나직한 목소리로, 온몸을 부들부들 떨며 그녀가 시인했다.

"그래, 우리가 그자를 죽였어."

욕정의 떨림이 그녀에게 다시 찾아온 다른 떨림, 죽음의 전율에 밀려 잦아들었다. 그것은 모든 관능의 밑바닥에 도사리고 있다가 다시 고개를 내미는 단말마의 고통 같은 것이었다. 그녀는 뭉근하게 밀려오는 현기증에 숨이 막힌 듯 잠시 가만히 있었다. 그러고 나서 다시 애인의 목덜미에 얼굴을 묻고 좀전과 똑같이 가볍게 숨을 내쉬며 말했다.

"그가 내게 법원장한테 편지를 쓰라고 했어. 우리가 탈 급행열차를 탄 다음 루앙에 도착하기 전까지는 꼼짝 말고 있으라고 말이야…… 나는 기차에서 우리에게 닥쳐올 불행을 생각하며 넋이 나간 채 구석에 처박혀 덜덜 떨고 있었지. 그때 바로 내 앞에 검은 옷을 입은 여자가 아무 말도 없이 잔뜩 겁에 질린 표정으로 앉아 있었어. 나는 그녀를 바라볼 수조차 없었어. 그녀가 우리 표정을 훤히 읽고 있다고, 우리가 벌이려는 일을 속속들이 알고 있다고 난 생각했지…… 파리에서 루앙까지 두 시간이 그렇게 흘러간 거야. 나는 한마디 말도 하지 않은 것은 물론 잠든 척하느라고 눈을 감고 꿈쩍도 하지 않았어. 내 곁에 앉아 있던 그 역시 미동도 하지 않는 것 같았어. 그런데 두려웠던 것은 그가 무슨 짓을 하려고 마음을 먹었는지 정확하게 맞힐 수는 없지만 아무튼 끔찍한 짓을 벌이려고 머리를 굴리고 있다는 것만큼은 알았다는 것이지…… 아! 몸은 기적 소리와 바퀴의 굉음과 덜커덩거리는 진동에 시달리지, 머릿속은 갖가지 생각이 소용돌이치듯 밀려오지, 얼마나 끔찍한 여행이었는지 몰라!"

그녀의 향기로운 무성한 머리카락에 얼굴을 묻고 있던 그는 일정한 간격을 두고 거듭해서 무의식에 이끌린 듯 그녀에게 기나긴 입맞춤을 했다.

"그런데 당신들과 그는 같은 칸에 타고 있지도 않았는데 어떻게 그를 죽였지?"

"기다려봐, 금방 알게 될 거야…… 그건 남편의 계획이었어. 사실대로 말하면 그가 성공한 것은 정말 우연의 결과였지…… 루앙에서 십분간 정차했어. 우리는 기차에서 내렸어. 남편이 나더러 저린 다리를 풀려는 사람 흉내를 내며 법원장이 탄 특별실까지 걸어가자고 떠밀었어. 그러고는 그가 승강구에 나와 있는 것을 보고 마치 그가 그 기차에 타고 있다는 사실을 몰랐다는 듯이 남편은 깜짝 놀란 시늉을 했지. 플랫폼은 사람들로 북새통이었어. 다음날 르아브르에서 열리는 축제 때문에 사람들이 이등칸으로 물밀듯 밀어닥친 거야. 이윽고 승강구 문들이 닫히기 시작하자 법원장이 우리더러 자기와 함께 특별실에 올라타라고 했어. 나는 우물쭈물하며 우리 가방은 어떻게 하느냐고 물었지. 그는 다시 목소리를 높였어. 그걸 누가 훔쳐가겠느냐고, 자기는 바랑탱에서 내릴 테니까 거기서 우리 객차로 돌아가면 되지 않느냐고 하면서 말이야. 잠시 내 남편은 걱정이 되는지 가방을 가지러 가고 싶은 눈치였어. 그 순간 차장이 호각을 불었어. 남편은 결정을 내리고 나를 특별실 안으로 밀어넣은 다음 자기도 올라와 승강구 문과 창문을 다 닫았어. 어떻게 우리가 사람들 눈에 띄지 않았을까? 그 점은 내가 지금도 납득이 안 되는 부분이야. 수많은 사람들이 분주하게 움직였고, 역무원들은 정신이 없었겠지. 그래서 결국 현장을 똑똑히 목격한 증인이 한 사람도 나타나지 않은 걸 거야. 기차는 천천히 역을 빠져나갔어."

그녀는 그 장면을 다시 떠올리는지 잠시 입을 다물었다. 그녀는 팔다리에 완전히 힘을 빼고 있었는데, 자신도 모르는 사이 왼쪽 넓적다리에 가벼운 경련이 일면서 살을 맞대고 있는 남자의 무릎에 율동적인 자극이 전달되었다.

"아! 그 특별실에서 처음에 난 바닥이 꺼지는 줄 알았어! 어안이 벙벙해서 일단 우리 가방만 생각했지. 어떻게 가방을 되찾지? 가방을 거기 우리 자리에 버려두면 가방이 우리를 버리지 않을까? 그 모든 것이 내겐 어리석고 불가능해 보였어. 어린아이가 꾼 악몽 속의 살인같이. 미치지 않은 다음에야 그걸 어찌 실행에 옮기겠어. 다음날 당장 체포되고 범인으로 지목될 텐데 말이야. 그래서 난 남편이 단념할 거다, 그런 일은 일어나지 않을 거다, 일어날 수가 없다 하고 중얼거리며 마음을 가라 앉히려고 애썼지. 그런데 웬걸, 남편이 법원장과 이야기하는 것만 보고 도 난 그의 결심이 확고부동하고 맹렬하다는 것을 알았어. 그런데 그는 아주 침착했어. 평소 모습대로 유쾌하게 이야기도 했지. 오직 간간이 나 를 노려보는 그의 그 형형한 눈길에서만 그의 의지가 요지부동이라는 것을 읽어낼 수 있었어. 남편은 1킬로미터쯤, 아니 2킬로미터쯤 더 간 후에 그가 머릿속으로 이미 점찍어둔 지점에서, 그러나 나로서는 알 수 없는 지점에서 그를 죽일 것 같았어. 그건 분명해 보였어. 그가 자 기 상대, 그러니까 잠시 후면 더이상 이 세상 사람이 아닐 그 상대를 훑어보는 차분한 눈길까지도 그걸 분명히 내비쳤거든. 나는 아무 말도 못했어. 속이 얼마나 떨리던지 누가 나를 쳐다보기만 해도 나는 즉시 웃는 척하며 떨리는 모습을 감추려고 무진 애를 썼어. 그때 난 왜 그 모든 것을 저지하려는 생각조차 하지 않았던 것일까? 그때 내가 왜 승 강구에 나가 소리치지 않았을까, 왜 비상벨을 당기지 않았을까 의아하 게 생각했던 것은 한참이 지나 그 일을 어떻게 좀 이해해보려고 했을 때야. 그때 난 말하자면 마비가 됐던 거야, 극심한 무력감을 느낀 거라 고. 아마도 그때 난 내 남편한테 그럴 권리가 있다고 생각했을지도 모 르지. 자기야, 이왕 자기한테 다 말하기로 했으니 이 사실도 고백해야 만 할 것 같아. 나는 나도 모르게 마음속 깊이 둘 중 한쪽에 동조하고 다른 쪽에 반감을 가졌던 거야. 둘 다 나를 가졌던 사람들이잖아, 그렇 지 않아? 그런데 한쪽은 젊고 다른 쪽은, 오! 내 몸을 만지던 그의 손길 이란…… 하여간 사람들은 알까? 결코 할 수 없을 것만 같은 일들을 하기도 한다는 사실을 말이야. 나는 내 손으로 닭 한 마리도 죽이지 못할 사람인 것 같거든! 아! 폭풍우가 몰아치는 밤 같았던 그 느낌, 아! 내 마음 깊숙한 곳에서 아우성치던 그 무시무시했던 어둠!"

자크는 자신의 품에 안겨 있는 몹시 가냘프고 연약한 이 여자가 바닥을 알 수 없는 존재, 그녀 자신이 말한 대로 컴컴한 깊이를 지닌 존재, 이제는 뚫고 들어가는 게 불가능해진 존재라는 생각이 들었다. 그녀를 더욱 힘주어 껴안아도 소용이 없었다. 그는 그녀 안으로 들어갈 수 없었다. 서로 꼭 끌어안은 상태에서 주섬주섬 읊조리는 그 살인의 이야기를 듣고 있자니 뜻 모를 열기가 그를 휘감았다.

"그래서 자기가 그 늙은이를 죽이는 것을 도왔단 말이야?"

"나는 한구석에 처박혀 있었어." 그녀는 묻는 말에 대답은 하지 않고 하던 말을 계속했다. "남편은 다른 쪽 구석을 차지하고 있던 법원장과 나 사이에 앉아 있었지. 그들은 다가오는 선거에 대해 이야기를 나누고 있었어…… 이따금 남편이 초조함에 사로잡힌 듯 어디쯤 지나가고 있는지 확인하기 위해 창가 쪽으로 몸을 기울이고 바깥을 내다보는 모습이 보였지…… 그때마다 나는 남편의 시선을 좇아 어디쯤 달리고 있는지 가늠해봤어. 밤은 창백했고 차창 밖으로 시커먼 덩어리처럼 보이는 나무들이 맹렬한 속도로 지나갔어. 기차 바퀴는 여전히 내가 한 번도 들어본 적 없는 굉음을 일으켰는데, 격분하거나 탄식하는 소리들이 뒤엉킨 끔찍한 소동 같기도 했고 죽음을 앞두고 울부짖는 짐승의 음산한 비명소리 같기도 했어! 기차는 전속력으로 달렸지…… 그때 갑자기 환한 불빛들이 나타나더니 기차 소리가 역의 건물들에 부딪히며 반향을 일으켰어. 마롬을 통과한 거였는데 벌써 루앙에서 이십오 리나 지난 지점에 온 거야. 다음은 말로네, 그다음은 바랑탱이지. 대체 일이 어디서 벌어지려나? 최후의 순간까지 기다리고 있어야 하나? 나는 더이상 시간개념도, 거리 개념도 없이, 마치 낙하하는 돌처럼 어둠을 가로지르는 그 먹먹한 추락에 자포자기 상태로 몸을 맡기고 있었는데, 말로네를 지나치던 순간 불현듯 깨달았어. 일은 거기서 1킬로미터 떨어진 터널 안에서 벌어질 거라고…… 나는 남편 쪽을 돌아보았지. 우리 눈이 서로 마주치며 무언의 신호를 보냈어. 그래, 터널 안에서 하는 거야, 아직 이 분 남았어, 라고…… 기차는 계속 내달려 디에프 분기점을 통과했어. 전철수가 초소를 지키고 있는 모습이 보였지. 낮은 언덕들이 나타났는데 거기에 사람들 몇 명이 서 있는 것을 똑똑히 본 것 같았어. 그들이 손을 들어 우리에게 주먹을 먹이는 시늉을 했어. 기관차가 길게 기적을 울렸어. 터널 입구였던 거야…… 기차가 터널 안으로 빨려들어가자, 오! 그 낮은 궁륭 아래로 울리는 소리가 어쩌나 크던지! 알잖아, 쇠가 요동치는 그 소리, 쇠망치가 모루 위에 떨어지는 것과 비슷한 그 소리. 나는 그 순간 정신이 나가 있어서 그 소리가 천둥이 으르렁거리는 소리로 들렸어."

그녀는 몸서리치다가 말을 멈추더니 목소리를 바꿔 거의 웃는 말투로 말했다.

"아직도 뼛속이 시리다니, 자기야, 참 바보 같지, 응? 자기랑 여기서 이렇게 뜨거운 밤을 보내는데, 아주 행복한데 말이야!…… 그리고 알다시피 두려워할 게 하나도 없는데 말이야. 정부 고관들이 우리보다도 그 일을 밝히는 데 훨씬 더 관심이 없다는 점을 고려하지 않더라도 사건은 이미 종결되었잖아…… 오! 난 이미 다 파악했어, 난 편안해."

그러더니 이번에는 아예 웃음을 터뜨리며 덧붙였다.

"그런데 말이야, 자기, 자기한테 우리가 꽤나 겁먹었다는 거 알아? 어찌 그럴 수 있어!…… 한번 말해봐, 그 점이 항상 마음에 걸렸어. 자기가 보았던 게 정확히 뭐야?"

"예심판사 앞에서 말했던 것, 그것 말고는 없어. 한 남자가 다른 남자의 목을 찔렀다는 것…… 자기와 루보는 내가 보기에 참 묘했어. 그래서 결국 나 자신을 의심하고 말았지. 어느 순간 자기 남편이라는 것을 알아차리긴 했지…… 하지만 그렇다고 분명히 확신한 것은 한참 뒤의 일일 뿐이야."

그녀는 유쾌한 목소리로 그의 말에 끼어들었다.

"그래, 맞아, 공원에서 내가 자기에게 아니라고 말했던 날, 기억나? 우리가 단둘이서 처음으로 파리에 함께 있던 날…… 참 이상하지! 나는 그때 자기한테 우리는 아니라고 말했지. 하지만 자기가 정반대로 알아들었다는 것을 나는 완전히 간파했어. 그렇지? 그때 내가 자기에게 다 말한 거나 마찬가지 아닌가?…… 오, 자기야, 나는 종종 그때가 생각나. 그리고 자기도 눈치챘겠지만 내가 자기를 사랑한 게 그날부터인 것 같아."

그들은 서로의 몸속으로 녹아들어 없어질 것 같은 충동과 압력을 느꼈다. 그녀가 하던 얘기로 돌아왔다.

"기차는 터널 속을 달렸어…… 터널, 그것 참 길더라고. 삼 분 정도 터널 속에 있었을 거야. 그런데 내 생각엔 한 시간가량 흐른 것 같았어…… 법원장은 귀가 먹먹한 요란한 쇳소리 때문에 말을 멈췄어. 남편도 그 최후의 순간에 기함을 한 게 틀림없었어, 내내 꼼짝도 하지 않았거든. 흔들리는 등불빛 아래 그의 양쪽 귀가 검붉게 물드는 것이 보였어…… 다시 평평한 벌판으로 나가길 기다리려는 거야, 뭐야? 그때부터는 상황이 너무 숙명적이고 불가피해 보여서 내겐 단 하나의 욕망밖에 없었어. 더이상 이렇게 고통스럽게 기다리지 말자, 벗어나자, 하는 욕망. 지금이 바로 그때인데 도대체 왜 죽이지 않는 걸까? 끝장을 보기 위해 나라도 칼을 들고 싶은 심정이었어. 그 정도로 나는 공포와 고통에 몹시 흥분했지…… 그가 나를 쳐다보았어. 아마도 내 얼굴에 그런 심정이 선하게 드러났을 거야. 그때 갑자기 그가 승강구 쪽에서 몸을 돌린 법원장에게 달려들더니 법원장의 양어깨를 부여잡았어. 법원장은 혼비백산해 본능적으로 빠져나가려고 발버둥치며 자기 머리 바로 위에 있는 비상벨 쪽으로 팔을 뻗었지. 그의 손에 비상벨이 닿았지만 바로 남편이 제지해 의자에다 그를 세차게 내동댕이쳤어. 얼마나 세게 밀쳤는지 그의 몸이 반으로 접힌 것 같았어. 당혹감과 두려움에 헤벌어진 그의 입에서 무슨 소린지 모를 비명이 터져나왔지만 곧 굉음에 묻혔어. 그 와중에도 남편이 분격해서 씩씩거리며 더러운 놈! 더러운 놈! 더러운 놈! 하고 되뇌는 소리가 똑똑히 들렸어. 그런데 굉음이 갑자기 잦아들었어. 기차가 터널을 빠져나온 거야. 창백한 벌판이 나타나고 검은 나무들이 휙휙 뒤로 지나가더라고…… 나는 구석에서 뻣뻣하게 몸이 굳은 채 되도록 멀찌감치 떨어져 있으려고 의자 등받이 시트에 찰싹 들러붙었어. 격투는 얼마나 계속되었을까? 기껏해야 몇 초 정도였을 거야. 그런데 내겐 격투가 영영 끝나지 않을 것 같았고, 모든 승객들이 지금 고함소리를 듣고 있고 나무들이 우리를 지켜보고 있는 것 같았어. 내 남편은 칼을 펴고 있었지만 거듭되는 발길질에 뒤로 밀려나고 움직이는 객차 바닥에 몸을 비트적거리는 바람에 찌를 수가 없었어. 그는 무릎을 꿇고 넘어질 뻔하기도 했어. 기차는 계속 내달렸어. 전속력으로 우리를 싣고 달렸지. 그러다가 크루아드모프라의 건널목이 가까워지자 기적을 울리데…… 그때였어. 어떻게 그럴 수 있었는지 그뒤의 일은 기억나지 않지만 나는 발버둥치는 남자의 두 다리 위로 내 몸을 던졌어. 그래, 나는 짐짝처럼 그렇게 엎어져서 더이상 몸부림치지 못하게 온몸의 체중을 실어 그의 두 다리를 으스러져라 짓눌렀지. 그러곤 아무것도 보이지 않았어. 하지만 모든 것을 느꼈지. 칼이 목에 박히는 충격, 오랫동안 경련하던 몸, 세 번의 딸꾹질 끝에 끊어진 목숨, 그리고 숨과 함께 멈춘, 격투중에 부서진 회중시계…… 오! 죽기 직전의 그 경련, 아직도 그 떨림이 내 사지에 그대로 남아 있는 것 같아!"

애가 탄 자크는 그녀의 말을 끊고 질문을 던지려 했다. 그러나 막바지에 이른 그녀는 서둘러 결말을 지으려고 했다.

"아냐, 잠깐만…… 내가 다시 몸을 일으켰을 때 우리는 크루아드모프라 앞을 전속력으로 지나가고 있었어. 굳게 닫힌 그 집 정면이, 그다음에는 건널목지기의 초소가 또렷하게 눈에 들어왔어. 바랑탱까지는 4킬로미터, 시간으로는 기껏 오 분 남짓 남은 때였지…… 몸을 구부린 시체는 의자 위에 널브러져 있고, 피가 흘러 흥건했어. 남편은 혼이 나간 듯 서서 기차의 요동에 몸을 맡긴 채 손수건으로 칼을 닦으면서 그 시체를 내려다보고 있었지. 그렇게 일 분이 지났어. 그동안 그도 나도, 그 자리를 벗어나기 위해 어떻게 할 엄두가 나지 않았어…… 만일 그 시체와 함께 그렇게 그 자리를 지키고 있다간 모르긴 해도 바랑탱에 도착하자마자 모든 것이 발각될 상황이었어…… 그런데 그가 칼을 호주머니에 집어넣더니 정신을 차린 모습이었어. 나는 그가 시체를 뒤져 회중시계와 돈 등 손에 닿는 것은 무엇이든 닥치는 대로 챙기는 것을 물끄러미 쳐다보았어. 그러고 나서 그는 승강구 문을 열더니 시체를 선로 위로 밀쳐내려고 용을 썼어. 피가 묻을까봐 두려워 시체를 두 팔로 안을 수가 없었지. '도와달란 말이야! 함께 밀어!' 나는 힘을 쓸 수가 없었어, 팔다리가 더이상 내 것 같지 않았으니까. '이런! 나까지 함께 밀어버리려고요!' 머리가 먼저 바깥으로 나가 발판에 걸렸어. 공처럼 구르던 몸통이 더이상 나가기를 거부하더라고. 기차는 계속 달려가고…… 마침내 더 강하게 밀어붙이자 시체가 들썩하더니 바퀴의 굉음 속으로 사라졌어. '아! 더러운 놈, 이제 끝났다!' 그렇게 말한 다음 그는 담요도 집어서 밖으로 내던졌어. 이제 우리 둘밖에 안 남은 거야. 우린 우두커니 서 있었지. 의자 위에는 피가 흥건하게 고여 있어서 앉을 엄두가 안 났던 거야…… 승강구 문은 활짝 열린 채 여전히 덜컹거렸어. 그때 남편이 객차에서 내려서는 게 보이더니 사라지는 거야. 나는 기진맥진하고 잔뜩 겁에 질려 있느라 처음엔 무슨 영문인지 몰랐어. 그가 다시 돌아왔어. '자, 빨리, 목이 잘리고 싶지 않으면 나를 따라와!' 나는 꼼짝도 할 수 없었어. 그는 초조하게 말했어. '오라니까, 제기랄! 우리 객실에 아무도 없어, 우린 거기로 갈 거야.' 아무도 없다고? 우리 객실? 그러면 그가 거기에 다녀온 거야? 검은 옷을 입은 여자, 아무 말도 하지 않던 그 여자가 보이지 않다니, 그 여자, 분명히 한쪽 구석에 처박혀 있지 않았나?…… '따라올 거지? 아니면 누구처럼 선로에 처박아버리겠어!' 그가 다시 올라와서 거칠게, 미친듯이 나를 밀어냈어. 나는 객차 밖 발판 위로 나가 두 손으로 객차 옆구리 난간을 꽉 움켜쥐고 섰지. 그는 내 뒤를 따라 내리더니 승강구 문을 조심스럽게 닫았어. '가, 가란 말이야!' 하지만 나는 현기증이 날 정도로 질주하는 속도에 휩쓸리고 폭풍처럼 불어대는 바람에 온몸을 두드려맞느라 감히 발걸음을 떼지 못했지. 내 머리카락이 풀어헤쳐져 마구 휘날리고, 손가락이 굳어서 금방이라도 난간을 놓칠 것 같았어. '가란 말이야, 이런 제기랄!' 그가 계속 나를 밀어대는 바람에 나는 난간을 양손으로 번갈아 잡아가며 객차에 바짝 달라붙어 한 걸음 한 걸음 옮겨야 했어. 바람에 치마가 소용돌이치며 내 두 다리를 때리고 휘감는 상황에서 말이야. 벌써 저멀리 굽잇길 너머로 바랑탱 역의 불빛이 보였어. 기관차가 기적을 울렸지. '가란 말이야, 이런 제기랄!' 오! 그 아비규환 같은 지옥의 소리를 뚫고, 격심한 요동을 꾹 참고 나는 걸음을 옮긴 거야! 폭풍우가 나를 휩쓸어 지푸라기처럼 날려버리고 저기 벽에 내동댕이쳐서 산산조각낼 것 같았어. 내 등뒤로 벌판이 달아나고, 나무들이 미친 듯한 속도로 따라와 자기들끼리 얽히고 꼬이다가 나를 지나쳐가며 저마다 짤막한 신음 소리를 내질렀어. 한 객차를 지나 다음 객차의 발판에 발을 딛고 다시 그 객차의 난간을 잡기 위해 펄쩍 뛰려는 순간 나는 그만 용기가 바닥나 우뚝 멈췄어. 기운이 하나도 없는 것 같았어. '가란 말이야, 이런 제기랄!' 그가 나를 덮쳐 밀었어. 나는 눈을 꼭 감았어. 어떻게 계속 나아갔는지 지금도 모르겠어. 오로지 본능의 힘이었겠지, 떨어지지 않으려고 발톱을 있는 대로 오그려 쥔 짐승처럼 말이야. 우리가 어떻게 사람들 눈에 띄지 않았을까? 우리는 세 량의 객차를 그렇게 지났는데, 그중 하나는 이등칸으로 승객들로 만원이었거든. 지금도 등불 아래 일렬로 도열해 있던 승객들의 얼굴이 기억나. 언젠가 그들과 마주친다면 얼굴도 알아볼 수 있을 것 같아. 붉은 구레나룻을 기른 뚱뚱한 남자의 얼굴, 특히 웃으면서 창가에 기댄 두 아가씨의 얼굴. '가란 말이야, 이런 제기랄! 가란 말이야, 이런 제기랄!' 그다음은 더이상 모르겠어. 바랑탱 역의 불빛이 다가왔고, 기관차가 기적을 울렸어. 내가 마지막으로 기억하는 것은 머리끄덩이를 휘어잡힌 채 질질 끌려 옮겨져 내동댕이쳐졌다는 느낌뿐이야. 남편이 나를 움켜잡은 다음 내 어깨 밑으로 손을 넣어 승강구 문을 열고 객실 구석에 나를 집어던진 게 틀림없어. 우리를 태운 기차가 멈춰 섰을 때 나는 숨을 헐떡이며 반쯤 기절한 상태로 구석에 처박혀 있었어. 나는 꼼짝도 못하고 있는데 남편이 바랑탱 역 역장과 몇 마디 주고받는 소리가 들렸어. 그러고 나서 기차가 다시 출발하자 그는 의자에 무너지듯 주저앉았어. 그도 기진맥진한 거야. 르아브르에 도착할 때까지 우리는 입도 뻥긋하지 않았어…… 오! 그를 증오해, 그를 증오해, 알겠지, 그자 때문에 내가 겪어야 했던 그 모든 가증스러운 짓거리들을 보라고. 그런데 자기는, 난 자기를 사랑해, 내 사랑, 자기는 나에게 너무도 많은 행복을 안겨주거든!"

세브린에게, 그 긴 이야기를 뜨겁게 내뱉은 뒤의 그 외침은 저주스러운 기억을 떨쳐내고 즐거움을 찾고자 하는 욕구의 분출 같은 것이었다. 그러나 자크는 그녀의 이야기를 듣고 일대 혼란에 빠져 그녀처럼 몸이 달아올랐지만, 다시금 그녀를 제지했다.

"아니, 아니, 잠깐…… 그러니까 자기는 그자의 다리 위에 엎어져 있었다는 거지, 그자가 죽는 것을 고스란히 느꼈다는 거지?"

그의 내부에서 무엇인지 모를 것이 고개를 들고 깨어났다. 성난 파도 같은 것이 뱃속에서 끓어올라 붉은 환영으로 변해 머리를 엄습했다. 그는 다시 살인에 대한 호기심에 사로잡혔다.

"그래, 칼은? 칼이 살을 파고드는 것도 느꼈어?"

"응, 둔중한 충격의 느낌이었어."

"아! 둔중한 충격의 느낌…… 찢어지는 느낌은 하나도 없었고, 확실해?"

"응, 충격의 느낌 말고는 아무것도 없었어."

"그러면 그다음에는 그자가 경련을 일으키던가, 응?"

"응, 세 번이나 경련을 일으켰어. 오! 몸 이 끝에서 저 끝까지, 아주 길게, 그 경련이 발가락까지 이어지는 것을 보았어."

"경련 후에 몸이 뻣뻣하게 굳던가, 그래?"

"응, 첫번째 경련은 아주 강했고, 나머지 경련은 그것보다는 약했어."

"그러고는 그자가 죽었겠군. 그래 자기는 어땠어? 그자가 그렇게 칼을 맞고 죽어가는 것을 고스란히 느끼니까 어땠어?"

"내가 어땠느냐고? 오! 모르겠어."

"모른다고? 왜 거짓말을 하지? 말해봐, 그것 때문에 자기가 어땠는지 말해봐, 아주 솔직하게…… 고통스러웠어?"

"아니, 아니, 고통은 아니었어!"

"쾌감을 느꼈어?"

"쾌감? 아! 아냐, 쾌감도 아니었어!"

"그럼 대체 뭐야, 응, 내 사랑? 제발, 내게 다 말해줘…… 만일 자기가 안다면…… 겪은 것을 말해봐."

"세상에! 그걸 어떻게 말할 수 있겠어?…… 그건 아주 끔찍한 일이야, 당신의 혼을 앗아가버릴 거야, 오! 아주 멀리, 아주 멀리 말이야! 나는 내 지난 삶보다 그 순간에 더 많은 것을 겪었다고."

자크는 이번에는 이를 앙다물고 신음만 내뱉으며 그녀를 꽉 끌어안았다. 세브린도 그를 끌어안았다. 그들은 발정기에 상대방의 배를 가르며 교미하는 짐승들이 극도의 고통을 수반하는 관능의 쾌감에 빠지는 것과 마찬가지로 죽음의 밑바닥에서 사랑을 건져올리듯 그렇게 서로의 몸을 가졌다. 방안에는 그들의 거친 숨소리만 울려퍼졌다. 천장에 어른거리던 핏빛 반사광은 이미 사라지고 없었다. 난로는 꺼졌고, 방안은 바깥의 혹독한 추위에 차갑게 식기 시작했다. 솜이불처럼 눈을 뒤집어쓴 파리에서는 찍소리 하나 올라오지 않았다. 옆에 붙은 신문팔이 여자의 방에서 잠시 코고는 소리가 들려왔다. 그런 다음에는 모든 것이 깊은 잠에 빠진 건물의 검은 심연 속으로 빨려들어갔다.

세브린을 품에 안고 있던 자크는 그녀가 이내 쏟아지는 잠을 이기지 못하고 죽은 듯 잠에 빠져드는 것을 느꼈다. 여독과 미자르의 집에서의 한없는 기다림, 그리고 이 밤의 열기에 녹초가 된 것이다. 그녀는 어린아이처럼 잘 자라는 인사를 우물거리더니 이내 고른 숨을 내쉬며 잠이 들었다. 뻐꾸기시계가 세시를 알렸다.

자크는 왼팔로 그녀에게 팔베개를 해준 채로 한 시간가량을 더 있었다. 왼팔이 조금씩 저려왔다. 그는 좀처럼 눈을 감을 수가 없었는데 어둠 속에서 보이지 않는 손이 나타나 감겼던 그의 눈을 자꾸만 뜨게 하는 것 같았다. 이제 방안의 물건들이 하나도 분간되지 않았다. 난로며 가구며 벽들이며 실내의 모든 것들이 어둠에 깊이 잠겨버린 것이다. 그는 꿈속에서처럼 아무런 무게감도 없이 두 개의 희뿌연 사각형 모양을 하고 허공에 정지 상태로 떠 있는 창문을 바라보기 위해 몸을 돌려야만 했다. 몸이 부서질 것처럼 피곤했지만 두뇌가 놀라우리만치 활발하게 작동하면서 생각의 실타래에서 똑같은 생각이 끊임없이 꼬리를 물고 풀려나오는 바람에 그는 계속 흥분해 있었다. 잠을 자야 한다는 생각에 필사적으로 노력해 가까스로 스르르 잠에 빠져들었다가도 매번 똑같은 강박관념이 떠오르고 똑같은 영상들이 주마등처럼 스쳐지나가면서 똑같은 기분이 반짝 되살아났다. 한곳을 응시하는 그의 휘둥그레진 두 눈에 어둠이 가득 들어차는 동안, 기계처럼 규칙적으로 그렇게 그의 머릿속에서 펼쳐진 것은 다름아니라 하나하나 낱낱이 떠오르는 살인의 장면이었다. 매번 똑같은 살인의 장면이 되살아나서 미친 듯한 기세로 그를 덮쳤다. 칼이 둔중한 충격음과 함께 푹 하고 목에 박히고, 칼이 박힌 몸이 세 번에 걸쳐 길게 경련을 일으키고, 흘러내리는 뜨뜻한 피와 함께 숨이 끊어지는 장면. 그는 그 붉은 핏물이 흘러내려 자신의 두 손을 흥건히 적시는 듯한 착각에 빠졌다. 스무 번, 서른 번, 칼이 목에 박히고 몸이 경련을 일으켰다. 그 장면이 점점 거대해지더니 그를 덮치고 흘러넘쳐 일거에 작렬하며 밤을 산산조각냈다. 오! 그처럼 칼로 찌르다니, 멀게만 보였던 그 욕망을 만족시키다니, 실제로 경험을 해서 알다니, 한평생 겪은 것보다 더 많은 것을 겪을 수 있는 그 짧은 순간을 맛보다니!

숨이 점점 더 가빠오자 자크는 자신의 팔에 얹힌 세브린의 몸무게 때문에 잠을 못 이루는 것일 뿐이라고 생각했다. 그는 그녀가 깨지 않도록 살며시 팔을 빼내고 곁에 나란히 누웠다. 일단 그렇게 무게를 걷어내자 숨쉬는 게 한결 편안해지면서 이제 곧 잠이 찾아올 거라고 생각했다. 하지만 그의 노력에도 불구하고 보이지 않는 손가락들이 감기려는 그의 눈꺼풀을 자꾸 밀어올렸다. 그러더니 어둠 속에서 유혈이 낭자한 그 살인 장면이 다시 나타났다. 칼이 박히고, 칼이 박힌 몸이 경련을 일으켰다. 붉은 피가 빗줄기처럼 어둠을 타고 흘러내리고, 목의 상처가 도끼 자국처럼 무지막지하게 벌어졌다. 그는 싸움을 포기하고, 집요하게 달려드는 그 영상의 포로가 되어 바닥에 등을 대고 가만히 누워 있었다. 그의 몸안에서 우르릉거리며 작동하는 기계장치처럼 고삐 풀린 두뇌가 맹렬히 돌아가는 소리가 들렸다. 그것은 아주 먼 곳에서, 그의 소년 시절로부터 들려오는 소리였다. 그는 몇 달 전 이 여자를 품고부터 살해의 욕망이 자취를 감췄기에 자신의 병이 나은 거라고 믿었다. 그런데 방금 전 그녀가 자기와 팔다리를 뒤얽고 살을 맞댄 채 속삭여주던 살인의 장면이 떠오르면서 어느 때보다도 맹렬하게 그 욕망이 되살아나는 것을 느꼈다. 그는 그녀에게서 몸을 뗐고, 그녀의 살갗과 스치기만 해도 뜨겁게 달아오르는 자신의 몸을 그녀가 만지지 못하도록 극구 피했다. 마치 그의 허리를 받치고 있는 매트리스가 벌건 숯불로 변한 것처럼 견딜 수 없이 뜨거운 열기가 그의 등뼈를 타고 올라왔다. 불에 달군 침 같은 것이 그의 목덜미를 따끔거리게 쿡쿡 찔러댔다. 잠깐 그는 이불 바깥으로 두 손을 내밀어보았다. 그런데 그 즉시 손이 차갑게 얼어붙고 온몸에 소름이 쫙 끼쳤다. 자신의 손인데도 공포감이 밀어닥쳤다. 그는 두 손을 다시 이불 안으로 거둬들여 일단 자신의 배 위에 나란히 포개놓았다가 급기야 엉덩이 밑에 밀어넣고, 두 손이 뭔가 끔찍한 일을 저지를까봐 두렵기라도 한 양, 원하지 않는데도 자신도 모르게 그 두 손으로 저지를지 모

358

를 행위가 두렵기라도 한 양, 거기서 빠져나오지 못하도록 으스러져라 힘주어 눌렀다.

뻐꾸기시계가 시간을 알릴 때마다 자크는 시계가 울리는 횟수를 세어보았다. 네시, 다섯시, 여섯시. 그는 어서 날이 새기를 갈망하며 새벽이 이 악몽을 쫓아내주기를 고대했다. 그는 창밖을 살펴보기 위해 옆으로 몸을 돌렸다. 그러나 유리창에는 여전히 눈에서 반사된 희미한 광채만 어려 있었다. 다섯시 십오 분 전, 그는 르아브르발 직행열차가 사십 분밖에 연착하지 않고 도착하는 소리를 들었다. 그것은 열차 운행이 정상화되었음을 의미했다. 시간이 흘러 일곱시가 채 안 되었을 무렵, 창문이 아주 천천히 창백한 우윳빛으로 희끄무레해지기 시작했다. 이윽고 방안에 그 희미한 빛이 번지면서 가구들이 허공에 둥둥 떠 있는 것처럼 보였다. 난로가 모습을 드러냈고 뒤이어 옷장과 찬장이 보였다. 그는 여전히 눈꺼풀을 닫을 수 없었다. 그의 눈은 오히려 무엇인가를 찾으려는 듯 충혈되었다. 곧이어 날이 훤히 밝아지기 직전, 전날 밤 그가 케이크를 자를 때 사용했던 칼이 식탁에 놓여 있는 것이 보였다. 아니, 보였다기보다는 차라리 그러리라고 예감했다는 편이 맞을 터였다. 이제 그의 눈에는 그 칼만이, 끝이 뾰족한 그 작은 칼만이 들어왔다. 날이 점점 밝아오면서 두 개의 창문을 통해 들어오는 하얀빛이 온통 그 예리한 칼날의 한곳에만 집중적으로 반사되는 것 같았다. 자신의 손에 대한 공포가 엄습하면서 그는 손을 엉덩이 밑에 더욱 깊숙이 쑤셔넣었다. 자신의 두 손이 의지보다 더 강하게 반항하며 준동하려는 것이 확연하게 느껴졌기 때문이다. 나의 두 손이 이제 내게서 벗어나려는 것인가? 누군가로부터 나에게로 전해졌을 이 손, 먼 옛날

인간이 숲속에서 짐승을 목 졸라 죽이던 시절 어떤 조상이 나에게 물려주었을 이 손!

더이상 칼을 보지 않기 위해 자크는 세브린 쪽으로 돌아누웠다. 그녀는 무척 고단했던지 어린아이처럼 새근새근 숨을 쉬며 평온하게 잠들어 있었다. 검고 풍성한 머리카락이 풀어헤쳐져 어깨까지 흘러내린 모습이 마치 검은 베개를 베고 있는 것처럼 보였다. 그녀의 턱밑, 흘러내린 머리채 사이로 분홍빛이 살짝 감도는 우아한 우윳빛 목이 드러나 보였다. 그는 전혀 모르는 여인인 것처럼 그녀를 바라보았다. 그래도 그는 그녀를 열렬히 사랑했다. 그녀에 대한 욕망에 불타 어딜 가나 그녀를 떠올렸는데, 그녀의 모습은 심지어 기관차를 몰 때도 종종 그의 마음을 사로잡아 심란하게 했다. 어느 정도였느냐 하면 정차 신호를 무시하고 전속력으로 어떤 역을 지나치다가 꿈에서 깨어난 듯 화들짝 놀란 일도 있었다. 그런데 지금 이 하얀 목을 보자 그는 느닷없이 치명적인 매혹에 온몸이 사로잡혔다. 아직은 두려움을 의식할 만큼 제어가 되는 상태이긴 했지만, 일어나서 식탁에 놓여 있는 칼을 갖고 돌아와 이 여자의 살에 손잡이만 남을 정도로 깊숙이 쑤셔박고 싶은 거역할 수 없는 욕구가 그의 내부에서 스멀스멀 커져가는 것이 느껴졌다. 살에 박히는 칼날의 둔중한 충격음이 귓전을 울렸고, 칼에 찔린 몸이 세 번에 걸쳐 들썩거리다가 숨이 끊어져 붉은 핏물을 뒤집어쓰고 뻣뻣하게 굳어가는 모습이 눈에 선했다. 이 강박관념에서 벗어나려고 분투했지만 그는 매 순간 고정관념에 허우적거리는 것처럼 의지력을 조금씩 상실해 본능의 충동에 무릎을 꿇기 직전의 한계상황에 내몰렸다. 모든 것이 혼미해졌다. 그의 손은 그가 아무리 엉덩이 밑에 감춰두려고 애를 써도 끈질기게 저항하다가 드디어 승리를 거두고 결박을 풀더니 밖으로 탈출했다. 그는 이제 자기가 더는 그 손의 주인이 아니라는 것을, 자기가 세브린을 계속 쳐다보면 그 손은 제 욕구를 채우려고 난폭하게 덤빌 거라는 것을 너무도 분명히 깨닫고, 마지막 남은 기운을 쥐어짜내어 침대 바깥으로 몸을 날려 술 취한 사람처럼 바닥에 떨어져 뒹굴었다. 그는 마룻바닥에서 몸을 일으키려다가 거기에 널브러져 있던 세브린의 치마에 발이 엉키는 바람에 다시 넘어질 뻔했다. 그는 비틀거리면서 허둥지둥 자신의 옷가지를 찾았는데, 그의 머릿속에는 오로지 빨리 옷을 입고 칼을 챙긴 다음 밖으로 나가 길거리에서 아무 여자나 붙잡아 죽여야 한다는 생각뿐이었다. 이번에는 그의 욕망이 너무도 광포하게 고문을 해대는 통에 누군가 한 여자를 반드시 죽여야만 했다. 바지를 찾을 수가 없었다. 세 번이나 거듭 확인한 뒤에야 자신이 이미 바지를 입고 있다는 사실을 깨달았다. 구두를 신는 데도 어려움이 많아 한없이 지체해야만 했다. 날이 이미 훤히 밝았지만 방안은 그에게 뿌연 다갈색 연기가 자욱한 것처럼 보였는데, 그 차디차고 몽롱한 새벽 기운에 모든 것이 잠겨 있었다. 그는 신열이 오르며 몸이 부르르 떨렸다. 그는 마침내 옷을 다 챙겨 입고 칼을 집어들어 소매 안에 감춘다음, 아무 여자나 하나 죽여버리겠다고, 복도에 나가 누구건 처음 마주치는 여자를 죽여버리겠다고 벼르고 있었는데, 그때 침대에서 시트가 부스럭거리는 소리와 함께 길게 이어지는 숨소리가 들리자 그는 하얗게 질려서 식탁 옆에 못박힌 듯 꼼짝 않고 섰다.

세브린이 잠에서 깨어난 것이다.

"왜 그래, 자기, 벌써 나가려고?"

그는 대답하지 않았다. 그녀가 다시 잠들기를 바라며 그녀 쪽을 돌아보지도 않았다.

"어딜 가는 거야, 자기?"

"아무것도 아냐." 그가 우물거렸다. "업무 때문에…… 자, 곧 돌아올게."

그녀는 잠에 취해 다시 눈을 감은 채 불분명한 목소리로 몇 마디 중얼거렸다.

"아, 졸려, 졸려…… 이리 와서 안아줘, 자기."

그는 움직이지 않았다. 손에 칼을 든 채로 몸을 돌리는 것만으로도, 벌거벗고 무방비 상태로 누워 있는 너무도 날씬하고 예쁜 그녀를 다시 보는 것만으로도 그는 자제력을 잃고 팽팽히 긴장해서 그녀 곁에 다가갈 것이기 때문이었다. 그러고는 자기도 모르게 저절로 손이 올라가 그녀의 목에 칼을 꽂을 것이었다.

"자기야, 이리 와서 안아줘……"

사랑을 꿈꾸듯 목소리가 잦아들더니 그녀는 다시 달콤한 잠에 깊이 빠져들었다. 그는 정신없이 문을 열고 도망치듯 밖으로 나왔다.

자크가 암스테르담 가의 보도에 나와 선 것은 여덟시였다. 눈은 아직 치워지지 않은 채 그대로였으며, 드문드문 걸어가는 행인들의 발소리가 겨우 들릴 정도였다. 잠시 후 늙은 여자 하나가 눈에 들어왔다. 그러나 그녀는 모퉁이에서 롱드르 가로 방향을 틀었다. 그는 그녀를 따라가지 않았다. 몇몇 사람이 그와 팔꿈치를 부딪치며 지나갔다. 그는 뾰쪽한 칼날은 소매 안에 감춘 채 칼 손잡이를 움켜쥐고서 방향을 돌려 르아브르 교차로 쪽으로 내려갔다. 열네 살쯤 되어 보이는 소녀가 맞은편 집에서 나오는 것을 보고 그는 길을 건넜다. 그런데 길을 건너고 보니 그 소녀는 옆에 붙은 빵집으로 쏙 들어갔다. 그는 소녀가 나오는 것을 기다릴 수 없을 만큼 조바심이 나서 좀더 먼 곳을 두리번거리며 계속 길을 내려갔다. 그가 칼을 쥐고 방을 벗어난 직후부터는 더이상 그가 행동하는 것이 아니었다. 그것은 다른 존재, 그동안 너무도 빈번히 그의 내부 깊숙한 곳에서 꿈틀거리며 준동해왔던 그 존재, 아주 먼 조상으로부터 대를 물려 그에게 유전된, 살인에 대한 갈망으로 불타는 존재였다. 그 존재는 옛날에도 사람을 죽였고 지금도 사람을 죽이고 싶어 안달이 나 있었다. 지금 자크 주변의 사물들은 꿈속에서처럼 둥둥 떠다닐 뿐이었는데, 그것들이 그의 고정관념을 통해 시야에 들어오기 때문이었다. 그 순간 그의 일상적인 삶은 폐기 처분된 것처럼 보였다. 그는 과거에 대한 기억도, 미래에 대한 예견도 상실한 채 오로지 지금 강박적으로 자신을 따라붙는 욕구에 쫓겨 몽유병 환자처럼 걸어갔다. 그렇게 걸어가는 육신 안에 그의 인격은 실종된 상태였다. 두 여자가 그를 스치고 앞질러 가자 그는 걸음을 재촉했다. 그런데 그 두 여자가 마주 오던 한 남자와 만나 걸음을 멈추자 그는 그대로 그들을 지나쳤다. 세 남녀가 웃으면서 이야기를 나누었다. 남자 때문에 일이 여의치 않게 되자 그는 변변찮은 숄을 두르고 초라한 행색으로 걸어가는, 허약해 보이는 검은 머리 여인의 뒤를 쫓아가기 시작했다. 그 여자는 짧은 보폭으로 느릿느릿 걸음을 옮겼는데, 서두르는 기색 없이 절망에 빠진 슬픈 얼굴로 걷는 것으로 보아 아마도 힘만 들고 벌이도 형편없어 마지못해 붙잡고 있을 뿐인 일터로 향하는 것 같았다. 그 역시 살해 대상을 하나 확보한 만큼 안심하고 그 여자를 찌를 만한 장소가 나타나기를 기다리며 서두를 것 하나 없는 기색으로 발걸음을 옮겼다. 그 여자는 어떤 사내가 뒤쫓아오는 것을 눈치챘는지, 자기를 노리는 사람이 아직도 있을 수 있다는 사실에 놀라 형언할 수 없이 비통한 표정으로 그에게 흘깃 눈길을 돌렸다. 어느새 그 여자는 교차로를 지나 르아브르 가 중간까지 그를 이끌고 갔는데, 그새 두 번이나 뒤를 돌아다보아 그가 소매에서 칼을 꺼내 그녀의 목에 꽂으려고 할 때마다 번번이 그의 시도를 무산시켰다. 그때 마주친 그녀의 두 눈은 눈물겹도록 가난에 찌들어 보였다! 이 여자가 저기 인도에서 내려서는 순간에 찌르리라. 그러다가 그는 갑자기 생각을 바꾸어 반대 방향으로 걸어가는 다른 여인을 뒤쫓기 시작했다. 그것은 그 여자가 그 순간 거기를 지나가고 있어서, 그래서 그랬을 뿐, 달리 아무런 이유도, 아무런 뜻도 없이 벌어진 일이었다.

자크는 그 여자를 뒤쫓아 역으로 되돌아왔다. 활기 넘쳐 보이는 그 여자는 명랑하게 종종걸음으로 앞서갔다. 기껏해야 스무 살밖에 안 되어 보이는 그녀는 벌써 보기 좋게 살집이 올랐고 금발이었으며 아름다운 두 눈은 인생이 즐겁다는 듯 웃음기가 가득했다. 그녀는 어떤 남자가 자기를 뒤쫓고 있다는 사실을 전혀 눈치채지 못했다. 그녀는 몹시 바쁜지 역 앞 르아브르 광장의 계단을 황급히 올라가 넓은 홀 안으로 들어가서는 거의 뛰다시피 그 홀을 가로질러 교외순환선 매표창구로 줄달음쳤다. 자크는 그녀가 오퇴유행 일등칸 표를 사는 것을 보고 자신도 표 한 장을 구해 대합실과 플랫폼을 지나 객차 안까지 그녀를 뒤따라가서 그녀 옆에 자리를 잡고 앉았다. 기차는 곧 출발했다.

'시간은 있어.' 그는 생각했다. '이 여자를 터널 안에서 죽이겠다.'

그런데 그들 말고 유일하게 그 칸에 올라탄 승객인 늙은 여자가 젊은 여자를 알아보고 그들 맞은편에 와서 앉았다.

"아니, 이게 웬일이야! 이렇게 이른 시간에 어디 가는 길이유?"

젊은 여자는 망했다는 듯 과장된 몸짓을 해 보이며 넉살 좋게 웃음을 터뜨렸다.

"이러니까 가는 날이 장날이라고 하나봐요! 부탁드리건대 소문내지 말아주세요…… 내일이 제 남편 생일이에요. 그래서 남편이 출근하자마자 냅다 달려온 거예요. 오퇴유에 있는 원예 농장에 가려고요. 일전에 남편이 거기서 난을 하나 보고 폭 빠졌지 뭐예요…… 그래서 깜짝 선물을 하려고요. 그렇게 된 거예요."

늙은 여자는 감동한 듯 온화한 표정으로 고개를 끄덕였다.

"애기는 잘 크지요?"

"아이요, 아! 정말 귀염둥이예요…… 아실지 모르지만 젖뗀 지 일주일 되었거든요. 애가 죽을 먹는 모습을 보셔야 할 텐데…… 우리 모두 너무 잘 지내요. 정말 기적 같은 일이죠."

그녀는 선홍빛 입술 사이로 새하얀 이를 드러내며 더 크게 웃었다. 그 순간, 칼을 쥔 손을 엉덩이 밑에 감춘 채 그녀의 오른편에 앉아 있던 자크는 지금이 바로 찌를 때라고 속으로 중얼거렸다. 그녀를 손으로 제압하려면 그저 팔을 들어올려 반 바퀴 휘감기만 하면 되었다. 하지만 바티뇰 터널 속에서 그녀가 쓴 모자의 턱 끈에 생각이 미치자 그는 동작을 멈추었다.

'리본이 있어서 걸리적거리겠는데.' 그는 생각했다. '확실한 기회를 엿봐야겠어.'

두 여자는 줄곧 즐겁게 이야기를 나누었다.

"그러고 보니 행복해 보이네."

"행복해 보인다고요. 아! 이렇게 말씀드려도 될지 모르겠네요! 정말 꿈을 꾸고 있는 것만 같아요…… 이 년 전만 해도 전 참 암담했죠. 아시잖아요, 숙모 댁에서는 절 별로 달가워하지 않았어요. 거기다 지참금 한 푼 없었고요…… 그런데 그 사람이 나타난 거예요, 그 사람이. 전 가슴이 두근거렸어요. 금방 사랑에 빠지고 말았지요. 그 사람은 얼마나 멋지고, 얼마나 부잔데요…… 그런데 그 사람이 제 것이 된 거예요, 제 남편이요. 거기다 우리 둘에게 아이까지 생겼고요! 저한테는 너무 과분한 일이지요!"

턱 끈의 리본을 눈여겨보다가 자크는 그 리본 아래 검은 벨벳 옷깃에 커다란 금색 브로치가 달려 있는 것을 확인했다. 그는 모든 것을 계산했다.

'왼손으로 이 여자의 목을 움켜쥐고 머리를 뒤로 젖힌 다음 목의 맨살이 드러나도록 저 브로치를 제쳐야겠어.'

기차는 정거장마다 정차했다가 출발하기를 거듭했다. 쿠르셀과 뇌이까지 짧은 터널들이 계속 이어졌다. 잠시 후, 단 일 초면 충분할 것이다.

"이번 여름에 바다에 갔다 왔수?" 늙은 여자가 다시 말을 걸었다.

"예, 브르타뉴로요. 육 주간 인적이 닿지 않는 한적한 곳에 있었어요. 낙원이었죠. 그리고 구월은 푸아투에 있는 시아버님 댁에서 보냈어요, 거기에 큰 숲을 가지고 계시거든요."

"겨울에는 남부에 머물러야 하는 거 아니유?"

"그래야지요. 우린 십오일경에 칸에 가려고요…… 집을 하나 빌려놓았어요. 멋진 정원도 한 귀퉁이에 붙어 있고 바다를 마주보는 집이에요. 이미 그리로 사람을 보내서 모든 걸 준비해놓으라고 했어요. 우린 가기만 하면 돼요…… 그 사람이나 저나 유난히 추위를 타서 그러는 건 아니고요, 그냥 태양이 너무 좋잖아요!…… 삼월에 돌아올 거예요. 내년에는 파리에 그냥 있을 거래요. 이 년만 지나면 딸내미도 클테고, 그러면 여행을 다닐 거래요. 저야 뭘 알겠어요! 하여간 날마다 축제예요!"

그녀는 행복에 겨운 나머지 과시하고 싶은 마음에 모르는 남자이지만 자크 쪽으로 몸을 돌리고 미소를 지어 보였다. 그 몸짓에 턱 끈의 리본이 옆으로 밀려나고 브로치가 젖혀지는 바람에 살짝 굴곡진 부위가 그늘이 져 금빛으로 물든 그녀의 진홍빛 목이 고스란히 드러났다.

돌이킬 수 없는 결심을 굳히는 동안 칼 손잡이를 쥔 자크의 손가락이 긴장되어 뻣뻣하게 굳었다.

'바로 저 지점에서 찌르겠다. 그래, 잠시 후 파시 직전, 터널을 통과할 때.'

그런데 트로카데로 정거장에서 철도회사 직원이 올라탔는데, 그 직원이 자크를 알아보고 업무 이야기를 늘어놓기 시작했다. 석탄 절도에 관한 이야기였는데, 해당 기관사와 화부의 자백을 받아냈다는 것이었다. 이때부터 모든 것이 뒤엉켜버렸다. 나중에 자크는 아무리 떠올리려 해도 당시의 일을 정확히 기억해낼 수 없었다. 여자의 웃음소리가 행복의 시위처럼 계속 이어졌던 것은 분명했고, 거기에 감염된 듯 얼마간 진정이 되었던 것도 같았다. 어쩌면 그 두 여자와 함께 오퇴유까지 갔는지도 모른다. 아무튼 두 여자가 어디서 내렸다는 기억은 나지 않았다. 어찌된 영문인지 모르겠지만 깨어나보니 센 강가였다. 더없이 선명하게 각인된 기억은 날을 소매 속에 감춘 채 그때까지 주먹에 쥐고 있던 칼을 강변 제방 위에서 멀리 던져버렸다는 것이다. 그다음에는 넋이 나가 아무것도 기억나지 않았는데, 그 자신의 자아가 증발했음은 물론 그 자아와 다투던 또다른 자아도 던져버린 칼과 함께 그에게서 빠져나갔던 것이다. 발길 닿는 대로 몇 시간이고 숱한 길들과 광장들을 헤매고 다녔던 것은 분명했다. 사람들과 집들이 창백한 모습으로 줄지어 지나갔던 것이 떠올랐다. 아마도 사람들이 북적거리는 어딘가에 들어가 식사를 했는지, 하얀 접시들만은 분명하게 떠올랐다. 그 기억과 함께 어느 문 닫힌 상점 앞에 붉은색 게시물이 붙어 있었던 것도 뇌리를 떠나지 않았다. 그뒤의 나머지 모든 것은 시커멓게 입을 벌린 심연 속으로, 더이상 시간도 없고 공간도 없는 절대의 허무 속으로 흔적도 없이 사라져버렸다. 그는 그 속에서 심신을 완전히 상실한 채 누워 있었는데 어쩌면 알 수 없는 먼 옛날부터 그러고 있었는지도 모를 일이었다.

자크가 다시 정신을 차린 것은 카르디네 가에 있는 자신의 비좁은 방안에서였는데, 거기서 옷을 다 입은 채 침대에 모로 뻗어 있었다. 빈사 상태의 몸을 이끌고 간신히 제집을 찾아오는 개처럼 본능이 그를 그리로 이끌었을 것이다. 게다가 그는 계단을 올라온 기억도, 잠이 든 기억도 전혀 나지 않았다. 무거운 잠에서 깨어난 그는 마치 깊은 코마 상태에서 깨어난 것처럼 갑자기 정신이 돌아와 황망한 기분이었다. 아마도 세 시간쯤 잔 것 같았는데 어쩌면 사흘을 그렇게 있었는지도 모를 일이었다. 그러다 불현듯 기억이 되살아났다. 세브린과 함께 보낸 밤, 살인의 고백, 피에 굶주린 육식동물이 되어 밖으로 나갔던 일. 그때 그는 제정신이 아니었다. 이제 정신이 돌아오자 자신의 의지와는 무관하게 벌어졌던 일들에 어안이 벙벙했다. 그때 문득 젊은 여자가 자기를 기다리고 있을 거라는 생각이 떠오르자 그는 용수철이 튕기듯 벌떡 일어났다. 그는 자신의 회중시계를 들여다보고 벌써 오후 네시라는 것을 알았다. 마치 엄청나게 피를 흘리고 난 후처럼 머릿속이 텅 비고 쥐죽은듯 고요해졌다. 그는 끝이 막힌 암스테르담 가를 향해 발걸음을 재촉했다.

세브린은 정오까지 곤하게 잠을 잤다. 그러고 나서 일어나보니 자크의 모습이 여전히 보이지 않아 깜짝 놀랐다. 그녀는 난로에 다시 불을 붙였다. 그렇게 옷까지 다 입고 나자 허기가 져서 죽을 것만 같아 두시쯤 이웃 식당에 내려가 식사를 하기로 마음먹었다. 자크가 나타났을 때 그녀는 식사를 마치고 몇 가지 장을 본 다음 막 올라온 참이었다.

"오! 내 사랑, 얼마나 걱정했는데!"

그녀는 그의 목에 매달려 그의 눈을 빤히 들여다보았다.

"대체 무슨 일이야?"

기운이 하나도 없고 몸이 얼음장처럼 차가웠지만 그는 아무런 동요도 없이 가만히 그녀를 다독였다.

"아무것도 아니야. 그저 따분한 당번 일을 했을 뿐이야. 그런 일들은 원래 한번 붙잡으면 놓아줄 줄을 모르잖아."

그러자 그녀가 목소리를 낮추고 가엾기 그지없는 표정으로 어리광을 부렸다.

"내가 무슨 상상을 했는지 알아…… 오! 불길한 생각이 들어서 얼마나 괴로웠다고!…… 그래, 어쩌면 내가 자기한테 고백한 것을 듣고 자기가 날 더이상 원하지 않을지 모른다고 생각했어…… 자기가 영영 돌아오지 않으려고 떠난 거라고 생각했단 말이야!"

그녀의 눈에서 참았던 눈물이 주르륵 흘렀다. 그녀는 그를 미친듯이 두 팔로 껴안고 흐느껴 울었다.

"아! 내 사랑, 내가 얼마나 애정에 목말라하는지 자기가 알아주었으면!…… 날 사랑해줘, 정말로 날 사랑해줘, 왠지 알잖아, 내가 그 모든 걸 잊게 해줄 수 있는 것은 오직 자기의 사랑밖에 없다는 거…… 이제 내가 자기에게 나의 불행을 모두 이야기했으니까, 그렇지 않아? 날 버리면 안 돼, 오! 이렇게 빌게!"

자크는 측은한 마음이 밀려왔다. 어쩔 수 없이 긴장이 풀리면서 조금씩 마음이 누그러졌다. 그가 중얼거렸다.

"그럼 그럼, 사랑해, 걱정 마."

지난밤 자기를 덮쳤던 그 끔찍한 죄악에서, 그 숙명적인 죄악에서 영영 벗어날 수 없을 것 같다는 생각이 들면서 감정이 복받쳐오른 그도 눈물을 흘렸다. 그것은 끝을 모르는 치욕이요 절망이었다.

"나도 사랑해줘, 오! 온몸을 바쳐서 날 사랑해줘. 나도 자기만큼 사랑이 필요하단 말이야!"

그녀는 소스라치며 영문을 알고 싶어했다.

"뭔가 근심이 있구나, 나한테 다 말해야 해."

"아냐, 아냐, 근심이 아냐. 실체도 없는 것들이야, 나를 몸서리쳐지도록 불행하게 만드는 슬픔 때문이야. 그게 뭔지는 도저히 말할 수 없어."

둘은 서로 부둥켜안고 고통에 시달리는 자신들의 처지에 동병상련의 심정이 되어 몸서리를 쳤다. 그것은 잊을 방도도 없고 무자비하기 이를 데 없는, 영원히 끝나지 않을 것 같은 고통이었다. 그들은 함께 눈물을 흘렸다. 싸움과 죽음으로 점철된 삶을 지배하는 그 무지막지한 힘이 그들을 짓누르는 것 같았다.

"자." 자크가 포옹을 풀며 말했다. "이제 출발을 준비할 시간이야…… 오늘밤 자기는 르아브르로 돌아가야 하잖아."

세브린이 아무 말이 없다가 침울하고 초점 잃은 얼굴로 중얼거렸다.

"아, 내가 매인 데가 없다면, 내 남편이 없다면!…… 아! 그러면 우리는 금방 모든 고통을 잊을 수 있을 텐데!"

그가 세차게 도리질을 치며 마음속에 불쑥 떠오른 말을 소리 높여 토해냈다.

"하지만 우리는 그를 죽일 수 없어."

순간 그녀가 그를 뚫어져라 쳐다보았다. 그는 그런 말이 자신의 입 밖으로 나왔다는 사실에 화들짝 놀라 몸을 떨었다. 이제까지 그런 생각을 한 번도 한 적이 없었던 것이다. 누군가를 죽이고 싶었으면서 왜 그자를, 그 눈엣가시 같은 사내를 죽이지 않았을까? 이윽고 그가 그녀와 헤어져 차량 기지로 서둘러 돌아가야 할 시간이 되자 그녀가 두 팔로 그를 꼭 끌어안고 키스를 퍼부었다.

"오! 내 사랑, 날 정말 사랑해줘. 난 앞으로 자기를 지금보다 더 열렬하게, 훨씬 더 열렬하게 사랑할 거야…… 그래, 우린 행복해질 거야."

9

    그후로 르아브르에서 자크와 세브린은 불안한 마음에 행동을 극도로 조심했다. 루보가 모든 것을 알고 있다면 복수를 하기 위해 그들을 염탐하다가 전광석화처럼 급습하지 않겠는가? 그들은 옛일을 두고 질투심에 불타는 그의 행태와 돌덩어리 같은 주먹을 휘두르는 철도 인부 출신다운 난폭함을 떠올렸다. 눈빛이 수상한데다 침울하고 말이 없는 그를 보고 있노라면 틀림없이 짐승처럼 뭔가 음험한 일을 꾸미고 있다는 느낌이 드는 것도 무리가 아니었다. 그는 함정을 파놓고 그들이 걸려들기만을, 마음대로 그들을 요리할 수 있게 되기만을 고대할 터였다. 그래서 그들은 처음 한 달 동안은 밀회를 할 때마다 늘 신경을 곤두세우고 신중에 신중을 기했다.

    그러나 루보는 점점 더 보기가 어려워졌다. 어쩌면 불시에 쳐들어와 그들이 뒤엉켜 있는 현장을 덮치려고 그렇게 모습을 감추는 것인지도 몰랐다. 그러나 그런 두려움은 실현되지 않았다. 오히려 그의 부재는 점점 길어지더니 아예 모습을 나타내지 않는 지경에 이르렀다. 비번이 되자마자 자리를 빠져나갔다가 다음번 근무시간에 일 분의 에누리도 없이 정확히 맞춰 돌아왔다. 낮 근무일 때는 열시가 되면 오 분 만에 점심을 뚝딱 해치우고 어디론가 사라졌다가 열한시 반에 다시 나타나는 방식을 찾아냈고, 저녁에는 다섯시에 그의 동료가 교대를 하러 내려오면 재빠르게 사라졌는데 밤새도록 모습을 나타내지 않는 일이 다반사였다. 당연히 잠도 기껏해야 몇 시간밖에 자지 않았다. 밤근무일 때도 사정은 마찬가지여서 새벽 다섯시에 퇴근하자마자 사라졌다가 바깥에서 식사와 잠을 해결하는지 어쩌는지 모르지만 어쨌든 오후 다섯시가 되어서야 돌아왔다. 오랫동안 그렇게 어수선하게 지내면서도 그는 모범 사원처럼 근무시간만은 준수했는데, 늘 칼같이 시간에 맞춰 출근해서는 두 다리로 서 있기도 힘들 만큼 자주 지친 모습을 보이긴 했지만 성실하게 근무에 임했다. 그런데 요즘 들어 여기저기 허점을 보이기 시작했다. 벌써 두 번이나 또다른 부역장 물랭은 그를 한 시간이나 기다려야 했다. 이 착한 부역장은 심지어 어느 날 아침엔가는 식사 시간이 지나도록 그가 돌아오지 않았다는 보고를 받고는 그가 견책을 받지 않게 하려고 그를 대신해 나와서 근무를 서기도 했다. 그렇게 루보의 근무 태도가 서서히 흐트러져가는 것이 현저히 눈에 띄기 시작했다. 낮 근무 때 그는 자기 눈으로 직접 모든 것을 확인하고 나서야 비로소 기차를 내보내거나 들이고, 역장에게 보고하는 일지에 다른 사람은 물론 자신에게도 엄격한 잣대를 적용해 시시콜콜한 일들까지 다

기재하던 예전의 그 능동적인 사람이 더이상 아니었다. 밤근무 때는 사무실의 큰 소파에 파묻혀 잠에 곯아떨어지기 일쑤였다. 깨어 있을 때도 비몽사몽간인 것처럼 보였으며, 뒷짐을 지고 플랫폼을 왔다갔다 하거나 건성으로 지시를 내려놓고는 이행 여부를 감독하지도 않았다. 그래도 그의 부주의로 차고로 들어가던 객차 하나가 한 번 충돌 사고를 일으킨 일을 제외하고는 모든 것이 관성의 작용으로 별 탈 없이 굴러갔다. 그의 동료들은 그저 그가 오입질에 빠진 모양이라고 시시덕거렸다.

실상은 이랬다. 당시 루보는 점차 도박장으로 변해버린 코메르스 카페 이층의 조그만 구석방에서 거의 살다시피 했다. 들리는 소문으로는 여자들도 매일 밤 그곳에 들른다는 것이었다. 그러나 실제로 가보면 여자는 한 명뿐일 때가 많았는데, 은퇴한 선장의 정부로 마흔은 족히 되어 보이는 그 여자 자신이 도박 중독자인데다 중성이나 진배없었다. 부역장은 그곳에서 음습한 도박벽을 충족시켰는데, 살인을 저지르고 나서 우연히 피켓이라는 카드 게임을 접했다가 불붙기 시작한 도박벽은 비할 데 없는 재미를 제공하는데다 현실을 깨끗이 잊게 해주는 속성 때문에 그후로 점점 심해지더니 끊을 수 없는 습성으로 변해버렸다. 그것은 그를 완전히 사로잡아 이 야성적인 수컷에게서 여자에 대한 욕망까지 앗아가버렸다. 그후로 그것은 유일한 포만감의 원천으로서 그의 전부가 되었으며 그는 거기에서만 행복감을 맛보았다. 그렇다고 그가 자신이 한 일을 잊지 못해 회한에 사로잡혀 괴로워했던 것은 아니다. 그러나 그의 부부 관계를 파탄에 이르게 한 그 충격적인 일을 겪고 삶이 결딴나버린 가운데 그는 도박에서 혼자서 맛볼 수 있는 위안과 이기적인 행복의 도취감을 발견했다. 알코올이라고 해도 시간이 그 정도로 거칠 것 없이 가볍고 빠르게 흘러간다는 기분을 더 안겨주지는 못했을 것이다. 그는 삶에 대한 근심에서도 완전히 벗어나 이제 껏 경험해보지 못한 강렬한 밀도로 삶을 영위하는 듯했지만 다른 것들에 대해서는 깡그리 흥미를 잃어 예전에 머리가 돌 정도로 격분했던 걱정거리 중 어느 것 하나도 이제는 더이상 그를 흔들어놓지 못했다. 그는 도박으로 밤을 지새우느라 피곤한 것 말고는 건강도 아주 좋은 편이었다. 오히려 두툼하고 누렇게 기름기가 올라 피둥피둥해 보일 정도였으며, 흐릿한 눈을 덮은 눈꺼풀도 더욱 무겁게 처졌다. 그가 졸음 가득한 표정으로 느릿느릿 귀가할 때 보면 세상만사 귀찮다는 듯 극도로 무관심한 태도가 역력할 뿐이었다.

루보가 마룻바닥 밑에 감춰둔 300프랑을 가지러 집에 들렀던 그날 밤도 수차례 연거푸 돈을 잃다가 공안인 코슈에게 진 빚을 갚아야 할 사정이 생겼던 것이다. 관록의 도박꾼 코슈는 냉혈한이어서 루보에게는 두려운 존재였다. 물론 코슈는 겉으로는 재미로 도박을 즐길 뿐이라고 입버릇처럼 말했으며, 공안 업무의 속성상 군인이었던 옛 모습을 유지하려고 자기관리에 열심인 듯 보였다. 그 나이 되도록 총각 딱지도 떼지 못한 그는 외견상 카페에 붙어살다시피 하는 조용한 단골손님일 뿐이었다. 하지만 실제의 그는 그런 것에 구애받지 않고 종종 밤새워 카드를 쳤으며 다른 사람들의 돈을 모조리 긁어모았다. 벌써 안 좋은 소문이 파다했고 그의 근무 태만에 대해서도 비난이 들끓어서 그를 강제로 해고해야 한다는 여론이 일기도 했다. 그러나 사태는 늘 흐지부지 끝나고 말았다. 할 일도 별로 없는데 무슨 일을 더 열심히 하라는 것인가? 그런 배짱이어서, 그는 변함없이 사람들과 의례적인 인사를 나누며 플랫폼에 한 번 슬쩍 얼굴을 내비치는 것으로 자신이 할 일을 다 했다는 투였다.

삼 주가 지나자 루보는 코슈에게 400프랑 가까이 빚을 진 신세가 되었다. 루보는 자기 아내가 받은 유산으로 아주 부유해졌다고 둘러대며 그를 안심시켰다. 그런데 자기 아내가 금고 열쇠를 갖고 있어서 도박 빚을 좀 늦게 갚을 것 같으니 양해해달라고 웃으면서 덧붙였다. 그후로 빚 독촉에 시달리던 그는 어느 날 아침 집안에 혼자만 남게 되자 또다시 마루 쪽매널을 들어올리고 은닉 장소에서 천 프랑을 꺼냈다. 그는 사지가 덜덜 떨렸다. 금화를 꺼내던 밤에도 그렇게 떨리지는 않았다. 아마도 그때는 그 금화를 그저 운좋게 얻은 우수리 돈이라고 여겼던 데 반해 지금 꺼내는 지폐는 바야흐로 도둑질의 시작이라서 그랬을 터였다. 무슨 일이 있더라도 그 돈에 손을 대지 않겠다고 스스로에게 다짐했던 기억이 떠오르자 그는 불안해지면서 살갗에 소름이 돋았다. 예전에 그는 차라리 굶어 죽겠노라고 다짐했는데, 지금 손을 대고 있는 것이다. 그는 자신이 어떻게 해서 이처럼 양심의 가책을 헌신짝처럼 버리게 됐는지 아무래도 납득할 수 없었다. 아마도 살인의 여파가 서서히 나타나면서 시나브로 그렇게 되었을 터였다. 구멍 깊숙이 뭔가 축축한 것, 물렁물렁하고 역겨운 것이 만져진 듯한 느낌이 들면서 그는 공포감에 사로잡혔다. 그는 황급히 쪽매널을 덮으면서, 또다시 쪽매널을 들어내는 일이 생긴다면 그때는 차라리 손목을 잘라버리겠노라고 다시 한번 다짐했다. 마누라는 이 장면을 보지 못했다, 그는 안도의 한숨을 몰아쉬고 마음을 가라앉히기 위해 커다란 컵으로 물을 들이

켰다. 빚을 갚게 되었고 나머지 돈을 모두 도박에 걸 수 있다는 생각이 들면서 심장이 빠르게 뛰기 시작했다.

하지만 지폐를 바꿔야 할 상황에 부딪히자 루보의 불안은 다시 시작되었다. 옛날에 그는 정직했다. 어리석게도 그 일에 아내를 끌어들이는 짓만 저지르지 않았다면 그는 자수했을 것이다. 그런데 지금은 경찰을 떠올리기만 해도 식은땀이 주르륵 흘렀다. 사법 당국이 사라진 지폐들의 일련번호를 확보하지 못했으며 더구나 수사는 영원히 서류철에 파묻혀 잠들어버렸다는 것을 알고 있어봤자 아무런 소용이 없었다. 잔돈으로 바꾸기 위해 어디든 들어가야 한다는 생각만 해도 두려움이 몰려왔던 것이다. 그는 닷새 동안 그 지폐를 어쩌지 못하고 간직했다. 밤마다 습관처럼 그 지폐를 만져서 확인하고, 다른 주머니에 옮겨 넣고, 행여나 몸에서 떨어질세라 한시도 가만히 있지 못했다. 아주 복잡한 계획을 세웠다가도 그때마다 예기치 않은 두려움에 봉착했다. 맨 처음 든 생각은 역에서 돈을 바꿀 곳을 찾자는 것이었다. 금전 출납을 맡고 있는 동료 직원이라면 지폐를 바꿔주지 않을까? 그러나 당장 그렇게 하는 것은 대단히 위험할 것 같다는 생각에 철도원 모자를 쓰지 않고 르아브르 시내 끄트머리에 가서 아무것이나 살까 궁리를 했다. 그런데 별 볼 일 없는 물건을 사면서 그런 거액의 지폐를 내면 사람들이 의아한 눈으로 보지 않을까? 그러다가 자신이 매일 들락거리는 쿠르나폴레옹 대로의 담뱃가게에 가서 그 지폐를 내는 방법에 생각이 미쳤다. 그 방법이 가장 간단하지 않을까? 그가 유산을 받았다는 것은 주지의 사실이고 담뱃가게 여자도 하등 이상하게 생각하지 않을 터였다. 그는 담뱃가게 문 앞까지 갔다가 다리가 후들거려 용기를 되찾을 요량으로 보방 항만까지 내려갔다. 거기서 삼십 분가량 헤매다가 되돌아왔지만 여전히 결단을 내리지 못했다. 그리고 그날 밤 코메르스 카페에 들렀을 때 코슈가 있는 것을 보고, 그는 갑자기 허세가 들어 자기도 모르게 호주머니에서 지폐를 꺼내 주인 여자에게 잔돈으로 바꿔달라고 부탁했다. 하지만 그만한 잔돈이 없었던 그녀는 종업원에게 담뱃가게에 가서 잔돈을 빌려 오라고 시켜야만 했다. 발행된 지 십 년이 넘었지만 완전히 새 돈 같은 그 지폐를 보고 사람들이 허튼소리를 늘어놓기까지 했다. 공안이 그 지폐를 낚아채서 뒤집어보더니, 필시 어떤 구덩이 속에 오랫동안 묻혀 있었던 것이라고 말했다. 그 말을 듣고 은퇴한 선장의 정부가 대리석 서랍장 밑에 은닉되어 있다가 발견된 재산 이야기를 끝도 없이 늘어놓았다.

그렇게 몇 주가 흘렀다. 루보의 수중에 들어갔던 그 돈은 어느새 도박으로 모두 탕진되었다. 그가 거액의 판돈을 거는 것은 아니었으나 지독한 불운이 연속해서 겹치는 바람에 적은 액수나마 매일같이 잃은 액수가 쌓이고 쌓여서 엄청난 금액을 헤아리기에 이른 것이다. 그달 말경, 그는 다시 무일푼의 신세로 돌아왔다. 이미 언약만으로도 수십 프랑의 빚을 진 상태인데도 더이상 카드를 만질 수 없게 되자 병이 날 지경이었다. 어렵사리 버티긴 했어도 자리에 눕기 일보 직전이었다. 자기 집 식당 마룻바닥 밑에 잠들어 있는 천 프랑짜리 지폐 아홉 장에 대한 생각이 매 순간 강박관념처럼 머릿속을 맴돌았다. 그는 마룻바닥 틈새로 그 지폐를 살펴보고 그 지폐가 자신의 발바닥을 뜨겁게 달구는 것을 느꼈다. 원하기만 했다면 한 장쯤 꺼내 가질 수도 있었으리라! 그러나 이번만은 정말로 맹세한 터라 다시 그곳을 뒤지느니 차라리 자기 손에 장을 지지겠다는 각오였다. 그런데 어느 날 밤, 세브린이 일찍 잠들자 그는 그만 충동을 이기지 못하고 쪽매널을 다시 들어올렸다. 그는 그러한 자신의 모습이 황망할 정도로 슬퍼져서 두 눈에 눈물이 글썽거렸다. 그렇게 버텨봐야 무슨 소용이란 말인가? 그것은 쓸데없는 고통일 뿐이었다. 그는 그 순간 자신이 그 돈을 한 장 한 장 빼 쓰다가 결국 하나도 남기지 않을 거라는 것을 알았다.

다음날 아침, 세브린은 문제의 쪽매널 모서리에 생긴 지 얼마 안 되어 보이는 긁힌 자국이 나 있는 것을 우연히 발견했다. 그녀는 자세를 낮춰 들여다보고는 그것들이 어떤 자국인지 대번에 파악했다. 분명히 남편이 그동안 계속 돈을 빼 간 것이었다. 그녀는 갑자기 분노가 치밀어오르는 자신을 발견하고 깜짝 놀랐다. 평소에는 그 돈의 존재에 무심한 그녀였기 때문이다. 물론 그녀도 그 돈을 의식해 피 묻은 그 지폐에 손을 대느니 차라리 굶어 죽겠노라고 굳게 다짐한 터였다. 하지만 그 돈은 내 것도 아니지만 그의 것도 아니지 않은가? 왜 그는 나와 의논도 하지 않고 몰래 그 돈을 썼지? 그녀는 확인하고 싶은 마음에 저녁식사 때까지 안절부절못했다. 혼자서 그곳을 뒤진다고 생각했을 때 머리끝에 서늘한 기운이 살짝 스치고 지나가지만 않았더라면 아마도 문제의 쪽매널을 들어올렸을 것이다. 그 구멍 안에서 죽은 자가 벌떡 일어나는 것이 아닐까? 이러한 어린아이 같은 공포감이 들자 돌연 식당이 너무 끔찍하게 느껴져서 그녀는 일감을 거두어 들고 침실 안으로 숨어버렸다.

그날 저녁, 남은 스튜를 둘이서 말없이 먹고 있다가 그녀는 남편이 무의식적으로 마룻바닥 구석에 자꾸 눈길을 던지는 것을 보고 그만 다시 분노가 치밀었다.

"당신이 꺼내 갔지, 응?" 그녀가 기습적으로 물었다.

그는 화들짝 놀라 고개를 들었다.

"뭘 말이야?"

"오! 아무것도 모르는 척하지 마, 날 잘 알 텐데…… 어쨌든 잘 들어 둬. 나는 당신이 그걸 가져다 쓰는 것을 원치 않아. 그건 내 것도 아니지만 당신 것도 아냐. 그리고 당신이 거기에 손을 댔다는 것을 아는 순간 난 가만히 있지 않을 거야."

평소와 다름없이 그는 언쟁을 피했다. 그들 부부가 함께하는 삶은 서로에게 얽매인 두 존재의 강요된 접촉에 지나지 않아서 그들은 몇 날 며칠을 한마디도 하지 않고 지냈으며, 그 사건 이후로 서로에게 무관심하고 고독한 이방인처럼 그저 곁을 스치며 오고갈 뿐이었다. 그는 일체의 해명을 거부하고 어깨만 한 번 들썩이고 말았다.

하지만 그녀는 몹시 흥분했고, 살인을 저지른 그날 이후부터 자신을 괴롭혀온 그 감춰진 돈 문제의 끝장을 보고 싶었다.

"나한테 한번 대답해보시지…… 거기에 손대지 않았다고 말해보시지."

"그게 왜 그렇게 화낼 일이지?"

"그 일이 다시 날 뒤흔들어놓았다는 게 견딜 수 없이 화가 나. 오늘 나는 다시 두려워졌어, 이 집에 머무를 수가 없었다고. 당신이 그걸 한 번씩 들쑤셔놓을 때마다 나는 사흘을 내리 끔찍한 꿈을 꾸어야 한단 말이야…… 더이상 절대 입 밖에 꺼내지 말자. 그러니 가만히 있어, 나더러 그 얘길 하게 만들지 말란 말이야."

그는 두 눈을 크게 뜨고 그녀를 빤히 쳐다보았다. 그리고 묵직한 목소리로 되풀이했다.

"내가 당신더러 그걸 건드리라고 강요한 것도 아닌데 내가 설사 그걸 건드린들 그게 왜 그렇게 화낼 일이지? 그건 내 일이야. 나와 관계된 일이라고."

그녀는 격렬하게 몸을 떨다가 가까스로 자제했다. 그러고는 기가 막히면서 고통과 역겨움으로 얼굴이 일그러졌다.

"아! 정말이지! 당신을 이해 못하겠어…… 그래도 당신은 정직한 사람이었잖아. 그래, 당신은 절대로 누구한테서 동전 한 닢도 못 훔칠 그런 위인이었어…… 당신이 한 일은 용서받을 수 있을 거야, 당신이 날 미치게 했던 것처럼 당신도 미쳐서 한 일이니까…… 하지만 그 돈은, 아! 그 추악한 돈은 누가 봐도 당신을 위해 존재하는 것이 아닌데, 당신은 당신의 쾌락을 위해 그 돈을 야금야금 훔치고 있는 거야…… 대체 무슨 일이 있는 거야? 어떻게 그렇게 밑바닥으로 추락할 수 있어?"

그는 그녀의 말을 듣고 있다가 한순간 머릿속이 명료해지면서 그 역시 자신이 도둑질을 할 정도로 전락했다는 사실에 깜짝 놀랐다. 서서히 단계적으로 진행되어온 도덕적인 타락의 그 개별 국면들은 사라지고, 그는 살인이 끊어놓아버린 자신과 주변의 관계를 다시 이을 도리가 없었다. 그는 부부 관계가 파탄에 이르고 아내가 남처럼 멀어지고 적대적으로 변하면서 어떻게 이전의 자신과는 다른 존재가, 거의 전대미문의 존재라고 할 수 있는 새로운 존재가 발현되기 시작했는지 이제는 스스로도 납득할 수 없었다. 그것도 잠시, 이내 더이상 돌이킬 수 없다는 생각에 사로잡혔고, 마치 그러한 성가신 상념에서 벗어나려는 것처럼 그는 몸서리를 쳤다.

"집에서는 따분해 미치겠으니까," 그가 으르렁거렸다. "바깥에서 기분 전환을 하려는 거라고. 당신도 이제 날 사랑하지 않으니까……"

"오! 맞아, 난 이제 당신을 더이상 사랑하지 않아."

그는 그녀를 노려보다가 주먹으로 식탁을 내리쳤다. 그의 얼굴에 벌겋게 피가 쏠렸다.

"그렇다면 날 가만히 놔두라고! 내가 언제 당신이 재미 보는 걸 못하게 하던가? 내가 언제 당신에 대해 이러쿵저러쿵하던가?…… 내가 하지 못하니까 나 대신 웬 정직한 놈이 나서서 할 일이 무지하게 많겠구먼. 먼저 이 발로 당신 엉덩이를 차서 문밖으로 내쫓아야겠어. 당신이 꺼지면 그다음부터는 내가 도둑질을 하지 않아도 될 테니."

그녀는 새하얗게 질렸다. 그녀 역시 종종 그가 없어졌으면 하는 생각을 해왔기 때문이다. 질투심에 불타던 남자가 아내에게 애인이 생긴 것을 용인할 정도로 속병이 깊어졌다면, 그것은 정신을 좀먹는 악성종양이 정신의 다른 기능들을 말살하고 의식을 송두리째 와해시키면서 점령군처럼 퍼져간다는 징조라고 말이다. 그러나 그녀는 도리질을 쳐댔다. 그녀는 그런 일로 처벌받고 싶지 않았다. 그녀는 말문이 막힌 듯 더듬거리며 소리쳤다.

"절대로 그 돈에 손대면 안 돼."

그는 식사를 끝마쳤다. 그는 조용히 냅킨을 접고 빈정거리는 말투로 한마디 내뱉으며 자리에서 일어섰다.

"그게 당신이 원하는 거라면 우리 둘이 나눠 갖자고."

벌써 그는 쪽매널을 들어내려는 듯 자세를 낮춘 상태였다. 그녀는 황급히 달려가 마룻바닥을 발로 막아서야만 했다.

"안 돼, 안 돼! 알잖아, 그러면 난 차라리 죽어버리고 말 거야……
열지 마. 안 돼, 안 돼! 내 앞에선 안 돼!"

그날 밤 세브린은 화물 터미널 뒤에서 자크와 만나기로 되어 있었
다. 그녀는 자정이 지나 집에 돌아왔는데 그날 저녁의 일이 떠올라 방
문을 이중으로 잠그고 침실에 틀어박혔다. 그날 루보는 야간 근무였
다. 그녀는 그가 자러 들어올까봐 두려운 것이 아니었다. 그런 일은 좀
처럼 없었다. 그래도 그녀는 이불을 턱까지 끌어올려 덮고 등잔불을
희미하게 켜놓았지만 쉽사리 잠을 이룰 수 없었다. 내가 왜 그 돈을 나
눠 갖자는 제안을 거부했지? 그녀는 일단 그 돈을 가질 수도 있겠다는
생각이 들자 이전처럼 정직한 마음에서 비롯된 맹렬한 반발심이 들거
나 하지는 않았다. 나는 크루아드모프라의 유증도 받았잖아? 그러니
그 돈도 가질 수 있어. 그러나 곧이어 다시 전율이 엄습했다. 안 돼, 안
돼, 절대로 안 돼! 그게 그냥 돈이었다면 진작 가졌을 것이다. 그런데
만지는 순간 손가락을 델 것 같은 두려운 마음에 감히 손도 대지 못한
그 돈은 바로 피살자에게서 훔친 돈, 살인을 통해 얻은 추악한 돈이었
다. 그녀는 다시 마음을 가다듬고 곰곰이 따져보았다. 내가 그 돈을 가
진다고 해도 그건 흥청망청 쓰려는 게 아니다, 천만의 말씀, 나는 그
돈을 다른 곳에 감춰놓을 것이다, 나만 알고 있는 장소에 묻어놓을 것
이다. 그렇게 그 돈은 거기서 영면하게 될 것이다. 그러면 돈의 절반만
큼은 남편의 손아귀에서 건져내게 되는 것이다, 남편이 그 돈을 독차
지하는 완승을 거두지는 못할 것이다. 그는 내 몫만큼은 도박으로 탕
진하지 못할 것이다. 괘종시계가 세시를 울릴 무렵 그녀는 돈을 나누

어 갖자는 제의를 거절한 것을 뼈저리게 후회하는 심리 상태에 도달했다. 아직은 모호하고 요원하긴 하지만 한 가지 생각이 그녀의 머릿속에 떠올랐다. 일어나자, 일어나서 마루 밑을 뒤지자, 그래서 그가 더이상 한 푼도 못 가져가게 만들자. 그렇게 생각하긴 했지만 더는 그런 생각을 하고 싶지 않을 정도로 한기가 몰려와 몸이 오싹해지는 것은 어쩔 수 없었다. 다 갖자, 다 숨겨두자, 그래서 그가 감히 투덜거릴 엄두도 못 내게 만들자! 이러한 계획이 조금씩 압박을 가해오면서 그녀의 무의식 깊은 곳에서 발현된 모종의 의지가 그녀의 의식적인 저항을 압도하며 점점 더 커져갔다. 그녀는 달리 어찌할 도리가 없어 마지못해 황급히 침대에서 풀쩍 뛰어내렸다. 그녀는 등잔불의 심지를 올리고 식당으로 건너갔다.

그때부터 세브린은 더이상 떨지 않았다. 공포감은 말끔히 사라지고, 그녀는 몽유병자처럼 천천히, 그러나 치밀한 동작으로 차분하게 움직였다. 그녀는 쪽매널을 들어올리기 위해 부지깽이를 찾았다. 구멍이 열렸지만 속이 잘 들여다보이지 않아 등잔불을 가까이 가져다댔다. 그 순간 그녀는 망치로 뒤통수를 얻어맞은 것처럼, 허리를 구부리고 엎드린 자세로 그 자리에 얼어붙었다. 구멍이 텅 비어 있었던 것이다. 그녀가 밀회의 장소로 달려가고 있을 때 루보도 그녀와 마찬가지로 혼자다 갖고 다 숨겨두겠다는 욕심으로 궁리를 하다가 그녀보다 먼저 올라왔던 게 분명했다. 그러고는 지폐 한 장 남기지 않고 자기 호주머니에 쑤셔넣었을 것이다. 그녀는 무릎을 꿇었다. 구멍 속 바닥에는 마루 밑 먼지를 뒤집어쓰고서도 금빛을 반짝이는 회중시계와 거기에 달린 사슬밖에 남아 있지 않았다. 순간 서늘한 분노가 치밀면서 잠옷 차림의

384

그녀는 그 자리에 뻣뻣하게 굳은 채로 수도 없이 소리 높여 외치고 또 외쳤다.

"도둑놈, 도둑놈, 도둑놈!"

이윽고 그녀는 분노에 찬 몸짓으로 회중시계를 으스러져라 움켜쥐었다. 커다랗고 시커먼 거미 한 마리가 움찔 놀라 석고 벽을 타고 달아났다. 발꿈치로 쪽매널을 다시 제자리에 덮은 다음 그녀는 침실로 돌아가 등잔불을 침대 머리맡 탁자에 올려놓고 잠자리에 누웠다. 몸이 따뜻해지자 그녀는 꽉 움켜쥐고 있던 회중시계를 물끄러미 바라보다가 뒤집어서 한참 동안 살펴보았다. 시계 뚜껑에 겹쳐서 새겨진 법원장의 이름 머리글자 두 개가 눈길을 끌었다. 뚜껑 안쪽에는 제조 번호를 뜻하는 숫자 2516이 새겨져 있었다. 사법 당국이 그 숫자를 알고 있을 것이므로 그것은 가지고 있으면 매우 위험한 보물이었다. 하지만 그녀는 그것밖에 건질 것이 없었다는 분노감에 사로잡혀 더는 두려운 줄도 몰랐다. 그렇기는커녕 이제 마룻바닥 밑의 시체가 사라졌으니 악몽은 끝난 것이라는 기분마저 들었다. 마침내 그녀는 집안 어디든 원하는 대로 마음놓고 다닐 수 있게 될 터였다. 그녀는 회중시계를 머리맡에 밀어놓고 등잔불을 끈 다음 잠을 청했다.

다음날, 일이 없었던 자크는 루보가 평소대로 퇴근해 코메르스 카페에 가서 죽치기를 기다렸다가 그녀와 함께 점심식사를 하러 집으로 올라갈 생각이었다. 종종 그들은 그런 모험을 감행했으며 그 파티를 즐기기까지 했다. 그런데 그날 그녀는 식사를 하다가 그에게 돈 얘기를 꺼냈고 돈을 숨긴 곳이 텅 비어 있는 것을 자신이 어떻게 알게 되었는지 소상히 이야기했다. 남편에 대한 그녀의 분노가 조금도 누그

러지지 않은 상태인지라 지난밤과 똑같은 외침이 끊임없이 다시 시작
되었다.

"도둑놈, 도둑놈, 도둑놈!"

그녀는 회중시계를 가져와서는 자크가 꺼리는데도 기어코 그에게
맡기고 싶어했다.

"자기야, 좀 이해해줘. 자기 집에 이게 있다는 것을 알고 찾으러 갈
사람은 아무도 없을 거야. 내가 가지고 있으면 남편이 뺏어 갈 거야.
잘 알겠지만 그러느니 난 차라리 그에게 내 살점을 쥐어뜯기고 말겠
어…… 그래, 그는 너무 많이 가져갔어. 내가 그 돈을 바랐던 것은 아
니야. 그 돈만 생각하면 겁이 났고 설사 수중에 넣었더라도 한 푼도 쓰
지 못했을 거야. 하지만 그가 그 돈을 쓸 권리가 있어? 오! 그를 증오
해!"

그녀는 눈물을 흘렸다. 그녀는 그렇게 애원하며 자크에게 회중시계
를 조끼 주머니에 집어넣어달라고 간청했다.

그렇게 한 시간이 흘렀다. 자크는 여전히 잠옷 차림인 세브린을 자
신의 무릎 위에 앉혀두고 있었다. 그녀는 몸을 뒤로 젖혀 그의 어깨에
기대고 한 팔로 그의 목을 감은 채 애무를 받으며 무아지경에 빠져 있
었다. 그런데 그 순간 열쇠를 가지고 다니는 루보가 문을 열고 들어왔
다. 그녀는 퉁기듯 황급히 일어섰다. 하지만 현행범 꼴이었으니 엎질
러진 물이었다. 남편은 그 자리에 우뚝 멈춰 서서 더이상 들어올 생각
을 못했고, 정부情夫는 망연자실해 그대로 앉아 있었다. 하지만 그녀는
뭔가 변명을 늘어놓는답시고 허둥거리기는커녕 앞으로 나서서 악에
받쳐 거듭 소리를 질러댔다.

"도둑놈, 도둑놈, 도둑놈!"

루보는 잠깐 멈칫했다. 그러다 곧바로 어깨를 한 번 으쓱하는 것으로 모든 것을 묵살하고는 방안으로 들어가 깜박하고 놓고 나간 업무 일지를 집어들었다. 그녀는 그를 뒤따라가 다그쳤다.

"당신은 그곳을 뒤졌어. 어디 한번 뒤지지 않았다고 말해보시지…… 그러고는 다 쓸어 갔어, 도둑놈! 도둑놈! 도둑놈!"

그는 한마디 대꾸도 하지 않고 식당을 가로질러 갔다. 문 앞에 다 가서야 그는 몸을 획 돌려 음침한 눈으로 그녀를 빤히 쳐다보았다.

"나를 가만히 놔두란 말이야, 엉!"

그는 밖으로 나갔다. 문이 여닫히는 소리조차 나지 않았다. 문에 들어설 때 보지 못한 것처럼 그는 그 자리에 있는 정부에게는 알은체 한 번 하지 않았다.

무거운 침묵 끝에 세브린이 자크를 향해 돌아섰다.

"날 믿어줘!"

그때까지 한마디도 하지 않고 있던 그가 마침내 자리에서 몸을 일으켰다. 그러고는 자기 의견을 내놓았다.

"볼장 다 본 자로군."

둘은 그 점에 대해 의견이 일치했다. 그들은 한 정부는 살해해놓고 그뒤 다른 정부는 용인하는 것이 뜻밖이라는 생각이 들었지만 이내 그 비굴한 남편에 대해 욕지기가 치밀었다. 한 남자가 그런 지경에 이르렀다는 것은 진창에 빠져 허우적거리는 처지가 되었다는 말이고, 시궁창에서 구르라면 구를 수도 있는 보잘것없는 신세로 전락했다는 의미였다.

그날부터 세브린과 자크는 완전히 자유로워졌다. 그들은 이제 루보는 더이상 신경쓰지 않고 자유를 만끽했다. 그런데 남편이 더는 위협적인 존재가 되지 않자 그들이 가장 크게 신경쓰게 된 것은 항상 길목을 지키는 이웃집 여자 르블뢰 부인의 염탐이었다. 분명 그녀는 뭔가 눈치채고 있을 터였다. 자크가 아무리 발소리를 죽이려고 해도 소용이 없었다. 그는 세브린을 찾아올 때마다 맞은편 문이 살짝 열려 있고 그 틈새로 눈동자 하나가 자신을 뚫어져라 쳐다보는 것을 감지했다. 그것은 견디기 힘든 일이었다. 그는 더이상 위층으로 올라갈 엄두를 내지 못했다. 그가 위험을 무릅썼다간 그가 왔다는 것을 금세 눈치채고 그녀가 열쇠구멍에 귀를 바짝 갖다댈 것이었다. 그 때문에 포옹은 말할 것도 없고 자유롭게 이야기조차 나눌 수 없었다. 자신의 열애를 가로막는, 새롭게 등장한 이 장애물 앞에서 몹시 화가 난 세브린이 르블뢰 부부에게 맞서 그들이 차지한 숙소를 되찾기 위해 예전에 하다가 그만둔 청원운동을 재개한 것도 바로 그 무렵이었다. 대대로 부역장이 그 숙소를 써왔던 것은 주지의 사실이었다. 그러나 이번에는 역사 안마당과 앵구빌 언덕 쪽으로 창문이 나 있는 뛰어난 전망 때문이 아니었다. 그녀가 그 숙소를 노린 유일한 이유는 겉으로 말하진 않았지만 그 숙소에는 보조 출입구, 즉 비상계단으로 난 문이 있다는 점 때문이었다. 그렇게 되면 자크가 그 문을 통해 마음대로 드나들 수 있을 것이고, 르블뢰 부인은 그의 방문을 전혀 눈치채지 못할 터였다. 드디어 그들은 완벽한 자유를 누리게 될 터였다.

싸움은 치열했다. 이미 복도를 한 번 뜨겁게 달군 바 있는 이 문제가 다시 불거져 시시각각 첨예한 대립을 낳았다. 위협을 느낀 르블뢰 부인은 만일 자기가 역사 지붕의 용마루로 앞이 꽉 막힌 뒤편 숙소에 갇힌다면 감옥살이나 다를 바 없는 그곳에서 틀림없이 우울증을 겪다가 죽을 것만 같아 필사적으로 저항했다. 광활한 지평선을 향해 열려 있어 볕이 너무 잘 드는 이 방에 익숙해진 나더러, 끊임없이 오고가는 여행객들을 보며 항상 명랑하던 나더러 그 굴속 같은 곳에서 살라니 어떻게 그럴 수 있단 말인가? 게다가 난 다리가 아파서 산책은 꿈도 못 꾸는데 앞으로 함석지붕만 쳐다보고 살라니, 그건 곧 죽으라는 처사다. 그러나 유감스럽게도 그것은 모두 감정에 치우친 이유일 뿐이었다. 그녀는 루보의 선임자인 이전 부역장이 독신자라서 예의상 그 숙소를 양보해준 덕에 자신이 그것을 차지하게 되었노라고 실토하지 않을 수 없었다. 거기에다 만약 새로 올 부역장이 그 숙소를 요구한다면 지체 없이 반환하겠다고 그녀의 남편이 약조한 문서까지 분명히 존재할 거라는 이야기가 도는 판이었다. 아직 그 편지가 발견되지 않은 만큼 그녀는 그 편지의 존재 자체를 부인했다. 그녀의 주장이 점차 신뢰를 잃어가면서 그녀는 더욱 거칠어지고 공격적으로 변했다. 한번은 그녀가 또다른 부역장인 물랭의 아내를 끌어들여, 루보 부인이 웬 남자와 계단에서 부둥켜안고 있는 모습을 몇 차례 목격한 증인이라고 떠벌리면서 그 여자를 자기편으로 만들려고 술책을 부린 일이 있었다. 그러자 물랭이 불같이 화를 냈다. 자기 부인은 이 세상에 둘도 없을 정도로 순박하고 잔꾀를 부릴 줄 모르는 여자인데 아무것도 본 적이 없고 아무 말도 한 적이 없다고 울면서 맹세했다는 것이었다. 일주일 내내 그러한 험악한 공방이 복도 이 끝에서 저 끝까지 돌풍을 불러일으켰다. 그런데 르블뢰 부인의 결정적인 실책, 그녀의 패배를 야기하고 만 그 실책은 그녀가 그런 와중에도 계속 담뱃가게 아가씨 기숑을 집요하게 염탐해 그 여자를 격분하게 했다는 점이었다. 그것은 하나의 편집증이었다. 그 아가씨가 매일 밤 역장을 만나러 갈 것이라는 강박증에 사로잡혀 현장을 잡고야 말겠다는 욕구가 점점 병적으로 변했던 것이고, 그래서 이 년씩이나 염탐을 하고도 아무것도, 숨소리 하나도 결정적으로 잡아내지 못하자 그만 그 병이 악화일로를 밟아온 것이다. 그럼에도 그녀는 그들이 함께 잔다고 확신했고, 그런 확신에 빠져 점차 미쳐갔다. 방을 드나들 때마다 염탐당하는 것에 격분한 기숑 양은 급기야 안마당 쪽 숙소로 옮겨달라고 요청했다. 그렇게 되면 숙소 하나가 그들 사이를 갈라놓아 적어도 마주보지는 않게 되는 것은 물론 더 이상 르블뢰 부인의 문 앞을 지나가지 않아도 될 것이라는 계산이었다. 그때까지 이 싸움을 모르는 척하던 다바디 역장이 날이 갈수록 르블뢰 부부의 반대편 입장에 서는 것이 확연해졌다. 그것은 불길한 징조였다.

다른 여러 다툼으로 상황은 더욱 복잡해졌다. 필로멘은 이제는 갓 낳은 달걀을 세브린에게 갖다주는 사이가 되었는데 르블뢰 부인에게는 마주칠 때마다 더없이 무례하게 대했다. 르블뢰 부인이 모든 사람들을 괴롭힐 작정으로 일부러 문을 열어놓은 까닭에 필로멘이 지나갈 때마다 두 여자 사이에는 언제나 험한 말이 오고갔다. 세브린과 필로멘의 친밀감은 속내 이야기를 할 정도로 발전해서, 필로멘은 자크가 직접 올라올 수 없을 때면 그를 대신해 그의 애인에게 말을 전하는 심부름꾼 노릇을 하기에 이르렀다. 그녀는 달걀을 들고 와서는 변경된 데이트 장소나 시간을 알려주는 한편 전날 밤 그가 무슨 일 때문에 올라오지 못하고 조심해야만 했는지 그의 해명을 대신 전해주었으며, 그 외에도 그가 자기 집에 잠시 머무는 동안에 했던 이채로운 이야기들을 그대로 옮겨주었다. 자크는 때로 사정이 생겨 움직이는 것이 여의치 않을 때면 그렇게 차량 기지 소장의 조그만 집에 들러서는 체면 따위는 일부러 벗어던지고 무람없이 시간을 보냈다. 그는 기분 전환을 해야 하는데 온 밤을 혼자 지내는 것은 두렵다는 구실을 대고 화부 페쾨를 따라 소바냐의 집에 들르는 것이었다. 심지어 화부가 육지에 상륙한 선원들이 질탕하게 노는 카바레에 가고 없을 때도 그는 필로멘의 집에 들어가 세브린에게 전할 말을 부탁한 다음 그 자리에 그대로 눌러앉아 떠날 줄을 몰랐다. 필로멘은 조금씩 그 사랑에 관여하면서 감동을 받았는데, 이제까지 그녀는 난폭한 애인들밖에는 겪어보지 못했기 때문이다. 온순해 보이는 이 우수에 찬 사내의 조그만 손과 공손한 태도는 그녀로서는 아직 한 번도 맛본 적이 없는 달콤한 사탕 같은 것이었다. 페쾨와는 이제 결혼한 부부나 다름없었지만 그는 늘 술냄새를 풍기고 어루만지기보다는 거칠게 다루기 일쑤였다. 반면 이 기관사가 부역장의 아내에게 전하는 정겨운 전갈을 가지고 갈 때면 그녀는 그 전갈이 자기 자신을 향한 것 같은 기분에 금단의 열매가 주는 감미로운 향미를 맛보는 듯했다. 하루는 그녀가 자크에게 속내 이야기를 하면서 화부에 대해 불평을 털어놓기도 했다. 그녀의 말에 따르면 화부는 웃는 낯이지만 음험한 사람이며 술에 취한 날에는 심한 구타도 불사한다는 것이었다. 자크는 그녀가 말처럼 크고 마른데다 까무잡잡하지만 무엇보다 정열에 불타는 아름다운 눈이 충분히 매력적이라며 술을 좀 줄이고 집안의 지저분한 것들은 치워가며 몸을 가꾸는 데 좀더 신경쓰라고 권했다. 어느 날 밤에는 그녀의 오빠 소바냐가 동생 방에서 남자 목소리가 들리자 그녀의 버릇을 고친다고 주먹을 치켜들고 들어오기도 했다. 그러나 그녀와 이야기하고 있는 사내가 누군지 알고는 아무 말 없이 능금주 한 병을 슬쩍 들이밀어주었다. 자크는 이처럼 그 집에서 환대를 받고 자신을 괴롭히는 그 몸서리쳐지는 충동에서도 벗어난 것 같아 흡족한 눈치였다. 덩달아 필로멘도 세브린에게 점점 더 진한 우정을 느꼈고, 반면 르블뢰 부인에 대한 반감은 격화되어 아무 데서나 늙은 매춘부 대하듯 굴었다.

어느 날 밤 자기 집 조그만 텃밭 뒤에서 두 연인과 우연히 마주친 그녀는 그들과 밤길을 동행해 그들이 평소 은밀하게 애용하는 창고까지 따라갔다.

"아, 정말! 당신은 너무 착해요. 그 숙소는 원래 당신 건데 말이에요. 나 같으면 그 여자 머리끄덩이를 잡고…… 그러니까 짓밟아야 한다니까요!"

그러나 자크는 요란하게 일을 처리하는 것에 찬성하지 않았다.

"아니에요, 아니에요. 다바디 씨가 관심을 갖고 있으니까 일이 정상적으로 해결되길 기다리는 편이 나아요."

"이달 말이 되기 전에," 세브린이 분명히 말했다. "내가 그 여자의 방에서 자고 말 거야. 그리고 우린 얼마 안 있으면 그 집에서 만날 수 있을 거야."

칠흑같이 어두웠지만 필로멘은 세브린이 그런 희망에 들떠 자기 애인의 팔을 잡고 지그시 누르는 것을 직감했다. 그녀는 집에 가야겠다는 핑계를 대고 자리를 비켜주었다. 말은 그렇게 하고 어둠 속으로 사라졌지만 서른 걸음쯤 가다가 걸음을 멈추고 뒤로 돌아섰다. 그들이 함께 있는 모습을 본다는 것은 그녀에게 대단한 흥분을 불러일으켰다. 그렇다고 질투를 하는 것은 아니었다. 그녀는 다만 그렇게 사랑하고 그렇게 사랑받고 싶은 알 수 없는 욕구가 일었을 뿐이다.

자크는 날이 갈수록 침울해졌다. 그는 세브린을 만날 수 있었음에도 벌써 두 번이나 핑계를 꾸며댔다. 소바냐 남매의 집에서 자주 미적거리는 것도 역시 세브린을 피하기 위해서였다. 하지만 그는 여전히 그녀를 사랑했으며 사무치는 욕망은 커져만 갔다. 그러나 이즈음 들어 그녀의 품에 안겨 있으면 정신이 아득할 정도로 끔찍한 고통이 엄습하는 일이 잦아졌는데, 온몸이 얼어붙으면서 그 자신은 사라지고 그 자리에 사납게 이빨을 드러낸 짐승이 도사리고 있는 것 같은 공포감에 황급히 그녀의 품에서 벗어났다. 그래서 그는 잔업을 자청해 떠맡거나 기차의 진동에 몸이 부서지고 바람에 폐가 타들어가는 것 같아도 기관차에서 열두 시간 내내 서서 가는 장거리 운행 등의 노역에 일부러 몸을 던졌다. 동료 기관사들은 기관사라는 이 힘든 직업에 대해 불평하면서 기관사 노릇 이십 년이면 사람이 망가진다고 입버릇처럼 말했다. 하지만 그는 지금 당장 망가져버리기를 바라는 심정이었다. 그는 한 번도 힘이 부친다는 생각을 해본 적이 없으며, 아무 생각도 안 해도 되고 신호등만 주시하면 되기에 라리종호에 실려갈 때만 행복감을 느꼈다. 운행을 마치면 씻을 겨를조차 없이 잠에 곯아떨어졌다. 다만 잠에서 깨어나면 다시 강박의 고문이 시작되었다. 운행에 몰두하는 것 말고도 그는 시간을 들여 라리종호를 보살피고 페쾨에게는 강철을 은처럼 반짝이도록 닦으라고 주문하는 등 다시 전력을 다해 라리종호에 애정을 쏟았다. 감독관들은 운행중에 그에게 다가와 찬사를 보냈다. 그러나 그는 고개만 끄덕일 뿐 불만족스러운 표정이었는데, 자신의 기관차가 눈 속에서 멈춰 선 뒤로 더이상 옛날의 그 튼튼하고 굳센 기관차가 아니라는 것을 잘 알고 있었기 때문이다. 아마도 라리종호는 피스톤과 슬라이드밸브 등을 수리하는 과정에서 자신의 영혼, 그러니까 조립을 어떻게 하느냐에 따라 결정되는 그 신비로운 생명의 균형감을 잃어버린 것 같았다. 그는 그 점이 몹시 괴로웠다. 그러한 낭패감은 쓰라린 상실감으로 변해서, 그는 개선이 불가능하다는 것을 알면서도 성과 없는 수리를 번번이 요구하는 등 말도 못하게 불만이 쌓이고 쌓여 극에 달했다. 수리의 요구를 매번 거부당하면서 라리종호는 골병이 들었고, 마땅히 취할 조치가 더는 아무것도 없다는 확신이 들면서 그는 점점 더 침울해졌다. 그러면서 라리종호에 대한 그의 애정도 기운이 빠졌다. 사랑해봤자 무슨 소용이 있나? 나는 내가 사랑하는 것을 모조리 죽이고 말 텐데. 그래도 그는 자신의 애인에게 고통에도 지치지 않고 피로에도 지치지 않는 미친 사랑을 필사적으로 쏟아부었다.

세브린은 그가 변했다는 것을 진작 알아차렸다. 그가 진실을 알고 나서 자기 때문에 침울해졌다고 믿고 그녀 자신도 덩달아 기분이 울적해졌다. 그가 자신의 목을 끌어안고 바르르 떠는 것을 보고, 흠칫 놀라며 자신의 키스를 피하는 것을 보고, 그녀는 그가 기억을 떠올린 것이 아닐까, 자신이 그에게 공포감을 불러일으킨 것이 아닐까 자문했다. 그녀는 고백 이후로 그 일들에 대해 다시는 얘기를 꺼내지 않았다. 그와 그 비밀을 가슴 깊이 공유한 채 지금 그를 안을 수 있다는 사실에 만족하며 속을 털어놓고 싶다는 오래전의 염원이 이제는 기억조차 나지 않았지만, 둘이서 뜨겁게 불타올랐던 그 낯선 침대에서 돌연 무엇에 홀려 고백해야겠다는 마음으로 모든 것을 다 말해버렸는지 후회스러웠다. 그래도 그에게 아무것도 숨길 것이 없어지자 그녀는 확실히 그를 더 사랑하게 되었고 그에 대한 욕망은 더욱 커져만 갔다. 그것은 끝없이 갈구하는 애욕이었고, 마침내 깨어난 여성이었으며, 오로지 애무만을 위해 태어난, 온몸이 애정 그 자체인, 그러나 모성은 전혀 깃들어 있지 않은 그런 피조물이었다. 그녀가 사는 이유는 오로지 자크뿐이었다. 그녀가 자크의 안으로 녹아들어가기 위해 혼신의 노력을 기울인다고 말하는 게 빈말이 아니었던 것이, 그녀가 품고 있는 단 하나의 꿈이 바로 그가 그녀 자신을 완전히 삼켜버려 그녀가 그의 몸의 일부가 되는 그런 바람이었던 것이다. 언제나 말할 수 없이 나긋나긋하고 말할 수 없이 순종적인 그녀는 오로지 그에게서만 쾌락을 느끼며 아침부터 밤까지 그의 무릎에 누워 고양이처럼 잠들고 싶은 마음이었다. 그 끔찍한 참극에 대해 그녀가 갖고 있는 것은, 자신은 본의 아니게 연루된 것이기에 스스로 생각해도 뜻밖이라는 심정뿐이었다. 마찬가지로 그녀는 자신이 소녀적의 흠결을 깨끗이 씻고 순결함과 청순함을 그대로 간직하고 있다고 생각했다. 그것은 이미 먼 과거의 일이었다. 그녀는 미소를 지었다. 그녀는 남편이 방해하지만 않는다면 남편에게 화를 낼 필요조차 느끼지 않을 것 같았다. 그러나 다른 남자에 대한 열정과 욕구가 강해질수록 남편에 대한 증오도 커져만 갔다. 지금 그 남자가 사정을 다 알게 된 이상, 그리고 그가 그녀의 죄를 사한 이상 그 남자야말로 그녀가 따르고 복종해야 할 사람, 그녀를 제 물건처럼 마음대로 다루어도 되는 사람, 그녀의 주인이었다. 그녀는 그의 명함판 사진 한 장을 달라고 해서 몸에 지니고 있었다. 그가 불행해 보이고부터 그가 무엇 때문에 그렇게 괴로운지 정확히 알 길이 없어 덩달아 몹시 불행해진 그녀는 그 사진을 품에 안고 자리에 누워 사진 속 얼굴에 입을 맞추다가 잠이 들었다.

그렇긴 했지만 그들은 새 숙소를 차지하고 나면 그곳에서 마음 편안하게 만날 수 있으리라는 기대감을 안고 변함없이 바깥에서 계속 만남을 이어갔다. 겨울이 끝나가고 있었다. 2월은 매우 포근했다. 그들은 산책 시간을 늘려 후미진 역 공터를 몇 시간이고 걸었다. 그가 일부러 계속 걷기만 하려고 한 탓에 그녀가 그의 어깨에 매달려 어쩔 수 없이 걸음을 멈추고 그 자리에서 관계를 맺을 수밖에 없는 상황에 처하기도 했는데, 그때마다 그는 그녀의 벗은 몸을 한구석이라도 봤다간 그녀를 찌를지도 모른다는 공포감에 휩싸여 꼭 불빛이 없는 캄캄한 곳만을 고집했다. 눈에 띄지 않는 한 그 충동을 이겨낼 수 있으리라는 심산이었다. 그녀는 금요일마다 변함없이 그를 따라 파리에 갔는데 파리에서 함께 잘 때 그는 빛이 환하면 쾌감이 사라진다고 둘러대면서 꼼꼼히 커튼을 쳤다. 그녀는 일주일마다 하는 그 여행에 대해 이제는 남편에게 무슨 일 때문인지 설명조차 하지 않았다. 이웃들에게는 아픈 무릎 치료 때문이라고 이전의 핑계를 계속 둘러댔다. 검사검사해서 퇴원한 뒤 통원 치료를 다니는 그녀의 유모 빅투아르 아줌마의 안부를 물으러 간다는 말도 보탰다. 그들 둘은 그 여행을 통해 여전히 상당한 기분 전환을 맛보았다. 그는 그날이면 기관차의 운행 상태에 유독 신경쓰는 모습이었고, 그녀는 그가 덜 우울해 보이는 것 같아 마음이 흐뭇해져서, 아직은 여행중에 마주치는 소소한 언덕 하나하나, 나무숲 하나하나를 겨우 알아가기 시작하는 수준이긴 해도 나름대로 여정을 즐기게 되었다. 르아브르에서 모트빌까지는 목초지나, 산울타리로 구획이 지어진 평평한 사과나무 과수원이 펼쳐졌다. 그후 루앙까지는 지형의 기복이 심하고 황량했다. 루앙을 지나면 센 강이 구불구불 흘러가는 것이 보였다. 기차는 소트빌과 우아셀, 퐁드라르슈, 이렇게 세 곳에서 센 강을 건넜다. 그다음에는 드넓은 평원이 펼쳐지면서 센 강이 크게 굽이져 흐르는 풍경이 연신 나타났다 사라졌다. 가용부터는 미루나무와 버드나무가 줄지어 늘어선 낮은 둔덕을 양옆에 거느리고 느릿느릿 흘러가는 센 강이 사라지지 않고 내내 기차 왼편을 따라왔다. 구릉의 경사면 옆구리를 지나던 기차는 보니에르에서 잠시 센 강과 헤어졌다가 롤부아즈 터널을 빠져나오자마자 로스니에서 갑자기 센 강과 다시 조우했다. 센 강은 그처럼 여행의 친근한 동반자 같았다. 기차는 종착역에 도착하기 전 센 강을 세 번 더 건넌다. 그리고 망트와 나무숲에 둘러싸인 교회 종탑, 석고갱들이 흰 점처럼 널려 있는 트리엘이 차례로 나타나고, 푸아시 시내 한복판을 통과한 다음, 선로 양옆을 푸른 벽처럼 호위하는 생제르맹 숲과 라일락이 무성한 콜롱브의 경사지를 지나면 드디어 파리 교외가 시작되는데, 그렇게 가까워진 파리 시내는 아스니에르 다리를 지나면서 눈에 들어오기 시작하다가 멀리 공장 굴뚝들이 삐죽삐죽 솟은 허름한 건물들 너머로 개선문이 나타났다. 기관차는 바티뇰 터널 밑으로 빨려들어갔다가 마침내 떠들썩한 역에 들어섰다. 그뒤 저녁까지 그들은 서로의 것이 되었다. 그들은 자유였다. 돌아올 때는 늘 밤이었다. 그녀는 눈을 감고 자신의 행복감을 되새김질했다. 그러나 아침이든 밤이든 크루아드모프라를 지날 때마다 그녀는 고개를 쭉 빼고 조심스럽게 창밖으로 눈길을 주었는데, 플로르가 건널목 차단기 앞에 서서 깃발을 깃발꽂이에 꽂은 채 불타는 눈으로 기차를 노려보고 있을 것이 분명했기 때문에 자기 모습을 드러내지 않으려고 주의를 기울였다.

눈이 오던 날 둘이 키스하는 모습을 플로르에게 들킨 뒤, 자크는 세브린에게 그녀를 조심하라고 일러주었다. 그는 야성의 그녀가 어릴 때부터 어떤 정념에 사로잡혀 자기를 쫓아다녔는지 더는 모르지 않았다. 그는 그녀가 질투심에 불타고 있다는 것을, 남자 못지않은 사나운 기운에 이글거리고 있다는 것을, 살인을 저지를 만큼 억제할 수 없는 원한에 사무쳐 있다는 것을 직감했다. 게다가 그녀는 많은 사실을 알고 있는 게 틀림없었다. 그는 법원장이 어떤 아가씨와 관계를 맺어왔다는 것, 아직 아무도 그 아가씨가 누구인지 의심하지 않지만 법원장이 그 아가씨를 결혼까지 시켰다는 것을 그녀가 슬쩍 암시했던 사실을 떠올렸다. 만약 그녀가 정말 알고 있었다면 틀림없이 살인 사건도 누구의 짓인지 짐작했을 터였다. 어쩌면 그녀가 구두로나 서면으로 고발을 해서 복수할지도 모를 일이었다. 그러나 하루 이틀이 지나고 한 주 두 주가 지나도 아무런 일도 일어나지 않았으며, 그는 여전히 그녀가 철길 옆 그녀의 자리에 깃발을 든 채 뻣뻣하게 서 있는 모습만 확인할 따름이었다. 그녀의 눈에 기관차가 보이기 훨씬 전인 지점인데도 벌써부터 그는 그녀의 불타는 시선이 자기에게 꽂히는 기분을 느꼈다. 그녀는 자욱한 연기 속에서도 그를 알아보고 완전히 눈에 넣은 다음 우레와 같은 바퀴 소리에 묻혀 눈 깜짝할 사이에 지나가는 그를 놓치지 않고 쫓았다. 그와 동시에 첫번째 객차부터 맨 끝 객차까지 샅샅이 훑어보고 뚫어져라 노려보며 기차를 한 칸 한 칸 면밀히 살펴보았다. 그녀는 항상 다른 사람을 찾는 눈치였는데, 자신의 연적이 이제는 금요일마다 기차를 타고 지나간다는 것을 빤히 알고 있는 것이다. 그녀가 찾고 있는 사람이 바깥을 내다보고 싶은 마음을 억누르지 못해 고개를 아무리 살짝 들려고 조심한들 아무 소용이 없었다. 연적은 늘 발각되었으며 두 여자의 시선은 마치 장검이 부딪치듯 그렇게 마주쳤다. 기차가 휩쓸고 지나가버리면 기차가 싣고 가는 그 행복에 억장이 무너져서 하릴없이 눈으로 뒤쫓기만 하는 한 여자가 땅바닥에 우두커니 남겨졌다. 그녀는 나날이 키가 크는 것 같아 보였다. 자크는 그곳을 지나칠 때마다 그녀의 키가 훌쩍 자란 것을 확인했는데, 그때마다 그녀가 아무것도 행동에 옮기지 않았다는 사실에 더욱 불안해지면서 아무리 피하려 애를 써도 붙박이 환영처럼 어김없이 나타나는 그 커다랗고 음산한 처녀의 머릿속에 어떤 계획이 무르익어가는지 궁금해졌다.

다른 직원 하나도, 그러니까 여객전무인 앙리 도베르뉴도 세브린과 자크를 피곤하게 하는 존재였다. 그는 공교롭게도 매번 금요일 기차의 운행을 담당했는데, 세브린에게 성가실 정도로 친절하게 굴었다. 그는 그녀와 기관사의 관계를 알아채고는 언젠가는 자기에게도 기회가 올 거라고 믿었다. 기차가 르아브르를 출발할 때 루보는 근무를 서는 아침이면 그를 향해 히죽히죽 웃어 보였는데, 그 정도로 그녀에 대한 앙리의 친절은 노골적이었다. 그는 그녀를 위해 객실 하나를 통째로 전세 내어 그녀의 자리를 마련해주었으며 탕파도 손수 점검해주었다. 어느 날인가는 루보가 자크와 아무 일도 없다는 듯 계속 이야기를 나누다가 자크에게 눈짓으로 그 젊은 남자가 하는 양을 가리키며 당신이라면 저런 짓을 용납할 수 있겠느냐는 투로 무언의 질문을 던지기도 했다. 게다가 부부싸움을 할 때면 루보는 아내에게 한꺼번에 외간남자 둘과 잠자리를 하는 여자라고 단도직입적으로 힐난하기도 했다. 그녀는 자크가 침울해하는 이유가 그걸 진짜로 믿어서라고 생각한 적도 있었다. 그녀가 자크 앞에서 미친듯이 흐느껴 울면서 만일 자기가 부정하다면 자기를 죽이라며 결백을 항변하기도 했던 것은 그 때문이었다. 그 말을 듣고 자크는 얼굴이 창백해졌지만 농담으로 받아넘기면서 그녀를 끌어안고 자신은 그녀가 정직하다는 것을 잘 안다고, 자신은 절대로 그 누구도 죽이지 않기를 바라는 사람이라고 대답했다.

그러나 3월 초순은 그야말로 끔찍한 나날들이었다. 그들은 만남을 중단해야만 했다. 그리고 파리 여행도, 머나먼 곳에서 맛보았던 그 몇 시간의 자유도 세브린에게는 더이상 흡족하지가 않았다. 그녀의 마음 속에서 자크를 온전히 자기 것으로 만들고 싶은 욕구, 앞으로는 헤어지는 일 없이 낮이고 밤이고 늘 함께 살고 싶은 욕구가 점점 커져갔던 것이다. 남편에 대한 증오심은 날로 깊어져 그 남자가 눈앞에 나타나기만 해도 그녀는 병적일 정도로 참을 수 없는 격분에 휩싸였다. 그녀는 원래 유순하고 애교도 부릴 줄 아는 사랑스러운 여자였지만 남편과 관련된 일이라면 몹시 분개했으며, 남편이 그녀가 하려는 일을 조금이라도 훼방하면 폭발해버렸다. 그녀의 검은 머리카락이 드리운 그늘이 그녀의 맑고 푸른 두 눈을 우울하게 만드는 것 같았다. 그녀는 점점 사나워졌다. 그녀는 남편이 자기 인생을 망쳤노라고, 이제 둘이서는 도저히 함께 살 수 없노라고 남편에게 맹비난을 퍼부었다. 그 모든 일을 저지른 장본인이 바로 그가 아닌가? 그들 부부 사이에 아무것도 남은

것이 없을 정도로 파탄지경에 이른 것은, 그녀에게 애인이 생긴 것은
바로 그의 잘못이 아닌가? 그녀에게 돌아오는 짓누르듯 무거운 그의
침묵, 그녀의 분노를 받아들이는 그의 무관심한 눈길, 굽은 등, 펑퍼짐
한 배, 행복한 포만감에 젖어 만사가 귀찮다는 듯 활기 없이 피둥피둥
기름기만 오른 그 모든 모습이 그녀의 분노를 돋워 미치게 했다. 관계
를 끊자, 멀리 달아나자, 이곳이 아닌 다른 곳에서 삶을 다시 시작하
자, 그녀의 머릿속에는 오로지 이 생각뿐이었다. 오! 다시 시작하자,
무엇보다 과거가 완전히 지워지게 하자, 이 모든 구역질나는 일 이전
으로 돌아가 삶을 다시 시작하자, 열다섯 살 시절 그 모습으로 되돌아
가자, 그 모습으로 사랑하고 사랑받자, 그 시절 꿈꾸었던 삶을 살자!
일주일 내내 그녀는 달아날 계획을 매만졌다. 자크와 함께 달아나리
라, 둘이 벨기에에서 숨어살리라, 거기에 정착해 젊은 노동자 부부로
살리라. 하지만 그녀는 자크에게 그 계획에 대해 말도 꺼내지 못했다.
자신들이 처한 순탄치 않은 상황과 계속되는 마음의 동요와 같은 장애
물들이 이내 떠올랐던 것인데, 특히 그렇게 되면 남편에게 그녀의 재
산을, 돈을, 크루아드모프라를 고스란히 헌납하게 된다는 어이없는 상
황이 벌어진다는 것이 문제였다. 그들은 둘 중 먼저 죽는 사람이 남아
있는 사람에게 증여하는 식으로 서로를 상속인으로 정해놓았던 것이
다. 그리고 그 부분에 대해 어떻게 손을 써보려고 해도 그녀는 여성의
법정 후견 제도라는 것 때문에 손발이 묶여 사실 남편의 처분에 따를
수밖에 없는 처지였다. 그녀는 재산을 깡그리 포기하고 떠나느니 차라
리 남아서 죽기를 기다리는 편이 더 나을 수도 있겠다는 생각이 들었
다. 어느 날인가 남편이 얼굴이 하얗게 질려 집으로 올라와서는 작업

중에 기관차 앞을 지나가다가 기관차 전면에 튀어나온 완충기에 팔꿈치를 스친 것 같다고 말했을 때, 그녀는 만약 그가 죽으면 자기는 완전히 자유로워질 거라고 생각했다. 그때 그녀는 동그랗게 눈을 뜨고 그를 빤히 쳐다보았다. 난 이 사람을 더이상 사랑하지 않고, 이제 이 사람은 모든 사람을 불편하게 하는 존재인데, 대체 왜 이 사람은 죽지 않는 걸까?

그때부터 세브린의 꿈은 바뀌었다. 루보가 사고로 죽는다, 그러면 자크와 함께 미국으로 떠난다, 단, 그와 결혼은 하고, 물론 크루아드모프라는 팔아서 전 재산을 현금화한다, 떠난 자리에는 어떠한 화근도 남겨놓지 않는다, 그렇게 고국을 등지는 것은 서로의 품에 안겨 다시 태어나기 위해서다, 그곳으로는 잊어버리고 싶은 것은 하나도 따라오지 못할 것이다, 그러면 전혀 새로운 삶이 펼쳐진다고 믿어도 되리라, 여기서는 한 차례 실수를 했으니 거기서는 처음부터 다시 행복의 경험을 만들어나가리라, 그는 바로 일자리를 찾을 것이다, 나도 뭔가를 할 것이다, 재산도 모이고, 아마 아이들도 생길 것이다, 전혀 새로운 종류의 일과 행복이 펼쳐질 것이다. 그녀는 혼자 있을 때면 언제나, 아침 침대에서든 낮에 수를 놓을 때든 이러한 상상에 빠져들어 그 상상을 수정하고 확장하고 행복이 가득한 세부 장면들을 끊임없이 덧붙여나가다가 마침내 환희와 복락이 충만한 자신의 모습을 그리는 것으로 마무리를 지었다. 예전에는 거의 외출을 하지 않던 그녀이지만 그즈음에는 대서양 횡단 여객선이 떠나가는 모습을 보러 가는 데 열성이었다. 그녀는 부두에 내려가 팔을 괴고서 여객선이 뿜어내는 연기가 먼바다의 아지랑이와 뒤섞여 가물가물해질 때까지 눈으로 좇았다. 그러면 지켜보는 그녀에게서 분열된 또다른 그녀가 자크와 함께 갑판 위에 나란히 나와 있는 모습이 눈앞에 그려졌는데, 어느새 그들은 그렇게 프랑스에서 멀어져 꿈의 낙원으로 향하는 것이다.

3월 중순의 어느 밤, 자크는 모처럼 위험을 무릅쓰고 그녀를 만나러 몸소 그녀의 집에 올라와서는 방금 전 파리에서 자신의 기차에 옛날 학교 친구 한 명을 태우고 왔노라는 소식을 전했다. 그 친구는 새로운 발명품인 단추 제조 기계를 상품화하러 뉴욕으로 떠날 예정인데 동업할 기술자 한 명이 필요해서 그를 데리고 가고 싶다고 제안했다는 것이었다. 오! 기막힌 사업이야, 더도 말고 3만 프랑 정도만 출자하면 되는데, 모르긴 해도 수백만 프랑의 수익이 난다는 거야. 그는 다만 그런 일이 있었다는 사실을 전하는 것뿐이라고 말하면서 물론 자신은 그 제안을 거부했노라고 덧붙였다. 하지만 그 제안으로 아직까지 가슴이 좀 부푼 것은 사실인데, 그런 어마어마한 수익금이 제시될 때 그것을 포기하기란 어쨌거나 쉽지 않은 일이기 때문이라는 것이었다.

세브린은 멍하니 서서 그의 말에 귀를 기울였다. 목하 그녀의 꿈이 실현되려고 하지 않는가?

"아!" 그녀는 중얼거렸다. "그렇다면 드디어 우리가 내일 떠나는 거네……"

그가 깜짝 놀라 고개를 들었다.

"뭐라고, 우리가 떠난다고?"

"응, 그가 죽으면."

그녀는 루보라는 이름은 대지 않고 턱짓으로만 그라는 것을 내비쳤다. 그러나 그는 누구를 말하는지 알아차리고는 유감스럽게도 그는 죽지 않았다고 표현하기 위해 애매한 몸짓을 해 보였다.

"우리가 떠나는 거네." 그녀가 느리고 차분한 목소리로 다시 말했다. "거기서 우리는 너무 행복할 거야! 삼만 프랑, 집을 팔면 그만한 돈은 나올 거야. 그것 말고도 우리가 정착하는 데 드는 비용도 충당할 수 있을 테고…… 자기는 그 돈을 불리고, 난 우리가 온 힘을 다해 서로 사랑할 보금자리를 아늑하게 꾸미고…… 오! 참 좋겠다, 너무 좋겠다!"

그녀는 아주 낮은 목소리로 덧붙였다.

"그 모든 기억으로부터 멀리 벗어나 우리 앞에는 오직 새로운 날들만 펼쳐질 거야!"

그는 커다랗게 밀려오는 달콤한 행복감에 젖어들었다. 그들의 손이 합쳐지더니 본능적으로 서로 꽉 움켜잡았다. 그도 그녀도 그렇게 머릿속에 그려진 희망에 잠겨 할말을 잊었다. 이윽고 입을 연 것은 다시 그녀였다.

"어쨌든 자기는 그 친구가 떠나기 전에 꼭 다시 만나봐. 그리고 자기한테 미리 알리지 않고는 절대로 다른 동업자를 구하지 말아달라고 사정해야 돼."

그가 다시 깜짝 놀랐다.

"대체 왜 그래?"

"나도 몰라! 하지만 누가 알겠어? 지난번, 그 기관차 말이야, 일 초만 더 빨랐더라면, 그러면 난 그때 자유로워졌겠지…… 아침에 멀쩡하게 살아 있다가도, 안 그래? 저녁에 죽을 수도 있는 거야."

그녀는 그를 빤히 바라보다가 다시 되뇌었다.

"아! 그가 죽으면!"

"그래도 자기는 내가 그를 죽이는 것은 원치 않는 거지?" 그가 애써 미소를 지으며 물었다.

그녀는 세 번에 걸쳐 그렇다고, 원치 않는다고 대답했다. 하지만 그녀의 눈은, 사랑스러운 여인의 눈이지만 정념에 사로잡혀 무자비할 정도의 잔혹함이 도사린 그 눈은 아니라고, 원한다고 말하고 있었다. 그가 먼저 사람을 죽였는데 그를 죽이지 못할 이유가 뭐란 말인가? 그러한 생각이 마치 논리적인 귀결처럼, 필연적인 결말처럼 그녀의 내부에서 방금 전 불쑥 튀어나왔다. 그를 죽이고 떠나자, 그것만큼 간명한 방법은 없다. 그가 죽으면 모든 것이 끝난다, 나는 모든 것을 다시 시작할 수 있다. 이미 그녀는 달리 가능한 결말을 생각할 수 없었다. 그녀의 결심은 이미 섰다, 그것도 확고부동하게. 하지만 그녀는 자신의 폭력성을 드러낼 용기가 없어서 약간 동요하는 모습으로 계속 아니라고만 대답했다.

그는 찬장에 등을 기대고서 여전히 얼굴에 짐짓 미소를 띠고 있었다. 방금 전 거기에 칼이 놓여 있는 것을 본 참이다.

"만일 나더러 그를 죽이라고 하고 싶으면 이 칼도 나에게 줘야지…… 이미 회중시계는 갖고 있으니, 그만하면 작은 박물관도 차리겠는걸."

그는 더 큰 소리로 웃었다. 그녀는 심각하게 대답했다.

"그 칼 가져."

그러자 그는 마치 농담을 끝까지 한번 밀고 나가보자는 심산으로 칼을 자기 호주머니에 넣은 다음 그녀를 와락 껴안았다.

"자, 됐지! 그럼 잘 있어…… 난 바로 내 친구를 만나러 가봐야지. 그에게 기다려달라고 말해야겠어…… 토요일에 비가 오지 않으면 소바냐의 집 뒤에서 만나기로 해. 알았지? 그럼 된 거야…… 아, 진정해, 우린 아무도 죽이지 않을 거야. 그냥 웃자고 한 소리야."

말은 그렇게 했지만 늦은 시간인데도 불구하고 자크는 다음날 떠나기로 되어 있는 친구를 만나러 그가 묵고 있을 법한 호텔을 찾아 항구로 내려갔다. 그는 친구에게 유산을 상속받을 것 같다고 말하고 보름의 말미를 주면 그때 확답을 주겠노라고 부탁했다. 그러고 나서 곰곰 생각에 잠긴 채 어두운 대로를 지나 역으로 돌아오다가 그는 자신의 행보에 소스라치게 놀랐다. 이미 여자와 그 여자의 돈이 내 것인 양하는 걸 보니 루보를 살해하기로 마음을 굳힌 거야? 아냐, 분명히 아냐, 아무것도 결정된 건 없어, 앞으로 결단을 내릴 경우를 대비해 그렇게 선수를 쳐놓은 것뿐이야. 하지만 이내 세브린에 대한 기억이 떠올랐다. 타는 듯 뜨거웠던 그녀의 손의 압박, 입으로는 아니라고 말하면서 그렇다고 말하던 그녀의 그 흔들림 없던 눈. 분명히 그녀는 그가 그자를 죽여주었으면 하는 것이다. 그는 어찌할 바를 몰라 그만 걷잡을 수 없는 혼란에 휩싸였다.

자크는 프랑수아마젤린 가로 돌아와 코를 골며 자고 있는 페쾨의 옆에 누웠지만 잠을 이룰 수 없었다. 마음과는 달리 그의 머리는 살인에 대한 생각과 자신이 최후의 결과까지 치밀하게 계산해 연출하는 드라마의 구상에 빠져 바삐 굴러갔다. 그는 찬성의 이유들과 반대의 이유들을 찾아내서 면밀히 검토했다. 냉정하게, 어떠한 흥분도 배제한 채 숙고해서 내린 결론은 모든 이유가 찬성 쪽이라는 것이었다. 루보는 행복을 가로막는 유일한 장애물이 아닌가? 그가 죽으면 사랑해마지않는 세브린과 결혼해 더이상 숨을 필요도 없이 그녀를 영원히, 그리고 온전히 가질 수 있다. 거기에다 거액의 돈도 생긴다. 그 돈이면 이 힘든 일을 때려치우고 남들처럼 그 미국이란 나라에서 사장이 될 수 있다. 동료들이 미국이라는 곳은 기술자들이 황금을 삽으로 퍼 담을 수 있는 나라라고들 하지 않던가. 그곳에 가면 새로운 인생이 꿈결처럼 펼쳐진다. 꿈에 그리던 것들, 나를 열렬히 사랑하는 아내, 일거에 이루어지는 백만장자의 꿈, 풍족한 삶, 거칠 것 없는 야망. 그런데 그 꿈을 실현하기 위해 행동으로 옮길 일은 단 하나, 제거해야 할 대상은 단 한 사람이다. 거치적거리며 발길을 방해하는, 그래서 짓밟아야 할 짐승 혹은 잡초 같은 존재. 게다가 이즈음에는 어리석게도 도박에 정신이 팔려 예전의 기력을 모두 소진한 채 살만 뒤룩뒤룩 쪄서 둔중해진 그 사내는 관심거리조차 못 되는 존재였다. 그자를 살려둘 이유가 뭐란 말인가? 어떤 정황도, 세상없는 것이라 할지라도 그자를 변호할 이유가 되지 못한다. 모든 것이 그자에게는 사형선고를 내려 마땅하다는 것을 보여준다. 어떤 질문을 하더라도 한결같이 돌아오는 대답은 다른 사람들을 위해 그자가 죽어야 한다는 것이다. 그런데도 머뭇거린다면 그것은 어리석고 비겁한 짓이다.

바닥에 배를 깔고 누워 있느라 난롯불에 등이 화끈거리던 자크는 그런 상념에 사로잡혀 있다가 그때까지 막연했던 생각 하나가 갑자기 너무도 날카롭게 벼려지면서 바늘처럼 머리를 찌르는 것을 느끼고 소스라치며 휙 돌아누웠다. 어린 시절부터 누군가를 죽이고 싶었던 나인데, 그 강박에 대한 두려움 때문에 고통스럽다못해 심신이 황폐해지기까지 한 나인데, 도대체 루보를 죽이지 못할 까닭이 무어란 말인가? 어쩌면 제물로 바치는 이 희생자 덕에 살해에 대한 욕망이 영원히 가실지도 모른다, 그렇게 되면 좋은 일만 하고 살게 될지도 모른다, 게다가 덤으로 고질병에서 치유될지도 모른다. 치유가 되다니, 오, 세상에! 피끓는 그 전율을 더이상 느끼지 않아도 된다니, 배가 갈려 내장을 드러낸 암컷들을 목에 둘러멘 저 먼 옛날의 수컷이 그의 내면에서 사납게 고개를 쳐들지 않고도 세브린을 가질 수 있다니! 땀이 그를 흥건하게 적셨다. 칼을 움켜쥐고서 이전에 루보가 법원장을 찌르던 것처럼 루보의 목을 찌르는 자신의 모습이, 상처에서 피가 쏟아져 자신의 두 손을 흥건히 적실수록 득의양양하게 포만감을 느끼는 자신의 모습이 눈앞에 그려졌다. 그자를 죽이리라, 그는 마음을 굳혔다. 그래야 병이 낫고, 사랑하는 아내가, 거금이 생기니까. 누군가 한 사람을 죽여야 한다면, 기어이 죽여야 한다면, 적어도 자신이 결행하는 일이 이해관계를 따져서건 논리적으로건 합리적인 선택이라는 것을 아는 만큼, 죽여야 할 자는 바로 그자인 것이다.

그렇게 결심을 굳힌 자크는 새벽 세시를 알리는 종소리를 듣고는 애써 잠을 청했다. 의식은 이미 혼미했으나 순간 마음속 깊은 곳에서 격심한 동요가 일더니 숨이 막힐 지경이 되어 자리에서 벌떡 일어나 앉았다. 그자를 죽인다고? 제기랄! 나한테 그럴 권리가 있단 말인가? 파리 한 마리가 성가시게 굴면 한 대 쳐서 짓이겨버리면 그만이다. 한번은 고양이 한 마리가 그의 다리께를 얼쩡거리며 정신 사납게 하자 그 자신도 모르는 사이에 단 한 번의 발길질로 고양이의 허리를 분질러놓은 적이 있었다. 정말이지 그렇게 하고 싶어서 한 일이 아니었다. 그런데 이 남자는 자신과 같은 인간이 아닌가! 그는 자신에게 살인할 권리가, 약자들이 훼방을 놓지만 결국은 그 약자들을 집어삼키는 강자들의 권리가 있다는 것을 입증하기 위해 이제까지의 자신의 추론을 전부 되짚어봐야만 했다. 지금 이 순간 그자의 부인이 사랑하는 사람은 바로 나다. 그리고 그녀 자신도 자신의 자유의지로 나와 결혼하고 나에게 자신의 재산을 주고 싶어한다. 그러니 나는 그저 장애물을 제거하기만 하면 되는 것이다. 숲속에서 두 마리 수컷 늑대가 한 마리 암컷 늑대를 두고 맞닥뜨렸을 때 강한 놈이 약한 놈을 아가리로 한 방에 물어뜯어 물리치지 않던가? 그리고 옛날 옛적, 인간이 늑대와 마찬가지로 동굴 속에 피신해 살았을 때, 매력적인 여성은 무리의 최강자 차지가 아니었던가? 최강자만이 경쟁자들을 피로 물리치고 여자를 정복할 수 있지 않았던가? 그러니, 생존의 법칙이 그러하니, 양심의 가책이니 도덕관념이니 하는, 인간들이 함께 살기 위해 나중에 고안해낸 것들은 무시하고 그 법칙을 따라야 한다. 그는 조금씩 그의 권리가 신성불가침의 권리인 것처럼 여겨지면서 각오가 온전히 되살아나는 것을 느꼈다. 당장 내일부터 적당한 장소와 시간을 물색해 실행에 옮길 준비를 하리라. 가장 좋은 방법은 아마도 밤에 루보가 순찰을 돌 때 역에서 찌르는 것이리라. 그렇게 되면 약탈꾼들이 발각당하자 루보를 죽인 것으로 믿게 될 터였다. 그는 저쪽 석탄 더미 뒤편의 적당한 장소를 하나 떠올렸는데, 루보를 그리로 유인할 수 있느냐 하는 것이 관건이었다. 잠을 청하려던 노력은 수포로 돌아가고 지금 그는 거사의 현장을 머릿속에 그리며 루보를 일거에 뻗어버리게 하려면 자신은 어디에 자리를 잡고 있어야 하는지, 어떻게 찔러야 하는지 궁리를 거듭했다. 그런데 그가 그렇게 아주 세세한 부분까지 검토하는 동안 슬그머니, 그러나 완강하게, 자신에 대한 혐오감이 또 한번 고개를 들더니 내면에서 터져나오는 저항의 목소리가 그를 다시 송두리째 뒤흔들었다. 안 돼, 안 돼, 찔러서는 안 돼! 그것은 그로서는 흉악하고, 그래서 할 수도 없고 해서도 안 되는 짓으로 여겨졌다. 그의 내부에 웅크리고 있던 문명의 세례를 받은 인간이, 교육을 통해 길러진 힘이, 오랜 세월 서서히 전승되어 불멸의 금자탑으로 쌓인 사상들이 일제히 들고일어났다. 살인을 해서는 안 된다, 그는 그 계율을 누대에 걸쳐 면면이 이어져온 젖줄을 빨면서 체득했다. 도덕관념으로 가득 채워진 그의 정련된 두뇌는 그가 살인을 합리화하기 시작하자 곧바로 진저리를 치며 살인을 배격했다. 그래, 어떤 욕구에 눈이 멀어, 본능의 충동에 사로잡혀 살인을 할 수는 있어! 그러나 타산적으로, 이득을 노리고, 의도를 갖고 살인을 하는 것은 안 돼, 절대, 절대로 안 돼, 그럴 수는 없는 일이야!

동이 트기 시작했다. 자크는 설핏 선잠이 들었지만 너무도 얕은 일종의 가수 상태였기 때문에 그의 내면에서는 결론이 나지 않는 다툼이 지긋지긋할 정도로 계속되었다. 그 일이 있고 난 뒤의 나날들은 그의 인생에서 가장 고통스러웠다. 그는 세브린을 피했다. 그는 토요일에 약속 장소에 나가지 못하게 되었다고 사람을 시켜 그녀에게 전했는데, 그녀의 눈을 바라보는 것이 두려웠기 때문이다. 그러나 월요일에는 어쩔 수 없이 그녀를 만나야만 했다. 그런데 그는 그녀를 만나는 것 자체가 꺼림칙했던 탓에 그토록 온화하고 깊은 그녀의 크고 푸른 눈을 마주하는 것만으로도 불안감이 목까지 차올랐다. 그녀는 그 일에 대해 일언반구 말이 없었다. 그를 채근하는 것으로 비칠 만한 행동이나 말은 전혀 하지 않았다. 다만 그녀의 두 눈은 오로지 그 일에 대한 궁금증 하나로만 가득차서 그에게 묻고 애원했다. 그는 어떻게 하면 그녀의 두 눈에 담긴 초조와 비난을 피할 수 있을지 알 수 없었다. 그는 시선을 돌릴 때마다 그녀의 눈이 자신의 눈을 응시하고 있는 것을 확인했는데, 예전과 달리 이게 행복인지 망설여질 정도로 섬뜩한 기분이 들었다. 마침내 그녀와 헤어질 시간이 되자 그는 자신이 마음을 굳혔다는 것을 그녀가 알아주기를 바라는 마음으로 그녀를 와락 껴안았다. 실제로 그는 그 순간 마음을 굳혔고 계단 아래 내려설 때까지만 해도 그러했지만, 그 직후 다시 그의 양심이 벌이는 싸움에 빠져들고 말았다. 이틀 후 그녀를 다시 만났을 때, 그는 얼굴에 핏기 하나 없이 혼란스러워 보였으며, 시선은 꼭 해야 할 행동을 앞두고 뒤로 물러서는 겁쟁이처럼 회피하는 기색이 역력했다. 그녀는 그의 목에 매달려 아무 말 없이 울기만 하다가 자신이 지독하게 불행하다는 생각이 치밀어오르면서 갑자기 오열을 터뜨렸다. 당황한 그는 자기 자신에 대한 모멸감에 빠져 허우적거렸다. 끝내야 할 때가 온 것이다.

"목요일, 거기서, 괜찮지?" 그녀가 나직한 목소리로 물었다.

"응, 목요일, 기다릴게."

약속한 목요일, 밤은 칠흑같이 어두웠고, 해무가 잔뜩 끼어 별 하나 보이지 않는 캄캄한 하늘에는 정적만이 감돌았다. 늘 그렇듯이 먼저 도착한 자크는 소바냐의 집 뒤에 숨어서 선 채로 세브린이 오기를 기다렸다. 하지만 어둠이 무척 짙었고, 그녀도 아주 조심스럽게 사뿐사뿐 달려온 까닭에 그는 그녀가 기척도 없이 살그머니 나타나 자기를 툭 건드리자 소스라치게 놀랐다. 어느새 그의 품에 안긴 그녀는 그가 덜덜 떠는 것을 느끼고 불안해졌다.

"나 때문에 놀랐구나." 그녀가 속삭였다.

"아냐, 아냐. 기다리고 있었는데 뭘…… 걷자, 이런 날은 아무도 우릴 볼 수 없을 거야."

그들은 다정하게 서로 허리를 감싸안고 한적한 공터를 산책했다. 차량 기지 쪽으로는 가스등이 띄엄띄엄 있었는데, 몇몇 후미진 구석은 가스등 불빛마저 아예 비치지 않아 무척 어두웠다. 반면 저멀리 역사 쪽으로는 가스등이 밀집해 있어서 마치 휘황찬란한 불꽃놀이를 벌이는 것 같았다.

오랫동안 그들은 아무 말 없이 그렇게 걸었다. 그녀는 그의 어깨에 머리를 기대고 걷다가 가끔씩 고개를 들어 그의 턱에 입을 맞췄다. 그러면 그도 머리를 기울여 그녀의 관자놀이께 머리카락 밑동에 입을 맞춰 화답했다. 멀리 떨어진 교회의 종탑들에서 새벽 한시를 알리는 장중하고도 독특한 종소리가 일제히 울려퍼졌다. 그들에게 말이 필요 없었던 것은 서로 껴안고 있으면서 이심전심으로 생각이 통했기 때문이다. 그들은 오직 그 생각뿐이었다. 그 생각에 똑같이 사로잡혀 있지도 않으면서 한몸이라고 할 수는 없는 노릇이었다. 마음속 다툼은 계속되었다. 행동으로 옮겨야 쓸데없는 말들을 요란하게 늘어놓아봐야 무슨 소용이란 말인가? 그녀는 입을 맞추려고 그에게 기대 발돋움을 하다가 그의 불룩한 바지 주머니가 몸에 닿자 그 속에 칼이 들어 있음을 직감했다. 마음을 굳힌 것일까?

그런데 이번에는 그녀의 생각이 바깥으로 흘러나왔다. 그녀의 입술이 들릴락 말락 하는 한숨 소리와 함께 열렸다.

"방금 전 남편이 집에 올라왔었어. 무슨 일 때문인지 몰랐는데……
잊어버리고 두고 나갔던 권총을 챙기더라고…… 순찰을 돌려는 게 분
명해."

다시 침묵이 흘렀다. 그러다가 겨우 스무 걸음쯤 더 가서 이번에는
그가 입을 열었다.

"약탈꾼들이 어젯밤 이 근처에서 납을 훔쳐갔거든…… 조금 있으면
그가 오겠는데, 확실해."

그 말을 듣고 그녀는 바르르 몸을 떨었다. 둘은 다시 입을 다물고 천
천히 걸었다. 그녀에게 한 가지 의문이 떠올랐다. 주머니가 불룩한 것
은 정말 칼이 들어서일까? 제대로 확인해보기 위해 그녀는 두 번에 걸
쳐 그의 몸을 안고 입을 맞췄다. 그러나 그렇게 몸을 밀착해도 다리에
전해지는 느낌만으로는 확신이 들지 않자 그녀는 여전히 입을 맞춘 채
로 손을 내려뜨려 그 부분을 더듬었다. 칼이 확실했다. 그러자 그가 알
아차리고는 그녀를 숨이 막히도록 격렬하게 끌어안았다. 그러고는 그
녀의 귀에 대고 중얼거렸다.

"그가 올 거야, 자긴 자유로워질 거야."

살해의 결심이 섰다. 그들은 걷고 있어도 더이상 걷는 것 같지 않았
다. 어떤 이상한 힘이 자신들을 땅바닥에 붙들어매고 있는 것 같았다.
그들, 그중에서도 특히 그는 갑자기 감각이 극도로 날카로워졌다. 움
켜잡은 손에 가시가 돋친 듯 통증이 몰려왔고, 입술이 살짝 스치기만
해도 손톱으로 할퀴는 것 같았다. 어둠 속 깊은 곳에서 기차 바퀴 구르
는 소리, 기관차의 아련한 기적 소리, 둔중한 충격음, 어수선한 발소리
등 갖가지 소리가 들려왔다가 이내 사라졌다. 그리고 밤 풍경이 눈에

들어왔다. 마치 그들의 눈꺼풀을 덮고 있던 안개가 걷히기라도 한 것처럼 사물들이 검은 점의 형태로 윤곽을 드러냈다. 박쥐 한 마리가 휙 날아갔다. 그들은 난데없는 그 갈고리 형상의 날갯짓을 눈으로 좇았다. 그러다가 석탄 더미 한 귀퉁이에서 걸음을 멈추고 온몸이 긴장된 상태로 눈과 귀에 신경을 집중한 채 미동도 하지 않고 주위를 살폈다. 이윽고 그들이 속삭였다.

"저쪽에서 뭔가 외치는 것 같은 소리 안 들렸어?"

"아냐, 차량을 움직이는 소리야."

"저기 우리 왼쪽으로 누군가 걸어오고 있어. 모래 밟는 소리가 났어."

"아냐, 아냐, 쥐들이 석탄 더미 위를 달려가서 석탄이 흘러내리는 소리야."

그렇게 몇 분이 더 흘렀다. 갑자기 그녀가 그를 더욱 세차게 껴안았다.

"남편이야."

"어디? 아무것도 안 보이는데."

"조금 빠른 걸음으로 저기 창고를 돌았어. 우리 오른쪽으로 오고 있어…… 저기 봐! 그의 그림자가 흰 벽 위로 지나가잖아!"

"그런 것 같군, 저기 검은 점…… 혼자인가?"

"응, 혼자야, 혼자 오고 있어."

그 결정적인 순간에 그녀는 미친듯이 몸을 던져 그의 목을 끌어안고 자신의 불타는 입을 그의 입에 비벼댔다. 길고 긴 그 맹렬한 육체의 부딪침을 통해 그녀는 그의 몸안에 자신의 피가 흘러들어가기를 간절히 바랐다. 그녀는 그를 얼마나 사랑하는가! 반면 다른 남자는 얼마나 증오하는가! 아! 마음먹는 것으로 될 일이었다면 그녀는 그에게 공포감을 안겨주고 싶지 않기에 벌써 스무 번도 넘게 자신이 직접 그 일을 감당했을 것이다. 하지만 그녀의 손은 무력했다. 그녀는 자신이 너무 연약하다는 것을 절감했다. 남자의 완력이 필요했다. 그러므로 이 끝나지 않는 입맞춤은 그녀가 그에게 자신의 용기를 남김없이 불어넣어주는 행위요, 그에게 전하는 아낌없는 헌신과 육체적인 합일의 약속이었다. 멀리서 울리는 기관차의 기적 소리가 밤하늘에 우수에 찬 비탄의 한숨을 토해내는 것 같았다. 어디서 나는 소리인지 모르지만 일정한 간격을 두고 거대한 해머 소리 같은 굉음이 들려왔다. 바다에서 올라온 안개가 하늘에 혼돈의 무리가 줄지어 지나가는 형상을 그려넣었는데, 거기서 떨어져나온 잔해들이 부유하면서 이따금 휘황한 가스등 불빛을 가렸다. 마침내 그녀가 입을 뗐을 때 그녀는 자신에게 아무것도 남아 있지 않은 것 같았다. 자신이 송두리째 그에게로 넘어간 기분이었다.

그는 이미 재빠르게 칼을 펴 든 상태였다. 그러나 이내 억누르듯 욕설을 씹어뱉었다.

"이런 제길! 다 틀렸어, 그자가 가버렸어!"

사실이었다. 움직이는 그림자가 오십 보 정도 떨어진 거리까지 그들에게 접근해 오다가 왼쪽으로 방향을 틀더니 아무 일도 없다는 듯 규칙적으로 내딛는 야간 순시원의 발소리만 남기며 그들에게서 멀어져갔다.

그때 그녀가 그를 채근했다.

"가, 빨리 가!"

둘은 튕기듯 일어났다. 그가 앞서고 그녀가 그의 뒤에 바짝 따라붙었다. 그들은 발소리를 죽이고 미끄러지듯 살금살금 그 사내의 뒤를 추격했다. 정비 공장 모퉁이를 돌 무렵 한순간 사내가 시야에서 사라졌다. 잠시 후 대피선을 가로질러 지름길을 내달려가자 스무 보가량 떨어진 곳에 사내의 모습이 다시 보였다. 그들은 담벼락 끝에 최대한 바짝 붙어 몸을 숨겨야 했다. 자칫 한 걸음이라도 삐끗하면 발각되고 말 상황이었다.

"못 잡겠는데." 그가 나직이 중얼거렸다. "저자가 전철수 초소에 당도하면 어떻게 손쓸 도리가 없어."

그녀는 조금 전과 마찬가지로 그의 목에 바짝 얼굴을 들이대고 같은 말을 되풀이했다.

"가, 빨리 가!"

그 순간, 어둠에 잠긴 그 넓디넓은 허허벌판을 가로질러 괴괴한 밤의 적막에 휩싸인 커다란 역 한복판에 내던져진 그는 절체절명의 상황에 놓였다는 자각 때문에 더욱 고독해지는 기분이 들면서 다시 한번 마음을 다잡았다. 그는 은밀히 걸음을 재촉하는 한편, 흥분된 마음으로 추론에 추론을 거듭하면서 이 살인을 현명하고 정당하며 논리적인 검토를 거쳐 결정된 행위로 만들어줄 논거들을 스스로 마련하느라 분주했다. 이것은 내가 행사할 수 있는 하나의 권리, 나아가 생명의 권리라고까지 할 수 있다, 남이 흘린 그 피가 나의 생존 자체에 필수불가결하기 때문이다, 깊숙이 찌를 이 칼만 있으면 된다. 어느새 마음은 평정을 되찾았다.

"못 잡겠어, 못 잡겠어." 그림자가 전철수 초소를 지나치는 것을 보고 그가 격분한 목소리로 같은 말을 반복했다. "다 틀렸어, 저기 그자가 가버리잖아."

그런데 갑자기 그녀가 그의 팔을 날쌔게 움켜잡고는 그를 자기 쪽으로 끌어당겨 잠자코 있게 했다.

"저기 봐, 그가 되돌아와!"

실제로 루보가 가던 길을 되돌아오고 있었다. 그는 오른쪽으로 방향을 틀더니 그들이 있는 쪽으로 다시 내려왔다. 어쩌면 살인자들이 자신의 뒤를 밟고 있다는 어렴풋한 느낌에 등뒤가 켕겼는지도 모를 일이었다. 하지만 루보는 구석구석 눈길을 주지 않고는 물러가지 않겠다는 성실한 파수꾼의 자세로 변함없이 무덤덤한 발걸음을 옮겼다.

자크와 세브린은 내달리던 걸음을 우뚝 멈추고 그 자리에 얼어붙은 듯 꼼짝도 하지 않았다. 다행히도 그들이 선 자리는 석탄 더미 모퉁이여서 몸을 숨길 수 있었다. 그들은 석탄 더미를 등지고 그 안으로 파고들어갈 듯 바짝 붙어 섰다. 등뼈는 검은 벽에 붙어버렸고, 정신은 검은 늪에 빠져 혼미했다. 그들은 숨소리조차 내지 않았다.

자크는 루보가 자기들 쪽으로 똑바로 걸어오는 것을 주시했다. 그들 사이의 거리는 고작 30미터 남짓이었는데 루보가 걸음을 옮길 때마다 그 거리는 마치 준엄한 운명의 시계추에 박자를 맞추듯 그렇게 규칙적으로 줄어들었다. 스무 걸음, 열 걸음…… 계속 그렇게 다가온다면, 이내 루보와 정면으로 맞닥뜨리리라, 그러면 이렇게 팔을 들어올려 그의 목에 칼을 꽂으리라, 비명을 틀어막기 위해 오른쪽에서 왼쪽으로 확 그어버리리라. 일각이 여삼추 같았다. 텅 빈 머릿속을 그런 생각만이 넘실대며 흘러가니 시간의 척도가 폐기되어버린 것이다. 그의 결심을 이끌어냈던 그 모든 추론이 다시 한번 줄지어 지나가고, 살인과 살인의 이유와 살인의 결과가 다시 선명하게 눈앞에 나타났다. 이제 다섯 걸음 거리. 그의 결심은 끊어질 듯 팽팽하게 긴장했지만 흔들리지 않았다. 그는 죽이고 싶었다. 그는 왜 죽여야 하는지 알고 있었다.

하지만 두 걸음, 다시 한 걸음 차이로 거리가 좁혀지자 팽팽했던 긴장감이 와르르 허물어졌다. 그의 내부에서 모든 것이 일거에 와해되었다. 안 돼, 안 돼, 절대 못 죽여, 무방비 상태의 사람을 그렇게 죽일 수는 없어, 추론으로는 결코 살인을 저지를 수 없어, 살인을 하려면 물어뜯는 본능이나 순식간에 먹잇감을 덮치는 습성이나 굶주림, 그것도 아니면 먹잇감을 짓찢는 난폭한 성정이라도 반드시 있어야 해. 의식이나 양심이라고 하는 것은 장구한 세월에 걸쳐 정의라는 유전인자에 의해 전승된 관념으로 이루어진 것에 불과할진대 무슨 소용이 있단 말인가! 그는 자신에게 죽일 권리가 있다고 생각하지 않았다. 아무리 따져봐야 소용없었다. 그는 자신이 그 권리를 누릴 자격이 있다고 스스로를 설득하는 데 실패했다.

루보는 아무렇지도 않게 그들 곁을 지나쳐갔다. 그의 팔꿈치가 석탄 더미에 파묻힌 듯 꼼짝 않고 있는 두 사람을 거의 스치고 지나갈 정도였다. 숨소리를 냈다면 발각되고 말았을 테지만 그들은 죽은 듯이 가만히 있었다. 팔은 꿈쩍도 하지 않았고, 물론 칼을 쑤셔박지도 못했다. 그 무엇도 짙은 어둠에 자그마한 파문조차 일으키지 못했다. 몸의 떨림조차 없었다. 이미 루보는 열 걸음이나 멀어졌지만, 둘은 석탄 더미에 등을 기댄 채 여전히 꿈쩍도 하지 못하는 상태에서, 방금 전 무장도 하지 않은 홑몸으로 너무나 평온하게 그들 곁을 스쳐지나간 그 남자에 대한 두려움에 사로잡혀 숨소리조차 내지 못했다.

자크는 분노와 수치심에 치를 떨며 오열을 삼켰다.

"난 못해! 난 못해!"

그는 용서와 위로를 받고 싶은 마음에서 세브린을 다시 끌어안고 그녀에게 기대려고 했다. 그러나 그녀는 한마디 말도 없이 몸을 피했다. 그가 두 손을 내밀었으나 그녀의 치맛자락이 손가락 사이를 빠져 달아나는 감촉만 느꼈을 뿐이다. 이어 그녀가 홀연히 멀어져가는 소리가 귓전을 울렸다. 그는 잠시 그녀를 뒤쫓았으나 이내 포기하고 말았다. 그녀의 그러한 갑작스러운 사라짐이 그를 황망하게 주저앉혔기 때문이다. 나의 나약함에 그토록 화가 난 것일까? 나를 경멸하는 것일까? 소심한 생각이 그녀를 붙잡으려는 그의 행보를 가로막았다. 그러나 가스등 불빛만이 조그만 눈물방울처럼 노랗게 점점이 흩뿌려져 있는 그 너른 허허벌판에 다시 홀로 남겨지자 처절한 절망감이 엄습했고, 그는 서둘러 그곳을 벗어나 베개에 얼굴을 묻고 구역질나는 자신의 존재를 철저히 지워버리기 위해 정신없이 내달렸다.

루보 부부가 마침내 르블뢰 부부에게서 승리를 쟁취한 것은 그로부터 열흘 정도가 지난 3월 말경이었다. 회사는 루보 부부의 요구가 정당하다고 인정했다. 역장인 다바디의 지지를 받은데다 그 판결이 나기 직전, 새로 온 부역장이 요구할 경우 그에게 숙소를 돌려준다고 약조한 매표원 르블뢰의 그 문제의 편지를 기슈 양이 우연히 역의 문서보관실에서 옛날 전표를 찾다가 발견한 것이다. 자신의 패배에 울화가 치민 르블뢰 부인은 곧바로 이사를 하겠다고 말했다. 사람들이 자신이 죽기를 바라는 것 같으니 더이상 기다릴 것 없이 결말을 보여주자는 항의의 표시였다. 사흘에 걸친 그 기념비적인 이사는 복도를 뜨겁게 달구었다. 그동안 드는지 나는지 한 번도 모습을 나타낸 적이 없어 완전히 사라진 것 같았던 조그만 체구의 물랭 부인마저도 세브린의 작업 탁자를 들고 이 집에서 저 집으로 옮기는 등 이사를 거들고 나섰다. 누구보다도 풍파를 불러일으킨 사람은 필로멘이었다. 그녀는 이른 아침부터 도와준다고 와서는 짐을 싸랴 가구를 들어 옮기랴 부산을 떨다가 건너편의 이사 갈 집이 비기도 전에 들입다 처들어갔다. 두 집의 살림살이들이 자리를 바꾸느라 어지러이 뒤섞인 와중에 르블뢰 부인을 강제로 밀어낸 장본인이 바로 그녀였다. 그녀가 자크를 위해, 그리고 그가 아끼는 모든 것을 위해 하도 열성적으로 달려드는 통에 놀라우면서 한편으로 의심이 들기도 한 페쾨는 불쾌하고 음험한 표정과 함께 앙심을 품은 주정뱅이의 얼굴로 그녀에게 요즈음 그 기관사와 함께 자기라도 하는 사이냐고 힐난한 다음, 만약 자기한테 현장을 들키는 날에는 그 즉시 둘 다에게 제대로 본때를 보여주겠노라고 경고할 정도였다. 사실 그 젊은이를 향한 그녀의 두근거림은 점점 더 심해지기만 해서, 그와 그의 애인 사이에 끼어들면 그가 조금이나마 자기 것이 될지도 모른다는 희망에 그들의 하녀를 자청한 터였다. 필로멘은 마지막으로 남은 의자를 옮기고 두 집 문을 야멸차게 닫았다. 그러고 났는데 매표원의 아내가 미처 챙겨 가지 못한 걸상이 눈에 띄자 그녀는 다시 문을 열고 그 걸상을 복도에 내팽개쳤다. 그것으로 이사는 끝이 났다.

그후 일상은 원래의 단조로운 모습을 천천히 되찾아갔다. 뒷집으로 밀려나 류머티즘 때문에 꼼짝없이 소파에 몸이 묶인 신세가 된 르블뢰 부인이 하늘을 가리는 함석지붕밖에 보이지 않는 집안에서 닭똥 같은 눈물을 흘리며 화병으로 서서히 말라 죽어가는 사이, 세브린은 창이 여럿인 앞집에서 창가 자리 하나를 골라잡고는 오래전부터 붙잡고 있었지만 영원히 끝날 것 같지 않은 침대보 자수에 매달렸다. 그녀의 발 아래로는 출발선 역사 안마당의 활기찬 기운과 끊임없이 밀려드는 보행자와 마차의 풍경이 펼쳐졌다. 성급하게 다가온 봄은 보도 가장자리에 심긴 키 큰 가로수의 어린잎들을 벌써부터 신록으로 물들이고 있었다. 저멀리로는 비탈에 나무가 보기 좋게 심긴 앵구빌의 구릉들이 늘어섰고, 그 사이로 하얀 시골집들이 점점이 박혀 있는 풍경이 눈에 들어왔다. 하지만 그녀는 꿈에 그리던 것을 마침내 실현했는데도, 탐내던 숙소에 자리를 잡았는데도, 눈앞에 확 트인 공간과 볕과 태양이 펼쳐지는데도 별로 즐겁지 않아서 스스로도 의아했다. 심지어 파출부로 오는 시몽 아줌마가 손에 익었던 것들을 찾지 못해 화를 내고 투덜거리자 그녀는 마음이 불편해졌으며, 지저분한 것들이 눈에 잘 띄지 않아 소굴이라고 불렀던, 그만큼 정도 들었던 예전 집이 이따금 그리워지기도 했다. 루보는 그냥 될 대로 되라는 식이었다. 그는 집이 바뀐 것도 전혀 신경쓰지 않는 눈치였다. 꽤 시일이 지났는데도 그는 집을 종종 헷갈렸는데, 새 열쇠가 예전 집 열쇠구멍에 들어가지 않는 것을 확인하고 나서야 비로소 자신의 착각을 알아차릴 정도였다. 게다가 그는 갈수록 더 입을 닫았으며 몸도 계속 망가져갔다. 하지만 그 자신의 정치적인 견해를 드러내는 순간만큼은 반짝 활기를 띠는 것 같았다. 그 견해라는 것이 대단히 선명하거나 열렬한 것은 아니었다. 그는 다만 자신의 일자리가 날아갈 뻔했던 부지사와의 일을 내내 가슴에 품고 있었던 것이다. 제정정부가 총선으로 크게 흔들리면서 심각한 위기에 봉착한 뒤로 그는 의기양양해하면서 그런 자들이 평생 주인 노릇을 하는 것은 아니라고 떠벌렸다. 기숑 양 앞에서까지 혁명적인 언사를 거두어들이지 않았지만, 그녀의 신고를 접한 역장 다바디가 단 한 번 우정 어린 경고를 보내자 그는 바로 꼬리를 내리고 잠잠해졌다. 복도가 조용해졌고 사람들끼리도 별 잡음 없이 잘살고 있는데, 그리고 르블뢰 부인마저 날로 쇠약해지고 화병에 걸려 죽을 판국인데 왜 정부가 하는 일을 가지고 왈가왈부해 새로운 불씨를 일으키느냐는 것이었다. 그는 그 경고를 받고 어깨만 한 번 으쓱하고는 그다음부터 정치라는 것을, 다른 모든 것들을 무시하듯 그렇게 깡그리 무시해버렸다! 그런 식으로 그는 나날이 피둥피둥해지는 몸을 이끌고 눈곱만큼의 가책도 없이 무거운 발걸음을 질질 끌며 무심하게 등을 돌리고 자리를 떴다.

자크와 세브린은 이사 후 시도 때도 없이 만날 수 있게 되고 난 다음부터 오히려 사이가 점점 더 거북해졌다. 그들이 행복을 나누는 데 방해가 되는 것은 이제 아무것도 없었다. 그는 마음이 동하면 언제든지, 감시당할 염려도 없이 별도의 계단을 통해 그녀를 만나러 올라갔다. 그 집은 온전히 그들 것이어서 그가 대담하게 마음만 먹는다면 그곳에서 자도 되는 상황이었다. 하지만 둘이서 염원하고 합의했던 바인데도 그런 일은 실제로 일어나지 않았다. 그가 그런 시도를 하지도 않았거니와 그런 생각만 떠올려도 둘 사이에 어떤 불편함이, 넘을 수 없는 벽 같은 것이 가로놓이는 것이었다. 자신이 보여주었던 나약함에 대한 수치심을 달고 다니는 그는 그녀가 대답 없는 기다림에 지쳐 나날이 침울해지고 쇠약해져간다고 생각했다. 그들은 심지어 더이상 서로의 입술을 탐하지도 않았다. 절반의 성교라고 할 수 있는 그 욕망이 이제 그들의 마음속에서 완전히 메말라버린 것이다. 그들이 바라는 것은 완전한 행복, 떠남, 그곳에서의 결혼, 전혀 다른 삶, 그런 것이었다.

어느 날 밤, 자크는 세브린이 울고 있는 것을 발견했다. 그녀는 그가 온 것을 보고도 울음을 멈추기는커녕 그의 목에 매달려 더 크게 흐느꼈다. 전에도 그녀가 그렇게 운 일이 있었다. 그때는 그가 꼭 안아주자 진정했었다. 그런데 이번에는 그녀를 가슴에 안고 있어도 울음이 잦아들지 않는 것은 물론, 세게 안을수록 그녀가 더 큰 절망감에 휩싸이는 듯한 느낌이 고스란히 전해졌다. 그는 당황하다못해 결국 두 손으로 그녀의 머리를 부여잡아 가슴에서 떼어냈다. 그렇게 그녀와 얼굴을 가까이 마주대고 촉촉이 젖은 그녀의 두 눈을 들여다보던 그는 그녀가 이토록 절망하는 것은 여자이기 때문이라는 점을 이해하고 다시는 그녀에게, 그 수동적이고 온순한 마음에 충격을 안기지 않겠노라고 굳게 다짐했다.

"미안해, 조금만 더 기다려줘…… 맹세할게, 기회가 주어지면 지체없이 바로 실행에 옮길게."

그 말이 떨어지자마자 그녀는 마치 그 맹세에 봉인을 하려는 듯 자신의 입을 그의 입에 갖다댔다. 그들은 육체의 합일 속에 무아지경에 빠져들게 되는 그런 깊고 깊은 입맞춤을 나누었다.

10

파지 고모가 목요일 밤 아홉시에 마지막 경련을 세상에 남기고 숨을 거두었다. 그녀의 침대 곁을 지키고 있던 미자르가 그녀의 눈꺼풀을 쓸어 덮으려고 해보았지만 헛수고였다. 그녀의 부릅뜬 두 눈은 감기기를 완강하게 거부했다. 머리는 어깨 위로 살짝 기울어진 채 이미 뻣뻣하게 굳었는데 흡사 죽어서도 계속 방안을 노려보려는 것 같았다. 입술이 수축되면서 입술 가장자리가 들려 마치 비웃음을 흘리는 것 같았다. 탁자 한 귀퉁이에 세워진 양초 하나만 달랑 그녀 곁에서 타오르고 있었다. 아홉시 이후 그곳을 통과하는 기차들은 아직 온기가 채 가시지 않은 한 여인의 시신이 거기 누워 있다는 것을 알 리가 없는지라 변함없이 전속력으로 내달리며 그 시신을 흔들어댔는데, 그때마다 촛불의 불꽃도 함께 흔들리며 꺼질 듯 가물거렸다.

미자르는 플로르를 곁에서 떼어내기 위해 즉시 그녀를 두앵빌로 보내 사망신고를 하게 했다. 그녀는 열한시 이전에는 돌아올 수 없을 터, 그는 그렇게 두 시간의 여유를 확보했다. 끝없이 이어지던 망자의 그 단말마의 고통 때문에 저녁을 먹지 못해 배가 텅 빈 것 같았던 그는 우선 차분하게 빵을 잘랐다. 그는 선 채로 빵을 입에 물고 왔다갔다하면서 이런저런 궁리를 했다. 그렇게 어슬렁거리다가 간간이 허리가 두 동강이 나고 숨이 넘어갈 것 같은 발작적인 기침이 쏟아져서 꼼짝도 할 수 없었는데, 머리도 센데다 너무 마르고 허약해서 자신이 거둔 승리를 그리 오래 누릴 수 없을 것 같다는 예감이 들었다. 그래도 상관없어, 나는 벌레가 떡갈나무를 갉아먹듯 그렇게 이 사내대장부 같은 여자를, 덩치도 크고 잘생긴 이 여자를 결국 먹어치웠다. 이 여자는 이렇게 똑바로 누운 채로 세상을 하직하고 무로 돌아갔지만 나는 여전히 살아 있다. 그러다가 문득 한 가지 생각이 떠올라서 그는 무릎을 꿇고 침대 밑을 뒤져 단지 하나를 꺼냈다. 그 단지 안에는 관장용으로 준비해두고 쓰던 밀기울죽이 남아 있었다. 그녀가 눈치채고 의심을 한 다음부터 그는 소금 쪽은 포기하고 관장용 밀기울죽에 쥐약을 섞어 넣었다. 멍청하기 짝이 없는 그녀는 그쪽이리라고는 추호도 의심하지 못하고 이번에는 아랫도리이긴 하지만 어쨌거나 꿀떡꿀떡 잘도 받아먹었다. 그는 밖에 나가 단지를 말끔히 비운 다음 다시 집안으로 돌아와 흘린 죽 자국이 묻어 있는 방바닥 타일을 수세미로 닦았다. 그녀는 왜 그토록 고집을 피웠을까? 그녀는 옛날부터 자기만 약은 줄 알았지. 딱하기도 하지, 누가 말리겠나! 부부 사이는 당사자 간 싸움에 남들을 끌어들일 것도 없이 누가 상대방보다 오래 사느냐를 놓고 벌이는 게임일진대, 그 점을 알아야 이기고 살아남는 법이다. 그는 그녀가 위로 들어가는 것은 그토록 세심하게 감시를 했으면서 밑으로는 그렇게 순진하게 독약을 삼킨 것을 떠올리고 어이없는 이야기를 들은 것처럼 그녀를 비웃었다. 그 순간 급행열차 한 대가 지나가면서 그 낮은 집을 폭풍에 휩싸이게 하자 늘 겪어온 일인데도 소스라치게 놀라며 창문 쪽으로 몸을 돌렸다. 아! 그래, 저 그치지 않는 물결, 도처에서 오는 저 사람들은 자신들이 무엇을 짓밟고 지나가는지 전혀 알지도 못하거나 알아도 멸시하지, 그들은 그렇게 허겁지겁 악마에게 달려가는 거야! 기차가 지나간 뒤 다시 침묵이 무겁게 내려앉고 그의 눈이 죽은 자의 부릅뜬 두 눈과 마주쳤다. 그 고정된 눈동자는 그의 일거수일투족을 주시하는 것 같았는데 입가 양쪽이 올라가 비웃는 표정이었다.

미자르는 침착한 성격이었지만 순간 조금 기분이 상했다. 그녀의 목소리가 귓전을 울렸다. 찾아봐! 찾아보시지! 그녀가 죽으면서 천 프랑을 가지고 갔을 리 없어, 그녀가 가고 없는 지금 기어코 그 돈을 찾아내고 말리라, 그녀가 그 돈을 순순히 내놓으면 말이 안 되잖아? 애초에 그럴 거였으면 지금까지의 그 모든 지겨운 일을 할 필요가 없었겠지. 그녀의 부릅뜬 두 눈이 그가 어딜 가든 쫓아왔다. 찾아봐! 찾아보시지! 그 방은 그녀가 늘 들어박혀 있었기 때문에 그동안은 뒤져볼 엄두를 내지 못했다. 그는 방을 쓱 훑어보았다. 그래, 먼저 옷장 속부터 뒤져보자. 그는 침대 베개 밑에서 열쇠 꾸러미를 찾아낸 다음, 시트며 속옷이 잔뜩 얹혀 있는 선반을 뒤집어엎고, 두 개의 서랍 속을 샅샅이 살피고, 혹시 서랍 밑에 몰래 감추었을지 모른다는 생각에 서랍을 빼내보기까지 했다. 없었다, 아무것도 없었다! 그다음으로 그는 침대 머리맡 탁자를 점찍었다. 탁자를 덮은 대리석을 들어올려 뒤집어보았으나 헛수고였다. 벽난로 위에 못 두 개로 고정된, 장터에서 파는 얇은 거울 뒤도 뒤지려고 평평한 자를 밀어넣어보았지만 검은 먼지뭉치만 딸려나올 뿐이었다. 찾아봐! 찾아보시지! 그러자 그는 여전히 자신을 향한 듯 느껴지는 부릅뜬 눈을 피하기 위해 바닥에 엎드려 엉금엉금 기기 시작했는데, 바닥 타일을 주먹으로 톡톡 두드리면서 울리는 소리로 속이 빈 곳을 찾아낼 수 있지 않을까 기대하며 귀를 기울였다. 몇 군데 타일들이 떨어져 있기에 그것들을 들어내보기도 했다. 없었다, 여전히 아무것도 없었다! 그가 다시 몸을 일으키자 그녀의 두 눈이 자신을 다시 잡아채는 것 같아 그는 돌아서서 망자의 고정된 시선에 자기 시선을 맞추고 윽박지르려는 듯 노려보았다. 그러자 그녀가 양쪽 입가를 씰룩이며 한층 더 소름 끼치게 웃었다. 더이상 의심의 여지가 없었다. 그녀는 지금 그를 비웃고 있는 것이다. 찾아봐! 찾아보시지! 그는 몸에 열이 뻗쳐 그녀에게 다가갔다. 모종의 의심이 들면서, 불경한 생각에 시달리면서, 안 그래도 파리한 그의 얼굴이 더욱더 창백해졌다. 내가 왜 그녀가 그 돈 천 프랑을 몸에 지니고 있지는 않을 거라고 철석같이 믿었지? 어쨌든 그 돈을 몸에 지니고 있을 가능성도 있는 거잖아? 그는 시트를 걷어내고 그녀의 옷을 벗긴 다음 그녀의 몸 구석구석을 남김없이 뒤졌다. 그녀가 찾아보라고 했으니까, 그는 그렇게 합리화했다. 목덜미, 허리 아래, 엉덩이 가리지 않고 샅샅이 뒤졌다. 침대도 홀러덩 뒤집었다. 그는 매트 속에 어깨가 들어갈 정도로 팔을 집어넣었다. 아무것도 없었다. 찾아봐! 찾아보시지! 흐트러진 베개 위에 얹힌 그녀의 얼굴이 야유하는 눈으로 여전히 그를 쳐다보고 있었다.

미자르가 분노로 몸을 부들부들 떨며 침대를 정돈하려고 씩씩거리고 있을 때 두앵빌에서 돌아온 플로르가 집안에 들어섰다.

"내일모레 토요일 열한시래요."

그녀는 매장 일시를 말했다. 그러다가 자기가 없는 사이에 미자르가 무슨 짓을 하느라 저렇게 숨을 헐떡거리는지 대번에 알아차렸다. 그녀는 경멸하듯 무시하는 몸짓을 해 보였다.

"내버려두세요, 그건 못 찾아요."

그는 그녀도 자기를 능멸한다고 생각했다. 그는 이를 앙다물고 그녀에게 다가섰다.

"네 엄마는 그 돈을 네게 줬어, 넌 그 돈이 어디 있는지 알고 있어."

그녀는 자기 엄마가 그 돈 천 프랑을 누군가에게, 특히 딸인 자기에게 주었을 수도 있다고 생각하는 것에 어이가 없어 어깨를 으쓱했다.

"아! 그래요! 줬다고요…… 맞아요, 땅바닥에 줬어요!…… 자, 그 돈은 저기 있어요, 찾아보세요."

그녀는 팔을 휘휘 돌리며 집 전체를, 마당과 우물을, 철로를, 드넓은 벌판을 가리켰다. 그래, 저쪽, 구멍 깊숙한 곳, 절대로 아무도 찾을 수 없는 곳이다. 흥분해서 어쩔 줄 모르는 그가 그녀가 앞에 있는데도 아랑곳하지 않고 가구를 흔들어보고 벽을 두드려보는 등 난리를 피우는 사이 그녀는 창가에 서서 계속 나지막이 읊조렸다.

"오! 바깥 날씨는 훈훈해, 아름다운 밤이야…… 참 빨리도 갔다 왔지. 별빛이 대낮처럼 환했어…… 내일 해가 뜨면 날씨가 기막힐 거야!"

플로르는 잠시 창문 앞에 서서 겨울을 지내고 처음으로 맞는 4월의 온기에 포근히 잠겨 있는 그 고요한 벌판에 시선을 두었다가, 그렇게 바라보고 있을수록 마음속 고통으로 덧난 상처의 아픔이 더욱 심해지는 것을 느끼고 깊은 상념에 젖은 채 돌아섰다. 미자르가 방을 나가는 소리에 이어 요란하게 옆방들 여기저기를 뒤지는 소리가 들리자 그녀는 침대로 다가가 앉아 엄마를 물끄러미 내려다보았다. 탁자 한구석에 여전히 촛불이 흔들리지도 않고 높이 타오르고 있었다. 기차 한 대가 지나가면서 집을 뒤흔들었다.

플로르의 결심은 그렇게 밤을 지새우는 것이었다. 그녀는 깊은 생각에 잠겼다. 우선 시신과 마주하고 있는 것만으로도 그녀는 두앵빌을 오고가는 내내 별빛이 은은한 고요한 어둠 속에서 붙들고 씨름했던 문제에서, 지금도 그녀의 머릿속을 떠나지 않는 문제에서, 자신의 강박관념에서 벗어날 수 있었다. 한 가지 놀라운 의문이 들면서 그녀의 고통이 잠잠해진 것이다. 왜 엄마가 죽었는데도 슬프지 않았던 것일까? 그리고 지금 이 순간에도 왜 눈물이 나지 않는 걸까? 그녀는 비록 일이 끝나기만 하면 언제나 집을 빠져나와 들판을 헤집고 쏘다니는, 덩치 크고 무뚝뚝하며 거칠기만 한 처녀였지만 그래도 엄마를 사랑했다. 최근 병세가 위중해져 이러다가 엄마가 죽을지도 모른다는 생각에 그녀는 여러 번 이 자리에 앉아서 제발 의사를 부르자고 간청했었다. 그녀는 미자르의 수작이 의심스러워서 그렇게 하면 두려움 때문에라도 그가 수상한 짓을 멈출지도 모른다고 기대했던 것이다. 하지만 환자에게서는 "안 돼"라는 사나운 대답밖에 얻지 못했다. 환자는 마치 자신이 그 돈을 저승까지라도 가져갈 것이기 때문에 어떤 경우든 승리를 확신하고 어느 누구의 도움도 받지 않겠다는 데 승부의 자존심을 건 것 같았다. 그뒤로는 그녀 자신도 병이 도지기도 해서 일절 관여하지 않고 모든 것을 잊기 위해 집을 벗어나 들판을 쏘다녔다. 그녀의 가슴에 빗장을 친 것은 분명 그 문제였다. 가슴속에 너무 큰 슬픔을 안고 있으면 다른 문제가 들어설 자리가 없는 법이다. 그래서 그녀의 어머니가 떠났는데도, 이렇게 너무나 창백한 모습으로 눈앞에 죽어 있는데도 그녀는 아무리 애를 써도 더이상 슬퍼지지 않는 것이다. 경찰을 불러 미자르를 고발해보았자 모든 게 무너져버릴 것이 뻔한데 무슨 소용이란 말인가? 그녀의 시선은 비록 시신을 떠나지 않았지만, 그녀는 일찍이 그녀의 두개골에 대못처럼 박혀버린 그 생각에 사로잡혀 그녀에게 시계 구실을 하는 기차가 자신의 오장육부를 뒤흔들며 내달리는 것 말고는 아무 감각도 느끼지 못한 채, 그렇게 자신도 모르게 조금씩 시신을 보지 않고 내면의 환영에 몰두하기 시작했다.

방금 전부터 저멀리서 파리발 완행열차가 우르릉거리며 다가왔다. 마침내 기관차가 전조등을 앞세우고 창문 앞을 지나가자 방안이 번개가 친 듯 갑자기 환해졌다.

'한시 십팔분이로군.' 그녀가 생각했다. '아직 일곱 시간 남았어. 오늘 아침 여덟시 십육분에 그들이 지나갈 거야.'

몇 달 전부터 매주 그녀는 이러한 기다림에서 벗어날 수 없었다. 그녀는 금요일 아침마다 자크가 모는 급행열차가 세브린도 싣고 파리로 간다는 것을 알고 있었다. 그녀는 질투심에 불타 몸부림치며 오로지 그들의 길목을 지키고 있다가 그들을 바라보고, 그들이 거기서 아무 거리낌 없이 뒤엉키러 간다는 생각을 곱씹는 것을 일과로 삼았다. 오! 속절없이 달아나버리던 그 기차, 자기도 그 기차의 꽁무니에 매달려

따라가야 하는데 그럴 수 없기에 치밀어오르던 그 역겨운 느낌! 그녀는 기차 바퀴 하나하나가 자신의 가슴을 짓이기고 지나가는 듯한 느낌이었다. 그녀는 너무도 괴로워서 어느 밤엔가는 아무도 몰래 수사 당국에 편지를 쓰고 싶은 마음도 들었다. 그 여자를 체포하게 할 수만 있다면 이 고통이 끝날 거라고 여겨졌기 때문이다. 옛날에 그 여자가 그랑모랭 법원장과 추잡한 짓을 벌이는 장면을 우연히 목격한 바 있는 그녀는 그 사실을 검사에게 신고해 그 여자를 넘길 수 있지 않을까 생각했다. 하지만 손에 펜을 쥐고도 어떻게 써야 할지 갈피가 잡히지 않았다. 수사 당국이 내 말을 들어줄까? 잘난 것들은 원래 자기들끼리 통하기 마련이니까. 어쩌면 카뷔슈를 가두었듯이 그녀를 감옥에 처넣을지도 모를 일이었다. 안 돼! 그녀는 복수를 하고 싶었다. 혼자서, 누구의 도움도 받지 않고 복수를 하고 싶었다. 그것은 복수의 일념, 그러니까 그녀가 그동안 익히 들었던 표현대로라면 자신의 아픔을 떨쳐버리기 위해 남에게 아픔을 준다는 생각이 아니었다. 그것은 마치 벼락이 그들을 쓸어가버리듯 완전히 끝장을 내고야 말겠다는 일념, 모든 것을 허물어뜨리겠다는 일념이었다. 그녀는 자부심이 넘쳤다. 그녀는 자신이 그 여자보다 더 강하고 더 아름다우며, 그래서 사랑받을 정당한 권리가 있다고 확신했다. 금발머리를 무거운 투구처럼 쓰고서 벌거벗은 채 온갖 위험이 도사린 이 지방의 길 아닌 길들을 혼자 헤집고 다닐 때마다 그녀는 할 수만 있다면 그 여자를 이 숲속에 데려와 불구대천의 두 전사처럼 끝장이 날 때까지 결투를 벌이고 싶었다. 이제까지 어떤 남자도 그녀를 건드린 적이 없었다. 그녀는 수컷들을 모조리 물리쳤다. 그것이 그녀의 불굴의 힘이었다. 그녀는 승리할 터였다.

지난주에는 어디서 비롯되었는지는 모르지만, 그들이 더이상 이곳을 지나가지 못하도록, 그들이 더이상 함께 그리로 가지 못하도록 그들을 죽여버리자는 생각이 망치질처럼 느닷없이 그녀의 머리를 후려치더니 깊이 박혀 떠날 줄 몰랐다. 곰곰이 따진 것도 아니었다. 그녀는 단지 죽여버리겠다는 야만적인 본능에 따르는 것이었다. 그녀는 가시가 살에 박히면 그 가시를 뽑아냈다. 그럴 수 없으면 가시 박힌 손가락을 잘라낼 사람이었다. 그들을 죽이자, 그들이 눈에 띄는 즉시 죽이자. 그러기 위해서는 기차를 전복시켜야 한다. 선로 위에 엄청나게 큰 나무를 가져다놓든지 레일을 뽑아내든지 해야 한다. 아무튼 모든 것을 박살내고 모든 것을 순식간에 집어삼켜야 한다. 그는 분명 기관차에서 사지를 쭉 뻗고 널브러질 테고, 그와 최대한 가까이 있으려고 변함없이 일등칸에 탑승했을 여자도 객차에서 빠져나오지 못할 것이다. 다른 사람들에 대해서는, 끊이지 않고 물밀듯 쏟아져나올 사람들에 대해서는 생각할 필요조차 없었다. 그 사람들은 아무것도 아니었다. 그녀가 그들을 알기라도 하는가? 그러한 기차의 붕괴, 그러한 수많은 목숨의 희생이 어느새 그녀의 머릿속을 한시도 떠나지 않는 강박이 되었다. 그것이야말로 이 세상 단 하나의 파국, 눈물을 머금고 부풀어올라 거대해진 그녀의 심장을 흠뻑 적실 만큼 충분히 넓고 충분히 깊은 피의 바다, 인간 고통의 바다일 것이었다.

하지만 막상 금요일 아침이 되자 그녀는 마음이 약해졌다. 그때까지도 어떤 장소를 택할 것인지, 어떤 방식으로 레일을 들어올릴 것인지 결정을 내리지 못했다. 그러다가 밤근무가 끝나고 문득 한 가지 생각이 떠오르자 그녀는 냅다 달리기 시작해 터널을 지나 디에프 분기점까지 배회하고 다녔다. 길이가 족히 5리는 될 그 긴 지하 통로, 일직선으로 곧게 뻗어나간 그 궁륭형의 길은 그녀의 산책로 중 하나였는데, 그녀는 그 터널 속에서 눈부신 전조등을 달고 돌진해오는 기차가 자기 곁을 무섭게 스치고 지나가는 스릴을 맛보는 것이 취미였다. 그녀는 매번 몸이 가루가 될 뻔한 위험에 처했지만 다름 아닌 그 위험 상황이 도전 의욕을 부추기며 그녀를 그리로 이끌었던 것이다. 그런데 그날 밤, 터널지기의 감시를 피해 터널에 들어선 그녀는 정면에서 들이닥치는 모든 기차는 예외 없이 자기 오른편으로 지나간다는 것을 경험을 통해 분명히 알고 있었기에 선로 왼편을 따라 터널 한가운데 지점까지 나아갔다가, 그렇게 자기 오른편을 지나쳐간 르아브르행 열차의 후미등을 뒤쫓겠다고 무심코 뒤로 돌아서고 말았다. 그러고 나서 그녀는 다시 발걸음을 옮기다가 그만 발을 헛디뎌 한 바퀴 빙그르르 도는 바람에 어느 쪽 붉은 신호등이 꺼진 것인지 더이상 분간하지 못했다. 용기를 잃지는 않았지만 요란했던 바퀴 소리에 어안이 벙벙해진 그녀는 걸음을 멈췄다. 손에서 식은땀이 흐르고 두려움이 몰려오면서 모자를 쓰지 않은 머리카락이 쭈뼛 곤두섰다. 만일 지금 이 순간 다른 기차가 지나간다면 그것이 상행선인지 하행선인지 이제는 모를 것만 같았고, 오른편으로 몸을 던져야 할지 왼편으로 몸을 던져야 할지 갈피가 안 잡히면서 이러다가 졸지에 몸이 으스러지고 마는 것은 아닌가 하는 생각이 들었다. 그녀는 정신을 차리고 기억을 되살려 방향감각을 되찾으려고 안간힘을 썼다. 그러다가 갑자기 공포감이 몰려오면서 그녀는 앞만 보고 미친듯이 내달렸다. 안 돼, 안 돼! 그 두 사람을 죽이기 전에 먼저 죽고 싶지는 않아! 그녀의 두 발이 레일에 걸려 뒤엉켰다. 그녀는 미끄러지고 넘어지기를 거듭했지만 그때마다 더욱 힘차게 내달렸다. 터널 속 정신착란이었겠지만 양쪽 벽이 좁혀들면서 자신을 옥죄는 것 같았고, 궁륭형 천장은 갖가지 위협적인 소리와 끔찍한 포효가 부딪치며 반향을 일으켰다. 그녀는 기관차가 내뿜는 뜨거운 숨결이 자신의 목덜미를 휘감는 것 같아서 연방 뒤를 돌아다보았다. 돌연 방향을 잘못 잡았다는 확신이 들면서, 달리던 방향으로 계속 달리다가는 죽고 말리라는 확신이 밀려오면서 그녀는 벌써 두 번이나 급격하게 방향을 바꿔 내달렸다. 그렇게 그녀는 전속력으로 내달리고 또 내달렸다. 그때 저멀리 앞에 별 하나가, 불타는 둥근 눈 하나가 나타나더니 점점 더 커졌다. 그녀는 다시 발걸음을 되돌려 달아나고 싶은 마음이 참을 수 없을 정도로 강렬하게 치솟는 것에 맞서며 간신히 그 자리에 버티고 섰다. 그렇게 커지던 눈은 벌겋게 이글거리는 숯불, 맹렬히 타오르는 아궁이의 아가리로 변했다. 앞이 캄캄해진 그녀는 따질 겨를도 없이 왼쪽으로 펄쩍 뛰었다. 기차가 벼락을 치며 지나갔다. 기차가 일으키는 폭풍만이 사정없이 그녀의 볼을 후려쳤다. 오 분 후, 위기를 모면한 그녀는 멀쩡한 모습으로 말로네 쪽으로 터널을 빠져나왔다.

아홉시였다. 몇 분 뒤면 파리발 급행열차가 그곳을 지나갈 터였다. 그녀는 즉시 평소의 걸음걸이로 다시 걷기 시작해, 선로를 살피는 한편 주변 상황이 그녀의 계획에 도움이 될 수 있을지 예의 주시하며 200미터 정도 떨어진 디에프 분기점까지 갔다. 그때 디에프 쪽 선로 위에 궤도 보수에 쓰일 자갈 살포 열차가 정차되어 있는 것이 눈에 들어왔다. 그녀의 친구 오질이 조금 전 그쪽으로 돌려놓은 기차였다. 그 순간 섬광처럼 하나의 계획이 떠올랐고 그녀는 이내 마음을 굳혔다. 간단히 전철수가 전철기를 다시 르아브르 쪽 선로로 돌려놓지 못하게 해서 급행열차가 자갈 살포 열차에 부딪혀 산산이 부서지게 하자는 계획이었다. 전철수 오질에 대해 말하자면, 그가 욕정에 눈이 어두워 그녀를 덮쳤던 날 그녀가 작대기를 휘둘러 그의 머리통에 금이 갈 정도로 심각한 부상을 안겨주고 난 다음에도 그녀는 그에게 얼마간 변치 않는 우정을 보여주었으며, 산에서 도망쳐나온 염소처럼 터널을 통과해 그렇게 불시에 그의 집에 들이닥치기를 좋아했다. 제대군인으로 깡마르고 말수가 적으며 명령에 절대복종하는 성격인 그는 낮이고 밤이고 눈을 부릅뜨고 근무를 서서 불성실하다고 비난받을 만한 일은 아직 한 번도 저지른 적이 없었다. 다만, 그를 거꾸러뜨렸던, 사내보다도 더 강한 그녀의 야성미가 워낙 그의 육욕을 강렬하게 자극했기에 그녀가 손가락 끝만 까딱해도 그는 사족을 못 썼다. 그는 비록 그녀보다 열네 살이나 많았지만 그녀를 열렬히 욕망했으며, 폭력으로는 뜻을 이룰 수 없다는 것을 호된 경험을 통해 알고 있었기 때문에 성심을 다해 참고 기다려 언젠가는 그녀를 갖고 말겠노라고 마음속으로 굳게 다짐한 터였다. 그렇기 때문에 그날 밤 어둠 속에서 그녀가 그의 초소로 다가와 바깥으로 불러내자 그는 만사를 제쳐두고 그녀를 따라나섰다. 그녀는 그를 벌판 쪽으로 끌고 가서는 자기 엄마가 몹시 아프다는 둥 엄마를 여의면 자기는 크루아드모프라를 떠날 것이라는 둥, 복잡한 이야기를 늘어놓으며 그의 혼을 쏙 빼놓았다. 그러면서 그녀는 귀를 쫑긋 세우고 저 멀리 말로네를 떠나 전속력으로 다가올 급행열차의 쿵쿵거리는 소리가 들리는지 정신을 모았다. 이윽고 그 소리가 감지되자 그녀는 사태의 추이를 지켜보기 위해 몸을 돌렸다. 그런데 새로운 신호 연동장치가 도입되었다는 사실을 미처 계산하지 못한 것이 불찰이었다. 기관차가 디에프 쪽 선로에 접어들었지만 스스로 정지신호를 발령한 것이다. 그래서 기관사는 자갈 살포 열차에서 불과 몇 걸음 떨어지지 않은 지점에서 기차를 멈출 시간을 확보할 수 있었다. 오질은 집이 무너져내리는 것을 알아차리고 화들짝 잠에서 깨어난 사람처럼 고함을 지르며 미친듯이 자신의 초소로 달려갔다. 그동안 그녀는 그 자리에 뻣뻣하게 굳어 꼼짝도 하지 않은 채 어둠 저편에서 진행되는 사고 수습 작업을 지켜보았다. 이틀 후, 경질 통보를 받은 전철수가 여전히 아무것도 눈치채지 못한 채 그녀에게 작별 인사를 하러 와서는 어머니를 여의면 그 즉시 자기를 찾아와달라고 간청했다. 자! 이번 작전은 실패로 끝나고 말았다. 다른 방책을 찾아야 한다.

플로르가 이렇게 지난 기억을 떠올리고 있을 때, 그녀의 시선을 흐려놓았던 몽환적인 안개가 어느 순간 걷혔다. 그러자 그녀의 눈에 노란 촛불빛을 받고 있는 망자의 모습이 보였다. 이제 엄마는 죽고 없다. 결국 이곳을 떠나, 나를 원하고, 어쩌면 나를 행복하게 해줄지도 모르는 오질과 결혼해야 하나? 그녀의 온몸이 부르르 떨며 들고일어났다. 안 돼, 안 돼! 그 두 사람을 살려두고 나 자신도 목숨을 부지하려고 전전긍긍할 만큼 겁쟁이라면, 사랑하지도 않는 남자에게 몸을 맡기느니 차라리 여기서 길바닥을 휘젓고 다니거나 남의 집 하녀로 팔려가는 편이 나아. 그렇게 상념에 빠져 있는데 웬 낯선 소리가 그녀의 귀를 자꾸 헤집었다. 그녀는 미자르가 곡괭이로 단단히 다져진 부엌 바닥을 파고 있다는 것을 금세 알아차렸다. 그는 지금 숨겨둔 돈을 찾느라 혈안이 되어 집을 확 까발려놓기라도 할 태세였다. 그녀는 저런 자와 함께 살고 싶지도 않았다. 어떻게 할 것인가? 그런데 갑자기 돌풍이 휘몰아쳐 사방 벽이 흔들리고, 이어 망자의 납빛 얼굴 위로 활활 타오르는 불꽃의 반사광이 지나가면서 부릅뜬 두 눈과 우스꽝스럽게 이죽거리는 듯한 입술을 핏빛으로 물들였다. 무겁고 굼뜬 기관차가 이끄는 파리발 마지막 완행열차가 지나간 것이다.

플로르는 고개를 돌려 맑고 고요한 봄날의 밤하늘을 수놓은 별들을 쳐다보았다.

'세시 십분이다. 아직 다섯 시간 남았어, 그들이 지나갈 거야.'

그녀는 다시 한번 시도할 작정이었다. 그녀는 너무도 고통스러웠다. 그들을 보고만 있어야 한다는 것, 그들이 그렇게 매주 사랑을 나누러 가는 모습을 보고만 있어야 한다는 것, 그것은 그녀의 한계를 넘어서는 일이었다. 이제 결코 그녀 혼자서 자크를 독차지할 수 없다는 사실이 명백해진 만큼 그녀로서는 그가 사라지고 없는 편이, 더이상 아무것도 존재하지 않는 편이 차라리 나았다. 그렇게 모든 것을 절멸시키고 싶은 욕구가 점점 커지면서 그녀가 밤을 지새우는 이 음울한 방이 죽음의 수의로 그녀를 휘감아 비탄에 빠져들게 했다. 그녀를 사랑해줄 사람이 이제 아무도 남아 있지 않은 마당에 다른 사람들이라고 그녀의 어머니와 함께 저승에 못 갈 까닭이 어디 있겠는가, 그래 봐야 죽은 사람들이 하나씩 더 늘어나는 것일 터, 그들을 한꺼번에 데려가리라. 그녀의 여동생도 죽었고, 그녀의 어머니도 죽었으며, 그녀의 사랑도 죽었다. 무엇을 할 것인가? 여기 남든 떠나든, 그들 둘이 있는 한 그녀는 혼자일 것이다, 항상 혼자일 것이다. 안 돼, 안 돼! 그럴 바에야 차라리 모든 것이 무너져버려라, 여기 이 뿌연 방안에 도사린 죽음이 철로를 휩쓸어버리고 세상 모든 사람들을 날려보내버려라!

이렇게 마음속에서 긴 논전을 치른 끝에 결심을 굳힌 그녀는 자신의 계획을 실행에 옮길 최선의 방안을 궁리했다. 이윽고 그녀는 레일을 들어올리자는 생각으로 되돌아왔다. 그것이야말로 쉽게 실행에 옮길 수 있는, 가장 확실하고도 현실적인 방법이었다. 해머를 가지고 레일의 고정쇠들을 후려쳐 떨어져나가게 한 다음 침목에서 레일을 분리하기만 하면 끝이었다. 그녀에게는 필요한 도구들이 있었으며, 이 황량한 지역에서 그녀가 무엇을 하든 눈여겨볼 사람은 아무도 없을 터였다. 적당한 장소를 고르자면 아무래도 바랑탱 쪽으로 가다가 참호 지대를 지나고 나타나는, 높이가 7, 8미터가량 되는 성토 지대 위로 골짜기를 통과하는 곡선 선로가 제격이리라. 그곳이라면 탈선은 확실히 일어나고 끔찍한 전복도 가능할 것이다. 그러나 시간 계산 문제에 이르자 그녀는 불안해졌다. 상행선에는 8시 16분에 그곳을 통과하는 르아브르발 급행열차 이전에 7시 55분의 완행열차 한 대뿐이다. 그러므로 일을 벌이는 데 이십 분의 여유가 있는데 그 정도면 충분하다. 다만 정규 편성 열차 사이에 종종 시간표에 없는 화물열차가 운행되기도 하는 것이 문제인데, 화물 대량 수송 기간에는 특히 그렇다. 그럴 경우 무슨 낭패란 말인가! 다른 열차가 아니라 바로 그 급행열차가 와서 박살날 것이라고 어떻게 미리 알 수 있단 말인가? 오랫동안 그녀는 머릿속으로 여러 가능성을 궁리해보았다. 아직 어두운 밤이었다. 촛불이 촛농을 흘리며 계속 타올랐다. 타고 남은 심지가 길어졌지만 그녀는 더이상 잘라내지 않았다.

루앙에서 출발한 화물열차가 막 들어올 무렵 미자르가 들어왔다. 장작 광을 뒤졌는지 두 손이 흙투성이였다. 성과 없는 수색에 제정신이 아닌 그는 가쁘게 숨을 몰아쉬었고, 자신의 무기력한 분노감에 치를 떨며 다시 가구들 밑이며 벽난로 속이며 할 것 없이 온갖 곳을 뒤지기 시작했다. 한없이 긴 화물열차가 영원히 끝나지 않을 것처럼 하염없이 지나가는 가운데, 그 커다랗고 육중한 바퀴들이 규칙적으로 덜커덩거리는 소리를 낼 때마다 집안이 흔들리면서 침대 위의 시신도 따라 들썩였다. 미자르는 벽에 걸린 조그만 액자를 떼어내기 위해 팔을 뻗다가 다시 시신의 부릅뜬 눈과 마주쳤는데, 그 눈은 계속 그를 쫓아다니는 것 같았고 입술은 씰룩거리며 웃는 것처럼 보였다.

그는 파랗게 질려 부들부들 떨더니 분노와 두려움이 뒤섞인 목소리로 말을 더듬거렸다.

"그래, 좋아, 찾아봐라 이거지!…… 제기랄, 이 집 돌멩이들을 하나하나 다 들춰서라도, 이 동네 흙덩어리를 하나하나 다 헤집어서라도 내 그 돈을 반드시 찾아내고야 말겠어!"

느려터진 속도로 지나가던 시커먼 열차가 마침내 어둠 속으로 꼬리를 감추었다. 다시 잠잠해진 시신은 살아 있는 남편에게서 여전히 눈을 떼지 않았는데, 노골적으로 상대를 비아냥거리며 승리를 자신하는 그 모습에 질려 그는 문을 닫는 것도 잊고 다시 바깥으로 사라졌다.

상념에 빠져 넋을 놓고 있던 플로르가 자리에서 일어섰다. 그녀는 그 남자가 다시 들어와 자기 엄마를 괴롭히지 못하도록 문을 닫아걸었다. 그러고는 큰 소리로 울려퍼지는 자신의 목소리를 듣고 깜짝 놀랐다.

"십 분 전이면 괜찮을 거야."

실제로 그녀가 십 분 정도의 시간을 확보하는 것은 가능했다. 만일 급행열차가 통과하기 십 분 전까지 기다렸는데도 다른 열차가 통과한 다는 신호가 떨어지지 않는다면 일에 착수해도 되는 것이다. 그렇게 생각하자 문제가 확실히 해결된 것 같은 홀가분함에 걱정이 사라지고 마음도 편안해졌다.

다섯시경, 동이 트면서 청량한 새벽 기운이 느껴졌다. 맑고 투명한 날씨였다. 조금 쌀쌀한 감이 있었지만 그녀는 창문을 활짝 열어젖혔다. 그러자 연기와 죽음의 냄새가 꽉 찬 음산한 방안에 감미로운 아침 공기가 훅하고 밀려들어왔다. 해는 아직 언덕 위 나무들 너머로 펼쳐진 지평선에 걸려 있었다. 그래도 진홍빛 모습을 드러낸 해에서 뻗어나온 햇살이 해마다 새봄이면 약동하는 대지의 환호를 받으며 비탈에도, 움푹 팬 길에도 철철 넘쳐흘렀다. 지난밤, 그녀의 생각은 틀리지 않았다. 날씨는 좋을 것이다. 오늘 아침은 사는 게 너무나 즐거운 느낌이 들 정도로 젊음과 찬란한 건강이 넘치는 그런 날씨 중 하나였다. 언덕과 좁은 계곡이 끊임없이 중첩된 이 황량한 지역에서 자유롭게 상상의 나래를 펴고 험난한 오솔길을 따라 누비는 것은 얼마나 흐뭇한 일인가! 그녀는 창문에서 몸을 돌려 방안을 둘러보았는데, 촛불이 마치 꺼진 것처럼 환한 햇살 속의 한 점 창백한 눈물방울로밖에 보이지 않는 것이 신기했다. 망자는 이제 철길을 바라보고 있는 것 같았다. 이 시신 곁에 그렇게 하얗게 바랜 촛불이 타오르고 있다는 것쯤은 안중에도 없다는 듯 기차들이 계속해서 양방향으로 엇갈려 지나갔다.

평소에 플로르의 근무는 날이 밝고 나서야 시작되었다. 그녀는 6시 12분 파리발 완행열차가 지나갈 시간에 맞춰 비로소 방을 나섰다. 미자르 역시 밤근무를 한 동료와 여섯시에 교대를 한 참이었다. 그녀는 그가 나팔을 불어 기차가 들어오는 것을 알리자 깃발을 손에 들고 건 널목 차단기 앞에 섰다. 잠시 동안 그녀는 눈으로 기차를 따라갔다.

'두 시간 남았다.' 그녀는 마음속으로 크게 부르짖었다.

그녀의 어머니는 이제 누구의 손길도 필요 없는 처지가 되었다. 그 렇게 되자 그녀는 다시 방안에 들어가는 것이 죽기보다도 싫었다. 이 제 다 끝났다. 그녀는 마지막 작별 인사를 하듯 그녀의 어머니를 한 번 안아주고 나온 참이었다. 이제 그녀 자신의 목숨도, 다른 사람들의 목 숨도 마음대로 할 수 있었다. 그녀는 평소에는 다음 기차가 올 때까지 근무지를 빠져나와 어디론가 사라졌다. 그러나 그날 아침은 어떤 볼일 이 그녀를 그녀의 자리에 붙들어놓은 듯 차단기 옆, 선롯가에 놓인 나 무판자에 불과한 허름한 벤치에 앉아 있었다. 해가 어느새 지평선 위 로 떠올라 청명한 대기에 하나 가득 따사로운 금빛 햇살을 뿌렸다. 그 녀는 4월의 원기元氣를 머금고 힘차게 꿈틀거리는 드넓은 벌판 한가운 데에서 그 따사로운 기운을 만끽하며 우두커니 앉아 있었다. 그녀는 잠시 선로 건너편 판자 오두막 초소에 있는 미자르를 흥미롭게 지켜보 았다. 평소에 꼬박꼬박 졸던 것과는 달리 흥분한 기색이 역력한 그는 초소를 연신 들락날락하며 허둥대는 손으로 기기들을 만지면서도 시 선은 끊임없이 집을 향했는데, 마치 정신은 집에 머물며 여전히 돈을 찾는 것 같았다. 잠시 후 그녀는 그가 그곳에 있다는 사실조차 무시한 채 그를 완전히 잊었다. 그녀는 입을 꼭 다물고 굳은 표정으로 눈은 바 랑탱 쪽 선로 끝에 고정시키고서 골똘히 생각에 잠긴 채 온몸으로 기 다렸다. 그런데 그때 환호작약하는 햇살 저 너머로 어떤 환영이 둥실 떠오르는 듯했다. 집요한 한 마리 야수 같은 그녀의 시선이 악착스럽게 그곳을 향했다.

일 분이 흐르고 이 분이 흘러갔다. 플로르는 미동도 하지 않았다. 마침내 7시 55분이 되자 미자르는 나팔을 두 번 불어 상행선으로 르아브르발 완행열차가 들어온다는 것을 알렸다. 그녀는 일어나서 차단기를 내리고 깃발을 움켜쥔 채 차단기 앞에 섰다. 열차는 대지를 한 번 뒤흔든 다음 벌써 저멀리 사라졌다. 이윽고 열차가 터널 안으로 빨려들어가는 소리가 들리더니 뚝 그쳤다. 그녀는 벤치로 돌아가지 않고 그 자리에 선 채로 다시 시간을 계산했다. 만일 십 분 안에 화물열차가 지나간다는 경보가 울리지 않으면 그녀는 레일을 들어내기 위해 저쪽 참호지대 너머로 들입다 달려갈 참이었다. 마음이 차분히 가라앉았다. 다만 그 행위의 엄청난 압박감에 짓눌린 듯 가슴이 옥죄여왔다. 게다가 이 절체절명의 순간에 자크와 세브린이 가까이 다가오고 있고 자신이 그들을 멈추지 않는다면 그들이 사랑을 나누러 다시 이곳을 지나갈 거라는 사실이 머릿속에 떠오르면서, 마음 안에서 갈등이 재현되기는커녕 그 생각만으로도 그녀의 결심이 눈과 귀를 막은 것처럼 확고해졌다. 이제 길목을 지키다가 상대에게 결정적인 타격을 가하는 암컷 늑대의 공격은 돌이킬 수 없는 것이 되었다. 복수의 일념에 사로잡힌 그녀의 눈에 군중은, 지난 몇 년 동안 조수潮水처럼 그녀 앞을 줄지어 지나가던 그 생면부지의 사람들은 보이지 않고 사지가 짓찢긴 두 사람의 시신만이 어른거렸다. 유혈이 낭자한 시체들에 가려 해는 어쩌면 빛을 잃고 말지도 모른다. 지금 그녀를 부드럽고 유쾌하게 희롱하는 저 해는 말이다.

남은 시간이 이 분에서 일 분으로 시시각각 줄어들면서 내달릴 채비를 마친 그녀가 막 발걸음을 뗀 순간, 베쿠르 쪽 길에서 귀가 멍할 정도로 덜커덩거리는 소리가 들려와 그녀는 동작을 멈췄다. 마차 소리였는데 아마도 채석장의 석재 운반차인 것 같았다. 마차는 철로를 건너겠다고 요구할 것이고, 그렇다면 그녀로서는 차단기를 열고 몇 마디를 주고받느라 이 자리에 발이 묶일 수밖에 없을 것이기에 공격은 무산되고 말 것이 뻔했다. 그녀는 화가 치밀어올라 무시하는 표시로 몸을 한번 으쓱하고는 마차군이 알아서 하라는 심정으로 마차와 마차군을 외면한 채 자기 자리를 박차고 내달리려고 했다. 그런데 채찍 소리가 아침 공기를 가르면서 호쾌한 목소리가 들려왔다.

"어이! 플로르!"

카뷔슈였다. 그녀는 첫걸음을 떼자마자 땅바닥에 못박힌 듯 우뚝 섰다. 차단기 앞도 벗어나지 못한 상태였다.

"어쩐 일이야?" 그가 말을 이었다. "이렇게 화창한 날 아직도 여기서 죽치고 있다니? 빨리 열어줘, 급행열차가 오기 전에 지나가게!"

그녀의 내부에서 와르르 무너져내리는 소리가 들렸다. 공격은 틀렸다, 그 두 사람은 행복을 찾아갈 것이다. 그녀로서는 그들을 꺼꾸러뜨릴 아무런 방책도 없었다. 그녀는 나무 부분은 반이나 삭은데다 철물 부분이 녹슬어 삐걱거리는 낡은 차단기를 천천히 열면서 번득이는 눈으로 뭔가 방해가 될 만한 물건을, 철로 위에 가로질러 놓을 만한 것을 찾아 두리번거렸다. 낭패감이 얼마나 심했는지 그녀는 자신의 뼈가 기관차를 레일 밖으로 튕겨낼 정도로 튼튼하다면 몸소 철로 위에 드러눕기라도 하고 싶은 심정이었다. 그 순간 그녀의 시선이 석재 운반차에 멎었다. 커다란 돌덩이 두 개를 실은 넓적하고 야트막한 그 마차는 기운 센 말 다섯 마리가 끌기에도 벅차 보였다. 높이와 너비가 어마어마하고 길을 꽉 메울 정도로 거대한 부피의 돌덩이들이야말로 그녀가 찾던 것이었다. 그것들을 보자 그녀의 눈에서 갑자기 탐욕의 불꽃이 튀면서 그것들을 뺏어 철로 위에 부려놓고 싶은 욕심이 일었다. 차단기가 활짝 열렸고 땀으로 번들번들한 다섯 마리 짐승은 거칠게 숨을 몰아쉬며 통과하려고 기다렸다.

"오늘 아침 무슨 일 있어?" 카뷔슈가 다시 말을 붙였다. "아주 이상해 보여."

플로르가 입을 열었다.

"어젯밤 엄마가 죽었어."

그는 다정스레 애도의 신음을 내뱉었다. 그는 채찍을 내려놓고 그녀의 두 손을 꼭 잡았다.

"오! 가엾은 플로르! 오래전부터 그리될 거라 마음의 준비는 했겠지만 그래도 얼마나 가슴 아프겠어!…… 그러면 어머니는 저기 계시겠네, 어머니를 뵙고 싶어, 이런 불행이 닥치지 않았다면 어머니와 내가 언젠가는 결국 서로를 이해하고 오해를 풀었을 텐데 말이야."

그는 그녀와 함께 천천히 집으로 걸어갔다. 그런데 그가 문간에서 머뭇거리며 말들이 있는 쪽으로 시선을 돌렸다. 그녀가 한마디로 그를 안심시켰다.

"말들이 움직일 위험은 없어! 그리고 급행열차가 오려면 아직 멀었어."

그녀는 거짓말을 했다. 그녀는 잘 훈련된 귀와 벌판의 미세한 떨림을 통해 방금 전 급행열차가 바랑탱 역을 떠나는 소리를 들었던 것이다. 이제 오 분 후면 급행열차가 그곳에 다다를 것이다. 건널목에서 100미터가량 떨어진 참호 지대를 빠져나올 것이다. 석공이 망자의 방 안에 서서 애틋한 마음으로 루이제트를 생각하며 상념에 빠져 있는 동안 그녀는 집 바깥 창문 앞에 머문 채 멀리서 점점 더 가까이 다가오는 기관차의 규칙적인 엔진 소리에 계속 귀를 기울였다. 그러다가 문득 미자르가 떠올랐다. 그라면 분명 그녀를 지켜보고 있다가 방해할 터였다. 확인하려고 초소 쪽을 돌아다보았지만 그가 보이지 않자 그녀는 가슴이 철렁 내려앉았다. 그녀는 두리번거리다가 집 반대편의 우물가 둘레돌 밑을 파헤치고 있는 그를 발견했다. 갑자기 숨긴 돈이 거기에 있을 거라는 확신이 들자 찾고 싶은 생각이 미친듯이 밀려와 참을 수 없었을 것이다. 그는 자기 생각에 빠져 눈에 보이는 것도, 귀에 들리는 것도 없는 듯 파헤치고 또 파헤쳤다. 그 모습을 보고 그녀는 극도로 흥분했다. 돌아가는 상황도 그녀의 계획을 돕고 있었다. 기관차가 참호 지대 저쪽에서 다급하게 달리는 사람처럼 요란하게 엔진 소리를 내자 말 한 마리가 힝힝대며 울기 시작했다.

"내가 말들을 조용히 시킬게." 플로르가 카뷔슈에게 말했다. "걱정하지 마."

그녀는 몸을 날리듯 달려가 맨 앞에 선 말의 재갈을 바투 잡고 여걸답게 젖 먹던 힘까지 끌어모아 잡아당겼다. 말들은 잠시 완강하게 버텼고, 엄청난 짐을 실은 육중한 짐마차는 흔들리기만 할 뿐 굴러갈 기미도 보이지 않았다. 그런데 그녀 자신이 마치 보강을 위해 투입된 또 한 마리의 말처럼 매달려 힘을 보태자 마차가 움직이더니 선로 위로 굴러가기 시작했다. 마차가 레일 한복판에 도달했을 때 기관차는 저쪽 100미터 앞 참호 지대를 빠져나온 참이었다. 그러자 마차가 건널목을 건너가버리고 말까봐 조바심이 난 그녀는 마차를 세우기 위해 전광석화처럼 초인적인 힘을 발휘해 고삐를 움켜잡고 버텼는데 그 바람에 그녀의 사지에서 우두둑거리는 소리가 났다. 자신만의 전설을 가진 그녀는, 비탈을 굴러가는 객차 한 대를 멈춰 세웠다더라, 기차에 돌진하는 수레를 막았다더라 하는 이야기가 인구에 회자될 정도로 기상천외한 괴력을 발휘한 전설을 가진 그녀는 오늘 그 사례를 제대로 증명해 보였다. 위험을 본능적으로 직감하고 뒷발로 서서 우는 다섯 마리의 말들을 그녀의 무쇠팔로 잠재운 것이다.

그것은 억겁의 시간 같았지만 실은 십 초 정도밖에 되지 않았다. 두 개의 거대한 돌덩이가 장벽처럼 앞을 가로막았다. 반질거리는 놋쇠와 번쩍이는 강철로 무장한 기관차는 폭포처럼 쏟아지는 맑은 금빛 아침 햇살을 받으며 부드러우면서도 간담을 서늘하게 하는 속도로 미끄러지듯 다가왔다. 도저히 피할 수 없다, 이 세상 그 어떤 것이 오더라도 이제 충돌을 막을 수 없다. 그렇게 기다림이 이어졌다.

날다시피 초소로 돌아온 미자르는 기차에 사태를 알려 멈추게 하려고 주먹 쥔 두 팔을 허공에 쳐들고 미친듯이 흔들어대며 고래고래 소리를 질러댔다. 수레바퀴 소리와 말들의 날카로운 울음소리에 놀라 집 밖으로 뛰어나온 카뷔슈도 말들을 전진시키려고 역시 목청껏 소리를 지르며 달려왔다. 하지만 바로 직전에 플로르가 옆으로 몸을 던져 그를 붙잡았는데 누가 봐도 충돌에서 그를 구해내려는 동작으로 보였다. 카뷔슈는 그녀가 말들을 제어할 힘이 없었던 거라고, 말들이 그녀를 끌고 간 거라고 생각했다. 그는 절망적인 공포감에 허우적거리며 자신을 탓하고 울음을 터뜨렸다. 반면 그녀는 고개만 쳐든 채 꿈적도 하지 않고 불타는 두 눈을 부릅뜨고서 사태의 추이를 지켜보았다. 기관차의 가슴팍이 돌덩이에 막 닿으려는 순간, 아마도 1미터 정도의 간격이 남은 순간, 그 가늠할 수 없는 찰나의 순간, 그녀는 역전기 핸들을 붙잡고 있는 자크의 모습을 똑똑히 보았다. 그가 고개를 돌렸고, 그들의 눈이 서로 마주쳤다. 그녀는 그 순간이 한량없이 길게 여겨졌다.

그날 아침, 매주 그랬듯이 세브린이 급행열차를 타기 위해 르아브르역 플랫폼으로 내려왔을 때 자크는 그녀에게 미소를 보냈다. 골머리 썩일 일이 있다고 인생까지 망칠 까닭이 어디 있는가? 행복한 나날들이 주어졌는데 왜 그걸 즐기지 않는단 말인가? 모르긴 해도 모든 것이 잘 풀릴 것이다. 그는 적어도 그날만큼은 기쁨을 만끽하겠노라 결심하고 그녀와 함께 레스토랑에서 근사한 점심식사를 할 꿈에 부풀어 이것저것 계획을 짰다. 그녀가 맨 앞 일등석 객차에 자리가 없어서 어쩔 수 없이 그와 멀리 떨어진 맨 끝 객차를 타고 가야 한다는 것을 알고 그를 향해 눈살을 찌푸렸을 때 그는 그녀를 위로하고 싶어 그렇게 환하게 미소를 지었던 것이다. 그래도 평소와 다름없이 함께 도착하는 거잖아, 헤어졌다가 거기서 다시 만나는 거잖아. 심지어 기관차 밖으로 몸을 쭉 내밀어 그녀가 맨 꽁무니 객차에 올라타는 것을 지켜본 다음에도 유쾌한 기분 그대로 여객전무 앙리 도베르뉴에게 농담을 건네기까지 했는데, 그는 여객전무가 그녀에게 연정을 품고 있다는 것을 알고 있었다. 지난주에 그는 여객전무가 대담하게 그녀에게 육박해오자 그녀 자신이 자초한 힘든 상황을 모면하게 해줄 심심풀이가 필요하던 차에 차라리 잘됐다는 심정으로 그녀가 여객전무를 일부러 부추기는 게 아닌가 하고 의심을 품었다. 루보도 그렇게 지적했다. 그녀는 오로지 다른 일을 벌이고 싶다는 이유로 그 젊은 남자와 내키지도 않으면서 결국 동침을 하고 말 거라고. 그래서 자크는 앙리에게 전날 밤 출발선 역사 안마당의 느릅나무 뒤에 몰래 숨어 허공으로 날려보낸 입맞춤이 누구를 위한 것이었느냐고 물었던 것이다. 증기를 뿜으며 출발 준비를 하고 있는 라리종호의 화구에 석탄을 채워 넣고 있던 페쾨가 그 농담에 홍소를 터뜨렸다.

르아브르에서 바랑탱까지 급행열차는 별다른 문제 없이 규정 속도를 유지하며 달렸다. 참호 지대를 빠져나오는 순간 제일 먼저 석재 운반차가 선로에 가로놓여 있다는 것을 알린 사람은 바로 감시실 위로 목을 내밀고 망을 보고 있던 앙리였다. 전날 밤 대서양 횡단 여객선에서 내린 승객들이 한꺼번에 몰려들어 그들을 모두 태우느라 기차가 만원인 탓에 앞머리 유개화차는 수화물로 북새통이었다. 여객전무는 산더미처럼 쌓인 트렁크와 여행 가방들이 기차의 진동에 맞춰 춤을 추는 가운데 옹색하게 자리를 잡고 서서 운송장들을 정리하고 있었는데, 못에 걸린 조그만 잉크병도 끊이지 않는 진동에 내내 흔들거렸다. 정차역에 수화물을 내려놓고 나면 사오 분 정도 운송장을 기록할 시간이 있었다. 바랑탱에서 두 명의 승객이 내렸고, 그에 맞추어 서류들을 정리해놓은 다음 그는 곧바로 감시실로 올라가 앉아 평소처럼 앞뒤로 번갈아 고개를 돌려가며 선로를 주시했다. 달리 할 일이 없을 땐 창유리가 끼워진 그 망루에 앉아 내내 경계를 하는 것이 그의 일과였다. 기관사는 탄수차에 가려 보이지 않았다. 그런데 높은 위치 덕에 그는 기관사보다 더 멀리 그리고 더 빨리 보는 경우가 종종 있었다. 기차가 참호지대 안에서 굽잇길을 돌고 있는 상황에서 그의 눈에 저멀리 장애물이 포착된 것도 그 때문이었다. 그는 얼마나 놀랐던지, 당황스럽고 온몸이 마비되는 것 같은 상황에서도 잠시 헛것을 본 게 아닌지 의심했을 정도였다. 그렇게 속절없이 몇 초를 허비한 것이다. 기차는 이미 참호지대를 빠져나가고 있었다. 그가 정신을 차리고 황급히 자기 앞에 늘어져 있는 비상벨 줄을 당기려던 찰나, 기관차에서 외마디 비명이 터져나왔다.

자크는 그 절체절명의 순간에 역전기 핸들에 손을 얹어놓고 시선은 전방을 향했으나 정신은 딴 데 가 있느라 일 분 정도를 허송했다. 상념에 빠져 있었던 것인데 그 상념이라는 것이 세브린의 모습 자체도 희미하게 사라질 정도로 밑도 끝도 없이 막연한 것이었다. 미친듯이 벨이 울려대고 등뒤에서 페쾨가 고함을 질러대는 바람에 그는 소스라쳐 깨어났다. 페쾨는 화실의 통풍이 시원찮은 것 같아서 재받이의 쇠막대를 들어올린 다음 기관차의 속도를 확인하려고 고개를 바깥으로 내밀었다가 사태를 알아차린 것이다. 자크는 죽은 사람처럼 안색이 새파래지면서 금세 모든 것을 알아챘다. 선로에 가로놓인 석재 운반차, 돌진하는 기관차, 무시무시한 충돌, 이 모든 것이 너무도 강렬하고 선명하게 나타나 이미 뼛속 깊이 엄청난 충격파가 울리는 듯한 느낌을 받은 그는 그 두 돌덩이의 우툴두툴한 표면까지 구별할 수 있었다. 충돌은 불가피했다. 그는 격하게 역전기 핸들을 돌리고 증기밸브를 닫고 브레이크를 잡았다. 그는 그렇게 기관차를 후진시키려 하면서 다른 손으로는 무의식적으로 연신 경적을 울려댔는데, 그것은 저 앞에 버티고 선

거대한 바리케이드를 알리고 제치겠다는 의지의 발로였지만 사실은 무력감을 느끼고 분노에 휩싸인 몸부림이었다. 그 처절하고 비통한 기적 소리에도 라리종호는 말을 듣지 않고 속도를 거의 늦추지 않은 채 막무가내로 내달렸다. 라리종호는 눈 속에 빠져 원래의 뛰어났던 증기 분출력과 유연하기 그지없던 시동 능력을 상실하고 동상을 입어 폐가 망가진 노파처럼 성마르고 까칠해진 다음부터는 더이상 예전의 고분고분한 라리종호가 아니었다. 라리종호는 식식거리면서 브레이크가 걸려 불끈거렸지만 육중한 자체 하중의 고집스러운 관성으로 앞으로 나아가고 또 나아갔다. 페쾨는 공포감에 광분해서 날뛰었다. 자크는 경련이 이는 오른손은 역전기에 두고 다른 손은 경적기에 올려놓고 자기 자리에서 온몸이 굳은 채로 어떤 일이 벌어질지 감조차 잡히지 않는 상태에서 하릴없이 기다렸다. 김을 내뿜고 식식거리며 달리던 라리종호는 끊이지 않고 이어지는 날카로운 첫소리와 함께 열세 량의 차량을 매단 어마어마한 무게로 석재 운반차와 충돌했다.

선로에서 20미터쯤 떨어진 곳에서 경악을 금치 못하고 얼어붙어 있던 미자르와 카뷔슈는 두 팔을 허공에 들어올린 자세로, 플로르는 두 눈을 크게 뜨고서, 그 무시무시한 장면을 지켜보았다. 기차는 위로 솟구쳐올라 일곱 량의 차량이 서로 업고 업힌 상태가 되더니 이내 귀청을 찢는 소리를 내며 곤두박질쳐 지리멸렬하게 붕괴되었다. 앞의 세 량은 완전히 산산조각이 났고 뒤의 네 량은 깨진 유리 조각들이 낭자한 가운데 으스러진 지붕들과 부서진 바퀴들, 승강구 문들, 쇠사슬들, 완충기들 따위가 뒤죽박죽 얽히고설켜 하나의 거대한 산더미가 되어버렸다. 그전에 무엇보다도 기관차가 돌덩이에 부딪혀 박살나는 소리가 들렸는데, 귀청을 찢는 그 충격음은 숨넘어가는 비명 소리와 함께 잦아들었다. 라리종호는 석재 운반차를 타고 왼쪽으로 엎어져 만신창이가 된 밑바닥을 드러냈다. 돌덩이들은 마치 광산의 발파작업 때처럼 산산조각이 나 사방으로 튀었고, 다섯 마리 말 중 네 마리가 기관차 밑에 깔려 끌려가 그 자리에서 즉사했다. 기차 뒷부분의 차량 여섯 량은 피해를 입지 않고 탈선도 하지 않은 채 멈춰 서 있었다.

사방에서 비명소리와 구조를 요청하는 소리가 터져나왔는데, 그 단어들은 짐승의 울부짖음처럼 맥락을 잃은 채 허공으로 흩어졌다.

"여기요! 살려줘요!…… 오! 맙소사! 나 죽네! 살려줘요! 살려줘요!"

더이상 아무 소리도 들리지 않고 아무것도 보이지 않았다. 밑바닥을 내보인 채 모로 쓰러진 라리종호는 마개가 뽑히고 연관煙管들이 파열되어 증기가 모조리 빠져나간 채 죽어가는 거인의 성난 헐떡임과 비슷한 그르렁거리는 숨소리만 내뱉을 뿐이었다. 라리종호의 몸체에서 흰 김이 끊임없이 새어나오면서 땅바닥에 자욱한 소용돌이를 만들었고, 화실에서 쏟아져내린, 마치 내장이 토해낸 피처럼 시뻘건 석탄 덩이들은 검은 연기를 꾸역꾸역 피워올렸다. 연통은 거센 충격에 날아가 땅속에 처박혔다. 충격을 입은 부위의 차대는 완전히 부서졌고 측면의 주축장선 두 개는 심하게 휘었다. 상대의 가공할 뿔 공격을 받고 만신창이가 된 흉측한 말처럼 바퀴들을 허공에 쳐든 라리종호는 뒤틀린 크랭크 연결봉들과 깨진 실린더, 으스러진 증기실 슬라이드밸브와 편심봉 등을 고스란히 드러냈는데, 그렇게 허공에 입을 벌리고 있는 끔찍한 상처를 통해 영혼이 처절한 절망의 파열음을 내며 빠져나가고 있었다.

라리종호 바로 옆에는 아직 죽지 않은 말이 앞다리 둘이 모두 잘려나가고 배가 터져 내장도 다 쏟아낸 채 누워 있었다. 극심한 고통으로 경련을 일으키며 뻣뻣하게 굳은 목을 쳐들고 있는 그 말은 헐떡거리며 괴롭게 신음을 흘리고 있었지만 역시 빈사 상태에 놓인 기관차가 내지르는 벽력같은 소리에 묻혀 전혀 귀에 들어오지 않았다.

고함소리가 서로 뒤얽히며 메아리 없이 허공에 흩어져 사라졌다.

"살려줘! 차라리 날 죽여!…… 너무 아파, 날 죽여줘! 죽여달란 말이야!"

이 아비규환 속에서, 앞이 보이지 않을 정도로 연기가 자욱한 가운데 피해를 입지 않은 객차들의 승강구 문들이 다투어 열리고 혼비백산한 승객들이 밖으로 쏟아져나왔다. 그들은 선로에 내려서서 몸을 움츠리고 손과 발을 허우적거렸다. 그러고는 자신들이 단단한 땅을 밟고 있으며 앞에 벌판이 펼쳐져 있다는 것을 확인하자마자 오로지 위험에서 멀리, 아주 멀리 떨어져 있어야 한다는 본능이 발동하여 산울타리를 뛰어넘고 벌판을 가로질러 걸음아 날 살려라 하고 달아났다. 여자들이고 남자들이고 할 것 없이 울부짖으며 그렇게 숲속으로 사라졌다.

세브린은 머리가 산발이 되고 옷은 찢긴 채 발을 동동 구르다가 간신히 빠져나왔다. 그러나 그녀는 달아나지 않았다. 그녀는 폭발할 듯 그르렁거리는 기관차 쪽으로 급히 달려갔는데 페쾨밖에 보이지 않았다.

"자크, 자크! 자크는 살아 있지요, 그렇죠?"

기적적으로 손가락 하나 다치지 않은 화부 역시 자신의 짝 기관사가 기관차 밑에 깔려 있다는 생각에 가슴이 미어질 정도로 자책감이 밀려와 이리저리 허둥댔다. 그들은 함께 얼마나 많은 여행을 했던가, 한시도 편한 순간이 없었을 정도로 엄청난 맞바람을 맞아가며 함께 얼마나 고생을 했던가! 그리고 그들의 기관차는, 그들의 가엾은 기관차는 그들과 삼인조를 이루던, 그토록 사랑받던 좋은 친구였는데 지금 저렇게 배를 드러내놓고 허파가 터져 가슴을 들썩이며 가쁜 숨을 몰아쉬고 있다니!

"나는 정신없이 뛰어내렸어요." 그가 말을 더듬었다. "난 아무것도 몰라, 정말 아무것도 몰라…… 뛰자고, 빨리 뛰자고요!"

선롯가를 따라 난 길에서 그들은 플로르와 마주쳤다. 그녀는 그들이 자기 쪽으로 오는 것을 보고 있었다. 그녀는 실현된 결과를 보고, 자신이 저지른 이 살육을 보고 망연자실해서 한 걸음도 떼어놓을 수 없었다. 다 끝난 거야, 잘된 거야. 그녀는 타인들의 고통에 대해 동정은커녕 그 고통 자체가 안중에도 없었고 오로지 한 가지 욕구가 해소되었다는 느낌뿐이었다. 그런데 세브린이 나타나자 그녀의 눈이 휘둥그레지면서 끔찍한 고통의 그림자가 그녀의 창백한 얼굴을 어둡게 뒤덮었다. 뭐야? 그는 죽었는데, 죽은 게 확실한데 이 여자는 살아 있다니! 그 순간, 자신의 사랑을 무참히 죽였다는 극심한 고통이, 스스로 자기 가슴 한복판에 비수를 꽂았다는 뼈아픈 자각이 밀려오면서 그녀는 갑자기 자신의 범행에 대해 혐오감이 치밀어올랐다. 내가 이 일을 벌인 것이다, 내가 그를 죽인 것이다, 내가 이 모든 사람들을 죽인 것이다! 커다란 외침이 그녀의 목구멍을 찢고 터져나왔다. 그녀는 두 팔을 휘저으며 미친듯이 달려갔다.

"자크, 오! 자크…… 그는 지금 저기 있어, 그는 뒤로 나가떨어졌어, 내가 봤어…… 자크, 자크!"

라리종호의 그르렁거리는 소리가 한풀 꺾였다. 라리종호의 거친 신음 소리가 약해지면서 부상자들이 처절하게 울부짖는 비명이 점점 더 분명하게 들려왔다. 그러나 연기는 여전히 자욱해서 그 고통과 공포의 목소리들이 흘러나오는 거대한 잔해 더미가 햇빛 아래 검은 먼지를 뒤집어쓰고 있는 것 같았다. 무엇을 할 것인가? 어디서부터 시작할 것인가? 어쩌다가 이런 참사까지 벌어지게 되었는가?

"자크!" 플로르는 여전히 부르짖었다. "그가 나를 쳐다보았어요. 그러곤 저쪽 탄수차 밑으로 나가떨어졌어요…… 그러니까 빨리 가봐야 해요! 날 도와줘야 한다고요!"

카뷔슈와 미자르는 쓰러져 있던 여객전무 앙리를 일으켜 세운 참이었는데 그 역시 마지막 순간에 기차에서 뛰어내렸던 것이다. 그는 발이 삐었는데, 카뷔슈와 미자르가 그를 울타리에 기대앉혔다. 얼이 빠져 말을 잊은 그는 고통도 못 느끼는 듯한 표정으로 구조 작업을 물끄러미 바라보았다.

"카뷔슈, 이리 와서 날 도와줘, 자크가 저 안에 있단 말이야!"

석공은 그 말을 못 듣고 다른 부상자들이 있는 곳으로 달려가, 대퇴골이 부러져 두 다리를 축 늘어뜨린 젊은 여자를 안고 나왔다.

플로르의 부름에 달려든 사람은 다름 아닌 세브린이었다.

"자크, 자크!…… 어디에요? 내가 도울게요."

"여기예요, 당신이군요, 날 도와줘요!"

두 여자의 손이 마주쳤다. 둘은 함께 부서진 바퀴를 잡아당겼다. 그러나 한 여자의 연약한 손가락은 아무런 도움도 되지 못했다. 반면 다른 한 여자는 그 강인한 손아귀 힘으로 방해물들을 제거했다.

"조심해요!" 어느새 와서 일을 거들던 페쾨가 말했다.

세브린이 푸른색 옷소매에 감싸인 채 어깨에서 잘려 떨어져나온 팔 한 짝을 모르고 밟을 뻔한 순간 그가 제지한 것이다. 그녀는 공포에 질려 뒷걸음쳤다. 그러나 그녀는 그것이 누구의 옷소매인지 알 수 없었다. 그것은 모르는 사람의 팔이었다. 팔은 여기 굴러 있지만 그 팔의 주인인 몸뚱이는 아마도 다른 곳에서 발견될 터였다. 그녀는 극심한 떨림에 온몸이 마비된 것 같아, 팔들을 자른 유리창 파편들을 들어낼 엄두도 내지 못한 채 흐느껴 울며 서 있을 따름이었다.

그렇게 죽어가는 사람들을 구조하고 죽은 사람들을 수색하는 작업은 불안과 위험이 잔뜩 도사린 일이었는데, 기관차의 불이 인근 숲의 나무들에 옮겨붙기 시작했기 때문이었다. 그 불이 대형 화재로 번지는 것을 막기 위해 삽으로 흙을 퍼 날라 뿌려야만 했다. 바랑탱에 구조를 요청하러 사람을 보내고 루앙에 급히 전보를 친 것과는 별도로 사고 현장의 수습 작업이 최대한 신속하게 조직을 갖추어 진행되기 시작했으며 모든 사람들이 적극적으로 용기를 내어 힘을 보탰다. 달아났던 사람들 중 상당수가 겁먹었던 것을 부끄러워하며 되돌아왔다. 하지만 작업은 극도로 신중하게 진행되었으며 잔해들을 치우는 일에도 세심한 주의가 필요했는데, 그도 그럴 것이 까딱 잘못해서 잔해물이 다시 붕괴라도 되면 그 안에 매몰된 사람들의 생명이 위태로워질까봐 걱정이 되었던 것이다. 잔해 더미에 가슴까지 묻혀 바이스에 꽉 물린 것 같은 상태가 된 부상자들이 비명을 질러댔다. 십오 분 정도 작업해서 그중 한 명을 겨우 구해냈는데, 그 부상자는 아무 감각도 없다고, 아무런 통증도 느껴지지 않는다고 되뇌며 백지장처럼 하얗게 질린 채 신음을 토해냈다. 그런데 구출되었을 때 그는 이미 두 다리가 없었으며 공포감에 사로잡혀 그 끔찍한 부상을 알지도 느끼지도 못한 채 곧바로 숨을 거두었다. 불이 옮겨붙은 두번째 객차에서는 일가족이 구조되었다. 부부는 무릎께가 부서졌으며, 그들의 모친은 팔이 부러진 상태였다. 하지만 그들 역시 고통을 느끼지 못하고 울부짖으며 붕괴 당시 사라진 어린 딸아이의 이름을 불렀는데, 겨우 세 살밖에 안 된 그 금발의 여자아이는 갈가리 찢어진 지붕 틈바구니에서 다행히 아무 데도 다치지 않은 채 재미있다는 듯 생글생글 웃는 얼굴로 안전하게 구조되었다. 또다른 여자아이는 가엾기 짝이 없는 조그만 두 손이 으스러져 피범벅이 된 상태로 구조되었는데, 한쪽으로 옮겨져 외롭게 방치된 채 부모가 오기를 기다리던 그 아이는 너무도 놀랐는지 사람들이 다가가자 무어라 형언할 수 없는 공포감에 사로잡힌 얼굴로 경련만 일으킬 뿐 한마디도 하지 못했다. 충격으로 잠금장치가 완전히 박살난 승강구 문을 열 수가 없어, 깨진 창문을 통해 옆으로 드러누운 객차 안으로 내려가야 했다. 선롯가에는 벌써 네 구의 사체가 나란히 수습되어 있었다. 사망자들 곁의 땅바닥에 뉘인 여남은 명의 부상자들은 붕대를 감아줄 의사 하나 없이, 구조대원 하나 없이 그렇게 하염없이 기다렸다. 수습 작업이 겨우 시작된 상황이었는데도 잔해를 들어낼 때마다 새로운 희생자가 속출했고, 잔해 더미는 좀처럼 줄어들 기미가 보이지 않았으며, 이 인간 도살장 안은 온통 유혈이 낭자하고 몸뚱이들이 꿈틀거렸다.

"자크가 저 안에 있다니까요!" 플로르가 두려움을 떨치기 위해 절망의 탄식을 토해내듯 정신없이 고함을 질러대며 똑같은 말을 반복했다.

"그가 부르고 있잖아요, 저봐, 저봐! 들어봐요!"

탄수차는 서로 뒤엉켜 무너져내린 객차들 밑에 깔려 있었다. 그런데 기관차의 그르렁거리는 소리가 잦아들면서 정말로 그렇게 붕괴한 기차 밑에서 울부짖는 굵직한 남자 목소리가 들려왔다. 가까이 다가갈수록 숨넘어갈 듯 울부짖는 그 목소리가 더욱더 높아지면서 엄청난 고통을 전했기에 작업에 나선 사람들 역시 그 고통을 견딜 수 없는 지경이 되어 덩달아 울부짖었다. 마침내 그들이 그 남자의 다리를 잔해 속에서 찾아내 끌어내자 고통의 울부짖음이 뚝 멈췄다. 숨을 거둔 것이다.

"아니에요." 플로르가 말했다. "그가 아니에요. 그는 더 밑에, 저 속에 있어요."

그러고는 전사같이 강건한 두 팔로 바퀴들을 들어올려 멀리 내던졌으며, 객차 지붕의 양철판들을 뜯어내는가 하면 승강구 문을 부수고 쇠사슬 끄트머리들을 잡아뺐다. 그녀는 사망자나 부상자가 발견되면 그 즉시 붙들고 자크의 이름을 불렀는데, 사람들이 그녀를 붙들어 떼어낼 정도로 그렇게 그녀는 한시도 쉬지 않고 미친듯이 그를 찾는 일에 매달렸다. 그녀의 뒤쪽에서 카뷔슈와 페쾨와 미자르가 구조 작업을 벌이는 동안 세브린은 기운이 빠져 아무 일도 하지 못하고 서 있다가 부서진 객차 의자에 털썩 주저앉았다. 냉정함을 되찾은 미자르는 무관심하고 심드렁한 태도로, 힘든 일은 피하고 특히 시신을 나르는 일 같은 쉬운 일만 거들었다. 그도 플로르와 마찬가지로, 마치 지난 십 년 동안 그들 앞을 전속력으로 지나치며 환한 차창 안에 실려오고 실려가는 희미한 군중의 기억으로만 남은 그 수천수만의 군상들 중에서 익히 알고 있던 얼굴들과 지금 마주치기를 바라는 듯 시신들을 눈여겨보았다. 아니다! 시신들 역시 빠르게 지나쳐갔던 사람들처럼 낯선 물결에 지나지 않는다는 점은 다르지 않았다. 우연처럼 갑작스레 찾아온 죽음은 미래를 향해 빠른 걸음으로 그곳을 지나치는 산목숨과 마찬가지로 이름 모를 존재였다. 그들은 위협적으로 몰려오는 적군의 막강한 공격 앞에 속수무책으로 구덩이 속에 꺼꾸러지는 병사들처럼 짓밟히고 으스러진 채 길바닥에 널브러져 있는 이 불쌍한 존재들의 공포에 질린 얼굴들의 이름은 물론 그들에 대한 어떤 구체적인 정보도 알 수 없었다. 하지만 플로르는 그중 한 사람이 기차가 눈 속에 파묻혀 꼼짝도 못하던 날 자신과 이야기를 나누었던 그 미국인이라고 생각했다. 그녀는 비록 그의 이름도 모르고, 그와 그의 가족들에 대해서도 아는 것이 아무것도 없었지만 그의 옆모습이 친숙하다는 것을 한참 만에 알아차렸다. 미자르는 그를 다른 주검들 곁에 옮겨놓았다. 어디서 왔는지 알 수 없는 그 주검들은 어디로 갈지 모르는 채 그곳에 잠시 머물러 있는 것이었다.

잠시 후 또다른 비통한 장면이 펼쳐졌다. 뒤집힌 일등칸 객실 안에서 젊은 부부를 발견했는데 갓 결혼한 듯 보이는 그들은 너무 불행하게도 하나가 다른 하나를 덮쳐누르고 있는 모습이었다. 남자를 깔아뭉갠 꼴이 된 여자는 남자의 고통을 덜어주려 안간힘을 썼지만 손가락 하나 까딱할 수 없는 상태였다. 남자는 벌써 숨이 막혀 헐떡거렸고, 입만은 자유롭게 움직일 수 있었던 여자는 자기가 남자를 죽일지도 모른다는 직감에 와락 겁이 나고 심장이 터져나갈 것 같아서 서둘러 구해달라고 필사적으로 애원했다. 그런데 막상 그들을 차례로 구해냈을 때 돌연 숨을 거둔 쪽은 완충장치 돌기에 옆구리가 찔린 여자였다. 가까스로 정신을 차린 남자는 여자 곁에 무릎을 꿇고 두 눈에 눈물이 그렁그렁한 채 고통스럽게 울부짖었다.

벌써 사망자가 열두 명에 다다랐고, 부상자는 서른 명이 넘었다. 드디어 객차들 밑으로 탄수차가 보였다. 플로르는 이따금 동작을 멈추고 기관사가 있는지 확인하기 위해 박살난 나무와 뒤틀린 쇳덩이 사이에 머리를 집어넣고 눈에 불을 켠 채 샅샅이 그 안을 뒤졌다. 갑자기 그녀가 고함을 질렀다.

"보인다, 그가 저 안에 있다…… 저봐, 그의 팔이야, 푸른색 모직 윗도리잖아…… 근데 꼼짝도 하지 않네, 숨도 안 쉬어……"

그녀는 다시 몸을 일으키고 남자처럼 거칠게 소리질렀다.

"뭐야, 빌어먹을! 서두르란 말이야, 저 밑에서 그를 끄집어내라고!"

그녀는 두 손으로 객차 바닥 판을 뜯어내려고 안간힘을 썼으나 다른 잔해물들이 가로막고 있어서 당겨지질 않았다. 그러자 그녀는 냅다 달려가더니 미자르의 집에서 나무를 쪼갤 때 쓰는 도끼를 들고 돌아왔다. 그러고는 나무꾼이 떡갈나무 숲에서 도끼를 휘두르듯 그렇게 팔을 있는 대로 쭉 뻗어 바닥 판에 성난 도끼질을 마구 퍼부어댔다. 사람들은 뒤로 멀찌감치 물러나서 조심하라고 소리칠 뿐 그녀를 말리지 못했다. 그런데 실은 그 밑에 기관사 말고 다른 부상자는 없었으며, 기관사도 차축과 바퀴들이 얽히고설켜 생긴 공간이 대피소 구실을 해주어 안전한 상태였다. 게다가 그녀는 그가 그 밑에 있다는 확신을 갖고 걷잡을 수 없는 충동에 사로잡힌 터라 그런 소리가 귀에 들어오지 않았다. 그녀는 나무판을 깨부수었다. 그녀가 도끼질을 할 때마다 장애물이 쪼개져 날아갔다. 금발머리는 풀어헤쳐져 바람에 날리고 윗옷은 갈기갈기 찢어져 두 팔이 고스란히 드러난 그녀는 자신이 빚어낸 이 대참사에 한줄기 혈로를 뚫으려는 무시무시한 돌격대원처럼 보였다. 차축에 가한 최후의 일격으로 도끼날이 두 쪽으로 갈라졌다. 그러자 그녀는 다른 사람들의 도움을 받아 그 젊은 남자를 압사의 위기에서 보호하고 있던 바퀴들을 들어냈다. 그녀는 첫번째로 그를 붙잡아 품안에 끌어안은 구조원이었다.

"자크, 자크!⋯⋯ 그가 숨을 쉬어, 살아 있어. 아! 하느님, 그가 살아 있어요⋯⋯ 그가 떨어지는 걸 내가 보았다고요, 그가 여기 있을 거라는 걸 분명히 알았다고요!"

세브린은 넋을 잃고 그녀의 뒤를 따라갔다. 두 여자는 그를 울타리 발치의 앙리 곁에 뉘었다. 앙리는 어리둥절해서 물끄러미 쳐다보기만 할 뿐 자신이 지금 어디에 있는지, 자기 주변에서 무슨 일이 벌어지고 있는지 모르는 눈치였다. 페쾨가 다가오더니 자신의 기관사가 그토록 만신창이가 되어 누워 있는 것을 보고 심란해져 가만히 서 있었다. 두 여자는 그 비운의 젊은이 양옆에 무릎을 꿇고 앉아 손으로 그의 머리를 떠받치고는 얼굴에 미세한 경련이 일어나기만 해도 걱정스러운 눈길로 상태를 살폈다.

마침내 자크가 눈을 떴다. 그의 흐릿한 시선이 번갈아가며 두 여자를 향했는데 누군지 알아보지는 못하는 것 같았다. 두 여자는 그에게 주된 관심사가 아니었다. 그런데 그의 눈길이 몇 미터 떨어진 곳에서 숨을 몰아쉬고 있는 기관차에 가서 멎자, 처음에는 흠칫 놀라더니 이내 복받치는 감정에 흔들리면서 시선을 돌릴 줄 몰랐다. 그는 라리종호만은 금방 알아보았다. 라리종호를 보자 모든 기억이 되살아났다. 선로에 가로

놓여 있던 두 개의 커다란 돌덩이, 끔찍했던 충돌, 자신과 라리종호에게서 동시에 느꼈던 온몸이 산산이 부서지던 느낌, 그는 그 느낌과 더불어 되살아나고 있었지만 라리종호는 그것 때문에 막 죽어가는 것이 분명했다. 라리종호가 말을 안 들었던 것은 결코 라리종호 자신에게 물을 죄가 아니었다. 왜냐하면 눈 속에서 병을 얻고 난 다음부터 라리종호가 전보다 덜 민첩했던 것은 라리종호의 잘못이 아니기 때문이다. 라리종호가 노후하다는 것, 그래서 라리종호의 사지가 굼뜨고 관절 부위들이 뻑뻑해졌다는 것을 감안하지 않는다면 그렇다는 말이다. 그렇기 때문에 그는 라리종호를 기꺼이 용서했으며, 치명적인 부상을 입고 빈사 상태에 빠진 것을 보고 슬픔이 복받쳤다. 불쌍한 라리종호에게 남은 시간은 이제 불과 몇 분이었다. 라리종호의 몸은 서서히 식어갔고 시뻘겋게 타오르던 화실의 잉걸불은 재로 변해 떨어졌으며, 짓찢긴 옆구리로 그토록 격렬하게 빠져나가던 숨소리는 마침내 어린아이의 울음처럼 희미한 흐느낌으로 변했다. 흙과 거품으로 더러워지고 시커먼 석탄 곤죽 속에 등을 대고 모로 쓰러져 있었지만 라리종호는 여전히 광채를 발하며 불의의 사고를 당해 길 한복판에 쓰러진 호방한 짐승처럼 비극적인 최후를 맞이하고 있었다. 잠시 라리종호의 터진 내장들 사이로 신체 기관들이 작동하는 것을 볼 수 있었다. 피스톤은 두 개의 쌍둥이 심장처럼 박동했고, 증기가 혈관 속 피처럼 증기실의 슬라이드밸브를 타고 흘렀다. 하지만 흡사 사지가 경련을 일으키는 것처럼, 피스톤과 바퀴를 잇는 연결봉들은 생명의 마지막 몸부림처럼 부르르 떨 뿐이었다. 라리종호의 영혼은 그것에 생명을 불어넣어주었던 기운과 함께, 라리종호가 차마 완전히 비워내지 못하는 그 엄청난 숨결과 함께 꺼져가고 있었다. 허옇게 배를 드러낸 그 거대한 짐승은 다시 잠잠해지더니 조금씩 평온한 잠에 빠져들다가 끝내 아무 소리도 내지 않았다. 라리종호는 숨을 거두었다. 라리종호가 남긴 주철과 강철과 놋쇠의 쇳덩이는, 허리가 쪼개지고 사지는 흐트러졌으며 신체 기관들은 작동을 멈춘 채 한낮의 태양 아래 널브러져 있는 그 박살난 거한은 거대한 인간의 주검처럼, 생생하게 살아 있다가 방금 전 고통 속에 숨을 거둔 하나의 온전한 세계처럼 몸서리쳐지는 슬픔을 자아냈다.

자크는 라리종호가 더이상 이 세상에 존재하지 않는다는 것을 깨닫고 따라 죽고 싶은 마음에 눈을 감았다. 기운마저 완전히 상실한 그는 기관차의 마지막 가느다란 숨소리와 함께 자신의 생명도 꺼져간다고 생각했다. 그의 감은 두 눈에서 천천히 눈물이 흘러나오기 시작하더니 이윽고 두 뺨을 흥건히 적셨다. 그것은 목이 메어 꼼짝도 않고 그 자리를 지키고 있던 페쾨로서도 차마 볼 수 없는 장면이었다. 그들의 사랑하는 친구가 죽었고, 이제 그의 기관사마저 그 친구를 따라가려 하고 있다. 이제 그들 삼인조의 시절은 끝났단 말인가? 그들이 라리종호의 등에 올라타고 주파했던 수백 리의 여행길, 말 한마디 나누지 않고도 셋이서 너무 잘 통했기에 서로를 이해하기 위한 신호를 할 필요조차 없었던 그 여행길은 이제 끝났는가! 아! 가엾은 라리종, 강하면서도 얼마나 부드러웠는지, 햇빛에 반짝일 때는 얼마나 아름다웠는지! 페쾨는 술을 마시지 않았지만 격렬하게 오열을 터뜨렸는데, 딸꾹질이 그의 거구가 들썩거릴 정도로 격심했지만 멈출 수가 없었다.

자크가 그렇게 다시 혼절하자 마음이 불안해진 세브린과 플로르도 절망감에 빠졌다. 플로르는 집으로 달려가더니 장뇌 증류주를 가지고 와서는 뭐라도 해야 한다는 절박한 심정으로 그의 몸을 문질렀다. 그런데 두 여자는 앞다리 두 개를 모두 잃고도 다섯 마리 중에서 유일하게 살아남은 말이 끊임없이 고통스러운 신음을 뱉어내자 가뜩이나 불안했던 마음이 더 어수선해졌다. 그 말은 두 여자 곁에 쓰러져서 연신 울어댔는데, 흡사 사람이 내는 듯한 그 신음 소리가 오싹한 기분이 들 정도로 어찌나 강렬하고 비통하던지 부상자들 중 두 명이 그 소리에 전염되어 짐승처럼 따라 울부짖기 시작했다. 죽음의 비명소리가 이처럼 모골이 송연해질 정도로 잊을 수 없는 깊은 탄식을 동반하고서 허공을 가른 일은 한 번도 없었다. 고통이 극심해지면서 연민과 분노의 감정으로 덜덜 떨리는 목소리들이 점차 고조되더니 급기야 저토록 고통스러워하는 가련한 말을 제발 좀 죽여달라고 애원하기 시작했다. 영원히 끝나지 않을 것 같은 그 말의 헐떡거림이 기관차가 숨이 끊어진 지금, 대재앙에서 비롯된 최후의 통곡처럼 남아 있었던 것이다. 그때, 내내 흐느껴 울던 페쾨가 날이 갈라진 도끼를 주워 들더니 단 한 방에 말의 정수리를 후려쳐 꺼꾸러뜨렸다. 이내 대학살의 현장에 침묵이 내려앉았다.

두 시간을 기다린 끝에 마침내 구조대원들이 도착했다. 충돌시의 충격으로 차량들이 모두 왼쪽으로 나뒹그러져서 하행선을 개통하는 작업만 해도 몇 시간은 걸릴 상황이었다. 길잡이 기관차가 이끄는 세 량짜리 기차가 루앙에서 도청 책임자와 고등검찰청 검사와 철도회사 기술자들과 의사들을 태우고 왔는데 모두들 경악을 금치 못하며 바삐 서둘렀다. 바랑탱 역의 역장인 베시에르는 그들보다 앞서 작업반을 이끌고 도착해 잔해들을 치우고 있었다. 평소에는 황량하고 고즈넉하기만

하던 이 궁벽한 곳이 돌연 아수라장으로 변해 극도의 흥분에 휩싸였다. 안전하게 구조된 승객들은 극심한 공황 상태에 빠진 채 어디로든 벗어나고 싶은 생각에 안달이 나 있었다. 어떤 승객들은 다시 기차를 탄다는 생각만 해도 두려움이 엄습해 마차를 찾느라 두리번거렸고, 또 다른 승객들은 외발손수레 하나 찾을 수 없다는 걸 알고는 어디서 식사를 하고 어디서 잠을 자야 하는지 벌써부터 걱정에 빠졌다. 다들 전신국이 어디 있는지 물었고, 몇몇은 전봇거리들을 받아들고 걸어서 바랑탱으로 출발했다. 수사관들이 회사 담당자들의 도움을 받아 탐문 조사를 벌였고, 의사들은 서둘러 부상자들을 치료하기 시작했다. 많은 부상자들이 과다 출혈로 기절해 있었다. 그렇지 않은 부상자들은 핀셋과 주삿바늘이 닿을 때마다 가느다란 신음을 내뱉었다. 모두 해서 사망자가 열다섯 명, 중상자가 서른두 명이었다. 사망자들은 신원이 밝혀지기를 기다리며 하늘을 마주한 채 반듯하게 누운 자세로 울타리를 따라 땅바닥에 가지런히 안치되어 있었다. 금발에 얼굴이 상기된 키 작은 젊은 대리검사 혼자서 열성껏 사망자들을 도맡아 조사했는데, 서류나 신분증이나 편지 따위가 발견되면 시신마다 이름과 주소가 적힌 식별표를 달 수 있지 않을까 기대하며 사망자들의 호주머니를 일일이 뒤졌다. 그런데 난데없이 대리검사 주위를 사람들이 둥그렇게 에워쌌다. 반경 10리 안에 인가가 없는데도 어디서 왔는지 남자, 여자, 어린아이 할 것 없이 서른 명쯤 되는, 아무짝에도 쓸모없고 방해만 되는 구경꾼들이 몰려든 것이다. 검은 먼지가 가라앉고 장막처럼 사방을 자욱하게 뒤덮었던 연기와 수증기가 걷히자 찬란한 4월의 아침이 학살의 현장 위로 의기양양하게 모습을 드러내면서 폭포수처럼 부드럽고 유쾌하게 쏟아지는 눈부신 햇살로 죽어가는 자들과 이미 죽은 자들, 배가 터진 라리종호, 산더미처럼 쌓인 참담한 잔해들을 포근하게 감쌌다. 그 눈부신 햇살 아래 잔해 더미들을 치우는 작업반원들의 모습은 지나가는 행인의 심심풀이 발길질로 폐허가 되어버린 개미집을 고치러 달려든 개미떼 같았다.

자크는 여전히 기절한 상태에서 깨어나지 못했다. 세브린이 지나가는 의사를 붙잡고 애원해 방금 전 진찰을 마쳤는데 아무런 외상을 발견할 수 없었다. 다만 의사는 입술에 가느다란 핏줄기가 흘러내린 것을 보고 뇌출혈을 염려하기는 했다. 더이상 마땅하게 해줄 말을 찾지 못한 의사는 부상자를 되도록 빨리, 흔들리지 않도록 주의해서 침대에 옮겨 안정을 취하게 해야 한다고 조언했다.

자크는 자신의 상태를 살피는 손길을 느끼고 나지막이 고통의 신음을 뱉으며 다시 눈을 떴다. 그는 이번에는 세브린을 알아보았으나 아직 정신이 혼미해서 더듬더듬 똑같은 말을 되풀이했다.

"날 데려가, 날 데려가!"

플로르가 몸을 숙였다. 그런데 그가 플로르 쪽으로 고개를 돌리고 있던 터라 그녀 역시 알아보았다. 갑자기 그의 눈에 겁에 질린 어린아이처럼 두려운 기색이 번지더니 증오심과 공포감에 흠칫 물러나면서 세브린 쪽으로 몸을 굴렸다.

"날 데려가, 빨리, 빨리!"

세브린은 그와 단둘이 있을 때처럼 반말로 물었다. 그 상황에서 옆에 있는 여자는 안중에도 없었던 것이다.

"크루아드모프라에 갈까? 괜찮겠어?…… 자기만 싫지 않다면 바로

요 앞이니까 집처럼 편안할 거야."

그는 플로르를 바라보며 여전히 두려운 듯 몸을 덜덜 떨면서 그러자고 했다.

"어디든 자기 좋을 대로, 빨리!"

꼼짝 않고 서 있던 플로르는 두려움을 머금은 그 증오 서린 시선을 접하고 파랗게 질렸다. 알지도 못하고 아무 상관도 없는 사람들은 그렇게 죽음으로 내몰았으면서 정작 당사자인 둘은, 여자도 남자도 죽이지 못했다. 여자는 긁힌 데 한 곳 없이 멀쩡하게 빠져나왔고, 남자도 이제 아무렇지도 않을 것 같다. 오히려 그 외딴집에 단둘이서만 처박힐 수 있도록 내몬 꼴이 되어 둘이 더 밀착되는 계기를 만들어주고 만 것이다. 그들 둘이 그곳에 둥지를 틀고 지내는 모습이, 남자는 사랑하는 여자의 극진한 보살핌으로 회복되어 건강을 되찾고 여자는 간호하느라 뜬눈으로 지새운 밤들을 사랑하는 남자가 끊임없이 퍼붓는 애무로 보상받는 모습이, 그들 둘이 세상과 단절되어 완전한 자유를 구가하면서 대참사가 마련해준 그 밀월을 하염없이 즐기는 모습이 그녀의 눈에 선했다. 엄청난 한기가 엄습하면서 그녀의 몸이 차갑게 얼어붙었다. 그녀는 사망자들을 바라다보았다. 아무런 소득도 없이 살인을 저지른 것이다.

그때 플로르는 그 학살의 현장에 눈길을 주다가 미자르와 카뷔슈가 사법 당국에서 나온 것이 틀림없어 보이는 사람들에게 조사를 받는 것을 보았다. 실제로 검찰청 검사와 도청 책임자는 어떻게 석재 운반차가 그렇게 선로 한복판에 서 있을 수 있었는지 정황을 밝히는 데 수사력을 집중했다. 미자르는 구체적인 정보를 하나도 진술하지 못하면서 시종일관 자신은 초소를 비운 적이 없다고 주장했다. 그는 실제로 아무것도 몰랐다. 그는 기기들을 살펴보느라 현장을 등지고 있어서 모르는 것이라고 우겼다. 카뷔슈의 경우에는 아직도 어안이 벙벙한 상태여서, 어쩌다가 자기 말들을 방치한 과오를 범하게 되었는지, 왜 죽은 여인을 그렇게 간절히 조문하고 싶었는지, 어떤 식으로 말들이 자기들끼리 움직이게 되었는지, 그리고 어떻게 젊은 아가씨는 그 말들을 붙잡을 수 없는 지경이 되었는지 등에 대해 요령부득의 이야기를 길게 늘어놓았다. 그는 횡설수설하다가 말이 엉키면 처음부터 다시 시작했는데 끝내 상대방을 납득시키지 못했다.

그 순간 자유를 갈구하는 야성의 욕망이 플로르의 얼어붙은 피를 다시 끓게 했다. 그녀는 자유로운 존재가 되어 자유롭게 생각하고, 자유롭게 결정을 내리고 싶었다. 절대 어느 누구의 간섭이나 도움도 받지 않고 혼자서 옳은 길을 찾고 싶었다. 성가신 질문들로 나를 괴롭힐 텐데, 어쩌면 나를 체포할지도 모르는데, 그걸 무턱대고 기다리면 어쩌자는 말인가? 범행의 의도 말고도 업무상과실이라는 것이 있어 내가 책임을 뒤집어쓸 수도 있으니까. 생각은 그랬지만 자크가 거기에 있는 한 그녀 자신은 그 자리에 묶여 벗어날 수 없었다.

세브린이 하도 간청하는 바람에 페쾨는 결국 들것 하나를 구했으며, 부상자를 옮기기 위해 동료 한 명까지 대동하고 나타났다. 의사는 젊은 부인에게, 단지 머리에 충격을 받아 정신이 멍해진 것으로 보이는 여객전무 앙리도 데리고 가겠다는 동의를 받아냈다. 기관사부터 옮기고 다음에 여객전무를 옮기기로 했다.

세브린은 자크가 답답해서 목까지 채워진 단추를 풀어주려고 몸을 숙이다가 그에게 후송하는 동안 잘 버티라고 용기를 주고 싶은 마음에 보는 눈들이 있는데도 그의 두 눈에 입을 맞췄다.

"걱정 마, 다 잘될 거야."

이번에는 그가 미소를 지으며 그녀에게 입맞춤을 했다. 플로르에게 그 장면은 그의 마음속에서 그녀 자신이 영원히 지워지는, 극도로 가슴 아픈 장면이었다. 그녀는 피가 솟구치면서 회복할 수 없는 상처를 입은 것 같았다. 사람들이 자크를 데려가자 그녀는 들입다 달리기 시작했다. 그런데 지붕 낮은 집 앞을 지나는 순간 창문 유리창 너머로 죽음이 서린 방안 풍경이 그녀의 눈에 들어왔다. 그녀 어머니의 시신 곁에서 여전히 타오르고 있는 촛불이 환한 대낮이라 창백한 반점처럼 보였다. 사고가 발생한 순간부터 내내 홀로 방치되어 있던 망자는 고개를 창 쪽으로 비스듬히 돌린 채 눈을 부릅뜨고 입술은 뒤틀린 모습 그대로여서, 마치 그녀가 이제 자기와는 아무런 상관도 없어진 그 모든 사람들이 다치고 죽어가는 모습을 처음부터 끝까지 지켜보고 있었던 것 같았다.

플로르는 달리고 또 달렸다. 그녀는 곧바로 두앵빌 쪽으로 가는 길모퉁이를 돌더니 왼쪽 가시덤불숲으로 몸을 날렸다. 그녀는 그 지역을 손금 보듯 구석구석 꿰고 있었다. 만일 경찰들이 자신을 추적한다면 그때 가서 따돌려도 충분하다는 생각이 들었다. 그녀는 문득 달리기를 멈추고 계속 잰걸음을 옮겨서, 우울한 날이면 곧잘 찾아와 파묻혀 있던 자신만의 은거지인 터널 위 동굴에 도착했다. 그녀는 정오의 태양을 쳐다보았다. 그녀는 자신만의 굴속에 들어가 딱딱한 바위 위에 두 다리를 쭉 뻗고 누워 목덜미 뒤로 깍지 낀 두 손을 베개 삼아 미동도 하지 않고 깊은 생각에 잠겼다. 그러는 사이 그녀의 가슴속 한 군데가 끔찍하게 뻥 뚫리는 것 같더니 자신은 이미 죽었다는 느낌이 들면서 팔다리가 조금씩 마비되었다. 그것은 그 모든 사람들을 무의미하게 죽였다는 양심의 가책이 아니었다. 그녀는 억지로 노력해야 겨우 그에 대한 후회와 두려움이 들락 말락 할 정도였다. 그녀에게 이제 확실해진 것은 다름아니라 자기가 말들이 선로에서 벗어나지 못하도록 붙잡고 있는 모습을 자크가 분명히 보았다는 점이었다. 그녀는 그가 왜 흠칫 물러났는지 비로소 이해했다. 그는 마치 괴물을 보듯 그녀 자신에게 두려움에서 비롯된 혐오감을 품고 있는 것이다. 그는 그 사실을 절대로 잊지 않을 것이다. 게다가 죽이려던 사람들을 죽이지는 못했지만 자기 자신을 죽이는 일은 실패해서는 안 된다. 방금 전 그녀는 자살을 한 것이나 마찬가지였다. 이제는 아무런 희망도 없었다. 그녀는 굴속에 들어온 뒤 마음을 가라앉히고 곰곰이 따져볼수록 자신에게 다가오는 그 절체절명의 요구를 더이상 피할 수 없다는 것을 더욱 절감했다. 다만 피로감 때문에, 자신의 온 존재가 소멸되었다는 느낌 때문에, 죽으려면 벌떡 일어나서 무기를 찾아야 하는데도 그러지 못하고 있었다. 그런데 속수무책으로 휩쓸려 들어간 반수 상태 저 밑바닥에서 다시 삶의 애착이, 행복의 욕구가, 자신도 행복해지고 싶다는 최후의 염원이 고개를 들었다. 자기가 죽고 나면 그 두 사람만 남아 아무런 구애도 받지 않고 함께 사는 복락을 누릴 것이기 때문이었다. 밤이 되기를 기다렸다가 나를 열렬히 사랑하고 분명 나를 지켜줄 방도를 알고 있을 오질을 만나러 달려가지 못할 이유가 어디 있단 말인가? 그녀의 생각은 시나브로 달콤해지는 동시에 흐릿해졌다. 그녀는 꿈도 없는 죽음처럼 깊은 잠에 빠져들었다.

플로르가 잠에서 깨어났을 때는 깊은 밤이었다. 그녀는 어리둥절해하면서 주위를 더듬다가 자신이 누워 있던 바위의 맨바닥을 느끼고는 화들짝 기억이 되살아났다. 그것은 벼락처럼 내려치는 준엄한 명령이었다. 죽어야만 하는 것이다. 달콤한 나약함은, 삶에 대한 기대 앞에 머뭇거리고 싶었던 그 마음은 피곤과 함께 깨끗이 사라져버렸다. 그래, 맞아! 죽음만이 답이야. 그녀는 자기가 갖고 싶었으나 남의 차지가 되어버린 이 세상 단 하나뿐인 남자에게 증오의 대상이 된 지금, 심장이 터져버리고 온몸의 피가 빠져나가는 것 같아 더이상 살 수가 없었다. 이제 기운을 되찾은 만큼 죽음을 결행해야 했다.

플로르는 자리에서 일어나 바위 동굴에서 빠져나왔다. 그녀는 조금도 망설이지 않았다. 어디로 가야 하는지 방금 전 본능적으로 알아낸 것이다. 다시 고개를 들어 하늘의 별들을 살펴보고는 아홉시가량 되었을 거라고 짐작했다. 그녀가 철로에 다다랐을 때 하행선으로 기차 한 대가 전속력으로 지나갔는데, 그녀로서는 반가운 일이었다. 모든 일이 잘 풀릴 터였다. 하행선은 분명 말끔하게 치워진 것이다. 반면 아직 통행이 재개된 것 같지 않은 것으로 보아 상행선은 아마도 여전히 막혀 있을 터였다. 그녀는 이 황량한 지역을 뒤덮은 거대한 침묵을 뚫고 산 울타리를 따라 한 걸음 한 걸음 내디뎠다. 서두를 필요가 전혀 없었다. 9시 25분에 그곳을 통과할 파리발 급행열차 이전에는 지나갈 기차가 없었다. 그녀는 평소에 들판의 황량한 오솔길을 한가롭게 거닐었듯이 그렇게 고요하기만 한 짙은 어둠 속을 헤치며 좁은 보폭으로 울타리를 따라갔다. 그러다가 터널에 다다르기 전에 울타리를 넘어가 급행열차와 마주치기를 고대하며 한가로운 발걸음으로 선로 위를 멈추지 않고 걸어갔다. 터널지기의 눈에 띄지 않으려면 평소에 터널 반대쪽으로 오 질을 만나러 갈 때마다 그랬던 것처럼 태연자약하게 걸어가는 모습을 꾸며야 했다. 터널 속에 들어가서도 그녀는 변함없이 계속 앞으로, 앞 으로 나아갔다. 하지만 이제는 지난주 같지 않았다. 자칫 발을 헛디뎌 휘청거리다가 정확한 방향감각을 잃지나 않을까 두려워하던 마음은 자취를 감추었다. 그녀의 머리를 강타하던 터널의 착란 현상도, 그러 니까 소리가 우레와 같이 울려퍼지고 궁륭형 천장이 무너져내릴 것 같 은 가운데 모든 사물과 시간과 공간을 집어삼키는 그 착란 현상도 전 혀 일어나지 않았다. 그녀에게 그런 것이 무슨 상관이란 말인가! 곰곰 이 따질 것도, 생각할 것도 없었다. 그녀에게는 오로지 한 가지 확고한 결심뿐이었다. 기차와 마주치지 않는 한 걷자, 앞만 보고 걷자, 그러다 가 시커먼 어둠 속에 기관차의 이글거리는 전조등이 보이면 그 불빛을 향해 똑바로, 멈추지 말고 계속 걷자.

플로르는 별안간 의아한 느낌이 들었다. 그렇게 몇 시간을 걸은 것 같았기 때문이다. 그녀가 원하는 죽음이 이다지도 멀단 말인가! 혹시 죽음을 맞이하지 못할지도 모른다는 생각에, 죽음과 마주치지 못하고 이렇게 하염없이 걸어야 할지도 모른다는 생각에 그녀는 잠시 절망스 러웠다. 그녀의 두 발이 제멋대로 흐느적거렸다. 여기서 주저앉아야 하나, 레일을 베고 누워 죽음을 기다려야 하나? 그러나 그런 방법은 수 치스럽게 느껴졌다. 숫처녀와 전사의 본능으로 끝까지 걸어가 당당히 죽음을 받아들여야 했다. 그러자 그녀 안에 잠들어 있던 에너지가 꿈 틀거리면서 그녀는 다시 힘차게 걸음을 내디뎠다. 그때 저멀리 잉크처럼 새카만 하늘을 배경으로 급행열차의 전조등이 작은 별처럼 홀로 외롭게 반짝이며 다가오는 것이 보였다. 기차는 아직 터널 안으로 들어오지 않은 상태였다. 아직은 아무런 소리도 들리지 않았다. 오로지 눈부시도록 밝은 그 불빛만이 조금씩 커졌다. 동상처럼 우뚝하고도 날렵한 몸을 다시 곧추세우고 강인한 두 다리로 균형을 잡은 그녀는 이제는 성큼성큼, 그러나 뛰지 않고, 마치 자신을 찾아오는 친구에게 한 걸음이라도 덜 걷게 하려고 반갑게 마중을 나가듯 앞으로 씩씩하게 나아갔다. 그러나 기차가 먼저 성큼 터널 안에 들어섰고, 이내 엄청난 굉음이 폭풍을 몰고 지축을 뒤흔들며 접근했으며, 작은 별은 커다란 눈이 되어 마치 컴컴한 안와眼窩에서 안구가 불거져나오듯 점점 더 커졌다. 그 순간 그녀는 설명되지 않는 어떤 감정의 지배를 받아, 아마도 자기 혼자서만 호젓하게 죽음을 맞이하기 위해서인지도 모르지만, 꿋꿋하고 영웅적인 걸음을 멈추지 않은 채로 호주머니에서 손수건이며 열쇠꾸러미, 끈뭉치, 접이식 칼 두 자루 할 것 없이 소지품을 모조리 꺼내어 선롯가에 내려놓았다. 심지어 목에 두른 스카프까지 벗어던졌고, 누더기가 되다시피 한 윗도리는 단추를 풀어헤쳐 펄럭이게 놓아두었다. 눈은 이제 활활 타오르는 잉걸불로, 불길을 토해내는 화구로 변했으며, 괴물의 숨소리는 귀청을 찢을 듯 점점 더 커져가는 우레 같은 바퀴 소리와 함께 진작에 그 축축하고 뜨거운 숨결을 느낄 수 있을 정도로 가까이 다가왔다. 그녀는 조금도 주저하지 않고 계속 걸어, 마치 불빛에 매혹되어 달려드는 밤나방처럼 기관차를 비켜가지 않기 위해 그 도가니 속 같은 불빛을 향해 똑바로 나아갔다. 그리고 무시무시한 충격과 동시에, 격렬한 포옹을 하듯 그녀는 다시 몸을 곧추세웠는데, 마치 최후의 저항을 목전에 둔 전사처럼 솟구쳐 일어선 그녀의 자세는 거대한 괴물을 부여잡고 땅바닥에 내치기라도 할 비장한 모습이었다. 그녀의 머리가 기관차의 전조등과 정면으로 부딪친 것과 동시에 전조등 불이 꺼졌다.

플로르의 시신을 수습하러 사람들이 온 것은 그로부터 한 시간이 훌쩍 지난 후였다. 사고 당시 기관사는 그 희끄무레하고 거대한 형상이 강렬한 전조등 불빛을 받아 일렁이면서 소름 끼치도록 기괴한 환영처럼 기관차를 향해 걸어오는 광경을 생생하게 목격했다. 그리고 별안간 전조등이 꺼지고 기차가 칠흑 같은 어둠 속을 벼락치는 소리를 내며 한동안 굴러갔는데, 기관사는 시체를 밟고 지나가는 느낌에 몸서리를 쳤다. 터널을 빠져나오면서 그는 터널지기에게 소리쳐서 사고를 알리려고 무진 애를 썼다. 그러나 그는 바랑탱에 도착해서야 비로소 조금 전 저 뒤 터널 안에서 누군가 기차를 향해 돌진해 으스러졌다고 신고할 수 있었다. 여자가 분명한 것이, 긴 머리카락이 박살난 두개골 조각과 뒤엉켜 깨진 전조등 유리창에 아직 붙어 있었던 것이다. 시신을 수습하기 위해 파견된 남자들은 그 시신을 발견했을 때 그것이 우윳빛 대리석처럼 새하얀 것을 보고 섬뜩한 기분을 느꼈다. 시신은 상행선에 놓여 있었는데 강력한 충격에 그리로 날아간 것이다. 머리는 묵사발이 되었지만 사지는 찰과상 하나 없이 멀쩡한 시신은 옷이 거의 다 벗겨진 채 순결하고도 강인한 아름다움을 눈부시게 발산하고 있었다. 남자들은 아무 말 없이 시신을 천으로 감쌌다. 그들은 그 시신이 누구의 것인지 진작부터 알았다. 그들은 그녀가 어마어마한 무게로 내리누르는 그 책임감을 견뎌내지 못하고 미쳐버려 스스로 목숨을 끊은 거라고 짐작했다.

플로르의 주검은 자정이 지나 지붕 낮은 그 조그만 집안, 자기 어머니의 주검 옆에 나란히 놓였다. 매트리스 하나를 바닥에 깔고 안치했는데, 두 주검 사이에 촛불 하나를 밝혀놓았다. 뒤틀린 입 때문에 기괴하게 웃는 듯 보이는 얼굴로 여전히 고개를 옆으로 돌리고 있는 파지는 이제는 그 부릅뜬 눈으로 자기 딸을 내려다보는 것 같았다. 아무도 없이 깊은 침묵만이 흐르는 가운데 숨죽이며 뭔가 일을 벌이는 소리가 집 안팎 곳곳에서 들렸는데, 돈을 찾으려고 다시 온갖 곳을 뒤지기 시작한 미자르가 헐떡이며 용을 쓰는 소리였다. 그리고 일정한 간격을 두고 기차들이 서로 교행하며 지나가는 소리가 들렸는데, 양방향 통행이 방금 전 완전히 복구된 것이다. 기차들은 그 온갖 참사와 온갖 범죄는 모르는 일이라는 듯 무심하게, 자신들의 기계적인 전능함을 과시하며 냉혹하게 지나갈 뿐이었다. 저 군중 가운데 모르는 존재 몇이 선로 바닥에 떨어져 기차 바퀴에 깔려 으스러졌다 한들 무슨 상관이란 말인가! 사람들은 즉시 시체들을 치우고 피를 깨끗이 닦아낸 다음 저 먼 목적지를 향해, 미래를 향해 다시 출발하는 것이다.

11

크루아드모프라의 커다란 침실, 붉은색 다마스크 커튼이 길게 늘어 뜨려진 두 개의 드높은 창문은 몇 미터 떨어진 철로를 바라보고 있었다. 창문과 마주 놓인, 닫집 형태의 고색창연한 침대에 누워 있으면 기차가 지나가는 것이 훤히 내다보였다. 벌써 수년 전부터 이 집에서는 물건 하나 들어낸 일 없고 가구 하나 옮긴 적도 없었다.

세브린은 부상을 당해 정신을 잃은 자크를 그 침실로 올려보내고, 앙리 도베르뉴는 일층에 있는 그보다 작은 침실에 머무르도록 조치했다. 그녀 자신은 자크의 방과 이웃한 방에 묵었는데 두 방 사이에는 층계참만 가로놓여 있을 뿐이었다. 그 집은 장롱 안에 시트까지 모든 것이 갖춰져 있어 두 시간 만에 안락한 거주를 위한 만반의 준비가 끝났다. 원피스 차림에 앞치마를 둘러맨 세브린은 간호사로 완벽하게 변신했다. 루보에게는 자기를 기다릴 필요가 없노라고, 그들 집에 후송된 부상자들을 돌봐야 하니 모르긴 해도 며칠 더 머물게 될 거라고 간단히 전보를 치고 난 다음이었다.

다음날, 의사는 자크가 완치될 수 있다는 진단을 내렸으며 잘하면 일주일 안에 일어서서 걸을 수 있을 거라고 예측했다. 천만다행으로 크게 걱정하지 않아도 될 정도의 가벼운 뇌손상만 입었다는 것이다. 하지만 의사는 세심한 간호와 절대적인 안정을 주문했다. 그래서 환자가 눈을 떴을 때, 어린아이를 보살피듯 곁에서 밤을 새운 세브린은 그에게 얌전히 있어야 한다고, 무엇이든 자기 말에 복종해야 한다고 당부했다. 아직 기운이 하나도 없는 그는 머리를 끄떡이는 것으로 그러마고 약속했다. 그는 정신은 아주 또렷했는지라 그녀가 모든 것을 털어놓던 날 밤 이 방을 상세히 묘사했기에 오래전부터 알던 곳인 듯 낯설지가 않았다. 붉은 방, 그녀는 열여섯 살 육 개월의 나이에 이 방에서 그랑모랭 법원장의 폭행에 몸을 빼앗겼다고 했다. 그런데 바로 그 침대를 지금 그가 차지하고 있다. 그리고 저 창문, 저 창문 너머로 고개를 들지 않고도 기차가 난데없이 집채를 뒤흔들면서 지나가는 것이 보인다. 그리고 또 이 집, 이 집은 그동안 너무 자주, 기관차를 몰고 지나갈 때마다 늘 보아왔기에 이웃집처럼 친근하게 느껴진다. 그는 철도변에 비스듬히 자리잡은, 겉창이 늘 닫혀 있어 처량하게 방치된 모습이던 이 집을 되돌아보곤 했는데, 매물 광고가 붙고부터는 가시덤불이 우거진 정원의 을씨년스러움에 그 커다랗기만 한 간판이 더해져 더욱 구슬프고 음산해 보였다. 그는 매번 지나갈 때마다 마치 이 집이 자기 존재의 불행을 대변하기 위해 그 자리에 서 있는 것처럼 여겨져 참담한 슬픔을 느꼈던 기억과 더불어 이 집이 아무리 애를 써도 뇌리에서 지워지지 않아 괴로웠던 기억을 다시 떠올렸다. 오늘, 몹시 쇠약해진 몸으로 이 방안에 누워 있고 보니, 그는 비로소 그 까닭을 이해할 수 있을 것 같았다. 이렇게 될 수밖에 없는 운명이었던 것이다. 그는 머지않아 이 집에서 죽을 것이 확실했다.

세브린은 그가 자기 말을 알아들을 정도로 상태가 호전된 것을 확인하고부터는 담요를 새로 덮어줄 때마다 조바심을 내며 귀엣말로 그를 안심시켰다.

"걱정 마, 자기 호주머니는 내가 싹 비워놨어. 회중시계도 내가 가지고 있다고."

그는 휘둥그레진 눈으로 그녀를 쳐다보고는 무슨 말인지 기억을 되살리려고 안간힘을 썼다.

"회중시계…… 아! 맞아, 회중시계."

"조사하다가 당신 호주머니를 뒤질 수도 있잖아. 그래서 내 짐 속에 숨겨놨어. 걱정하지 마."

그는 손을 꼭 잡는 것으로 그녀에게 고마움을 표시했다. 그는 조금 전에 고개를 돌리다가 탁자 위에 역시 그의 호주머니에서 나온 칼이 놓여 있는 것을 보았다. 그 칼은 흔히 볼 수 있는 그런 칼들 중 하나여서 그것만은 감추지 않아도 되었던 것이다.

그런데 그다음날부터 벌써 자크는 기운을 차리기 시작했다. 그는 여기서 죽지 않을지도 모른다는 희망을 다시 품기 시작했다. 그는 카뷔슈가 거구의 묵직한 발소리를 죽이느라 마룻바닥을 조심스럽게 밟으며 자기 곁에서 바삐 움직이는 것을 보고 진심으로 기뻐했다. 사건 직후부터 석공은 자신도 뭔가 헌신적으로 도와야 한다는 것을 뜨겁게 느끼고 발심한 것처럼 세브린 곁을 한시도 떠나지 않았다. 그는 본업을 제쳐두고 매일 아침 그녀를 도우러 찾아와서는 힘든 집안일을 도맡아 하는 등 그녀의 눈에서 시선을 떼지 않고 충직한 개처럼 그녀를 섬겼다. 그의 말에 따르면 그녀는 겉보기에는 호리호리하지만 알고 보면 억척스러운 여자라는 것이었다. 다른 사람들을 위해 열심히 일하는 그녀를 위해 뭔가를 하는 것은 지당하다고 했다. 두 연인은 카뷔슈와 무람없는 사이가 되어 서로 반말을 했으며, 심지어 그의 시선을 개의치 않고 진한 포옹을 하기까지 했는데 그때마다 그는 자신의 거대한 체구가 되도록 두 연인의 눈에 띄지 않게 조심조심 방안을 지나갔다.

자크는 한편으로는 세브린이 자주 자리를 비우는 것을 의아하게 생각했다. 그녀는 첫날은 의사의 말을 따르느라 아래층에 앙리가 있다는 사실을 그에게 감추었는데, 완전히 혼자라는 생각이 그의 마음을 얼마나 부드럽게 달래주는지 잘 알기 때문이었다.

"우리 둘만 있는 거지, 그렇지?"

"그럼, 자기야, 우리 둘뿐이야, 우리 단둘뿐이야…… 편하게 자."

그런데 그녀는 틈만 나면 사라졌고, 다음날부터는 아래층에서 발소리와 소곤거리는 소리 따위가 들려왔다. 그리고 그다음날은 누가 들을세라 입을 가리고 즐거워하는 소리와 밝게 웃는 소리가 들렸는데 젊고 싱싱한 두 사람의 목소리는 전혀 그칠 줄 몰랐다.

"무슨 일 있어? 누구야?…… 우리만 있는 게 아닌가?"

"아 참! 맞아, 자기야, 바로 자기 방 밑의 아래층에 다른 부상자가 한명 더 있어, 내가 거둘 수밖에 없었어."

"아!…… 그래 누군데?"

"앙리, 자기도 알지? 여객전무 말이야."

"앙리…… 아! 그렇군."

"그런데 오늘 아침 그의 누이들이 왔어. 자기가 들은 소리는 그 아가씨들 소리야. 어찌나 웃어대는지…… 그의 상태가 많이 호전돼서 그 아가씨들은 오늘 저녁에 돌아갈 거야. 그 아가씨들 없이는 한시도 살 수 없는 아버지 때문이지. 그리고 앙리는 완전히 회복되려면 이삼일 더 있어야 할 거야…… 생각해봐, 그는 기차에서 뛰어내렸대. 그래서 부러진 데가 아무 데도 없어. 다만 좀 멍청이처럼 변했었지. 하지만 지금은 원래대로 돌아왔어."

자크가 입을 다물고 한참 동안 그녀에게서 시선을 떼지 않자 그녀가 덧붙였다.

"그거 알아? 그가 이 집에 없다면 사람들이 우리 둘을 두고 입방아를 찧어댈 수도 있다는 거…… 내가 자기랑 단둘이 있지 않는 한 내 남편도 아무런 할말이 없는 거야. 나는 이곳에 계속 머물 수 있는 맞춤한 핑곗거리가 생긴 거고. 이해하지?"

"그래그래, 그것참 잘됐군."

그날 저녁까지 자크는 도베르뉘네 작은 아가씨들의 웃음소리에 귀를 기울였다. 그는 지난번 파리에서 세브린이 자기 품에 안겨 고백을 하던 방에서도 지금처럼 아래층에서 올라오는 웃음소리를 들었던 기억을 떠올렸다. 그러더니 다시 고요함이 찾아왔다. 세브린이 그의 곁을 떠나 다른 부상자에게 내려가는 조심스러운 발소리만 들려왔다. 아래층 방문이 닫히고 집안은 깊은 침묵에 빠져들었다. 그사이 그는 몸시 목이 말라서 그녀에게 올라와달라는 신호를 보내기 위해 두 차례에 걸쳐 의자로 방바닥을 두드려야만 했다. 다시 나타난 세브린은 만면에 미소를 머금고 매우 상냥하게 굴면서, 앙리의 머리에 냉찜질을 해줘야 해서 내려갔는데 다 끝내지 못하고 올라왔노라고 설명을 덧붙였다.

　나흘째 되는 날부터 자크는 일어나서 창문 앞 소파에 앉아 두 시간을 보낼 수 있을 정도로까지 몸 상태가 호전되었다. 창 쪽으로 몸을 좀 숙이면 한가운데로 철길이 가로지르는, 연분홍 들장미가 뒤덮인 낮은 담장으로 둘러싸인 조붓한 정원이 눈에 들어왔다. 정원을 보니 담장 안쪽을 들여다보기 위해 발돋움을 했던 지난날 밤이 떠올랐다. 그는 집 반대편, 산울타리로만 둘러싸인 꽤 너른 터를 다시 머릿속에 그렸다. 그 울타리를 넘어갔을 때 거기에 플로르가 있었다. 그녀는 버려진 조그만 온실 문턱에 앉아 훔쳐온 밧줄 더미를 가위로 풀고 있었다. 아! 끔찍한 밤이었다. 자신의 병에 대한 두려움에 사로잡혔던 밤! 플로르의 그 모습이, 건널목에서 불타는 눈으로 그의 눈을 똑바로 응시하던, 큰 키에 민첩한 금발의 전사 같았던 그 모습이 기억이 돌아온 다음부터 점점 더 선명하게 부각되어 그를 붙들고 놓아주지 않았다. 그날 이후 그는 사고에 대해 입을 열지 않았고, 다른 사람들도 그에게 충격을 줄까봐 사고 이야기는 일절 삼갔다. 하지만 세세한 사항 하나하나가 새록새록 되살아나는 것은 어쩔 수 없어서 그는 모든 것을 재구성하느라 그날 그 사고만 생각했는데, 한시도 빼놓지 않고 그 일에 매달리는 지라 지금 창문을 내다보는 그의 유일한 관심사는 그 대재앙의 흔적들을 규명하고 장본인들의 동태를 살피는 일이었다. 그런데 왜 그녀가 보이지 않는 걸까? 건널목의 자기 자리에서 깃발을 쥐고 서 있어야 할 텐데. 그러나 그는 물어볼 자신이 없었다. 안 그래도 유령이 들끓고 있는 듯한 이 음산한 집 때문에 안절부절못하는데 그 생각만 하면 불안감이 더욱 심해졌던 것이다.

그러던 어느 날 아침, 카뷔슈가 세브린을 도우러 방에 들어왔을 때 그는 마침내 마음을 정했다.

"그런데 플로르는? 어디 아픈가?"

석공은 당황해서 세브린의 몸짓을 사실대로 말하라는 의미로 잘못 이해했다.

"가엾은 플로르, 그녀는 죽었어!"

자크는 몸을 떨면서 그들을 쳐다보았다. 그에게 모든 사실을 당장 말해줘야 할 판이었다. 둘은 서로 눈치를 보다가 그에게 그 젊은 아가씨의 자살을 알리면서 그녀가 터널 안에서 어떻게 목숨을 끊었는지 이야기했다. 딸이 죽자 딸을 어머니와 함께 묻기 위해 어머니의 매장을 그날 저녁까지 연기했다는 것이다. 두 모녀는 두앵빌의 조그만 공동묘지에 나란히 안장되었는데, 그렇게 그 둘이 합류하면서 그들보다 먼저, 그러나 언니와 마찬가지로 피와 흙으로 범벅이 된 험한 꼴로 그곳에 맨 처음 묻힌 착하고 불쌍한 막내 루이제트까지 해서 세 모녀가 무덤에서 서로 만났다는 것이다. 불쌍한 세 모녀, 그들은 그러니까 기차가 쏜살같이 지나가면서 일으킨 광풍에 휩쓸려가듯 그렇게 길바닥에 내팽개쳐지고 으스러져 사라져버린 그런 숱한 가엾은 존재들의 일원이 된 것이다!

"죽었다고, 오, 하느님!" 자크는 나직이 되뇌었다. "불쌍한 우리 파지 고모, 그리고 아, 플로르, 루이제트!"

세브린이 침대를 미는 것을 거들던 카뷔슈는 루이제트라는 이름에 지난날의 사랑이 떠올라 착잡해지기도 했지만, 새롭게 싹튼 연정에 마음을 빼앗겨 쓰다듬자마자 헌신적으로 순종하는 충직한 개처럼 이미 고분고분하고 우직한 존재가 되어 있었기에 본능적으로 그녀를 바라보았다. 하지만 젊은 부인은 루이제트와 그의 비극적인 사랑의 자초지종을 알고 있는 터라 그의 시선이 그것 때문인 줄로만 알고 심각한 표정과 동정하는 눈빛으로 그를 바라보았다. 그는 그녀의 그러한 반응에 가슴이 뭉클해졌다. 그녀에게 베개를 건네려다가 얼떨결에 자신의 손이 그녀의 손을 살짝 스치자 그는 그만 숨이 컥 막혀 자크의 질문에 더듬거리며 대답했다.

　"그럼 그녀가 사고를 유발했다는 혐의를 쓰고 있었단 말이야?"

　"오! 아니, 아니…… 단지 그건 그녀의 과실이었어, 잘 알잖아."

　그는 자신이 알고 있는 사실을 더듬더듬 말했다. 그는 말들이 석재 운반차를 끌고 선로를 가로질러 갈 때 집안에 있느라 아무것도 보지 못했다고 했다. 그 점이 바로 대놓고 말할 수는 없지만 후회막급하게 여기는 점인데, 수사를 나온 사람들도 그 점을 엄중하게 문책했다는 것이다. 당연히 말들 곁을 떠나지 말아야 했고, 그렇게 자신이 말들을 지키고 있었다면 그런 끔찍한 불행은 일어나지 않았을 거라는 이야기였다. 어쨌든 수사는 플로르의 단순한 과실로 결론이 났다고 했다. 그리고 그녀가 그렇게 처참하게 스스로를 처벌했으므로 사건은 거기서 일단락되었으며, 미자르의 경우는 전보 조치조차 당하지 않았는데 그 자신은 불쌍하고 고분고분한 척 굴면서, 죽은 플로르가 자기 말을 잘 들은 것만은 결코 아니어서 매번 자기가 초소에서 나와 차단기를 내려야 했다는 식으로 그녀를 공공연히 비난하며 곤경에서 빠져나왔다고 했다. 게다가 회사에서는 그날 오전에 열차 운행을 완벽하게 재개하는 것 말고는 달리 방도가 없고, 또한 미자르가 뒤클루라는, 옛날 술집 여자였다가 지금은 그때 벌어둔 것으로 보이는 석연찮은 돈으로 연명하는 이웃 마을 늙은 여자를 건널목지기로 쓰겠다고 하자 그가 그녀와 재혼하는 것이 여러모로 좋다고 보고 그 제안을 두말 않고 허락한 참이었다는 이야기였다.

카뷔슈가 방에서 나가자 자크는 세브린이 꼼짝 못할 정도로 뚫어져라 쳐다보았다. 그의 얼굴이 매우 창백해졌다.

"자기도 능히 짐작하겠지만 말을 강제로 끌어다가 돌덩이로 선로를 가로막은 장본인이 바로 플로르야."

이번에는 세브린의 얼굴이 새파랗게 질렸다.

"자기, 무슨 말도 안 되는 얘기를 하는 거야!…… 열이 있어서 그래, 다시 누워야겠어."

"천만에, 아니야, 이건 악몽이 아니야…… 알겠어? 나는 지금 자기를 보듯이 그녀를 똑똑히 보았어. 그녀가 말들을 붙잡고 있었어. 그 억센 손아귀로 석재 운반차가 선로를 벗어나지 못하게 버티고 있었단 말이야."

세브린은 다리가 부러지기라도 한 것처럼 그의 정면에 놓인 의자에 털썩 주저앉았다.

"세상에나! 세상에나! 무서워서 어떡해…… 그렇게 흉악한 일이 있다니, 이제 겁나서 잠도 못 자겠네."

"아무렴!" 그가 말을 이었다. "사태는 뻔해, 그녀는 우리 둘을 무차 별로 죽이려 한 거야…… 오래전부터 그녀는 날 원했어. 그래서 질투를 했지. 그러다가 머리가 이상해졌고, 다른 사람들에 대한 생각은…… 순식간에 그렇게 많은 사람들을 죽이다니, 그렇게 많은 사람들을 피 흘리게 하다니! 아! 이 빌어먹을!"

그의 눈이 휘둥그레지면서 입술이 신경질적으로 씰룩거렸다. 그러더니 그는 입을 다물었다. 그들은 한동안 계속 서로 마주볼 뿐이었다. 그렇게 한참을 있다가 둘 사이에 떠오른 어떤 소름 끼치는 환영에 화들짝 정신이 든 것처럼 그가 나직한 목소리로 다시 말을 꺼냈다.

"아! 그녀는 죽어서 그런 식으로 나타나는 거야! 내가 의식을 되찾은 다음부터는 항상 그녀가 여기 있는 것 같아. 오늘 아침도 그녀가 내 침대 머리맡에 있는 것 같아 돌아다봤다니까…… 그녀는 죽었고 우리는 살아 있어. 이제 그녀가 복수하지 않기를 바랄 뿐!"

세브린은 몸을 부르르 떨었다.

"그만, 그만해! 미쳐버릴 것 같단 말이야."

그녀는 밖으로 뛰쳐나갔다. 자크는 그녀가 다른 부상자 곁으로 내려가는 소리를 들었다. 그는 창가에 서서 선로를 내다보는 일에 다시 몰두했다. 건널목지기의 조그만 집과 큼지막한 우물, 폐색구간 초소인 그 조붓한 판자 가건물이 보였는데 그곳에 틀어박힌 미자르는 판에 박힌 단조로운 일을 붙잡은 채 졸고 있는 것 같았다. 자크는 스스로 해결할 수는 없으나 자신의 구원을 위해서는 반드시 선결해야 할 어떤 문제를 찾는 듯 그 정경들을 몇 시간이고 골똘히 바라보았다.

자크는 평소에도 그 미자르를, 병색이 완연한 잔기침을 해대느라 끊임없이 몸을 들썩이는 그 허약하고 유순해 보이는 핏기 없는 존재를 바라보느라 시간 가는 줄 몰랐다. 그런데 그런 자가 자기 아내를 독살한 것이다. 끈질기게 갉아대는 좀벌레처럼 자신의 욕심에 완전히 사로잡혀 그 건장한 여자를 기어이 허물어뜨린 것이다. 두말할 것 없이 벌써 몇 년 전부터 낮이고 밤이고 근무하는 열두 시간 내내 그의 머릿속에는 다른 생각이 들어설 여지가 없었다. 기차가 들어오는 것을 알리는 전신호가 울릴 때마다 나팔 불어 알리기, 이어서 기차가 지나가고 철길이 닫히면 다음 초소에 알리기 위해 버튼 누르기, 그리고 마지막으로 이전 초소에 철길을 열라고 알리기 위해 다른 버튼 누르기. 그것은 단순하기 짝이 없는 기계적인 동작이어서 다른 일은 일절 하지 않는 그에게는 몸에 밴 습관처럼 익숙했다. 문맹인데다 아둔한 그는 당연히 무엇을 읽고 일하는 것이 아니라 초점 없는 눈을 흐릿하게 뜬 채기기들이 신호를 울릴 때마다 손만 까딱일 뿐이었다. 거의 언제나 자신의 파수막에 처박혀 앉아 있는 것이 생활의 전부인 그에게는 거기서되도록 천천히 식사하는 것 말고는 다른 오락거리가 전무했다. 식사를 마친 다음에는 텅 빈 머릿속에 아무 생각도 없이 다시 몽롱한 상태에 빠져들었는데 특히 몰려오는 수마를 물리치지 못하고 종종 눈을 뜬 채잠이 들었다. 밤근무 때 그런 속절없는 혼수상태에 빠져서는 안 되는 경우에는 정신을 차리려고 자리에서 일어나 술 취한 사람처럼 흐느적거리는 두 다리로 걸어다녀야만 했다. 사정이 그러한지라 자기 마누라와 벌인 싸움은, 그러니까 누가 끝까지 살아남아 감춰진 천 프랑을 차지할 것인가를 두고 벌인 그 암투는 지난 몇 개월이 흐르고 또 흐르는동안 이 외톨이 남자의 아둔한 머릿속을 차지하고 있었던 유일무이한고심거리였다. 나팔을 불 때도, 수많은 목숨의 안전에 대해 자동인형처럼 습관적으로 신경을 쓸 때도 그는 독약만을 생각했다. 두 팔을 힘 없이 늘어뜨린 채 졸음 가득한 눈을 바르르 떨며 대기중일 때도 역시 독약만을 생각했다. 그녀를 죽이리라는 것, 그러고 나서 돈을 찾으리라는 것, 돈의 임자는 자신이리라는 것, 그의 머릿속에는 그 생각 말고는 아무것도 없었다.

자크는 그런 일을 벌이고 난 지금 이 순간에도 이전과 조금도 변함이 없는 그의 모습을 발견하고 아연실색했다. 그러니까 아무런 동요도 없이 살인을 저질렀고, 아무 일도 없었다는 듯 삶이 이어지고 있는 것이다. 실제로 미자르는 처음에는 미친듯이 뒤지고 다녔지만 얼마 전부터는 충격을 두려워하는 연약한 존재처럼 의뭉스럽게 덤덤한 척하며 다시 평소의 냉정함으로 돌아갔다. 마음속으로 그는 자신이 마누라를 그렇게 거꾸러뜨렸지만 아무런 소득이 없다고, 결국은 마누라가 이긴 것이라고 곱씹었다. 집 전체를 뒤집어엎듯 탈탈 털었지만 아무것도, 땡전 한 푼도 아직 찾지 못했으니 자신이 패배했다는 것이다. 오로지 그의 두 눈, 두리번거리는 불안한 시선만이 겁에 질린 얼굴과 함께 그의 염려가 무엇인지 드러내주었다. 그는 망자의 부릅뜬 두 눈과 일그러진 입의 소름 끼치는 비웃음이 여전히 자기를 쫓아다니며 "찾아봐! 찾아보시지!" 하는 것 같았다. 그는 돈 찾을 궁리를 하느라 자기 두뇌에 단 일 분의 휴식 시간도 줄 수 없었다. 그의 두뇌는 문제의 돈이 묻혔을 법한 곳을 찾느라 작동하고 또 작동했다. 가능성이 높은 장소들은 재차 확인하고 이미 뒤졌던 장소들은 하나하나 지워나갔으며, 새로운 장소가 떠오르면 즉시 후끈 흥분이 되고 조급증에 몸이 달아 만사를 제쳐두고 황급히 달려가지만 다시 한번 허탕 치는 일이 되풀이되었다. 시계의 초침 소리처럼 압박해오는 강박에 사로잡혀 본의 아니게 아둔한 머리를 굴려야 해서 두뇌가 잠들지 못하고 늘 각성 상태인 것은 그에게 가혹한 형벌, 응징의 고문이었다. 하행선 열차들의 경우는 한 번, 상행선 열차들은 두 번, 그렇게 나팔을 불 때도 그는 찾았고, 경보음의 지시에 따를 때도, 기기들의 버튼을 눌러 선로를 열고 닫을 때도 찾았다. 무료함에 지쳐 하염없이 기다리는 낮에도, 세상 끝에 유배당한 듯 캄캄한 대지의 침묵 속에서 졸음과 사투를 벌이는 밤에도 그는 끊임없이 찾고 미친듯이 찾았다. 그와의 결혼 욕심에 애간장을 태우며 건널목 차단기를 지키고 있는 뒤클루라는 여자까지도 그가 한시도 눈을 붙이지 않는 것을 보고 걱정이 되어 그에게 자잘한 신경을 쓸 정도였다.

방안에서 몇 걸음 뗄 수 있을 만큼 회복된 어느 날 밤, 자리에서 일어나 창문으로 간 자크는 미자르의 집에서 호롱불이 왔다갔다하는 것을 보았다. 틀림없이 그 남자는 여전히 찾고 있으리라. 그런데 다음날 밤 그는 다시 바깥의 동정을 살피려다가 세브린이 잠들어 있는 옆방 창문 밑 길 위에 시커멓고 큼지막한 덩치의 카뷔슈가 서 있는 것을 보고 깜짝 놀랐다. 그런데 까닭을 알 수는 없지만 그 장면에 화가 나기는커녕 오히려 연민과 슬픔에 빠져들었다. 또 한 명의 불쌍한 남자가, 덩치는 산만해가지고 충직한 짐승처럼 무엇에 홀린 듯 저렇게 서 있구나 하는 느낌이 들었던 것이다. 실제로 세브린은 너무 마르고 뜯어보면 예쁜 구석도 별로 없었지만 새카만 머리카락과 연보랏빛이 감도는 푸른 눈 등 강렬하면서도 묘한 매력을 지니고 있어, 덩치만 클 뿐 생각은 편협한 야수 같은 남자들은 살갗에 소름이 돋을 정도로 홀딱 반해 조무래기 사내아이들처럼 두근거리는 가슴을 안고 그녀의 집 앞에서 숱한 밤을 지새울 만도 했다! 자크는 그녀를 돕는 석공의 열의와 복종심이 뚝뚝 묻어나는 그녀를 향한 그의 시선 등을 떠올렸다. 그렇다, 카뷔슈는 분명 그녀를 사랑하고 그녀에게 욕정을 품고 있었다. 그다음날 그를 눈여겨보던 자크는 그가 침대를 정리하다가 그녀의 쪽찐머리에서 떨어진 머리핀 하나를 슬그머니 주워서는 돌려주지 않고 제 손아귀에 감추는 것을 보았다. 그 모습을 보고 자크는 자신의 고통을 떠올렸다. 욕망에 사로잡혀 괴로워했던 그 모든 것들, 건강을 되찾으면서 다시 살아나는 그 모든 혼란스럽고 두려운 것들을.

이틀이 더 흘러 그 주가 끝나갈 즈음, 의사가 말한 대로 자크와 앙리는 머지않아 업무에 복귀할 수 있을 만큼 회복되었다. 어느 날 아침, 기관사는 창가에 서 있다가 그의 짝인 화부 페쾨가 새 기관차를 타고 지나가는 것을 보았다. 페쾨가 그를 부르듯 손을 흔들어 인사했다. 하지만 그는 조금도 마음이 급하지 않았다. 되살아난 정념이, 필연적으로 일어나고야 말 어떤 일에 대한, 이를테면 우려 섞인 기대 심리 같은 것이 그를 붙잡은 것이다. 바로 그날 아래층에서 다시 싱그럽고 젊은 웃음소리가 들려왔다. 다 큰 처녀들이 흥겨워하는 소리였는데, 침울했던 거처가 한 기숙생이 벌이는 왁자지껄한 잔치 소리로 아연 떠들썩해졌다. 그는 도베르뉘네 아가씨들이라는 것을 알고 있었다. 그는 그에 관해 세브린에게 일절 말하지 않았는데, 세브린은 한술 더 떠서 온종일 아래층에 내려가 있다시피 하느라 그의 곁에는 단 오 분도 머무르지 않았다. 그날 밤, 집은 다시 죽음과 같은 침묵 속에 빠져들었다. 그녀가 약간 해쓱한 얼굴로 심각한 표정을 짓고서 그의 방에서 오래도록 머뭇거리자 그가 그녀를 뚫어져라 처다보며 물었다.

"그래 그가 떠났나보군. 누이들이 데려간 거야?"

그녀는 짤막하게 대답했다.

"응."

"그러면 마침내 우리 둘만 남은 건가? 온전히 우리 둘만?"

"응, 온전히 우리 둘만…… 내일 우리는 헤어져야 해. 난 르아브르로 돌아갈 거야. 이 황량한 곳에 죽치고 있는 것도 이제 끝이야."

그는 미소를 머금었지만 착잡한 표정으로 그녀에게서 눈을 떼지 않았다. 그러다가 결정을 내렸다.

"그가 가버려서 아쉬운 거야, 응?"

그녀가 몸을 떨면서 항의하려고 하자 그가 제지했다.

"당신과 싸우려고 이러는 게 아니야. 내가 질투하는 게 아니라는 거 당신도 잘 알잖아. 언젠가 당신이 나를 배신하게 되는 상황이 오면 당신을 죽여버리라고 나한테 말한 적 있지? 그렇지 않아? 그런데 난 사랑하는 여자를 죽일 생각이나 하는 그런 남자와는 조금도 닮은 구석이 없는걸…… 하지만 당신은 오늘 정말이지 아래층에서 꿈쩍도 하지 않더군. 단 일 분도 당신을 내 곁에 둘 수 없었어. 그러다가 당신 남편이 내게 했던 말이 생각나고 말았지. 당신 남편이 그러더라고, 당신이 언젠가는 그 사내와 잠자리를 같이할 거라고, 쾌락을 바라서가 아니라 오로지 다른 식으로 다시 시작하기 위해 그럴 거라고 말이야."

그녀는 일찌감치 발버둥치기를 포기했다. 그녀는 천천히 같은 말을 두 번 되풀이했다.

"다시 시작한다, 다시 시작한다……"

그러다가 그녀는 솔직하게 털어놓지 않고는 못 배기겠다는 듯 충동적으로 말을 꺼냈다.

"좋아! 잘 들어, 이건 정말이야…… 우린, 다른 사람들도 아니고 우리 둘은 서로 무슨 말이든 할 수 있잖아. 우리 둘을 한데 묶어주는 것이 꽤 되잖아…… 몇 달 전부터 그 남자가 나를 쫓아다녔어. 그는 우리가 어떤 사이인지 알고 있었어. 그로서는 내가 그에게 몸을 준들 나한테 더이상 손해날 게 없을 거라는 생각이었겠지. 그런데 아래층에서 그와 다시 만났을 때 그가 내게 또 말을 걸더라고. 나를 죽도록 사랑한다고 똑같은 말을 반복하는 거야. 자기를 보살펴줘서 고맙다고 어찌나 절절하게 굴던지, 어찌나 다정하고 은근하게 대하던지 정말이지 그만, 이자도 한번 사랑해봐, 다른 것, 더 좋은, 아주 달콤한 어떤 것을 다시 시작해봐 하는 공상을 한순간 했다니까…… 그래, 어쩌면 쾌락도 가져다주지 못하겠지만 나를 편안하게 해줄 수는 있을 것 같은 어떤 것을 말이야……"

그녀는 잠시 주저하다가 다시 말을 이었다.

"왜냐하면 지금 우리 둘의 미래는 가로막혀 있잖아, 우린 더 멀리 갈 수 없잖아…… 떠난다는 우리의 꿈, 저멀리 미국에 가서 부자가 되고 행복해지겠다는 그 희망, 온전히 자기한테 달려 있는 그 지극한 행복이 이젠 불가능해졌잖아, 자기가 하지 못했으니까…… 오! 자기를 탓하는 게 아냐. 일이 벌어지지 않은 게 차라리 더 잘된 건지도 몰라. 하지만 자기한테 이 사실만큼은 알려주고 싶어, 자기와 함께 있으면 이제 기대할 게 아무것도 없다는 사실 말이야. 내일도 어제와 같을 거야, 늘 똑같은 권태, 늘 똑같은 고통……"

그는 그녀가 말하도록 내버려두었다. 그는 그녀가 입을 다무는 것을 보고서야 비로소 물었다.

"그래 당신이 그자와 잔 이유가 그거였어?"

그녀는 방안에서 몇 걸음 서성이다가 제자리로 돌아와 어깨를 으쓱했다.

"아니, 그와 자지 않았어. 나는 단지 자기에게 그렇다고 말하는 것뿐이야. 그리고 자기는 날 믿어야 해, 난 그러리라고 확신해. 이제부터 우리는 거짓말을 해야 할 까닭이 없잖아…… 그래, 난 그럴 수 없었어, 자기가 다른 일을 두고서도 할 수 없었던 경우와 마찬가지야. 그렇지? 여자가 곰곰이 따져본 다음 흥미가 있겠다고 생각해놓고도 남자에게 몸을 주지 않았다는 게 자기가 보기에는 놀라울 거야. 그런데 난 말이야, 그 점에 대해 그리 오래 생각하지도 않았어. 순순히 응하는 것쯤은 이제까지 나로서는 결코 힘든 일이 아니었거든. 무슨 말이냐 하면, 내 남편이나 자기가 날 열렬히 사랑하는 게 보이면 난 기꺼이 당신들에게 그런 쾌락쯤 선사해줄 용의가 있다는 말이야. 그런 거야! 그런데 아무튼 이번에는 그럴 수 없었어. 그는 내 손에 키스를 했을 뿐이야, 입술도 아니고 말이야, 정말이야. 그에게 나중에 파리에서 보자고, 기다리라고 했지. 그가 너무 불쌍해 보였거든, 그를 낙담하게 하고 싶지 않았거든."

그녀의 말이 맞았다. 자크는 그녀를 믿었다. 그는 그녀의 말이 거짓이 아니라는 것을 잘 알고 있었다. 하지만 그는 다시 불안에 휩싸였다. 지금 이 순간 서로 정념의 불꽃이 다시 타오르는 가운데 세상과 멀찌감치 떨어진 곳에서 그녀와 단둘이 갇혀 있다는 데 생각이 미치자 그의 욕망이 꿈틀거리면서 동요는 점점 더 극심해졌다. 그는 그만 달아나고 싶었다. 그는 소리를 질렀다.

"하지만 또 있잖아, 다른 남자가 하나 더 있잖아, 카뷔슈라는 자 말이야."

그녀가 다시 한번 순간적으로 흠칫했다.

"아! 눈치챘구나, 자기도 알고 있었네…… 그래, 맞아, 그 사람이 더 있지. 그런데 참 이상하지, 그들 둘이 뭘 어쨌다고…… 그는 나한테 한마디도 한 적이 없어. 하지만 자기와 내가 부둥켜안고 키스할 때 그가 팔을 비비 꼬며 어쩔 줄 몰라한다는 걸 난 잘 알지. 그는 내가 당신한테 정겹게 이야기하는 걸 듣고는 구석에서 눈물을 흘리는 자야. 그리고 내 것이라면 뭐든지 훔쳐가, 내 소지품들, 장갑, 심지어 손수건 따위가 없어져서 보면 그가 자기 소굴로 가져가서 보물처럼 간직하고 있는 거야…… 다만, 내가 그 야만스러움에 끌릴 수도 있을 거라고 지레짐작하지는 말아줘. 그는 너무 거구야, 공포감이 들 정도라니까. 게다가 그는 아무것도 요구하지 않아…… 아니, 아니, 그런 짐승 같은 거한들은 수줍어서 아무것도 요구하지도 못하고 사랑을 앓다가 죽는 거야. 나를 한번 한 달 동안 그에게 맡기고 내버려둬봐, 그는 예전에 루이제트에게도 그랬던 것처럼 내 몸에 손끝 하나 대지 못할 거야. 그건 지금 내가 장담할 수 있어."

새삼스럽게 그 기억이 떠올라 그들은 서로 마주보았다. 침묵이 흘렀다. 과거의 일들이 주마등처럼 스쳐갔다. 루앙의 예심판사 집무실에서의 만남, 너무도 감미로웠던 그들만의 첫 파리 여행과 르아브르에서 나누었던 사랑, 그리고 그뒤에 벌어진 그 모든 즐거웠던 일들과 끔찍했던 일들. 그녀는 그에게 다가갔다. 너무 가까워서 그는 그녀의 뜨거운 숨결을 느낄 수 있었다.

"아냐, 아냐, 먼저 말한 남자도 그렇지만 그자하고 그럴 거라니 어림 반푼어치도 없는 소리야. 아무하고도 안 한다고, 알아, 왜냐하면 할 수 없을 테니까…… 왜 그런지 알고 싶어? 자, 이 순간 난 느껴, 착각이 아닌 게 확실해. 왜냐하면 자기가 날 송두리째 가졌기 때문이야. 달리 적당한 말이 없어, 그래, 가졌다는 말 말고는 없어. 말하자면 두 손으로 어떤 것을 움켜쥐고 가져가서 자기만의 전용 물건처럼 언제든지 마음대로 쓸 수 있다는 말이지. 자기를 알기 전에는 나는 누구에게도 속한 적이 없었어. 나는 자기 것이고 앞으로도 자기 것으로 남을 거야, 설령 자기가 원치 않더라도, 나 자신이 원치 않더라도 말이야…… 그렇다는 것을 알아듣게 설명할 수는 없을 것 같아. 우린 그러려고 그렇게 만난 거야. 다른 남자들하고 한다고 생각하면 겁부터 나고 혐오스러워. 그런데 자기는, 자기는 그걸 감미로운 쾌락으로 만들어줬어, 진정한 천상의 행복을 느끼게 해줬어…… 아! 내가 사랑하는 사람은 자기뿐이야, 난 자기 말고는 더이상 아무도 사랑할 수 없어!"

그녀는 그를 갖기 위해, 품에 꼭 끌어안기 위해, 그의 어깨에 머리를 기대기 위해, 그의 입술에 입맞추기 위해 두 팔을 내밀었다. 하지만 그녀의 두 손을 붙잡고 있던 그는 그녀를 제지했다. 그는 사라진 줄 알았던 예전의 경련이 사지에서 피를 타고 올라와 두개골을 때리는 것을 느끼고 공포에 질려 망연자실했다. 귓전을 때리는 경보음, 온몸을 후려치는 망치질, 군중의 아우성 등은 바로 그가 예전에 겪었던 심각한 위기 증상이었다. 얼마 전부터 그는 그녀를 보고 있으면 미쳐버릴 것만 같은 공포감이 밀려와 환한 대낮은 물론 심지어 촛불 아래에서조차도 더는 그녀와 정사를 벌일 수 없었다. 그런데 지금 등불 하나가 덩그러니 놓여 있어 그들 둘을 환하게 비추고 있었다. 그가 그토록 덜덜 떠는 것은, 미치도록 분격하기 시작한 것은, 두말할 것도 없이 단추가 풀린 실내복 옷깃 사이로 그녀의 뽀얀 젖가슴이 봉긋하게 드러나 눈에 띄었기 때문이다.

뜨겁게 달아오른 그녀가 애원하듯 말을 이었다.

"우리 둘의 앞날이 꽉 막혔어도 별수 없어, 할 수 없지! 자기한테서 새로운 것을 하나도 기대할 수 없지만, 내일이 와도 우리에게 변함없이 똑같은 권태와 똑같은 고통이 되풀이된다는 것을 잘 알지만, 나는 아무 상관 없어. 나한테는 내 삶을 이대로 끌고 가는 것 말고는, 자기와 함께 고통받는 것 말고는 다른 방도가 없거든. 우린 곧 르아브르로 돌아가겠지, 거기서 때때로 그렇게 한 시간 정도 자기를 품을 수 있다면, 그만하면 바라던 대로 잘 풀리는 거겠지…… 사흘 밤을 잠을 못 이루었어, 층계참 건너편에 있는 내 방에서 가슴앓이를 한 것이지, 자기와 함께 자러 건너오고 싶은 마음에 말이야. 그런데 자기는 너무 고통스러워했어, 내가 보기에 너무 우울한 것 같아서 차마…… 하지만 자, 오늘밤은 나를 지켜줘. 얼마나 정겨운 밤이 될지 두고 봐, 자기가 조금도 불편하지 않게 최대한 몸을 옹송그리고 있을게. 그리고 오늘밤이 마지막 밤이라는 걸 생각해…… 지금 우리가 있는 이 집은 땅끝에 있어. 들어봐, 숨소리 하나 안 들리잖아, 개미 새끼 한 마리 없잖아. 아무도 올 수 없어, 우리뿐이야, 완전히 우리 둘뿐이어서 우리가 여기서 서로 부둥켜안고 죽는다 해도 아무도 모를 거야."

이미 욕정이 노도처럼 치밀어오른데다 세브린의 애무에 잔뜩 흥분한 자크는 달리 무기가 없어 그녀의 목을 조르기 위해 손가락을 내밀었고, 그녀는 그녀대로 익숙한 습관의 지시에 따라 몸을 돌려 등불을 껐다. 그가 그녀를 번쩍 안아올렸고 그들은 이내 서로 뒤엉켜 침대에 쓰러졌다. 그날 밤은 그들이 함께 보낸 사랑의 밤 중 가장 뜨거운 밤, 서로 상대의 몸속에 녹아들어 완전히 증발하는 절정을 경험한 최고의 밤, 유일한 밤이었다. 그들은 그 극치의 행복감에 몸이 산산이 부서지고 더는 자기 몸이 아닌 듯한 느낌이 들 정도로 기진맥진했지만 잠을 이루지 못하고 꼭 끌어안은 채 가만히 있었다. 그렇게, 파리의 빅투아르 아줌마의 방에서 보냈던 그 고백의 밤처럼, 그녀는 그의 귀에 입을 바짝 대고 아주 나직한 목소리로 끝도 없이 소곤거렸고, 그는 아무 말 없이 그녀의 속삭임에 귀를 기울였다. 어쩌면 그녀는 그날 밤 등불을 끄기 직전 죽음이 자신의 목덜미를 스치고 지나간 것을 느꼈는지도 모른다. 그날 이전까지는 연인의 품에 안겼을 때 자기도 모르는 사이에 끊이지 않는 살해의 위협을 받았겠지만 그것을 의식하지 못한 채 미소를 지었더랬다. 그러나 그날 밤 그녀는 미세하나마 서늘한 전율을 느낀 참이었다. 그녀가 남자의 가슴팍에 자신의 몸을 밀착하고 있었던 것도 그 까닭 모를 공포감 때문이었는데, 자신을 지키기 위한 일종의 방어의 몸짓이었던 것이다. 그녀의 가벼운 숨소리가 마치 그녀 자신이 몸으로 바치는 희생 제물 같았다.

"오! 내 사랑, 만일 자기가 할 수 있었다면 우린 저 먼 곳에서 얼마나 행복했을까!…… 아냐, 아냐, 자기가 할 수 없는 일을 하라고 다시 요구하려는 게 아니야. 다만 우리 꿈이 너무 아쉽다는 거지!…… 방금 전 얼마나 무서웠다고. 잘은 모르지만 뭔가가 나를 위협하는 것 같았어. 아직 내가 어린애처럼 겁이 많나봐. 누군가 나를 찌르려는 것 같아서 매번 뒤를 돌아본다니까…… 나를 지켜줄 사람은, 내 사랑, 자기밖에 없어. 나의 모든 기쁨은 자기한테 달려 있어, 자기는 지금 내 삶의 유일한 이유야."

그는 대답 없이 그녀를 더욱 세차게 끌어안아, 자신의 기분과 그녀에게 잘해주고 싶은 진지한 욕망, 그리고 그녀가 자신에게 끊임없이 불러일으키는 격정적인 사랑 등 결코 말로는 표현할 수 없을 것 같은 것들을 그 깊은 포옹에 담아냈다. 그런데 그날 밤 그녀를 죽이고 싶은 마음이 도졌던 것이 사실이다. 만일 그녀가 몸을 돌려 등불을 끄지 않았다면 그녀의 목을 졸랐을 것이다, 확실했다. 그의 병은 어쩌면 영원히 낫지 않을지 모른다. 그런 상황만 벌어지면 어김없이 발작이 재발했으니, 그 원인을 찾을 수도, 납득할 수도 없었다. 오늘밤, 그녀는 예전처럼 다시 헌신적이었는데, 그녀의 사랑은 더 품이 넓고 더 믿음을 주는 것이었는데, 그런데 왜 그랬을까? 그러니까 그녀가 그를 사랑하면 할수록 그는 수컷의 에고이즘이 지닌 그 소름 끼치게 어두운 구석들이 고개를 쳐들면서 그녀를 소유하다못해 절멸시키고 싶은 마음이 더욱더 강해지는 것일까? 그래서 그녀를, 죽은 그녀를 대지처럼 간직하려고!

"말해줘, 내 사랑, 내가 왜 무서워하는 걸까? 나를 위협하는 그것이 무엇인지 자기는 알아?"

"아냐, 아냐. 마음 편하게 가져. 아무것도 당신을 위협하지 않아."

"내 온몸이 이렇게 간간이 떨리는 걸 봐. 내 뒤에 항상 뭔가 위험이 도사리고 있는 것 같아, 보이지는 않지만 분명히 느껴지는걸…… 내가 도대체 왜 무서워하는 거지?"

"아냐, 아냐. 무서워하지 마…… 사랑해, 내가 있잖아, 누가 당신을 해코지하게 가만히 놔두지 않겠어. 봐, 이렇게 둘이 안고 있으니 얼마나 좋아!"

감미로운 침묵이 흘렀다.

"아! 내 사랑." 그녀가 어루만지듯 가벼운 숨결을 토해내며 말을 이었다. "수많은 밤이 모두 오늘밤같이 흐르고 또 흘러가기를, 그 끝없는 밤의 행렬 속에서 우리도 지금처럼 이렇게 한몸이 되어 변함이 없기를…… 그래, 이 집이 팔리면 그 돈을 가지고 떠나는 거야, 미국으로 가서 자기 친구를 만나는 거야, 그 친구는 지금도 자기를 기다리고 있겠지…… 거기서 우리 삶이 다시 꾸려지기 전까지 난 단 하루도 편한 날이 없어…… 그러고 나면 매일 밤이 오늘밤 같을 거야. 자기는 날 갖고, 난 자기 것이 되고, 우리는 마침내 매일 서로의 품에 안겨 잠들게 될 거야…… 하지만 자기는 할 수 없어, 나도 잘 알아. 내가 이렇게 말하는 건 자기를 괴롭히고 싶어서가 아니야, 그냥 나도 모르게 내 마음속에 있던 말들이 튀어나온 거야."

갑자기 한 가지 결심이 자크의 머리를 치고 지나갔다. 사실 그 결심은 전부터 이미 몇 차례 곱씹었던 것이긴 했다. 루보를 죽이자, 그래야 이 여자를 죽이지 않는다. 전에도 여러 번 그랬던 것처럼 이번에도 그는 자신의 그러한 의지가 확고부동하다고 믿었다.

"지난번에는 할 수 없었지." 이번에는 그가 중얼거렸다. "하지만 앞으로는 할 수 있을 거야. 내가 약속했잖아?"

그녀는 약하게 도리질을 쳤다.

"아냐, 약속하지 마, 부탁이야…… 나중에 그것 때문에 힘들어지거든, 지난번 자기가 용기를 내지 못했을 때…… 그리고 어쨌든 그건 끔찍한 일이야, 해서는 안 돼, 안 된다고! 해서는 안 돼."

"아냐, 당신도 알다시피 그 반대야, 반드시 해야 해. 왜냐하면 꼭 해야만 하니까, 내가 그렇게 할 수 있으니까…… 당신에게 그걸 말하고 싶었어. 지금 우리 그 이야기를 하자고, 여긴 우리 둘뿐이잖아, 우리 자신이 하는 이야기도 들리지 않을 정도로 이렇게 조용하잖아."

그녀는 진작 체념하고 한숨을 내쉬었다. 심장이 부풀어오르며 거세게 방망이질을 해댔다. 그는 그녀의 심장박동이 자신의 심장에 고스란히 전해지는 것을 느꼈다.

"오! 하느님 맙소사! 그게 이루어질 리가 없었기에 욕심냈던 건데…… 하지만 이토록 심각한 문제가 되어버렸으니 불안해 못살겠네."

그들은 말을 멈췄다. 그 결심의 무게에 짓눌린 듯 다시 침묵이 무겁게 내려앉았다. 그들은 황량하고 황폐한 이 거친 고장의 한가운데 덩그러니 놓인 기분이었다. 너무 더워서, 얼싸안아 서로 뒤엉킨 팔다리가 땀으로 축축했다.

그가 그녀의 턱밑, 목에 정신없이 키스를 퍼붓고 있을 때, 이윽고 그녀가 다시 나직하게 중얼거렸다.

"그가 이리로 와야겠네…… 그래, 핑계를 둘러대면 그를 이곳으로 불러들일 수 있을 거야. 아직은 어떤 핑계를 대야 할지 모르겠지만 말이야. 좀더 두고보자고…… 자, 그러면 되겠지? 자긴 그를 기다리는 거야, 숨어서. 그다음엔 일사천리로 진행되는 거지, 여기는 방해받을 만한 거리가 전혀 없거든…… 그렇지? 그게 바로 해야 할 일이야."

그는 입술을 그녀의 턱에서 가슴으로 옮겨가면서 고분고분 동의를 표했다.

"그래그래."

그녀는 심사숙고하며 세세한 사항까지 따져보았다. 그리고 계획이 머릿속에서 어느 정도 진척되면 다시 검토하고 가다듬었다.

"자기야, 신중하고 또 신중하게 대비해야 해, 그러지 않으면 바보짓을 하고 마는 꼴이 될 테니까. 만일 그다음날 우리가 체포되는 지경에 이를 거라면, 난 차라리 일을 벌이지 않고 지금 이 상태로 있는 게 더 좋아…… 자, 봐, 그런 걸 읽은 적이 있어, 어디서였는지 지금 잘 기억 나지는 않지만 분명히 어떤 소설에서 읽었을 거야. 최선의 방법은 자살을 위장하는 거래…… 그는 언젠가부터 아주 이상하고 망가질 대로 망가져서 무척 우울해 보였거든, 그러니 느닷없이 그가 여기 와서 스스로 목숨을 끊었다는 소식이 알려진대도 아무도 놀라지 않을 거야…… 그런데 문제는 자살했다는 생각이 들도록 방법을 찾아내고 상황을 꾸미는 일이야…… 그렇지 않아?"

"그래, 그렇겠지."

그가 그녀의 온몸을 삼키려는 듯 입술로 그녀의 젖가슴을 깊숙이 빨아대는 통에 그녀는 약간 숨이 막혔지만 그래도 궁리를 멈추지 않았다.

"그렇지? 흔적을 없앨 만한 뭔가가 필요해…… 아, 생각났어! 예컨대 만약 그가 목을 찔려 죽는다면 우리 둘이서 그를 들어다가 철로 위에 놓기만 하면 돼. 무슨 말인지 알겠어? 그의 목을 레일 위에 걸쳐놓는다고. 그러면 기차가 그의 목을 으깨고 지나가겠지. 사람들이 사고 현장을 조사하겠지만, 그땐 이미 목이 으스러진 다음이거든. 찔린 자국도, 그 어떤 것도 남아 있지 않을 거란 말이야!…… 괜찮지, 응?"

"그래, 괜찮겠네, 아주 좋아."

두 사람은 아연 활기를 되찾았다. 그녀는 기쁨에 도취되어 그런 상상을 해낸 것이 스스로 대견스러웠다. 그의 애무가 더욱 거세지자 그녀는 온몸에 전율이 훑고 지나가는 것을 느꼈다.

"아니, 그만, 잠깐만 기다려봐…… 자기야, 금방 생각이 났는데 그 정도로는 아직 안 돼. 자기가 여기에 나랑 같이 있으면 어찌됐건 자살이라는 게 석연치 않게 받아들여질 거거든. 자기가 떠나야 해. 알겠어? 내일 떠나는 거야, 그것도 아주 보란듯이 카뷔슈와 미자르 앞을 지나서 말이야. 그래야 자기가 떠났다는 게 확실해질 테니까. 바랑탱에서 기차를 탄 다음 무슨 핑계든 둘러대서 루앙에서 내려. 그런 다음 밤이 되기를 기다렸다가 다시 여기로 오는 거야. 뒷문으로 들어올 수 있도록 조치를 취해놓을 테니까. 사십 리밖에 안 되잖아, 세 시간도 안 걸려서 돌아올 수 있을 거야…… 이러면 다 해결됐네. 됐어, 이제 당신이 원하기만 하면 돼."

"그래, 그렇게 할게, 다 됐네."

이제 그도 깊은 생각에 빠져들어 그녀의 몸을 애무하는 것도 잊은 채 가만히 누워 있었다. 다시 침묵이 흘렀다. 둘은 이제 확고부동하게 결정된 앞으로의 행동에 몸과 마음을 온통 빼앗긴 듯 한동안 그렇게 서로의 품에 안겨 꼼짝도 하지 않았다. 이윽고 천천히 두 사람의 육체에 감각이 돌아오면서 어느샌지 모르게 점점 더 강해지는 포옹으로 숨이 막힐 지경이었는데, 그때 그녀가 팔을 풀고 동작을 멈췄다.

"아 참! 그를 이곳으로 불러들일 구실은 어떻게 만들지? 그는 늘 그렇듯 근무를 마치고 저녁 여덟시 기차밖에 탈 수 없을 거야. 그러면 열시 전에는 도착하지 못하겠지. 그런데 그게 오히려 더 나아…… 그래! 바로 그거야. 미자르가 내게 말했던, 이 집을 사겠다는 사람이 모레 아침에 온다고 하는 거야! 됐어, 내일 아침 일어나는 대로 남편에게 전보를 치는 거야, 그가 반드시 같이 자리해줘야 한다고 말이야. 그는 내일 밤 여기에 도착하겠지. 자기는 오후에 떠나도록 해, 그러면 그가 도착하기 전에 돌아와 있을 수 있을 거야. 밤이겠지, 달도 안 뜰 테고, 우리를 방해하는 것은 아무것도 없어…… 모든 것이 완벽하게 짜였어."

"그래, 완벽해."

이번에야말로 그들은 흥분이 고조되어 혼절할 정도로 격렬한 사랑을 나누었다. 그러고 나서는 꼭 끌어안은 채 깊은 잠에 빠져들었다. 사방은 쥐죽은듯 고요했고 날이 밝으려면 아직 멀었지만, 새벽 먼동이 트면서 그 두 사람을 검은 망토를 뒤집어씌운 듯 꼭꼭 숨겨주었던 어둠이 희뿌옇게 가시기 시작했다. 그는 열시까지 꿈도 꾸지 않고 죽은 듯이 잠을 잤다. 그가 눈을 떴을 때는 혼자였다. 그녀는 층계참 건너편에 있는 자기 방에서 옷을 입고 있었다. 창문을 타고 들어와 부챗살처럼 펼쳐지는 밝은 햇살에 침대의 붉은 휘장과 붉은 벽지가 활활 타오르면서 온 방안이 불길에 휩싸인 것 같았다. 그와 동시에 방금 전 지나간 기차 때문에 집이 뒤흔들렸다. 그를 깨운 것은 그 기차가 틀림없었다. 그는 눈부신 표정으로 해를 쳐다보았다. 마치 넘쳐흐르는 붉은 물결에 몸을 담그고 있는 것 같았다. 그러고는 지난밤의 기억이 떠올랐다. 결정은 내려졌다. 저 커다란 태양이 지고 나면, 다시 밤이 내리면 마침내 살인을 저지르게 되리라.

그날 낮 동안 세브린과 자크가 계획했던 대로 일이 착착 진행되었다. 그녀는 점심식사 전에 미자르에게 두엥빌로 가서 자기 남편에게 전보를 쳐달라고 부탁했다. 그리고 세시경에 카뷔슈가 나타나자 자크는 보란듯이 출발 준비를 했다. 심지어 자크가 바랑탱에서 4시 15분 기차를 타기 위해 집을 나서자 달리 할 일이 없었던 석공은 그의 출발을 더 가까이서 확인하고 싶은 은밀한 욕구와 함께 흠모하던 여인을 조금이나마 다시 마음속에 담아둘 수 있게 되어 행복해진 애인처럼 들떠서 그를 역까지 따라나섰다. 루앙에 다섯시 이십 분 전에 도착한 자크는 기차에서 내려서, 같은 고향 출신 여인이 운영하는 역 근처의 여인숙에 들었다. 그는 다음날 업무 복귀차 파리로 가기 전에 동료들을 만나러 왔노라고 둘러댔다. 하지만 결과적으로 자신의 기력을 너무 과신한 꼴이 되어 무척 피곤하다고 혼잣말처럼 중얼거렸다. 그러고는 여섯시가 되자 그만 자야겠다고 말하고는 일층에 있는 방을 달라고 해서 방안에 틀어박혔다. 그 방은 인적 없는 골목길로 창문이 나 있는 방이었다. 십 분 후 그는 그 창문을 훌쩍 뛰어넘은 다음 아무도 모르게 그리로 다시 들어갈 수 있도록 덧창을 조심스럽게 살짝 밀어놓은 채로 놔두고는 크루아드모프라로 가는 길로 접어들었다.

자크가 황폐한 모습으로 버려진 채 철길 옆에 비스듬히 가로놓인 그 외딴집 앞에 다시 나타난 것은 9시 15분이 막 지났을 때였다. 밤은 칠흑같이 어두웠고 굳게 닫힌 건물 정면에서는 빛줄기 하나 새어나오지 않았다. 그는 가슴에 다시 한번 고통스러운 충격을 느꼈는데, 몸서리

처지도록 끔찍한 그 충격은 만기일이 돌아와 빼도 박도 못하게 그를 압박하는 불행의 전조 같았다. 세브린과 미리 약조한 대로 그는 붉은 방의 덧창에 조그만 조약돌을 세 차례 던졌다. 그러고는 바로 집 뒤로 돌아가 문을 살짝 밀었더니 소리 없이 스르르 열렸다. 그는 집안에 들어가 다시 문을 닫고 어둠 속을 더듬으며 살금살금 계단을 올라갔다. 그렇게 이층에 올라가니, 탁자 한구석에 놓여 있는 커다란 등불의 환한 불빛에 시트가 헝클어져 있는 침대와 의자 위에 아무렇게나 걸쳐져 있는 세브린의 옷가지가 눈에 들어왔고, 이어서 맨다리에다 취침을 위해 숱이 무성한 머리를 위로 바짝 올려 묶어 목이 하얗게 드러난 잠옷 차림의 그녀 모습이 보였다. 그는 깜짝 놀라 그 자리에 얼어붙은 듯 멈춰 섰다.

"아니! 잤어?"

"아마 이렇게 하는 편이 훨씬 나을 거야…… 내게 좋은 생각이 떠올랐거든. 자, 봐, 이따가 그가 도착하고 내가 이런 차림으로 내려가 문을 열어주면 그는 한결 의심을 거둘 거야. 그에게 편두통이 도졌다고 말하려고. 이미 미자르는 내가 아픈 줄로 알고 있거든. 그렇게 하면 내일 아침 저기 철길에서 그가 발견되었을 때 나는 이 방을 떠난 적이 없다고 말해도 아무런 의심을 받지 않을 거야."

하지만 자크는 몸서리치며 화를 냈다.

"안 돼, 안 돼, 옷 입어…… 건강하게 버텨야지. 이러고 있으면 안 돼."

그녀는 의아한 표정으로 미소를 지었다.

"왜 그러는데, 자기? 걱정 마, 정말이지 난 전혀 안 추워…… 자!

봐, 내가 얼마나 더운지!"

그녀는 어깨에서 흘러내린 잠옷 밖으로 봉긋하게 드러난 젖가슴을 한껏 내밀고 맨살이 훤히 드러난 두 팔을 벌린 채 그에게 안기려고 교태를 부리며 가까이 다가왔다. 그가 흠칫 물러서며 더 화를 내자 그녀는 아양을 떨었다.

"화내지 마, 침대로 다시 들어갈게. 그러면 내가 감기에 걸릴까봐 자기가 걱정하지 않아도 되겠지."

그녀가 다시 침대에 누워 시트를 턱밑까지 끌어올리자 그는 정말로 화가 좀 누그러진 듯 보였다. 그녀는 그런 자세로 차분하게 말을 이어가며 자신의 머릿속에 어떤 계획을 짜놓았는지 설명했다.

"그가 문을 두드리면 내가 곧장 내려가서 문을 열어주는 거야. 맨 처음에는 자기가 이곳에서 그를 기다리고 있을 테니 그가 이곳까지 올라오도록 놔둘 생각이었어. 하지만 그의 시신을 들고 다시 내려가려면 문제가 훨씬 복잡해질 것 같아. 게다가 이 방은 바닥이 마룻판인 반면 현관은 타일이 깔려 있어서 만약 핏자국이 묻더라도 쉽게 닦아낼 수 있을 거야…… 더 말해줄게, 좀전에 옷을 벗다가 읽었던 소설이 생각났지 뭐야, 그 소설에 한 남자가 다른 남자를 죽이기 위해 완전히 발가벗는 이야기가 나와. 무슨 말인지 알겠어? 일을 벌이고 난 후에 몸을 깨끗이 씻어내는 거야. 옷에는 핏방울 하나 묻지 않은 상태이고…… 어때? 자기도 옷을 벗어봐, 우리 속옷까지 다 벗어버릴까?"

그는 질겁하여 그녀를 바라보았다. 그러나 그녀는 온화한 표정으로 어린 소녀처럼 맑은 눈망울을 굴리며 오로지 성공을 위해 취해야 할 적절한 행동만을 골똘히 생각하는 모습이었다. 그 모든 것이 그녀의 머릿속에서 전개되는 일들이었다. 그는 살인으로 피범벅이 된 자신과 그녀의 벌거벗은 두 몸뚱어리가 떠올라 뼛속까지 참을 수 없는 경련이 밀려오면서 온몸이 부들부들 떨렸다.

"안 돼, 안 돼!…… 그러면 야만인과 다를 게 없어. 왜 그의 심장이라도 먹어치우지그래? 그를 그토록 증오하는 거야?"

세브린의 얼굴이 갑자기 어두워졌다. 그 질문이 그녀를, 꼼꼼한 주부의 준비 단계에서 행동으로 옮기는 공포의 문제로 내동댕이쳤다. 눈물이 그녀의 눈을 흠뻑 적셨다.

"지난 몇 달 동안 난 너무 괴로웠어. 아무리 해도 그를 사랑할 수 없어. 내가 백 번도 넘게 말했잖아, 무슨 일이 있어도 그 남자하고는 단 일주일이라도 더는 같이 살 수 없다고 말이야. 하지만 자기 말이 옳아, 이 지경까지 이르다니 참 끔찍한 일이야. 우리가 함께 행복하게 살기를 염원한다는 거, 그건 정말 틀림없잖아…… 아무튼 우리는 등불 없이 내려가자. 자기는 문 뒤에 자리잡고 있어, 그리고 내가 문을 열고 그가 들어오면 그때 자기가 하고 싶은 대로 해…… 내가 이렇게까지 신경쓰는 건, 자기를 돕고, 자기 혼자서 걱정을 짊어지지 않게 하기 위해서야. 난 내 능력을 최대한 발휘해서 준비하고 있는 거야."

그는 탁자 위에 칼이 놓여 있는 것을 보고 그 앞에 멈춰 섰다. 이미 그녀의 남편이 사용했던 흉기인데, 이제는 자크더러 그 칼로 그 남편을 찌르라고 그녀가 일부러 거기에 놓아둔 것이 분명했다. 활짝 펼쳐진 그 칼이 등불 아래서 번득였다. 그는 그것을 들고 찬찬히 살펴보았다. 그녀도 입을 다물고 그 광경을 지켜보았다. 그가 이미 그 칼을 집어든 마당에 그에게 더 말을 한다는 것은 불필요한 일이었다. 그녀는 그가 탁자 위에 칼을 다시 내려놓자 비로소 말을 이었다.

"그렇지 않아? 내 사랑, 내가 자기한테 강요한 게 아냐. 아직 시간은 있어, 못하겠다면 그냥 가도 돼."

그러나 그는 격한 반응을 보이며 뜻을 굽히지 않았다.

"내가 겁쟁이인 줄 알아? 이번에는 틀림없어, 맹세하고말고!"

그때 기차의 굉음에 집이 뒤흔들렸다. 기차가 지척에서 벼락을 때리듯 지나가는 것이 마치 방 한가운데를 우르릉거리며 관통하는 것 같았다. 그가 덧붙였다.

"그가 탄 파리행 직행열차야. 바랑탱에서 내렸겠군. 삼십 분 안에 이곳에 도착할 거야."

그러고는 자크도 세브린도 더이상 아무 말도 하지 않았다. 긴 침묵이 지속되었다. 저멀리 그 남자가 어둠을 뚫고 좁은 오솔길을 따라 다가오는 모습이 눈앞에 그려졌다. 자크는 마치 그 남자의 걸음 수를 세려는 것처럼 자기도 따라서 기계적으로 방안을 걷기 시작했다. 걸음을 내디딜 때마다 그 남자와의 거리가 조금씩 좁혀지는 셈이었다. 한 걸음 더, 한 걸음 더, 마침내 마지막 발걸음에 도달하면 현관문 뒤에 몸을 숨기리라. 그리고 그가 집안에 들어서자마자 그의 목에 칼을 꽂으리라. 세브린은 여전히 시트를 턱밑까지 끌어올린 채 똑바로 누워서 커다란 눈으로 그가 왔다갔다하는 모습을 응시하고 있었는데, 그의 걸음걸이가 저기 먼 곳에서 걸어오는 발걸음의 메아리처럼 느껴지면서 기분까지 그 장단에 맞춰 가볍게 흔들리는 듯했다. 한 걸음 한 걸음 쉼없이 다가오는 그 다른 발걸음을 이제는 그 어떤 것으로도 막을 수 없을 것이다. 충분히 가까워지면 침대에서 뛰쳐나가 맨발로 등불도 들지 않고 달려내려가 문을 열어주리라. "당신이구나, 여보, 어서 들어와, 난 자고 있었어." 그러면 그는 대꾸도 하지 않으리라, 그러고는 어둠 속에 픽 쓰러지겠지, 목이 깊숙이 베인 채.

다시 기차 한 대가 지나갔다. 이번에는 하행선 완행열차였는데 크루아드모프라에 도달하기 오 분 전의 지점에서 조금 전의 직행열차와 교차한 열차였다. 자크는 화들짝 놀라 걸음을 멈췄다. 오 분밖에 안 지났다니! 삼십 분은 기다리기에 얼마나 긴 시간인가! 움직여야 한다는 생각에 그는 방 한끝에서 다른 쪽 끝까지 다시 왔다갔다하기 시작했다. 그는 신경을 다치는 사고로 남성성을 잃은 남자처럼 불안에 빠져 벌써 수차례 자문했다. 과연 할 수 있을까? 그는 벌써 열 번도 넘게 똑같은 경험을 되풀이했기에 자신의 심리가 어떤 단계를 거쳐 변해가는지 훤히 알고 있었다. 먼저, 확신의 단계, 죽이겠다는 확고한 결심. 그다음, 가슴이 터질 것 같은 중압감, 손과 발이 얼어붙는 느낌. 그러다가 갑자기 밀려오는 심신의 쇠약, 무력해진 근육에 속수무책인 의지. 그는 논리적인 설득을 통해 기력을 되찾을 목적으로 이제까지 자기 자신에게 수도 없이 주입했던 사항들, 예컨대 그 남자를 제거해서 얻는 이익, 미국에서 자기를 기다리는 막대한 부, 사랑하는 여인의 소유 등을 다시 되뇌었다. 최악이었던 것은 방금 전 반라의 사랑하는 여인을 마주 대한 순간 이번에도 또다시 일을 그르치고 말겠구나 하는 생각이 들었다는 점이다. 없어진 줄 알았던 예전의 발작이 재발하면서 자제력을 잃고 말았던 것이다. 한순간이긴 했지만 방금 전 그는 몸을 던져오는 그녀와 탁자 위에 놓여 있던 활짝 펴진 칼 등 너무도 강렬한 유혹 앞에서 온몸을 떨었다. 하지만 지금은 다시 안정을 찾았고 각오를 다지느라 팽팽히 긴장한 상태다. 그래, 할 수 있다. 그는 창문에서 출입문으로 온 방을 휘저으면서도 침대 곁을 지나는 순간에는 그녀에게 절대로 눈길을 주지 않으려고 애써 외면하며 그 사람이 오기를 기다렸다.

세브린은 전날 밤 그들이 캄캄한 어둠 속에서 서로 사랑을 나누며 불타는 시간을 보냈던 그 침대에 누워 여전히 꼼짝도 하지 않았다. 그렇게 베개에 머리를 고정시킨 채 눈동자만 움직이며 그가 왔다갔다하는 모습을 좇고 있었지만 그녀 역시 불안하고, 오늘밤도 그가 감행하지 못하는 것은 아닐까 하는 두려운 마음에 잔뜩 흥분한 상태였다. 이 상황을 끝장내고 인생을 다시 시작하자, 한 번도 그녀의 욕정을 불러일으킨 적 없는 남편에게는 매정하지만 지금 그녀를 사로잡고 있는 남자에게는 자신의 모든 것을 바치는 여자, 남자를 위해 태어난 여자, 사랑을 위해 태어난 여자인 그녀의 무의식 깊은 곳은 오로지 그 열망뿐이었다. 걸림돌이므로 치워야 하는 것이다. 그녀에게 그보다 더 자연스러운 일은 없었다. 곧이어 그녀는 살인의 그 끔찍한 속성 때문에 심적인 동요가 일어 잠시 심각한 고민에 빠져야 했다. 그러나 피와 섬뜩하리만치 난감한 상황들이 머릿속에 떠올랐다가 사라지자 곧바로 미소를 머금은 평안한 상태로 되돌아와 천진하고 온화하며 유순한 원래의 표정을 되찾았다. 그녀는 자크를 잘 안다고 믿다가도 의아한 생각이 들었다. 그는 호남아다운 동그란 얼굴에 곱슬머리에다 콧수염은 새카맣고 갈색 눈은 금빛으로 형형했지만 이상하게도 아래턱은 악을 쓰며 고함을 질러댈 때처럼 심하게 튀어나와서 얼굴이 전체적으로 일그러진 것처럼 보였다. 그가 방금 전 그녀 곁을 지나다가 마지못한 듯 그녀에게 눈길을 주었는데, 눈빛이 다갈색 막에 싸인 것처럼 흐릿해 보이는데다 온몸이 뒤로 튕겨나가듯 흠칫 물러서는 것이었다. 나를 피해야 할 무슨 까닭이라도 있는 걸까? 이번에도 또다시 용기가 그를 저버리는 것일까? 얼마 전부터 그녀는 그와 함께 있는 것 자체가 치명적인 위험을 끊임없이 동반하는 일이라는 사실은 알지 못한 채 자신이 느끼는 까닭 모를 본능적인 두려움을 머지않아 닥칠 그와의 결별에 대한 예감 때문인 것으로 풀이했다. 그녀는 잠시 후 만약 그가 찌르지 못한다면 이번에는 달아나서 영원히 돌아오지 않을 거라는 확신이 불현듯 들었다. 그러자 그녀는 그가 결국 죽일 거라고, 그에게 필요하다면 자신이 그럴 힘을 불어넣어줄 수도 있을 거라고 스스로 다짐했다. 그 순간 기차 한 대가 또 지나갔다. 끝이 보이지 않는 긴 화물열차였는데, 영원에서 영원으로 꼬리에 꼬리를 물고 굴러가는 화물 차량의 소리가 방안의 무거운 정적을 깨뜨렸다. 그녀는 어느새 팔꿈치를 괴고 반쯤 일어나 앉은 자세를 하고서 지축을 뒤흔드는 듯한 그 폭풍이 저멀리 고요히 잠든 벌판 속으로 빨려들어가 소멸되기를 기다렸다.

"아직도 십오 분이나 남았어." 자크가 큰 소리로 말했다. "이제 베쿠르 숲을 지났겠군, 반쯤 왔을 테니까. 아! 왜 이리도 길지!"

그는 창문 쪽으로 돌아가려다가 침대를 빠져나오는 잠옷 차림의 세브린을 발견하고 우뚝 멈춰 섰다.

"등불을 가지고 내려가는 게 낫지 않을까." 그녀가 설명했다. "그래야 자기는 어디에 어떻게 자리를 잡고 있어야 할지 똑똑히 확인할 수 있을 테고, 나는 자기에게 내가 어떻게 문을 열 것인지, 자기가 어떤 행동을 취해야 할 것인지 신호를 보낼 수 있을 테니까 말이야."

그가 몸을 떨며 뒤로 물러섰다.

"안 돼, 안 돼! 등불은 안 돼!"

"잘 들어봐, 등불은 그런 다음 바로 숨길 거야. 하지만 상황 파악은 해야 하잖아."

"안 돼, 안 돼! 다시 침대로 돌아가!"

그녀는 그의 말을 듣지 않았다. 오히려 그녀는 정욕을 무기 삼아 자신이 전능하다는 것을 잘 아는 여자답게 저항할 수 없는 강압적인 미소를 짓는 것으로 그의 말을 묵살하고 가까이 다가갔다. 그렇게 그녀가 그를 품에 끌어안는다면 그는 그대로 그녀의 살냄새에 함락되어 그녀가 하자는 대로 할 수밖에 없는 상황이었다. 그녀는 그를 무너뜨리기 위해 애정이 듬뿍 담긴 목소리로 계속 말을 이었다.

"왜 그래, 자기, 무슨 일이야? 누가 보면 자기가 나를 무서워하는 줄 알겠네. 내가 가까이 다가서기만 하면 날 피하려는 것 같잖아. 지금 이 순간 내가 자기에게 얼마나 기대고 싶은지, 자기를 얼마나 느끼고 싶은지 자기가 모르는 게 아니라면, 우린 서로 뜻이 잘 맞아야 해, 영원히, 영원히 말이야, 알겠지!"

그녀는 이렇게 말하며 그를 탁자로 밀어붙였다. 그는 더이상 그녀를 피할 수 없다는 것을 느끼며 환한 불빛에 드러난 그녀의 모습을 속절없이 바라보았다. 이제까지 그는 그녀의 그런 모습을 한 번도 본 적이 없었다. 잠옷을 풀어헤친 채 머리를 위로 치켜 묶은 그녀는 목과 젖가슴이 훤히 드러나 발가벗다시피 한 상태였다. 그는 숨이 막혀 발버둥 쳤지만 이미 피가 들끓어오르고 온몸에 끔찍한 경련이 일면서 넋을 잃고 정신이 아뜩해졌다. 그 와중에도 그는 자기 뒤의 탁자 위에 칼이 놓여 있다는 것을 떠올렸다. 칼이 몸에 닿는 느낌이었다. 손을 뻗기만 하면 되었다.

안간힘을 쓰다가 그는 간신히 입을 열어 다시 한번 중얼거렸다.

"다시 침대로 돌아가, 제발 부탁이야!"

그러나 그녀는 그가 그렇게 몸을 떠는 것이 자기 몸을 너무도 강렬하게 갈구하기 때문일 거라는 자신의 생각을 추호도 의심하지 않았다. 그녀 자신으로 보자면 그것은 일종의 자존심 문제였다. 그가 이렇게 미쳐버릴 지경으로 온몸을 바쳐 자기를 사랑할 수 있다는데, 그래서 오늘밤 자신도 그만큼 사랑받고 싶다는데 왜 그에게 고분고분 복종한단 말인가? 그녀는 나긋나긋하게 교태를 부리며 계속 그와의 거리를 좁혀가 마침내 그를 덮치는 자세가 되었다.

"자, 날 꼭 안아줘…… 자기가 날 사랑하는 만큼 아주 꼭 껴안아줘. 그러면 우리에게 용기가 생길 거야…… 아! 그래, 용기, 우리에겐 용기가 필요해! 우리가 하려는 일을 하려면 다른 사람들과는 다르게, 다른 모든 사람들보다 더 열렬히 사랑해야만 해…… 심장을 다 바쳐, 마음을 다 바쳐 날 꼭 껴안아줘."

목이 졸려 그는 더이상 숨쉬기 어려웠다. 머릿속은 군중의 아우성으로 가득차 아무 소리도 들리지 않았다. 귀 뒤로 뜨거운 불기운이 치고 들어와 머리를 뚫고 두 팔과 두 다리로 뻗쳐내려가더니 급기야 그의 영혼을 육신에서 몰아냈으며, 그 자리에 다른 존재가, 짐승이 저돌적으로 침입해 들어왔다. 그의 두 손이 여인의 나신에 흠뻑 도취해 더는 그의 몸의 일부가 아닌 양 제멋대로 움직였다. 그녀의 벌거벗은 젖가슴이 그의 옷에 짓눌리고, 새하얀 맨살을 우아하게 드러낸 긴 목은 치명적인 매력으로 그를 유혹했다. 그리고 뜨겁게 발산되는 농밀하고 강렬한 그녀의 체취가 결정적으로 그에게 격심한 현기증을, 끝없는 울렁임을 불러일으켰는데, 그 바람에 그의 의지도 맥없이 힘을 잃고 속절없이 그 속으로 빨려들어가 흔적도 없이 사라졌다.

"날 꼭 안아줘, 내 사랑, 우리에겐 아직 시간이 조금 있거든…… 그가 곧 올 거야. 자, 그가 걸음을 재촉했다면 잠시 후 문을 두드릴 수도 있어…… 자기가 등불을 들고 내려가는 게 싫다니까 잘 새겨두도록 해. 내가 문을 열 거야. 자기는 그 문 뒤에 있는 거야. 그리고 머뭇거리지 마, 즉시, 오! 끝장을 내려면 즉시 해야 돼…… 내가 자기를 얼마나 사랑하는데, 우린 아주 행복할 거야! 그자는 나에게 고통을 준 나쁜 놈이야, 우리 행복에 유일한 장애물이라고…… 날 꼭 안아줘, 오! 더 세게, 아주 세게! 날 꼭 껴안고 집어삼킬 것처럼 키스해줘, 내가 자기 몸속으로 완전히 들어가 바깥에는 내 흔적이 하나도 남지 않도록 말이야."

자크는 몸은 돌리지 않고 오른손으로 뒤를 더듬어 칼을 집어들었다. 그러고는 손아귀에 칼을 그러쥔 채 잠시 그렇게 가만히 있었다. 그의 갈증이, 언제인지 정확한 기억은 잃어버렸지만 아주 오래전에 당했던 모욕을 앙갚음하려는 갈증이, 먼 옛날 동굴 속에서 인류 역사상 맨 처음 속임수가 생겨난 이래로 누대에 걸쳐 수컷에게서 수컷에게로 축적되어온 그 원한이 되살아난 것일까? 그는 광분한 눈으로 세브린을 뚫어져라 쳐다보았다. 그는 그녀를 죽여 마치 다른 사람들에게서 빼앗은 먹잇감처럼 등뒤로 훌쩍 짊어지고 싶은 생각뿐이었다. 공포는 섹스의 그 시커먼 구렁으로 통하는 문이고, 사랑은 그 끝에 죽음이 기다리며, 더 완벽하게 소유하기 위해서는 절멸시켜야 한다.

"꼭 안아줘, 꼭 안아줘……"

그녀가 간절한 애정을 담아 모든 것을 바치듯 고개를 뒤로 젖히자 육감적인 젖가슴으로 이어지는 벌거벗은 목이 고스란히 드러났다. 그 순간 그는 불이 난 것처럼 휘황찬란한 광채 속에 눈부시게 드러난 그녀의 하얀 살결을 보고 칼을 쥔 주먹을 치켜들었다. 그런데 그녀가 번쩍이는 칼날을 알아보더니 놀라움과 두려움으로 벌어진 입을 다물지 못하고 황급히 뒤로 몸을 던져 피했다.

"자크, 자크…… 나를? 오, 맙소사! 왜 그래? 왜 그래?"

그는 말 한마디 없이 이를 앙다물고 그녀를 쫓아 다가왔다. 짧은 실랑이 끝에 그녀는 침대 옆으로 몰렸다. 그녀는 잠옷이 벗겨진 채 무방비 상태로 혼비백산하여 뒷걸음쳤다.

"왜 그래? 오, 맙소사! 왜 그래?"

그는 치켜든 주먹을 내리쳤다. 칼이 그녀의 목구멍에서 나오려던 물음에 정확히 내리꽂혔다. 찌른 채로 그는 무시무시한 욕구를 채우려는 손이 시키는 대로 칼날을 돌려 헤집었다. 그랑모랭 법원장을 찔렀을 때와 똑같은 양상, 똑같은 부위였고, 똑같은 격분이 동반되었다. 그녀가 비명을 질렀던가? 그는 아무 생각도 나지 않았다. 그 순간 파리발 급행열차가 그가 발을 딛고 있는 방바닥이 뒤흔들릴 정도로 세차고 빠르게 지나갔다. 숨이 끊어진 그녀는 마치 그 폭풍에 휩쓸려 즉사한 것처럼 보였다.

자크는 꼼짝 않고 서서 침대 앞 자신의 발치에 길게 널브러져 있는 그녀를 내려다보았다. 기차는 멀리 사라져갔고, 그는 붉은 방을 뒤덮은 무거운 침묵 속에서 그녀를 바라보았다. 붉은 벽지와 붉은 커튼이 둘러싼 방안 한가운데 그녀는 많은 피를 쏟고 바닥에 쓰러져 있었는데, 붉은 피가 흥건하게 앙가슴을 타고 내려가 아랫배에 퍼지고 넓적다리까지 흘러내린 다음 마룻바닥 위에 커다랗게 방울지어 뚝뚝 떨어졌다. 풀어헤쳐진 잠옷도 피에 흠뻑 젖었다. 그는 그녀의 몸안에 그렇게 많은 피가 있으리라고는 상상도 못했다. 망령에 쐰 것처럼 그를 그 자리에 얼어붙게 한 것은 아름답고 온화하며 유순하기 그지없던 젊은 여인의 얼굴이 죽음을 맞아 섬뜩한 공포를 자아내는 표정으로 돌변했다는 사실이었다. 검은 머리카락은 곤두서서 밤같이 어두운 흉측한 투구처럼 보였다. 겁에 질려 휘둥그레 벌어진 연보랏빛 푸른 눈은 불가사의한 수수께끼를 두고 계속해서 필사적으로 질문을 던지는 것 같았다. 왜, 무엇 때문에 그가 나를 죽였을까? 그녀는 삶이 진창에서 핏구덩이로 전락했다는 사실을 의식하지 못한 채 방금 전 살인의 숙명성에 휩쓸려 으깨지고 소멸된 모습이었는데, 그렇긴 해도 이 상황을 결코 납득할 수 없다는 듯 사랑스럽고 결백한 표정을 간직하고 있었다.

자크는 소스라치게 놀랐다. 쿵쿵거리는 짐승의 소리, 식식거리는 멧돼지 소리, 으르렁거리는 사자 소리가 들려온 것이다. 그는 조용히 주위를 살폈다. 그것은 자신의 거친 숨소리였다. 드디어! 드디어! 그는 흡족스러워 속으로 중얼거렸다. 드디어 사람을 죽인 것이다! 그렇다, 바로 그 일을 해낸 것이다. 끝없이 시달렸던 욕망이 완전히 충족된 기분과 함께 미친 듯한 기쁨, 엄청난 쾌감이 몰려와 그의 몸이 붕 떠올랐다. 그는 뜻밖에도 뿌듯한 자부심을 느꼈고, 수컷으로서의 자신의 지배력이 향상된 것을 경험했다. 여자를, 바로 여자를 죽인 것이다, 아주 오래전부터 여자를 소유하기를, 절멸시킬 정도로 완벽하게 소유하기를 바랐는데 드디어 그 꿈을 이룬 것이다. 그녀는 이제 없다, 그녀는 더이상 그 누구에게도 속하지 않는다. 그런데 날카로운 기억이, 다른 피살자의 기억이 그의 뇌리를 파고들었다. 그것은 소름 끼치던 그날 밤, 지금 그가 있는 곳으로부터 500미터쯤 떨어진 곳에서 목격했던 그랑모랭 법원장의 주검이었다. 지금 눈앞에 있는 이 우아한 육신은, 붉은 줄이 그어진 이 눈부시게 흰 육신은 그 주검과 다를 바 없는 인간의 잔해, 부서진 꼭두각시 인형, 흐물흐물한 넝마에 지나지 않았는데, 단한 번의 칼질이 생명체를 그렇게 만든 것이다. 그래, 그게 이것이다. 나는 사람을 죽였고, 그 주검이 지금 바닥에 쓰러져 있는 것이다. 법원 장의 주검과 마찬가지로 그녀 역시 널브러져 있었지만 등을 바닥에 대고 누운 자세였고, 두 다리는 벌어지고 왼팔은 구부러져 옆구리에 걸쳐 있었으며 오른팔은 어깨에서 반쯤 탈골되어 뒤틀린 상태였다. 그날밤 참혹하게 죽은 남자를 보고 마치 욕정처럼 근질거리는 살해의 욕망이 격화되면서 자신도 언젠가는 감행을 하겠노라고 다짐하지 않았던 가? 아! 비겁해지지 말자, 욕구를 채우자, 깊숙이 칼을 꽂자! 암암리에 그 다짐이 싹을 틔우고 그의 내면에서 쑥쑥 자라난 것이다. 지난 일 년 간, 그는 이 필연적인 결과를 향한 걸음을 단 한시도 멈추지 않았다. 그런데 바로 이 여자의 목에서, 그녀의 키스에서 암암리에 진행되었던 그 작업이 완결된 것이다. 그렇게 두 살인은 서로 만났다. 한 살인은 다른 살인의 논리적인 귀결이 아니던가?

무엇인가 와장창 무너지는 소리와 바닥이 꺼지는 듯한 느낌에 자크는 주검을 앞에 두고 멍하니 잠겨 있던 상념에서 깨어났다. 문이 박살나는 소리인가? 나를 체포하러 온 사람들인가? 그는 주위를 살펴보았지만 먹먹하고 괴괴한 정적만이 흐를 뿐이었다. 아! 그래, 기차가 또 지나갔군! 그런데 조금 있으면 아래층에서 문을 두드릴 그 남자는, 내가 죽이려던 그 남자는! 그는 그 남자를 이미 까맣게 잊어버렸다. 그는 아무것도 후회하지는 않았지만 자신이 이미 얼이 빠졌다고 생각했다. 무엇이지? 무슨 일이 일어난 거지? 내가 사랑했던, 나를 열렬히 사랑했던 여자가 목이 베인 채 바닥에 누워 있다. 반면 그녀의 남편은, 그의 행복을 가로막는 장애물은 아직도 살아 있어서 한 걸음 한 걸음 어둠 속을 걸어오고 있다. 교육의 산물인 양심의 가책 때문에, 장구한 세월을 거쳐 전승되고 획득된 인간성의 관념 때문에 수개월 동안 죽이지 못하고 머뭇거렸던 그 남자를 그는 더이상 기다리지 못했다. 그러고는 조금 전, 자신의 이익은 안중에도 두지 않고 원시의 숲에서 짐승처럼 서로가 서로를 덮치게 했던 그 살인의 충동에, 그 대물림된 폭력에 휩쓸리고 만 것이다. 사람은 합당한 이유에서 살인을 하는 것일까? 아니다, 사람은 피와 신경의 충동 때문에, 옛날 옛적 서로 투쟁했던 기억의 잔존 때문에, 살아남아야 한다는 절박감과 강해졌다는 기쁨 때문에 살인을 하는 것이다. 그에게는 이제 욕구를 채운 나른함만이 남았다. 그는 얼이 빠진 채 스스로 납득할 거리를 찾았지만 자신의 충족된 열정 밑바닥에서 경악과 돌이킬 수 없는 것에 대한 쓰라린 슬픔 말고는 아무것도 찾을 수 없었다. 여전히 부릅뜬 눈으로 자기에게 겁에 질린 질문을 던지는 불행한 여인의 모습이 가슴 아프게 다가왔다. 그는 그 두 눈을 돌려놓고 싶었다. 그 순간 그는 또하나의 하얀 형체가 침대 발치에서 우뚝 일어서는 듯한 느낌을 갑작스레 받았다. 죽은 여자의 분신인가? 그 형체는 플로르의 모습으로 변했다. 그녀는 사고 후 그가 고열에 시달릴 때 그의 앞에 나타난 일이 있었다. 어쩌면 지금 이 순간 그녀가 복수에 성공해 승리를 거둔 것인지 모른다. 그는 불현듯 두려움에 몸이 얼어붙으면서 지금 이 방에서 이렇게 지체하고 있다니 무슨 짓인가 하는 자문이 들었다. 그는 사람을 죽였고, 그 끔찍한 살해의 독배를 벌컥벌컥 배가 터지도록 들이켜고 대취해버린 것이다. 그는 바닥에 떨어져 있던 칼을 밟고 한 번 비틀거리더니 냅다 내달리기 시작해 구르듯 계단을 내려가 작은 문은 비좁기라도 하다는 듯 현관의 큰 문을 활짝 열어젖히고 바깥의 칠흑 같은 어둠 속으로 몸을 던져 전속력으로 미친듯이 달아나 몸을 감췄다. 그는 뒤도 돌아보지 않고 뛰었다. 선롯가에 비스듬히 자리잡은 그 괴괴한 집은 그의 뒤에서 죽음처럼 내버려진 채 애석한 듯 입을 벌리고 있었다.

카뷔슈는 그날 밤도 여느 때와 마찬가지로 공터 울타리를 넘어 세브린의 방 창문 밑을 어슬렁거리고 있었다. 그는 루보가 올 거라는 사실을 익히 알고 있었기에 겉창 틈새로 새어나오는 불빛을 보고도 놀라지 않았다. 그런데 현관 계단을 튕기듯 빠져나와 미친 말처럼 전속력으로 달아나 벌판으로 멀어져가는 그 남자의 모습을 목격하고 놀라서 그 자리에 얼어붙은 듯 서버렸다. 달아나는 사내의 뒤를 쫓기에는 이미 시간이 늦은 터였다. 석공은 활짝 열린 출입문 앞에서 현관의 커다란 검은 구멍을 마주하고 두려움과 망설임에 사로잡혀 벌벌 떨었다. 대체 무슨 일일까? 들어가봐야 하는 게 아닐까? 위층에서 여전히 등불이 타오르는 가운데 그는 무거운 침묵과 완전한 정적에 불안감이 점증하면서 가슴이 옥죄어들었다.

마침내 카뷔슈는 마음을 다져먹고 조심스럽게 계단을 올라갔다. 역시 열려 있는 방문 앞에서 그는 다시 걸음을 멈췄다. 차분한 불빛 속

저만치 침대 앞에 옷더미 같은 것이 보였다. 아마도 세브린이 벗어놓은 옷이리라. 그는 불안에 사로잡혀 심장이 쿵쾅거리는 가운데 나직이 불러보았다. 그러다가 그는 피를 발견했고 이내 사태를 알아채고는 찢어지는 심장에서 터져나오는 괴성을 내지르며 방안으로 뛰어들어갔다. 세상에! 그녀였다. 차마 눈뜨고는 볼 수 없는 참혹한 모습으로 거기에 그녀가 벌거벗은 채 살해당해 쓰러져 있었다. 그는 그녀의 숨이 아직 붙어 있다고 믿었다. 그는 그녀가 벌거벗은 몸으로 죽어가는 것을 보고 너무도 절망스럽고 치욕스러울 정도로 가슴이 미어져 그만 피붙이 같은 격정이 일면서 그녀를 두 팔 벌려 부여안고 일으켜세워 침대에 눕힌 다음 걷어낸 시트로 그녀의 몸을 덮어주었다. 그러나 그들 사이에 처음이자 마지막 애정 표현인 그 포옹으로 말미암아 그는 두 손과 가슴 등 온몸이 피로 범벅이 되었다. 그의 몸에 그녀의 피가 주르륵 흘러내렸다. 바로 그때 그의 눈에 루보와 미자르가 보였다. 그들도 그와 마찬가지로 모든 문이 활짝 열려 있는 것을 보고 들어갈까 망설이다가 결심을 한 것이다. 남편은 도중에 건널목지기를 만나 이야기를 나누느라 지체했는데, 건널목지기와 계속 대화를 주고받으며 집까지 동행한 것이다. 둘은 어안이 벙벙해서 카뷔슈를 쳐다보았다. 카뷔슈의 두 손은 도살장 인부처럼 피로 범벅이 되어 있었다.

"법원장과 똑같이 찔려 죽었군." 미자르가 상처를 살펴보더니 이윽고 입을 열었다.

루보는 대답 없이 고개만 끄덕였다. 그는 세브린에게서, 검은 머리를 이마 위로 치켜올려 묶고 푸른 두 눈을 휘둥그레 뜬 채 왜냐고 묻는 듯한 그 몸서리쳐지게 무서운 얼굴에서 눈을 뗄 수 없었다.

12

    석 달 뒤, 6월의 어느 훈훈한 밤, 자크는 파리에서 6시 30분에 출발한 르아브르행 급행열차를 몰고 있었다. 그의 새 기관차는 608호 기관차로, 그는 아주 새것인 그 기관차가 자기에게 동정을 바쳤노라고 떠벌리며 차츰 익숙해지기 시작한 참인데, 608호는 마구馬具에 순응하도록 훈련시켜 길들여야 할 어린 말처럼 아직은 서투르고 고집이 세며 엉뚱한 구석이 있었다. 그는 라리종호를 그리워하며 종종 새 기관차에다 욕설을 퍼붓곤 했다. 그는 역전기 핸들에서 한시도 손을 떼지 못하고 새 기관차를 면밀히 주시해야만 했다. 그러나 그날 밤은 날씨가 너무도 포근하고 감미로워서, 기관차가 조금은 제멋대로 달리도록 방치할 정도로 마음이 너그러워졌고 숨을 크게 들이쉬고 내쉬며 행복한 기분에 젖어들었다. 그는 이제껏 그날 밤보다 기분이 더 좋았던 적이 없었다. 아무런 회한도 일지 않고 강과 같은 커다란 평화가 행복하게 밀려와 마음이 날아갈 듯 가벼웠다.

운행중에는 말하는 법이 없던 그가 페쾨에게 농담을 걸었다. 회사에서는 페쾨가 그와 계속 짝을 이뤄 근무하도록 허용했던 것이다.

"무슨 일 있어요? 물밖에 못 먹은 사람처럼 그렇게 눈을 퀭하니 뜨고 있으니 말이에요."

아닌 게 아니라 페쾨는 평소와 달리 속이 허하고 매우 침울해 보였다. 그가 퉁명한 어조로 대꾸했다.

"똑바로 보려면 눈을 크게 뜨고 있어야겠지."

미심쩍은 기분이 든 자크는 무엇인가 양심에 찔리는 게 있는 사람처럼 그를 빤히 쳐다보았다. 지난주에 그는 동료의 애인, 그러니까 오래전부터 발정난 비쩍 마른 암고양이처럼 자기에게 몸을 비벼대던 그 성가신 필로멘과 그만 몸을 섞고 말았다. 그러나 거기에는 단 일 분의 성적인 호기심도 작동하지 않았다. 그는 다만 시험하고 싶은 욕심에 굴복했던 것이다. 자신의 끔찍한 욕구를 충족시켰으니 이제 병이 완전히 치유된 것일까? 그 여자의 목을 칼로 찌르지 않고도 완전하게 소유할 수 있을까? 벌써 그는 두 번이나 그녀를 품었지만 아무 일도, 불안감이나 경련도 전혀 일어나지 않았다. 그의 커다란 기쁨과 편안하게 웃는 표정은 이제 자신이 다른 남자들과 다를 것 없는 남자가 되었다는 행복감에서 자기도 모르게 떠오르는 것임이 분명했다.

페쾨가 석탄을 퍼 넣기 위해 기관차의 화실을 활짝 열자 자크가 제지했다.

"안 돼요, 안 돼, 너무 많이 넣지 마요, 지금 잘 달리고 있는데."

그러자 페쾨가 상스러운 말로 으르렁댔다.

"아! 이런 젠장! 좋아…… 예쁜 화냥년이었겠지, 잘난 매춘부였겠지!…… 나는 다른 부류나, 그러니까 고분고분한 늙은 여자나 건드렸겠거니 생각했지 뭐야!…… 그런 갈보는 엉덩이에 발길질을 할 가치도 없지."

자크는 화를 내며 응대할 필요가 없었기에 대답을 피했다. 하지만 이제 옛날의 좋았던 삼인조 시절은 끝났다는 느낌이 들었다. 사이좋았던 그와 동료와 기관차의 우정은 라리종호의 죽음과 함께 파탄이 나고 말았기 때문이다. 이제 그들은 너무 세게 조인 너트나 잘못 퍼 넣은 한 삽 분량의 석탄 같은 아주 사소한 문제를 두고도 서로 다투었다. 그는 자신과 자신의 화부를 싣고 가는 이 움직이는 비좁은 기관차 바닥에서 공공연한 전쟁까지 치르고 싶지는 않았기에 필로멘과의 관계에 신중을 기하기로 마음먹었다. 그동안은 페쾨가 전혀 다그침을 받지 않고 근무중에 쪽잠도 자고 도시락 바구니도 편안히 비울 수 있는 것에 대한 고마운 마음으로 그의 충직한 개가 되어 다른 사람들을 물어뜯을 정도로 헌신적인 그런 관계가 유지되고 있었기 때문에 그들 둘은 서로 뜻이 통하는 데 말이 필요 없었고 자질구레한 사안에 대해서는 서로 문제삼지 않으며 형제처럼 지내왔다. 하지만 항상 나란히 붙어다녀야 하고 함께 기차 진동에 흔들리면서도 더이상 의기투합하지 못하고 서로 물어뜯기만 한다면 둘의 관계가 지옥으로 변하는 것은 시간문제였다. 급기야 지난주에는 회사에서 셰부르행 급행열차 운행 때 기관사와 화부를 떼어놓아야만 했는데, 여자 문제로 사이가 틀어져서 화부가 지시를 따르지 않는다고 기관사가 화부를 험하게 대하는 일이 발생했기 때문이다. 둘은 자신들 뒤에 승객들을 매달고 전속력으로 달리고 있다는 사실은 까맣게 잊어버리고 운행중에 서로 치고받으며 진짜 싸움을 벌였던 것이다.

페쾨는 그러고도 두 번이나 더 화구를 열고 석탄을 퍼 넣었는데 아마도 싸움거리를 만드느라 일부러 어깃장을 놓는 것 같았다. 자크는 기기 조작에 몰두하느라 못 본 척했는데 실은 그때마다 압력을 줄이기 위해 증기 배출 장치를 조절하는 데 온 신경을 집중하고 있었던 것이다. 날씨는 너무나 포근했고, 기차가 달리며 일으키는 선선하게 살랑대는 바람도 몹시 상쾌했다. 7월의 훈훈한 밤이었다!* 11시 5분에 급행열차가 르아브르에 도착한 다음 두 사람은 예전처럼 사이좋은 모습으로 기관차를 깔끔하게 쓸고 닦았다.

그런데 그들이 프랑수아마젤린 가의 숙소로 가기 위해 막 차량 기지를 떠나려는 순간 목소리 하나가 그들을 불러세웠다.

"다들 바빠요? 잠깐만 들어왔다 가요."

필로멘이었다. 그녀는 자기 오빠 집의 문간에 서서 자크가 나오기를 기다리고 있었던 게 틀림없었다. 그녀는 페쾨를 보고는 노골적으로 껄끄러워하는 기색을 내비쳤다. 그녀가 그들을 둘 다 소리쳐 부르기로 마음먹은 것은 옛 애인의 거추장스러운 존재를 감수하고서라도 오로지 새 애인과 조금이나마 이야기를 나누는 즐거움을 맛보기 위해서였다.

"쓸데없이 끼어들지 마시지, 응!" 페쾨가 으르렁거렸다. "우리는 네

---

* 이 장 첫머리에서는 이 장면을 "6월의 어느 훈훈한 밤"에 일어난 것이라고 밝혔다. 이다음에도 6월이라는 시간적인 지표가 다시 나오는 것을 보면 이 불일치는 작가의 부주의로 보인다.

가 성가시거든. 그리고 우리는 졸리다고."

"친절도 하시네!" 필로멘이 명랑하게 되받아쳤다. "하지만 자크 씨는 그쪽과 생각이 다를걸. 이분은 그래도 가볍게 한잔은 하실걸……그렇지요, 자크 씨?"

기관사는 조심하느라 거절하려던 참이었는데, 갑자기 화부가 그들 두 남녀를 곁에서 엿보다가 확증을 잡고야 말겠다는 생각을 떨치지 못하고 덥석 응낙해버렸다. 그들은 그 집 부엌에 들어가 식탁에 앉았다. 필로멘은 이미 잔과 독한 증류주 한 병을 준비해놓았는데, 한층 더 목소리를 낮춰 말을 꺼냈다.

"절대로 큰 소리를 내면 안 돼요. 오빠가 저 위에서 자고 있거든요. 오빠는 내가 사람들을 불러들이는 것을 별로 좋아하지 않아요."

그런 다음 바로 잔에 술을 따르면서 덧붙였다.

"그런데 르블뢰 아줌마가 오늘 아침 꼴까닥한 거 아세요?…… 오! 그럴 줄 알았어요. 그럴 거라고 내가 말했잖아요. 그녀를 진짜 감옥 같은 뒤편 숙소에 살게 하는 건 그녀를 죽이는 일이라고요. 그래도 함석 지붕밖에 보이지 않는 곳에서 피가 바짝바짝 마르면서도 넉 달이나 더 버텼네요…… 그녀의 명을 결정적으로 재촉한 것은 그녀가 소파에서 한 걸음도 움직이지 못하게 되고부터인데, 그녀의 유일한 습관이었던 담뱃가게 아가씨 기흉과 다바디 씨를 염탐하는 일을 더는 할 수 없게 되었다는 게 분명해졌기 때문이에요. 그래요, 그녀는 그 둘 사이에서 아무런 단서도 잡아내지 못해 화병이 난 거예요. 그래서 죽은 거라고요."

필로멘은 말을 멈추고 증류주를 한 모금 들이켜더니 웃으면서 말했다.

"그 둘은 아마도 함께 자는 사이일 거예요. 다만 그들이 너무 주도면밀한 거지요! 너무나 감쪽같아서 귀신이 곡할 노릇인 셈이지요!……나는 그래도 그 조그만 물랭 부인이 어느 날 밤 그들을 본 게 사실일 거라고 믿어요. 하지만 그녀가 그 사실을 발설할 위험성은 전무하지요. 그녀는 너무 멍청한데다 남편이 부역장이니까……"

그녀는 다시 말을 멈추었다가 목소리를 높였다.

"아 참, 다음주에 루앙에서 루보 부부 사건에 대한 재판이 열린다네요."

그때까지 자크와 페쾨는 묵묵히 듣고만 있었을 뿐 한마디도 거들지 않았다. 페쾨는 그저 그녀가 너무 수다스럽다고만 생각했다. 그와 함께 있을 때는 한 번도 그렇게 많은 이야기를 꺼낸 적이 없었기 때문이다. 그는 그녀가 자신의 상사 앞에서 그렇게 흥이 올라 떠들어대는 것을 보고는 점점 더 질투심에 불타올라 그녀에게서 눈을 떼지 못했다.

"그렇다네요." 기관사가 차분하기 그지없는 표정으로 대답했다. "나도 소환장을 받았어요."

필로멘은 팔꿈치로 그를 집적거리는 것이 짜릿해서 그에게 가까이 다가앉았다.

"나도 증인이래요…… 아! 자크 씨, 당신에 관해 질문을 받았을 때요. 당신도 알다시피 그쪽에서는 당신과 그 불쌍한 부인이 진짜 어떤 관계인지 정확한 사실을 알고 싶어했거든요. 아무튼 그런 질문을 받고 내가 예심판사에게 말했어요. '그런데 판사님, 그는 그녀를 사랑했어요. 그가 그녀에게 몹쓸 짓을 했으리라고는 상상도 할 수 없어요'라고 말이에요. 안 그래요? 내가 당신들이 함께 있는 것을 봤잖아요. 그러니 내가 그 점에 대해 말할 수 있는 적임자지요."

"오!" 젊은 남자는 신경쓰지 않는다는 몸짓을 해 보이며 대답했다. "나는 걱정 안 해요. 시간대별로 그날 내가 움직인 동선을 제출할 수 있었거든…… 회사에서 나를 계속 쓰고 있는 것도 그 점에 관해 내가 비난받을 만한 조그만 단서도 없다는 의미잖아요."

침묵이 흘렀다. 세 사람은 천천히 술을 마셨다.

"생각만 해도 소름이 끼쳐요." 필로멘이 다시 말을 꺼냈다. "그 야수 같은 놈 말이에요. 경찰이 체포한 그 카뷔슈 놈이요. 불쌍한 부인의 피로 범벅이 된 상태였다고 하잖아요! 그렇게 어리석은 남자들이 꼭 있다니까! 여자를 가지고 싶다고 그 여자를 죽이다니, 그게 뭔가 가져다줄 것 같지만 결국 그 여자만 이 세상에서 없어진 것 아니에요!…… 그리고 내가 죽어도 잊지 못할 건요. 그거 알아요, 코슈 씨가 저기 플랫폼에 와서 루보 씨마저 체포할 때였어요. 내가 그 자리에 있었다니까요. 알다시피 겨우 일주일 전에 일어난 일이죠. 루보 씨는 자기 아내를 묻고 난 바로 다음날 아무렇지도 않다는 듯 다시 업무에 복귀했거든요. 그때 코슈 씨가 그의 어깨를 탁 붙잡으며 그랬어요, 연행해 구속하라는 명령을 받았다고요. 생각해보세요! 그들 둘은 그토록 오랫동안 밤새도록 한시도 떨어지지 않고 함께 도박을 했던 사이잖아요! 경찰이란 게 다 그런 거 아니겠어요? 자기 아버지와 어머니도 단두대로 끌고 갈 거예요. 직업이 그걸 원하니까. 코슈 씨는 아무렇지도 않더라고요! 그후로도 코메르스 카페에서 자기 친구가 그 지경에 처했는데도 오스만튀르크 황제보다 더 무심한 표정으로 여전히 카드를 치는 모습을 내가 종종 보았다니까요!"

페쾨가 이를 앙다문 채 식탁 위로 주먹을 내뻗었다.

"빌어먹을 것! 내가 그 멀대같이 오쟁이진 루보이기만 해봐라!……
당신이 그의 아내와 함께 잤어, 바로 당신이. 다른 자가 루보를 대신해
그의 아내를 죽인 거라고. 그런데 그를 중죄인 취급 하다니…… 말도
안 돼, 그게 바로 분통 터지는 일이야!"

"하지만 하나만 알고 둘은 모르시네." 필로멘이 소리쳤다. "그가 다
른 사람을 시켜 자기 아내를 제거한 거라서 체포된 거라고요. 그래요,
돈 문제 때문이에요, 아니면 다른 문제이거나! 카뷔슈의 움막에서 그
랑모랭 법원장의 회중시계가 발견되었다나봐요. 기억나잖아요, 일 년
반 전에 열차에서 누군가에게 살해당한 그 신사 말이에요. 그래서 이
번 살인 사건과 지난번 살인 사건을 연결시켰나봐요, 정말로 점입가경
이네요, 어떻게 된 영문인지 통 모르겠어요. 나로선 당신들에게 알아
듣게 설명할 수가 없네요. 하지만 신문에 다 나온 이야기예요. 이 단에
걸쳐 크게 다루었더라니까요."

자크는 딴청을 부리며 듣지도 않는 것처럼 보였다. 그가 중얼거렸다.

"그런 걸로 골머리를 썩여봐야 무얼 하나? 우리랑 아무 상관도 없는
일인데…… 사법 당국도 어찌해야 할지 갈피를 못 잡는데 우리가 어
찌된 영문인지 알 도리가 없지."

그는 뺨이 창백해지고 눈은 초점을 잃은 채 먼 곳을 바라보며 덧붙
였다.

"어쨌거나 죽은 그 여자만 불쌍하군…… 아! 불쌍해라, 불쌍한 여인
이야!"

"나 같으면 말이야," 페쾨가 거칠게 마무리를 지었다. "내 여자가 하나 있는데 만일 누군가가 그녀를 건드리려고 노린다면 두 연놈을 그냥 한꺼번에 죽여버리고 말 거야. 그다음엔 내 목이 뎅강 날아갈 수도 있겠지, 하지만 난 아무 상관 없어."

다시 침묵이 흘렀다. 필로멘은 작은 잔들에 두번째로 술을 따르면서 냉소를 흘리며 어깨를 으쓱하는 시늉을 했다. 그러나 속으로는 몹시 당황해서 은근슬쩍 그를 뜯어보았다. 그는 빅투아르 아줌마가 낙상으로 불구가 되어 화장실 청소 일자리를 놓고 요양원으로 들어가고 난 다음부터 옷차림에 전혀 신경을 쓰지 않아 더러운 넝마장수나 다름없었다. 빅투아르 아줌마는 시앗인 르아브르의 여자한테 자기네 남자를 소홀히 대한다는 비난을 받고 싶지 않아서 그동안 꾹 참고 엄마 같은 심정으로 그를 항상 새하얀 옷으로 갈아입히고 깔끔하게 단장해주었지만 이제 더는 그럴 수 없는 처지였다. 그러다가 필로멘이 깔끔하고 잘생긴 자크의 용모에 홀딱 반해 그를 벌레 보듯 하게 된 것이다.

"당신이 죽이겠다는 여자는 바로 파리에 있는 당신 마누라겠지?" 그녀가 허세를 부리며 물었다. "누가 당신한테서 마누라를 뺏어갈 거라는 염려는 붙들어 매셔도 될 텐데!"

"마누라든 다른 여자든 마찬가지야!" 그가 으르렁거렸다.

하지만 그녀는 이미 장난기 어린 표정으로 그에게 건배를 제의했다.

"자, 건배! 그런데 말이에요, 당신 옷은 나한테 가져와요, 내가 깨끗이 빨아서 다려줄 테니까. 당신이 그렇게 입고 다니면 정말로 이쪽이나 저쪽이나 우리 체면이 말이 아니게 되거든요…… 자, 우리 건배해요, 자크 씨!"

마치 꿈에서 깨어난 듯 자크는 몸을 떨었다. 살인 이후 그는 세브린이 지금처럼 간간이 나타나서 그의 내면에 자리한 온유한 남자의 동정심을 자극해 눈물을 지은 적도 있지만, 대개는 죄의식 따위는 전혀 느끼지 않고 완전히 홀가분해져서 육체적으로 평온하게 지내왔다. 그는 자기 내면의 혼란을 감추기 위해 건배를 하며 황급히 말을 돌렸다.

"그런데 곧 전쟁이 일어날 거라는데 알아요?"

"에이, 그럴 리가!" 필로멘이 소리쳤다. "대체 어디랑 전쟁을 한다는데요?"

"프로이센 사람들이랑…… 맞아, 프로이센의 제후 하나가 에스파냐 왕이 되겠다고 나섰기 때문인가봐. 어제 의회에서는 그 이야기로만 시끄러웠다던데."

그녀는 대번에 침울해졌다.

"아이 참! 갈수록 가관이네! 그자들은 파리에서 선거입네, 국민투표입네, 폭동입네 하며 자기들끼리 떠들면서 우리를 벌써 지겹게 만들어놓고서는!…… 그래 전쟁이 일어나면 남자들을 모조리 전쟁터로 끌고 가겠대요?"

"오! 우리 같은 남자들은 대기 병력이래요. 철도를 마비시킬 수는 없으니…… 다만 군인들이나 보급품을 수송해야 할 테니 우리가 차출될 수는 있겠지요! 어쨌든 그런 일이 닥친다면 각자 맡은 바 의무를 다해야지요."

이 말을 마치는 순간, 그는 그녀가 자기 다리 하나를 이미 그의 두 다리 사이에 슬그머니 밀어넣은 것을 보고 벌떡 일어섰다. 페쾨가 그 장면을 보고 얼굴에 피가 솟구치면서 두 주먹을 움켜쥐는 것이 동시에 눈에 들어왔기 때문이다.

"자, 가서 잡시다. 시간이 꽤 됐네."

"좋아, 그러는 편이 낫겠군." 화부가 중얼거렸다.

화부는 이미 필로멘의 팔을 잡고 으스러져라 꽉 움켜쥐고 있었다. 그녀는 그가 작은 술잔을 거칠게 비우는 동안 고통의 비명을 겨우 억누르며 기관사의 귀에 대고 나직이 속삭이는 것으로 만족했다.

"조심해요, 술만 들어가면 진짜 개니까."

그런데 계단을 밟고 내려오는 무거운 발소리에 이어 그녀가 질겁하는 소리가 들렸다.

"오빠예요!…… 빨리 달아나요, 빨리!"

두 남자는 그 집에서 스무 걸음도 채 벗어나지 않은 터라 마구 따귀를 때리는 소리와 그 뒤를 이은 울부짖는 소리를 고스란히 들었다. 그녀는 달아나다가 붙잡힌 소녀처럼 코가 묵사발이 되도록 지독한 처벌을 받고 있었다. 기관사는 걸음을 멈추고 그녀를 구하러 가려고 했다. 하지만 화부가 그를 붙잡았다.

"뭐하려고? 저게 당신하고 관계된 일인가? 당신하고?…… 아! 더러운 계집 같으니라고! 그가 죽도록 패주었으면 좋겠네!"

자크와 페쾨는 프랑수아마젤린 가로 돌아와 한마디 말도 나누지 않고 잠자리에 들었다. 방이 좁아서 두 침대가 붙어 있다시피 했다. 그들은 눈을 뜬 채 서로의 숨소리를 들으며 오래도록 잠을 이루지 못했다.

루앙에서 루보 사건의 심리가 열리기로 한 날은 월요일이었다. 그 심리가 예심판사 드니제에게는 일대 승리였던 것이, 법조계에서는 그가 복잡하고 난해하게 얽힌 그 사건을 매끈하게 풀어낸 방식을 두고 칭찬이 끊이지 않았던 것이다. 정교한 분석이 돋보이는 쾌거로서 한마디로 말해 진실의 논리적인 재구축이요 진정한 창의력을 보여준 개가라는 것이 중평이었다.

세브린이 살해되고 몇 시간 뒤 사건 현장인 크루아드모프라에 당도한 드니제는 그 즉시 카뷔슈를 체포하도록 조치했다. 그의 몸에서 흘러내리던 피, 루보와 미자르의 확고한 증언 등 모든 것이 명백하게 그가 범인임을 지목했다. 루보와 미자르는 자신들이 처음 목격했을 때 그가 어떤 상태였는지, 시신과 함께 혼자서 넋을 잃고 있었다는 사실 등을 소상하게 진술했다. 왜 그리고 어떻게 그 방에 들어가 있게 되었는지 말하라고 신문과 채근을 당해도 석공은 예심판사가 듣고 어깨를 으쓱할 수밖에 없는 이야기만 횡설수설 늘어놓았는데, 그만큼 그의 진술은 예심판사가 듣기에 말도 안 되는 고전적인 변명 같았던 것이다. 매번 똑같이 반복되는 그 이야기는 예심판사가 예상한 그대로였는데, 그는 살인범이 캄캄한 벌판을 가로질러 달아나는 소리를 들었을 뿐이라는 석공의 얘기를 진짜 범인이 살해 장면을 날조하고 가짜 범인을 꾸며내어 둘러대는 전형적인 진술로 치부했다. 그 도깨비는 지금도 여전히 달리고 있을 테니 아주 멀리까지 갔겠군, 그렇지 않나? 게다가 그런 늦은 시각에 집 앞에서 무엇을 했느냐고 묻자 카뷔슈는 갈팡질팡하다가 대답하기를 거부하더니 결국 산책을 나왔노라고 진술했다. 살인을 저지르고는 가구 하나 뒤지지도 않고 손수건 한 장 챙기지도 않은 채 문들은 있는 대로 죄다 활짝 열어놓고 달아나버렸다니, 그 수수께끼 같은 정체 모를 존재를 어떻게 믿으란 말인가? 그런 건 어린아이도 믿지 않는다, 그자가 어디에서 나타났단 말인가? 왜 죽였단 말인가?

다른 한편으로 예심판사는 초동 단계의 심문에서부터 희생자와 자크의 관계를 알고 있던 터라 자크의 그날 행적을 의심하고 알아보았다. 그러나 용의자 자신이 4시 14분 기차를 타기 위해 바랑탱으로 떠난 자크와 역까지 동행했다고 인정한 것과, 루앙의 여인숙 주인이 그 젊은 이가 저녁식사를 마치고 바로 잠자리에 들었다가 다음날 일곱시경 방에서 나왔을 뿐이라고 천지신명을 걸고 맹세한 것 이외에는 별다른 소득이 없었다. 그리고 사랑에 빠진 남자는 자기가 숭배하고, 또 한번도 다툼을 벌인 적이 없는 여자를 아무 이유 없이 죽이지는 않는 법이다. 그렇다면 그것은 앞뒤가 맞지 않는 일일 것이다. 그렇지 않다! 그렇지 않다! 오직 현장에서 손에 피를 묻히고 발밑에 칼을 떨어뜨린 상태로 발각된 그 전과자, 사법 당국에 씨도 안 먹히는 허튼소리나 일삼는 그 난폭한 야수가 바로 유일하게 유력한 살인범, 명백한 살인범일 따름이다.

하지만 그 지점에 이르렀을 때, 자신의 확신과 물증보다 더 확실하다고 틈만 나면 자부하는 그 자신의 육감에도 불구하고 드니제는 잠시 난관에 부딪혔다. 베쿠르 숲 한가운데 있는 피의자의 움막집에 대한 첫번째 가택수색에서 그야말로 아무것도 발견하지 못한 것이다. 강도 혐의가 성립되지 않았으므로 다른 살해 동기를 찾아야만 했다. 그러던 중 심문을 하다가 뜻하지 않게 미자르 덕에 다시 돌파구를 찾는 행운을 잡았다. 미자르는 어느 밤인가 카뷔슈가 저택 벽을 기어올라가 방 창문을 통해 루보 부인을 훔쳐보는 모습을 목격했다고 진술한 것이다. 조사를 받은 자크도 루보 부인에 대한 석공의 말없는 숭배와 항상 그녀의 뒤를 졸졸 따라다니며 그녀의 일을 도울 정도였던 열렬한 관심

등 자기가 알고 있는 사실을 담담하게 진술했다. 그다음부터는 어떠한 의심도 들지 않았다. 오직 짐승 같은 욕정이 그를 충동질한 것이 분명했다. 그렇게 모든 것이 아귀가 딱 들어맞았다. 사내는 출입문 열쇠를 가지고 있을 개연성이 충분하므로 출입문을 통해 침입했고, 허둥댄 나머지 출입문을 열어놓은 채로 놔두었으며, 실랑이를 벌이다가 살인을 하기에 이른 것인데, 말하자면 강간을 하려다가 남편의 예기치 않은 도착으로 미수에 그치고 살인으로 이어진 사건이었다. 하지만 그 경우에도 마지막 반론이 제기되었는데, 남편의 도착이 임박했다는 사실을 알고 있는 자가 다른 누구도 아니고 바로 그 남편에게 불시에 발각될 수도 있는 시간을 선택했다는 점이 아무래도 이상했던 것이다. 그러나 곰곰이 따져보면 그 점이 바로 피의자의 혐의를 뒷받침해서 그를 궁지로 몰아넣을 수 있는 결정타인 것이, 피의자는 다음날 떠날 예정인 세브린이 그 외딴집에 홀로 남는 마지막 시간인 그때를 노리지 않고는 다시는 그런 기회를 잡지 못할 거라는 생각에 그만 정신이 나가버렸고, 그렇게 최고조에 이른 욕망의 지배에 속절없이 휘둘려 범행을 저질렀음에 틀림없다는 추론이 성립되기 때문이었다. 그 순간부터 예심판사의 확신은 완벽하게 다져져 결코 흔들리지 않았다.

카뷔슈는 계속되는 신문에 시달리고 실타래처럼 교묘하게 꼬인 질문들을 받고 또 받다보니 자신을 겨냥해 쳐놓은 갖가지 함정들에도 무덤덤해졌지만 최초의 주장은 굽히지 않았다. 그저 길을 걸으며 한밤의 신선한 공기를 마시고 있었다, 그때 어떤 사람이 곁을 스치고 냅다 달려가더라, 어둠 속에서 순식간에 벌어진 일이라 그자가 어떤 방향으로 달아났는지도 말할 수가 없다, 순간 불안한 마음이 들어 집 쪽을 돌아보니 출입문이 활짝 열려 있는 것이 보이더라. 그래서 올라가보기로 결심한 거다. 올라갔더니 아직 온기가 남아 있는 시신이 눈을 크게 치켜뜬 채 문 쪽을 쳐다보고 있더라. 아직 숨이 붙어 있는 줄 알고 시신을 침대에 옮겨 누이려다보니 피범벅이 된 것이다. 그는 그 사실밖에 아는 것이 없었기에 토씨 하나 바꾸지 않고 같은 말만 되풀이했는데, 이미 결판이 난 이야기라는 듯 그 속에 갇혀 한 걸음도 움직이지 않는 모습이었다. 사람들이 와서 사건 현장에서 그를 끄집어냈을 때도 그는 영문을 모르는 어리보기처럼 겁에 질린 채 아무런 말도 하지 못했었다. 드니제가 그에게 처음으로 피살자에 대한 그의 불타는 연정에 대해 물었을 때 그는 풋사랑을 하다가 들켜 혼이 나는 햇병아리 소년처럼 얼굴이 홍당무가 되었다. 그는 부인했다. 그는 그 여인과 자고 싶다는 동경을 품었다는 사실이 입에 담을 수도 없을 만큼 야비한 일이라도 되는 양 극구 부정했는데, 실제로 그것은 그의 마음속 가장 깊은 곳에 자리잡은 것이기에 아무에게도 털어놓아서는 안 되는 미묘하고 은밀한 동경이라는 것도 맞는 말이었다. 아니요, 그렇지 않소! 그녀를 사랑하지 않았소, 그녀를 갖고 싶어하지 않았소. 그녀가 죽고 없는 지금 그에게는 일종의 신성모독으로 여겨지는 그 사실을 그의 입을 열어 실토하게 하는 것은 전혀 무망한 일인 듯싶었다. 그러나 다수의 증인들이 확언한 사실을 극구 부인한 그 완강한 고집도 그에게는 불리하게 작용했다. 수사 당국의 해석에 따르면 분명 자신의 욕정을 채우기 위해 죽였을 그 피살자를 향한 미친 욕망을 감추는 것이 그로서는 당연히 유리할 것이기 때문이었다. 예심판사가 그에게 결정타를 가해 사건의 진상을 이끌어낼 요량으로 그 모든 증거를 취합해 그의 면전에 살인과 강간의 혐의를 들이대자 그는 미친듯이 날뛰며 거세게 항거하기 시작했다. 뭐라고, 내가 그녀를 갖기 위해 죽였다고? 그녀를 성녀처럼 경배하는 내가? 경위들이 들어와 그를 제압하는 동안에도 그는 이 너절한 곳을 싹 쓸어 모두 죽여버리겠다고 길길이 날뛰었다. 요컨대 그는 가장 위험하고 교활한 무뢰한 중 하나라고 할 수 있었는데, 어쨌거나 그의 폭력성이 그렇게 백일하에 드러났고 이는 자기가 부인하는 범죄를 스스로 인정하는 명백한 증거로 해석되었다.

수사는 그렇게 진척되어가고 있었고, 피의자는 살인이 거론될 때마다 격분하며 그것은 다른 자의 짓이라고, 홀연히 달아난 자의 짓이라고 소리쳤는데, 그즈음 드니제는 그 사건을 느닷없이 엄청나게 중요한 사건으로 돌변시킨 뜻밖의 결정적인 단서를 찾아냈다. 그의 말마따나 그즈음 그는 사건의 진상에 대해 뭔가 냄새를 맡고 있었다. 그렇게 그는 일종의 예감 같은 것에 이끌려 몸소 카뷔슈의 움막집을 다시 한번 수색해보기로 한 것이다. 그런데 바로 그 수색 작업에서 그는 들보 뒤에 은닉 장소가 있다는 것을 어렵지 않게 발견했고, 그곳에는 부인용 손수건과 장갑, 그리고 그 밑에 금으로 된 회중시계 하나가 감춰져 있었다. 그는 대번에 그 시계가 어떤 것인지 알아보고 말할 수 없는 희열에 휩싸였다. 그것은 바로 그가 예전에 그토록 찾아 헤맸던 그랑모랭 법원장의 회중시계, 겉면에 법원장의 이름 머리글자 두 개가 겹쳐서 각인되고 뚜껑 안쪽에 2516이라는 제조 번호를 달고 있는 범상치 않은 그 회중시계였다. 그는 벼락을 맞은 듯한 충격을 받았다. 모든 것이 명백해졌다. 과거가 현재와 연결되었고, 그가 관련지은 사실들이 그것들 나름의 논리로 그를 황홀하게 매혹했다. 하지만 결론을 내리기에는 가야 할 길이 아직 멀었기에 그는 우선 시계는 언급하지 않고 카뷔슈에게 장갑과 손수건에 대해서만 신문을 했다. 카뷔슈는 잠시 이실직고해버리고 말까 망설이며 입술을 달싹거렸다. 그래요, 그녀를 몹시 사랑했소, 그래요, 그녀를 간절히 열망했소, 그녀가 입고 있는 원피스에 입을 맞추고 싶을 정도로, 끈조각이든 단추든 옷핀이든 그녀의 몸에서 떨어진 거라면 뭐든 그녀의 뒤를 따라가며 줍고 훔칠 정도로 말이오. 그러나 이내 모욕감이 들어서, 수치심을 참을 수가 없어서 입을 꼭 다물었다. 그런데 곧바로 예심판사가 작심을 하고 그의 눈 밑에 회중시계를 들이밀자 그는 당황해서 어쩔 줄 몰라하는 표정으로 그것을 멍하니 바라보았다. 그는 또렷이 기억이 떠올랐다. 그 시계는 그가 침대 위긴 베개 밑에서 손수건 한 장을 발견하고 그 끄트머리를 잡아당겼는데 뜻밖에도 그 손수건에 돌돌 말려 있다가 갑자기 굴러나오는 바람에 깜짝 놀랐던 바로 그 시계였고, 그는 그것을 무슨 전리품처럼 자기 집으로 가져왔던 것이다. 그후로 시계를 그 은닉 장소에 숨겨두었는데, 그동안 내내 그 시계를 어떤 식으로 되돌려줘야 할까 방도를 찾느라 골머리를 싸매고 있던 참이었다. 하지만 그러한 사실을 이야기한들 무슨 소용이 있을까? 그렇게 되면 자신이 훔친 다른 것들도, 그녀의 옷가지며, 향긋한 냄새가 나던, 생각만 해도 얼굴이 붉어지는 그녀의 속옷까지도 다 털어놓아야만 할 것이다. 이미 저들은 자신이 말한 것은 하나도 믿지 않으려고 하지 않던가. 게다가 그 자신마저 더이상 뭐가 뭔지 모르는 지경이 되어 그의 단순한 머릿속에서는 모든 것이 뒤엉켰고, 그야말로 악몽의 한복판으로 걸어들어가는 느낌이었다. 그는 이제 살인을 했다는 다그침에도 화조차 나지 않았다. 그는 그저 멍한 상태로 질문마다 모른다는 대답만 반복했다. 장갑이나 손수건에 대해서도 모르는 일이고, 회중시계에 대해서도 모르는 일일 뿐이었다. 그는 빼도 박도 못하는 궁지에 몰린 것이다. 이제 그를 가만히 내버려두었다가 단두대로 보내기만 하면 그만이었다.

드니제는 그다음날 루보를 체포해오라고 지시했다. 그는 부역장에 대한 증거들을 충분히 확보하기도 전에 이미 영감이 떠오른 순간 자신의 천재적인 통찰력을 자신하고 전능한 존재가 된 듯한 기분에 한껏 고무되어 체포 영장을 발부받아둔 상태였다. 아직은 석연치 않은 구석이 수두룩했지만 그는 그 인물이 쌍둥이 같은 두 사건의 핵심 축이며 발원지라는 것을 간파했다. 그리고 루보와 세브린이 크루아드모프라를 취득하고 나서 일주일 후에 르아브르의 공증인 콜랭 앞에서 부부 중 마지막으로 생존한 자가 전 재산을 갖기로 한다는 공증서를 작성한 사실을 확인하고 그는 바로 득의양양했다. 그때부터 그의 머릿속에서는 완벽한 이야기가 아귀가 딱딱 맞게 구축되었는데, 확고한 논리와 명백한 증거를 두루 갖추었다고 자부하는 그 추론은 그가 작성한 기소장이라는 집의 뼈대에 절대로 무너지지 않는 견고함을 부여해서, 설령 진실이라는 것이 달리 있다 해도 그것은 그의 추론보다 더 많은 억측과 비논리를 덕지덕지 달고 있을 터여서 진실감이 한결 덜해 보였을 것이다. 루보는 자기 손으로 살해할 용기가 없어서 두 번에 걸쳐 카뷔슈라는 그 포악한 야수의 손을 빌린 비겁한 작자다. 첫번째 살인의 경우, 그는 유서의 존재를 알고 그랑모랭 법원장의 재산을 서둘러 상속받고 싶어 안달이 난데다 다른 한편으로는 법원장에 대한 석공의 원한을 익히 알고 있어서, 석공의 손에 칼을 쥐여준 다음 루앙에서 석공을 특별실 객차 안에 밀어넣었던 것이다. 그러고 나서 만 프랑을 나눠 가진 두 공범은 살인이 살인을 부른다는 살인의 법칙이 아니었다면 아마도 두 번 다시 만나는 일이 없었을 것이다. 예심판사가 다들 찬탄해마지않는 심오한 범죄심리학을 제시한 것은 바로 그 지점에서였다. 그는 이제 와서야 밝히는 것이라고 말하면서, 첫번째 살인은 반드시 두번째 살인을 부르기 마련이라는 것이 자신의 확고한 신념이었기에 그후로 카뷔슈를 감시하는 일에서 한시도 손을 뗀 적이 없다고 공개했던 것이다. 최근에 결말이 났듯이 일 년 반이면 충분했다. 루보 부부는 관계가 파탄지경에 이르고 말았다. 남편은 도박에 5천 프랑을 탕진했고, 부인은 권태를 달래기 위해 내연의 남자를 사귀기에 이르렀다. 아마도 그녀는 남편이 돈을 다 날려버릴까 두려워 크루아드모프라를 매각하는 방안을 거부했을 것이다. 아니면 그렇게 만날 부부싸움을 하다가 그녀가 그를 경찰에 신고하겠다고 위협했는지도 모를 일이었다. 어쨌거나 다수의 증언이 두 부부의 완전한 결별을 뒷받침해주었다. 거기서 마침내 첫번째 살인의 결과가 오랜 시간을 잠복해 있다가 나타난 것이다. 즉 카뷔슈가 야수의 잔인한 식욕으로 침을 흘리며 다시 등장했고, 남편은 어둠 속에서 그의 손아귀에 칼을 건네어 이미 한 사람의 목숨을 삼켜버린 그 저주받은 집을 완벽하게 독차지하는 권한을 확보하려 한 것이다. 이상이 바로 진실, 그것도 명명백백한 진실로서 모든 것이 그리로 수렴되었다. 석공의 움막에서 발견된 회중시계가 그랬고, 무엇보다도 똑같은 손에 의해 똑같은 무기로, 그러니까 방안에서 수거된 그 칼로, 똑같이 잔혹하게 목에 치명상을 입은 두 주검이 그랬다. 그러나 이 두번째 사항에 대해 기소장은 법원장의 상처가 더 작고 예리한 칼날에 의해 생긴 것 같다는 한 가지 의문점을 적시하는 걸 잊지 않았다.

처음에 루보는 요사이 그의 버릇이 된 조는 듯하고 무기력한 표정으로 예, 아니요로만 대답했다. 그는 자신이 체포된 것에 별로 놀라지 않는 눈치였다. 자신의 존재가 서서히 와해되어가는 마당에 그에게는 아무 상관 없는 일이었던 것이다. 그의 입을 열게 하기 위해 그와 상주할 간수가 배정되었는데, 그는 그 간수와 아침부터 저녁까지 카드놀이를 즐겼다. 그는 그런 상황이 말할 수 없이 행복했다. 게다가 그는 카뷔슈의 유죄를 확신했다. 그의 생각으로는 카뷔슈가 살인범일 수밖에 없었다. 자크에 대해 질문을 받자 그는 웃으며 어깨를 으쓱이는 것으로 자신이 그 기관사와 세브린이 맺었던 관계를 잘 알고 있다는 대답을 대신했다. 그런데 드니제가 그와 탐색전을 벌이다가 마침내 자신이 세워놓은 논리를 들이대며 그를 몰아붙이고, 공모자라고 위협하고, 그를 모든 것이 탄로났다는 자포자기의 심정으로 유도해 자백을 이끌어내려고 하자 그는 돌연 매우 심각해졌다. 이게 지금 무슨 이야기지? 법원장을 살해한 것이 이제 내가 아니라 석공이라니, 석공이 세브린을 살해한 건 알겠는데 법원장도 살해했다니, 그런데 두 경우 다 내가 범인이라니, 석공은 내가 사주해서 나 대신 그 둘을 칼로 찌른 거라니. 이 느닷없는 복잡한 방정식 때문에 그는 어안이 벙벙해졌고 잔뜩 경계심을 품었다. 분명 함정을 파놓은 거야, 나를 윽박질러 내가 첫번째 살인의 범인이라는 자백을 하도록 거짓말을 하고 있는 거야. 사실 체포되자마자 그는 끝난 줄 알았던 이야기가 되살아나지 않을까 걱정했다. 카뷔슈와 대질신문을 받을 때 그는 석공을 모르는 사람이라고 진술했다. 다만, 그가 석공이 붉은 피를 뒤집어쓰고 제가 죽인 여인을 겁탈하려는 찰나 석공과 마주쳤다고 반복적으로 진술하자 석공은 미쳐 날뛰었으며, 이어 난폭한 아수라장이 펼쳐지면서 다시 모든 것이 뒤죽박죽 엉망이 되어버렸다. 그리고 사흘이 지났다. 예심판사는 두 공범이 작당을 하고 자기 앞에서 서로 적대적인 척 연기하는 것이라 굳게 믿고 신문을 거듭했다. 그때였다. 루보는 너무 지친 나머지 다음부터는 답변을 거부해야겠다고 이미 마음을 굳히고 있었는데, 한순간 초조감이 밀어닥치면서 그만 끝장내버리고 싶은 마음이 들었고, 급기야 몇 달 전부터 자신을 괴롭히던 은밀한 욕구에 무릎을 꿇고 진실을, 오로지 진실만을, 한 치의 어긋남도 없는 완벽한 진실을 발설하고야 말았다.

그날은 바로 드니제가 피고와 책상을 사이에 두고 앉아서 누가 더 노회한지 씨름을 벌이던 날이었다. 그의 두 눈은 여전히 육중한 눈꺼풀에 덮여 있었지만 얇은 입술은 애써 민완함을 과시하려다보니 끊임없이 달싹거렸다. 겉으로는 해로운 누런 지방 덩어리가 덕지덕지 붙어 피둥피둥해 보이지만 스스로 판단하기로는 그 육중한 외모 안에 매우 교활한 잔꾀를 감추고 있는 것이 분명한 그 피고와 한 시간 내내 신경전을 벌이느라 드니제는 녹초가 된 상태였다. 그런데 그 작자가 느닷없이 막다른 골목에 몰린 사람처럼 자포자기의 몸짓으로 잘 알겠다고, 차라리 자백을 하겠다고, 그러니 그만 좀 괴롭히라고 소리쳤고, 그 순간 그는 자기가 그자를 한 걸음 한 걸음 궁지로 몰고 사방에서 그물을 던져 드디어 함정에 빠뜨리는 데 성공한 것이라고 믿었다. 그런데 루보가 그렇게 말한 것은 적어도 실제로 벌인 일들만 놓고 보더라도 자기가 유죄이긴 하지만, 그와 상관없이 수사 당국이 어떻게 해서라도 자기를 유죄로 만들려 한다는 사실을 알았기 때문이다. 그런데 루보가 어려서부터 그랑모랭에게 몸을 유린당한 자신의 아내, 그 추악한 사실을 알고 질투심에 분노가 치밀어오른 자신, 그리고 살해 방식과 만 프랑을 탈취한 이유 등 자초지종을 털어놓을수록, 예심판사의 눈꺼풀은 의혹으로 찡그려지며 추켜올라갔고, 무조건 의심하고 보는 직업의식과 참을 수 없는 불신감이 발동하면서 입꼬리가 옆으로 길게 찢어지더니 가소롭다는 듯 삐쭉거렸다. 마침내 피고가 말을 끝내자 드니제는 만면에 미소를 지었다. 이 작자는 생각보다 훨씬 강하다. 첫번째 살인은 자신이 저질렀다고 하고 그것을 순전히 치정 살인으로 둔갑시켜서, 강탈을 획책했던 모든 범죄 모의, 특히 세브린의 살해와 관련된 모든 공모에서 깔끔하게 벗어나려는 대담한 수법은 이 작자가 범상치 않은 지능과 강단의 소유자라는 것을 보여준다. 다만 그 술책이 온전히 성립되지 않는다는 점이 문제지.

"이봐, 루보, 우리를 어린애로 생각하면 안 되지…… 그러니까 당신은 질투를 했고, 질투심이 폭발해 살인을 했다. 그렇게 주장하고 싶은 거지?"

"물론입니다."

"좋아, 당신이 이야기한 것을 받아들인다 치자고. 그렇다면 당신은 당신 아내와 법원장의 관계에 대해 아무것도 모르는 채 결혼을 했다 이 말인데…… 그게 있을 수 있는 얘긴가? 오히려 당신의 경우 모든 정황을 보면 모종의 거래가 제시되고 궁리 끝에 받아들였다, 이게 맞겠지. 법원장은 몸종처럼 키운 젊은 처자를 당신에게 준 거야, 지참금을 얻어서, 그리고 그녀의 후견인이 당신의 후견인이 된 거고, 당신은 법원장이 유서로 시골집 하나를 그녀에게 남긴 사실을 모르지 않았고, 그런데 당신은 지금 아무것도 몰랐다고, 전혀 몰랐다고 주장하고 있어! 잘 들어, 당신은 모든 것을 알고 있었어, 그게 아니라면 당신의 결혼은 더이상 설명이 안 돼…… 게다가 간단한 사실 하나만 확인하는 것으로도 충분히 당신을 꼼짝 못하게 할 수 있어. 당신은 질투하지 않았어, 어디 질투했다고 한번 더 말해보시지."

"난 사실대로 말하는 거요. 나는 질투심이 폭발해서 죽였단 말입니다."

"좋아, 옛날의 불분명한 정분 관계 때문에 법원장을 살해했다 치자고, 그러면 그다음 나머지 것들도 꾸며내보시지, 당신 부인의 애인, 그래, 자크 랑티에, 그 건장한 사내 말이야, 그자는 어떻게 용납할 수 있었는지 나한테 설명 좀 해보시지! 모두들 나한테 그들의 관계를 확인시켜주었어, 당신 자신도 그걸 알고 있었다는 사실을 감추지 않았고…… 당신은 그들이 자유롭게 어울리도록 그냥 내버려두었어, 왜 그랬지?"

루보는 축 처진 채 설명을 하지 못하고 멍한 눈으로 허공만 하염없이 바라보았다. 마침내 그가 떠듬떠듬 말했다.

"나도 모르겠어요…… 다른 자는 죽여놓고 왜 그자는 죽이지 않았는지."

"그러니 나한테 당신이 질투심에 사로잡혀 복수를 한 남편이라고 더이상 말하지 말란 말이야. 그리고 충고하건대 배심원들에게도 그 소설 같은 이야기를 되풀이하지 말라고, 배심원들이 어이없어할 테니까 말이야…… 날 믿어, 작전을 바꾸라고, 진실만이 당신이 살 길이야."

그다음부터는 루보가 그 진실을 고집스럽게 고수하면 할수록 거짓 말을 하는 것으로 더욱더 굳어져버렸다. 게다가 모든 것이 그에게 불리하게 돌아가서, 심지어 첫번째 수사 때 그가 카뷔슈를 밀고했으므로 그에 관한 그 신문이 지금 그의 새로운 주장을 뒷받침했어야 마땅한데 오히려 그 반대로 그들 둘이 아주 교묘하게 공모를 했다는 증거가 되어버렸을 정도였다. 예심판사는 자신의 직업에 대한 진정한 애정을 가지고 범죄심리학을 정교하게 다듬어나갔다. 그는 입버릇처럼 자기는 한 번도 인간 본성의 밑바닥까지 그렇게 깊이 내려갈 필요가 없었노라고 설파했다. 그것은 관찰의 영역보다는 예측의 영역에 속한다는 것이었는데, 그는 자신이 엿보는 자, 호리는 자로서의 재판관, 다시 말해 한 인간의 정체를 한눈에 파악하는 그런 재판관의 부류에 속한다는 것에 대해 늘 우쭐해했다. 게다가 세부 증거들도 부족하지 않고 전체적으로도 논박의 여지가 없었다. 이후 예심은 탄탄한 토대를 갖추게 되었고 확신은 눈부신 햇빛처럼 명명백백해졌다.

드니제의 명성을 더욱 드높인 것은 그가 두 사건을 끈질기게 재구성한 뒤 가장 깊숙이 감춰진 핵심 사항을 들춰내어 한 덩어리로 묶어냈다는 점이었다. 국민투표*의 떠들썩한 승리 이후 이상 열기가 줄곧 나라를 뒤숭숭하게 만들었는데, 그 열기는 대대적인 파국을 예고하는 그런 혼란상과 비슷했다. 제2제정 말기의 사회와 정치, 특히 언론에서는

---

* 1870년 5월 8일에 치른 국민투표를 말한다. 나폴레옹 3세는 전년도 총선 이후 한층 불안해진 정계 상황을 장악하기 위해 자신의 정치 개혁 정책을 국민투표에 부쳐 압승을 거둔다.

불안감이 가시질 않았고 흥분이 고조된 상태의 환희 그 자체가 병적인 폭력성을 띠고 있었다. 사정이 그러했기 때문에, 크루아드모프라의 그 외딴집에서 일어난 한 여인의 피살 사건 이후 루앙의 예심판사가 천재적인 능력을 발휘해 대중의 관심사에서 잊힌 예전의 그랑모랭 사건을 끄집어내어 그 새로운 살인 사건과 결부시키자 여당 쪽 신문들에서 일대 개가가 터져나온 것도 당연했다. 아닌 게 아니라 야당 쪽 신문들에서는 범인이 잡히지 않은 그 전설적인 사건을 두고 거기에 연루된 몇몇 고위직 인사들의 파렴치한 행각을 감추기 위해 경찰이 전면에 내세운 조작 사건이라고 비아냥거리는 기사들이 아직도 간간이 실리는 형편이었다. 그런데 머지않아 그에 대한 결정적인 답이 나올 것이고, 살인범과 그의 공범은 이미 잡혔으며, 그 사건으로 실추된 그랑모랭 법원장의 명예는 회복될 터였다. 논쟁에 다시 불이 붙었고 루앙과 파리에서는 그런 분위기가 날로 고조되었다. 많은 사람들의 상상력을 뜨겁게 달군 그 잔혹 소설과는 별개로 또다른 일각에서는 마침내 밝혀진 그 움직일 수 없는 진실이 국가를 공고하게 하기라도 할 것처럼 흥분했다. 한 주 내내 신문은 그 사건에 대한 시시콜콜한 후속 기사들을 엄청나게 쏟아냈다.

파리로 호출된 드니제는 로셰 가에 있는 사무처장 카미라모트의 개인 집무실에 출두했다. 그는 사무처장이 전보다 훨씬 더 피곤하고 수척한 얼굴로 분위기가 무겁게 가라앉은 집무실 한가운데 서 있는 것을 발견했다. 사무처장은 마치 자신이 복무하는 체제가 바야흐로 대단원의 막을 내리면서 머지않아 붕괴할 거라는 점을 예감하기라도 한 것처럼 회의론에 빠진 채 슬픔에 젖어 서서히 몰락하고 있었던 것이다. 이

틀 전부터 사무처장은 자신이 간직하고 있는 세브린의 편지를 어떻게 해야 할지 몰라 내심 갈등하고 있었는데, 그 편지는 루보의 진술을 뒷받침해주는 부동의 증거로서 기소장의 틀 자체를 무너뜨릴 수도 있는 것이었다. 이 세상에서 그 편지의 존재를 아는 이가 아무도 없었으니 그는 그 편지를 없애버릴 수도 있었다. 그러나 전날 황제가 그에게 말하기를, 자신은 설혹 이번 사건으로 자신의 정부가 어려움을 겪는 한이 있더라도 이번에는 검찰이 외부의 어떠한 영향도 받지 말고 정도를 걸으라고 요구하고 싶다고 했다. 거리낄 것이 없다고 공연히 한번 부려보는 허세이거나 어쩌면 인민의 전폭적인 지지를 받은 다음인데 부정행위가 하나 터졌다고 운명이 바뀌겠느냐는 근거 없는 믿음이었을 것이다. 사무처장은 이 세상의 복잡한 사건들을 일개 공학적인 문제로 축소시켰다고 해서 무슨 양심의 가책 따위를 느끼는 유형은 아니었지만 황제의 지시를 받고는 혼란스러웠으며, 자신의 주군의 뜻을 거스르면서까지 그렇게 주군을 사랑해야 하는지 갈피가 잡히지 않았다.

드니제가 이내 의기양양하게 단언했다.

"그렇습니다! 이제까지 제 후각은 저를 속인 적이 없습니다. 법원장을 찌른 것은 그 카뷔슈라는 자입니다. 다만 저도 동의하는 바인데, 다른 추론에도 일말의 진실이 담긴 것은 맞습니다. 제 자신 역시 루보의 경우 석연치 않은 구석이 있다는 것을 느낍니다…… 하지만 어찌되었건 간에 우리는 두 놈 다 손아귀에 넣고 있습니다."

카미라모트는 파리한 눈으로 그를 응시했다.

"그렇다면 나한테 제출된 서류의 그 모든 사실은 증거가 분명하며 당신의 확신은 절대적이다?"

"절대적입니다. 어떠한 의혹도 있을 수 없습니다…… 모든 것이 아귀가 딱 들어맞습니다. 저로서는 겉보기에는 복잡하지만 범행이 이보다 더 논리적이고 이보다 더 예측하기가 수월한 사건을 본 기억이 없습니다."

"하지만 루보는 극구 부인하고 첫번째 살인은 자기가 저지른 것이라고 주장하며 자신의 부인이 능욕당하고 자신은 질투심에 눈이 멀어 극도로 광분한 상태에서 살인을 했노라고 이야기하잖소. 야당 쪽 신문들은 그 모든 것을 기사로 떠들어대고 있고 말이오."

"오! 그 신문들은 스스로는 믿지도 않으면서 험담 삼아 떠드는 것이지요. 자기 부인이 내연의 남자와 만나는 것을 부러 조장한 그 루보라는 자가 질투를 하다니요! 아! 그자가 중죄재판소에서 그런 이야기를 되풀이할 수는 있겠지요, 하지만 노리던 물의를 일으키지는 못할 것입니다!…… 그자가 어떤 새로운 증거를 다시 들이대면 또 모르죠! 하지만 그자는 없는 것을 만들어내지는 못합니다. 그자는 자기가 부인을 시켜 쓰게 한 편지가 있다고 주장하고, 그 편지가 분명히 희생자의 서류 더미에서 발견되었을 거라고 이야기하긴 하지요…… 사무처장님, 그 서류들을 정리하셨을 때 혹시 그 편지를 발견하신 건가요? 그런가요?"

카미라모트는 아무런 대답도 하지 않았다. 맞는 말이다. 스캔들은 예심판사가 짜놓은 얼개와 함께 조만간 땅속에 묻힐 것이다. 루보의 말을 믿을 사람은 아무도 없을 것이며, 법원장의 명예는 추악한 의혹을 말끔하게 씻을 것이고, 제정 체제는 그 비호 세력들 중 하나의 떠들썩한 복권復權이라는 이득을 덤으로 누릴 수 있을 것이다. 게다가 그 루보라는 자가 자신의 죄를 인정했으니 정의의 관점에서는 그가 어떤 이유로 유죄판결을 받든 상관없는 일이다! 물론 카뷔슈라는 자가 또 있긴 하다. 그러나 그자가 첫번째 살인에 가담하지 않았다고 하더라도 두번째 살인의 장본인인 것만은 정말 분명해 보인다. 더 나아가, 제기랄! 정의라니, 무슨 얼어죽을 헛소리란 말인가! 정의를 추구한다는 말은, 진실이란 원래 가시덤불에 철두철미하게 가려져 있기 마련인데, 그렇게 보면 하나의 사탕발림이 아닌가? 나서지 않고 얌전하게 구는 편이, 붕괴의 조짐을 보이며 저물어가는 이 사회를 어깻죽지로 지탱하는 편이 그나마 상책이다.

"그런가요?" 드니제가 재차 물었다. "처장님께선 그 편지를 발견하지 못하셨나요?"

카미라모트는 다시 눈을 들어 그를 물끄러미 쳐다보았다. 그리고 이 상황의 유일한 주재자로서 전날 황제가 근심스럽게 표시했던 양심의 가책은 자신이 떠맡기로 하고 나직이 대답했다.

"나는 전혀 아무것도 발견하지 못했소."

그러고는 아주 친근한 미소를 지으며 예심판사를 한껏 치켜세웠다. 입가에 살짝 잡힌 한 줄 주름만이 그 미소로 감출 수 없는 아이러니를 드러내 보여줄 따름이었다. 이제까지 그 어떤 예심 수사도 이처럼 심도 있게 수행된 적이 없었다. 수뇌부에서 결정된 대로 휴가가 끝나고 나면 이자를 파리 고등법원 판사로 불러들이도록 하자. 그는 드니제를 층계참까지 배웅했다.

"오직 당신만이 제대로 파악했소, 정말로 훌륭합니다…… 진실이 말을 하는 순간부터는 그 진실을 가로막을 것은 아무것도 없는 법이

오, 개개인의 이익도, 심지어 국가 이성이라고 하는 것도 말이오……
계속 정진하시오. 결과가 어떻게 나오든 신경쓰지 말고 사건의 진상을
밝혀주시오."

"법관의 의무가 말씀하신 것에 그대로 다 담겨 있습니다." 드니제는
마무리 삼아 말하고 인사를 한 다음 활기찬 걸음걸이로 떠났다.

혼자가 되자 카미라모트는 우선 촛불을 켰다. 그리고 세브린의 편지
를 보관해둔 서랍을 열고 편지를 꺼내들었다. 촛불이 높다랗게 타올랐
다. 그는 편지를 펼쳐서 두 줄짜리 문장을 다시 읽으려고 했다. 그러자
예전에 자신의 마음을 애틋하게 뒤흔들어놓았던 연보랏빛 푸른 눈의
그 우아한 범죄자가 문득 떠올랐다. 지금 그 여자는 죽고 없다. 그녀의
비극적인 모습이 다시 눈앞에 어른거렸다. 그녀가 짊어지고 가야 했던
비밀을 그 누가 알랴? 그렇다, 분명히 진실입네 정의입네 하는 것들은
헛소리다! 그 매혹적이었던 미지의 여인과 관련해 그에게 남아 있는
거라곤 그녀가 그를 스쳐지나갔던 그 찰나 같은 순간의 욕망, 그가 충
족시키지 못한 그 욕망뿐이었다. 그가 촛불에 가까이 가져간 편지가
불타기 시작하자 그는 커다란 슬픔에, 불행의 예감에 사로잡혔다. 이
처럼 손가락 사이로 바스러져 떨어지는 한 줌의 검은 재처럼 휩쓸려나
가 소멸하는 것이 제정 체제의 정해진 운명이라면, 이 증거물을 인멸
해봤자, 이 행동으로 양심에 가책의 짐을 지워봤자 무슨 소용이 있단
말인가?

그후 일주일도 안 되어 드니제는 예심 수사를 마무리지었다. 그는
서부철도회사로부터 찾고 있던 모든 자료와 유용한 증언을 확보하는
등 전폭적인 협조를 받았다. 회사 역시 직원 하나가 연루된 이 유감스

러운 사건의 불똥이 회사 조직 내의 복잡한 기구들을 차례차례 타고 올라가 최고이사회까지 번져 회사 전체를 뒤흔들 수도 있다고 우려했기에 이 사건이 하루속히 종결되기를 간절히 바랐던 것이다. 되도록 빨리 썩은 부위를 도려내야만 했다. 그래서 예심판사의 집무실로 다바디와 물랭 등 르아브르 역 관계자들이 다시 줄줄이 소환되었는데, 그들은 루보의 행실에 대해 파렴치한 면모가 돋보이게끔 그 구체적인 사례들을 낱낱이 고해바쳤다. 바랑탱 역의 역장인 베시에르와 루앙 역의 여러 직원들도 다시 소환되었는데 그들의 증언은 첫번째 살인 사건과 관련해 결정적인 역할을 했다. 파리 역장인 방도르프와 건널목지기 미자르, 그리고 여객전무 앙리 도베르뉴도 불려왔는데, 그중에서도 미자르와 앙리는 피고가 남편으로서 아내의 부정을 부러 눈감아주었다고 단정적으로 증언했다. 특히 크루아드모프라에서 세브린의 간호를 받기도 했던 앙리는 아직 회복이 되지 않아 자리에 누워 있던 어느 날 밤 루보와 카뷔슈가 작당해서 창문 앞에서 무슨 일인가를 꾸미는 목소리를 들은 것 같다고 진술했다. 이 진술은 상당히 많은 것들을 해명해주었는데 무엇보다도 서로 모르는 사이라고 주장해온 두 피의자의 방어 논리를 일거에 뒤집어엎었다. 이렇듯 회사 사람들 전체가 이구동성으로 범인을 비난하는 목소리를 높이는 가운데 두 피살자를 동정하는 여론이 형성되었다. 그 가련한 젊은 여인은 과오를 너그러이 용서받았고, 그 노인은 자기를 둘러싸고 횡행하던 불미스러운 소문들을 말끔하게 씻어내고 다시 명망을 되찾았다.

그러나 새로운 재판은 무엇보다도 그랑모랭 집안을 벌집을 쑤시듯 들쑤셔놓았다. 드니제는 여전히 그랑모랭 집안의 강력한 후원을 받고 있었지만 자신의 수사 결과의 일관성을 지키기 위해 그들과 힘겨운 싸움을 벌여야 했다. 탐욕으로 혈안이 된 라셰네 부부는 크루아드모프라의 유증에 격분하며 그동안 내내 루보가 범인임을 강력하게 주장해왔기에 일단 승리의 환호성을 내질렀다. 사건의 재론을 통해 설욕전을 벼르던 그들은 호시탐탐 유서를 공격할 기회만 엿보았다. 그들로서는 유증의 철회를 이끌어내어 세브린을 배은망덕한 인간으로 몰아 권리를 박탈하는 방법밖에 없었기 때문에 자기 아내가 공범으로 살해를 도왔다는 루보의 주장을 부분적으로 지지했는데, 다시 말해 범행의 동기가 있지도 않은 치욕을 갚으려는 것이 절대 아니라 단지 재산을 훔치려는 것이었다는 입장이었다. 그런 연유로 예심판사는 라셰네 부부, 특히 자신의 옛친구인 피살된 여인에게 가혹한 원한을 품은 베르트와 정면충돌할 수밖에 없었는데, 베르트는 피살자에게 집요하게 모든 죄를 뒤집어씌운 반면, 예심판사는 남이 자신의 걸작에 손을 대려 하자, 다시 말해 그 자신이 한껏 으스대며 과시한 것처럼 너무도 정교하게 구축되어 벽돌 한 조각만 빼내도 전체가 와해될 정도인 그 논리적인 건축물에 손을 대려 하자, 그만 격분해서 열을 올려가며 피살자를 변호했다. 그와 관련해 예심판사의 집무실에서는 라셰네 부부와 본농 부인 사이에 격한 설전이 벌어졌다. 본농 부인은 예전에는 루보 부부 둘 모두에게 호의적이었지만 이제 남편 쪽은 포기할 수밖에 없었다. 그러나 아내 쪽은 변함없이 옹호했는데, 그것은 육체적인 매력과 사랑의 문제에 무척 관대하고 유혈이 낭자하고 비극적인 그 소설 같은 사건에 온통 마음이 흔들린 그녀로서는 일종의 애정 어린 공감의 표시였다. 돈 문제라면 경멸해마지않는 그녀는 입장이 매우 선명하고 단호했다.

그녀의 조카딸이 상속 문제를 재론하는 것은 참으로 수치스러운 일이 아닌가? 세브린이 유죄라고 한다면 그것은 전적으로 이른바 루보의 자백이라는 것에 근거를 둔 것일 뿐이고, 법원장의 명예를 다시 한번 더 럽히는 짓이 아닌가? 예심 수사로 밝혀진 진실은, 만일 예심 수사에서 그처럼 절묘하게 입증되지 못했다면 집안의 명예를 지키기 위해 일부러도 조작해냈어야 하는 것이었다. 그녀는 그 사건을 두고 왈가왈부하는 루앙의 상류사회에 대해서도 얼마간 쓴소리를 마다하지 않았는데, 나이가 나이인 만큼 노년의 여신으로서 그 화사한 금발의 미모까지 시나브로 시들어가는 지금 그녀는 더이상 그 사회에 군림하는 존재가 아니었던 것이다. 그렇다, 전날 밤만 해도, 고등법원 판사의 부인으로서 그녀를 권좌에서 밀어낸, 갈색 머리에 우아하고 늘씬한 르부크 부인의 살롱에서 사람들은 루이제트의 이야기를 포함해 갖가지 망측한 일화들, 대중의 악의가 지어낸 그 모든 이야기들을 쑥덕거렸다. 언쟁이 그 지점에 이르렀을 때 드니제가 개입해 본농 부인에게 르부크가 다음에 열릴 중죄재판에서 배석판사 자리에 앉을 거라고 알려주자 라셰네 부부는 일이 잘못될까 걱정되어 마지못해 수긍하는 표정으로 입을 다물었다. 하지만 본농 부인은 재판부가 본연의 임무를 다할 것이라고 확신하며 부부를 안심시켰다. 주심판사는 지금은 류머티즘을 앓고 있어 옛날 추억만 간직한 채 격조한 편이지만 그녀의 오랜 친구인 데바제유가 맡을 것이고, 보조 배석판사는 그녀가 후견하는 젊은 대리검사의 아버지인 쇼메트일 것이 분명하다는 말이었다. 그녀는 그러니 안심해도 좋다고 덧붙였지만 그럼에도 대리검사의 이름을 거명할 때는 입가에 우울한 미소가 잠깐 어렸다. 얼마 전부터 그 대리검사가 르부크 부인의 살롱을 아들처럼 드나든다는 사실이 공공연히 알려졌기 때문인데, 사실은 그녀 자신이 그의 장래를 가로막을 것을 염려해 그를 그곳으로 보낸 것이었다.

마침내 세간의 이목이 집중된 그 재판이 도래했지만, 전쟁이 임박했다는 소문이 퍼지고 프랑스 전역이 뒤숭숭한 분위기에 짓눌리면서 논쟁의 반향은 급격하게 사그라졌다. 그래도 루앙은 재판이 열린 사흘 내내 열기에 휩싸였고, 법정 문은 사람들로 미어터졌으며, 예약된 자리는 도시의 귀부인들이 독차지했다. 법원으로 개조된 이래 옛 노르망디공국 제후의 궁전에 그토록 많은 인파가 몰린 적은 일찍이 한 번도 없었다. 때는 바야흐로 6월 하순, 햇빛 찬란한 무더운 오후였는데, 열장의 스테인드글라스를 환하게 밝히며 통과한 강렬한 햇살이 벽면의 떡갈나무 널빤지와, 벌집 문양의 붉은 벽지를 배경으로 도드라져 보이는 흰 대리석 십자고상, 그리고 오랜 세월의 흔적이 묻어 아주 은은하게 금빛을 발하는, 갖가지 문양이 조각된 금박을 입힌 나무 격자무늬가 인상적인 루이 12세 시대의 그 유명한 천장 위로 넘실거렸다. 법정이 열리기 전인데도 벌써 숨이 턱턱 막혔다. 방청석의 여인들은 증거물을 올려놓는 탁자에 놓인 그랑모랭의 회중시계, 세브린의 피 묻은 잠옷, 그리고 두 번의 살인에 사용된 칼을 보기 위해 발돋움하느라 야단이었다. 파리에서 왔다는 카뷔슈의 변호인도 마찬가지로 열렬한 관심의 대상이었다. 배심원석에는 허리띠를 꽉 졸라맨 두툼하고 엄숙한 검은색 프록코트를 입은 열두 명의 루앙 시민들이 도열해 있었다. 이윽고 재판부가 입정하자 서 있던 방청객들이 서로 떼밀며 일대 소란이 일어나는 바람에 재판장은 소란을 멈추지 않으면 곧바로 법정을 폐쇄

하겠노라고 경고를 내려야만 했다.

마침내 심리가 시작되었다. 배심원들이 선서를 했고, 증인들을 호출하는 소리에 방청석은 다시 호기심으로 술렁거렸다. 본농 부인과 라셰네의 이름에 방청객들의 머리가 너울처럼 일렁거렸다. 그러나 무엇보다도 자크라는 이름이 호명되자 귀부인들이 열광하며 그를 향해 일제히 눈을 돌렸다. 게다가 두 명의 피고인이 각자 양옆에 두 경위의 호위를 받으며 입장하자 방청객들은 그들에게서 눈을 떼지 못하고 자기들끼리 수군거렸다. 사람들은 그들이 사납고 야비한, 전형적인 범죄형 얼굴이라며 치를 떨었다. 루보는 어두운 색깔의 윗도리에다 옷차림에 신경쓰지 않는 사람처럼 아무렇게나 넥타이를 맨 차림이었는데 부쩍 늙어버린 모습과 피둥피둥 살이 붙은 멍하니 지친 얼굴로 사람들을 깜짝 놀라게 했다. 카뷔슈는 사람들이 상상한 대로였는데, 푸른색의 긴 작업복 차림에 거대한 주먹과 육식동물 같은 턱 등 전형적인 살인범의 모습 그대로인 그는 말하자면 으슥한 숲속에서 만나봐야 좋을 것 하나 없는 그런 우악스럽게 생긴 사내들 중 하나였다. 이어진 신문 과정은 이러한 부정적인 인상을 더욱 공고하게 했는데 어떤 대답들은 방청석에 격렬한 술렁거림을 불러일으키기도 했다. 재판장의 질문마다 카뷔슈는 아무것도 모른다고 답변했다. 회중시계가 어떻게 자기 집에 있게 됐는지도 모르고, 왜 자기가 진짜 살인범을 달아나도록 내버려두었는지도 모르겠다는 것이었다. 그는 특히 수수께끼 같은 그 미지의 인물에 대한 자신의 이야기에 집착하며, 어둠 속을 황급히 달아나는 그자의 발소리를 분명히 들었다고 진술했다. 그의 손에 희생된 그 불쌍한 여인에 대한 그의 짐승 같은 맹렬한 연정에 대해 질문을 받았을 때는 허둥대기 시작하더니 갑자기 격분을 터뜨려 두 경위가 그를 팔로 결박해야 했다. 천만에, 천만에! 그녀를 전혀 사랑하지 않았다, 그녀를 전혀 욕망하지도 않았다, 그것들은 전부 거짓말이다. 그녀는 정숙한 부인이고 나는 감옥에도 갔다 오고 야만인처럼 사는 존재여서 그녀를 흠모하기만 했을 뿐, 그런 그녀에게 연정을 품는다는 건 오히려 그녀를 더럽히는 짓이라고 생각했다! 그렇게 부르짖고 난 다음 평정을 되찾은 그는 침울한 침묵에 빠져 단답형으로만 대답할 뿐 자신에게 치명적인 타격을 줄 수도 있는 혐의에 대해서는 전혀 무관심한 모습이었다. 마찬가지로 루보도 기소장에서 그의 논거라고 명명된 주장을 되풀이했을 뿐이다. 그는 자기가 어떻게, 그리고 왜 그랑모랭을 죽였는지 진술했으며 자기 아내의 살해에는 조금도 간여한 바가 없다고 부인했다. 그러나 그의 발언은 갑작스레 기억을 상실하기라도 한 듯 거의 맥락 없이 토막토막 끊어진 문장으로 이루어진데다 눈은 게슴츠레하고 목소리는 끈적끈적하게 엉겨서 때때로 세부 사항들을 궁리하거나 꾸며대는 것처럼 보였다. 재판장이 채근하고 발언이 앞뒤가 맞지 않음을 지적했지만 그는 급기야 어깨를 으쓱하더니 답변을 거부해버렸다. 거짓말이 더 논리적인데 진실을 말해봐야 무슨 소용이 있는가? 사법 당국에 대한 그의 이러한 불손하고 공격적인 태도는 그에게 엄청 불리하게 작용하는 결정적인 요인이 되었다. 사람들은 또한 두 피고인이 서로에 대해 철저하게 무관심한 태도를 보이는 것에 주목했는데, 그러한 모습은 둘이 사전에 공모한 증거로, 보기 드물게 강한 의지력을 지닌 둘이 면밀한 계획을 세우고 치밀하게 범죄를 추진한 증거로 간주되었다. 그들이 서로를 모른다고 주장하고 심지어 상대에게 책임을 전가하기까지 하는 모습은 오로지 재판부를 교란시킬 목적이라는 것이었다. 피고인에 대한 신문이 종결되었을 때는 사건 평결이 명확하게 난 것으로 보였는데, 재판장이 능수능란하게 신문을 이끌어서 루보와 카뷔슈가 여기저기 설치된 함정에 걸려 허우적대다가 스스로 자멸한 것처럼 보였을 정도였다. 그날은 별로 중요하지 않은 몇몇 증인의 증언이 더 이어졌다. 다섯시경 법정 안의 열기가 참을 수 없을 정도로 치솟아 두 명의 부인이 졸도했다.

하지만 다음날 몇몇 증인의 심문 때는 커다란 반향이 일었다. 본농 부인은 탁월한 분별력과 직관력을 보여 진정한 승리를 거두었다. 방도르프나 베시에르, 다바디, 코슈 등 철도회사 직원들의 증언도 관심의 대상이었다. 특히 코슈는 코메르스 카페에서 루보와 함께 종종 카드게임을 했다는 등 어떻게 루보를 잘 알게 되었는지에 관해 매우 장황하게 늘어놓았다. 앙리 도베르뉴는 그 결정적인 증언을 되풀이했는데, 고열 때문에 비몽사몽이던 와중에 두 피고인이 공모하는 숨죽인 목소리를 들었다는 증언을 이번에는 거의 확신에 차서 말했다. 세브린에 관해 질문을 받았을 때는 돌연 매우 신중한 자세를 취하며 그녀를 사랑했지만 다른 남자가 있다는 것을 알고는 미련 없이 물러났다는 점을 부각시켰다. 마침내 그 다른 남자, 자크 랑티에가 법정에 들어서자 방청석이 웅성거렸고 몇몇 방청객들은 그를 더 잘 보기 위해 자리에서 일어났으며 배심원들 사이에서도 아연 관심이 고조되는 움직임이 일어나기까지 했다. 자크는 침착한 모습으로, 기관차를 모느라 몸에 밴 그 직업적인 자세 그대로 증인석 난간에 두 손을 가지런히 얹어놓았다. 이렇게 출두하게 되어 극도로 혼란스러운 것이 분명했겠지만 그는 마치 이 사건이 자기와 아무런 관계가 없다는 듯 전혀 개의치 않고 온전한 정신 상태를 유지했다. 그는 이방인처럼, 결백한 사람처럼 진술할 작정이었다. 그는 범행 이후 한 번도 발작이 찾아온 적이 없었고, 기억이 아예 지워진 듯 그 일들이 생각조차 나지 않았으며, 신체 기관들은 균형을 이뤄 원활하게 작동했고 건강 상태는 완벽했다. 지금 난간에 손을 얹고 있으면서도 그는 회한도 가책도 전혀 들지 않는 완전한 무의식 상태였다. 곧바로 그는 전혀 흔들림 없는 시선으로 루보와 카뷔슈를 쳐다보았다. 그는 루보가 범인이라는 것을 잘 알고 있었다. 그는 자신이 루보 부인의 애인이라는 사실이 이제 공공연하게 알려졌지만 전혀 개의치 않고 루보에게 고개를 까딱여 슬쩍 인사를 건넸다. 그런 다음 카뷔슈에게는 미소를 지어 보였다. 카뷔슈가 아무 죄도 없이 앉아 있는 그 자리는 자기가 앉아 있어야 마땅했다. 그는 겉모습은 산적처럼 생겼지만 속은 영락없이 양순한 한 마리 짐승인 그 사내가 일하는 모습을 예전에 지켜본 적이 있음은 물론 악수를 나눈 사이이기도 했다. 곧이어 자크는 아주 평온한 상태에서 진술에 임했다. 그는 재판장의 질문에 간단명료한 문장으로 대답했다. 재판장은 그에게 피살자와 어떤 관계인지 시시콜콜한 사항까지 질문한 다음, 살인 사건이 일어나기 몇 시간 전에 어떻게 크루아드모프라를 떠났는지, 어떻게 바랑탱까지 가서 기차를 탔는지, 루앙에서는 어떻게 잠자리에 들었는지 자세히 진술하라고 했다. 카뷔슈와 루보는 그의 말에 귀를 기울이며 몸짓으로 그의 답변이 옳음을 확인시켜주었다. 그 순간 세 남자 사이에 말로 형언할 수 없는 슬픔이 배어났다. 죽음 같은 침묵이 법정 안에 흘렀고 어디서 연유하는지 알 수 없는 묘한 감정이 잠시 배심원들을 목이 메게 했다. 진실이 소리 없이 흘러 지나가는 순간이었다. 석공이 말한, 어둠 속으로 사라진 그 미지의 인물에 대해 어떻게 생각하는지 알고 싶어하는 재판장의 질문에 자크는 마치 그에 관해 무슨 대답을 해서 피고인을 괴롭히고 싶지는 않다는 듯 그저 고개만 끄덕였다. 그런데 그 순간 방청석을 결정적으로 감동시킨 일이 벌어졌다. 자크의 눈에 눈물이 고이더니 양 뺨을 타고 주르륵 흘러내린 것이다. 그가 전에도 한 번 보았던 것처럼 방금 전 세브린이, 그가 이 세상에서 모습을 지워버린 그 불쌍한 피살자가, 푸른 눈을 휘둥그레 뜨고 검은 머리는 이마 위로 곤두서서 마치 흉측한 투구를 뒤집어쓴 듯한 모습을 하고서 그의 눈앞에 나타난 것이다. 그는 그녀를 여전히 숭배했다. 그의 마음은 이미 엄청난 연민에 휩싸여 있어 군중에 둘러싸여 있으면서도 자신이 지금 어디에 있는지도 잊어버리고, 또 자신이 살인을 범했다는 사실도 의식하지 못한 채, 그녀를 그리워하며 닭똥 같은 눈물을 뚝뚝 떨어뜨렸다. 몇몇 부인들은 복받치는 감동을 이기지 못해 덩달아 흐느껴 울었다. 사람들은 남편이라는 자는 눈이 메마른 채 멀뚱거리고 있는데 애인은 고통스러워하는 것을 보고 매우 깊은 감명을 받았다. 재판장이 증인에게 더이상 던질 질문이 없는지 변호인측에 묻자 변호인들은 정중하게 사양했고, 어안이 벙벙해진 피고인들은 법정을 감동의 도가니에 빠뜨리고 자기 자리로 돌아가 앉는 자크를 멀뚱히 지켜볼 따름이었다.

개정 세번째 날은 검사의 논고와 변호인들의 변론에 온전히 할애되었다. 맨 먼저 재판장이 사건 개요를 설명했는데, 겉으로는 불편부당한 척했지만 실은 기소장의 소추 내용이 심하게 부각된 설명이었다. 이어서 등장한 검사는 제 실력을 마음껏 펼쳐 보이지 못하는 것 같았다. 평소에 그는 훨씬 더 자신감이 넘쳤고 웅변도 그렇게 공허하지는 않았다. 사람들은 그것을 더위 탓으로 돌렸다. 실제로 더위는 무지막지했다. 반면 카뷔슈의 변론을 맡은 파리의 변호사는 설득력은 별로 없었지만 법정에 큰 즐거움을 선사했다. 루보의 변호인은 루앙 변호사회의 유력한 일원이었는데 그 역시 승산이 희박한 소송임에도 불구하고 열성을 다했다. 피곤에 지친 검사는 반박조차 하지 않았다. 배심원단이 숙의를 위해 옆방으로 건너간 시각은 오후 여섯시밖에 되지 않아 아직 한낮의 햇빛이 열 개의 창문으로 들어오고는 있었지만 창문 위 홍예 장식에 걸린 노르망디 지방 도시들의 문장을 비추는 것은 이미 뉘엿거리는 마지막 햇살이었다. 그때 금박을 입힌 고색창연한 천장 아래로 쩌렁쩌렁한 목소리가 울려퍼졌고, 사람들이 우르르 몰리면서 지정석과 입석 방청객을 구분하는 철책이 흔들거렸다. 그러나 배심원단과 재판부가 입정하자 다시 엄숙한 침묵이 자리잡았다. 배심원단의 평결은 정상참작을 일부 받아들였고, 재판부는 두 피고인에게 종신형을 선고했다. 그것은 아주 놀라운 뜻밖의 결과였다. 방청객들은 크게 술렁거렸고 극장에서처럼 여기저기서 휘파람을 불어대는 소리가 들렸다.

그날 저녁 루앙 시내는 온통 법원의 판결 얘기뿐이었고 끝도 없는 논평이 뒤따랐다. 전반적인 여론은 사실상 본농 부인과 라셰네 부부의 패배라는 것이었다. 사형선고가 떨어졌어야 그 집안이 만족했을 텐데 그러지 못한 것 같으며, 아울러 적대 세력이 분명 영향력을 행사했을 거라는 이야기였다. 이미 사람들은 르부크 부인을 은밀하게 지목하며 그녀가 배심원단에 자신의 심복 서너 명을 심어놓았다고 수군거렸다.

배석판사로서 그녀 남편의 처신은 아마도 아무런 시빗거리를 제공하지 않았을 것이다. 그러나 사람들은 또다른 배석판사 쇼메트도, 심지어 재판장 데바제유도 자신들이 원했던 것만큼 심리의 주도권을 장악하지 못해 불만스러운 얼굴인 것처럼 느껴졌다고 평을 달았다. 아니면 그냥 단순히, 뭔가 좀 꺼림칙했던 배심원단이 정상참작이라는 의견을 붙임으로써 심리 때 한순간 법정 안을 관통하고 지나갔던 그 의혹, 소리 없이 허공을 떠돌았던 그 침통한 진실로 인해 불편해진 마음을 그렇게 표현했는지도 모를 일이었다. 그러나 이러니저러니해도 사건은 예심판사 드니제의 승리로 귀결되었다. 그 어떤 시도도 그의 걸작에 흠집을 낼 수 없었다. 오히려 라셰네가 크루아드모프라를 되찾기 위해 유증을 받은 당사자가 사망했는데도 불구하고 판례에 어긋나게 유증 철회 소송을 제기하겠다고 떠들고 다녔으며, 그 사실을 전해 들은 한 법률가가 깜짝 놀라 이의를 제기했다는 소문이 돌면서 그 집안 자체가 세간의 인심을 상당히 잃었을 정도였다.

법원을 빠져나오던 자크는 역시 증인으로 출두했다가 남아 있던 필로멘을 만났다. 그녀는 그를 붙잡고 루앙에서 그와 함께 그날 밤을 보낼 작정으로 떼를 쓰며 놓아주지 않았다. 그는 다음날 업무에 복귀할 예정이어서 역 근처에 있는, 그가 범행을 저지르던 날 밤 잠을 잤다고 주장한 여인숙에 그녀를 데려가 같이 저녁이나 먹을 심산이었다. 거기서 잠을 자지는 않을 셈이었다. 밤 12시 50분 기차를 타고 반드시 파리로 되돌아가야 했던 것이다.

"그거 모르지," 그녀가 그의 팔짱을 끼고 여인숙으로 가면서 말했다. "이건 분명한 것 같은데, 조금 전에 우리가 아는 사람을 본 것 같아…… 그래, 맞아. 페쾨야. 그가 지난번에 나한테 누누이 말하기를, 자기가 이 사건 때문에 루앙에 발을 들여놓는 일은 없을 거라고 했는데…… 조금 전에 잠깐 뒤를 돌아보았거든. 그런데 어떤 남자가, 난 그 사람 등밖에 못 보았는데, 사람들 틈으로 황급히 달아나더라고……"

기관사는 어깨를 으쓱하며 그녀의 말을 가로막았다.

"페쾨는 지금 파리에 있어. 내가 일을 쉬는 바람에 휴가를 얻게 된 게 너무 신나서 흥청거리고 있을 거라고."

"그럴 거야…… 그러나저러나 어쨌든 조심하자고. 그는 화가 나면 말도 못하게 사나워지니까."

그녀는 그에게 몸을 밀착하고 뒤를 흘끔거리면서 덧붙였다.

"그런데 우리를 따라오는 저 사람, 당신이 아는 사람이야?"

"응, 걱정하지 마…… 아마 나한테 뭔가 물을 게 있나보지 뭐."

미자르였다. 그는 사실 레쥐프 가에서부터 멀찌감치 거리를 두고 그들을 뒤따라왔다. 그도 역시 증인으로 출두해 졸리는 표정으로 진술을 했었다. 그는 입속을 맴도는 질문을 차마 던지지 못하고 내내 자크의 주위를 배회했다. 두 남녀가 여인숙 안으로 사라지자 그도 여인숙으로 따라 들어가 포도주를 한 잔 주문했다.

"아니, 미자르, 당신이로군요!" 기관사가 놀란 듯 소리쳤다. "그래, 새 부인하고는 잘 지내시죠?"

"그럼, 그럼." 건널목지기가 으르렁거렸다. "아, 망할 것 같으니라고, 그 여편네가 날 이 지경으로 만들어놨어. 응? 내가 지난번 여기 왔을 때 왜 그 얘길 했잖나."

자크는 그 이야기가 무척 흥미로웠다. 미자르가 건널목 차단기를 지키게 하려고 데려온 뒤클루라는, 석연치 않은 과거를 지닌 옛날 술집 여자는 미자르가 집안 구석구석을 뒤지는 것을 보고 전처가 감춰둔 돈을 그가 찾고 있는 것이 분명하다고 금세 눈치챘다. 그러자 그녀는 그와 결혼하기 위해 기발한 생각 한 가지를 떠올렸는데, 일부러 말은 안 하고 그저 살살 웃기만 하면서 그에게 자기가 그 돈을 찾아내서 그러는 거라고 믿게끔 하자는 생각이었다. 거기에 넘어간 미자르는 처음에는 그녀를 죽이려 들었다. 그러나 전처처럼 그녀를 없앤다 해도 천 프랑은 여전히 자신의 수중에 들어오지 않을 거라는 데 곧 생각이 미치자 그는 그녀를 상냥하고 점잖게 대하기로 작전을 바꾸었다. 그러나 그녀는 그를 밀쳐내며 자기 몸에 손도 대지 못하게 했다. 안 돼요, 안 돼, 내가 당신 마누라라면 모든 것을, 나와 돈까지 다 가져도 되지만 안 돼요. 그래서 그가 그녀와 결혼을 했던 것이다. 그런데 막상 결혼하고 나자 그녀는 사람들이 말하는 것을 그대로 다 믿느냐며 그를 세상 없는 바보 취급을 하며 능멸했다. 가관인 것은 액수가 만만치 않다는 것을 제대로 알게 된 그녀가 그의 열병에 전염되어 자신도 몸이 달아올라서는 그와 함께 광분하며 돈을 찾아 나섰다는 사실이었다. 아! 아직 못 찾은 그 천 프랑, 이제 둘이니까 언젠가는 찾아내고 말겠지! 그들은 찾고 또 찾았다.

"그래, 아직도 아무것도 못 찾았어요?" 자크가 짓궂게 물었다. "그녀가 도와주지 않아요? 뒤클루 말이에요."

미자르는 그를 뚫어져라 쳐다보다가 이윽고 입을 열었다.

"거긴 그 돈이 어디 있는지 알잖아, 나한테 말해줘."

그러나 기관사는 화를 벌컥 냈다.

"나는 정말 아무것도 몰라요. 파지 고모는 나한테 한 푼도 주지 않았단 말이에요. 내가 훔쳐갔다고 의심하는 모양인데 그러면 안 되죠."

"오! 그녀가 그쪽한테 한 푼도 주진 않았겠지, 그건 확실해…… 보다시피 나는 병들었어. 그 돈이 어디 있는지 알면 나한테 좀 말해줘."

"아! 당장 꺼져버려요! 경고하는데, 나한테 자꾸 말을 시키면…… 가서 소금 상자나 들여다보시지, 그 돈이 거기 있는지."

얼굴이 새파랗게 질린 미자르는 눈만은 이글거리며 계속 그를 쳐다보았다. 갑작스레 무슨 계시를 받은 듯했다.

"소금 상자라고, 맞아! 서랍 밑에 내가 아직 뒤지지 않은 비밀 장소가 있지."

그러더니 그는 서둘러 술값을 계산하고 아직 7시 10분 기차를 탈 수 있는지 알아보러 기차역으로 달려갔다. 거기, 납작하게 주저앉은 작은 집으로 가서 그는 영원히 찾으리라.

그날 밤 저녁식사를 마치고 밤 12시 50분 기차를 기다리다가, 필로멘은 자크를 보채어 어두운 골목길을 지나 인근 벌판까지 갔다. 몹시 무더운 날씨였다. 달도 뜨지 않은 열대야 같은 7월의 밤기운에, 그의 목에 매달리다시피 걷는 그녀의 가슴이 심호흡을 할 때마다 불룩하게 부풀어올랐다. 그녀는 발소리가 따라오는 것 같아 두 번이나 뒤를 돌아다보았지만 아무도 보이지 않았다. 어둠이 매우 짙었다. 그는 이 격동의 밤이 몹시 괴로웠다. 살인을 하고 난 뒤로 몸과 마음이 안정을 되찾고 편안한 가운데 완벽한 건강 상태를 구가했지만 조금 전 식탁에서 이 여자가 손으로 그의 몸 여기저기를 마구 집적거릴 때마다 오래전의 병증이 재발하는 듯한 기분을 느꼈던 것이다. 아마도 피곤하거나 공기가 후텁지근해서 신경이 쇠약해진 탓이리라. 지금, 그녀의 몸을 자기 몸에 밀착해 이렇게 안고 있자니 암묵적인 공포감이 팽배해지면서 욕망의 번뇌가 생생히 되살아났다. 하지만 이제 말끔히 치유된 거다, 경험을 통해 확인도 해보았다, 어떻게 될지 궁금해, 전에 이 여자와 관계를 맺었을 때 보니 예전처럼 충동이 일지 않고 차분했으니까, 그는 그렇게 마음을 다잡았다. 그는 몹시 흥분한 상태여서, 만약 어둠이 그녀를 집어삼키지 않았다면, 그가 안심할 수 있는 여건이 아니었다면 발작의 두려움 때문에 그녀의 품을 뿌리치고 빠져나왔을 것이다. 사실 그의 병이 최악의 상태로 도졌을 때도 만약 상대가 눈에 보이지만 않았다면 찌르지도 않았을 것이다. 그러던 중 풀 덮인 경사지 옆으로 나 있는 한적한 길을 걷다가 그녀가 경사지에 등을 대고 누우면서 그를 끌어당겼는데, 그 순간 그에게 갑자기 무시무시한 충동이 밀어닥쳤고, 광분에 휩싸인 그는 그녀의 머리를 후려칠 흉기로 쓸 돌을 찾아 풀밭을 뒤적였다. 그러다가 소스라치며 벌떡 일어나 정신없이 내달리기 시작했는데, 바로 뒤이어 욕설을 퍼붓는 남자의 목소리와 한바탕 격투가 벌어지는 소리가 들렸다.

"아! 이런 망할 년, 내가 끝까지 한번 기다려봤지, 확실한 증거를 잡고 싶었거든!"

"그게 아니야, 이거 봐!"

"아! 아니겠지! 저놈은, 그래 달아나라고 해! 난 저놈이 누군지 알아, 나중에 붙잡아도 되니까!…… 그래! 이 망할 년아, 그게 아니라고 한번 더 말해보시지!"

자크는 어둠 속을 질주했다. 그도 방금 전 페쾨를 알아보았다. 그러나 그것은 폐퇴를 피해 달아나는 것이 아니었다. 고통으로 미쳐버릴 것만 같은 자기 자신을 피해 달아나는 것이었다.

이게 뭐야! 한 번의 살인으로는 충분하지 않았던 거야? 아침에만 해도 세브린의 피로 굶주림이 완전히 가셨다고 믿었는데 그게 아니었던 거야? 다시 시작된 것이다! 다른 여자가, 그리고 또다른 여자가, 끝도 없이 다른 여자가 필요한 것이다! 한 번 포식을 했다 해도 몇 주 동안 무감각하다가 곧바로 다시 그 끔찍한 굶주림이 고개를 들고 일어날 것이다. 그 굶주림을 잠재우려면 끝도 없이 여자의 육신이 필요하리라. 심지어 지금은 그 유혹적인 육신을 볼 필요도 없었는데, 다만 품속에 그 육신의 따뜻한 온기만을 느꼈을 뿐인데, 암컷의 배를 가르는 흉포한 수컷이 되어 솟구치는 살인의 욕정에 굴복하고 말았다. 이제 삶은 끝났다. 내 앞에 놓인 것은 끝없는 절망이 드리운 이 깊은 밤뿐이다, 지금 그 속을 질주하고 있는 것이다.

그뒤로 며칠이 지났다. 자크는 예전의 괴팍하고 거친 모습으로 되돌아가 동료들을 기피한 채 일에만 매달렸다. 의회에서 몇 차례 격렬한 논쟁이 벌어졌고 마침내 전쟁이 선포되었다. 벌써 전초전 격으로 소규모 전투가 한 차례 벌어졌는데 출발이 좋았다는 평이었다. 일주일 전부터 군대 수송 때문에 철도원들은 파김치가 되었다. 정규 운행은 엉망진창이 되었고, 예정에도 없는 임시 열차들이 끝없이 편성되는 바람에 대규모 연발착 사태가 초래되었다. 군부대의 집결에 박차를 가하느라 일급기관사들이 징집된 사정은 그다음 문제였다. 상황이 그렇게 돌아가던 어느 날 저녁, 자크는 르아브르에서 자신이 평소에 몰던 급행열차 대신 병사들을 미어터지게 태운 도합 열여덟 량의 차량이 연결된 장대열차를 끌라는 명령을 받았다.

그날 저녁 페쾨는 만취한 상태로 차량 기지에 도착했다. 그가 필로멘과 자크를 급습한 그다음날 그는 자크의 짝 화부가 되어 608호 기관차에 다시 올라탔다. 그리고 그날 이후 그는 자기 상관을 쳐다보기도 싫다는 태도를 보이며 내내 침울한 표정으로 그 일에 대해서는 입도 벙긋하지 않았다. 자크는 자기가 무슨 지시를 하기만 해도 그가 이행하기를 거부하고, 말은 하지 않지만 노골적으로 불손하게 구는 등 날이 갈수록 반항적으로 변해가는 것을 직감했다. 그들은 결국 서로 한마디도 나누지 않는 사이가 되고 말았다. 예전에는 그들이 손발을 척척 맞춰가며 타고 다녔던 그 흔들리는 철판은, 기관차와 탄수차를 연결하는 그 조그만 갑판은 이제 그들이 상대방에 대한 적의를 번득이며 맞부딪치는 좁고 위태로운 널빤지에 지나지 않았다. 증오심은 커져만 갔고, 그들은 전속력으로 내달리는 기차에 실린 채 손바닥만한 공간에서 서로를 물어뜯기에 바빴으며, 그들 사이는 기차가 조금만 요동치더라도 굴러떨어져 최후를 맞이할 만큼 위태위태했다. 그리하여 그날 밤 자크는 페쾨가 취한 것을 보고는 바짝 긴장했다. 페쾨를 너무 잘 알기 때문이었다. 페쾨는 너무나 음험해서 멀쩡할 때는 화를 내지 않고, 오직 술이 들어갔을 때만 야만성의 고삐가 풀렸다.

여섯시경에 떠날 예정이었던 기차의 출발이 계속 늦춰졌다. 날은 이미 어둑어둑했다. 병사들이 원래는 가축 수송용으로 쓰이던 차량에 양들처럼 실렸다. 차량 내부에는 나무판자에 못질을 해서 긴 의자를 대충 흉내내어 만들었는데, 그 안에 병사들을 분대별로 우겨넣어서 차량마다 초만원으로 미어터졌다. 그 결과 병사들은 서로 포개어 앉고 일부는 서 있을 수밖에 없었는데 하도 비좁아서 팔을 뻗을 수조차 없었다. 병사들이 파리에 도착하면 대기해 있던 다른 기차가 그들을 태우고 라인 강 전선으로 향할 터였다. 그들은 혼을 쏙 빼놓는 아수라장 같은 출발 분위기 속에서 벌써부터 초주검이 되어 있었다. 그러나 각자에게 이미 독한 증류주가 배급되어 있는데다 상당수는 인근 선술집에 흩어져 있다가 기차를 탄 까닭에 다들 얼굴이 몹시 불콰해지고 눈알이 해롱거릴 정도로 거나하게 취해서 막무가내로 웃고 떠들어댔다. 이윽고 기차가 덜커덩거리며 역을 빠져나가자 그들은 일제히 노래를 부르기 시작했다.

자크는 곧바로 하늘을 올려다보았다. 잔뜩 낀 먹구름이 별들을 가렸다. 밤이 내리면 몹시 캄캄할 것 같았다. 바람 한줄기 불지 않아 뜨거운 공기는 꿈쩍도 하지 않았다. 달리는 기차가 일으키는, 늘 시원하게 느껴지던 바람마저 뜨뜻한 것 같았다. 컴컴한 지평선에는 선명한 신호등 불빛 말고는 아무런 불빛도 보이지 않았다. 그는 아르플뢰르에서 생로맹까지 이어지는 긴 오르막길을 넘어가기 위해 증기압을 높였다. 벌써 몇 주 전부터 연구에 연구를 거듭했지만 그는 아직 608호 기관차를 마음대로 제어하지 못했다. 너무 새것인 608호의 젊은이 특유의 변덕과 일탈 때문에 그는 자주 깜짝깜짝 놀랐다. 특히 그날 밤은 유난히 고집이 세고 제멋대로 움직이려 했으며 석탄을 조금만 더 넣어도 폭주하려고 드는 것이 확연히 느껴졌다. 그래서 그는 역전기 핸들에 손을 올려놓은 채 화부의 행태가 점점 더 걱정되어 화구의 불을 유심히 살폈다. 수준기를 비추는 조그만 램프가 발판에 어슴푸레한 그림자를 만들었는데, 벌겋게 달아오른 화구 덮개에서 새어나오는 자주색 불빛이 그 위로 어른거렸다. 페쾨의 모습이 잘 보이지 않았다. 그는 벌써 두 번이나 무엇인가가 자신의 다리를 스치고 지나가는 듯한 느낌을 받았다. 마치 손가락이 그를 움켜잡으려고 용을 쓰다가 스치기만 한 것 같았다. 어쩌면 단지 페쾨가 술에 취해 작업을 하다가 실수로 부딪친 것인지도 몰랐다. 왕왕거리는 소음 속에서 페쾨가 큰 소리로 이죽거리면서 망치질로 과격하게 석탄을 깨고 씩씩거리며 삽으로 퍼내는 소리가 들렸기 때문이다. 페쾨는 수시로 화구 덮개를 열고 불판 위에 엄청난 양의 연료를 투입하고 있었다.

"그만해!" 자크가 소리쳤다.

상대는 못 들은 척하면서 삽질을 멈추지 않고 계속 화구에 석탄을 퍼 넣었다. 참다못한 기관사가 그의 팔을 움켜잡자 그는 술기운에 분노가 치밀어오른데다 마침내 고대하던 싸움의 꼬투리도 잡은 터라 휙 돌아서서 위협적으로 대들었다.

"건드리지 마, 아니면 본때를 보여주겠어! 난 재밌어 죽겠는데, 빨리 가면 좋잖아!"

기차는 이제 볼벡에서 모트빌로 이어지는 평평한 고원지대를 전속력으로 내달렸다. 기차는 급수를 위해 몇 군데 정해진 지점을 제외하고는 단 한 번도 멈추지 않고 한달음에 파리까지 가기로 되어 있었다. 무지막지하게 큰 덩어리가, 인간 짐승들로 꽉 들어차서 발 디딜 틈조차 없는 열여덟 량의 차량이 끊임없이 으르렁거리며 어두운 벌판을 가로지르고 있었다. 살육의 현장으로 실려가는 그 인간 군상들은 목이 터져라 노래를 부르고 또 불렀는데, 그 악쓰는 소리가 어찌나 큰지 기차 바퀴 소리를 압도하고도 남았다.

자크는 발로 화구 덮개를 닫았다. 그런 다음 배출 장치를 조정하고 계속 화를 억누르며 외쳤다.

"불이 너무 세단 말이야…… 취했으면 제발 잠이나 자."

페쾨는 즉시 덮개를 다시 열어젖히고 마치 기관차를 날려버리기라도 하려는 듯 악착같이 석탄을 퍼 넣었다. 그것은 반항이며, 명령의 무시이며, 기차에 실려가는 그 모든 인간의 목숨 따위는 아랑곳하지 않는 분노의 폭발이었다. 자크가 재받이에 연결된 쇠막대를 밑으로 밀어서 통풍을 최소한으로 줄이려고 몸을 굽히자 화부가 양팔로 그를 잽싸게 끌어안은 다음 거세게 밀어붙여 선로 위로 집어던지려고 발악을 했다.

"죽일 놈, 그래, 이거였구나!…… 그렇지? 내가 실족했다고 말하겠지, 교활한 놈 같으니라고!"

자크는 탄수차의 난간 하나를 움켜잡았다. 그들 둘이 뒤엉켜 미끄러졌다. 격렬하게 요동치는 그 좁은 쇠갑판 위에서 싸움이 계속되었다. 그들은 이를 앙다물고 아무 말도 하지 않은 채 쇠난간 하나가 겨우 가로막고 있는 그 좁은 틈새로 서로를 밀어내리려고 안간힘을 썼다. 하지만 그 일은 결코 호락호락하지 않았다. 기관차는 아귀처럼 지칠 줄 모르고 달려갔다. 바랑탱이 순식간에 스쳐지나갔고 곧이어 기차가 말로네 터널 안으로 빨려들어갔는데, 그들은 여전히 서로 뒤엉킨 채 석탄더미 속을 뒹굴었다. 머리가 연신 저수조 칸막이에 쿵쿵 부딪혔고, 발버둥을 치다가 내뻗은 다리가 벌겋게 달아오른 화구 덮개에 닿아 타려는 순간 황급히 움츠러들었다.

잠시 자크의 머릿속에, 일어날 수만 있다면 증기밸브를 닫고 기적을 울려 구조 신호를 보내서 술과 질투에 정신이 나간 이 흉포한 미치광이로부터 구출될 수 있을 거라는 생각이 스치고 지나갔다. 그러나 그는 기력이 달렸고, 덩치도 더 작았으며, 어떻게 해서든 그를 밀어내기 위해 필사적으로 힘을 모았으나 이미 패배한 것처럼 추락의 공포에 휩싸이면서 머리카락이 곤두서는 것 같았다. 그가 손으로 더듬으며 최후의 안간힘을 쓰자 상대가 바로 알아차리고 그의 허리를 억세게 움켜잡더니 그를 어린아이 다루듯 번쩍 들어올렸다.

"아! 기차를 세우시게…… 아! 넌 내 여자를 강탈했어…… 꺼져, 꺼지라고, 너 같은 놈은 죽어 마땅해!"

기관차는 달리고 또 달렸다. 엄청난 파열음을 내며 터널을 막 빠져나온 기차는 컴컴하고 텅 빈 벌판을 가로질러 쉬지 않고 내달렸다. 말로네 역이 순식간에 뒤로 물러났는데, 한바탕 폭풍이 휘몰아치고 지나간 것 같아서 플랫폼에 서 있던 부역장은 벼락치는 소리에 휩쓸려가면서도 서로 먹고 먹히기를 거듭하는 그 두 사람을 보지도 못했다.

페쾨는 마지막 힘을 끌어내 자크를 집어던졌다. 자크는 허공에 붕 뜬 느낌과 함께 정신이 아득해지면서 순간적으로 페쾨의 목에 매달렸는데 워낙 세게 끌어안았는지라 페쾨도 속수무책으로 그에게 딸려가고 말았다. 두 사람의 소름 끼치는 비명소리가 서로 뒤섞이며 아스라이 사라졌다. 기차에서 함께 떨어진 두 사람은 어마어마한 속도의 반작용으로 기차 바퀴 밑으로 빨려들어가 한 덩어리로 으스러지고 짓이겨졌다. 그토록 오랜 시간을 형제처럼 지내온 그들은 그렇게 서로를 껴안은 채 참혹한 최후를 맞았다. 사람들이 그들을 발견했을 때는 머리도, 다리도 흔적도 없이 사라진 채 피범벅이 된 두 몸통만이 여전히 상대를 숨막히도록 꽉 끌어안고 있었다.

기관차는 이제 완전히 고삐가 풀려서 달리고 또 달렸다. 마침내 황소고집에 성질까지 괴팍한 그 생물은 마치 아직 길들여지지 않은 암말이 조련사의 손을 빠져나와 거친 들판을 천방지축으로 내달리는 것처럼 자신의 젊은 혈기가 시키는 대로 미쳐 날뛸 수 있게 되었다. 보일러에는 물이 충분했고 방금 전 화실에 가득 채워진 석탄은 벌겋게 이글거렸다. 그렇게 처음 삼십 분 동안은 증기압이 미친듯이 올라가 속도가 가공할 정도로 빨라졌다. 여객전무는 피곤을 이기지 못하고 곯아떨어진 모양이었다. 그토록 밀집된 상태에서 이미 취기가 오를 대로 오른 병사들은 뜻하지 않은 이 광란의 질주에 흥이 올라 더욱 힘차게 노래를 불렀다. 기차는 전광석화처럼 마롬을 지나쳤다. 신호등과 마주치고 정거장을 통과하는데도 기관차는 더이상 기적을 울리지 않았다. 그것은 장애물과 맞닥뜨리고도 아무 소리 없이 고개를 낮추고 덤벼드는 저돌적인 짐승의 맹목적인 질주 본능이었다. 기관차는 자신의 날카로운 숨소리에 점점 더 흥분되는 것처럼 끝없이 달리고 또 달렸다.

기관차는 원래 루앙에서 물을 공급받기로 되어 있었다. 그러나 그 미쳐 날뛰는 기차, 기관사도 화부도 없는 기관차, 애국심에 불타는 군가를 절규하듯 불러대는 군인들을 가득 실은 그 가축 수송 차량들이 증기와 불꽃에 휩싸여 아찔한 속도로 역을 그냥 통과해버리자 정거장은 순간 극도의 공포감에 휩싸여 그대로 얼어붙었다. 군인들은 전쟁터로 내달리고 있었다. 이 광란의 질주는 저멀리 라인 강 전선으로 더 빨리 가기 위한 것인지도 몰랐다. 역무원들은 벌어진 입을 다물지 못한 채 하릴없이 팔만 휘저었다. 곧이어 사방에서 일제히 비명소리가 터져나왔다. 고삐가 풀려 제멋대로 날뛰는 그 기차가, 규모가 큰 하치장들이 다 그렇듯 항상 입환 작업으로 분주하고 차량들과 화물들로 어수선한 소트빌 역을 무사히 통과할 리 만무했다. 사태의 위급함을 알리기 위해 황급히 전보가 타전되었다. 그곳 선로를 차지하고 있던 화물열차는 가까스로 차고로 대피시킬 수 있었다. 이미 저멀리서 우리를 뿌리쳐 나온 괴물이 저돌적으로 달려드는 소리가 아스라이 들려오던 순간이었다. 그 괴물은 루앙 인근에 있는 두 개 터널을 차례로 통과한 다음, 이제는 그 무엇으로도 저지할 수 없게 된 경악스러운 불가항력의 기세로 미친듯이 달려들었다. 소트빌 역은 북새통이 되었다. 그 괴물은 산재한 장애물 한가운데를 거침없이 돌파하고 다시 어둠 속에 파묻혔는데, 으르렁거리는 소리도 더불어 그 어둠 속으로 점차 아련히 사라져갔다.

그제야 선로변의 모든 전신 기기들이 일제히 요란한 경보음을 울렸고, 방금 전 그 유령 같은 기차가 루앙과 소트빌을 지나가는 것이 목격되었다는 소식에 모든 사람의 심장이 사정없이 방망이질을 해댔다. 사람들은 공포에 질려 사시나무처럼 떨었다. 그 괴물보다 앞서서 달리고 있는 급행열차도 머지않아 확실히 따라잡힐 기세였다. 그 괴물은 붉은 신호등이든 정차 신호용 기폭 장치든 아랑곳하지 않고 숲속의 멧돼지처럼 질주를 멈추지 않았다. 우아셀에서는 길잡이 기관차 한 대와 부딪쳐 산산조각이 날 뻔했다. 괴물은 퐁드라르슈 역도 경악에 빠뜨렸는데 속도가 조금도 줄지 않은 것 같았기 때문이다. 퐁드라르슈 역을 지나 다시 멀어져간 괴물은 캄캄한 밤을 뚫고 어딘지도 모르는 저 먼 곳을 향해 달리고 또 달려갔다.

기관차가 도중에 산산조각내버린 희생자들이 도대체 무슨 의미가 있단 말인가! 기관차는 그러거나 말거나 자기로 인해 뿌려진 피는 거들떠보지도 않은 채 미래를 향해 전진하고 있지 않은가? 운전자도 없이, 어둠 속 한가운데로, 마치 살육의 현장 한복판에 풀어놓은 눈멀고 귀먹은 한 마리 짐승처럼, 기관차는 이미 피곤에 절고 술에 취해 혼곤한 상태에서 악을 쓰며 노래를 부르는 병사들을 싣고, 그 총알받이들을 싣고, 달리고 또 달렸다.

"문명 밑에 웅크린 인간 짐승",
인간과 문명에 대한 근원적 질문

이원성과 분노의 시학

에밀 졸라와 같은 시대에, 졸라와는 다른 길을 통해, 졸라가 가고자 했던 곳을 향했던 또다른 거인 아나톨 프랑스는 졸라의 죽음에 부쳐 "그는 인류의 양심에 한 획을 그었다"라며, 한 인간에게 보낼 수 있는 최고의 찬사를 바친다. 그러나 졸라의 생전, '루공마카르' 총서의 생산이 절정에 달했을 무렵 "졸라의 작품은 나쁘다. 그는 차라리 태어나지 말았으면 좋았을 그런 불행한 사람이다"라는, 한 인간에게는 가장 모욕적일 평가를 내린 인물 역시 아나톨 프랑스다.

아나톨 프랑스뿐만 아니라 대부분의 독자들에게 졸라는 드레퓌스 사건의 진실을 밝혀 정의를 세우는 기폭제가 된 팸플릿 「나는 고발한다…!」의 저자이자, '제2제정기 한 가문의 자연적·사회적 역사'인 루공마카르 총서의 작가다. 그런데 그 둘은 하나이되 좀처럼 연속되지도 않고 섞이지도 않으며 심지어 극단적으로 상반된 평가를 받기도 한다. 졸라의 이원적인 모습은 루공마카르 총서 안과 바깥의 대립으로만 그치지 않는다. 유전('자연적 역사')과 환경('사회적 역사')이라는 합리적 과학 정신의 메스로 한 시대를 낱낱이 해부하여 객관적인 모습 그대로 드러내겠다는 포부로 설계된 루공마카르 총서 안에는 시공을 초월하고 이성으로는 가늠할 수 없는 인간의 원초적인 모습을 포착하려는 신화적 모티프와 상징들이 우글거린다. 루공마카르 총서의 시간은 역동적인 역사의 시간이면서 동시에 부동의 시간, 신화의 시간이기도 하다. 과학적 결정론에 입각한 자연주의는 그것이 억누르려던 꿈과 신비가 미만彌滿한 낭만주의에 자주 침범당하고, 과학기술 문명에 대한 믿음이 바탕이 된 직선적인 발전의 세계관은 자연의 섭리와 인간의 원초적 생명력에 대한 성찰을 근거로 한 영원한 순환의 세계관에 포섭되어 심심찮게 행로를 바꾼다.

　대중에게 비친 졸라의 모습도 마찬가지다. 파리 근교 메당에 위치한 대저택의 소유주로서 안온한 삶을 누렸던 졸라의 한 시절 모습은 몽마르트르의 영결식장에서 드넹 광산의 광부들이 "제르미날!"을 연호하며 영원한 노동자의 벗으로 지상에 소환하고자 했던 그 졸라보다는, 당시 풍자화에 즐겨 묘사되던 포만한 부르주아의 전형적인 모습과 실루엣이 거의 완벽하게 겹친다. 그런데 사실 이 두 이미지는 실상과 허상이 아니라, 이를테면 실체와 그림자의 관계 같은 것이다. 졸라가 인류의 미래에 대해 품었던 사회주의적 전망이 당시 지배계급이었던 부르주아지의 자본주의적 가치관에 의해 자주 교정된 것은 그의 현실주의의 발로이기 전에 그의 내부에 두 개의 가치관이 공존한 결과였다.

품이 넓고 속이 깊은 작품 세계를 가진 작가들이 대개 그렇듯이, 졸라의 이러한 이원성과 모호성은 어느 한쪽으로 고정시키기 어려울 정도로 흔들리게 마련인 세상의 모습을 제대로 포착하기 위한 부지런한 움직임의 결과이며, 바로 그런 이유에서 그의 작품 세계의 의미를 창출하는 원동력이자 그 세계의 입구를 열어주는 열쇠라고 할 수 있다.

이원성·모호성과 함께 졸라 문학의 특징으로 꼽을 수 있는 것은 이른바 '위반의 시학', 더 분명하게 말하자면 '분노의 시학'이다. 한 작가가 한 시대를 열었다는 말은 그가 '위반의 시학'의 작가라는 말과 같은 말이다. 자신을 (빈사 상태에 빠진 당대 문학에 대한) "환멸의 유파"로 규정하고 '인간극'으로 새로운 소설 문법을 창안한 발자크가 그랬고, 이전까지 문학 바깥에 밀려나 있던 '우연성'을 '영원성' 옆에 나란히 세운 『악의 꽃』으로 '현대성'의 비조鼻祖 자리에 오른 보들레르가 그랬다. 문학에 뜻을 둔 학창 시절에, 졸라는 낭만주의가 자신의 꿈의 자양분이 될 거라고 믿었다. 그러나 그는 이내 그 낭만주의와 결별하고 낭만주의에 맞서는 것이야말로 새로운 문학의 길이라고 깨닫는다. 흔히 고답파라 불리는, 19세기 중반 이후 프랑스 문단을 지배하던 시인들은 졸라에게 이미 죽은 낭만주의를 끌어안고 상아탑에 갇혀 빗장을 걸어 잠근 존재들이다. 그들이 점한 높은 자리는 사실은 '현대' 앞에서, 그러니까 산업혁명과 과학기술, 그리고 평등의 민주주의와 사회주의 앞에서 느끼는 두려움으로 인해 택한 은신처일 뿐이다.

졸라는 이렇게 말한다. "미래에 대한 두려움에서, 현대의 삶에 대한 두려움에서 그들은 과거로, 죽음으로 몸을 던진 것이다." 졸라의 '자연주의'는 긴밀한 체계를 갖춘 이론이라기보다는 이러한 각성, 현대의 삶과 미래를 다뤄야 하는 새로운 문학에 붙이는 이름에 더 가깝다. 졸라에게 중요한 것은 이론과 관념이 아니라 구체적인 삶, 그 삶의 역동성, 그 역동성을 가로막는 것과의 싸움이었다. 그가 삶의 구체성을 외면하는 형해화形骸化한 낭만주의를 배격하면서도 작품 곳곳에 삶의 역동성을 표현하는 낭만주의적인 특성을 쏟아내는 것은 그 때문이다.

졸라가 전범典範으로 삼은 발자크와 플로베르는 어떤 '주의'를 표방하지 않는 것으로, '주의'에 갇혀 생명력을 잃은 당대의 문학을 위반했다. 졸라와 동시대인인 샹플뢰리Champfleury와 뒤랑티Duranty가 천명한 '사실주의'는 그가 보기에 두 전범의 문학적 특징을 요약하기에도, 자신의 야망을 담기에도 함량 미달이었다. 졸라는 자기보다 앞서 그 위반과 혁신의 시학을 달성한 선배 작가들을 '자연주의 소설가'라고 이름 붙여 자신의 작업에 정통성을 부여하는 한편, 그 깃발을 들고 새로운 문학의 요청에 부응하고자 한다. 그리고 그 부응은 졸라에게 당대의 현실에 대한 분노, 그것을 제대로 담아내지 못하고 결국 은폐하는 데 일조하고 마는 당대의 문학에 대한 분노를 일컫는 다른 이름이다. 1866년 발표되어 작가 졸라의 출사표처럼 여겨지는 『나의 증오』는 그의 자연주의가 위반의 시학이요 분노의 시학이라는 것을 명료하게 보여준다.

증오한다는 것은 사랑하는 것이다. 그것은 뜨겁고 고결한 자신의 영혼을 느끼는 것이요, 치욕스럽고 어리석은 것들에 대한 경멸을 유감없이 온몸으로 살아내는 것이다. (⋯) 나는 내 시대의 누추함과 천박함에 반항할 때마다 더 젊어지고 더 용감해진다는 것을 느꼈다.

(…) 내가 오늘 무엇인가에 쓸모 있는 존재라면 그것은 내가 홀로 서 있기 때문이요, 증오하기 때문이다.

그때부터 졸라는 "분노하며 살 것, 한 줄이라도 쓰지 않으면 하루라도 살지 말 것"을 좌우명으로 삼는다. 고결한 증오, 곧 분노로 표현된 일종의 힘의 의지, 그것이 바로 1871년부터 1893년까지 거의 매년 한 권꼴로 발표된 루공마카르 총서의 동력이 되었다는 사실은 졸라를 읽을 때 항상 새겨야 할 사항이다.

『인간 짐승』: 범죄와 철도

1890년에 발표된 『인간 짐승』은 모두 스무 편으로 이루어진 루공마카르 총서의 열일곱번째 작품이다. 이 작품은 이채롭게도 제목에서부터 인간과 짐승을 대립시킨다. '인간다움'과 '짐승스러움'이라는 두 축의 패러다임 아래 배열할 수 있는 요소들이 복잡하고 교묘하게 서로 얽히면서 견고한 서사를 생산해내는 이 소설은 당시의 삶 속에 켜켜이 틀어박힌 세기말의 징후들을 '범죄-욕망과 철도-기계'라는 두 절단면을 통해 선명하게 드러내 보여준다. 이렇게 자기 시대의 짐승스러움에 대한 분노와 경멸을 "온몸으로 살아내는" 이 소설은 더 나아가 그 짐승스러움의 연원을 관찰과 해부를 통해 들춰내고 그에 근거해 인간다움의 전망을 내놓고자 한다. 졸라의 이러한 사회심리학적, 신화인류학적 고찰은 학문적 적절성의 측면에서 논란의 여지를 남기는 것도 사실이다. 하지만 인류가 맞은 첫번째 산업혁명 이후의 대전환기에 세기말이 맞물렸던 당시, 인류가 끊임없이 스스로에게 던졌던 질문, 현대 문명이 인류를 해방으로 이끌 것인지 아니면 묵시록적인 종말을 재촉할 것인지에 관한 질문을 『인간 짐승』이 정면으로 제기하면서 깊은 성찰의 공간을 마련해놓고 있다는 점에 대해서는 달리 이론의 여지가 없을 것이다.

1868년 처음으로 루공마카르 총서를 열 권 분량으로 구상했을 때, 졸라는 자신의 작품이 노동자와 군인을 포함한 민중의 세계, 투기꾼에서부터 대자본가에 이르는 상인의 세계, 벼락출세자들의 후손인 부르주아지의 세계, 고급 관료와 정치인을 포괄하는 상류층의 세계 등 네 개의 세계를 담을 것이며, 거기에 창녀, 살인자, 사제, 예술가 등을 포함한 별도의 세계를 덧붙일 것이라고 예고한다. 노동자 집안의 자식이 주인공인 재판의 세계, 곧 범죄의 세계를 주제로 한 구상도 그때 이루어졌음은 물론이다. 그후 루공마카르 총서의 계획이 스무 권으로 확장되고, 『목로주점』의 성공으로 파리 생라자르 역과 르아브르를 잇는 철로변에 위치한 파리 근교 메당에 작업실을 마련한 뒤부터 졸라는 철도를 주제로 하는 소설을 새로 구상하게 된다. 그런데 구상중이던 이 두 주제를 실행에 옮길 시점에 졸라는 이미 열여섯 권의 작품을 마쳐 스무 권으로 못박아놓은 루공마카르 총서에 단 네 권의 여유만이 남아 있는 상태였고, 그중 세 권은 오래전부터 품고 있었던 세 개의 주제, 곧 증권가(이를 주제로 한 것이 1891년 발표된 열여덟번째 소설 『돈』이다), 군대(열아홉번째 『패주』, 1892년), 그리고 총서를 전체적으로 결산하는 '과학소설'(스무번째 『의사 파스칼』, 1893년)에 이미 할당해놓은 터였다. 그리하여 졸라는 범죄와 철도를 하나로 묶는 소설을 구상하게 된다.

범죄와 철도라는 주제가 졸라만의 독창성이 아니라는 점은 구태여 강조할 필요가 없을 것이다. 범죄는 근대에 국한시켜 보자면 18세기 말 봉건제도가 흔들리면서부터 소설에서 즐겨 다루기 시작한 주제였다. 자유주의적이고 혁명적인 성향을 보였던 당시의 부르주아 작가들은 자신들이 타도하려는 체제의 법과 질서에 저항하는 '숭고한' 악당과 스스로를 동일시하고, 범죄자의 반란을 정당화하는 경향을 보여주었다. 그러나 산업혁명 이후 공업화와 도시화가 가속되면서 범죄 역시 급증하고 이에 따라 범죄소설의 양상도 변화한다.

이 시기에 범죄에 대한 작가와 독자 대중의 뜨거운 관심은 새로운 불안감, 다시 말해 부르주아 사회가 해결하지 못했고 실제로 해결할 수도 없는, 생물학적인 충동과 사회적인 제약 간의 모순에서 비롯된 불안감과 밀접한 관련이 있다. 범죄에 대한 이전의 관심이 자연과 비이성적인 사회질서 사이의 모순에서 사회질서 쪽에 책임을 묻는 양상으로 표명되었다면, 이제 범죄는 자연과 이성을 표방하는 부르주아 사회질서 간의 모순에서 순치해야 할 자연과 수호해야 할 사회질서라는 관점에서 다루어진다. 사회질서를 옹호해야 한다는 부르주아지의 요구가 급증하면서 이제 '숭고한' 악당은 타기할 만한 범죄자로 전락한다. 나아가 마르크스가 『잉여가치론』에서 갈파한 대로, 산업혁명이 낳은 본격적인 자본주의사회는 자신을 위협하는 범죄를 그 사회질서 안에 포섭해 생산되고 소비되도록 만들어 무력화한다. 범죄자는 범죄를 생산할 뿐만 아니라 형법과 법체계 등 사법 체계 일반, 범죄를 연구하는 학계, 그리고 범죄를 형상화하는 미술과 순수문학까지 생산해내기에 이르렀다는 것이다.

졸라는 루공마카르 총서가 나오기 전인 1867년에 출세작 『테레즈 라캥』으로 일찍이 범죄소설의 대열에 합류한다. 그리고 도스토옙스키의 『죄와 벌』이 프랑스에서 번역되어 범죄와 관련된 논쟁을 활발하게 불러일으키며 『인간 짐승』의 구상에 자극을 준 것이 1885년이고, 그 직후인 1885년부터 1888년 사이에 '선천적 범죄론'을 주창하며 개인의 유전적 요인을 중시하는 이탈리아 범죄인류학파의 수장 체사레 롬브로소의 『범죄 인간』과 그 이론에 반대해 범죄의 사회적 요인을 강조하며 범죄의 문제를 과거로의 퇴행이라는 인류 전체의 문제로 확장시키는 가브리엘 타르드의 『비교 범죄론』이 차례로 나오면서 『인간 짐승』의 구상은 깊이와 부피를 얻게 된다.

철도 역시 『인간 짐승』이 나오기 전에 이미 문학과 미술의 중요한 주제였다. 19세기의 풍속 화가를 자처한 발자크의 '인간극'에서 철도는 아직 소설의 중심부를 관통하는 주제가 아니었지만 1844년 발표된 『인생의 첫출발』에서 이미 합승마차를 밀어낸 교통수단으로 등장하면서 세상의 면모를 일신할 것임이 강하게 암시된다. 같은 해에 발표된 알프레드 드비니의 336행에 이르는 장시 「목동의 집 *La Maison de Berger*」은 그와는 반대로 기차로 대표되는 기계문명의 가공할 힘에 대한 두려움을 목가에 의지해 떨쳐내려는 절절한 토로를 보여줌으로써 반反철도 문학의 대표작으로 손꼽히게 된다.

1840년 총연장 400킬로미터였던 철도가 1880년에 60배에 달하는 2만 3600킬로미터로 늘어나면서 철도, 특히 역 풍경이 문학과 미술의 중심부로 들어온다. 위스망스는 1879년 『바타르 자매Les Soeurs Vatard』에서 졸라에게 바치는 헌사와 함께 몽파르나스 역을 세심하게 묘사하며, 클로드 모네는 1877년 인상파 전람회에 열두 점의 생라자르 역 연작을 출품한다. 특히 모네의 연작 중 강철과 유리로 만든 맞배지붕의 생라자르 역 역사, 유럽 육교의 격자형 철제 난간, 바티뇰 지역의 선로 부지, 선로변 신호등 등을 묘사한 그림은 『인간 짐승』의 1장에서 그대로 글로 옮겨진 듯 신기할 정도로 동일한 효과를 자아낸다. 『인간 짐승』이 발표된 해인 1890년, 반 고흐가 〈마차와 기차가 있는 풍경〉을 남긴 것도 이채롭다. 근경과 원경에서 서로 반대 방향으로 향하는 마차와 기차를 그린 그 그림은 사라지는 것과 떠오르는 것을 형상화하며 현대성의 한 단면을 극명하게 보여준다.

졸라가 철도에 관심을 보인 것은 그것이 당시 기계문명의 총화總和였기 때문이다. 졸라는 원칙적으로 기계문명이 인류를 짐승스러움에서 해방시켜 구원의 길로 이끌 것이라고 믿었다. 그는 1889년 파리 만국박람회를 위해 건립된 철강 혁명의 상징적 건축물인 에펠탑의 이층 식당을 즐겨 찾아 벅찬 가슴으로 "진보란 어디를 향해 가는가?"라는 질문을 던지곤 했는데, 이듬해 발표된 『인간 짐승』이 그 질문에 제출된 하나의 답변이었음은 물론이다.

'범죄-인간의 야만성'과 '철도-문명의 이기'라는 두 주제의 결합은 일차적으로 '루공마카르' 총서 체제의 물리적인 제약이 낳은 결과지만, 동시에 현대 문명과 인간 야만성의 대립이라는 오랜 관심사가 이끈 필연적인 결과이기도 하다. 늘 그랬듯이 범죄와 철도에 관해서도 방대하고 치밀한 자료 조사를 거친 다음 두 주제를 긴밀하게 연결하는 서사의 구축에 골몰하던 졸라는 드디어 그로서는 가장 힘들었던, 이야기의 실마리를 풀어내는 첫번째 장을 마무리짓고 나서, 네덜란드 작가이자 비평가인 친구 콜프Jacob van Santen Kolff에게 보내는 편지에서 이렇게 소회를 밝힌다.

이번 작품은 중심을 이루는 하나의 살인 범죄를 둘러싸고 여러 범죄가 얽힌 그런 이야기라네. 나는 이 이야기의 구도에 매우 만족한다네. 그건 아마도 이제까지 내가 한 것 중 가장 공들인 구도일 걸세. 작품의 각 부분이 아주 복잡하게, 더할 나위 없이 논리적으로 짜맞춰진 그런 작품이라고 말하고 싶네. 이 작품의 독창성은 이야기가 처음부터 끝까지 파리와 르아브르를 잇는 서부철도 노선 위에서 전개된다는 점에 있지. 진보가 거침없이 나아가는 거야, 20세기를 향해서, 아무도 알 수 없는 불가사의한 어떤 끔찍한 드라마를 뚫고 말이야. 요컨대 문명 밑에 웅크린 인간 짐승을 그린 것이지.

졸라가 자신의 작품 중에서 가장 정교한 서사 구조를 갖추었다고 자부하는 『인간 짐승』은 모두 열두 개의 장으로 구성된다. 열두 개의 장은, 여주인공 세브린의 운명을 기준으로 본다면 1장부터 6장까지 남편 루보와 함께 그랑모랭을 살해하고 자크와 연인이 되는 과정을 다룬 전반부와 7장부터 12장까지 라리종호의 폭설 조난 사건 이후 자크와 밀접한 관계를 이어오다가 자크에게 살해당하는 과정을 그린 후반부, 이렇게 정확히 두 부분으로 나뉘는 대칭 구조("그렇게 두 살인은 서로 만났다. 한 살인은 다른 살인의 논리적인 귀결이 아니던가?")를 보여준다. 그 대칭 구조 아래 각 장에서는 동일한 양상이 반복적으로 등장한다. 세브린의 뱀 문양 반지, 말 그대로 자신의 꼬리를 문 영원회귀의 상징 '우로보로스Ouroboros'가 비극의 물꼬를 튼 뒤, 수많은 기차가 폐쇄회로를 돌듯 끝없이 오고감을 반복하는 양상이 그렇고, 빅투아르 아줌마의 방 안에서 똑같은 양상으로 두 번 되풀이되는 세브린의 치명적인 고백이 그렇다. '그랑모랭-루보-세브린'에서 '자크-루보-세브린'과 '자크-세브린-플로르'를 거쳐 '자크-페쾨-필로멘'으로 반복 재생산되는 애욕의 삼각관계, 그리고 루보의 도박 중독과 페쾨의 알코올중독 역시 동일한 양상을 되풀이한다. 그리고 마지막으로 이러한 대칭과 반복 구조는 기차와 관련된 수미쌍관의 포괄적 구조, 즉 1장 끝에서 미구에 일어날 살인 사건을 싣고 질주하는 첫번째 기차와 12장 끝에서 죽음의 전선을 향해 폭주하는 마지막 기관차가 보여주듯, 개인적인 차원의 숙명(치정에 의한 살인을 싣고 "멈춰 세울 수 없을 것"같이 질주하는 기차)을 집단적인 차원의 숙명(대규모 살육의 전장으로 총알받이들을 싣고 기관사도 없이 폭주하는 기차)이 포섭하는 구조 속으로 다시 빨려들어간다.

이와 함께 소설의 공간이라는 측면에서 가장 두드러지는 특징이 폐쇄성이라는 점도 주목해야 할 것이다. 파리의 생라자르 역, 서부철도회사의 직원 숙소에서 바라본 풍경을 출발점으로 하고 르아브르에서 병사들을 싣고 라인 강 전선으로 폭주하는 기차의 모습을 마지막 장면으로 보여주는 이야기는 중간에 루앙 예심판사의 집무실, 파리 법무부 고위 관료의 사저, 그리고 루앙의 법정이 잠깐 등장하는 것을 제외하고는 시종일관 철도와 그 부속 시설이라는, 궤도로 상징되는 폐쇄 공간을 벗어나지 않는다. 이 폐쇄성이 대칭과 반복과 포섭의 구조와 함께 모종의 숙명성을 암시한다는 추측은 자연스럽다.

그 폐쇄 공간 안에서 흐르는 시간은 1869년 2월부터 1870년 7월까지 일 년 반이라는 비교적 짧은 기간에 걸쳐 있다. 이 시기는 제2제정 말기로서 체제 내의 모순이 불안한 정정과 격심한 사회적 갈등의 모습으로 표출되다가, 급기야 보불전쟁을 맞아 제정 체제의 붕괴를 불러오는 스당 전투의 패배로 귀결되는 기간이다. 그러나 이 시간적 배경은 반복과 순환과 포섭의 소설 구성에 비추어 볼 때 뚜렷한 역사적 시간의 지표로 작용하는 것 같지 않으며 철도라는 공간적 배경과는 달리 이야기의 해석을 결정적으로 구속하는 것 같지도 않다. 끝없이 반복되면서 점점 더 큰 원 안으로 포섭되는 구조를 통해, 졸라는 이 작품에 인류의 숙명에 관한 신화적인 서사, 현대 문명과 원초적인 인간의 야만성의 대립에 관한 서사를 담아내고 싶었던 것이다. 작품 출간 직후 쥘 르메트르가 지적했듯이, 『인간 짐승』은 "오늘의 역사라는 형태를 취했지만 역사 이전의 서사시"를 꿈꾼 작품이다.

인간이라는 이름의 짐승

『인간 짐승』에서 '인간 짐승'은 무척 다양한 모습으로 등장한다. 탐욕과 시기와 증오에서 비롯된 개인적이고 일상적인 차원의 폭력에서부터 제도적 차원의 폭력, 다시 말해 기득권의 수호와 조직의 보위를 목적으로 사용私用되는 국가기구의 모습에 이르기까지 광범한 스펙트

럼을 보여준다. 어떻게 보면 인간 자체가, 인간이 짐승에서 벗어나기 위해 인간의 이름으로 행하는 모든 것이, 인간 문명 자체가 곧 짐승이라고 해도 지나친 말이 아닐 것이다. 그러나 무엇보다도 인간의 야수성을 극명하게 드러내주는 것은 바로 '죽음-죽임'의 모습이다. 『인간 짐승』에는 타살과 자살, 직접적인 살인과 간접적인 살인을 포함해 모두 일곱 건의 죽음과 죽임의 장면이 나온다. 이 일곱 건의 살인 범죄로 열차 승객 15명을 포함해 모두 22명이 죽는다. 거기에 비록 줄거리 바깥의 정황이지만 소설 막바지에서 대량 학살의 전장으로 실려가는 군인들까지 포함시킨다면 죽음의 숫자는 셀 수 없을 만큼 늘어날 것이다. 하나의 이야기가 이토록 많은 죽음을 싣고 가는 경우는 달리 찾기 어렵다. 『인간 짐승』은 글자 그대로 죽음이 난무하는 소설이다.

이 일곱 건의 죽음-죽임 중에서 졸라가 '인간 짐승'의 원형과 관련지어 작품 내내 집요하게 탐구하는 것은 바로 자크가 세브린을 상대로 저지르는 살해다. 루보나 그랑모랭이나 미자르의 경우도 인간의 야수성을 보여주기에 조금도 모자람이 없지만 그것들은 모두 성적 욕망이든 물질적 욕망이든, 질투든 원한이든 비교적 뚜렷한 살인의 동기를 지니고 있어 오히려 살인의 원초적인 모습을 가린다. 『인간 짐승』은 범인을 추적하는 소설도 아니며 범죄를 낳는 세상을 분석하는 소설도 아니다. 졸라가 보여주려고 하는 것은 심리적이거나 사회적인 외적 동기가 아니라 그러한 동기 이전에 도사리고 있는 죽음-죽임의 본능, 다시 말해 이성이나 도덕관념으로 통제할 수도 없고 영문도 알 수 없는 상태에서 오로지 "대물림된 폭력", "피와 신경의 충동", "옛날 옛적 서로 투쟁했던 기억의 잔존", "살아남아야 한다는 절박감과 강해졌다는 기쁨" 때문에 저지르는 살해 행위, 곧 "살인의 숙명성"이다.

자크가 루보를 끝내 죽일 수 없었던 것은 도덕적인 가책이나 용기가 부족해서가 아니라, 역설적이게도 그를 살해해야 할 이유가 너무도 뚜렷했기 때문이다. 합리적 추론을 통해 살인에 이르는 『죄와 벌』의 라스콜니코프와는 정반대로 자크에게 살인은 합리화되는 순간 배격된다. 반면 자크를 세브린의 살해로 이끈 것은 "유전적 결함", 그러니까 "그의 존재에 〔생긴〕 뜻하지 않은 균형 상실, 균열이나 구멍 같은 것"을 통해 밀고 들어오는 그가 아닌, 미쳐 날뛰는 어떤 짐승 같은 존재, "그의 내부 깊숙한 곳에서 꿈틀거리며 준동해왔던 그 존재, 아주 먼 조상으로부터 대를 물려 그에게 유전된, 살인에 대한 갈망으로 불타는 그 존재", "옛날에도 사람을 죽였고, 지금도 사람을 죽이고 싶어 안달"인 그 존재다. 그런데 자크가 물려받았다고 생각하는 그 "나쁜 피"의 기원은 자신의 가계를 훌쩍 뛰어넘어 "아주 멀리서부터, 여성들이 남성에게 가한 악행으로부터, 혈거 생활을 할 때 처음으로 여성에게 기만당한 뒤로 남성에게 누대를 걸쳐 쌓여온 원한", "먼 옛날 동굴 속에서 인류 역사상 맨 처음 속임수가 생겨난 이래로 누대에 걸쳐 수컷에게서 수컷에게로 축적되어온 그 원한"으로까지 거슬러올라간다. 자크는 열여섯 살에 그 짐승 같은 존재를 처음 알고 난 뒤부터 "자기 안의 다른 자신, 자기 안에 느껴지는 미친 짐승으로부터 도망하기 위하여" 무진 애를 쓰지만 그것은 그 존재를 달고 달리는 꼴이 되어버린 셈이어서 절대로 벗어나지 못한다. 이처럼 자크의 대물림된 살인 충동은 인류의 시원에 뿌리를 둔 숙명으로 그려지면서 과학적인 차원을 벗어나 상징적이고 신화적인 차원으로 옮겨간다.

19세기 후반은, 아도르노의 표현을 빌리자면 "인간에게서 공포를 몰아내고 인간을 주인으로 세운다"라는 기치를 내걸고 '지식'과 '기술'을 무기 삼아 '세계의 탈마법화'라는 프로그램을 수행해온 '계몽'이 마침내 절정기를 맞은 듯 기세등등하던 시대였다. '계몽'은 초자연적인 것, 즉 신령과 '데몬demon'이란 자연현상에 겁을 먹은 인간의 자화상에 불과하다고 일갈하면서, "인간이 자연으로부터 배우고 싶어하는 것은 자연과 인간을 완전히 지배하기 위해 자연을 이용하는 법"이라며 의기양양하게 '신화'의 해체를 기정사실로 못박는다. 한편에서는 만국박람회가 기술문명의 경이로운 발전을 만방에 선포하고, 다른 한편에서는 자연사박물관의 박제화된 선사시대의 이미지와 인간 화석들이 인류가 그렇게 전시된 야만의 시대와 영원히 결별했음을 상기시킬 때, 바로 그러한 시대에 신화적 공간인 원시 동굴의 야만이, 제압되었으리라고 확신한 그 미친 짐승이 불쑥 튀어나오는 것이다.

자크는 세브린을 죽이기 직전 "머릿속은 군중의 아우성으로 가득차 아무 소리도 들리지 않"는 상태에서 "귀 뒤로 뜨거운 불기운이 치고 들어와 머리를 뚫고 두 팔과 두 다리로 뻗쳐내려가더니 급기야 그의 영혼을 육신에서 몰아냈으며, 그 자리에 다른 존재가, 짐승이 저돌적으로 침입해 들어"오는 것을 느낀다. 그러고 나서 세브린의 시신을 바라보던 "자크는 소스라치게 놀랐다. 쿵쿵거리는 짐승의 소리, 식식거리는 멧돼지 소리, 으르렁거리는 사자 소리가 들려왔던 것이다". 그런데 그 짐승 소리는 다름 아닌 "자신의 거친 숨소리"였다. 자크는 자신이 바로 그 짐승에게 완전히 자리를 내어준 것을 깨닫고 소스라친다. 자신은 꼭두각시일 뿐인 것이다. 살인 후 그는 "욕망이 완전히 충족된 기분과 함께 미친 듯한 기쁨이, 엄청난 쾌락이 몰려와" 온몸이 붕 뜨는 기분을 느낀다. 하지만 충족감을 느끼는 '그'는 자신이 아니다. 포만감으로 나른하게 누워 있는 '그' 앞에서 자크의 자아는 "얼이 빠진 채 스스로 납득할 거리를 찾았지만 자신의 충족된 열정 밑바닥에서 경악과 돌이킬 수 없는 것에 대한 쓰라린 슬픔"만을 확인할 따름이다. 욕망의 주체가 내가 아니라는 사실, 내 안에서 정체 모를 '그'가 욕망한다는 사실, 그 '그'가 원시 동굴 속의 인간, 혹은 '비非'인간이라는 사실, 자크의 공포는 거기에서 비롯된다.

계몽의 원리는 한마디로 말하자면 '주체'의 확립이라고 할 수 있을 것이다. "신은 죽었다"라는 선언은 그 확립된 주체가 내지르는 가장 자신만만한 목소리였을 것이다. 그러나 이성의 빛이 세상을 명료하게 비출수록 그 빛이 드리운 그림자가 짙게 드러나고, 주체의 목소리가 고음역대를 차지할수록 저음역대는 뜻 모를 아우성으로 웅성거린다. 이 묘한 이중성이 바로 19세기 말의 인간이 보여주는 집단적인 정서, 혹은 집단의식의 요체였다.

『인간 짐승』이 나오기 사 년 전인 1886년, 스티븐슨의 『지킬 박사와 하이드 씨의 기이한 사례』와 모파상의 『르 오를라Le Horla』가 같이 출간되었다는 사실을 기억할 필요가 있다. 고명한 '의사' 헨리 지킬은 자신과 한몸을 이룬 "동굴에 사는 원시인" 같은, "뭐라고 표현할 수는 없지만 소름 끼칠 정도로 기형"인 에드워드 하이드를 자신의 의술로 끝내 분리해내지 못한다. 그리고 『르 오를라』의 화자 '나'는 당대 최고의 '정신의학자'인 마랑드 박사의 진료실에서 "내가 욕망하는 것이 아닙니다. 나 대신 누군가가 욕망합니다"라고 털어놓으면서 "그자를 어떻게 불러야 할까요? '투명인간'? 아닙니다. 부족합니다. 나는 그자를 '르 오를라'라고 이름 붙였습니다. 왜냐고요? 전혀 모르겠습니다. 아무튼 르 오를라는 그뒤로 나를 좀처럼 떠나지 않습니다. 나는 그 정체 모를 이웃의 존재를 밤낮으로 분명하게 느꼈고, 그 느낌은 그자가 매 순간 나의 목숨을 앗아가고 있다는 확신으로 변했습니다"라고 덧붙인다. 자크와 지킬과 『르 오를라』의 '나'는 모두 자기 안에 있는 자신이 아닌, 그러나 자신과 분리될 수 없는 짐승 같은 존재를 만난다. 그리고 그 짐승 같은 존재가 옛날 우리가 짐승을 길들이고 그 짐승을 먹이로 삼았듯, 언젠가는 우리를 노예로 부려 자신의 양식으로 삼을 것이라는 공포감에 사로잡힌다.

계몽이 야만성을 몰아내고 확립한 근대적 인간은 의식과 판단의 주체인 자율적인 인간이다. 졸라는 자크의 살인 충동을 원시의 동굴 속에서 잉태된 원한의 발현으로 설정함으로써 계몽의 꿈이 몽매의 악몽으로 역진하는 모습을 보여주는바, 19세기 사람들이 인류 역사상 처음으로 접한 '군중'은 바로 그 악몽의 가장 두드러진 현신이다. '군중'은 자신을 딛고 일어선 '주체'를 블랙홀처럼 집어삼키는 존재인 것이다. 자크는 자기 안에서 욕망하는 괴물 같은 '그'를 느낄 때마다 어김없이 "군중의 아우성"에 휩싸인다. '인간 짐승'이 군중의 모습으로 돌진해오는 것이다. 자크의 공포는 계몽의 기획이 처음부터 잘못된 것이거나 적어도 불가능한 것인지 모른다는 의혹에 휩싸인 근대인의 심리를 반영한다.

일찍이 1840년에 발표된 에드거 앨런 포의 단편 「군중 속의 사람The Man of the Crowd」에서 여실히 드러나듯, 군중은 경이의 대상인 동시에 수상한 노인으로 상징되는 위협적인 요소를 안고 있으면서 "읽히기를 거부하는" 존재다. 『인간 짐승』과 같은 해에 출간된 사회심리학자 가브리엘 타르드의 『모방의 법칙Les Lois de L'Imitation』은 "사회는 모방이며 모방은 일종의 최면(몽유) 상태다"라는 명제로 "몽유 상태에 있는 사람만이 아니라 사회적인 인간관계에도 있는 고유한 착각", 곧 사람들이 실은 자동인형에 불과한데도 스스로 자율적인 존재라고 생각하는 경향을 발견해내고는 군중 속의 개인이 인식과 판단의 주체로서 자율성을 잃고 '짐승스러운' 단계로 퇴보한 존재임을 이론적으로 규명한다. 그로부터 오 년 뒤에 나온 또다른 사회심리학자 귀스타브 르 봉의 『군중의 심리학La Psychologie des foules』은 자신의 시대를 군중이 사회를 움직이는 유일한 힘인 "군중의 시대"로 규정하고 군중의 요구가 사회를 "문명의 여명기 이전 모든 인간 집단의 일반적인 상태였던 그 원시 공산주의로 이끌어간다"며 군중이 보여주는 '짐승스러운' 모습들을 여러 각도에서 분석한다. 특히 르 봉이 대의민주주의의 주체인 군중의 심리를 분석하면서 인간의 일상과 운명을 결정짓는 것이 인류가 자랑하는 갖가지 제도가 아니라 조상 대대로 내려오는 거의 숙명적인 '종족'의 유전자라고 말할 때, 우리는 자신의 유전적 결함을 통해 침범해 들어오는 짐승의 존재 앞에서 전율을 느끼는 자크의 모습을 떠올릴 수 있다. 인간의 의식 밑바닥에 똬리를 틀고 앉아 있는 먼 옛날 동굴 속에서 종족 단위로 무리를 지어 살던 시절의 기억이, 계몽이 부여해준 자율적 '개인'을 버거워하는 문명인에게 낯선 의지의 형태로, 집단의 의지라는 형태로 쳐들어오는 것이다. 그 의지에 수동적으로 복종하고 마는 자크의 모습은 세기말 개인의 마음속에 도사린 비인간적인, 그러나 어쩌면 그렇기에 더욱 인간적일지도 모르는 양가적인 감정, 즉 다시 무리를 짓고 싶다는 욕망과 그 욕망의 대가로 자신의 의지를 누군가에게 전가해야 한다는 두려움을 여실히 보여준다.

자크의 본능적인 살인 충동이 여성 혐오의 모습으로 표출되는 것도 계몽의 기획이 말끔하게 없애지 못한 세기말 인간의 두려움, '인간 짐승'의 존재에 대한 두려움과 밀접한 관련이 있다. 1859년 출판된 『종의 기원』으로 세상에 널리 알려진 다윈의 진화론은 인간의 기원에 짐승이 도사리고 있다는 사실을 상기시켰지만, 동시에 인간이 진화를 통해 그 짐승의 단계에서 영원히 벗어났다는 점을 일깨워주었다. 이성은 그렇게 진화의 기원을 애써 지우고 진화의 결과를 그 기원의 자리에 놓고자 했다. 그러나 자크가 자기 안에 느껴지는 미친 짐승을 떨쳐내기 위해 필사적으로 달아나도 그 짐승을 달고 뛰는 꼴에 지나지 않았듯이, 이성이 야만성을 잠재우려고 하면 할수록 야만성은 더욱 힘차게 고개를 쳐든다.

기원은 감출수록 드러났다. 1866년 귀스타브 쿠르베의 〈세상의 기원〉이 선을 보였을 때 엄청난 물의가 빚어졌던 것은 결코 노골적인 외설성 때문이 아니었다. 〈세상의 기원〉 이전에 여성의 몸은 '천사는 성기가 없다'라는 아카데미 회화의 불문율처럼 짐승스러움을 상기시키지 않아야, 다시 말해 털이 무성한 순수한 생식기관을 상기시키지 않아야 인간에 속할 수 있었다. 그러나 천사를 그린 아카데미 회화는 몽롱한 눈과 육감적인 입술, 벗은 어깨와 포동포동한 팔을 강조함으로써 의도와는 달리 은폐된 성적 욕망을 노골적으로 드러낸다. 그런 것들을 모두 잘라낸 쿠르베의 그림의 구도는 인간의 이성이 그토록 감추고자 했던 그것, '세상의 기원'을 백일하에 드러냄으로써 아카데미 회화의 위선에 도전한다. 〈세상의 기원〉이 물의를 일으킨 것은 여성의 성기가 인간의 기원을 상기시켰음은 물론 그것이 자크의 "유전적 결함"처럼 인간의 기원과 통하는 구렁, 균열 그 자체라는, 당시 사람들이 발설하고 싶지 않았던 두려움을 부추겼기 때문이다. 자크가 세브린을 찌르기 직전 예의 그 괴물에 속절없이 압도되면서 "공포는 섹스의 그 시커먼 구렁으로 통하는 문이고, 사랑은 그 끝에 죽음이 기다리며, 더 완벽하게 소유하기 위해서는 절멸시켜야 한다"고 중얼거린 것은 바로 세브린의 벗은 몸에서 자신을 침범한 그 괴물이 들어온 구멍, 바로 자신의 유전적 결함의 실체를 목도했다고 믿었기 때문이다. 자크는 세브린을 "절멸시켜" 자신의 존재에 생긴 "균열이나 구멍"을 필사적으로 틀어막고자 했다. 그러나 그 구멍은 그러한 자크의 바람을 비웃듯 자크 자신마저 집어삼키는 것이다.

기계, 그리고 제도라는 기계

합리적 정신의 정화라는 사법 체계는 '인간 짐승'을 제대로 단죄하고 근절할 수 있을까? 루앙의 예심판사 드니제의 집무실(2장), 파리의 법무부 고위 관료 카미라모트의 자택(5장), 그리고 루앙의 법원에서 펼쳐지는 장면(12장)은 사법 체계가 자크의 살인 충동으로 표출되는 시대의 집단의식에 대해 관심을 보이지 않을뿐더러 살인 사건의 진상에 대해서도 무관심을 넘어 왜곡에 일조한다는 것을 보여준다.

카뷔슈의 경우에서 보듯, 사법 체계는 의도했든 의도하지 않았든 세상이 이미 짐승("늑대인간")으로 규정하고 "페스트 환자처럼 완전히 격리"해놓은 존재에게 체제를 위협하는 행위의 책임을 전가한 다음 그 짐승을 제거하는 방식으로 체제의 유지에 복무한다. 세상 사람들은 루앙 법원의 배심원과 방청객이 보여주듯 짐승 같은 외양의 카뷔슈에게 죄를 묻고 미청년인 자크에게는 동정의 눈물을 바침으로써 사법 체계가 설정해놓은 구도에 동참한다. "정교한 분석이 돋보이는 일대 쾌거로서 (⋯) 진실의 논리적인 재구축이요 진정한 창의력을 보여준 개가"라고 칭송되는 드니제의 '체계'라는 것도 사실은 "사랑에 빠진 남자는 자기가 숭배하고, 또 한번도 다툼을 벌인 적이 없는 여자를 아무 이유 없이 죽이지는 않는 법이다. 그렇다면 그것은 앞뒤가 안 맞는 일일 것이다. 그렇지 않다! 그렇지 않다! 오직 현장에서 손에 피를 묻히고 발밑에 칼을 떨어뜨린 상태로 발각된 그 전과자가, 사법 당국에 씨도 안 먹히는 허튼소리나 일삼는 그 난폭한 야수가 바로 유일하게 유력한 살인범, 명백한 살인범일 따름이다"라는 빈약한 상상력과 상투적인 추론에 근거하고 있다. 그러므로 "너무도 정교하게 구축되어 벽돌 한 조각만 빼내도 전체가 와해될 정도인 그 논리적인 [드니제의] 건축물"은 견고하다고 알려진 인간 이성의 건축물의 어이없는 취약성을 폭로하는 대표적인 사례일 뿐이다.

『인간 짐승』은 이렇게 범인의 추적이 아니라 체제의 보위를 위해 범죄를 재구성하는 사법 체계의 비루함을 드러내는 데 주안점을 둔다. 정권의 핵심인 튀일리 궁 그룹의 일원인 법무부 고위 관료 카미라모트(피살자 그랑모랭 역시 그 일원이었다)는 그랑모랭 살인 사건의 진상을 알고 있는 유일한 법조인이지만, 그리고 비록 매력적인 심성의 소유자로 짐작되지만, "사실 올바르게 살려고 애써봐야 아무 소용 없는 짓이다. 오로지 내가 복무하는 체제의 유지에만 신경쓰면 된다"며 스스로의 위치를 체제의 부속품으로 전락시킨다. 그가 세브린 살해 사건의 재판이 끝나고 "제기랄! 정의라니, 무슨 얼어죽을 헛소리란 말인가! 정의를 추구한다는 말은, 진실이란 원래 가시덤불에 철두철미하게 가려져 있기 마련인데, 그렇게 보면 하나의 사탕발림이 아니던가?"라고 내뱉는 것은 어느 정도 환멸과 허무의 표시일 수는 있겠지만, 머지 않아 졸라가 드레퓌스 사건을 두고 현실에서 마주칠 사법 체계의 실상을 예고한 것이라고 할 수 있다. 적어도 『인간 짐승』 안에서 사법 체계라는, 인간이 만든 '제도-기계'는 '인간 짐승'의 한 단면일 뿐이다.

그렇다면 기계는 어떠한가? 인간의 문명 자체가 지킬과 하이드처럼 '인간-짐승'이 한몸을 이룬 존재일지 모른다는 악몽을 떨치지 못하던 시대에 인간이 고안해낸 문명 중 인간과 가장 먼, 인간적인 속성이 전혀 없는, 가장 비인간적인 기계는 인간을 짐승으로부터 영원히 분리해낼 수 있을까? 기계가 단순히 나무와 돌과 쇠붙이의 조합이었을 때, 그러니까 기계가 도구와 그리 크게 구분되지 않았을 때 그것은 조물주가 빚은 자연의 척도, 그 자연 속 인간의 척도를 벗어나지 않았다. 그러나 제철업과 열기관이 등장하면서 그것은 인간의 익숙한 척도를 훌쩍 뛰어넘어버린다. 그때부터 기계는 바로 그 비인간성 때문에 인간을 질곡에서 해방시킬 구세주로 받아들여져 찬탄의 대상이 되기도 하지만, 동시에 인간을 집어삼킬지도 모르는 괴물로 비쳐 공포의 대상이 되기도 한다. 프랑스의 경우, 거칠게 비교해보자면 『인간 짐승』이 쓰인 19세

기 말은 19세기 초에 비해 증기기관의 숫자는 30배, 석탄 생산은 20
배, 철광석 생산은 3배, 주철 생산은 17배, 철도 연장은 60배가 늘어난
다. 그것은 가히 파천황적인 변화라고 하지 않을 수 없다. 1883년 빌리
에 드릴라당이 「영광의 기계」라는 글에서 "잊지 마십시오. 시대정신은
기계에 있습니다"라고 말한 것은 결코 과장이 아니었다.

탁월한 엔지니어를 아버지로 두었던 졸라는 태생적으로 기계 예찬
론자였는지 모른다. 널리 알려져 있듯이 작품 활동 초기부터 졸라는
기계와 기술이 미래로 열린 길이며, 과학, 그중에서도 특히 자연과학
이 인간과 사물에 대한 보다 깊은 이해를 가능하게 해줄 것이라고 믿
었다. 당연한 이야기지만 기계에 대한 작가 졸라의 관심은 기계를 단
순히 작품의 배경이나 소재로 삼았다는 의미가 아니다. 졸라에게 중요
한 것은 기계와 인류 문명의 관계, 그러니까 기계-기술을 낳은 환경과
기계-기술이 낳은 사회문제들에 대한 근원적인 탐색이었다.

『인간 짐승』에서 기계는 증기기관차 라리종호로 대표된다. 라리종
호는 소설 내내 때로는 동물적인 본능에 충실한 한 마리 암말로, 때로
는 신화적인 괴물의 형상("외눈박이 거인족 키클롭스")으로, 때로는
자크의 동반자 여성으로 그려진다. 특히 10장에서 석재 운반차와 부딪
쳐 완전히 부서진 라리종호를 묘사하는 대목은 그야말로 빈사 상태의
한 생명체, 한 마리 거대한 짐승에게 바치는 장중한 조사弔詞처럼 읽힌
다. 하나의 생물체로서의 기계-기관차는 크루아드모프라의 파지 고모
의 우거를 뒤흔들고 철로변에서 벌어지는 인간의 비극에 오불관언의
태도를 보여주며 군중을 싣고 질주할 때는 누구도 부인할 수 없는 무
자비한 비인간의 모습 그 자체이기도 하다. 또한 기계-기관차는 성적

쾌락이 그렇듯이 자크의 존재에 뚫린 구멍을 메워주기는커녕 자크를 죽음으로 이끄는 괴물이다. 급기야 마지막 장면에서 자크를 내동댕이 친 채 군인들을 싣고 전쟁터로 폭주하는 기관차는 "살육의 현장 한복판에 풀어놓은 눈멀고 귀먹은 한 마리 짐승" 바로 그것이다.

졸라가 기계가 시대정신이라는 것을 정확하게 인식한 작가인 것은 분명하지만 마냥 기계 예찬론자의 모습을 보여준 것은 아니다. 루공마카르 총서에는 '기계-지옥', '기계-괴물'의 이미지들이 차고 넘친다. 『제르미날』에서 그려진 인간의 노동을 소외시키는 기계, 폭식하는 자본의 대리인이 된 탄광의 기계는 그 대표적인 예일 것이다. 그럴 때 기계는 어김없이 "세상을 삼키기 위해 웅크린 탐욕스러운 짐승"으로 표현된다. 졸라는 사회적인 문제로 치환된 기계의 문제를 『인간 짐승』에서는 더이상 다루지 않지만, 열역학 제2법칙인 '엔트로피의 법칙'(무질서의 정도를 뜻하는 엔트로피의 총량이 지속적으로, 돌이킬 수 없이 증가한다는 것을 발견한 것은 19세기의 과학이다)을 숙명으로 떠안은 기계-기관차('폭주하는 기관차', '카오스-죽음으로의 돌이킬 수 없는 진행')가 자크의 숙명적인 살해 충동으로 대변되는 '인간 짐승'의 그 통제되지 않는 충동을 물리적으로 구현한 또하나의 '인간 짐승'인 것임은 분명해 보인다.

그러나 『인간 짐승』은 거기에서 그치지 않고 '고삐 풀린 인간 짐승'의 구현인 기관차-기계와 인간 짐승의 숙명성을 딛고 '앞으로 나아가는 진보'의 상징인 기관차-기계를 대립시킨다.

머리는 파리에 두고 등뼈는 선로 위에 죽 늘어뜨렸으며 다리와 팔들은 르아브르와 여타의 정거장이 있는 도시들에 둔 상태로 지선들을 따라 사지를 활짝 벌린 채 대지를 가로질러 누워 있는 하나의 거인. 그것이 지나간다, 그것이 지나간다, 기계가, 의기양양하게, 수학적 정밀성으로 무장하고서, 선로 양옆에 감춰져 있지만 항상 생생하게 꿈틀거리는 인간적인 것들은, 불멸의 정념과 불멸의 범죄는 의도적으로 무시하고서, 미래를 향해 달려간다. (2장)

기관차가 도중에 산산조각내버린 희생자들이 도대체 무슨 의미가 있단 말인가! 기관차는 그러거나 말거나 자기로 인해 뿌려진 피는 거들떠보지도 않은 채 미래를 향해 전진하고 있지 않은가? (12장)

이 두 대목이 죽음의 본능을 체현한 한 마리 인간 짐승으로서의 기관차-기계를 그렸다고 볼 수는 있다. 그런데 조금 방향을 바꿔 생각해보면, 기계를 인간에게 무관심하다거나 적대적이라고 규정하는 것은 '인간중심주의'에 갇힌 판단에 지나지 않는다. 기관차-기계는 엄밀히 말해 자신의 '논리'를 따를 뿐이다. 기계의 "수학적 정밀성"은 모든 "인간적인 것들", 숙명처럼 보이는 ("불멸의") 인간의 정념과 범죄를 "무시하고서", "거들떠보지도 않은 채" 미래를 향해 전진한다. 기계는 이러한 철저한 '비인간성' 때문에 무자비한 '반인간성' 곧 '인간 짐승'을 극복할 수 있는 유일한 방법인 것이다. 그러므로 위 두 대목의 방점은 또하나의 인간 짐승인 기관차에 찍히는 것이 아니라 인간 짐승의 숙명성과는 무관한, 혹은 그것을 초월한 기계에 찍힌다.

『인간 짐승』에서 기관차-기계는 모든 인간 짐승의 욕망(살해의 욕망, 생식의 욕망)의 집행자요 당사자이며 비호자인 것처럼 보인다. 그러나 기차는 인간 폭력의 단순한 벡터일 뿐이다. 기관차-기계는 폭력을 집중시켜 실어나를 뿐, 그것을 만들어내지도 않고 거기에 감염되지도 않는다는 말이다. 더 나아가 기관차-기계는 그 폭력적인 욕망들을 수동적이고 부정적인 짐승의 세계에서 역동적이고 긍정적인 기술의 세계로 이동시킨다. 그것은 이를테면 일종의 승화다. 『인간 짐승』에서 기계는 인간의 짐승스러움이 부리는 단순한 도구가 아니다. 그것은 죽음의 본능이 삶의 에너지로 변화하는 순간 취하는 일시적인 형태, 매개체다. 물론 이러한 측면은 『인간 짐승』에 명시적으로 제시된다기보다는 은유적으로 암시된다. 『인간 짐승』이후 졸라의 작품들은 기계에 대한 전폭적인 기대에 바탕을 둔 진보적이고 낙관적이며 순환적인 세계관을 좀더 대담하게 형상화하게 된다.

졸라는 루공마카르 총서를 총결산하는 작품인 『의사 파스칼』에서 인간성을 "영원한 생성을 낳으며 끝없이 작동하는 거대한 메커니즘"이라고 규정한다. 인류의 역사는 졸라가 보기에 증기기관의 행정(사이클)인 '흡입(탄생)-압축(위기)-팽창(진보)-배기(죽음)-새로운 흡입'의 순환과정과 동일하다. 이러한 '역사-기계'의 관점은 증기기관의 동력 전달 장치처럼 졸라의 세계관을 묵시록적인 종말론(직선운동)에서 영원한 생성론(회전운동)으로 바꾼다. 이러한 믿음을 바탕으로 졸라는 루공마카르 총서 다음의 연작인 '네 복음서'에서 연기 없는 에너지인 전기가 증기기관의 불완전함을 극복해주어 인류는 '영원한 도시'에 안착할 수 있을 것이라고 전망한다. 어찌 보면 순진하다고도 할 수 있는 졸라의 이 도저한 낙관주의가 표명되고 나서 다시 한 세기가 훌쩍 더 지난 지금, 인류가 핵에너지 앞에서 느끼는 절멸의 공포를 떠올린다면 『인간 짐승』의 마지막 장면을 묵시록적인 종말론으로 해석하는 것이 졸라의 예지력을 위해 옳은 것이 아닌가 하는 부질없는 생각이 드는 것도 사실이다.

질 들뢰즈는 자크의 존재에 뚫린 그 '구멍', 유전적 결함을 설명하는 자리에서 "유전은 그 구멍을 통해 전달되는 것이 아니다. 유전은 그 구멍 자체다. 구멍은 구멍 자신만을 물려줄 뿐이다"라고 말한다. 흔히 유전된다고 알려진 본능들은 그 구멍이 유인하는 대상일 뿐이라는 것이다. 들뢰즈는 그 구멍 자체의 유전을 '큰 유전', 구멍이 끌어들인 본능들의 유전을 '작은 유전'이라 부르며, 큰 유전을 다룬 것은 서사극이고 작은 유전을 다룬 것은 드라마라고 구분한다. 예컨대 졸라의 초기작 『테레즈 라캥』은 비슷한 주제를 다루었지만 본능과 기질, 그리고 테레즈와 로랑의 기질의 대립만을 다루었기에 드라마에 머문 반면, 『인간 짐승』은 그 수다한 본능들을 끌어들이고 내뱉는 구멍, (대문자로 쓰이는) 근원적인 본능, 곧 죽음의 본능을 형상화해냈기에 서사극의 반열에 오를 수 있었다는 것이다. 그러면서 들뢰즈는 그 '구멍'이 다른 모든 작은 본능들을 반영하고 집어삼키는 것은 물론 자기 자신을, 다시 말해 죽음의 본능 자체를 집어삼킬 수도 있는 것이라고 덧붙이며, 그 가능성을 열어놓은 것, 예컨대 그 근원적인 죽음의 본능을 싣고 미래로 나아가는 기차를 마지막 장면으로 설정해놓은 것이 바로 졸라의 낙관주의의 본모습이라고 지적한다. "구멍은 생각의 장애물이기도 하지만 또한 생각의 거처이자 힘이요, 생각의 터전이자 동인"이라는 것이다.

졸라의 문학에 힘이 있다면, 그리고 그것이 그의 낙관주의의 요체라면, 그것은 흔히 기대하는 것처럼 대안의 제시에 있는 것이 아니다. 죽음의 숙명이 허무나 종말로 귀착되지 않는 것, 죽음을 다시 죽음에 맞서게 세우는 것, 그것이 바로 졸라의 문학을 지금도 여전히 읽히게 만드는 힘일 것이다.

*

너무 당연하지만 늘 잊히는 것 중 하나가 해석은 언제나 여러 해석 중의 하나라는 사실이다. 바꾸어 말하면, 모든 해석은 허점과 구멍투성이다. 또 한번 돌려 말하면, 해석은 반드시 다른 해석을 부른다. 이것이 아마도 한 해석이 할 수 있는 가장 솔직하면서도 가장 오만한 변명일 것이다. 사실 『인간 짐승』이 특정한 방식으로 읽히기를 바라는 것은 역자가 할 일이 아닐 것이다. 역자는 그저 번역으로 말할 뿐이다.

늘 하는 말이지만 번역은 어렵다. 특히 철도와 기계와 관련된 용어들은 당연히 지금도 자신이 없다. 허다한 사례들 중 하나를 들자면, 우리말에서 기계의 주요 부품인 '긴 쇠막대'(프랑스어에서는 tige나 barre, 영어에서는 bar나 rod, 일본어에서는 杆이라고 하는 것)를 기술적으로 간명하게 이르는 용어를 찾기가 쉽지 않았다. 그 밖에도 곳곳에 적지 않은 오류가 숨겨져 있을 터, 도처에 있을 고수의 질정을 바란다.

졸라의 그야말로 자유분방한 '자유간접문체'도 난관이었다. 관련 논문들도 참조해보고 카뮈의 『이방인』이나 플로베르의 『마담 보바리』같이 자유간접문체로 유명한 작품들의 번역도 살펴보았지만 솔직히 말해 지금도 어떻게 옮기는 것이 답인지 잘 모르겠다. 그때그때 임기응변으로 옮긴 부분이 적지 않았음을 고백한다. 하지만 적어도 자유간접화법에 국한해 말하자면 임기응변이 아직은 최선의 답이라는 생각은 지금도 변함이 없다. 번역에서 출발어와 도착어의 등가물을 찾는 길은 멀고도 험하여 오묘하기까지 하다. 번역은 어려웠지만 졸라의 문장의 에너지에 감염되었던 시간은 행복했다.

졸라에 대해 문외한에 가까운지라 『인간 짐승』을 우리말로 옮기면서 졸라의 다른 작품들을 그리 많이 접해보지 못했다는 것이 너무 아쉽고 부끄러웠다. 공부를 해야겠다는 생각에 독서의 범위를 조금 넓히니 『인간 짐승』도 졸라도 마치 모자이크가 완성되듯 새로운 모습으로 들어왔다. 졸라나 발자크 같은 '총서'의 작가를 부분적으로만 접하는 독자는 흔히 말하듯 나무만 보고 숲을 보지 못하는 우를 범하기 쉽다. 이번에 우리말로 처음 번역되는 『인간 짐승』이 졸라의 이해 지평을 조금이나마 넓혀주는 데 기여한다면, 무모한 시도로 마음 한구석이 켕기는 역자로서는 큰 위안이고 기쁨이겠다.

게으름과 무지함의 변명이겠지만 이런저런 이유로 이번에도 번역은 참 오래 걸렸다. 오래 기다려준 문학동네에 미안함을, 꼼꼼한 제안으로 이 책이 훨씬 단정한 우리말을 담을 수 있게 해준 문학동네 편집부에 고마움을 전한다.

이철의

1840년	4월 2일 파리 생조제프 가 10번지에서 출생. 아버지 프랑수아 졸라는 프랑스에 정착한 이탈리아 베네치아 출신의 유명한 토목 기술자이고, 어머니 에밀리 오베르는 파리 교외 유리 제조 장인匠人의 딸. 1839년 연애결혼한 부부의 나이 차는 24세.
1843~1847년	아버지가 엑상프로방스(엑스)의 토목 사업을 맡아 엑스로 이주한다. '졸라운하회사'를 설립하는 등 승승장구하던 사업은 그가 댐 공사장에서 얻은 폐병으로 1847년 세상을 떠나자 좌초한다. 이후 졸라 모자의 삶은 막대한 채무와 난마처럼 얽힌 소송, 잦은 이사로 점철된다.
1848~1858년	극심한 가난 속에서도 어린 졸라는 1848년 엑스에서 명문으로 꼽히던 노트르담 기숙학교에 들어간다. 1848년 2월 혁명부터 1851년 12월 루이 보나파르트의 쿠데타까지의 정치적 격변기에 졸라 모자는 별다른 고초를 겪지는 않는다. 1852년 엑스 시의 학자금 지원으로 부르봉 중학교에 입학한다. 그곳에서 후일 위대한 화가가 되는 폴 세잔과 뛰어난 물리학자로 이름을 날리는 장바티스탱 바유를 만나 깊은 우정을 나눈다. 빅토르 위고와 알프레드 드 뮈세의 낭만적 서정주의에 심취해 습작에 몰두한다. 1857년 11월 파리로 이주한다. 지인의 천거로 출세의 지름길로 꼽히는 명문 생루이 고등학교에 입학한다.
1858~1859년	생루이 고등학교에서 보낸 이 년은 실망과 부적응의 연속이

었다. 절반은 이방인이며(졸라는 1862년에야 프랑스 국적을 취득한다) 이상주의적 성향을 지닌 가난한 시인 지망생 졸라에게 고등학교 시절은 뿌리 뽑힌 자의 불행 그 자체였다. 1859년 4월과 11월, 바칼로레아에서 거듭 고배를 마시고 결국 학업을 접는다.

1860~1861년 학업을 포기한 뒤 창고 회사 사무직원이 되지만 별 흥미를 느끼지 못하고 두 달 만에 그만둔다. 이후 이 년간 질병과 생활고에 시달리지만 자유분방하고 반항적인 시기를 보낸다. 파리 중앙시장과 남쪽 교외 서민들의 신산한 삶을 관찰하며 소일하는 한편, 몰리에르나 몽테뉴, 셰익스피어 등의 고전과 조르주 상드나 쥘 미슐레 등의 동시대 작품 읽기, 시를 중심으로 한 습작 활동을 지속한다. 1861년 12월, 프랑스 영토 내에서 출생한 외국인 자격으로 프랑스 국적 취득을 신청한다.

1862년 3월, '아셰트' 출판사에 취직한다. 출판사 도서 목록에서 이폴리트 텐과 에밀 리트레를 필두로 한 역사와 비평 분야의 새로운 방법론에 입문하고, 위대한 고전과 대중 과학서 등을 접한다. 아셰트 출판사라는 '대학'의 수업을 통해 서정적 낭만주의의 유산에서 서서히 벗어난다. 귀화 신청이 받아들여져 프랑스 국적을 취득하고, 출판사에서 일하면서 작가, 비평가, 기자들과 폭넓은 관계를 맺기 시작한다.

1863년 몇몇 신문과 잡지에 자신의 글을 처음으로 발표한다. 출판사 편집인 말고도 콩트 작가, 칼럼니스트, 비평가로서도 이름을 알리기 시작한다.

1864년 아셰트 출판사 광고국 책임자가 되고, 비평 기고자로 각종 매체에서 활발하게 활동한다. 교류의 폭은 넓어지지만 대체로 정권에 반대하는 자유주의파와 교감하고 문학에서는 사실주의의 편에 서는 모습을 보인다. 최초의 창작집『니농에게 주는 이야기*Contes à Ninon*』출간. 플로베르와 발자크를 집중적으로 읽기 시작한다.

1865년 〈르 피가로〉, 〈라 르뷔 프랑세즈〉 등 유수의 일간지에서 고정 필진으로 활동한다. 첫 소설『클로드의 고백*La confession de Claude*』출간. 평생의 반려가 될 알렉상드린 멜레(1839~1925)를 만나 동거하기 시작하고, 전업 작가가 되기로 결심한다.

1866년 1월 말, 아셰트 출판사와 결별한 직후 일간지 〈레벤망〉의 문학비평란을 전담하면서 자신의 두번째 소설이 될『죽은 여인의 서원*Le vœu d'une morte*』을 연재한다. 실증주의 문학론의 선구자인 텐에 대한 방대한 연구를 발표하고, 여타의 신문에 공쿠르 형제, 발자크, 플로베르에 대한 비평을 싣는다. 〈레벤망〉의 미술비평 지면을 통해 당시의 주류 아카데미 화단을 신랄하게 비판하면서 마네 등 인상파 화가들을 적극적으로 옹호한다. 문학비평을 묶은『나의 증오*Mes Haines*』, 미술비평을 묶은『나의 살롱*Mon Salon*』출간.

1867년 문제적인 글로 작가로서의 명성은 얻었지만 그 때문에 발표 지면을 잃으면서 생활이 다시 곤궁해진다. 마네, 모네, 피사로, 르누아르 등 훗날 인상파 화가라 불릴 새로운 유파의 화가들과 적극적으로 교류하기 시작한다. 연말에 최초의 걸작으로 꼽히는『테레즈 라캥*Thérèse Raquin*』발표. 이 작품은 '부패 문학'이라는 비난에 휩싸이기도 하지만,『나의 증오』와 함께 졸라가 당대의 문학 거장인 공쿠르 형제, 생트 뵈브, 텐의 주목을 받는 계기가 된다.

1868년 5월, 간행물 발간의 자유를 허용하는 법령이 공포되고, 신문들이 봇물 터지듯 창간되면서 졸라의 기고 활동도 활발해진

다. 이 시기에 발표된 그의 글들은 일관되게 제정 사회의 타락과 부패상을 비판하지만, 그것은 특정 당파의 입장 표명이 아니라 타협을 모르는 독립적인 모럴리스트의 목소리였다. 공쿠르 형제와 돈독한 관계를 맺어나가는 한편 유전학과 생리학 관련 저서들을 읽으면서 열 권 분량으로 '한 가족의 역사'를 구성해보겠다는 계획을 세운다. 소설 『마들렌 페라*Madeleine Férat*』 발표. 이후 그의 소설은 심리적이고 생리적이며 사회적인 분석의 새로운 형태를 취해야 한다는 이른바 '자연주의'의 대략적인 구상안을 갖게 된다.

1869년   제2제정을 무대로 펼쳐지는 '한 가족의 역사'를 쓰겠다는 총서의 구상이 구체화되고 예정된 분량이 스무 권으로 늘어난다. 그 '역사'는 1851년 12월 2일의 쿠데타에서 시작되어 나폴레옹 3세 치하의 다양한 사회적 군상에 대한 풍자적인 그림을 담게 된다. 그 집안은 적손嫡孫인 루공가家와 서손庶孫인 마카르가를 아울러 '루공마카르가Les Rougon-Macquart'라는 이름을 얻는데, 그 가족 이름이 총서의 제목이 되고 거기에 '제2제정 치하 한 가족의 자연적·사회적 역사'라는 부제가 붙는다. 9월에는 플로베르의 『감정교육』에 대한 열정적인 평문을 발표하고, 이를 계기로 플로베르와의 교류가 시작된다.

1870년   알렉상드린과 정식으로 결혼. 〈르 시에클〉에 '루공마카르' 총서(이하 '총서'로 약칭) 첫째 권 『루공가의 행운*La Fortune des Rougon*』의 연재를 시작한다. 7월 19일 프랑스-프로이센 전쟁이 발발하고, 9월 4일 스당 전투의 패배로 제2제정은 몰락한다. 졸라는 9월 프로이센군의 파리 점령을 피해 마르세유로 피란한 뒤, 마르세유와 임시 수도인 보르도에서 저널리즘 활동에 열중한다.

1871년	1월 28일 휴전협정 체결 후, 3월 14일 파리로 돌아온다. 3월 파리코뮌 봉기. 졸라는 민중의 봉기를 이해했지만, 봉기의 명분과 지나치게 유토피아적인 성격을 비판한다. 새로 수립된 보수적인 공화국 정권에 대해서도 비판적인 입장을 견지한다. 10월, 『루공가의 행운』 출간. 플로베르는 졸라에게 "당신은 참 자랑스러운 재능을 지녔습니다"라는 편지로 화답한다.
1872년	창작에 몰두하면서도 정치·사회 시평 역시 손에서 놓지 않는다. 플로베르, 알퐁스 도데, 투르게네프, 에드몽 드 공쿠르 등과 본격적으로 교류한다. 총서 2권 『쟁탈전 *La Curée*』 출간.
1873년	총서 3권 『파리의 배 *Le Ventre de Paris*』 출간.
1874년	총서 4권 『플라상의 정복 *La Conquête de Plassans*』과 『니농에게 주는 이야기 속편 *Nouveaux Contes à Ninon*』 출간. 마네의 소개로 말라르메와 친해지고 플로베르의 소개로 모파상을 알게 된다.
1875년	투르게네프의 주선으로 러시아 문예지에 월평을 기고하기 시작해 1880년 말까지 이어간다. 총서 5권 『무레 신부의 과오 *La Faute de l'abbé Mouret*』 출간. 자연주의 운동을 함께 펼쳐나갈 위스망스, 앙리 세아르, 레옹 에니크와 교우한다.
1876년	총서 6권 『외젠 루공 각하 *Son Excellence Eugène Rougon*』 출간. 공화파 일간지 〈르 비앵 퓌블리크〉의 주간 문예비평을 맡는 한편 『목로주점 *L'Assommoir*』의 연재를 시작한다.
1877년	1월, 총서 7권 『목로주점』 출간. 노골적인 민중의 언어와 외설적인 묘사를 담은 이 작품으로, 졸라는 새해 벽두부터 파리에서 가장 널리 읽히고 가장 치열한 논쟁에 휩싸이는 작가로 등극한다. 졸라는 이 작품의 성공을 당대의 주류 문학에 대한 비판과 자신의 자연주의 이론을 옹호하는 기회로

적극적으로 활용한다.

1878년   『목로주점』의 성공이 가져다준 막대한 수입으로 센 강과 서부철도노선이 인접한 파리 근교의 메당에 별장 겸 작업실 구입. 클로드 베르나르의 『실험 의학』을 읽고 자연주의의 이론적 토대를 굳건히 다진다. 총서 8권 『사랑의 한 페이지Une page d'amour』 출간.

1879년   『목로주점』을 각색한 연극이 성공을 거두면서 이 작품과 자연주의는 더욱 인구에 회자된다.

1880년   총서 9권 『나나Nana』 출간. 『나나』의 성공으로 졸라의 문학적 입지가 공고해진다. 자연주의에 관한 시론을 엮은 『실험소설Le Roman expérimental』 출간. 이 제목을 통해 졸라는 의도적으로 자신의 문학적 이데올로기를 당대의 과학주의, 실증주의와 연결시킨다. 〈르 피가로〉에 '캠페인'이란 제목으로 자연주의 문학을 적극적으로 옹호하는 평문을 잇달아 발표하는 한편, 『메당의 야회Les Soirées de Médan』라는 제목으로 자신과 폴 알렉시스, 세아르, 위스망스, 에니크, 모파상의 단편이 실린 작품집을 펴낸다. 이를 계기로 메당은 자연주의 운동의 거점이 된다.

1881년   문학비평을 묶어 『자연주의 소설가들Les Romanciers naturalistes』, 『우리의 극작가들Nos Auteurs dramatiques』, 『문학 자료Documents littéraires』, 『연극의 자연주의Le Naturalisme au théâtre』 등 네 권의 비평집 발간. 이해를 마지막으로 창작에 전념하기 위해 저널리즘에서 손을 떼기로 마음을 굳힌다.

1882년   총서 10권 『살림Pot-Bouille』 출간.

1883년   총서 11권 『여인들의 행복 백화점Au Bonheur des dames』 출간. 페르디낭 브륀티에르와 폴 부르제가 졸라의 자연주의를 격렬하게 비판한다. 졸라의 그룹이었던 위스망스도 마침내 자연주의와 완전히 결별한다.

1884년   총서 12권 『삶의 기쁨*La Joie de vivre*』 출간. '노동자 소설'을 쓰기 위해 파업중이던 앙쟁 광산을 찾아 자료를 수집한다.

1885년   총서 13권 『제르미날*Germinal*』 출간. 졸라 자신이 밝힌 대로 "자본과 노동의 싸움"을 다룬 이 소설은 노동 문학의 백미로 꼽힌다. 『제르미날』의 연극 각색이 당국으로부터 금지 처분을 받자 검열 철폐 운동을 벌인다.

1886년   총서 14권 『작품*L'Œuvre*』 출간. 이 작품으로 오랜 친구 세잔과 결별한다. 총서의 다음 작품으로 구상하는 '농민 소설'을 위해 보스 지방을 돌며 자료를 조사한다.

1887년   총서 15권 『대지*La Terre*』 출간. 이 소설로 졸라는 다시 한번 논쟁의 중심에 선다. 거센 비판이 쏟아지는 가운데 젊은 작가 다섯 명은 졸라의 자연주의를 공개적으로 거부하는 「5인 선언」을 발표한다. 졸라는 이러한 공격을 애써 외면하지만 이미 유파로서의 자연주의는 쇠락의 길로 접어든다. 프랑스 사회의 전반적인 분위기가 이상주의적, 신비주의적 반동의 물결에 휩싸이기 시작한다.

1888년   총서 16권 『꿈*Le Rêve*』 출간. 알렉상드린이 데려와 메당의 살림을 맡긴 가정부 잔 로즈로를 사실상 두번째 아내로 맞는다. 이 충격적인 이중생활은 오랜 기간 심각한 우여곡절을 거친 끝에 알렉상드린의 암묵적인 인정을 받는다. 알렉상드린과의 사이에 자식이 없었던 졸라는 잔에게서 딸과 아들을 얻는다. 사진에 심취해 수많은 풍경 사진과 인물 사진을 남기고 스튜디오를 갖춰 직접 현상과 인화까지 담당하면서 자신이 훌륭한 작가인 동시에 뛰어난 감각을 지닌 사진가이며 탁월한 기술자임을 보여준다.

1889년   '철도(기계)와 사법(범죄) 세계'를 다룰 소설을 구상하고 직접 기관차에 동승하는 등 수차례 취재 여행을 떠난다. 파리 만국박람회가 열리고 박람회의 상징이 된 에펠탑이 세워진 이해에, 에펠탑 2층에서 식사하기를 즐겼던 졸라는 이 현대 기술의 총화에 경이로움을 표하면서 "진보는 어디를 향해 가는가?"라는 질문을 끊임없이 던진다. 이 질문은 그대로 이듬해에 발표될 『인간 짐승La Bête humaine』의 주제가 된다.

1890년   총서 17권 『인간 짐승』 출간. 처음 아카데미프랑세즈에 입후보하지만 실패한다. 이후 공석이 있을 때마다 입후보하지만 뜻을 이루지 못한다.

1891년   문인협회 회장으로 피선되어 작가의 권익 옹호를 위해 헌신한다. 첫 사업으로 로댕에게 발자크 동상 건립을 의뢰한다. 증권거래소와 사업의 세계를 그린 총서 18권 『돈L'Argent』 출간.

1892년   총서 19권 『패주La Débâcle』 출간. 1870년 프로이센에게 당한 '스당의 패배'를 소재로 한 이 소설은 커다란 성공을 거둔다. 루르드, 프로방스, 이탈리아 여행. '세 도시Les Trois Villes' 연작을 구상한다.

1893년   『의사 파스칼Le Docteur Pascal』의 출간으로, 루공마카르 총서의 총 20권이 완간된다. 6월 루공마카르 총서의 완간을 기념하는 성대한 축하연이 불로뉴 숲에서 열리고, 9월에는 런던에서 열린 국제언론인협회 총회에 초청되는 등 명성을 얻는다.

1894년   루공마카르 총서가 완간될 즈음, 프랑스 사회는 온갖 사회 갈등의 폭발, 민족주의와 신비주의의 기승, 위협적인 군중의 출현 등으로 위기의 징후를 보인다. 루르드, 로마, 파리를 무대로 한 '세 도시' 연작은 이러한 세기말의 분위기 속에서 기획된다. '세 도시' 연작 1권 『루르드Lourdes』 출간. 드레퓌스

대위에게 유죄 판결이 내려진다.

1895년   1881년 이후 저널리즘을 떠났다가 되돌아와 〈르 피가로〉에 문예평과 시평을 기고하기 시작한다.

1896년   '세 도시' 연작 2권 『로마*Rome*』 출간. 「사법적 오판. 드레퓌스 사건의 진실」이라는 팸플릿을 쓴 베르나르 라자르의 방문을 받고 사건의 진상에 관심을 기울인다.

1897년   『새로운 캠페인』이라는 제목으로 〈르 피가로〉의 기고문을 엮어 펴낸다. 드레퓌스의 무죄를 확신하고 진실을 밝히기 위한 행동에 나설 것을 결심한다. 〈르 피가로〉에 드레퓌스 사건과 관련해 '반유대주의'를 비판하는 글을 연속으로 기고하고, 「청년에게 고함」과 「프랑스에 고함」 등 두 편의 팸플릿을 쓴다.

1898년   1월 13일 〈로로르〉에 당시 대통령인 펠릭스 포르에게 보내는 공개서한 형식의 기고문 「나는 고발한다*J'accuse*…!」 발표. 졸라의 글은 여론을 들끓게 하고, 이후 드레퓌스 사건은 프랑스를 드레퓌스파와 반드레퓌스파로 양분한다. 국가기관에 의해 명예훼손죄로 고소된 졸라는 치열한 법정 공방 끝에 파리 중죄재판소에서 법정 최고형인 징역 1년에 벌금 3천 프랑을 선고받는다. 곧바로 최고법원인 파기원에 상고하지만 궐석재판에서 원심이 확정된 졸라는 즉시 영국으로 망명길에 오른다. '세 도시' 연작 3권 『파리*Paris*』 출간. 망명지 영국에서 임박한 새로운 세기에 대해 묻는 '네 복음서*Quatre Évangiles*' 연작을 구상한다.

1899년   여론의 압박으로 드레퓌스 사건의 재심이 결정되고, 형 집행이 정지된 졸라는 영국에서 귀국한다. 종신형을 받고 대서양의 '악마의 섬*L'Île du Diable*'에 갇혀 있던 드레퓌스도 프랑스로 귀환해 재판 끝에 결국 무죄를 선고받고 1906년 마침내 복권, 복직된다. '네 복음서' 연작 1권 『풍요*Fécondité*』 출간.

1900년	〈르 피가로〉에 드레퓌스의 복권을 촉구하는 글을 계속 발표하는 한편, 사진에 몰두해 만국박람회를 찍어 기록물을 만든다. 그 외에는 알렉상드린과 잔, 파리와 메당을 오가며 평온하고 가족적인 일상사를 영위한다.
1901년	오랜 지기 폴 알렉시스 사망. 그에 앞서 모파상은 1893년, 에드몽 드 공쿠르는 1896년, 도데는 1897년 세상을 뜬다. 졸라는 자연주의 유파의 수장이자 마지막 생존자로 남는다. 드레퓌스 관련 기고문을 모은 『멈추지 않는 진실*La Vérité en marche*』과 '네 복음서' 연작 2권 『노동*Travail*』 출간.
1902년	여름을 메당에서 보내고 파리로 돌아온 졸라와 알렉상드린은 9월 28일에서 29일로 넘어가는 밤에 잠을 자다가 벽난로의 연통이 막힌 탓에 가스에 중독되어 졸라는 사망하고 알렉상드린만 가까스로 소생한다. 「나는 고발한다」 이후 졸라는 반유대주의자, 인종혐오주의자, 국수주의자들에게 여러 차례 살해 위협을 받았기 때문에 암살이라는 주장이 힘을 얻었으나 경찰 조사는 별다른 증거 없이 단순 사고사로 결론을 내린다.

탈고 상태였던 '네 복음서' 연작 3권 『진실*Vérité*』이 이듬해에 유작으로 출간되지만, 마지막 권인 『정의*Justice*』는 구상으로만 남는다.

10월 5일, 파리 시민들의 애도 속에 장례식이 거행된다. 몽마르트르 묘지에서 아나톨 프랑스는 졸라에게 "인류의 양심에 한 획을 그은 인물"이라는 장중한 조사를 바친다. 일각에서 졸라를 비난하는 목소리가 튀어나왔지만 장례식에 참석한 드냉 광산 광부들이 연호하는 "제르미날! 제르미날!"이라는 함성에 파묻힌다.

1908년   6월 4일, 졸라의 유해가 프랑스 위인들의 전당인 팡테옹으로 이장된다.

문학동네 세계문학전집 발간에 부쳐

세계문학은 국민문학 혹은 지역문학을 떠나 존재하는 문학이 아니지만 그것들의 총합도 아니다. 세계문학이라는 용어에는 그 나름의 언어와 전통을 갖고 있는 국민문학이나 지역문학의 존재를 인정하면서 그것을 넘어서는 문학의 보편적 질서에 대한 관념이 새겨져 있다. 그 용어를 처음 고안한 19세기 유럽인들은 유럽 문학을 중심으로 그 질서를 구축했지만 풍부한 국민문학의 전통을 가지고 있는 현대의 문학 강국들은 나름의 방식으로 세계문학을 이해하면서 정전(正典)의 목록을 작성하고 또 수정한다.

한국에서도 세계문학 관념은 우리 사회와 문화의 변화 속에서 거듭 수정돼왔다. 어느 시기에는 제국 일본의 교양주의를 반영한 세계문학 관념이, 어느 시기에는 제3세계 민족주의에 동조한 세계문학 관념이 출현했고, 그러한 관념을 실천한 전집물이 출판됐다. 21세기 한국에 새로운 세계문학전집이 필요하다는 것은 명백하다. 우리의 지성과 감성의 기준에 부합하는 세계문학을 다시 구상할 때가 되었다.

문학동네 세계문학전집은 범세계적으로 통용되는 고전에 대한 상식을 존중하면서도 지난 반세기 동안 해외 주요 언어권에서 창작과 연구의 진전에 따라 일어난 정전의 변동을 고려하여 편성되었다. 그래서 불멸의 명작은 물론 동시대 세계의 중요한 정치·문화적 실천에 영감을 준 새로운 작품들을 두루 포함시켰다.

창립 이후 지금까지 한국문학 및 번역문학 출판에서 가장 전문적이고 생산적인 그룹을 대표해온 문학동네가 그간 축적한 문학 출판 경험을 바탕으로 새로운 세계문학전집을 펴낸다. 인류가 무지와 몽매의 어둠 속을 방황하면서도 끝내 길을 잃지 않은 것은 세계문학사의 하늘에 떠 있는 빛나는 별들이 길잡이가 되어주었기 때문이다. 우리가 자부심과 사명감 속에서 그리게 될 이 새로운 별자리가 독자들의 관심과 애정에 힘입어 우리 모두의 뿌듯한 자산이 되기를 소망한다.

문학동네 세계문학전집 편집위원
민은경, 박유하, 변현태, 송병선, 이재룡, 홍길표, 남진우, 황종연

지은이 에밀 졸라

1840년 파리에서 태어났다. 1867년 자연주의 문학의 걸작으로 꼽히는 『테레즈 라캥』을 출간했다. 이후 발자크의 '인간극'에 영향을 받아, 제2제정기 프랑스 사회를 배경으로 '한 가족의 역사'를 그려내기 위해 '루공마카르' 총서를 기획한다. 1871년 『루공가의 행운』을 시작으로 『목로주점』 『나나』 『제르미날』 『인간 짐승』 『돈』 『대지』를 포함해 1893년 『의사 파스칼』로 완간될 때까지 23년에 걸쳐 총 스무 권의 소설을 출간했다. 1898년에 드레퓌스 사건과 관련해 '반유대주의'를 비판한 공개서한 「나는 고발한다」를 발표해 '양심 있는 지식인' '행동하는 지성'의 표상이 된다. 1902년 파리에서 의문의 가스중독 사고로 사망했다.

옮긴이 이철의

서울대학교 불어불문학과를 졸업하고, 동 대학원에서 박사학위를 받았다. 현재 상명대학교 프랑스어문학과 교수로 재직중이다. 옮긴 책으로 오노레 드 발자크의 『나귀 가죽』이 있고, 논문으로 「'인간극'과 가상의 통일성」 「발자크 문학의 환상과 현실」 「발자크, 모호성의 의미」 등이 있다.

세계문학전집 115

인간 짐승

1판 1쇄 2014년 2월 28일
1판 7쇄 2023년 1월 5일

지은이 에밀 졸라 | 옮긴이 이철의
편집 신선영 최민유 오동규 | 독자모니터 김지혜 이희연
디자인 김마리 최미영 | 저작권 박지영 형소진 이영은 김하림
마케팅 정민호 이숙재 박치우 한민아 이민경 안남영 왕지경 김수현 정경주 김혜원
브랜딩 함유지 함근아 김희숙 고보미 박민재 박진희 정승민
제작 강신은 김동욱 임현식 | 제작처 영신사

펴낸곳 (주)문학동네 | 펴낸이 김소영
출판등록 1993년 10월 22일 제2003-000045호
주소 10881 경기도 파주시 회동길 210
전자우편 editor@munhak.com | 대표전화 031)955-8888 | 팩스 031)955-8855
문의전화 031)955-3578(마케팅), 031)955-2686(편집)
문학동네카페 http://cafe.naver.com/mhdn
인스타그램 @munhakdongne | 트위터 @munhakdongne
북클럽문학동네 http://bookclubmunhak.com

ISBN 978-89-546-2410-7 04860
      978-89-546-0901-2 (세트)

www.munhak.com

● 문학동네 세계문학전집은 계속 출간됩니다